QUATRO ESTAÇÕES

Stephen King

QUATRO ESTAÇÕES

Tradução
Andréa Costa

10ª reimpressão

Grafia atualizada segundo o Acordo Ortográfico da Língua Portuguesa de 1990, que entrou em vigor no Brasil em 2009.

Título original
Different Seasons

Capa
Mariana Newlands

Imagens de capa
Solus/Corbis/Latinstock
Myron Jay Dorf/Corbis/Latinstock

Preparação
Adriane Lee-Wo

Revisão
Eduardo Rosal

CIP-Brasil. Catalogação na fonte
Sindicato Nacional dos Editores de Livros, RJ

K64q
King, Stephen
Quatro estações / Stephen King; tradução Andréa Costa. – 2ª ed. – Rio de Janeiro: Objetiva, 2013.

Tradução de: Diferent Seasons.
ISBN 978-85-8105-015-7

1. Ficção americano. I. Costa, Andréa. II. Título.

11-4931 CDD: 813
CDU: 821.111(73)-3

EDITORA SCHWARCZ S.A.
Praça Floriano, 19, sala 3001 — Cinelândia
20031-050 — Rio de Janeiro — RJ
Telefone: (21) 3993-7510
www.companhiadasletras.com.br
www.blogdacompanhia.com.br
facebook.com/editorasuma
instagram.com/editorasuma
twitter.com/Suma_BR

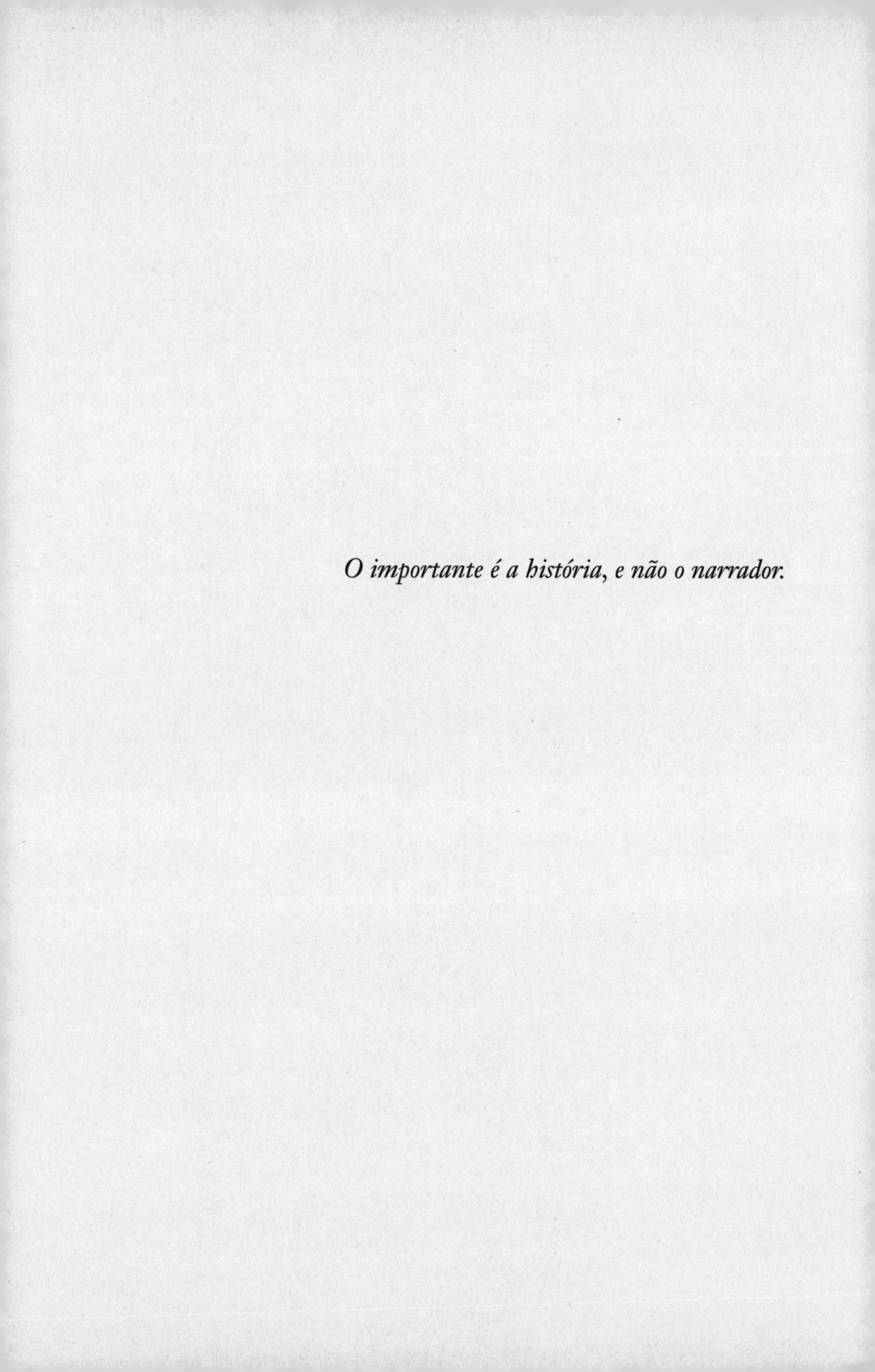

O importante é a história, e não o narrador.

"Dirty deeds done dirt cheap."
AC/DC

"I heard it through the grapevine."
NORMAN WHITFIELD

Tudo se vai, tudo passa, a água corre,
e o coração esquece.
FLAUBERT

Sumário

PRIMAVERA ETERNA

Para Russ e Florence Dorr

Rita Hayworth e a Redenção de Shawshank

Existe um cara como eu em toda prisão estadual e federal da América, eu acho — eu sou o cara que pode conseguir as coisas para você. Cigarros comprados prontos, um baseado, se você preferir, uma garrafa de conhaque para comemorar a formatura de segundo grau de seu filho ou sua filha, ou quase qualquer outra coisa... isto é, qualquer coisa dentro dos limites da razão. Nem sempre foi assim.

Vim para Shawshank quando tinha apenas 20 anos, e sou um dos poucos membros de nossa pequena família feliz disposto a confessar o que fiz. Cometi um assassinato. Fiz uma boa apólice de seguros para minha mulher, três anos mais velha do que eu, e depois mexi no freio do Chevrolet esporte que o pai dela nos deu de presente de casamento. Saiu tudo exatamente como eu tinha planejado, a não ser ela ter dado carona à vizinha e seu bebê no caminho para a cidade de Castle Hill. O freio partiu e o carro, ganhando velocidade, entrou pelos arbustos à beira da praça. Testemunhas disseram que devia estar a 80 por hora ou mais, quando se chocou contra a base da estátua da Guerra Civil e explodiu em chamas.

Também não tinha planejado ser preso, mas fui. Ganhei uma entrada gratuita para uma temporada neste lugar. Em Maine, não há pena de morte, mas o promotor público fez com que eu fosse julgado pelas três mortes e recebesse três penas de prisão perpétua para cumprir uma depois da outra. Isso adiava minhas chances de receber liberdade condicional por muito, muito tempo. O juiz chamou o que fiz de "um crime bárbaro, abominável", e foi mesmo, mas agora faz parte do passado. Vocês podem procurar nos arquivos amarelados do *Call*, de Castle Rock, nos quais manchetes enormes anunciando minha condenação parecem meio estranhas e antiquadas junto às notícias sobre Hitler, Mussolini e à sopa de letrinhas das agências de Franklin Delano Roosevelt.

Vocês perguntam se me reabilitei? Nem sei o que quer dizer esta palavra, em termos de prisão e castigos. Acho que é palavra de político. Pode ter algum outro significado e pode ser que eu venha a ter uma chance de descobrir, mas isso faz parte do futuro... uma coisa sobre a qual os presos aprendem a não pensar. Eu era jovem, bonito e da zona pobre da cidade. Engravidei uma bela garota mal-humorada e cheia de vontades que morava numa das lindas casas antigas da Carbine Street. Seu pai era a favor do casamento se eu me empregasse na ótica que ele possuía e "subisse na vida". Descobri que o que ele queria realmente era me manter sob seu teto e seu domínio, como um cachorrinho temperamental que ainda não foi bem domesticado e pode morder. Tanto ódio acumulado finalmente me levou a fazer o que fiz. Se tivesse uma segunda chance, não o faria de novo, mas não tenho certeza se isso quer dizer que me reabilitei.

De qualquer maneira não é sobre mim que quero falar; quero lhes falar sobre um cara chamado Andy Dufresne. Mas antes de poder falar sobre Andy, preciso explicar algumas outras coisas a meu respeito. Não vai demorar.

Como disse antes, sou o cara que consegue as coisas aqui em Shawshank há quase quarenta anos. E não são só artigos de contrabando como cigarros especiais e bebidas, embora esses artigos sempre encabecem a lista. Já consegui milhares de outros artigos para os homens que cumprem suas penas aqui, alguns deles perfeitamente legais, embora difíceis de conseguir num lugar onde você veio para ser punido. Havia um camarada que veio para cá por estuprar uma menina e se exibir para uma dúzia de outras; consegui para ele três peças de mármore rosa de Vermont com as quais fez três esculturas lindas — um bebê, um garoto de 12 anos e um rapaz barbado. Chamou-as *As Três Idades de Jesus* e estão agora na sala de visitas de um homem que foi governador deste estado.

Um nome do qual vocês devem lembrar se cresceram ao norte de Massachusetts é Robert Alan Cote. Em 1951, ele tentou assaltar o First Mercantile Bank de Mechanic Falls, e a tentativa acabou numa chacina — seis mortos, dois deles membros da quadrilha, três reféns e um jovem policial que levantou a cabeça na hora errada e levou uma bala no olho. Cote tinha uma coleção de moedas. Claro que não iam deixar que ficasse com ela aqui, mas, com uma ajudazinha de sua mãe e de um intermediário que dirigia o caminhão da lavanderia, pude conseguir isso para ele. Eu lhe disse: "Bobby, você deve estar maluco de querer ter uma coleção de moedas neste 'hotel' cheio de ladrões." Ele me olhou, sorriu e falou: "Sei onde guardar. Ficará em lugar seguro. Não se preocupe." E ele estava certo. Bobby Cote morreu de tumor cerebral em 1967, mas aquela coleção nunca apareceu.

Já consegui chocolates para os detentos no Dia dos Namorados; consegui três daqueles milk-shakes verdes que o McDonald's serve no dia de São Patrício para um irlandês maluco chamado O'Malley; consegui até uma sessão da meia-noite de *Garganta Profunda* e *O Diabo na Carne de Miss Jones* para um grupo de vinte homens que fizeram uma "vaquinha" para alugar os filmes... embora tenha acabado passando uma semana na solitária por essa pequena travessura. É o risco que se corre quando se é o cara que arranja as coisas.

Já consegui obras de referência e livros de sacanagem, novidades engraçadas como aparelhinhos para dar choque quando se aperta a mão de alguém, pó de mico, e mais de uma vez consegui para os "perpétuos" calcinhas de suas esposas ou namoradas... e imagino que você saiba o que um cara aqui faz com essas coisas nas longas noites em que o tempo se arrasta como uma lesma. Não consigo todas essas coisas de graça e, para alguns artigos, o preço é alto. Mas não faço só pelo dinheiro; de que vale o dinheiro para mim? Nunca vou ter um Cadillac nem viajar para a Jamaica por duas semanas em fevereiro. Faço pelo mesmo motivo que um bom açougueiro só lhe vende carne fresca: adquiri uma reputação e quero mantê-la. As duas únicas coisas que me recuso a conseguir são armas e drogas pesadas. Não vou ajudar ninguém a se matar nem a matar os outros. Já tenho homicídio nas costas para a vida inteira.

É, sou como qualquer Neiman-Marcus. E assim, quando Andy Dufresne se aproximou de mim em 1949 e perguntou se eu poderia trazer Rita Hayworth clandestinamente para a prisão, respondi que isso não seria problema. E não foi mesmo.

Andy tinha 30 anos de idade quando veio para Shawshank, em 1948. Era um homem baixo, bem-arrumado, de cabelos ruivos e mãos pequenas e ágeis. Usava óculos de aros de ouro. Suas unhas estavam sempre bem-aparadas e limpas. É uma coisa engraçada de lembrar a respeito de um homem, eu acho, mas isso parece resumir Andy para mim. Sempre parecia que deveria estar usando gravata. Lá fora tinha sido vice-presidente do departamento de crédito de um grande banco de Portland. Um bom trabalho para um homem tão jovem como ele, principalmente se você levar em conta como a maioria dos bancos é conservadora e multiplicar esse conservadorismo por dez na Nova Inglaterra, onde as pessoas não gostam de confiar seu dinheiro a um homem qualquer, a não ser que ele seja careca, manco e esteja constantemente puxando as calças para botar a cinta protetora da hérnia no lugar. Andy estava na prisão por assassinar sua mulher e o amante dela.

Como acho que já disse, todo homem na prisão é um homem inocente. Ah, eles citam essa passagem do jeito que aqueles pregadores fanáticos na TV leem o Livro das Revelações. Foram vítimas de juízes de coração de pedra e saco do mesmo material, de advogados incompetentes, de conspiração policial ou má sorte. Citam a passagem, mas você vê algo diferente no rosto deles. A maioria dos presos é composta de tipos ordinários, ruins para eles e para os outros, e seu maior azar foi suas mães terem levado a gravidez até o fim.

Durante todos os anos que passei em Shawshank, houve menos de dez homens nos quais acreditei quando me disseram que eram inocentes. Andy Dufresne foi um deles, embora eu só tenha me convencido de sua inocência ao longo dos anos. Se eu estivesse no júri que ouviu seu processo no Supremo Tribunal de Portland durante seis tumultuadas semanas em 1947-1948, também teria votado a favor da condenação.

Foi um processo dos diabos; um daqueles bem picantes com todos os ingredientes a que tinha direito. Havia uma bela garota com relações na sociedade, uma personalidade do esporte local (ambos mortos) e um jovem e eminente homem de negócios no banco de réus. Tudo isso e mais todo o escândalo que os jornais podiam insinuar. A acusação foi rápida. O julgamento só demorou tanto porque o promotor estava planejando candidatar-se à Câmara de Deputados e queria que os eleitores tivessem bastante tempo para olhar sua cara. Foi um espetáculo de circo forense; os espectadores formaram filas desde as quatro horas da manhã, apesar da temperatura abaixo de zero, para garantir seus lugares.

Os fatos da condenação que Andy nunca contestou foram os seguintes: que ele tinha uma esposa, Linda Collins Dufresne; que em junho de 1947 ela demonstrara interesse em aprender golfe no Country Club de Falmouth Hills; que ela realmente teve aulas durante quatro meses; que seu instrutor era o profissional de golfe de Falmouth Hills, Glenn Quentin; que no final de agosto de 1947 Andy soube que Quentin e sua esposa eram amantes; que Andy e Linda Dufresne discutiram violentamente na tarde de 10 de setembro de 1947; que o motivo da discussão foi a infidelidade dela.

Ele declarou que Linda admitiu estar contente por ele saber de tudo; andar às escondidas, disse ela, era desgastante. Ela contou a Andy que planejava conseguir o divórcio em Reno. Andy disse que preferia vê-la no inferno a vê-la em Reno. Ela saiu para passar a noite com Quentin no bangalô alugado por ele perto do campo de golfe. Na manhã seguinte, a faxineira encontrou os dois mortos na cama. Cada um tinha levado quatro tiros.

Este último fato foi o que mais pesou contra Andy. O promotor com aspirações políticas exagerou um bocado na sua exposição inicial e em seu resumo final do processo. Andrew Dufresne, disse ele, não era um marido enganado em busca de vingança furiosa contra a esposa traidora; isso, disse o promotor, seria compreensível e até justificável. Mas a vingança tinha sido de uma grande frieza. Reflitam!, esbravejou o promotor para o júri. Quatro e quatro! Não apenas seis, mas oito tiros! *Tinha atirado até esvaziar o revólver... e aí parou para poder recarregar e atirar neles mais uma vez!* QUATRO PARA ELE E QUATRO PARA ELA, clamou o *Sun* de Portland. O *Register* de Boston apelidou-o de Assassino do Número Par.

Um vendedor da Casa de Penhores Wise, em Lewiston, testemunhou que vendera um revólver calibre 38 de seis tiros para Andrew Dufresne apenas dois dias antes do duplo assassinato. Um garçom do bar do clube testemunhou que Andy tinha chegado por volta das sete horas da noite do dia 10 de setembro, engoliu três uísques puros num período de vinte minutos — quando levantou-se do banco junto ao balcão do bar, disse ao garçom que ia à casa de Glenn Quentin e que ele, o garçom, "podia ler o resto nos jornais". Outro vendedor, este de uma loja de conveniência a pouco mais de um quilômetro da casa de Quentin, disse no tribunal que Dufresne tinha entrado na loja por volta das 20h45 naquela mesma noite. Comprou cigarros, três garrafas de cerveja e alguns panos de prato. O médico legista do condado comprovou que Quentin e a mulher de Dufresne foram assassinados entre 11 horas da noite e duas horas da manhã dos dias 10 e 11 de setembro. O detetive da Procuradoria Geral encarregado do caso declarou que existia um desvio na estrada a menos de 100 metros do bangalô, e que na tarde de 11 de setembro três provas foram colhidas nesse desvio: primeira, duas garrafas vazias de cerveja Narragansett (com as impressões digitais do réu); segunda, 12 pontas de cigarro (todas Kool, a marca que o réu fumava); terceira, as marcas de quatro pneus (que coincidiam exatamente com o desenho dos pneus do Plymouth modelo 1947 do réu).

Na sala de estar do bangalô de Quentin foram encontrados quatro panos de prato em cima do sofá. Tinham marcas de bala e queimaduras de pólvora. O detetive especulou (apesar dos veementes protestos do advogado de Andy) que o assassino tinha envolvido o cano da arma para abafar o barulho dos tiros.

Andy Dufresne foi para o banco de testemunhas em sua própria defesa e contou sua história calma, fria e imparcialmente. Disse que começou a ouvir boatos inquietantes sobre sua mulher e Quentin na última semana de julho. Em fins de agosto, estava inquieto o bastante para investigar um pouco. Numa noite em que Linda deveria ter ido fazer compras em Portland depois da aula de golfe, Andy seguiu-a e a Quentin até o sobrado alugado por Quentin (inevitavelmente apelidado pelos jornais de "ninho de amor"). Ele ficou estacionado no desvio da estrada até Quentin levá-la de volta ao clube, onde o carro dela ficara, três horas depois.

— O senhor quer dizer em juízo que sua mulher não reconheceu seu Plymouth sedã novo em folha? — perguntou-lhe o promotor, testando-o.

— Troquei de carro com um amigo naquela noite — disse Andy, e esta fria admissão de que sua investigação fora tão bem-planejada não lhe foi nada favorável aos olhos do júri.

Após devolver o carro do amigo e pegar o seu, foi para casa.

Linda estava na cama, lendo um livro. Perguntou a ela como tinha sido o passeio até Portland. Ela respondeu que fora divertido, mas que não tinha visto nada de que gostasse o suficiente para comprar.

— Foi então que tive certeza — disse Andy aos espectadores ansiosos. Falou com a mesma voz calma e vaga com que dera quase todo o seu depoimento.

— Qual era seu estado de espírito nos 17 dias decorridos entre aquela noite e a noite em que sua mulher foi assassinada? — o advogado de Andy lhe perguntou.

— Eu estava muito aflito — disse Andy calma e friamente. Assim como um homem enumera a sua lista de compras, ele afirmou que pensara em suicídio e que tinha até comprado um revólver em Lewiston no dia 8 de setembro.

O advogado então pediu-lhe para contar ao júri o que acontecera depois que sua esposa saíra para encontrar Glenn Quentin na noite dos assassinatos. Andy contou... e a impressão que causou foi a pior possível.

Eu o conheci por cerca de trinta anos, e posso dizer que ele era o homem mais calmo e senhor de si que já encontrei. O que havia de certo com ele, contava um pouquinho de cada vez. O que havia de errado, guardava dentro de si mesmo. Se por acaso tivesse passado uma "noite negra", como dizem nos romances, você jamais saberia. Era o tipo de homem que, se decidisse cometer suicídio, o faria sem deixar um bilhete, e só depois que seus negócios estivessem perfeitamente em ordem. Se ele tivesse chorado no banco dos réus, ou se sua voz tivesse ficado embargada ou hesitante, até se ele tivesse começado a gritar com o promotor, acredito que ele não receberia a sentença de prisão perpétua que recebeu. Mesmo que a tivesse recebido, estaria em liberdade condicional em 1954. Mas ele contou sua história ao júri como se fosse um gravador, parecendo dizer aos jurados: É isso aí. É pegar ou largar. Eles largaram.

Ele afirmou que estava bêbado naquela noite, que andava mais ou menos bêbado desde 24 de agosto e que era uma pessoa que não segurava muito bem a bebida. É claro que isso, por si só, já seria difícil para qualquer júri engolir. Eles não conseguiam visualizar este moço, friamente seguro de si, em um perfeito terno de lã com jaquetão e colete, ficando bêbado de cair por causa de um casinho vulgar de sua mulher com um professor de golfe de cidade pequena. Eu acreditei na história dele porque tive oportunidade de observar Andy, o que aqueles seis homens e seis mulheres não tiveram.

Por todo o tempo em que o conheci, Andy Dufresne só tomava quatro drinques por ano. Ele me encontrava no pátio de exercícios todo ano, uma semana antes de seu aniversário, e depois novamente duas semanas antes do Natal. Em cada ocasião, me pedia para conseguir uma garrafa de Jack Daniel's. Ele a comprava do jeito que a maioria dos presos compra suas coisas — com o salário de fome daqui e mais um pouquinho do seu dinheiro. Até 1965, o que se recebia pela hora de trabalho eram dez *cents*. Em 65, aumentaram para 25 *cents*. Minha comissão para bebida era e ainda é dez por cento, e quando se acrescenta essa sobretaxa ao preço de um bom uísque como o Black Jack, tem-se uma ideia de quantas horas de suadouro Andy Dufresne passava na lavanderia da prisão para comprar seus quatro drinques por ano.

Na manhã do seu aniversário, 20 de setembro, ele "virava" um bocado da garrafa, e à noite outro bocado depois de apagarem as luzes. No dia seguinte, me dava o resto da garrafa e eu dividia com outros homens. Da outra garrafa, ele tomava uma dose na noite de Natal e outra na véspera de Ano Novo. Então a garrafa voltava para mim com instruções para passar adiante. Quatro drinques por ano — e este é o comportamento de um homem que foi duramente afetado pela bebida. O bastante para derramar sangue.

Ele contou ao júri que na noite do dia 10 estava tão bêbado que só se lembrava do que acontecera em pequenos flashes. Ele tinha se embebedado de tarde — "tomei uma dose dupla de coragem holandesa" — foi como ele colocou — antes de enfrentar Linda.

Depois que ela saiu para encontrar Quentin, ele se lembrava que decidiu confrontá-los. No caminho para o bangalô de Quentin, parou no clube para uma ou duas "biritinhas". Não conseguia, disse ele, recordar ter dito ao garçom que ele ia "poder ler o resto nos jornais", ou qualquer outra coisa. Lembrava-se de ter comprado cerveja na loja de conveniência, mas não os panos de prato. "Para que iria querer panos de prato?", perguntou, e um dos jornais relatou que três juradas estremeceram.

Mais tarde, muito mais tarde, ele especulou comigo suas teorias sobre o empregado que teria testemunhado a compra dos panos de prato, e acho que vale a pena transcrever o que ele disse:

— Suponha que durante a procura por testemunhas — comentou Andy um dia no pátio de exercícios — eles tenham esbarrado nesse sujeito que me vendeu a cerveja naquela noite. Nessa altura, já tinham se passado três dias. Os fatos foram divulgados por todos os jornais. Talvez eles tenham cercado o sujeito, cinco ou seis policiais, mais o detetive da procuradoria, além do assistente do promotor. Memória é uma coisa muito subjetiva, Red. Eles poderiam ter começado com "Não é possível que ele tenha comprado quatro ou cinco panos de prato?" e trabalhado em cima disso. Se houver bastante gente querendo que você se lembre de alguma coisa, isto pode ser um elemento persuasivo muito forte.

Concordei que poderia.

— Existe, porém, um ainda mais forte — Andy continuou com seu jeito pensativo. — Acho que é bem possível que ele tenha convencido a si próprio. Havia as luzes do palco em cima dele. Repórteres fazendo perguntas, sua foto nos jornais... tudo isso, é claro, coroado pela sua vez de estrela no tribunal. Não estou dizendo que ele tenha deturpado deliberadamente sua história, ou que tenha cometido perjúrio. Acho até possível que ele passasse num teste do detector de mentiras com grau dez, ou que ele jurasse por sua mãe que eu comprei aqueles panos de prato. Mas ainda assim... memória é uma coisa subjetiva dos diabos. Uma coisa eu sei: embora meu próprio advogado pensasse que eu estava mentindo sobre metade da história, ele nunca engoliu esse negócio dos panos de prato. É uma coisa doida. Eu estava bêbado feito um gambá, bêbado demais para pensar em abafar os tiros. Se eu tivesse cometido um crime, os teria deixado explodir.

Ele foi para o desvio da estrada e estacionou. Bebeu cerveja e fumou. Viu as luzes do primeiro andar da casa de Quentin se apagarem.

Viu uma única luz acender-se no segundo andar... e 15 minutos mais tarde apagar-se.

— Sr. Dufresne, o senhor foi então à casa de Glenn Quentin e matou os dois? — bradou seu advogado.

— Não, eu não matei — respondeu Andy. Por volta da meia-noite, ele disse, estava ficando sóbrio. Estava sentindo também os primeiros sinais de uma tremenda ressaca. Decidiu ir para casa, dormir e pensar sobre o assunto de modo mais adulto no dia seguinte. — Naquela noite, enquanto eu dirigia a caminho de casa, comecei a pensar que a decisão mais inteligente seria simplesmente deixá-la ir a Reno conseguir o divórcio.

— Obrigado, sr. Dufresne.

— O promotor se levantou.

— O senhor se divorciou dela da maneira mais rápida que pôde inventar, não foi? O senhor se divorciou dela com um 38 enrolado em panos de prato, não foi?

— Não, senhor, não foi — disse Andy calmamente.

— E então o senhor atirou no amante dela.

— Não, senhor.

— O senhor quer dizer que atirou em Quentin primeiro?

— Quero dizer que não atirei em nenhum dos dois. Bebi duas garrafas de cerveja e fumei não sei quantos cigarros que a polícia achou no desvio. Então fui para casa dormir.

— O senhor disse ao júri que entre 24 de agosto e 10 de setembro estava pensando em suicídio.

— Sim, senhor.

— O bastante para comprar um revólver.

— Sim.

— O senhor ficaria muito aborrecido, sr. Dufresne, se eu lhe dissesse que o senhor não me parece ser do tipo que se suicida?

— Não — respondeu Andy. — Mas o senhor não me impressiona com sua sensibilidade aguçada, e duvido muito que eu levasse meu problema para o senhor se estivesse pensando em suicídio.

Nesse momento, ouviu-se um riso abafado e tenso na sala, mas ele não ganhou nenhum ponto com o júri.

— O senhor carregava o seu 38 na noite de 10 de setembro?

— Não, como já declarei...

— Ah, sim! — O promotor sorriu sarcástico. — O senhor o atirou no rio, não foi? O rio Royal. Na tarde de 9 de setembro.

— Sim, senhor.

— Um dia antes dos assassinatos.

— Sim, senhor.

— Conveniente, não é?

— Não é conveniente nem inconveniente. É apenas a verdade.

— Acredito que o senhor tenha ouvido o depoimento do tenente Mincher. — Mincher chefiou a turma que tinha dragado o trecho do rio Royal perto da ponte Pond Road, de onde Andy disse que atirara o revólver. A polícia não o tinha encontrado.

— Sim, senhor. O senhor sabe que ouvi.

— Então, o senhor ouviu-o contar ao tribunal que eles não encontraram nenhum revólver, embora tenham dragado o rio durante três dias. Isso foi um tanto conveniente, não foi?

— Conveniência à parte, o fato é que eles não encontraram o revólver — respondeu Andy calmamente. — Mas eu gostaria de lembrar ao senhor e ao júri que a ponte Pond Road está muito perto do local em que o rio Royal desemboca na baía de Yarmouth. A correnteza é forte. O revólver pode ter sido arrastado para a baía.

— E assim não se pode comparar os estriamentos das balas retiradas dos corpos ensanguentados de sua esposa e de Glenn Quentin com os estriamentos no cano de seu revólver. Isto é correto, não é, sr. Dufresne?

— Sim.

— E é também um tanto conveniente, não é?

Nesse momento, segundo os jornais, Andy mostrou uma das poucas reações, levemente emocionais, a que se permitiu durante as seis semanas do julgamento. Um leve e amargo sorriso cruzou seu rosto.

— Já que sou inocente desse crime e já que estou dizendo a verdade sobre ter atirado o revólver no rio na véspera do dia do crime, o fato de o revólver nunca ter sido encontrado me parece decididamente inconveniente.

O promotor atormentou-o durante dois dias. Releu para Andy o depoimento do empregado da loja de conveniência sobre os panos de prato. Andy repetiu que não se recordava de tê-los comprado, mas admitia que também não se recordava de *não* tê-los comprado.

Era verdade que Andy e Linda Dufresne tinham feito uma apólice de seguro conjunta no começo de 1947? Sim, era verdade. E se fosse absolvido, não era verdade que Andy receberia 50 mil dólares de benefício? Verdade. E não era verdade que ele tinha ido à casa de Glenn Quentin com ódio de morte em seu coração, e *também* não era verdade que tinha cometido assassinato duas vezes? Não, não era verdade. Então, o que ele achava que tinha acontecido, já que não havia sinais de roubo?

— Não tenho condições de responder a isso — disse Andy calmamente.

O processo foi para o júri à uma hora da tarde de uma quarta-feira cheia de neve. Os 12 jurados, homens e mulheres, voltaram às três e meia. O oficial de justiça disse que eles deveriam ter voltado mais cedo, mas demoraram para que pudessem degustar o frango do almoço do restaurante Bentley, às custas do condado. Eles o consideraram culpado, e, meu irmão, se o estado de Maine tivesse a pena de morte, ele teria "dançado" antes que os brotos da primavera emergissem da neve.

O promotor lhe perguntara o que ele achava que teria acontecido, e Andy esquivou-se da pergunta — mas ele tinha uma ideia, e a arranquei dele num fim de noite em 1955. Foram precisos sete anos para evoluirmos de conhecidos para amigos — mas eu nunca me senti realmente chegado a Andy até 1960, e acredito que fui o único que chegou a ser seu amigo. Por sermos "perpétuos", ficamos no mesmo bloco do princípio ao fim, embora eu estivesse um pouco distante dele, no corredor.

— O que eu acho? — Ele riu, mas não havia humor no seu riso. — Acho que havia muito azar pairando no ar naquela noite. Mais do que poderia caber novamente no mesmo período de tempo. Acho que deve ter sido um estranho que passava por ali. Talvez alguém que tivesse um pneu furado naquela estrada depois que fui para casa. Talvez um ladrão. Talvez um psicopata. Ele os matou, é só. E eu estou aqui.

Muito simples. E ele estava condenado a passar o resto de sua vida em Shawshank — ou a parte que era importante. Cinco anos mais tarde, ele começou a ter audiências para liberdade condicional e lhe negavam sistematicamente, apesar de ser um prisioneiro exemplar. Quando se tem *assassinato* carimbado no papel de admissão, conseguir um passe para fora de Shawshank é trabalho lento, tão lento quanto um rio desgastando uma rocha. Sete homens fazem parte da comissão, dois a mais que na maioria das prisões estaduais, e cada um desses tem uma cabeça tão dura quanto pedra. Esses caras você não compra, não passa uma conversa e não consegue nada chorando. No que diz respeito a essa comissão, "dinheiro não tem vez e *ninguém* sai do xadrez". Havia outras razões no caso de Andy também... mas isso fica pra depois.

Havia um detento com regalias, chamado Kendricks, que me devia uma grana alta nos anos 1950 e levou uns quatro anos até pagar tudo. A maior parte dos juros que ele me pagou foi em informações — na minha linha de trabalho, você será um homem morto se não tiver um jeito de manter os olhos abertos e os ouvidos atentos. Esse Kendricks, por exemplo, tinha acesso a documentos que eu nunca veria durante meu serviço de operador do moinho de minérios na droga da oficina de placas de automóveis.

Kendricks me contou que o voto da comissão de liberdade condicional foi sete a zero contra Andy Dufresne em 1957, seis a um em 1958, sete a zero de novo em 1959, e cinco a dois em 1960. Depois disso eu não sei, mas o que sei é que 16 anos mais tarde ele ainda estava na cela 14 do Bloco 5. Nessa época, 1975, ele já tinha 58 anos. Eles provavelmente seriam generosos e o deixariam sair em 1983. Eles dão a você uma sentença para a vida toda e é a vida que eles te tiram — pelo menos, tudo dela que vale a pena. Talvez eles deixem você sair algum dia, mas... escutem só essa: eu conhecia um cara, Sherwood Bolton era seu nome, e ele tinha um pombo em sua cela. Teve esse pombo de 1945 até 1953, quando o deixaram sair. Ele não era nenhum Homem Pássaro de Alcatraz; só tinha esse pombo — Jake, assim o chamava. Ele libertou Jake um dia antes da sua saída, e Jake foi embora, voando, alegre e bonito. Mas cerca de uma semana depois, um amigo me levou até o lado oeste do pátio de exercícios, onde Sherwood costumava ficar. Um pássaro estava deitado lá, como se fosse um montinho de roupa suja. Parecia faminto. Meu amigo disse: "Não é Jake, Red?" Era. O pombo estava "mortinho da silva".

* * *

Eu lembro da primeira vez que Andy Dufresne entrou em contato comigo; me lembro como se fosse ontem. Não foi aquela vez que pediu Rita Hayworth, não. Isso foi depois. Naquele verão de 1948, ele se aproximou de mim por uma outra razão.

A maioria dos meus negócios é feita lá mesmo no pátio de exercícios, e foi onde esse aconteceu também. Nosso pátio é grande, bem maior que os outros. É um quadrado perfeito de 90 metros de lado. No lado norte, fica um muro com torres de guarda em cada extremidade. Os guardas lá de cima são equipados com binóculos e armas contra motim. O portão principal fica no lado norte. As áreas de carga e descarga de caminhões ficam no lado sul do pátio. Há cinco dessas áreas. Shawshank é movimentado durante a semana — entregas chegando, entregas saindo. Nós temos uma fábrica de placas de automóveis e uma grande lavanderia industrial que lava toda a roupa da prisão e mais a do Hospital Kittery Receiving e a da Casa de Saúde Eliot. Há também uma grande oficina onde os presidiários mecânicos consertam veículos municipais, estaduais e da prisão — sem falar nos carros particulares dos guardas, da administração... e em mais de uma ocasião, os da comissão de liberdade condicional.

No lado leste, há uma grossa parede de pedra com pequeninas janelas estreitas. O Bloco 5 fica do outro lado dessa parede. No lado oeste, ficam a administração e a enfermaria. Shawshank nunca ficou superlotada como a maioria das prisões, e em 1948 somente dois terços da sua capacidade estavam preenchidos, mas a qualquer momento poderia haver de oitenta a 120 detentos no pátio, jogando futebol ou beisebol, jogando dados, batendo papo, fazendo negócios. No domingo, o lugar ficava ainda mais cheio; no domingo, o lugar se pareceria com uma festa ao ar livre... se houvesse mulheres.

Foi num domingo que Andy se aproximou pela primeira vez. Eu tinha acabado de falar sobre um rádio com Elmore Armitage, um companheiro que às vezes me "quebrava uns galhos", quando Andy chegou. Eu sabia quem ele era; tinha fama de ser um cara esnobe e frio. O pessoal dizia que ele já estava marcado pra ter problemas. Uma das pessoas que diziam isso era Bogs Diamond, um cara ruim para se ter "na sua cola". Andy não tinha companheiro de cela, e esse era o jeito que ele queria, embora as celas individuais fossem apenas um pouco maiores que um caixão. Mas eu não presto atenção a boatos sobre um homem quando posso julgá-lo por mim mesmo.

— Oi — disse ele. — Sou Andy Dufresne. — Estendeu-me a mão e eu o cumprimentei. Não era homem de perder tempo com amabilidades sociais; foi direto ao assunto. — Ouvi dizer que você é um cara que sabe como conseguir as coisas.

Concordei que eu era capaz de localizar certos artigos de vez em quando.

— Como faz isso? — perguntou Andy.

— Às vezes — respondi — parece que as coisas vêm direto para as minhas mãos. É um troço meio inexplicável. De repente, é porque sou irlandês.

Ele deu um breve sorriso.

— Será que você me conseguiria um cinzel?

— O que é isso, e por que você quer?

Andy pareceu surpreso.

— As motivações fazem parte do seu negócio? — Usando palavras assim, dava para entender por que ele ganhou a fama de pretensioso, o tipo do cara com ares de grandeza; mas percebi uma minúscula ponta de humor em sua pergunta.

— Escute bem — respondi. — Se você quisesse uma escova de dentes, eu não faria perguntas. Eu diria o preço. Porque, veja bem, uma escova de dentes é um objeto não letal.

— Você se opõe a objetos letais?

— Sim, me oponho.

Uma bola de beisebol, velha e remendada com fita isolante, voou em nossa direção, e ele se virou com uma agilidade felina e pegou-a no ar. Foi uma jogada que deixaria Frank Malzone orgulhoso. Andy atirou a bola de volta — só um movimento de pulso, rápido e aparentemente fácil, mas aquele arremesso tinha malícia. Eu podia ver muita gente nos observando de rabo de olho enquanto faziam outras coisas. Provavelmente os guardas na torre estavam olhando também. Não vou chover no molhado, mas em qualquer prisão há detentos que têm influência, talvez uns quatro ou cinco em uma prisão pequena, talvez umas duas ou três dúzias numa grande penitenciária. Em Shawshank, eu era um desses, e o que eu achava de Andy Dufresne teria muito a ver com o modo pelo qual ele passaria sua estada aqui. Ele sabia disso também, mas não estava me bajulando ou puxando o meu saco, e por esse motivo eu o respeitei.

— É justo. Vou lhe dizer o que é um cinzel e porque o quero. Um cinzel parece com uma picareta em miniatura... desse tamanho. — Ele colocou as mãos cerca de 30 centímetros distantes uma da outra, e foi quando notei como suas unhas eram aparadas e limpas. — Tem uma ponta afiada numa extremidade e uma cabeça de martelo chata e rombuda na outra. Eu quero um porque gosto de rochas.

— Rochas — repeti.

— Sente aqui um pouco — disse ele.

Fiz sua vontade. Nós nos agachamos como índios.

Andy pegou um bocado de terra do pátio e peneirou-a com suas mãos limpas, de maneira que saísse como uma nuvem fina. Sobraram pequenos seixos, um ou dois faiscantes, o resto opaco e feio. Um dos opacos era quartzo, mas era opaco só até que se esfregasse, limpando-o. Aí tinha um bonito brilho leitoso. Andy limpou-o e jogou-o para mim. Peguei-o e disse o nome:

— Quartzo, com certeza — ele concordou. — E olhe só: mica, xisto, granito sedimentado. Esse é um terreno de rocha calcária em declive, da época em que cortaram este lugar do lado do morro. — Jogou-os fora e limpou as mãos. — Sou um "caça-rochas". Pelo menos... *era* um "caça-rochas". Na minha antiga vida. Gostaria de sê-lo outra vez, numa escala reduzida.

— Excursões domingueiras pelo pátio de exercícios? — perguntei, me levantando. Era uma ideia boba, e ainda assim... aquele pedacinho de quartzo me deu um aperto estranho no coração. Não sei exatamente por quê; só uma associação com o mundo lá fora, acho eu. Não se pensa em encontrar tais coisas em pátios de prisão. Quartzo é algo que se acha em riachos pequenos e velozes.

— Melhor ter excursões domingueiras aqui do que não tê-las — retorquiu ele.

— Você poderia enfiar o cinzel no crânio de alguém — observei.

— Não tenho inimigos aqui — disse ele calmo.

— Não? — Eu sorri. — Espere só um pouco.

— Se houver problemas, posso resolver sem usar o cinzel.

— Talvez você queira tentar fugir... Passar sob o muro. Porque se você tentar...

Ele sorriu educadamente. Três semanas depois, quando vi o cinzel, entendi o porquê.

— Olha — disse eu —, se descobrem você com isso, vão tomar. Se eles vissem você com uma colher, também tomariam. O que é que você vai fazer, sentar aqui no pátio e começar a martelar?

— Acho que posso fazer melhor do que isso.

Assenti com a cabeça. De qualquer jeito, essa parte não era da minha conta. Um cara contrata meus serviços para arranjar alguma coisa para ele. Se ele vai poder guardá-la ou não, é problema dele.

— Quanto custaria um artigo como esse? — perguntei. Eu estava começando a gostar de seu jeito calmo e discreto. Quando você passa dez anos no xadrez, fica terrivelmente cansado dos valentões e papos-furados. Sim, seria justo dizer que gostei de Andy desde o começo.

— Oito dólares em qualquer loja de pedras semipreciosas — disse ele —, mas sei que num negócio como o seu existe um adicional...

— Minha taxa atual é um adicional de dez por cento, mas cobro mais por um artigo perigoso. Para o tipo de coisa que você quer, é preciso um pouco mais de "graxa" para fazer a engrenagem funcionar. Vamos dizer dez dólares.

— Está bem, dez.

Olhei para ele sorrindo.

— Você tem dez dólares?

— Tenho — disse ele calmamente.

Muito tempo depois, descobri que ele tinha trazido mais de quinhentos dólares. Quando você se registra neste "hotel", um dos guardas faz você curvar-se e dá uma olhada no seu "negócio" — mas há muitos negócios para olhar e, para falar sem rodeios, se o cara estiver realmente a fim, pode enfiar um objeto bem grande no seu "negócio" — fundo o bastante para sumir de vista, a não ser que o guarda esteja disposto a usar uma luva de borracha e cutucar.

— Está bem — disse eu. — Você deve saber o que eu espero que diga se for apanhado com o artigo que eu arrumar.

— Acho que sei — percebi pela sutil mudança em seus olhos cinzentos que ele sabia exatamente o que eu ia dizer. Era um leve brilho, um lampejo de seu especial humor irônico.

— Se você for apanhado, dirá que achou. Isso é para encurtar a história. Vão colocar você na solitária por três ou quatro semanas... e mais, é claro, você vai perder seu brinquedo e ganhar uma nota ruim no seu boletim. Se você disser meu nome a eles, nunca mais faremos negócio. Nem para um par de cadarços de tênis ou um saco de batatinha frita. E eu mandaria uns caras para te botar na linha. Não gosto de violência, mas você entende minha posição. Não posso deixar que pensem que não sei me defender. Seria o meu fim.

— É, acho que sim. Eu entendo, não precisa se preocupar.

— Eu nunca me preocupo — respondi. — Num lugar como esse, não se ganha nada com isso.

Ele assentiu e foi embora. Três dias depois, caminhou ao meu lado durante o descanso da manhã na lavanderia. Não falou nada nem mesmo me olhou, mas pôs uma nota de dez dólares na minha mão com tanta agilidade quanto um mágico com suas cartas. Era um homem que se adaptava rapidamente. Arranjei o cinzel. Fiquei com ele na minha cela por uma noite e era exatamente como Andy o descrevera. Não era uma ferramenta para fugas (levaria uns seiscentos anos para um homem cavar um túnel sob o muro usando um cinzel, imaginei), mas mesmo assim eu tinha um pouco de receio. Se aquele cinzel fosse enfiado na cabeça de alguém, essa pessoa certamente jamais escutaria outra vez um programa no rádio. E Andy já tinha começado a ter problemas com as "irmãs". Eu esperava que não fosse para elas que Andy queria o cinzel.

No fim, confiei em meu julgamento. No dia seguinte bem cedo, vinte minutos antes do toque de alvorada, passei o cinzel e um maço de Camel às escondidas para Ernie, o velho detento que varria os corredores do Bloco 5, até que foi solto em 1956. Ele o colocou em seu uniforme sem uma palavra, e durante dezenove anos eu não vi mais o cinzel. A essa altura, já estava completamente gasto de tanto uso.

No domingo seguinte, Andy se aproximou de mim novamente no pátio de exercícios. Parecia um trapo naquele dia. Seu lábio inferior estava tão inchado que parecia uma linguiça, o olho direito estava meio fechado de tão inchado e havia um arranhão feio na bochecha. Ele estava tendo problemas com as "irmãs", mas nunca falou sobre isso.

— Obrigado pela ferramenta — disse. E foi embora.

Eu o observei curiosamente. Ele andou um pouco, viu alguma coisa no chão, curvou-se e pegou-a. Era uma pedrinha. Os uniformes da prisão não têm bolsos, exceto os usados pelos mecânicos quando estão em serviço. Mas sempre se dá um jeito. A pedrinha desapareceu pela manga de Andy e não voltou. Eu me admirei disso... e o admirei também. Apesar dos seus problemas, ele estava levando sua vida. Há milhares de pessoas que não fazem isso porque não querem, ou ainda porque não podem, e muitas delas não estão na prisão. Notei que, embora seu rosto parecesse ter sido amassado por um rolo compressor, suas mãos estavam limpas e as unhas bem aparadas.

Eu não o vi muito nos seis meses seguintes; Andy passou um bocado deste tempo na solitária.

Umas poucas palavras sobre as "irmãs".

Em muitas prisões, eles são conhecidos como "veados machos" ou "bonecas do xadrez" — atualmente o nome da moda é "rainhas assassinas". Mas em Shawshank, eles sempre foram as "irmãs". Não sei porque, mas fora o nome, não há diferença.

Hoje em dia não é surpresa alguma para muitos que exista um bocado de sodomia no interior das prisões — exceto para alguns dos novatos, talvez, que têm a infelicidade de serem jovens, esbeltos, bonitos e inocentes —, mas a homossexualidade, como a heterossexualidade, tem centenas de variedades e formas diferentes. Há homens que não suportam viver sem alguma forma de sexo e procuram outro homem para não ficarem loucos. Normalmente, o que acontece é um arranjo entre dois homens fundamentalmente heterossexuais, embora eu às vezes ficasse pensando se eles eram mesmo tão heterossexuais como pensavam que seriam quando voltassem para suas esposas ou namoradas.

Existem também os homens que "viram casaca" na prisão. Na linguagem atual, eles viram gays ou "saem do armário". Na maioria das vezes (mas nem sempre), desempenham o papel de fêmea, e seus favores são acirradamente disputados.

E há as "irmãs".

Eles estão para a sociedade carcerária assim como o estuprador está para a sociedade livre. Normalmente, têm prisão perpétua, cumprindo penas rigorosas por crimes brutais. Suas presas são os jovens, os fracos e os inexperientes... ou, como no caso de Andy Dufresne, os que parecem fracos. Seus locais de caçada são os chuveiros, as áreas apertadas como os túneis atrás das enormes máquinas de lavar na lavanderia, algumas vezes a enfermaria. Mais de uma vez, já houve estupro na minúscula cabine de projeção atrás do auditório. Na maioria das vezes, o que as "irmãs" conseguem à força poderia ser feito com boa vontade, se elas assim o quisessem; aqueles que "viraram casaca" parecem sempre nutrir "paixões" por alguma irmã, como adolescentes por seus Sinatras, Presleys ou Redfords. Quanto às irmãs, porém, sua satisfação é sempre fazer à força... e acho que sempre será assim.

Por causa de sua pequena estatura e por ter boa aparência (e talvez também pela sua presença de espírito, que eu admirava), as "irmãs" perseguiram Andy desde o momento em que entrou aqui. Se isso fosse um conto de fadas, eu diria que Andy lutou até que o deixaram em paz. Gostaria de poder dizer isso, mas não posso. A prisão não é nenhum mundo de conto de fadas.

Sua primeira vez foi no chuveiro, menos de três dias depois de ter entrado para a nossa feliz família Shawshank. Só muito tapinha e cócegas naquela vez, eu sei. Eles gostam de avaliar o cara antes de fazerem uma jogada firme, como chacais descobrindo se a presa está tão fraca e estropiada quanto parece.

Andy reagiu com uns socos e abriu o lábio de Bogs Diamond, uma "irmã" pesada e grandalhona — que só Deus sabe por onde anda agora. Um guarda os separou antes que acontecesse alguma coisa mais grave, mas Bogs prometeu pegá-lo — e Bogs cumpriu a promessa.

A segunda vez foi atrás das máquinas de lavar. Muita coisa já aconteceu nesses anos naquele espaço estreito, longo e empoeirado; os guardas sabem disso e deixam passar. É escuro e repleto de sacos de produtos para lavar e alvejar, tambores cheios de catalisador Hexlite, tão inofensivo quanto sal, se suas mãos estão secas; mortal como ácido de bateria, se estão molhadas. Os guardas não gostam de ir lá. Não há por onde escapar, e uma das primeiras coisas que eles aprendem quando vêm trabalhar nesse lugar é nunca deixar os presos te levarem para um local onde não há saída.

Bogs não estava lá nesse dia, mas Henley Backus, que era o chefe da turma da lavanderia desde 1922, me contou que quatro dos amigos de Bogs estavam. Andy os manteve acuados por algum tempo com um punhado de Hexlite, ameaçando jogá-lo nos olhos deles se chegassem mais perto, mas tropeçou quando tentava passar atrás de uma das grandes máquinas. Bastou isso. Caíram em cima dele.

Acho que a expressão "curra" não muda muito de uma geração para outra. E foi isso que aquelas quatro "irmãs" fizeram com ele. Eles o deitaram sobre uma caixa de transmissão e um deles segurou uma chave Phillips contra sua cabeça, enquanto os outros faziam sua parte. O negócio rasga você um pouco, mas não muito; se estou falando por experiência própria? — bem que eu desejaria que não fosse. Você sangra por um tempo. Se não quiser que algum palhaço lhe pergunte se está menstruado, faça um chumaço de papel higiênico e ponha na cueca até que o sangramento pare. Esse sangramento é mesmo como uma menstruação; dura dois, talvez três dias, pingando devagar. E aí para. Sem prejuízo nenhum, a menos que eles tenham feito alguma coisa mais antinatural ainda. Nenhum dano *físico* — mas estupro é estupro, e você acaba tendo que olhar seu rosto no espelho de novo e decidir o que fazer de você mesmo.

Andy passou por isso sozinho, do jeito que passou por tudo sozinho naqueles dias. Deve ter chegado à conclusão a que outros chegaram antes dele, ou seja, que só há duas maneiras de lidar com as "irmãs": lutar contra elas e ser agarrado, ou simplesmente ser agarrado.

Ele decidiu lutar. Quando Bogs e dois de seus amigos vieram atrás dele, mais ou menos uma semana depois do incidente na lavanderia ("Ouvi dizer que você foi amaciado", disse Bogs, segundo a versão de Ernie, que estava por perto naquela hora), Andy partiu para cima deles. Quebrou o nariz de um cara chamado Rooster MacBride, um caipira barrigudo que estava preso por ter espancado sua enteada até a morte. Fico feliz em dizer que Rooster morreu aqui.

Eles o pegaram, todos os três. Quando acabaram, Rooster e o outro sujeito — acho que foi Pete Verness, mas não estou certo — forçaram Andy a ajoelhar-se. Bogs Diamond ficou na frente dele. Tinha uma navalha com o cabo de madrepérola com as palavras "Diamond Pearl" gravadas nos dois lados do cabo. Ele a abriu e disse:

— Eu vou abrir minha braguilha agora, cara, e você vai chupar o que eu te der pra chupar. E depois que você tiver chupado o meu, vai chupar o de Rooster também. Você quebrou o nariz dele e acho que ele tem que ter uma recompensa.

— Qualquer coisa sua que você enfiar na minha boca, vai ficar sem ela — Andy falou.

Bogs olhou-o como se ele fosse doido, contou-me Ernie.

— Não — disse a Andy, bem devagar, como se ele fosse uma criança estúpida. — Você não entendeu o que eu disse. Se você fizer qualquer coisa desse tipo, enfio as oito polegadas dessa lâmina de aço dentro do seu ouvido. Sacou?

— Eu entendi o que você disse. *Você* é que não entendeu o que eu disse. Vou morder qualquer coisa que você ponha na minha boca. Pode enfiar essa navalha na minha cabeça, mas você deve saber que um ferimento grave e súbito no cérebro faz com que a vítima urine e defeque ao mesmo tempo... ah, e morda também.

Ele olhou para Bogs com aquele sorriso discreto, como contou o velho Ernie, como se os três estivessem discutindo ações e títulos, e não jogando duro do jeito que estavam. Como se ele estivesse usando um de seus ternos de banqueiro em vez de estar ajoelhado num chão sujo de um quartinho de limpeza com as calças arriadas nos tornozelos e sangue pingando por entre as coxas.

— Na verdade — ele continuou —, acredito que o reflexo de morder algumas vezes é tão forte que os maxilares da vítima têm que ser abertos com pé de cabra.

Bogs não botou nada na boca de Andy naquela noite em fins de fevereiro de 1948, e Rooster MacBride também não, e ninguém mais o fez, que eu saiba. O que os três fizeram foi bater em Andy até quase matá-lo, e os quatro acabaram passando um tempo na solitária. Andy e MacBride passaram antes pela enfermaria.

Quantas vezes esse mesmo bando o agarrou? Não sei. Acho que Rooster perdeu o apetite bem depressa — tala no nariz durante um mês deixa qualquer um assim — e Bogs Diamond parou com isso de súbito naquele verão.

Aquilo foi estranho. Bogs foi encontrado em sua cela, mortalmente espancado numa manhã no começo de junho, quando não apareceu para a contagem da hora do café da manhã. Ele não falou quem tinha feito o serviço ou como tinham chegado até ele, mas no meu ramo de negócios sei que um guarda pode ser subornado para fazer quase tudo, exceto arranjar uma arma para um detento. Eles não ganhavam um bom salário naquela época, tampouco agora. E naquele tempo não havia sistema de trancamento eletrônico nem circuito fechado de televisão, nem chaves gerais que controlassem áreas inteiras da prisão. Em 1948, cada bloco de celas tinha seu próprio carcereiro. Um guarda podia ser comprado facilmente para deixar alguém entrar — talvez uma ou duas pessoas — no bloco, e até na cela de Diamond.

Com certeza, um serviço desse tipo teria custado muito dinheiro. Não para os padrões externos, claro. A economia de uma prisão funciona em escala muito menor. Quando se está aqui há algum tempo, um dólar em sua mão é igual a vinte do lado de fora. Meu palpite é que, se Bogs foi "amassado", isso custou a alguém uma boa nota — 15 dólares, eu diria, para o carcereiro, e dois ou três por cabeça para cada "justiceiro".

Não estou dizendo que tenha sido Andy Dufresne, mas sei que ele trouxe quinhentos dólares quando veio para cá, e que ele era um banqueiro lá fora — um homem que entende melhor do que todos nós as maneiras pelas quais dinheiro se transforma em poder.

Mas de uma coisa eu sei: depois do espancamento — três costelas quebradas, hemorragia no olho, entorse na coluna e quadril deslocado —, Bogs Diamond deixou Andy em paz. Na verdade, deixou todo mundo em paz. Ele ficou como um vento forte de verão, muita fúria e nenhum frio. Pode-se dizer que se transformou numa "irmã frouxa".

Este foi o fim de Bogs Diamond, um homem que poderia ter matado Andy, se Andy não tivesse tomado medidas preventivas (se é que foi Andy quem tomou as medidas). Mas não foi o fim dos problemas de Andy com as "irmãs". Houve um pequeno intervalo, e então começou tudo de novo, embora não fosse tão duro ou tão frequente. Chacais gostam de presa fácil, e havia outras mais fáceis que Andy Dufresne.

Ele sempre lutou contra elas, isso é o que eu lembro. Acho que ele sabia que se deixasse agarrarem-no uma vez sem luta, iria tornar a próxima vez muito mais fácil. Assim Andy aparecia de vez em quando com equimoses no rosto, e houve um negócio de dois dedos quebrados seis ou oito meses depois do espancamento de Diamond. Ah, sim — uma vez, em fins de 1949, o homem baixou na enfermaria com o malar quebrado, que era provavelmente o resultado de alguém balançando um lindo pedaço de cano com a ponta embrulhada em flanela. Ele sempre lutou, e como consequência passou temporadas na solitária. Mas não acho que a solitária fosse para Andy a dureza que era para alguns homens. Ele se dava bem consigo mesmo.

As "irmãs" foram algo a que ele se adaptou — e então, em 1950, isso parou quase que totalmente. Esta é uma parte da minha história a que voltarei no devido tempo.

No outono de 1948, Andy me encontrou uma manhã no pátio de exercícios e me perguntou se eu poderia conseguir uma meia dúzia de cobertores de rocha.

— Que diabo é isso? — perguntei.

Ele me explicou que era como os caçadores de rochas os chamavam; eram panos de polimento do tamanho de panos de prato. Eram pesadamente acolchoados, com um lado macio e um áspero — o lado macio como uma lixa muito fina, o áspero quase tão abrasivo quanto palha de aço industrial (Andy tinha uma caixa delas em sua cela, embora não tivesse arranjado comigo — imagino que tivesse afanado na lavanderia da prisão).

Respondi que achava que podia fazer negócio com os cobertores, e os obtive da mesma loja em que tinha conseguido o cinzel. Dessa vez, cobrei de Andy meus dez por cento usuais e nem mais um centavo. Não vi nada letal ou mesmo perigoso em uma dúzia de panos acolchoados quadrados de 15 por 15. Cobertores de rocha, certamente.

* * *

Foi mais ou menos cinco meses depois que Andy me perguntou se eu poderia conseguir Rita Hayworth para ele. A conversa foi no auditório durante um filme. Hoje em dia, temos filmes uma ou duas vezes por semana, mas naquela época era um acontecimento mensal. Normalmente, os filmes a que assistíamos tinham uma mensagem moralmente edificante, e esse, *Farrapo Humano*, não fugia à regra. A moral era o perigo da bebida. Uma moral na qual podia-se obter algum alento.

Andy conseguiu ficar perto de mim e, na metade do filme, ele se inclinou e perguntou se eu poderia conseguir a Rita Hayworth. Para dizer a verdade, isso me grilou. Ele normalmente era calmo, frio e senhor de si, mas naquela noite estava uma pilha de nervos, quase constrangido, como se estivesse me pedindo para arranjar um carregamento de camisinhas ou um daqueles negocinhos forrados de pele de ovelha que "intensificam seu prazer solitário", como anunciam as revistas. Parecia eletrizado, supercarregado, um cara a ponto de ferver seu radiador.

— Posso — disse eu. — Sem grilos, se acalme. Você quer a pequena ou a grande? — Naquele tempo, Rita era minha melhor garota (uns anos antes tinha sido Betty Grable), e ela vinha em dois tamanhos. Por um dólar, você podia ter a pequena Rita. Por 2,50, a grande Rita, 1,30 metro só de mulher.

— A grande — respondeu sem me olhar. Ele estava a mil naquela noite. Corava como um garoto tentando entrar num filme pornô com a identidade de seu irmão mais velho. — Você pode conseguir?

— Calma, cara, é claro que posso. — A plateia estava aplaudindo e gritando enquanto os insetos caíam das paredes para pegar Ray Milland, que estava em estado grave de delirium tremens.

— Quando?

— Uma semana. Talvez menos.

— Está bem. — Mas ele parecia decepcionado, como se esperasse que eu tivesse uma escondida nas minhas calças naquele instante. — Quanto?

Eu disse a ele o preço de custo. Podia me dar ao luxo de vender-lhe isso a preço de custo, era um bom cliente — é só lembrar do cinzel e dos cobertores de rocha. Além disso, era um bom sujeito — em mais de uma noite, quando estava tendo problemas com Bogs, Rooster e o resto, eu pensava quanto tempo levaria para usar o cinzel para partir a cabeça de alguém.

Pôsteres são uma fatia grande do meu negócio, logo abaixo de bebidas e cigarros, normalmente um pouquinho acima de baseados. Nos anos 1960, o negócio explodiu em todas as direções, com muita gente querendo pôsteres incrementados de Jimi Hendrix, Bob Dylan e aquele do filme *Sem Destino*. Mas a maior parte era de garotas; uma rainha de pinup após a outra.

Dias depois de Andy falar comigo, um motorista da lavanderia com quem eu tinha feito uns negócios anteriormente trouxe mais de sessenta pôsteres, a maioria de Rita Hayworth. Você talvez até se lembre da foto; eu me lembro. Rita está vestida — ou meio vestida — com um maiô, a mão atrás da cabeça, os olhos semicerrados, os lábios vermelhos e carnudos entreabertos. Chamavam essa foto de Rita Hayworth, mas bem que podiam tê-la chamado de "mulher no cio".

Caso vocês estejam pensando sobre o assunto, deixe-me dizer que a administração sabe sobre o mercado negro. É claro que eles sabem. Provavelmente sabem quase tanto sobre meu negócio quanto eu. Eles aceitam porque sabem que uma prisão é como uma grande panela de pressão, e tem que haver válvulas de escape para deixar sair algum vapor. Eles dão batidas ocasionais, e já fui para a solitária umas três vezes nesses anos, mas, quando se trata de pôsteres, eles fazem vista grossa. Viva e deixe viver. Quando uma grande Rita Hayworth aparecia na parede de alguma cela, presumia-se que tivesse vindo pelo correio, mandada por algum amigo ou parente. É claro que todos os pacotes de amigos e parentes são abertos e o conteúdo é relacionado, mas quem vai examinar e verificar a relação de conteúdo para uma coisa tão insignificante quanto um pôster de Rita Hayworth ou de Ava Gardner? Quando você está numa panela de pressão, aprende a viver e deixar viver, ou alguém te abre uma nova boca bem acima do pomo-de-adão. Você aprende a ser tolerante.

Foi Ernie novamente quem levou o pôster da minha cela, a nº 6, para a cela de Andy, a nº 14. E foi Ernie quem trouxe o bilhete, escrito com a letra cuidadosa de Andy, com uma só palavra: "Obrigado."

Um pouco mais tarde, enquanto nos enfileirávamos para o rango da manhã, dei uma olhada em sua cela e pude ver Rita em cima de seu catre em toda sua glória, de maiô, a mão atrás da cabeça, os olhos semi-cerrados, aqueles macios e acetinados lábios entreabertos. Estava acima de seu catre de maneira que ele pudesse olhá-la à noite, depois das luzes apagadas, no reflexo das luzes de sódio do pátio de exercícios.

Mas à luz brilhante do sol da manhã, havia tarjas escuras no rosto dela — a sombra das grades de sua única janela estreita.

Agora vou contar o que aconteceu em meados de maio de 1950, que finalmente encerrou a série de três anos de conflitos entre Andy e as "irmãs". Foi também esse incidente que fez com que ele saísse da lavanderia e fosse para a biblioteca, onde preencheu seu tempo até deixar nossa pequena família feliz no princípio deste ano.

Vocês já notaram que muito do que contei aqui foi na base do "ouvi dizer" — alguém viu alguma coisa, me contou e eu lhes contei. Bem, em alguns casos, simplifiquei o negócio mais ainda e tenho repetido (ou repetirei) informações de quarta ou quinta mão. Aqui é assim. A rede de boatos é muito real, e você tem que usá-la se quiser estar sempre à frente. E também, é claro, você tem que saber separar o trigo da verdade do joio de mentiras, rumores e histórias do tipo "queria que tivesse sido assim".

Também deve ter passado pela cabeça de vocês que estou descrevendo alguém que é mais lenda do que homem, e tenho que concordar que há alguma verdade nisso. Para nós, os "perpétuos", que conhecemos Andy durante anos, havia certa fantasia em relação a ele, quase como se ele fosse um mito, se vocês entendem o que quero dizer. A história que contei sobre Andy recusando-se a dar uma chupada em Bogs Diamond é parte do mito, e como ele continuou a lutar contra as "irmãs" é parte do mito, e como ele conseguiu o trabalho na biblioteca também é... mas com uma diferença importante: eu estava lá e vi o que aconteceu, e juro pela minha mãe que é tudo verdade. O juramento de um assassino condenado pode não valer muito, mas acreditem: eu não minto.

Nessa época, Andy e eu conversávamos razoavelmente. O cara era fascinante. Recordando o episódio do pôster, vejo que há uma coisa que deixei de contar, e talvez eu devesse. Cinco semanas depois que ele pendurou Rita na parede (eu já tinha esquecido completamente e estava fazendo outros negócios), Ernie passou uma pequena caixa branca pelas grades de minha cela.

— De Dufresne — disse ele em voz baixa, sem parar de varrer.

— Obrigado, Ernie — respondi, e dei a ele meio maço de Camel.

Que diabo seria aquilo, eu pensava, enquanto tirava a tampa da caixa. Havia um bocado de algodão, e embaixo do algodão...

Fiquei olhando por um bom tempo. Por alguns minutos, foi como se eu não ousasse tocá-los, eram tão lindos... Há uma notória escassez de coisas bonitas no xadrez, e o pior disso é que muitos homens parecem não sentir falta delas.

Dentro da caixa, havia dois pedaços de quartzo, ambos cuidadosamente polidos. Tinham sido lapidados na forma de troncos flutuantes. Viam-se pequeninas chispas de pirita amarela que pareciam salpicos de ouro. Se não fossem tão pesados, fariam um belo par de abotoaduras — eram quase um par perfeito.

Quanto trabalho tinha sido posto na criação daquelas duas peças? Horas e horas depois das luzes apagadas, eu sabia. Primeiro o desbastamento e a lapidação, e depois o interminável polimento e acabamento com aqueles cobertores de rocha. Olhando para eles, senti o entusiasmo que qualquer homem ou mulher sente quando vê alguma coisa bela, alguma coisa que foi *trabalhada* e *feita* — acho que é isso realmente que nos diferencia dos animais —, e senti outra coisa também. Um sentimento de admiração/reverência pela feroz persistência do homem. Mas não cheguei a perceber o quanto Andy Dufresne podia ser persistente até muito mais tarde.

Em maio de 1950, os poderes vigentes decidiram que o telhado da fábrica de placas de veículos tinha que ser recoberto com alcatrão. Queriam o serviço pronto antes que ficasse muito quente lá em cima, e pediram voluntários para o trabalho, que devia levar mais ou menos uma semana. Mais de setenta homens se ofereceram, porque era trabalho ao ar livre, e maio é um ótimo mês para serviços ao ar livre. Nove ou dez nomes foram sorteados num chapéu, e dois deles foram o meu e o de Andy.

Na semana seguinte, marchávamos para o pátio depois do café da manhã, com dois guardas à frente e mais dois atrás... e mais todos os guardas nas torres de sobreaviso na operação com seus binóculos, como precaução.

Quatro de nós carregávamos uma escada de extensão naquelas marchas matinais — sempre achei um barato o nome pelo qual Dickie Betts, que estava no serviço, chamava aquele tipo de escada: extensível — e a encostávamos naquele edifício baixo. Então, começávamos a passar baldes de alcatrão quente até o telhado. Derrame aquela merda em você e sairá dançando swing até a enfermaria.

Havia seis guardas no projeto, todos escolhidos na base do tempo de serviço. Era quase tão bom quanto uma semana de férias, porque em vez de suar na lavanderia ou na oficina de placas, ou ficar com um bando de presos cortando polpa de frutos ou gravetos em algum lugar, eles estavam tendo um feriado ao sol de maio, recostados no parapeito baixo, jogando conversa fora.

Eles não precisavam nem dar uma olhadinha em nossa direção, porque o posto de sentinela do muro sul estava bastante próximo, de modo que os caras lá de cima poderiam cuspir em nós, se quisessem. Se qualquer um do nosso grupo de trabalho fizesse algum movimento estranho, seriam necessários apenas quatro segundos para ser cortado ao meio com uma rajada de metralhadora calibre 45. Desse modo, os seis guardas estavam simplesmente sentados lá, numa boa. Tudo o que eles queriam era meia dúzia de cervejas enterradas em gelo moído, e seriam os senhores de toda a criação.

Um deles era um sujeito chamado Byron Hadley e, em 1950, ele estava em Shawshank há mais tempo do que eu. Há mais tempo do que os dois últimos diretores juntos. O cara que comandava o espetáculo em 1950 era um ianque do leste com jeito de maricas chamado George Dunahy. Era formado em administração penal. Que eu saiba, ninguém gostava dele, exceto o pessoal que o tinha nomeado. Eu soube que ele só estava interessado em três coisas: em reunir estatísticas para um livro (que mais tarde foi publicado por uma pequena editora da Nova Inglaterra, chamada Light Side Press, com edição paga por ele); saber qual o time que tinha ganhado o campeonato interno de beisebol em setembro; e conseguir uma lei de pena de morte para o estado do Maine. Era um árduo defensor da pena de morte, esse George Dunahy. Foi demitido em 1953, quando se noticiou que estava administrando um serviço mecânico com desconto na garagem da prisão e dividindo o lucro com Byron Hadley e Greg Stammas. Hadley e Stammas saíram dessa sem um arranhão — eram macacos velhos o bastante para cobrirem os seus traseiros —, mas Dunahy dançou. Ninguém ficou triste com a sua saída, mas também ninguém ficou feliz de ver Greg Stammas tomar seu lugar. Greg era baixo, tinha uma barriga dura e os olhos castanhos mais frios que já vi. Tinha sempre um sorriso forçado, contraído e doloroso em seu rosto, como se quisesse ir ao banheiro e não conseguisse. Durante o período de Stammas como diretor, houve muita brutalidade em Shawshank, e, apesar de não ter provas, creio que houve pelo menos uma meia dúzia de enterros noturnos na pequena floresta a leste da prisão. Dunahy era mau, mas Greg Stammas era um homem cruel, odioso, um coração de pedra.

Ele e Byron Hadley eram bons amigos. Como diretor, George Dunahy era só uma figura decorativa; era Stammas — e, através dele, Hadley — quem realmente administrava a prisão.

Hadley era um homem alto e desajeitado, com poucos cabelos ruivos. Queimava-se facilmente ao sol, falava alto, e, se você não andasse rápido o suficiente para agradá-lo, levava uma sarrafada. Naquele dia, que era o nosso terceiro no telhado, ele estava conversando com um outro guarda chamado Mert Entwhistle.

Hadley tinha recebido notícias excepcionalmente boas e estava resmungando a respeito. Este era seu estilo — era um homem ingrato que não tinha uma palavra boa para ninguém, um homem convencido de que o mundo inteiro estava contra ele. O mundo o tinha lesado nos melhores anos de sua vida, e o mundo ficaria mais feliz em lesá-lo no resto. Já vi alguns guardas que eu pensava serem quase santos, e acho que sei por que isso acontece — eles são capazes de ver a diferença entre suas próprias vidas, por mais pobres e difíceis que sejam, e as vidas dos homens que o Estado lhes paga para vigiar. Estes guardas são capazes de fazer uma comparação em termos de desgraça. Outros não fazem ou não querem.

Para Byron Hadley, não havia termos de comparação. Ele podia estar lá sentado, calmo e à vontade sob o morno sol de maio, e ter o desplante de lamentar sua boa sorte enquanto que a menos de 10 metros um bando de homens trabalhava, suava e queimava as mãos em grandes baldes cheios de alcatrão fervendo, homens que tinham que trabalhar tão duro em seu dia a dia que até isto parecia um alívio. Você deve se lembrar daquela velha pergunta que define sua concepção de vida quando você a responde. Para Byron Hadley, a resposta seria sempre "meio vazio, o copo está meio vazio". Para todo o sempre, amém. Se lhe dessem uma cidra gelada para beber, pensaria em vinagre. Se lhe dissessem que sua mulher sempre lhe tinha sido fiel, diria que era porque ela era feia como o diabo.

E lá estava ele sentado, conversando com Mert Entwhistle em voz alta, alta o bastante para todos nós ouvirmos, a sua larga testa branca já começando a ficar vermelha por causa do sol. Uma das mãos estava apoiada sobre o parapeito que cercava o telhado. A outra estava na coronha do seu 38.

Nós todos ouvimos a história junto com Mert. Parecia que o irmão mais velho de Hadley tinha ido embora para o Texas uns 14 anos antes, e o resto da família não tinha tido notícias do filho da mãe esse tempo todo. Achavam que ele estava morto, com a graça de Deus. Então, há uma semana e meia, um advogado telefonara para eles de Austin. O negócio era que o irmão de Hadley tinha morrido há quatro meses, e morrido rico ("É incrível como alguns imbecis podem ter tanta sorte", comentou esse modelo de gratidão no telhado da oficina de placas). O dinheiro era resultante de negócios com petróleo, e chegava a um milhão de dólares.

Não, Hadley não era um milionário — isso poderia tê-lo feito feliz, pelo menos por algum tempo —, mas o irmão deixara um legado decente de 35 mil dólares para cada membro vivo da família que pudesse ser encontrado em Maine. Nada mal. É como ganhar na loteria.

Mas para Byron Hadley, o copo estava sempre meio vazio. Ele passou mais da metade da manhã reclamando com Mert da dentada que o diabo do governo ia dar na sua herança:

— Eles vão me deixar apenas com o suficiente para comprar um carro novo — calculou —, e aí, o que acontece? Você tem que pagar impostos do carro, consertos e manutenção, e as malditas crianças te aporrinhando para dar um passeio com a capota arriada...

— E para *dirigir*, se tiverem idade — disse Mert. O velho Mert Entwhistle sabia onde tinha o nariz e não disse o que devia ser óbvio para ele e para todos nós: "Se esse dinheiro está te chateando tanto, meu velho Byron, vou tirar esse peso de cima de você. Afinal de contas, para que servem os amigos?"

— É isso aí, querendo dirigir o carro, querendo *aprender* a dirigir nele, pelo amor de Deus — Byron estremeceu. — E aí, o que é que acontece no final do ano? Se você calculou o Imposto de Renda errado e não tem uma reserva para pagar o que falta, tem que pagar do seu bolso, ou talvez até pegar emprestado com um desses agiotas. E eles examinam a sua declaração. Não tem jeito. E quando você cai na malha fina, o governo sempre leva mais. Quem pode lutar contra o leão? Ele põe a mão dentro da sua camisa e aperta o bico do seu peito até ficar roxo, e a corda sempre arrebenta do lado mais fraco. Jesus!

Ele caiu num silêncio sombrio, pensando no azar de ter herdado aqueles 35 mil dólares. Andy Dufresne estava espalhando alcatrão com um pincel grande a menos de 4 metros de distância; então atirou o pincel dentro do balde e foi até onde Mert e Hadley estavam sentados.

Nós todos ficamos tensos e eu vi um outro guarda, Tim Youngblood, levar sua mão até o coldre da pistola. Um dos caras na torre bateu de leve no braço do companheiro e os dois se viraram também. Por um instante, pensei que Andy fosse levar um tiro, ou umas cacetadas, ou as duas coisas.

Então, ele disse tranquilamente para Hadley:

— Você confia na sua mulher?

Hadley encarou-o fixamente. Estava começando a ficar com o rosto vermelho, o que era um mau sinal, eu sabia disso. Em três segundos, ia tirar o cassetete e acertar Andy no plexo solar, onde fica um grande feixe de nervos. Uma pancada violenta nesse local pode matar, mas eles sempre acertam aí. Se não te matar, vai te deixar paralítico por algum tempo, o bastante para você esquecer qualquer movimento engraçadinho que tivesse planejado.

— Rapaz — disse Hadley —, vou te dar só uma chance de apanhar aquele pincel. Se não quiser, você vai sair desse telhado de cabeça.

Andy só olhou para ele, quieto e bem calmo. Seus olhos pareciam de gelo. Era como se ele não tivesse escutado. E então eu me peguei querendo dizer a ele como a coisa funciona, um curso rápido. O curso rápido consiste em *nunca* deixar que os guardas percebam que você está ouvindo a conversa deles, *nunca* se meter em suas conversas, a menos que te peçam (e então você sempre diz o que eles querem ouvir e cala a boca de novo). Branco, preto, vermelho, amarelo — na prisão não faz a menor diferença porque temos a nossa própria marca de igualdade. Na prisão, todo preso é um "crioulo", e você tem que se acostumar com a ideia se pretende sobreviver a homens como Hadley e Greg Stammas, que realmente te matariam, logo que olhassem para você. Quando você está no xadrez, pertence ao Estado e se se esquecer disso, coitado de você. Conheci uns homens que perderam olhos, homens que perderam dedos do pé e da mão; conheci um homem que perdeu a ponta do seu pênis e deu graças a Deus de ter sido só isso. Eu queria dizer a Andy que já era tarde demais. Ele poderia voltar e apanhar o pincel, mas ainda haveria um monstro esperando por ele nos chuveiros aquela noite, pronto para quebrar suas pernas e deixá-lo se contorcendo no cimento. Pode-se comprar um imbecil desses com um maço de cigarros ou três barras de chocolate. Mas, acima de tudo, queria dizer-lhe para não tornar a coisa pior do que já estava.

O que fiz foi continuar a colocar o alcatrão no telhado como se nada estivesse acontecendo. Como todos os outros, tomo conta do meu rabo primeiro. É meu dever. Ele já está rachado, e em Shawshank há sempre um Hadley querendo terminar o serviço.

Andy continuou:

— Talvez eu tenha me expressado mal. Se o senhor confia ou não na sua mulher, é irrelevante. O problema é se acredita ou não que ela poderia tentar te passar para trás.

Hadley se levantou. Mert se levantou. Tim Youngblood se levantou. Hadley estava vermelho como um carro de bombeiros.

— Seu único problema — disse ele — vai ser saber quantos ossos inteiros você ainda terá. Poderá contar na enfermaria. Vamos, Mert. Vamos jogar esse babaca lá embaixo.

Tim Youngblood sacou seu revólver. O resto de nós continuou a passar alcatrão como maníacos furiosos. O sol queimava. Eles não estavam brincando; Hadley e Mert iam arremessá-lo do telhado. Um acidente terrível. Dufresne, prisioneiro 81433SHNK, levava uns baldes vazios para baixo quando escorregou da escada. Que azar.

Eles o seguraram, Mert pelo braço direito, Hadley pelo esquerdo. Andy não ofereceu resistência. Continuou olhando para o rosto vermelho e furioso de Hadley.

— Se o senhor a domina, sr. Hadley — continuou na mesma voz calma e segura —, não há razão para não ter cada centavo desse dinheiro. Placar final: sr. Byron Hadley 35 mil, leão zero.

Mert começou a arrastá-lo para a beira. Hadley ficou parado. Por um momento, Andy era como uma corda entre eles num cabo de guerra. Então Hadley disse:

— Espere um minuto, Mert. O que é que você quer dizer, rapaz?

— Quero dizer que, se é o senhor quem manda, pode dar o dinheiro a ela — disse Andy.

— É melhor que você comece a ser claro, rapaz, ou vai cair lá embaixo.

— O Imposto de Renda lhe permite uma única doação a seu cônjuge — continuou Andy. — Pode ser de até 60 mil dólares.

Hadley agora olhava para Andy como se tivesse levado uma machadada.

— Não, isso está errado — disse. — *Isento* de imposto?

— Isento de imposto — respondeu Andy. — O governo não pode tocar em nenhum centavo.

— Como é que você sabe disso?

Tim Youngblood disse:

— Ele era banqueiro, Byron. Pode ser que...

— Cale a boca, truta — disse Hadley, sem olhar para ele. Tim Youngblood corou e se calou. Alguns guardas o chamavam de truta por causa de seus lábios grossos e dos olhos esbugalhados. Hadley continuou olhando para Andy.

— Você é o banqueiro esperto que atirou na mulher. Por que devo acreditar num banqueiro esperto como você? Para terminar meus dias aqui, quebrando pedra em sua companhia? Você bem que gostaria disso, não é?

Calmamente, Andy continuou:

— Se o senhor fosse para a cadeia por sonegação de impostos, iria para uma penitenciária federal, e não para Shawshank. Mas não vai. A doação isenta de imposto para o cônjuge é uma saída perfeitamente legal. Já fiz dúzias... não, centenas delas. Destina-se principalmente a pessoas com pequenos negócios para passar, pessoas que recebem uma herança inesperadamente. Como o senhor.

— Acho que você está mentindo — disse Hadley, mas não achava, podia-se ver que ele não achava. Havia uma expressão de emoção em seu rosto, alguma coisa grotesca recobrindo aquela fisionomia longa e feia e aquela testa miúda e queimada. Uma emoção quase obscena quando vista nos traços de Byron Hadley. Era esperança.

— Não, não estou mentindo. Mas também não há motivo para acreditar em mim. Arranje um advogado...

— Esses filhos da puta, ladrões, caçadores de ambulância e de porta de cadeia! — gritou Hadley. Andy deu de ombros.

— Então vá à Receita Federal. Eles lhe dirão a mesma coisa, de graça. Na verdade, o senhor não precisa de mim para lhe dizer isso. Deveria ter investigado o assunto sozinho.

— Seu babaca de merda! Não preciso de nenhum banqueiro esperto assassino da mulher para me mostrar que dois e dois são quatro!

— O senhor vai precisar de um advogado especialista em impostos ou de um banqueiro para estabelecer a doação, e isso lhe custará alguma coisa — disse Andy. — Ou... se o senhor estiver interessado, eu teria prazer em fazer isso para o senhor, quase de graça. O preço seriam três cervejas por cabeça para cada um de meus colaboradores...

— Colaboradores — disse Mert, e soltou uma gargalhada esganiçada. Ele deu uma palmada no joelho. O velho Mert tinha mania de dar palmadas no joelho, e espero que tenha morrido de câncer intestinal em algum lugar do mundo onde não se tenha ouvido falar em morfina. — Colaboradores, não é, engraçadinho? Colaboradores? Você não tem...

— Cale essa maldita boca — rosnou Hadley, e Mert calou. Hadley olhou para Andy novamente. — O que é que você estava dizendo?

— Eu estava dizendo que pediria somente três cervejas por cabeça para meus colaboradores, se isso parecer justo — respondeu Andy. — Acho que um homem se sente mais homem, quando está trabalhando ao ar livre na primavera, se ele puder ter uma garrafa de cerveja. Desceria macio, e tenho certeza de que o senhor teria a gratidão deles.

Eu conversei com alguns dos homens que estavam lá em cima naquele dia — Rennie Martin, Logan St. Pierre e Paul Bonsaint eram três deles — e todos nós vimos a mesma coisa... *sentimos* a mesma coisa. De repente era Andy quem estava com a vantagem. Era Hadley quem tinha o revólver na cintura e o cassetete na mão, era Hadley quem tinha seu amigo Greg Stammas apoiando-o, e toda a administração da prisão apoiando Stammas, todo o poder do Estado apoiando *isso* tudo, mas de repente naquele sol dourado nada disso fez diferença, e eu senti meu coração dar um pulo dentro do peito como não acontecia desde que um caminhão trouxe a mim e mais quatro pelo portão, em 1938, e pisei no pátio de exercícios.

Andy olhava para Hadley com aqueles olhos frios, claros e calmos, e não foram só os 35 mil então, nós concordamos nisso. Já repeti a cena várias vezes na minha cabeça, e sei que era homem contra homem. Andy simplesmente *forçou-o*, da maneira que um homem forte força o pulso de um homem mais fraco até a mesa numa queda de braço. Não havia razão, veja bem, para Hadley não ter dado o sinal a Mert naquele instante, jogado Andy lá de cima e ainda seguido seu conselho.

Nenhuma razão. *Mas ele não fez isso.*

— Eu podia arranjar umas cervejas para vocês, se quisesse — disse Hadley. — Uma cerveja realmente pega bem quando você está trabalhando. — Aquele imbecil ainda conseguia parecer generoso.

— Só vou lhe dar um conselho que a Receita Federal não daria — disse Andy. Seus olhos estavam fixos em Hadley, sem pestanejar. — Só faça essa doação à sua esposa se o senhor tiver *certeza*. Se o senhor acha que existe uma única chance de que ela possa enganá-lo ou traí-lo, podemos planejar outra coisa...

— Trair? — repetiu Hadley, asperamente. — Trair? Seu Banqueiro Figurão, se ela engolisse uma caixa inteira de laxantes, não ousaria peidar sem meu consentimento!

Mert, Youngblood e os outros guardas sorriram respeitosamente. Andy não esboçou um sorriso hora nenhuma.

— Vou fazer uma lista dos formulários necessários — disse. — Pode consegui-los no correio, e eu os preencho para que o senhor assine.

Aquilo soou adequadamente importante, e o peito de Hadley estufou-se.

Então olhou em volta para nós e berrou:

— O que é que os idiotas estão olhando? Ao trabalho, droga! — De novo para Andy: — Você vem comigo, figurão. E escute bem: se estiver me passando para trás de algum modo, vai se ver procurando sua própria cabeça no chuveiro antes do final da semana!

— Entendido — disse Andy calmamente.

E entendeu. Do jeito que as coisas aconteceram, ele entendeu muito mais do que eu — muito mais do que qualquer um de nós.

E foi assim que, no antepenúltimo dia de serviço, a turma de presos que alcatroava o telhado da fábrica de placas em 1950 acabou sentada em fileira às dez horas de uma manhã de primavera, bebendo cerveja Black Label fornecida pelo guarda mais durão que já entrou na Prisão Estadual de Shawshank. Aquela cerveja estava tão morna quanto xixi, mas foi a melhor que já tomei na vida. Nós sentamos e bebemos, e sentimos o sol em nossos ombros, e mesmo a expressão do rosto de Hadley, de divertimento e desprezo — como se ele estivesse vendo macacos beberem cerveja —, não conseguiu estragar nosso prazer. Durou vinte minutos aquele descanso para a cerveja, e naqueles vinte minutos nos sentimos homens livres. Parecia que estávamos tomando cerveja e alcatroando o telhado de nossas próprias casas.

Só Andy não bebeu. Já falei sobre seus hábitos em relação à bebida. Ficou agachado na sombra, as mãos entre os joelhos, nos observando e sorrindo um pouco. É impressionante quantos homens se lembram dele daquele jeito, e impressionante também quantos homens estavam naquela turma de trabalho quando Andy Dufresne defrontou-se com Byron Hadley. Eu pensava que eram só nove ou dez, mas em 1955 deve ter havido uns duzentos, talvez mais... se você acreditasse no que ouvia.

É isso: se vocês me pedissem para responder diretamente se estou tentando lhes contar sobre um homem ou uma lenda que se criou em torno dele, como uma pérola que se forma em torno de um grão, eu diria que a resposta está mais ou menos no meio. Tudo o que sei, com certeza, é que Andy Dufresne não era como eu ou como qualquer outra pessoa que já conheci desde que vim para cá. Ele trouxe quinhentos dólares enfiados no traseiro, mas de alguma forma aquele filho da mãe conseguiu trazer uma outra coisa também. Um senso de seu próprio valor, talvez, ou um sentimento de que, no fim, seria o vencedor... ou talvez até fosse um senso de liberdade, mesmo no interior desses malditos muros cinzentos. Era uma espécie de luz interior que carregava consigo. Eu só o vi perder essa luz uma única vez, e isso também é parte da minha história.

Na época do campeonato mundial de 1950 — foi o ano em que os Whiz Kids da Filadélfia perderam quatro seguidas, você se lembra —, Andy não estava mais tendo problemas com as "irmãs". Stammas e Hadley tinham dado o recado. Se Andy Dufresne viesse a qualquer um dos dois, ou a outro guarda que fizesse parte da turma, e mostrasse uma gotinha que fosse de sangue na sua cueca, cada "irmã" de Shawshank iria para a cama à noite com dor de cabeça. Elas não insistiram mais. Como eu já disse, havia sempre um ladrão de automóveis de 18 anos de idade, um incendiário ou um cara que gostava de bolinar criancinhas. Depois daquele dia no telhado da fábrica de placas, Andy e as "irmãs" tomaram caminhos diferentes.

Nessa época, ele estava trabalhando na biblioteca sob as ordens de um velho detento duro de roer chamado Brooks Hatlen. Hatlen tinha conseguido esse trabalho no final da década de 1920 porque tinha formação universitária. Brooksie era formado em zootecnia, é verdade, mas é tão raro encontrar alguém com curso superior num lugar como este que é aquela história: em terra de cego quem tem olho é rei.

Brooksie, que tinha matado a esposa e a filha depois de uma maré de azar no pôquer na época em que Coolidge era presidente, ganhou liberdade condicional em 1952. Como sempre, o Estado, do alto de sua sabedoria, deixou-o sair muito depois da idade em que poderia ser útil à sociedade. Tinha 68 anos e sofria de artrite quando saiu, trôpego, pelo portão principal, de terno polonês e sapato francês, seu documento de liberdade numa das mãos e uma passagem de ônibus da Greyhound na outra. Estava chorando quando partiu. Shawshank era seu mundo. O que ficava além de seus muros era tão terrível quanto os mares ocidentais para os marinheiros supersticiosos do século XV. Na prisão, Brooksie tinha sido uma pessoa de alguma importância. Era o bibliotecário, um sujeito formado. Se ele fosse à biblioteca de Kittery e pedisse um emprego, não lhe dariam nem mesmo uma carteirinha de sócio. Soube que ele morreu num asilo de indigentes no caminho para Freeport em 1953, e com isso durou uns seis meses a mais do que eu pensava que fosse durar. É, acho que o Estado virou as costas para Brooksie. Eles o treinaram para gostar desse lugar de merda e depois o botaram para fora.

Andy assumiu o trabalho de Brooksie e foi bibliotecário durante 23 anos. Para conseguir o que queria para a biblioteca, usava a mesma força de vontade que o vi usar com Byron Hadley. Aos poucos, ele transformou um quartinho (que ainda cheirava a aguarrás, pois tinha sido um depósito de tintas até 1922 e nunca fora arejado devidamente), coberto de romances condensados da *Reader's Digest* e da *National Geographic*, na melhor biblioteca das prisões da Nova Inglaterra.

Fez isso passo a passo. Colocou na porta uma caixa de sugestões, e pacientemente eliminou todas as tentativas de humor do tipo "Mais livro de sacanagem, por favor" e "Como fugir em dez lições". Conseguiu coisas que os prisioneiros pareciam encarar seriamente. Escreveu aos maiores clubes de livro de Nova York e conseguiu que dois deles, o Grêmio Literário e o Clube do Livro do Mês, nos enviassem edições de todas as suas maiores coleções a um preço especial. Descobriu que havia uma sede de informações sobre pequenos passatempos como entalhe em pedra-sabão, em madeira, prestidigitação e jogos de paciência. Conseguiu todos os livros que pôde sobre esses assuntos. E também tudo dos dois autores preferidos dos prisioneiros, Erle Stanley Gardner e Louis L'Amour. Os presos nunca se fartam de tribunais ou de planícies abertas. E tinha também, é claro, uma caixa de livrinhos picantes debaixo da mesa, que emprestava com cuidado, certificando-se de que eram sempre devolvidos. Mesmo assim, cada nova aquisição deste gênero era lida rapidamente até ficar em frangalhos.

Em 1954, começou a escrever para o Conselho Estadual em Augusta. Stammas era o diretor nessa época, e costumava fazer de conta que Andy era uma espécie de mascote. Estava sempre na biblioteca conversando com Andy e, às vezes, colocava um braço paternal em seus ombros ou lhe dava um tapinha amigável. Ele não enganava ninguém. Andy Dufresne não era mascote de ninguém.

Stammas disse a Andy que talvez ele tivesse sido um banqueiro lá fora, mas que essa parte de sua vida estava rapidamente virando um passado longínquo, e ele tinha mais é que entender os fatos da vida na prisão. No que dizia respeito àquele bando de rotarianos republicanos em Augusta, havia somente três gastos viáveis do dinheiro dos contribuintes no setor de prisões e correcionais. Número um, mais muros; número dois, mais grades; e número três, mais guardas. Para o Conselho Estadual, explicou Stammas, o pessoal de Thomastan, Shawshank, Pittsfield e South Portland era a escória da Terra. Eles estavam lá para cumprir duras penas, e, por Deus e seu filhinho Jesus, iam ser duras as suas penas. E se houvesse algumas larvas no pão, isso não era ruim pra caralho?

Andy deu seu sorrisinho sereno e perguntou a Stammas o que aconteceria a um bloco de concreto se caísse sobre ele uma gota d'água por ano durante um milhão de anos. Stammas riu e bateu-lhe nas costas:

— Você não tem um milhão de anos, meu velho, mas se tivesse acredito que passaria todo esse tempo com o mesmo sorrisinho no rosto. Vá em frente e escreva suas cartas. Eu até coloco no correio para você, se pagar o selo.

E foi o que Andy fez. E foi ele quem riu por último, embora Stammas e Hadley não estivessem aqui para ver. Os pedidos de Andy de verbas para a biblioteca foram sistematicamente recusados até 1960, quando recebeu um cheque de duzentos dólares — o Conselho provavelmente o enviou na esperança de que ficasse quieto e desaparecesse. Esperança vã. Andy sentiu que tinha dado o primeiro passo, e redobrou seus esforços; duas cartas por semana em vez de uma. Em 1962, conseguiu quatrocentos dólares, e pelo resto da década a biblioteca recebeu setecentos dólares anuais regularmente. Por volta de 1971, tinha aumentado para mil dólares. Não é muito se comparado com o que uma biblioteca de uma cidadezinha média recebe, acho eu, mas mil dólares compram um bocado de livros de segunda mão do detetive Perry Mason e bangue-bangues de Jake Logan. Na época em que Andy saiu, podia-se entrar na biblioteca (ampliada do armário de tintas original para três cômodos) e achar quase tudo que se quisesse. E se não achasse, havia grandes possibilidades de Andy consegui-lo para você.

Agora você deve estar se perguntando se tudo isso aconteceu só porque Andy disse a Byron Hadley como economizar o imposto sobre a herança. A resposta é sim... e não. Você pode imaginar o que aconteceu.

Correu o boato que Shawshank estava hospedando seu próprio gênio financeiro de estimação. No fim da primavera e no verão de 1950, Andy elaborou dois fundos de reserva para os guardas que queriam assegurar uma educação universitária para seus filhos, aconselhou outros que queriam começar pequenas carteiras de ações (e eles se deram muito bem no final das contas; um deles se deu tão bem que pôde se aposentar mais cedo dois anos depois) e que um raio me parta ao meio se ele não aconselhou o próprio diretor, velho "lábios de limão", George Dunahy, a criar uma proteção contra impostos. Isso foi antes de Dunahy levar o chute no traseiro, e acho que ele devia estar sonhando com todos os milhões que seu livro ia lhe render. Em abril de 1951, Andy estava fazendo as declarações de Imposto de Renda para metade dos guardas de Shawshank e, em 1952, para quase todos eles. Ele era pago no que pode ser a moeda mais valiosa em uma prisão: simples boa vontade.

Mais tarde, depois que Greg Stammas assumiu o cargo de diretor, Andy ficou ainda mais importante — mas se eu tentasse contar os detalhes de como fez isso, estaria conjecturando. Há algumas coisas que eu sei, e outras que posso apenas conjecturar a respeito. Sei que existiam detentos que tinham todo tipo de regalias — rádio nas celas, privilégios extraordinários de visita, coisas assim — e havia gente do lado de fora que pagava para que eles tivessem esses privilégios. Essas pessoas eram chamadas de "anjos" pelos detentos. Sem mais nem menos, um cara era liberado de seu serviço na oficina de placas na manhã de sábado, e você sabia que aquele sujeito tinha um anjo lá fora que havia soltado um bolo de grana para garantir o privilégio. A maneira como normalmente funciona é: o anjo paga o suborno a um guarda de nível médio que espalha a "graxa" para cima e para baixo na escada administrativa.

Então houve o serviço mecânico com desconto que derrubou o diretor Dunahy. O serviço submergiu por algum tempo e reapareceu mais forte do que nunca no final dos anos 1950. E alguns dos empreiteiros que trabalhavam na prisão de vez em quando estavam dando comissões aos altos funcionários administrativos, tenho certeza disso, e isso provavelmente se aplicava também às companhias que vendiam equipamentos para a lavanderia, para a oficina de placas de veículos e para o moinho de minérios, construído em 1963.

No final da década de 1960, houve um rápido crescimento no comércio de bolinhas, e o mesmo pessoal da administração estava ganhando uma nota com isso. Tudo concorria para formar um grande rio de renda ilícita. Não é como a pilha de grana clandestina que deve rolar em prisões grandes como Attica ou San Quentin, mas não era mixaria também. E dinheiro também vira um problema depois de um certo tempo. Você não pode enfiar na carteira e depois soltar um monte de notas de dez e vinte quando quiser construir uma piscina no quintal ou ampliar sua casa. Depois que se passa de um certo ponto, tem-se que explicar de onde veio o dinheiro... e se suas explicações não forem convincentes, é provável que você acabe usando um número às costas também.

Desse modo, os serviços de Andy eram necessários. Isso o tirou da lavanderia e o instalou na biblioteca, mas, se encararmos de outra maneira, ele nunca saiu da lavanderia. Simplesmente puseram-no para trabalhar lavando dinheiro sujo no lugar de roupa suja. Ele canalizava isso em ações, títulos, obrigações, qualquer coisa.

Um dia, uns dez anos depois daquele episódio no telhado, ele me disse que seus sentimentos a respeito do que fazia eram muito claros, e que sua consciência não estava pesada. As fraudes aconteceriam com ele ou sem ele. Não pedira para ser mandado para Shawshank, continuou; era um homem inocente que tinha sido vítima de um azar colossal, e não um missionário ou um benfeitor da humanidade.

— Além disso, Red — continuou com o mesmo meio-sorriso —, o que estou fazendo aqui não é muito diferente do que estava fazendo lá fora. Vou te mostrar um axioma bem cínico: a quantidade de consultoria financeira especializada que um indivíduo ou uma firma necessita aumenta na proporção direta da quantidade de gente que aquele indivíduo ou aquela firma está lesando. Em sua maioria, as pessoas que administram este lugar são monstros brutais e estúpidos. As pessoas que mandam no mundo lá fora são brutais e monstruosas, mas não são estúpidas, porque o padrão de competência lá fora é um pouco mais alto. Não muito, mas um pouco."

— Mas as pílulas — disse eu. — Não quero te ensinar o teu negócio, mas isso me deixa nervoso. Excitantes, calmantes, Nembutal... e agora tem essas coisas que chamam de "fase quatro". Nunca vou entrar numa dessas. Nunca entrei.

— Não — disse Andy. — Também não gosto de bolinhas. Nunca gostei. Mas também não sou muito de cigarros e bebida. Mas não entro nessa de bolinhas. Não mando buscar nem vendo aqui quando tem. Quase sempre são os guardas que fazem isso.

— Mas...

— É, eu sei. Tem uma linha muito sutil aí. O negócio, Red, é que algumas pessoas se recusam a sujar as mãos. Isso se chama santidade e os pombos pousam em seus ombros e fazem cocô em sua camisa. O outro extremo é tomar um banho de sujeira e fazer alguma coisa que te dê algum lucro... armas, canivetes, heroína, o diabo. Algum detento já te propôs um acordo?

Afirmei com a cabeça. Já acontecera muitas vezes nesses anos. Afinal das contas, você é o cara que arranja as coisas. E eles pensam que se você arranja pilhas para o rádio ou pacotes de cigarro ou seda para baseado, você também pode colocá-los em contato com alguém que tenha uma faca.

— É claro que sim — concordou Andy. — Mas você não faz isso. Porque caras como nós, Red, sabem que há uma terceira opção. Uma alternativa entre permanecer autêntico ou se banhar na sujeira e na lama. É a alternativa que os adultos do mundo inteiro escolhem. Você se equilibra no meio do lamaçal lutando contra o que pode lhe derrubar. Você escolhe o menor dos dois males e tenta manter as boas intenções à sua frente. E acho que você julga se está indo bem se for capaz de dormir bem à noite... e ter bons sonhos.

— Boas intenções — repeti eu, e ri. — Sei tudo sobre isso, Andy. Um camarada pode caminhar até o inferno nessa estrada.

— Não acredite nisso — disse ele, sério. — Isso aqui é que é o inferno. Aqui mesmo em Shank. Eles vendem bolinhas e eu ensino o que fazer com o dinheiro. Mas eu também tenho a biblioteca, e conheço mais de duas dúzias de caras que estudaram naqueles livros para passar no exame supletivo. Talvez quando saírem daqui sejam capazes de rastejar para fora da merda. Quando precisamos daquela segunda sala em 1957, eu consegui. Porque queriam me deixar feliz. Eu cobro barato. Esse é o troco.

— E você tem uma cela particular.

— Exatamente. É assim que eu gosto.

A população carcerária havia crescido lentamente durante os anos 1950 e quase explodiu nos anos 1960, pois todos os garotos em idade de cursar uma universidade queriam experimentar drogas, e as penalidades eram completamente ridículas pelo uso de um pequeno baseado. Mas durante todo esse tempo, Andy nunca teve um companheiro de cela, a não ser um índio alto e quieto chamado Normaden (como todos os índios em Shank, ele era chamado de Chefe), e Normaden foi embora logo. Muitos dos outros "perpétuos" achavam que Andy era maluco, mas Andy apenas sorria. Vivia sozinho e gostava que fosse assim... e, como ele mesmo dizia, gostavam de deixá-lo feliz. Ele cobrava barato.

O tempo na prisão passa lentamente, algumas vezes você jura que vai parar, mas passa. George Dunahy saiu de cena com os jornais berrando coisas como *escândalo* e *fazendo o pé-de-meia*. Stammas sucedeu-o, e, durante os seis anos seguintes, Shawshank virou uma espécie de inferno na Terra. Enquanto durou o reinado de Greg Stammas, as camas da enfermaria e as celas da ala das solitárias estavam sempre cheias.

Um dia, em 1958, me olhei num pequeno espelho de barbear que tinha em minha cela e vi um homem de 40 anos. Um garoto tinha chegado aqui em 1938, um garoto de fartos cabelos ruivos como cenoura, meio atormentado de remorso, pensando em suicídio. Aquele garoto não existia mais. O cabelo ruivo estava ficando grisalho e começando a diminuir. Tinha pés de galinha em volta dos olhos. Naquele dia, pude ver um velho dentro de mim esperando a hora de mostrar-se. Senti medo. Ninguém quer envelhecer na cadeia.

Stammas saiu no começo de 1959. Havia vários repórteres xeretando, e um deles até ficou preso quatro meses com um nome falso por causa de um crime fictício. Estavam só esperando para publicar *escândalo* e *fazendo o pé-de-meia* novamente, mas antes que pudessem acusá-lo, Stammas pulou fora. Posso entender isso, cara, e como. Se ele tivesse sido julgado e condenado, teria acabado aqui. Se isso acontecesse, não duraria mais de cinco horas. Byron Hadley tinha ido embora dois anos antes. O canalha teve um infarto e se aposentou mais cedo.

Andy nunca foi implicado no caso de Stammas. No início de 1959, foi nomeado um novo diretor, um novo assistente do diretor e um novo chefe dos guardas. Nos oito meses seguintes mais ou menos, Andy voltou a ser apenas mais um presidiário. Foi nesse período que Normaden, o índio mestiço Passamaquoddy, dividiu a cela com Andy. Depois tudo voltou ao normal. Normaden foi transferido e Andy voltou a viver em seu esplendor solitário. Os nomes mudam, mas o jogo nunca.

Certa vez conversei com Normanden sobre Andy.

— Bom sujeito — disse Normaden. Era difícil entender o que ele dizia, pois tinha lábio leporino e o palato aberto; as palavras saíam espirradas. — Gostava de lá. Ele nunca zombou de mim. Mas não queria que eu ficasse. Sentia isso. — Deu de ombros. — Fiquei feliz de ir embora, fiquei... Corrente de ar forte naquela cela. O tempo todo frio. Não deixa ninguém pegar nas coisas dele. Tudo bem. Bom sujeito, nunca zombou de mim. Mas corrente de ar forte.

Rita Hayworth ficou pendurada na cela de Andy até 1955, se não me engano. Depois foi Marilyn Monroe, aquela foto do filme *O Pecado Mora ao Lado* em que ela está de pé sobre uma grade do metrô e o ar quente levanta sua saia. Marilyn ficou até 1960, e já estava bem dobrada nas pontas quando Andy substituiu-a por Jayne Mansfield. Jayne era, com perdão da palavra, uma peituda. Só depois de um ano ou mais foi substituída por uma atriz inglesa — deve ter sido Hazel Court, mas não tenho certeza. Em 1966, essa saiu e Raquel Welch subiu batendo o recorde de seis anos de permanência na cela de Andy. O último pôster foi o de uma bonita cantora de *rock country* chamada Linda Ronstadt.

Perguntei-lhe certa vez o que os pôsteres significavam para ele, e Andy me lançou um olhar peculiar, surpreso.

— Ora bolas, significam o mesmo que para a maioria dos presidiários, eu acho — disse ele. — Liberdade. Você olha aquelas mulheres bonitas e acha que pode quase... não de verdade, mas *quase*... entrar lá e ficar ao lado delas. Ser livre. Acho que é por isso que sempre preferi a Raquel Welch. Não era só ela; era a praia em que estava. Parecia algum lugar no México. Um lugar calmo, onde um cara pode ouvir seus próprios pensamentos. Nunca sentiu isso em relação a uma fotografia, Red? Que podia quase entrar nela?

Disse que nunca tinha pensado nisso daquela forma.

— Talvez um dia você entenda o que eu quero dizer — disse ele, e estava certo. Anos depois entendi exatamente o que queria dizer... e quando entendi, a primeira coisa que pensei foi em Normaden dizendo que estava sempre frio na cela de Andy.

Aconteceu uma coisa horrível com Andy no final de março ou começo de abril de 1963. Já disse a vocês que ele tinha algo que a maioria dos outros prisioneiros, inclusive eu, parecia não ter. Chamo de serenidade, um sentimento de paz interior, talvez até uma fé constante e inalterável de que algum dia o longo pesadelo terminaria. Qualquer que seja o nome que se queira dar, Andy Dufresne parecia manter sempre seu autocontrole. Não havia nele aquele desespero sombrio que parece afligir a maioria dos condenados à prisão perpétua depois de um certo tempo; nunca se sentia nele o menor vestígio de desesperança. Até o final daquele inverno de 1963.

Nessa época tínhamos outro diretor, um homem chamado Samuel Norton. Cotton Mather e seu pai Increase se sentiriam completamente à vontade com Sam Norton. Que eu saiba, nunca viram sequer ele esboçar um sorriso. Usava um broche que ganhou quando completou trinta anos junto à Igreja Batista Adventista de Eliot. Sua principal inovação como diretor de nossa feliz família foi entregar a cada novo prisioneiro um exemplar do Novo Testamento. Em sua mesa, havia uma pequena placa com letras douradas onde se lia JESUS É MEU SALVADOR. Um quadro bordado por sua mulher, que ficava pendurado na parede, dizia: SEU JULGAMENTO CHEGARÁ E É ABSOLUTO. Para a maioria de nós, essa última reflexão não fazia o menor efeito. Sentíamos que o julgamento já tinha ocorrido e podíamos testemunhar que a pedra não nos esconderia, nem a árvore nos daria abrigo. Tinha uma citação da Bíblia para qualquer situação, o sr. Sam Norton, e sempre que você encontrar um homem como esse, meu conselho é que dê um largo sorriso e cubra suas bolas com as duas mãos.

Havia menos casos na enfermaria do que na época de Greg Stammas, e que eu saiba os enterros sob o luar cessaram completamente, o que não quer dizer que Norton não acreditasse em castigo. As solitárias estavam sempre bem povoadas. Os homens não perdiam os dentes em brigas, mas sim com as dietas de pão e água. Começaram a ser chamadas de migalhas, como em "Estou no trem de migalhas de Sam Norton".

Aquele homem foi o mais sórdido hipócrita que já conheci ocupando uma posição superior. O jogo sobre o qual falei ainda há pouco continuou a florescer, mas Sam Norton acrescentou seus próprios métodos novos. Andy conhecia todos eles e, como naquela época já éramos bons amigos, me colocava a par de alguns. Quando Andy falava sobre isso, seu rosto adquiria uma expressão de espanto, nojo e admiração como se estivesse me falando de um inseto feio e predador que, por sua feiura e ganância, era mais cômico que horrível.

Foi o diretor Norton quem instituiu o programa "ao ar livre", sobre o qual você deve ter lido há 16 ou 17 anos; saiu até na *Newsweek*. Para a imprensa, soou como um verdadeiro progresso em matéria de punição e reabilitação. Havia prisioneiros que cortavam madeira para fazer papel, outros que faziam consertos de pontes e barragens e outros que construíam armazéns de batatas. Norton deu a isso o nome de "ao ar livre" e foi convidado para dar palestras em quase todas as drogas de clubes Rotary e Kiwani da Nova Inglaterra, principalmente depois que sua foto saiu na *Newsweek*. Os prisioneiros chamavam isso de "gangue de rua", mas, pelo que sei, ninguém jamais foi convidado a expor seu ponto de vista para os kiwanianos nem para os rotarianos.

Norton estava presente em todas as operações, com o broche dos trinta anos e tudo; desde cortar madeira até cavar escoadouros para tempestades, fazer novos encanamentos sob as estradas, lá estava Norton, examinando tudo superficialmente. Havia centenas de maneiras de fazer — homens, materiais, tudo isso se especifica. Mas tinha outra maneira também. As firmas de construção da área morriam de medo do programa "ao ar livre" de Norton, porque o trabalho de prisioneiros é trabalho de escravos, e não se pode competir com ele. Assim, Sam Norton, o do Novo Testamento e do broche de trinta anos de igreja, recebeu diversos envelopes grossos por baixo da mesa durante seus 16 anos de trabalho em Shawshank. E quando recebia um envelope, das três uma: Ou fazia uma oferta maior pelo projeto, ou não fazia oferta nenhuma ou dizia que todos os prisioneiros já estavam comprometidos. Sempre me admirei que Norton nunca tenha sido encontrado na mala de um Thunderbird parado no acostamento de uma estrada em algum lugar de Massachusetts com as mãos amarradas para trás e meia dúzia de balas cravadas na cabeça.

De qualquer forma, como dizia o velho jazz, Meu Deus, como rolou dinheiro. Norton deve ter aderido à opinião puritana de que a melhor maneira de descobrir quais as pessoas favorecidas por Deus é verificar suas contas bancárias.

Andy Dufresne foi seu braço direito em tudo isso, seu sócio silencioso. A biblioteca da prisão era o tesouro que Andy não podia perder. Norton sabia disso e se aproveitava. Andy me disse que um dos aforismos prediletos de Norton era "uma mão lava a outra". Assim, Andy dava bons conselhos e sugestões úteis. Não posso dizer com certeza que ele tenha elaborado o programa "ao ar livre" de Norton, mas tenho certeza de que administrou o dinheiro daquele pregador filho da puta. Dava bons conselhos, sugestões úteis, o dinheiro rolava farto e... filho da puta! A biblioteca ganhava novas coleções de manuais de reparo de automóveis, enciclopédias e livros sobre como se preparar para o vestibular. E, claro, mais livros de Erle Stanley Gardner e Louis L'Amour.

Estou convencido de que o que aconteceu só aconteceu porque Norton não queria perder seu bom braço direito. Vou mais longe: aconteceu porque ele tinha medo do que poderia acontecer — e do que Andy poderia falar dele — se algum dia saísse da Prisão Estadual de Shawshank.

Ouvi uma parte da história aqui, outra ali, num período de sete anos, algumas de Andy — mas não todas. Ele nunca queria falar sobre aquela fase de sua vida, e não o culpo por isso. Ouvi partes da história de talvez meia dúzia de fontes diferentes. Já disse uma vez que prisioneiros não passam de escravos, e têm aquele hábito dos escravos de parecerem idiotas e estarem sempre de orelha em pé. Ouvi partes do final, do começo e do meio, mas vou contar do princípio ao fim, e talvez vocês entendam por que o cara passou cerca de dez meses num marasmo de depressão e tristeza. Acho que ele não sabia da verdade até 1963, 15 anos depois de vir para esse doce e pequeno buraco dos infernos. Até conhecer Tommy Williams, acho que não sabia a que ponto as coisas podiam chegar.

* * *

Tommy Williams juntou-se à nossa pequena e feliz família Shawshank em novembro de 1962. Tommy considerava-se natural de Massachusetts, mas não se orgulhava disso; com seus 27 anos de idade tinha cumprido pena em toda a Nova Inglaterra. Era ladrão profissional, como vocês devem ter imaginado, mas na minha opinião deveria ter escolhido outra profissão.

Era casado, e sua mulher vinha visitá-lo toda semana religiosamente. Ela achava que as coisas poderiam melhorar para Tommy — e, consequentemente, para ela e o filho de 3 anos — se ele conseguisse um diploma de segundo grau. Convenceu-o disso, e assim Tommy Williams passou a frequentar a biblioteca regularmente.

Para Andy aquilo já era rotina. Providenciava para Tommy livros de testes simulados. Tommy relembrava as matérias em que tinha passado na escola — não muitas — e depois fazia os testes. Andy também providenciou sua matrícula numa série de cursos por correspondência que cobriram as matérias em que não tinha passado ou que simplesmente repetiu por falta.

Provavelmente não foi o melhor aluno que Andy já teve entre os ladrões, e não sei se chegou a conseguir o diploma de segundo grau, mas isso não faz parte da minha história. O importante é que passou a gostar muito de Andy Dufresne, como acontecia com a maioria das pessoas depois de algum tempo.

Diversas vezes perguntou a Andy "o que um cara esperto como você está fazendo na gaiola?", uma pergunta que equivale mais ou menos a "o que uma garota como você está fazendo num lugar desses?". Mas Andy não era do tipo que respondia; apenas sorria e mudava de assunto. Naturalmente Tommy perguntou também a outras pessoas, e quando finalmente obteve a resposta, acho que levou o maior choque de sua juventude.

A pessoa a quem perguntou foi o companheiro que trabalhava com ele na máquina de passar e dobrar a vapor na lavanderia. Os internos chamavam essa máquina de mutilador, porque é exatamente o que acontece se você não prestar atenção. Seu companheiro era Charlie Lathrop, que estava preso há cerca de 12 anos por assassinato. Ficou muito feliz em reviver os detalhes do julgamento de Andy para Tommy; quebrava a monotonia de ficar tirando lençóis recém-passados da máquina e colocando-os na cesta. Estava quase chegando na parte em que os jurados estão esperando acabar o almoço para darem o veredicto de culpado, quando um alarme soou e a máquina parou com um chiado. Estavam colocando os lençóis lavados da Casa de Saúde Eliot numa ponta; os lençóis saíam secos e bem passados do lado de Tommy e de Charlie a uma média de um a cada cinco segundos. O trabalho deles era pegá-los, dobrá-los e jogá-los no carrinho de mão, que já tinha sido forrado com papel pardo limpo.

Mas Tommy Williams estava de pé, os olhos fixos em Charlie Lathrop e a boca aberta de espanto. Estava pisando numa pilha de lençóis limpos que agora absorviam toda a sujeira úmida do chão — e no chão da lavanderia há bastante sujeira.

Assim, quando o carcereiro-chefe daquele dia, Homer Jessup, veio correndo balançando a cabeça, pronto para resolver qualquer problema, Tommy não percebeu sua presença. Falava com Charlie como se o velho Homer, que já quebrara tantas caras que tinha perdido a conta, não estivesse lá.

— Como era mesmo o nome do professor de golfe?

— Quentin — respondeu Charlie, a essa altura todo confuso e aborrecido. Mais tarde ele contou que o garoto estava branco como uma bandeira da paz. — Glenn Quentin, eu acho. Qualquer coisa assim, pelo menos...

— Andem logo — rugiu Homer Jessup, o pescoço vermelho como uma crista de galo. — Ponham os lençóis na água fria! Rápido! Rápido, pelo amor de Deus, seus...

— Glenn Quentin, meu Deus! — exclamou Tommy Williams, e foi tudo o que conseguiu dizer, porque Homer Jessup, o homem menos pacífico que já conheci, baixou o cacete no seu ouvido. Tommy caiu no chão com tanta força que perdeu três dentes da frente. Quando acordou, estava na solitária, onde ficaria confinado uma semana, num vagão fechado do famoso trem de migalhas de Sam Norton. Mais uma nota vermelha no seu boletim.

Isso foi no começo de fevereiro de 1963, e Tommy Williams procurou seis ou sete outros "perpétuos" quando saiu da solitária e ouviu exatamente a mesma história. Sei disso; fui um deles. Mas quando lhe perguntei por que queria saber, simplesmente se recusou a falar.

Então, um dia ele foi até a biblioteca e soltou uma droga de história para Andy Dufresne. E pela primeira e última vez, pelo menos desde que me procurou querendo o pôster de Rita Hayworth como um garoto comprando sua primeira caixa de preservativos, Andy perdeu a calma... só que dessa vez explodiu literalmente.

Eu o vi mais tarde nesse mesmo dia e parecia um homem que pisou num ancinho e o cabo acertou sua testa em cheio. Suas mãos tremiam, e quando falei com ele, não respondeu. Antes do final da tarde já tinha alcançado Billy Hanlon, o carcereiro-chefe, e marcado um encontro com o diretor Norton para o dia seguinte. Depois, me contou que não pregou o olho durante aquela noite inteira, ficou ouvindo um vento gelado de inverno uivar lá fora, olhando as luzes dos holofotes rodando, deitando sombras compridas e regulares sobre os muros de cimento da gaiola que chamava de lar desde que Harry Truman tinha sido presidente e tentando entender tudo. Disse que era como se Tommy tivesse lhe dado uma chave que abria uma gaiola no fundo de sua cabeça, uma gaiola como a sua própria cela. Só que, em vez de conter um homem, a gaiola guardava um tigre e o nome desse tigre era Esperança. Williams tinha lhe dado a chave que abria a gaiola e o tigre saíra, forçadamente, para vagar em sua mente.

Quatro anos antes, Tommy Williams fora preso em Rhode Island dirigindo um carro roubado cheio de mercadorias roubadas. Tommy delatou seu cúmplice, o promotor público foi comprado e Tommy recebeu uma sentença menor... dois a quatro anos, incluídos os já cumpridos. Onze meses depois de ter começado a cumprir a pena, seu antigo companheiro de cela foi embora e Tommy teve um novo companheiro, um homem chamado Elwood Blatch. Blatch fora condenado por assalto e ia cumprir de seis a 12 anos.

— Nunca vi um cara tão nervoso — contou-me Tommy. — Um homem como ele nunca deveria ser ladrão, principalmente usando armas. Ao menor barulho, dava um pulo de 10 metros... e provavelmente descia atirando. Uma noite quase me enforcou porque um cara no corredor estava batendo nas grades da cela com uma caneca de lata.

"Passei sete meses com ele, até que me deixaram sair. Cumpri minha pena e fui embora. Não posso dizer que a gente conversava, porque ninguém conversava exatamente com El Blatch. *Ele* conversava com você. Falava o tempo todo. Nunca calava a boca. Se você tentasse dar uma palavra, ele levantava o braço para você e revirava os olhos. Eu ficava arrepiado quando ele fazia isso. Era um cara forte e alto, quase careca, os olhos verdes fundos dentro das órbitas. Meu Deus, espero nunca mais encontrar ele de novo.

"Era como uma conversa de bêbado toda noite. Onde tinha vivido, os orfanatos de onde tinha fugido, os trabalhos que tinha feito, as mulheres que tinha comido, os jogos em que tinha roubado. Eu deixava ele falar. Não tenho a cara bonita, mas também não queria que fosse consertada.

"Dizia que tinha roubado mais de duzentos lugares. Para mim era difícil acreditar, um cara como ele que pulava feito uma bombinha cada vez que alguém soltava um pum, mas ele jurava que era verdade. Agora... escute, Red. Sei que alguns caras imaginam coisas depois que sabem de algo, mas mesmo antes de saber sobre esse professor de golfe, Quentin, me lembro que eu pensava que se El Blatch algum dia assaltasse a *minha* casa e eu só descobrisse depois, ia me achar o cara mais sortudo da face da Terra. Já pensou ele no quarto de uma mulher remexendo na caixa de joias dela e aí ela tosse ou se vira de repente? Me dá calafrios só de pensar uma coisa dessas, juro pela minha mãe que dá.

"Disse que tinha matado gente. Gente que dava trabalho. Pelo menos foi o que disse. E eu acreditei. Com certeza, parecia um homem capaz de matar. Era nervoso como os diabos. Como uma pistola sem trava. Conheci um cara que tinha um Smith & Wesson especial da polícia sem trava. Só servia mesmo pra meter medo. O gatilho daquele revólver era tão macio que disparava se o cara, Johnny Callahan, era esse o nome dele, colocasse o revólver em cima de uma caixa de som e aumentasse todo o volume do toca-discos. El Blatch era assim. Não posso definir melhor. Nunca duvidei que tenha subornado algumas pessoas.

"Então, um dia, só para dizer alguma coisa, perguntei: 'Quem você matou?', sabe, como uma brincadeira. Aí ele riu e disse: 'Tem um cara preso em Maine por causa dessas duas pessoas que eu matei. Foi um cara e a mulher do idiota que está preso. Eu estava escondido na casa deles e o cara começou a me dar trabalho.'

"Não me lembro se ele chegou a dizer o nome da mulher ou não", continuou Tommy. "Talvez tenha dito. Mas na Nova Inglaterra Dufresne é igual a Smith ou Jones no resto do país, tem tantos franceses aqui. Dufresne, Lavesque, Ouelette, Poulin, quantos nomes franceses você pode lembrar? Mas disse o nome do cara. Disse que o cara era Glenn Quentin e era um babaca, um rico babaca, um professor de golfe. Ele falou que achava que o cara devia ter dinheiro em casa, talvez quase 5 mil dólares. Era muito dinheiro naquela época, ele disse. Então eu continuei: 'Quando foi isso?' E ele respondeu: 'Depois da guerra, logo depois da guerra.'

"Então ele entrou, assaltou a casa, eles acordaram e o cara começou a criar problemas", Tommy falou. "Foi o que *El* disse. Talvez o cara só tenha começado a roncar, *eu* acho. De qualquer maneira, El disse que Quentin estava na cama com a mulher de um advogado importante e mandaram o advogado para a Prisão Estadual de Shawshank. Depois deu uma grande gargalhada. Santo Deus, nunca fiquei tão feliz com alguma coisa como no dia que consegui minha liberdade e saí daquele lugar."

Acho que vocês podem imaginar por que Andy ficou um tanto atordoado quando Tommy lhe contou a história e por que quis ver o diretor imediatamente. Elwood Blatch cumpria pena de seis a 12 anos quando Tommy o conheceu quatro anos antes. Quando Andy soube de tudo isso, em 1963, devia estar na iminência de ir embora... ou quase. Assim, essas eram as duas hipóteses com as quais Andy se debatia — a ideia de que Blatch ainda pudesse estar preso, de um lado, e a possibilidade bem real de que já tivesse se mandado, de outro.

Havia discrepâncias na história de Tommy, mas elas também não existem sempre na vida real? Blatch disse a Tommy que o homem que foi preso era um advogado importante, e Andy era banqueiro, mas essas duas profissões podem ser facilmente confundidas por pessoas com pouca instrução. E não se esqueçam de que tinham se passado 12 anos entre o dia em que Blatch leu as notícias sobre o julgamento e o dia em que contou a história para Tommy Williams. Também disse a Tommy que levou mais de mil dólares do cofre que Quentin tinha no armário, mas no julgamento de Andy, a polícia disse que não havia sinais de roubo. Tenho algumas opiniões sobre isso. Primeiro, já que o homem a quem pertencia o dinheiro estava morto, só se poderia saber se alguma coisa tinha sido roubada se houvesse alguém para dizer que havia dinheiro. Segundo, quem pode afirmar que Blatch não estava mentindo sobre essa parte? Talvez não quisesse admitir ter matado duas pessoas sem motivo. Terceiro, talvez houvesse sinais de roubo e os policiais ou não viram — às vezes são uns idiotas — ou propositadamente encobriram o fato para não atrapalhar o caso do promotor público. O cara estava concorrendo a um cargo público, lembrem-se, e precisava de uma condenação para se eleger. Um assassinato com roubo não resolvido não seria nada bom.

Mas das três hipóteses, prefiro a segunda. Conheci vários Elwood Blatche em Shawshank — atiradores de olhar louco. Esses caras querem que você pense que roubaram o equivalente a uma montanha de ouro em cada assalto, mesmo que sejam presos com um relógio de dois dólares e outro de nove pelo qual estão cumprindo pena.

E houve uma coisa na história de Tommy que convenceu Andy sem sombra de dúvida. Blatch não tinha atacado Quentin aleatoriamente. Chamou Quentin de "rico babaca" e sabia que Quentin era professor de golfe. Bem, Andy e a mulher iam ao clube uma ou duas vezes por semana para tomar drinques e jantar havia uns dois anos, e Andy já tinha tomado muitos drinques ali quando descobriu o caso da mulher. Havia uma marina no clube, e durante algum tempo, em 1947, trabalhou lá em meio expediente um empregado esperto que coincidia com a descrição de Tommy de Elwood Blatch. Um homem alto e forte, quase careca, de olhos verdes fundos. Um homem com um jeito desagradável de olhar para você, como se o estivesse estudando. Não ficou muito tempo, Andy contou. Ou se demitiu ou Briggs, o responsável pela marina, mandou-o embora. Mas não era um homem fácil de esquecer. Era marcante demais.

Assim, Andy foi conversar com o diretor Norton num dia de chuva e vento com grandes nuvens cinzentas espalhadas pelo céu acima dos muros cinzentos, num dia em que os últimos vestígios de neve se derretiam deixando à mostra trechos de grama sem vida do ano anterior nos campos além da prisão.

O diretor tem um grande escritório na ala administrativa, e atrás de sua mesa há uma porta ligada à sala do diretor assistente. Ele não estava nesse dia, mas havia um prisioneiro de confiança em sua sala. Era um cara meio chato cujo nome verdadeiro esqueci; todos os internos, inclusive eu, o chamávamos de Chester, por causa do companheiro inseparável do marechal Dillon. Chester tinha que regar as plantas e encerar o chão. Acho que naquele dia as plantas ficaram sedentas e Chester só encerou o buraco da fechadura daquela porta, onde ficou de ouvido colado.

Ouviu a porta do diretor abrir e fechar e depois Norton dizer:

— Bom dia, Dufresne. O que posso fazer por você?

— Diretor — começou Andy, e o velho Chester disse que quase não reconheceu a voz de Andy. — Diretor... tem uma coisa... aconteceu uma coisa comigo que é... é tão... tão... nem sei por onde começar.

— Que tal começar do início? — disse o diretor, provavelmente com aquela voz doce de quem diz "passemos ao salmo 23 e leiamos a uma só voz". — Geralmente funciona.

E foi o que Andy fez. Começou relembrando os detalhes do crime pelo qual fora preso. Depois contou a Norton exatamente o que Tommy Williams lhe contara. Também, deu o nome de Tommy, o que talvez você não ache tão inteligente à luz dos acontecimentos posteriores, mas eu pergunto, o que mais poderia ter feito se quisesse que sua história tivesse alguma credibilidade?

Quando terminou, Norton ficou em silêncio absoluto durante algum tempo. Posso imaginá-lo; provavelmente recostado em sua cadeira sob o retrato do governador Reed na parede, os dedos entrelaçados, os lábios cor de fígado e enrugados, a testa franzida como degraus de escada até o alto da cabeça, o broche de trinta anos reluzindo suavemente.

— É — disse finalmente. — Esta é a história mais abominável que já ouvi. Mas vou lhe contar o que mais me surpreende, Dufresne.

— O que é?

— Que você tenha acreditado nela.

— O quê? Não estou entendendo o que o senhor quer dizer. — E Chester contou que Andy Dufresne, que enfrentara Byron Hadley 13 anos antes, mal conseguia pronunciar as palavras.

— Bem — disse Norton. — Me parece óbvio que esse jovem Williams ficou impressionado com você. Na verdade, bem encantado. Ouviu falar de sua desgraça e é natural que queira... alegrá-lo, digamos assim. Bem natural. É jovem, não muito brilhante. Não é de admirar que não tenha percebido o estado em que iria deixá-lo. Agora, o que sugiro é que...

— O senhor acha que não pensei nisso? — perguntou Andy. — Mas nunca falei para Tommy sobre o homem que trabalhava na marina. Nunca falei para *ninguém*... nem passou pela minha cabeça. Mas a descrição do companheiro de cela de Tommy é *idêntica* à daquele homem.

— Ora, o senhor deve estar alimentando uma certa percepção seletiva — disse Norton com um risinho. Expressões desse tipo, percepção seletiva, têm de ser usadas por pessoas envolvidas em administração carcerária e reabilitação de presos, e elas as usam tanto quanto podem.

— Não é só isso, sr. Norton.

— É o seu ponto de vista — disse Norton —, mas o meu é diferente. E não vamos esquecer que eu tenho só a sua palavra de que *havia* um homem com tais características trabalhando no Country Club de Falmouth Hills naquela época.

— Não, senhor — interveio Andy novamente. — Não, não é verdade. Porque...

— De qualquer forma — Norton interrompeu-o, falando alto e efusivamente —, vamos olhar o outro lado da moeda, certo? Imagine... apenas imagine... que realmente houvesse um sujeito chamado Elwood Blotch.

— Blatch — disse Andy com firmeza.

— Blatch, sem dúvida. E digamos que ele *fosse* o companheiro de cela de Thomas Williams em Rhode Island. A possibilidade de que já tenha sido solto a essa altura é muito grande. *Muito grande*. Nem sabemos quanto tempo já tinha cumprido quando Williams foi embora. Sabemos apenas que cumpria pena de seis a 12 anos.

— Não, não sabemos quanto tempo. Mas Tommy disse que era um homem perverso, um criminoso. Acho que é bem provável que ainda esteja preso. Mesmo que já tenha sido solto, na prisão deve haver uma ficha com seu último endereço, o nome de parentes...

— E é quase certo que seriam inúteis.

Andy ficou em silêncio por alguns instantes, mas explodiu:

— Bem, é uma *chance*, não é?

— Sim, claro que é. Mas vamos supor, Dufresne, que Blatch exista e ainda esteja preso na Penitenciária Estadual de Rhode Island. Agora, o que vai dizer se lhe apresentarmos esse cenário? Vai cair de joelhos, revirar os olhos e dizer "Fui eu! Fui eu! Me condenem à prisão perpétua!"?

— Como o senhor pode ser tão obtuso? — disse Andy tão baixo que Chester mal ouviu. Mas o diretor ouviu claramente.

— O quê? De que você me chamou?

— *Obtuso*! — gritou Andy. — É de propósito?

— Dufresne, você tomou cinco minutos do meu tempo... não, sete... e hoje estou muito atarefado. Assim, daremos esse breve encontro por encerrado e...

— O Country Club tem todos os antigos cartões de ponto, não vê isso? — gritou Andy. — Eles têm os comprovantes de impostos, comprovantes de despesa com empregados, todos com o nome dele. Deve haver empregados agora que estavam lá naquela época, talvez o próprio Briggs! Faz 15 anos, e não uma eternidade! Devem lembrar dele! *Eles vão lembrar de Blatch!* Se Tommy testemunhar o que Blatch lhe disse e Briggs testemunhar que Blatch realmente *trabalhava* no Country Club, posso ter um novo julgamento! Posso...

— Guardas! *Guardas*! Levem este homem!

— O que *há* com o senhor? — disse Andy, e Chester me contou que ele estava quase gritando àquela altura. — É minha vida, minha chance de sair daqui, não vê isso? E não vai dar um único telefonema interurbano para ao menos confirmar a história de Tommy? Olha, eu pago a ligação! Eu pago...

E houve muito barulho quando os guardas o seguraram e começaram a arrastá-lo.

— Solitária — disse Norton secamente. Provavelmente alisava o broche quando disse: — Pão e água.

E assim levaram Andy, totalmente fora de controle a essa altura, ainda gritando para o diretor; Chester disse que podia ouvi-lo mesmo depois que a porta fechou:

— *É minha vida! Minha vida! Não entende que é a minha vida?*

Vinte dias de migalhas para Andy na solitária. Foi a segunda vez que ficou na solitária, e a discussão com Norton foi a primeira advertência que recebeu desde que se juntara à nossa pequena família feliz.

Vou lhes falar um pouco sobre a solitária de Shawshank enquanto estamos dentro do assunto. É como uma volta aos tempos duros de pioneirismo entre o começo e o meio do século XVIII no Maine. Naquela época, ninguém perdia tempo com coisas como "reabilitação" e "percepção seletiva". Naquele tempo, o tratamento dado aos presos era preto no branco. Ou se era culpado ou inocente, ou se era enforcado ou colocado na cadeia. E se você fosse condenado à cadeia, não ia para uma instituição. Não, você cavava sua própria cela com uma pá fornecida pela província do Maine. Você cavava um buraco o mais fundo e largo possível no período entre o nascer e o pôr do sol. Depois lhe davam alguns odres e um balde e você descia. Quando você já estava lá embaixo, o carcereiro colocava grades na boca do buraco, jogava algum cereal ou talvez um pedaço de carne bichada uma ou duas vezes por semana, e talvez uma concha cheia de sopa de cevada nos domingos à noite. Você urinava no balde e levantava o mesmo balde para receber água quando o carcereiro vinha por volta das seis da manhã. Quando chovia, o balde era usado para tirar a água da cela... a não ser que o cara quisesse morrer afogado como um rato num barril.

Ninguém passava muito tempo "no buraco", como era chamado; trinta meses era muito tempo e, que eu saiba, quem passou mais tempo e saiu vivo foi o chamado "Garoto Durham", um psicopata de 14 anos que castrou um colega de escola com um pedaço de metal enferrujado. Ele ficou sete anos, mas é claro que era jovem e forte quando entrou.

Vocês devem lembrar que por crimes mais sérios que pequenos furtos, blasfêmia ou esquecer de colocar um lenço no bolso quando saísse aos domingos, a pena era a forca. Por crimes menores como os mencionados ou outros semelhantes, o cara passaria três, seis ou nove meses no buraco e sairia branco como uma barriga de peixe, encolhido de medo de espaços abertos, quase cego pela claridade, os dentes sambando dentro da boca por causa do escorbuto, os pés formigando com fungos. Adorável velha província do Maine. Ho-ho-ho e uma garrafa de rum.

A ala das solitárias de Shawshank não era tão ruim como aquilo... imagino. Acho que as coisas acontecem em três níveis principais na experiência humana: bom, ruim e terrível. E, à medida que se desce na crescente escuridão em direção ao terrível, fica cada vez mais difícil fazer subdivisões.

Para se chegar à ala das solitárias, era preciso descer 23 degraus até um porão onde o único barulho era a água pingando. A pouca luz vinha de uma série de lâmpadas de 60 watts penduradas. As celas tinham a forma de um pequeno barril, como aqueles cofres de parede que os ricos às vezes escondem atrás dos quadros. Como um cofre, as portas redondas tinham dobradiças e eram sólidas, sem grades. A ventilação vinha de cima, mas não havia luz, a não ser da sua própria lâmpada de 60 watts, que era apagada por uma chave geral exatamente às vinte horas, uma hora antes que no resto da prisão. A lâmpada não ficava dentro de um aramado ou qualquer coisa parecida. A impressão que dava era de que se você quisesse sobreviver ali dentro no escuro, tinha toda a liberdade para isso. Poucos conseguiam... mas depois das oito, não se tinha escolha, é claro. Havia um beliche preso na parede e uma lata, nada de vaso sanitário. Você tinha três maneiras de passar o tempo: sentado, cagando ou dormindo. Grande escolha. Vinte dias podem parecer um ano. Trinta dias, dois anos; e quarenta, dez. Às vezes ouviam-se ratos no sistema de ventilação. Numa situação dessas, as subdivisões de "terrível" tendem a desaparecer.

Se há alguma coisa favorável a se dizer em relação às solitárias, é só que se tem tempo para pensar. Andy teve vinte dias de migalhas para pensar e, quando saiu, requereu outro encontro com o diretor. Pedido negado. Tal encontro, disse-lhe o diretor, seria "contraproducente". Esta é outra expressão que se deve dominar quando se trabalha na área de prisões e reabilitação.

Pacientemente, Andy renovou o pedido. E renovou. E renovou. Tinha mudado, Andy Dufresne. De repente, quando a primavera de 1963 despontou, havia rugas em seu rosto e fios brancos em seus cabelos. Perdera aquele leve sorriso que parecia constante em seus lábios. Seus olhos ficavam fixos no espaço com mais frequência, e você aprende que, quando um homem começa a fixar o olhar no nada, está contando os anos que cumpriu, os meses, as semanas, os dias.

Renovou o pedido e renovou. Era paciente. Não tinha nada, a não ser tempo. Chegou o verão. Em Washington, o presidente Kennedy prometia uma séria investida contra a pobreza e as desigualdades dos direitos civis, sem saber que tinha apenas meio ano de vida. Em Liverpool, um grupo musical chamado Os Beatles emergia como uma força a ser reconhecida dentro da música inglesa, mas acho que nos Estados Unidos ninguém ainda ouvira falar neles. Os Red Sox de Boston, quatro anos antes do que o povo da Nova Inglaterra chamaria de "o milagre de 67", definhavam no porão da Liga Americana. Todas essas coisas aconteciam num mundo maior, onde as pessoas caminhavam livres.

Norton encontrou-o quase no final de junho, e esta conversa ouvi do próprio Andy uns sete anos depois.

— Se for por causa do suborno, não precisa se preocupar — disse Andy a Norton em voz baixa. — Acha que eu ia sair por aí falando? Ia prejudicar a mim mesmo. Seria tão indiciável quanto...

— Chega — interrompeu Norton. Seu rosto estava comprido e gelado como uma lápide de ardósia. Recostou-se na cadeira até sua cabeça quase encostar no bordado onde se lia SEU JULGAMENTO CHEGARÁ E É ABSOLUTO.

— Mas...

— Nunca mais mencione dinheiro na minha presença — disse Norton. — Nem neste escritório, nem em lugar nenhum. A menos que queira ver aquela biblioteca transformada em depósito de tintas novamente. Entendeu?

— Só estava tentando deixar o senhor à vontade.

— Olhe aqui: quando eu precisar de um miserável filho da puta como você para me sentir à vontade, me aposento. Concordei com este encontro porque cansei de ser importunado, Dufresne. Quero que pare com isso. Se quer comprar essa briga, o problema é seu, não meu. Poderia escutar histórias malucas como a sua duas vezes por semana se quisesse. Todos os pecadores deste lugar viriam chorar nos meus ombros. Tive mais respeito por você. Mas esse é o fim. Chegamos a um acordo?

— Chegamos — disse Andy. — Mas vou contratar um advogado, se o senhor quer saber.

— Mas para que, meu Deus?

— Acho que podemos chegar a uma conclusão — disse Andy. — Com Tommy Williams, o meu depoimento e as provas corroborativas de registros e de empregados do Country Club, acho que podemos chegar a uma conclusão.

— Tommy Williams não está mais preso aqui.

— *O quê?*

— Foi transferido.

— Transferido para *onde*?

— Cashman.

Ao ouvir isso, Andy ficou em silêncio. Era um homem inteligente, mas só um homem extremamente burro não sentiria o cheiro de *negociata* naquilo. Cashman era uma prisão com segurança mínima, bem ao norte do condado de Aroostook. Os internos colhem muitas batatas e isso é trabalho duro, mas recebem um salário decente pelo trabalho e podem frequentar as aulas de um instituto técnico-vocacional bem razoável, se assim desejarem. O mais importante para um cara como Tommy, um cara com uma mulher jovem e um filho, era que Cashman tinha um programa de licença... o que significava uma chance de viver como um homem comum pelo menos nos fins de semana. Uma chance de montar um aviãozinho com seu filho, de fazer amor com a mulher, talvez até sair para um piquenique.

Era quase certo que Norton tinha oferecido tudo isso a Tommy com uma única condição: nem mais uma palavra sobre Elwood Blatch, nem agora, nem nunca mais. Ou iria acabar passando maus pedaços em Thomaston na pitoresca Rota 1 com caras realmente violentos, e, em vez de fazer amor com a mulher, iria fazer com uma bicha velha qualquer.

— Mas por quê? — disse Andy. — Por que...

— É melhor para você — Norton falou calmamente. — Entrei em contato com Rhode Island. Realmente tiveram um presidiário chamado Elwood Blatch. Recebeu o que chamam de liberdade condicional provisória, um desses programas liberais malucos para colocar criminosos na rua. Desapareceu desde então.

— O diretor de lá... é seu amigo? — Andy perguntou.

Sam Norton deu um sorriso tão frio quanto uma geladeira.

— Nós nos conhecemos — respondeu.

— Por quê? — repetiu Andy. — Pode me dizer por que fez isso? Sabia que eu não falaria nada sobre... sobre qualquer coisa que estivesse acontecendo. *Sabia* disso. Então, *por quê*?

— Porque pessoas como você me aborrecem — disse Norton ponderadamente. — Quero que fique aqui, sr. Dufresne, e enquanto eu for o diretor de Shawshank, vai ficar aqui. Sabe, você se achava melhor que os outros. Vejo isso facilmente no rosto de um homem. Reparei isso em você desde a primeira vez em que entrei na biblioteca. Como se estivesse escrito em letras garrafais em sua testa. Essa expressão já não existe mais e isso me agrada. Não é porque você seja útil, nunca pense isso. É simplesmente porque homens como você precisam aprender a ter humildade. Andava por aquele pátio de exercícios como se fosse uma sala de estar e estivesse num coquetel dando voltas, cobiçando as mulheres e maridos dos outros e se embebedando. Mas não anda mais desse jeito. E vou ficar reparando se você vai voltar a caminhar dessa maneira. Durante alguns anos, prestarei atenção em você com enorme prazer. Agora, dê o fora daqui.

— Está bem. Mas todas as atividades extracurriculares terminam aqui, Norton. As consultas de investimentos, as trapaças, as dicas para não pagar impostos. Tudo acabado. Compre um manual para aprender a declarar sua renda ilícita.

O rosto do diretor Norton, a princípio, ficou vermelho como um tijolo... depois perdeu toda a cor.

— Vai voltar para a solitária por causa disso. Trinta dias. Pão e água. E, enquanto estiver lá, pense nisso: se alguma coisa acabar agora, a biblioteca acaba. Vou pessoalmente providenciar para que volte a ser o que era antes de você chegar. E vou tornar sua vida... muito dura. Muito difícil. Vai ter os piores dias possíveis. Vai perder aquela cela individual confortável no Bloco 5, para começar, e aquelas pedras que ficam no peitoril da janela, e qualquer proteção que os guardas venham lhe dando contra os sodomitas. Vai... perder tudo. Entendido?

Acho que estava bem entendido.

O tempo continuava a passar — o mais velho artifício do mundo, e talvez o único que seja realmente mágico. Mas Andy Dufresne tinha mudado. Tornara-se menos sensível. É a única definição que encontro. Continuou fazendo o trabalho sujo para o diretor Norton e comandando a biblioteca, de forma que aparentemente as coisas continuaram na mesma. Continuava a tomar drinques no seu aniversário e nas festas de fim de ano; continuava a dividir o resto de cada garrafa. Ocasionalmente eu conseguia para ele panos novos para polir pedras, e em 1967 consegui um novo cinzel — aquele que tinha conseguido há 19 anos já estava, como disse antes, completamente gasto. *Dezenove anos*! Quando se fala isso assim, de repente, essas duas palavras soam como o golpe surdo de um túmulo se fechando. O cinzel, que tinha custado dez dólares naquela época, estava por 22 em 1967. Eu e ele demos um sorrisinho triste por causa daquilo.

Andy continuava a lapidar e polir as pedras que encontrava no pátio de exercícios, que já era menor nessa época; metade do que havia em 1950 fora asfaltado em 1962. Ainda assim, acho que encontrava o suficiente para manter-se ocupado. Quando acabava uma pedra, colocava-a no peitoril da janela, que dava para leste. Disse que gostava de vê-las ao sol, pedaços do planeta que tirara do chão e dera forma. Xistos, quartzos, granitos. Pequenas esculturas engraçadas em mica, unidas com cola de avião. Vários conglomerados de sedimentos polidos e cortados de maneira tal que se podia ver por que Andy os chamava de "sanduíches milenares" — camadas de diferentes materiais sobrepostos durante décadas e séculos.

De vez em quando, Andy dava de presente suas pedras e esculturas a fim de obter espaço para as novas. Acho que me deu a maior parte — contando com as pedras que pareciam abotoaduras, tinha cinco. Havia uma escultura em mica, sobre a qual lhes falei, que fora cuidadosamente trabalhada para parecer um homem lançando um dardo, e dois conglomerados de sedimentos em que todos os níveis mostravam um corte transversal suavemente polido. Ainda as tenho, e frequentemente as pego e penso no que um homem é capaz de fazer se tem tempo suficiente e vontade de usá-lo — de gota em gota.

Assim, ao menos aparentemente, as coisas continuavam mais ou menos iguais. Se Norton quisesse prejudicar Andy tanto quanto tinha prometido, teria que olhar mais profundamente para ver a mudança. Mas se *tivesse* visto como Andy estava diferente, acho que Norton teria ficado bastante satisfeito com os quatro anos que se seguiram ao conflito.

Ele dissera que Andy dava voltas pelo pátio de exercícios como se estivesse num coquetel. Eu não colocaria a coisa dessa maneira, mas sei o que quis dizer. É como o que eu falei sobre ele, que usava sua liberdade como um casaco invisível, que nunca desenvolveu uma mentalidade de prisioneiro. Seus olhos nunca tinham aquela expressão monótona. Nunca caminhou como os outros homens que voltam às suas celas no final do dia para mais uma noite interminável — um andar arrastado, com os ombros caídos. Andy caminhava de ombros erguidos, com passos leves, como se estivesse indo para casa encontrar uma mulher amorosa e comer uma refeição caseira, e não aquela gororoba de vegetais murchos e sem gosto, purê de batatas encaroçado e uma ou duas fatias daquela coisa gordurosa e cheia de cartilagem que a maioria dos presos chamava de carne misteriosa... isso e uma foto de Raquel Welch na parede.

Mas naqueles quatro anos, embora nunca tivesse ficado *exatamente* como os outros, tornou-se silencioso, introspectivo e taciturno. Quem poderia culpá-lo? Assim, talvez fosse o diretor Norton quem estava satisfeito... pelo menos por enquanto.

Seu humor sombrio desapareceu mais ou menos na época do Campeonato Mundial de 1967. Aquele foi um ano de sonhos, o ano em que os Red Sox ganharam a bandeira da vitória e não ficaram em nono lugar, como os agenciadores de apostas de Las Vegas tinham previsto. Quando isso aconteceu — quando ganharam a bandeira da Liga Americana —, uma espécie de euforia tomou conta da prisão inteira. Havia uma crença um tanto quanto tola de que se o Dead Sox* podia se recuperar, *qualquer um* podia. Não consigo explicar esse sentimento agora, da mesma forma que um ex-beatlemaníaco não consegue explicar *aquela* loucura, imagino. Mas era real. Todos os rádios da prisão ficavam sintonizados nos jogos enquanto o Red Sox alegrava nossas vidas. Houve um desânimo quando o Sox perdeu duas em Cleveland quase no final, e uma alegria quase histérica quando Rico Petrocelli rebateu uma bola decisiva. E depois houve tristeza quando Lonborg foi derrotado no último jogo do campeonato, pondo fim a um sonho que não pôde ser desfrutado completamente. Provavelmente, Norton ficou feliz, o filho da puta. Gostava de ver a prisão com ar fúnebre e pesado.

---

* Em inglês, "dead" significa "morto". (N. do T.)

Para Andy, no entanto, não foi mais um motivo de tristeza. Não era mesmo um aficionado em beisebol, talvez tenha sido por isso. Entretanto, parecia ter sido contagiado pela onda de otimismo, que, para ele, não se esvaneceu mesmo com o último jogo do campeonato. Tinha tirado aquele casaco invisível do armário e o vestira novamente.

Lembro de um dia de sol radiante de outono, quase no final de outubro, algumas semanas depois do término do Campeonato Mundial. Acho que era um domingo, porque o pátio de exercícios estava cheio de homens "dando uma volta" — arremessando disco, jogando futebol, trocando o que tinham para trocar. Outros estavam sentados na longa mesa da sala de visitas, sob o olhar fixo dos vigias, conversando com parentes, fumando, contando mentiras sinceras, recebendo seus pacotes previamente examinados.

Andy estava acocorado como um índio encostado à parede, com duas pedrinhas na mão batendo ritmicamente uma na outra, o rosto virado para o sol. Estava surpreendentemente quente aquele sol para um dia já tão próximo do final do ano.

— Ei, Red — gritou. — Vem cá, senta aqui um pouco.

Fui.

— Quer isso? — perguntou, e me mostrou um dos "sanduíches milenares" cuidadosamente polidos sobre os quais lhes falei há pouco.

— Claro — disse eu. — É muito bonito. Obrigado.

Deu de ombros e mudou de assunto.

— Aniversário importante ano que vem para você.

Concordei. No próximo ano, me tornaria um homem com trinta anos de cadeia — sessenta por cento de minha vida passada na Prisão Estadual de Shawshank.

— Acha que algum dia vai sair?

— Claro. Quando tiver uma longa barba branca e estiver meio gagá.

Ele sorriu e virou o rosto para o sol novamente, de olhos fechados.

— Está agradável.

— Acho que sempre é agradável quando a gente sabe que a merda do inverno está chegando.

Ele concordou, e ficamos em silêncio por um tempo.

— Quando eu sair daqui — disse Andy finalmente —, vou para um lugar que seja quente o ano inteiro. — Falou com uma certeza tão tranquila que você acharia que só tinha mais um mês de cadeia pela frente. — Sabe para onde vou, Red?

— Não.

— Zihuatanejo — disse ele, rolando a palavra docemente em sua boca como uma música. — Lá no México. É um lugar pequeno, talvez a 30 quilômetros de Playa Azul e da Autoestrada 37. Fica 160 quilômetros a nordeste de Acapulco, no Oceano Pacífico. Sabe o que os mexicanos dizem do Pacífico?

Eu disse que não.

— Dizem que não tem memória. E é lá que quero passar o resto da minha vida, Red. Num lugar quente e sem memória.

Andy tinha pegado um punhado de pedras enquanto falava; jogava-as para cima, uma por uma, e as olhava girar e rolar pelo centro imundo do campo de beisebol, que em breve estaria coberto por um palmo e meio de neve.

— Zihuatanejo. Vou ter um pequeno hotel lá. Seis chalés ao longo da praia e seis mais para trás, próximos ao comércio da estrada. Vou ter um garoto para levar meus hóspedes para pescar num barco de aluguel. Haverá um troféu para aquele que pescar o maior peixe-vela da temporada, e colocarei seu retrato no saguão. Não será um lugar familiar. Será um lugar para pessoas em lua de mel... primeira ou segunda.

— E onde vai conseguir dinheiro para comprar esse lugar fabuloso? — perguntei. — Com suas ações?

Andy olhou para mim e sorriu.

— Não está muito longe disso — disse ele. — Às vezes você me surpreende, Red.

— O que quer dizer com isso?

— Na verdade, só existem dois tipos de homens no mundo quando se trata de problemas — disse Andy, colocando as mãos em volta de um fósforo e acendendo um cigarro. — Imagine uma casa cheia de quadros raros, esculturas e antiguidades de alto valor, Red. E imagine se o dono da casa ouvisse dizer que um tremendo furacão se aproximava. Um desses dois tipos de homem espera o melhor. O furacão vai mudar de direção, diz para si mesmo. Nem pensar que o furacão ousaria varrer todos esses Rembrandts, meus dois cavalos de Degas, meus Jackson Pollocks e meus Paul Klees. Além do mais, Deus não permitiria. E se o pior tiver que acontecer, eles estão no seguro. Esse é um tipo de homem. O outro tipo simplesmente acha que o furacão vai entrar pelo meio da casa e destruí-la. Se o serviço de meteorologia informar que o furacão acabou de mudar de direção, esse cara ainda vai achar que vai mudar de novo e arrasar sua casa. Esse segundo tipo de cara sabe que não há mal em esperar o melhor, desde que se esteja preparado para o pior.

Acendi um cigarro.

— Está dizendo que estava preparado para essa eventualidade?

— Sim, estava preparado para o *furacão*. Sabia como ele poderia ser terrível. Não tinha muito tempo, mas agi com o tempo que tinha. Tinha um amigo... praticamente a única pessoa em quem podia confiar... que trabalhava numa firma de investimentos em Portland. Morreu uns seis anos atrás.

— Sinto muito.

— É. — Andy jogou a guimba fora. — Eu e Linda tínhamos cerca de 14 mil dólares. Não é muito, mas poxa, éramos jovens. Tínhamos a vida inteira pela frente. — Contraiu um pouco o rosto, depois riu. — Quando as coisas pioraram, comecei a tirar meus Rembrandts da rota do furacão. Vendi minhas ações e paguei os impostos sobre o lucro como um bom menino. Declarei tudo. Não escondi nada.

— Não confiscaram seus bens?

— Fui incriminado por assassinato, Red, e não morto! Não se pode confiscar os bens de um homem inocente... graças a Deus. E foi antes de terem a coragem de me condenar pelo crime. Jim, meu amigo, e eu tínhamos algum tempo. Me dei mal, perdi um bocado. Fiquei esfolado. Mas naquela época tinha coisas piores com que me preocupar do que uma perda na bolsa.

— É, imagino que sim.

— Mas, quando vim para Shawshank, estava tudo seguro. Ainda está. Do outro lado destes muros, Red, existe um homem que ninguém jamais viu. Tem cartão de seguro social e carteira de motorista do Maine. Tem certidão de nascimento. Chama-se Peter Stevens. Um simpático nome comum, hein?

— Quem é ele? — perguntei. Achava que sabia o que ia responder, mas não podia acreditar.

— Eu.

— Não vai me dizer que teve tempo de conseguir uma identidade falsa com os tiras andando atrás de você — disse eu —, ou que terminou o trabalho enquanto estava sendo julgado...

— Não, não vou lhe dizer isso. Foi meu amigo Jim quem conseguiu a identidade falsa. Ele começou a se mexer depois que meu recurso foi recusado, e os principais documentos de identificação estavam em suas mãos por volta da primavera de 1950.

— Deve ter sido um grande amigo — falei. Não sabia o quanto acreditava naquilo... pouco, muito ou nada. Mas o dia estava quente e o sol brilhava, e a história era incrivelmente interessante. — Tudo isso é cem por cento ilegal, conseguir uma identidade falsa assim.

— Era um grande amigo — concordou Andy. — Estivemos juntos na guerra. França, Alemanha, a ocupação. Era um bom amigo. Sabia que era ilegal, mas também sabia que conseguir uma identidade falsa neste país é muito fácil, e muito seguro. Pegou meu dinheiro... todo o dinheiro com os impostos pagos para que o Imposto de Renda não se interessasse muito... e investiu-o para Peter Stevens. Fez isso em 1950 e 1951. Hoje chega a 370 mil dólares e mais alguns trocados.

Acho que meu queixo fez um barulho quando caiu até o peito, porque ele riu.

— Imagine todas as coisas que alguém almejaria se estivesse investindo desde 1950, e duas ou três delas são coisas que Peter Stevens pode adquirir. Se eu não tivesse vindo parar aqui, provavelmente teria agora uns 7 ou 8 milhões de dólares. Teria um Rolls Royce... e provavelmente uma úlcera do tamanho de um rádio portátil.

Colocou as mãos na terra e começou a peneirar os pedregulhos. Moviam-se rápido, com graça.

— Torcia pelo melhor e esperava o pior... nada além disso. O nome falso foi só para manter meu pequeno capital intacto. Tirei as pinturas do caminho do furacão. Mas não imaginava que o furacão... que fosse tão longe como foi.

Eu fiquei calado por um tempo. Acho que estava tentando absorver a ideia de que aquele homem pequeno e magro em trajes cinza da prisão pudesse ter mais dinheiro do que o diretor Norton conseguiria juntar até o final de sua vida miserável, mesmo com todas as trapaças.

— Quando você disse que podia contratar um advogado, não estava brincando mesmo — falei por fim. — Com essa grana, poderia contratar Clarence Darrow ou quem quer que esteja em seu lugar hoje em dia. Por que não fez isso, Andy? Meu Deus, você poderia ter saído daqui como um foguete.

Ele sorriu. Era o mesmo sorriso que tinha no rosto quando me disse que ele e a mulher tinham a vida inteira pela frente.

— Não — disse ele.

— Um bom advogado teria tirado o tal do Williams de Cashman, quisesse ele ou não — eu estava começando a me empolgar. — Poderia ter conseguido um novo julgamento, contratado detetives particulares para investigar sobre Blatch e, de sobra, deixado Norton em maus lençóis. Por que não, Andy?

— Porque fui esperto. Se algum dia tentar colocar as mãos no dinheiro de Peter Stevens daqui de dentro, vou perder até o último centavo. Meu amigo Jim poderia ter feito isso, mas Jim está morto. Entende o problema?

Entendia. Apesar de todos os benefícios que traria para Andy, aquele dinheiro também poderia pertencer a outra pessoa. De certa forma pertencia. Se de repente o negócio em que tinha investido começasse a cair, tudo o que Andy poderia fazer seria ficar olhando o naufrágio, acompanhando dia após dia nas páginas de mercado do *Press-Herald*. É uma coisa dura, imagino.

— Vou lhe contar como a coisa funciona, Red. Há um grande campo de feno na cidade de Buxton. Sabe onde fica Buxton, não sabe?

Disse que sim. É pertinho de Scarborough.

— Exatamente. E do lado norte desse campo há um muro de pedra, saído de um poema de Robert Frost. E em algum lugar ao longo da base desse muro, há uma pedra que não tem similar num campo de feno no Maine. É um pedaço de vidro vulcânico e até 1947 era usado como peso de papel na mesa do meu escritório. Meu amigo Jim colocou-a nesse muro. Há uma chave debaixo dela. A chave abre um cofre da agência de Portland do Banco Casco.

— Acho que você entrou numa fria — disse eu. — Quando seu amigo Jim morreu, o Serviço de Receita Pública deve ter aberto todos os seus cofres. Juntamente com o testamenteiro, é claro.

Andy sorriu e deu um tapinha do lado da minha cabeça.

— Nada mau. Há mais coisas aí dentro além de marshmallows. Mas pensamos na possibilidade de Jim morrer enquanto eu estivesse na cadeia. O cofre está no nome de Peter Stevens e uma vez por ano a firma que fez o testamento de Jim envia um cheque ao Casco para cobrir o aluguel do cofre de Stevens. Peter Stevens está dentro desse cofre, só esperando para sair. Sua certidão de nascimento, a carteira do Seguro Social e a carteira de motorista. Essa carteira está vencida há seis anos porque Jim morreu há seis anos, é verdade, mas ainda pode ser perfeitamente renovada por cinco dólares. Os certificados das ações estão lá, os títulos sem impostos e cerca de 18 ações ao portador no valor de 10 mil dólares cada.

Assoviei.

— Peter Stevens está trancado num cofre do Banco Casco de Portland e Andy Dufresne trancado num cofre em Shawshank — disse ele. — Pão, pão, queijo, queijo. E a chave que abre o cofre, o dinheiro e a vida nova estão debaixo de uma pedra de vidro preto num campo de feno de Buxton. Já lhe contei tudo, e vou dizer mais uma coisa, Red... nos últimos vinte anos, sem tirar nem pôr, venho acompanhando os jornais com uma atenção redobrada procurando notícias sobre algum projeto de construção em Buxton. Fico achando que qualquer dia vou ler que vão construir uma estrada passando por lá, ou um hospital comunitário, ou um shopping center. Seria enterrar minha nova vida debaixo de 10 metros de concreto ou cuspi-la dentro de algum pântano e aterrá-la.

Falei sem pensar:

— Meu Deus, Andy, se tudo isso é verdade, como ainda não ficou louco?

Ele sorriu.

— Por enquanto, tudo tranquilo no front.

— Mas pode levar anos...

— Vai levar. Talvez não tanto quanto o Estado e o diretor Norton imaginem. Não posso esperar tanto. Fico pensando em Zihuatanejo e naquele pequeno hotel. É tudo o que quero na vida, Red, e acho que não quero demais. Não matei Glenn Quentin e não matei minha mulher; e aquele hotel... não estou querendo demais. Nadar, me bronzear e dormir num quarto com as janelas abertas e *espaço*... não é querer demais.

Jogou as pedras fora.

— Sabe, Red — disse de repente. — Num lugar como aquele, teria que ter um homem que soubesse como conseguir as coisas.

Pensei naquilo por um longo tempo. E o maior inconveniente para mim não era nem que estivéssemos falando sobre sonhos num patiozinho de exercícios de merda numa prisão com guardas armados nos olhando do alto de suas guaritas.

— Eu não poderia — disse eu. — Não conseguiria ser bem-sucedido lá fora. Agora, sou o que eles chamam de um homem institucional. Aqui sou o homem que pode conseguir as coisas, tá legal. Mas lá fora qualquer um pode conseguir. Lá fora, se quiser pôsteres, cinzéis, um determinado disco ou um kit de barco para montar, pode usar a merda das Páginas Amarelas. Aqui, *eu sou* a merda das Páginas Amarelas. Não saberia como começar. Nem por onde.

— Você se subestima — disse ele. — Você é um autodidata, um homem que venceu pelo próprio esforço. Um homem notável, para mim.

— Porra, não tenho nem diploma de segundo grau.

— Eu sei disso — disse ele. — Mas não é só um pedaço de papel que faz um homem. E também não é só a prisão que o estraga.

— Eu não poderia ser um profissional lá fora, Andy. Sei disso.

Andy levantou-se.

— Pense nisso — disse ele displicentemente, quando o sinal lá dentro tocou. E foi-se embora, caminhando como um homem livre que acabara de fazer uma proposta a outro homem livre. E, por algum tempo, aquilo foi o suficiente para que eu me sentisse livre. Andy tinha essa capacidade. Conseguia me fazer esquecer por alguns instantes que nós dois éramos condenados à prisão perpétua, à mercê de uma comissão de liberdade condicional composta por canalhas e de um diretor pregador de salmos que queria Andy exatamente ali onde estava. Afinal de contas, Andy era um cãozinho de estimação que sabia como reaver o dinheiro dos impostos. Que animalzinho formidável!

Mas naquela noite em minha cela senti-me um prisioneiro de novo. A ideia parecia absurda e a imagem mental de águas azuis e praias de areias brancas parecia mais cruel que tola — fisgava minha mente como um anzol. Simplesmente, não conseguia usar aquele casaco invisível como Andy. Adormeci e sonhei com uma pedra enorme de vidro preto no meio de um campo de feno; uma pedra com a forma de uma enorme bigorna de ferreiro. Eu tentava levantar a pedra para poder pegar a chave que estava embaixo. Ela nem se movia, era grande demais.

E ao fundo, cada vez mais próximo, ouvia o latido de cães de caça.

O que nos leva, suponho, ao tema das fugas.

Claro, elas acontecem de vez em quando em nossa pequena família feliz. No entanto, não se pula o muro, não em Shawshank, não se o cara for esperto. As luzes de busca ficam acesas a noite inteira, lançando longos dedos brancos por sobre os campos abertos que circundam três lados da prisão e o pântano fedorento do quarto lado. Os prisioneiros algumas vezes pulam os muros, e as luzes de busca quase sempre os pegam. Se não, são capturados tentando pegar carona na Autoestrada 6 ou na 99. Se tentam atravessar os campos, algum fazendeiro os vê e telefona logo para a prisão dando sua localização. Os prisioneiros que pulam os muros são burros. Shawshank não é nenhuma Canon City, mas numa área rural, um homem tentando atravessar o campo de pijama cinza fica tão evidente quanto uma barata num bolo de casamento.

Durante esses anos, os caras que tiveram êxito — talvez estranhamente, talvez nem tanto — foram os que fizeram isso impulsivamente. Alguns saíram dentro de uma carreta cheia de lençóis; um sanduíche de réu na pureza do branco dos lençóis, pode-se dizer. Isso acontecia muito logo que cheguei aqui, mas, com o passar dos anos, eles mais ou menos fecharam essa saída.

O famoso programa "ao ar livre" do diretor Norton também produziu sua cota de fugas. Eram os caras que decidiram levar o nome do programa ao pé da letra. E, novamente, na maioria dos casos, era uma coisa bem espontânea. Jogar o ancinho no chão e entrar debaixo de um arbusto enquanto os vigias tomam um copo d'água no caminhão ou quando dois deles se envolvem numa discussão.

Em 1969, os integrantes do programa "ao ar livre" colhiam batatas aos domingos. Era dia 3 de novembro e o trabalho estava quase no fim. Havia um guarda chamado Henry Pugh — e, acreditem, ele não é mais membro da nossa pequena família feliz — sentado no para-lama traseiro de um dos caminhões de batatas, almoçando com sua carabina atravessada em cima dos joelhos, quando um lindo gamo (assim me contaram, mas às vezes exageram) surgiu do meio da bruma do começo da tarde. Pugh foi atrás dele imaginando como ficaria aquele troféu exposto em sua sala de recreação, e, enquanto fazia isso, três dos presos simplesmente foram embora. Dois foram recapturados numa sala de jogos eletrônicos em Lisboa. O terceiro não foi encontrado até hoje.

Acho que o caso mais famoso foi o de Sid Nedeau. Isso foi em 1958 e acredito que nunca vai ser superado. Sid estava do lado de fora marcando as linhas do campo para um campeonato interno de beisebol no sábado, quando o sinal das três horas soou anunciando a troca de guardas. O estacionamento fica depois do pátio de exercícios, do outro lado do portão principal eletrônico. Às três horas, o portão se abre e os guardas que chegam e os que saem se misturam. Há muitas brincadeiras, insultos, comentários sobre os times de beisebol e as costumeiras piadinhas étnicas cansativas.

Sid simplesmente saiu empurrando a máquina portão afora, deixando atrás de si uma linha de 8 centímetros de espessura que ia desde o lugar do batedor no pátio de exercícios até uma vala do outro lado da Rodovia 6, onde encontraram a máquina virada numa pilha de cal. Não me perguntem como conseguiu. Estava vestido com seu uniforme de presidiário, tinha 1,90 metro de altura e formava nuvens de poeira de cal atrás de si. Tudo o que posso imaginar é que, sendo uma sexta-feira à tarde, os guardas que iam embora estavam tão felizes e os que entravam, tão deprimidos, que os membros do primeiro grupo continuaram com a cabeça nas nuvens e os do segundo não tiraram os olhos da ponta dos sapatos... e o velho Sid Nedeau simplesmente escapuliu no meio deles.

Pelo que eu saiba, Sid ainda está solto. Durante esses anos, Andy Dufresne e eu demos boas risadas com a grande fuga de Sid Nedeau, e quando ouvimos falar daquele sequestro de avião em que o cara pulou de paraquedas da porta traseira do avião, Andy jurou de pés juntos que o verdadeiro nome de D. B. Cooper era Sid Nedeau.

— E provavelmente tinha o bolso cheio de cal para dar sorte — disse Andy. — Aquele sortudo filho da mãe.

Mas vocês devem entender que casos como o de Sid Nedeau ou do cara que fugiu habilmente do campo de batatas num domingo são como se esses caras tivessem ganhado na loteria. Puramente um caso de seis tipos de sorte diferentes que se consolidam todos ao mesmo tempo. Um cara formal como Andy podia esperar noventa anos e nunca conseguir uma chance dessas.

Talvez vocês se lembrem que um pouco atrás mencionei um cara chamado Henley Backus, que tomava conta do banheiro da lavanderia. Ele veio para Shawshank em 1922 e morreu na enfermaria da prisão 31 anos depois. Fugas e tentativas de fuga eram seu passatempo, talvez porque nunca tenha ousado correr o risco. Ele era capaz de narrar cem planos diferentes, todos malucos, e todos já tinham sido tentados em Shank alguma vez. Minha história predileta era a de Beaver Morrison, que tentou construir sozinho um planador no porão da fábrica de placas. O projeto em que se baseava estava num livro escrito por volta de 1900 chamado *Guia de Diversões e Aventuras do Rapaz Moderno*. Beaver construiu o planador sem ser descoberto, assim diz a história, para descobrir depois que não havia no porão uma porta suficientemente grande para passar o troço. Quando Henley contava essa história, todos choravam de rir, e ele conhecia uma dúzia de histórias — uma não, duas dúzias — quase tão engraçadas quanto essa.

Os detalhes dos fracassos ocorridos em Shawshank, Henley contava com minúcias. Contou uma vez que no seu tempo tinha havido mais de quatrocentas tentativas de fuga, *que ele soubesse*. Pense bem nisso antes de assentir com a cabeça e continuar lendo. Quatrocentas tentativas de fuga! Isso significa 12,9 tentativas de fuga para cada ano que Henley Backus passou em Shawshank e as acompanhou. Era o Clube da Tentativa de Fuga do Mês. Claro que a maioria das tentativas era frustrada, e acabava com um guarda arrastando o idiota pelo braço e grunhindo: "Onde pensa que vai, seu corno feliz?"

Henley disse que classificaria talvez umas sessenta como tentativas mais sérias, e incluiu a "fuga da prisão" de 1937, um ano antes de eu chegar a Shank. A nova ala administrativa estava em construção naquela época e 14 presos fugiram usando o material da construção guardado num barraco mal fechado. A população inteira do sul do Maine ficou em pânico com os 14 "criminosos perigosos", a maioria dos quais estava morta de medo e não tinha a menor ideia de para onde ir, como coelhos paralisados de medo dos faróis de um caminhão. Nenhum dos 14 escapou. Dois deles morreram a tiros — dados por civis e não por policiais ou guardas da penitenciária — mas nenhum escapou.

Quantos já tinham fugido entre 1938, quando cheguei aqui, e aquele dia de outubro em que Andy me falou sobre Zihuatanejo pela primeira vez? Juntando as minhas informações e as de Henley, eu diria dez. Dez escaparam ilesos. E embora não se possa ter certeza, acho que pelo menos metade deles está cumprindo pena em algum estabelecimento primário como Shank. Porque o cara fica realmente doutrinado. Quando se tira a liberdade de um homem e se ensina a viver dentro de uma cela, ele parece perder a capacidade de pensar em dimensões. É como aquele coelho de que falei, apavorado com os faróis do caminhão prestes a matá-lo. Frequentemente o prisioneiro que acaba de fugir vai fazer alguma coisa idiota que não tem a menor chance de dar certo... e por quê? Porque isso vai trazê-lo de volta. De volta para onde compreende como as coisas funcionam.

Andy não era assim, mas eu era. A ideia de ver o Pacífico *soava* excelente, mas tinha medo de vê-lo de perto e ficar apavorado com a sua grandeza.

De qualquer forma, no dia da conversa sobre o México e sobre Peter Stevens... foi naquele dia que comecei a acreditar que Andy tinha planos de cair fora. Torcia para que fosse cuidadoso, e mesmo assim não apostaria em suas chances de ser bem-sucedido. O diretor Norton, observem, acompanhava Andy de perto. Andy não era mais um mortal com um número para Norton; tinham uma relação de trabalho, pode-se dizer assim. Além do mais, Andy tinha cabeça e coração. Norton estava disposto a usar uma e esmagar o outro.

Da mesma forma que existem políticos honestos do lado de fora — os que continuam sem criatividade —, existem guardas honestos, e se você for um bom observador de personalidades e tiver bastante dinheiro para gastar, acho que é possível dar um jeitinho para fugir. Não sou eu quem vai dizer que isso nunca aconteceu, mas Andy Dufresne não podia fazer isso. Porque, como disse, Norton não saía dos seus calcanhares. Andy sabia disso, e os guardas também.

Ninguém designaria Andy para o programa "ao ar livre", não enquanto fosse o diretor Norton quem julgasse as nomeações. E Andy não era o tipo de homem que improvisasse uma fuga como a de Sid Nedeau. Tão perto e, ao mesmo tempo, tão longe.

Se eu estivesse no lugar dele, a lembrança daquela chave teria me atormentado constantemente. Teria sorte de conseguir dormir de verdade duas horas por noite. Buxton ficava a menos de 10 quilômetros de Shawshank.

Eu ainda achava que sua melhor chance era contratar um advogado e tentar um novo julgamento. Qualquer coisa para se livrar das garras de Norton. Talvez, Tommy Williams calasse a boca com um simples programa de licença, mas não tinha muita certeza. Talvez um bom advogado durão do Mississippi pudesse dobrá-lo... e talvez esse advogado nem precisasse se empenhar tanto. Williams tinha gostado de Andy de verdade. A toda hora eu mostrava esses pontos a Andy, que apenas sorria com o olhar distante e dizia que estava pensando naquilo.

Aparentemente estava pensando numa série de outras coisas também.

Em 1975, Andy Dufresne fugiu de Shawshank. Não foi recapturado e acho que nunca vai ser. Na verdade, acho que Andy Dufresne nem existe mais. Mas acho que há um homem em Zihuatanejo, México, chamado Peter Stevens. Provavelmente dono de um pequeno hotel novo neste ano de Jesus de 1976.

Vou lhes contar o que sei e o que acho; é quase tudo o que posso fazer, não é?

No dia 12 de março de 1975, as portas das celas do Bloco 5 abriram-se às 6h30, como acontece todos os dias por aqui, exceto aos domingos. E, como sempre, exceto aos domingos, os presos dessas celas saíram para o corredor e formaram duas filas, ouvindo as portas fecharem-se com um estrondo atrás de si. Caminharam até o portão principal do bloco onde eram contados pelos guardas antes de descerem para o refeitório para o café da manhã com mingau de aveia, ovos mexidos e bacon gorduroso.

Tudo isso aconteceu como de costume até a contagem no portão do bloco de celas. Deveria haver 29 homens. No entanto, havia 28. Após chamarem o chefe dos guardas, permitiram que o Bloco 5 fosse tomar café.

O chefe dos guardas, um sujeito não muito mau chamado Richard Gonyar, e seu assistente, um mau-caráter metido a engraçadinho chamado Dave Burkes, desceram imediatamente até o Bloco 5. Gonyar reabriu as portas das celas e ele e Burkes desceram o corredor juntos, passando seus cassetetes pelas grades, os revólveres a postos. Num caso desses, o que geralmente acontece é alguém ter ficado doente, tão doente que nem consegue sair da cela de manhã. Em raras circunstâncias, alguém morreu... ou se suicidou.

Mas, dessa vez, encontraram um mistério em vez de um homem doente ou um homem morto. Não encontraram homem nenhum. Havia 14 celas no Bloco 5, sete de cada lado, todas bem-arrumadas — em Shawshank, a punição para uma cela bagunçada é a restrição de visitas — e vazias.

A primeira hipótese levantada por Gonyar foi que tivesse havido erro na contagem ou uma piadinha bem-sucedida. Assim, em vez de irem trabalhar após o café, os internos do Bloco 5 foram mandados de volta para suas celas, brincando felizes. Qualquer quebra na rotina era sempre bem-vinda.

As portas das celas se abriram, os detentos entraram; as portas se fecharam. Algum palhaço gritou:

— Quero meu advogado! Quero meu advogado! Vocês dirigem isto aqui como se fosse um presídio!

Burkes: — Cala a boca aí ou eu acabo contigo!

O palhaço: — Eu é que acabei com a tua mulher, Burkie.

Gonyar: — Calem a boca, todos vocês, ou vão passar o dia aí!

Ele e Burkes revistaram as celas novamente, contando os presos. Não precisaram ir longe.

— De quem é esta cela? — perguntou Gonyar ao guarda noturno à sua direita.

— Andrew Dufresne — respondeu o guarda, e isso foi o suficiente. Tudo saiu da rotina a partir daquela hora. A confusão começou.

Em todos os filmes sobre prisão que vi, as sirenes disparam quando há uma fuga. Em Shawshank, isso nunca acontece. A primeira coisa que Gonyar fez foi entrar em contato com o diretor. A segunda foi providenciar uma busca na prisão. A terceira foi alertar a polícia estadual de Scarborough sobre uma possível rebelião.

Essa era a rotina. Não exigiram que se examinasse a cela do fugitivo suspeito, e ninguém fez isso. Não naquela hora. Para quê? Estava tudo ali na cara. Era uma pequena cela quadrada, grades na janela e na porta de correr. Havia um banheiro e um catre vazio. Algumas lindas pedras no peitoril da janela.

E o pôster, claro. Era Linda Ronstadt naquela época. O pôster ficava bem em cima do catre. Havia um pôster ali, naquele mesmo lugar, há 26 anos. E quando alguém — foi o próprio diretor Norton, como se verificou, ironicamente — olhou atrás dele, levou um tremendo choque.

Mas isso só aconteceu às seis e meia da tarde, quase 12 horas depois de Andy ter sido dado como desaparecido, provavelmente vinte horas depois de ter escapado.

Norton subiu pelas paredes.

Soube de fonte limpa — Chester, o prisioneiro de confiança que encerava o chão do corredor da ala administrativa. Não precisou polir o buraco da fechadura com a orelha naquele dia; ele disse que se podia ouvir claramente o diretor desde a sala de registros e arquivos bradando com Rich Gonyar.

— O que está querendo dizer, está "convencido de ele não estar dentro da prisão"? O que significa isso? Significa que você não o encontrou! É melhor encontrá-lo! É melhor que isso aconteça! Porque eu quero ele de volta! Está entendendo? Quero ele de volta!

Gonyar falou alguma coisa.

— Não aconteceu no seu turno? É o que *você* diz. Pelo que eu saiba, ninguém *sabe quando aconteceu.* Nem como. Nem se aconteceu. Agora, quero ele na minha sala até as três horas da tarde de hoje, ou algumas cabeças vão rolar. Prometo isso a você, e *sempre* cumpro minhas promessas!

Gonyar disse alguma coisa que pareceu aumentar ainda mais a ira de Norton.

— Não? Então olhe isso aqui! *Olhe isso aqui!* Reconhece? Os registros de contagem do Bloco 5 de ontem à noite. Todos os prisioneiros registrados. Dufresne foi trancado ontem às nove horas da noite e é impossível ter fugido agora! *Impossível! Agora, vá encontrá-lo*!

Mas às três horas daquela tarde, Andy ainda estava desaparecido. O próprio Norton desceu enfurecido até o Bloco 5, algumas horas depois, onde todos nós tínhamos ficado trancados o dia inteiro. Se fomos interrogados? Passamos a maior parte daquele longo dia sendo interrogados por guardas desesperados que sentiam o dragão bufar em suas nucas. Todos dissemos a mesma coisa. Não vimos nada, não ouvimos nada. E, pelo que eu saiba, estávamos dizendo a verdade. Eu, pelo menos, estava. Tudo o que podíamos dizer era que Andy realmente estava em sua cela na hora em que foi trancado e quando as luzes se apagaram, uma hora depois.

Uma testemunha sugeriu que Andy tinha escorrido pelo buraco da fechadura. A sugestão lhe valeu quatro dias na solitária. Eles estavam tensos.

Assim, Norton desceu resoluto olhando para nós com seus olhos azuis quase fervendo a ponto de arrancar faíscas das grades de aço temperado de nossas gaiolas. Olhava para nós como se acreditasse que estávamos todos envolvidos. Provavelmente, acreditava mesmo.

Entrou na cela de Andy e olhou ao seu redor. Estava como Andy a tinha deixado, os lençóis revirados no catre mas sem parecerem usados. Pedras no peitoril da janela... mas não todas. As que mais gostava ele havia levado consigo.

— Pedras — sussurrou Norton, e varreu-as do peitoril com estardalhaço. Gonyar, cujo turno já havia terminado quatro horas antes, estremeceu mas não disse nada.

Os olhos de Norton pousaram no pôster de Linda Ronstadt. Linda olhava por sobre os ombros, as mãos enfiadas nos bolsos de trás da calça castanho-clara, bem justa. Usava uma frente única e tinha um forte bronzeado californiano. Deve ter ofendido profundamente a sensibilidade batista de Norton, aquele pôster. Vendo-o olhar para o pôster, lembrei-me de Andy me dizendo certa vez que tinha a sensação de que podia quase entrar na fotografia e ficar com a garota.

De uma maneira bem real, foi exatamente o que fez — como Norton descobriria alguns segundos depois.

— Que coisa horrorosa! — grunhiu, e arrancou o pôster da parede com um puxão.

E expôs o buraco aberto no concreto atrás do pôster.

Gonyar não queria entrar.

Norton ordenou — meu Deus, a prisão inteira deve ter ouvido Norton mandá-lo entrar — e Gonyar simplesmente negou-se, categoricamente.

— Isso vai custar o seu emprego! — gritou Norton. Estava tão histérico quanto uma mulher na menopausa. Tinha perdido o controle completamente. Seu pescoço ficou vermelho como brasa e duas veias saltaram latejantes em sua testa. — Pode contar com isso, seu, seu... seu francesinho! Vou botar você na rua e cuidar para que nunca mais consiga emprego em nenhuma penitenciária da Nova Inglaterra!

Gonyar passou silenciosamente sua pistola a Norton, o cabo primeiro. Estava farto. Passavam quatro horas de seu expediente, quase cinco, e ele estava farto. Foi como se a deserção de Andy de nossa pequena família feliz tivesse levado Norton ao limite máximo de uma irracionalidade íntima que existia há muito tempo... realmente estava louco naquela noite.

Não sei o que seria aquela irracionalidade íntima, é claro. Mas sei que havia 28 presos ouvindo a breve discussão entre Norton e Rich Gonyar naquela noite, enquanto a claridade do final do dia se esvanecia do céu monótono do alto inverno, todos nós desgraçados e azarados, que tínhamos visto os administradores entrarem e saírem, os canalhas e os bonzinhos também, e todos sabíamos que o diretor Samuel Norton tinha acabado de passar do que os engenheiros gostam de chamar de "limite de tensão".

E, juro por Deus, tinha quase a sensação de que em algum lugar podia ouvir Andy Dufresne rindo.

* * *

Norton finalmente conseguiu um fiapo de gente do turno da noite para entrar no buraco que havia atrás do pôster de Linda Ronstadt. O nome do guarda esquelético era Rory Tremont, e não era exatamente brilhante mentalmente. Talvez achasse que iria ganhar uma estrela de bronze ou algo parecido. Enfim, felizmente Norton conseguiu alguém de altura e tamanho aproximados de Andy para entrar lá; se tivessem mandado um sujeito grandão — como a maioria dos guardas —, é certo que o cara teria ficado preso, tão certo como dois e dois são quatro... e ainda poderia estar lá.

Tremont entrou com um pedaço de corda de náilon, que alguém tinha encontrado na mala de seu carro, amarrado na cintura e uma grande lanterna de seis pilhas na mão. A essa altura, Gonyar, que mudara de ideia sobre largar o emprego e parecia ser o único ainda capaz de pensar com clareza, desencavara uma série de cópias de plantas. Sei exatamente o que mostravam — uma parede que tinha 3 metros de espessura. As seções interna e externa tinham cerca de 1,20 metro cada uma. No centro havia 60 centímetros de vão para a tubulação, e você desejaria acreditar que isso era tudo... por mais de um motivo.

A voz de Tremont soou de dentro do buraco, fraca e abafada:

— Alguma coisa está cheirando muito mal aqui, chefe.

— Não tem problema! Continue!

As canelas de Tremont desapareceram no buraco. Um instante depois, seus pés sumiram também. A luz da lanterna ia para a frente e para trás.

— Chefe, está cheirando terrivelmente mal aqui.

— Não tem *problema*, já disse! — gritou Norton.

Dolorosamente, a voz de Tremont fez-se ouvir outra vez:

— Cheira a merda. Meu Deus, é isso, é merda, ai meu Deus, deixa eu sair daqui, vou vomitar tudo, merda, é *merda*, ai meu *Deeeeeeeus*... — e ouviu-se o barulho inconfundível de Tremont perdendo suas duas últimas refeições.

Bem, para mim aquilo foi a gota d'água. Não pude me conter. O dia inteiro — não, droga, os últimos trinta *anos* — vieram à tona de uma vez e eu comecei a rir sem parar, rir como não ria desde que era um homem livre, o tipo de riso que nunca esperaria ter dentro dessas paredes cinzentas. E como foi bom, meu *Deus*!

— Tirem esse homem daí! — gritou o diretor Norton, e eu estava rindo tanto que não sabia se ele se referia a mim ou a Tremont. Continuava rindo, batendo os pés no chão e segurando a barriga. Não teria conseguido parar mesmo que Norton tivesse ameaçado me dar um tiro certeiro. — *Levem ele daqui!*

Bem, amigos e vizinhos, fui eu que entrei bem. Direto para a solitária onde fiquei 15 dias. Azar. Mas a toda hora me lembrava do coitado do não-muito-brilhante Rory Tremont gritando "Ai, meu Deus, é merda, é merda", e depois pensava em Andy Dufresne indo para o sul em seu próprio carro, vestido num elegante terno, e só podia rir. Tirei de letra aqueles 15 dias na solitária. Talvez porque metade de mim estivesse com Andy Dufresne, Andy Dufresne que tinha passado pela merda e saído limpo do outro lado, Andy Dufresne, em direção ao Pacífico.

Ouvi o resto do que se passou naquela noite de meia dúzia de fontes diferentes. Não havia muito, entretanto. Acho que Rory Tremont chegou à conclusão de que não tinha muito mais a perder depois de ter perdido o almoço e o jantar, porque continuou sua tarefa. Não havia perigo de cair no vão da tubulação entre os segmentos interno e externo da parede do bloco de celas; era tão estreito que Tremont teve que se apertar para entrar. Disse depois que só podia respirar pela metade e descobrira como era ser enterrado vivo.

O que encontrou no final do vão foi um cano de esgoto principal que servia aos 14 banheiros do Bloco 5, um tubo de porcelana instalado há 33 anos. Tinha sido quebrado. Ao lado do buraco irregular no cano, Tremont encontrou o cinzel de Andy.

Andy conseguira sua liberdade, mas não tinha sido fácil.

O cano era ainda mais estreito que o vão pelo qual Tremont tinha descido. Rory Tremont não entrou, e, pelo que eu saiba, ninguém mais entrou. Devia ser terrível. Um rato pulou do cano quando Tremont examinava o buraco e o cinzel, e ele jurou depois que era quase tão grande quanto um filhote de cocker spaniel. Subiu de volta engatinhando para a cela de Andy como um macaco subindo num galho.

E Andy tinha entrado naquele cano. Talvez, soubesse que terminava num córrego a 450 metros da prisão no pântano do lado oeste. Acho que sabia. As plantas da prisão estavam à mão e Andy teria achado um jeito de estudá-las. Era um companheiro metódico. Devia saber ou ter descoberto que o cano de esgoto que saía do Bloco 5 era o último em Shawshank que não estava ligado à máquina de tratamento de despejos, e devia saber que tinha de agir até meados de 1975 ou nunca mais, pois em agosto mudariam aquele cano para a máquina de tratamento.

Quatrocentos e cinquenta metros. O comprimento de cinco campos de futebol. Quase meio quilômetro. Arrastou-se aquela distância, talvez com uma pequena lanterna na mão, talvez com nada além de algumas caixas de fósforos. Arrastou-se naquela sujeira que não consigo ou não quero imaginar. Talvez os ratos se dispersassem à sua frente, ou talvez o atacassem como às vezes fazem quando têm uma chance de atacar no escuro. Devia ter a largura certa dos ombros para continuar se movendo, e provavelmente teve que fazer força para passar pelas junções dos canos. Se fosse eu, a claustrofobia teria me enlouquecido... Mas ele conseguiu.

No final do cano, encontraram pegadas enlameadas saindo do córrego parado e poluído no qual o cano desembocava. A 3 quilômetros dali, um grupo de busca encontrou seu uniforme de prisioneiro — isso foi um dia depois.

A história explodiu nos jornais, como vocês devem imaginar, mas ninguém, num raio de 24 quilômetros da prisão, apareceu para denunciar um carro roubado, roupas roubadas ou um homem nu sob o luar. Não havia mais que um cão latindo num terreiro de fazenda. Saiu do cano do esgoto e desapareceu como fumaça.

Mas aposto que desapareceu na direção de Buxton.

Três meses depois daquele dia memorável, o diretor Norton pediu demissão. Era um homem derrotado, tenho o prazer de relatar. A primavera se acabara para ele. No último dia, se arrastou cabisbaixo como um velho prisioneiro se arrastando até a enfermaria atrás de suas pílulas de codeína. Foi Gonyar quem assumiu, e para Norton deve ter sido o pior golpe de todos. Pelo que eu saiba, Sam Norton está em Eliot agora, comparecendo todos os domingos aos serviços da igreja batista e imaginando como Andy Dufresne conseguiu levar a melhor.

Eu poderia ter-lhe respondido; a resposta a essa questão é a própria simplicidade. Alguns a têm, Sam. Outros não têm, e nunca terão.

* * *

Isso é o que sei; agora vou contar o que acho. Posso errar em alguns detalhes, mas aposto meu relógio que em linhas gerais estou certo. Porque sendo Andy o tipo de homem que era, pode ter acontecido apenas de duas maneiras. E a toda hora, quando penso nisso, lembro de Normaden, aquele índio meio maluco. "Bom sujeito", tinha dito Normaden após conviver com Andy por oito meses. "Fiquei feliz em ir embora, fiquei. Corrente de ar forte naquela cela. O tempo todo frio. Não deixava ninguém pegar nas coisas dele. Tudo bem. Bom sujeito, nunca zombou de mim. Mas corrente de ar forte." Pobre Normaden, aquele maluco. Sabia mais que todos nós, e soube antes. Foram oito longos meses até Andy conseguir que ele fosse embora e ter a cela só para si novamente. Se não fossem os oito meses que Normaden passou com ele logo que o diretor Norton assumiu, acredito realmente que Andy tivesse ficado livre antes de Nixon renunciar.

Agora acredito que ele começou em 1949 — não com o cinzel, mas com o pôster de Rita Hayworth. Contei a vocês como ele parecia nervoso quando o pediu, nervoso e com uma excitação disfarçada. Na época achei que fosse apenas constrangimento, que Andy fosse o tipo do cara que não queria que ninguém soubesse que era de carne e osso e desejava uma mulher... ainda por cima uma mulher de fantasia. Mas, agora, acho que estava errado. Acho agora que a excitação de Andy tinha outros motivos.

O que foi responsável pelo buraco que o diretor Norton posteriormente descobriu atrás do pôster de uma garota que ainda nem era nascida quando aquela foto de Rita Hayworth foi tirada? A perseverança e o trabalho duro de Andy Dufresne, sim — não deixo de levar isso em conta. Mas houve mais dois elementos na equação: um bocado de sorte e o concreto da WPA.*

Não é necessário que eu explique a sorte, acho. O concreto da WPA, eu o investiguei sozinho. Investi algum tempo e dois selos e escrevi primeiro para o Departamento de História da Universidade do

---

* O Works Progress Administration (Administração do Progresso de Trabalho) foi um projeto desenvolvido por Franklin D. Roosevelt durante os anos de combate à crise de 1929. Milhões de trabalhadores leigos receberam a função de conduzir projetos de serviço público. (N. da T.)

Maine e depois para um sujeito cujo endereço eles puderam me dar. Esse sujeito foi o mestre de obras do projeto da WPA que construiu a Ala de Segurança Máxima de Shawshank.

A ala onde ficam os Blocos 3, 4 e 5 foi construída entre os anos de 1934 e 1937. Hoje em dia, ninguém considera o cimento e o concreto "desenvolvimentos tecnológicos" como consideramos os carros, os fornos a óleo e os navios lança-chamas, mas, na realidade, também o são. Não havia cimento moderno até por volta de 1870, nem concreto moderno até depois da virada do século. Misturar o concreto é uma arte tão delicada como fazer pão. Pode ficar molhado demais ou então pouco molhado. A mistura de areia pode ficar muito grossa ou muito rala, e o mesmo acontece com a mistura de cascalhos. E, no ano de 1934, a ciência desta mistura era bem menos sofisticada do que hoje em dia.

As paredes do Bloco 5 eram bastante sólidas, mas não eram exatamente secas. Na verdade, eram e são bem úmidas. Após um longo período de chuvas, ficavam ensopadas e até gotejavam. As rachaduras apareciam, algumas com até 2,5 centímetros. Eram sempre retocadas com argamassa.

E então chega Andy Dufresne no Bloco 5. Era formado em administração de empresas pela Universidade do Maine, mas também tinha feito duas ou três cadeiras de geologia durante o período universitário. Na verdade, a geologia tornara-se seu passatempo principal. Acho que atraía sua natureza paciente e meticulosa. Uma era glacial de 10 mil anos aqui, um milhão de anos para a formação de uma montanha ali, camadas de rocha se sedimentando no fundo da camada externa da Terra durante milênios. *Pressão.* Andy me disse certa vez que toda a geologia é o estudo da pressão.

E tempo, é claro.

Teve tempo de estudar aquelas paredes. Muito tempo. Quando a porta da cela bate e as luzes se apagam, não há mais nada para olhar.

Os novatos geralmente têm dificuldade em se adaptar ao confinamento da vida na cadeia. Ficam transtornados. Algumas vezes têm que ser arrastados para a enfermaria e sedados até entrarem no esquema. É comum ouvir algum novo membro de nossa pequena família feliz batendo nas grades da cela e gritando para sair... e depois de muitos gritos, a cantiga começa a ser ouvida ao longo do bloco de celas: "*Peixe* fora d'água, ei peixinho, peixe fresco, peixe fresco, hoje tem *peixe* fresco!"

Andy não perdeu a cabeça dessa maneira quando veio para Shank em 1948, mas isso não quer dizer que não tenha sentido muitas dessas coisas. Pode ter chegado quase à loucura: alguns chegam, outros ficam à beira dela. A antiga vida soprada para longe num piscar de olhos, pesadelos indefinidos estendendo-se à sua frente, uma longa temporada no inferno.

Então, o que ele fez, lhes pergunto? Procurou quase desesperadamente algo que pudesse divertir sua mente inquieta. Ora, existem mil maneiras de se divertir, mesmo na prisão; parece que a mente humana é cheia de infinitos recursos em relação à diversão. Contei-lhes sobre o escultor e sua *Três Idades de Jesus.* Havia colecionadores de moedas que sempre perdiam suas coleções para os ladrões, colecionadores de selos, um sujeito que tinha cartões-postais de 35 países diferentes — e era capaz de matar se encontrasse alguém remexendo neles.

Andy interessou-se por pedras. E pelas paredes de sua cela.

Acho que sua intenção inicial deve ter sido apenas gravar suas iniciais na parede no lugar onde em breve o pôster seria pendurado. As iniciais ou talvez alguns versos de um poema. No entanto, o que encontrou de interessante foi o concreto mole. Talvez tenha começado a gravar as iniciais e um grande pedaço de parede caiu. Posso vê-lo deitado no catre, olhando o pedaço de concreto, revirando-o nas mãos. Não importa a ruína de sua vida inteira, não importa que tenha vindo pela estrada de ferro para este lugar num trem de azar. Esqueçamos tudo isso e olhemos este pedaço de concreto.

Alguns meses depois, deve ter achado que seria engraçado ver quanto poderia tirar daquela parede. Mas não se pode simplesmente começar a cavar a parede e depois, quando a inspeção semanal chegar (ou as inspeções inesperadas que estão sempre descobrindo esconderijos interessantes de biritas, drogas, fotografias obscenas e armas), dizer ao guarda: "Isso? Só estou fazendo um buraquinho na parede da minha cela. Não se preocupe, amigo."

Não, não podia ser assim. Então, chegou para mim e perguntou se poderia conseguir um pôster da Rita Hayworth. Não um pequeno, mas um grande.

E, claro, tinha o cinzel. Lembro-me de ter pensado, quando lhe consegui o instrumento em 1948, que um homem levaria seiscentos anos para escavar a parede com ele. É bem verdade. Mas Andy só teve *meia* parede para cavar — e mesmo com o concreto mole, precisou de dois cinzéis e 27 anos.

Claro que perdeu mais da metade de um ano com Normaden, e só podia trabalhar à noite, de preferência tarde da noite, quando quase todos estão dormindo — inclusive os guardas do turno da noite. Mas suspeito que o que mais o atrasou foi se livrar dos pedaços de parede à medida que os tirava. Podia abafar o barulho do trabalho enrolando a cabeça do cinzel com panos de polir pedra, mas o que fazer com a poeira de concreto e os pedaços que ocasionalmente saíam inteiros?

Acho que deve ter quebrado os pedaços em pequenos cascalhos e...

Lembrei do domingo depois que lhe consegui o cinzel. Lembro de tê-lo visto atravessar o pátio de exercícios, o rosto inchado do último encontro com as "irmãs". Vi quando se agachou, pegou uma pedra... e ela desapareceu dentro de sua manga. Aquele bolso dentro da manga é um velho truque de prisão. Dentro da manga ou na bainha da calça. E tenho outra lembrança, muito forte mas pouco clara, talvez algo que tenha visto mais de uma vez. É a lembrança de Andy Dufresne atravessando o pátio de exercícios num daqueles dias quentes de verão quando o ar está completamente parado. Parado, sim... a não ser pela breve brisa que levantava poeira em torno dos pés de Andy.

Talvez tivesse mais de um bolso falso nas calças abaixo dos joelhos. O negócio era encher os bolsos falsos e sair andando com as mãos nos bolsos, e quando se sentisse seguro e não estivesse sendo observado, dar um pequeno puxão nos bolsos. Os bolsos, claro, são presos com barbante ou uma corda forte aos bolsos falsos. O conteúdo vai escorrendo pela perna da calça à medida que se anda. Os prisioneiros de guerra na Segunda Guerra Mundial que tentavam fugir por túneis usavam esse truque.

Os anos se passaram e Andy trouxe sua parede para o pátio de exercícios aos punhados. Jogava o jogo com cada diretor e eles pensavam que era porque queria que a biblioteca continuasse crescendo. Não duvido que isso também fizesse parte, porém o mais importante para Andy era ocupar sozinho a cela 14 do Bloco 5.

Duvido que realmente tivesse planos ou esperança de fugir, pelo menos não no começo. Provavelmente achou que a parede tivesse 3 metros de concreto sólido e, se conseguisse escavá-la totalmente, sairia 9 metros depois do pátio de exercícios. Mas, como eu digo, acho que ele não estava muito preocupado em fugir. Deve ter imaginado o seguinte: faço apenas 30 centímetros de progresso a cada sete anos mais ou menos; assim, levarei setenta anos para fugir; aí teria 101 anos de idade.

Eis uma segunda suposição que eu teria feito se fosse Andy: que algum dia eu seria pego e passaria muito tempo na solitária, sem falar de uma grande advertência na minha ficha. Afinal de contas, havia a inspeção semanal regular e uma revirada de surpresa — geralmente à noite — a cada duas semanas mais ou menos. Deve ter achado que o negócio não ia durar muito. Mais cedo ou mais tarde, um guarda ia espiar atrás de Rita Hayworth só para se certificar de que Andy não tinha um cabo de colher afiado ou alguns cigarros de maconha presos com durex na parede.

Sua resposta à segunda suposição deve ter sido *Dane-se*. Talvez até tenha feito um jogo daquilo. Quanto tempo vai levar até descobrirem? A prisão é uma droga de um lugar entediante e a chance de ser surpreendido por uma inspeção não programada durante a noite, quando tivesse tirado o pôster, provavelmente acrescentou algum sabor à sua vida durante os primeiros anos.

E realmente acredito que teria sido impossível continuar impune por pura sorte. Não por 27 anos. No entanto, tenho que acreditar que nos primeiros dois anos — até meados de maio de 1950, quando ajudou Byron Hadley a se livrar dos impostos sobre sua herança inesperada — foi exatamente por pura sorte que conseguiu continuar.

Ou talvez tivesse algo mais que pura sorte naquela época. Tinha dinheiro e deve ter dado um troco para alguém toda semana para pegar leve com ele. A maioria dos guardas aceita se o preço for justo; é dinheiro no bolso, e o prisioneiro consegue ficar com seu pôster e seus cigarros feitos à mão. Além de tudo, Andy era um presidiário modelo — calmo, educado, respeitador, pacífico. Os desordeiros e agitadores é que têm suas celas reviradas pelo menos uma vez a cada seis meses, seus colchões abertos, seus travesseiros apreendidos ou remexidos, os canos de seus banheiros cuidadosamente verificados.

Então, em 1950, Andy tornou-se algo mais que um prisioneiro--modelo. Em 1950, tornou-se uma mercadoria valiosa, um assassino que conseguia restituição de impostos melhor do que qualquer companhia. Dava conselhos grátis de planejamento de bens, estabelecia prevenções contra impostos, preenchia formulários de empréstimos (algumas vezes, com muita criatividade). Lembro-me dele sentado atrás de sua mesa na biblioteca, pacientemente estudando um acordo de empréstimo para a compra de um automóvel, parágrafo por parágrafo, para um guarda que queria comprar um De Soto usado, dizendo ao cara o que era vantajoso no acordo e o que não era, explicando que era possível pedir um empréstimo sem se endividar muito, fazendo-o desistir das firmas de financiamento, que naquele tempo metiam a mão. Quando terminou, o guarda estendeu a mão... e depois puxou-a de volta rapidamente. Por um instante, se esqueceu de que estava lidando com um mascote, e não com um homem.

Andy acompanhava as leis de impostos e as mudanças no mercado de ações, e assim sua utilidade não acabou depois que ficou em reclusão por um tempo, como deveria ter acontecido. Começou a receber o dinheiro da biblioteca, suas lutas com as irmãs acabaram e ninguém mexia muito em sua cela. Era um bom crioulo.

Então um dia, bem mais tarde — talvez por volta de outubro de 1967 —, o antigo passatempo transformou-se em outra coisa. Uma noite, quando estava enfiado no buraco até a cintura com Raquel Welch pendurada sobre seu traseiro, a ponta do cinzel deve ter afundado repentinamente no concreto até o punho.

Teria retirado alguns pedaços de concreto, mas talvez tenha ouvido outros caindo naquele vão, retinindo naquele cano ascendente. Será que sabia naquela época que iria encontrar aquele vão, ou ficou totalmente surpreso? Não sei. Ele poderia já ter visto as cópias da planta da prisão ou não. Caso não tivesse visto, pode ter certeza de que deu um jeito de vê-las não muito depois.

De uma hora para outra, deve ter percebido que, em vez de estar simplesmente jogando um jogo, estava correndo um alto risco... em termos de sua vida e seu futuro, o mais alto risco. Mesmo a essa altura, ainda não podia ter certeza, mas devia ter uma boa ideia, porque foi exatamente nessa época que me falou sobre Zihuatanejo pela primeira vez. De repente, em vez de ser simplesmente um brinquedo, aquele estúpido buraco na parede tornou-se seu objetivo — se sabia da existência do cano do esgoto no fundo e que este passava sob o muro externo —, com toda a certeza.

Teve a chave embaixo da pedra em Buxton para se preocupar durante anos. Agora tinha que se preocupar se algum novo guarda esperto olharia atrás do pôster e revelaria tudo, ou se teria algum outro companheiro de cela, ou se depois de todos aqueles anos de repente seria transferido. Teve tudo isso na cabeça nos oito anos seguintes. Tudo o que posso dizer é que deve ter sido o homem mais calmo que já existiu. Eu teria ficado completamente louco depois de algum tempo, vivendo com toda essa incerteza. Mas Andy simplesmente continuou jogando o jogo.

Teve que carregar a possibilidade de ser descoberto por mais oito anos — a *probabilidade*, pode-se dizer, porque, por mais cuidado que tivesse ao apostar as cartas, na condição de prisioneiro não tinha muitas cartas... e os deuses tinham sido generosos com ele por muito tempo; uns 19 anos.

A ironia mais terrível que posso imaginar teria sido se lhe concedessem liberdade condicional. Já pensaram? Três dias depois que o preso é solto, é transferido para a ala de segurança mínima para se submeter a um exame físico completo e a uma bateria de testes vocacionais. Enquanto está lá, sua cela é totalmente limpa. Em vez de conseguir a liberdade condicional, Andy iria passar um bom período lá embaixo na solitária, seguido de mais um período em cima... mas em outra cela.

Se ele encontrou o vão em 1967, como é que só fugiu em 1975?

Não tenho certeza — mas posso adiantar alguns bons palpites.

Primeiro, deve ter ficado mais cuidadoso do que nunca. Era inteligente demais para simplesmente continuar na maior velocidade e tentar escapar em oito meses ou mesmo em 18. Deve ter ido alargando a abertura da passagem aos poucos. Um buraco do tamanho de uma xícara na época em que tomou seu drinque de véspera de Ano-Novo naquele ano. Um buraco do tamanho de um prato quando tomou o drinque de aniversário em 1968. Do tamanho de uma bandeja à época em que começou a temporada de beisebol de 1969.

Por um tempo, achei que devia ter ido mais rápido do que aparentemente foi — depois que abriu o caminho, quero dizer. A mim parecia que, em vez de reduzir o entulho a pó e tirá-lo da cela nos bolsos falsos que descrevi, podia simplesmente deixá-lo cair no vão. O tempo que levou me faz acreditar que não ousou fazer isso. Deve ter achado que o barulho levantaria suspeitas. Ou, se ele sabia do cano de esgoto, como acredito que sabia, deve ter ficado com medo de que um pedaço de concreto pudesse quebrá-lo ao cair antes que ele estivesse pronto, danificando o sistema de esgoto do bloco de celas e levando a uma investigação. E uma investigação, desnecessário dizer, levaria à ruína.

Contudo, suponho que à época em que Nixon prestou juramento para seu segundo mandato, o buraco devia estar suficientemente largo para Andy enfiar-se por ele... e provavelmente antes disso. Andy era um cara pequeno.

Então, por que ele não foi naquela época?

É aí que minhas suposições disciplinadas se esgotam, pessoal; a partir desse ponto, tornam-se progressivamente confusas. Uma possibilidade é que o buraco estivesse entupido de merda e ele tivesse que limpá-lo. Mas isso não levaria todo esse tempo. Então o que foi?

Acho que talvez Andy tenha ficado com medo.

Contei-lhes da melhor maneira possível como é ser um homem institucional. Primeiro, você não aguenta aquelas paredes, depois pode suportá-las, depois você as aceita. E aí, quando seu corpo, sua mente e seu espírito se ajustam à vida nessa nova escala, você as ama. Dizem-lhe quando comer, quando escrever cartas, quando fumar. Se está trabalhando na lavanderia ou na fábrica de placas, concedem cinco minutos a cada hora de trabalho para você ir ao banheiro. Durante 35 anos, meu tempo era 25 minutos depois de completar uma hora, e após 35 anos essa era a única hora em que eu sentia necessidade de mijar ou cagar: 25 minutos depois de cada hora. E se por alguma razão não pudesse ir, a vontade passava depois de trinta minutos e voltava nos 25 minutos após a hora seguinte.

Acho que Andy deve ter lutado contra esse tigre — essa síndrome institucional — e também contra o medo terrível de que tudo fosse em vão.

Quantas noites deve ter ficado acordado embaixo daquele pôster, pensando na tubulação de esgoto, sabendo que uma única chance era tudo o que tinha? As cópias das plantas devem ter lhe mostrado o diâmetro do cano, mas uma cópia de planta não poderia mostrar como seria dentro do cano — se seria capaz de respirar sem ficar asfixiado, se os ratos eram grandes e ferozes o suficiente para enfrentá-lo em vez de fugirem... e uma cópia de planta não poderia mostrar-lhe o que ele encontraria no final do cano, quando e se chegasse lá. Agora uma piada mais engraçada que a da liberdade condicional: Andy entra na tubulação de esgoto, se arrasta durante 450 metros de escuridão asfixiante com cheiro de merda e sai numa enorme grade de proteção. Ah, ah, ah, muito engraçado.

Isso deve ter passado por sua cabeça. E se conseguisse vencer e sair, seria capaz de conseguir roupas civis e fugir das cercanias da prisão sem ser identificado? Finalmente, imagine se ele saísse do cano, escapasse de Shawshank antes que o alarme soasse, fosse a Buxton, virasse a pedra certa... e não encontrasse nada? Não necessariamente algo tão dramático quanto chegar ao campo certo e descobrir que um enorme edifício fora erguido no local ou que este virara estacionamento de supermercado. Podia acontecer de algum garotinho que gostasse de pedras notar aquele pedaço de vidro vulcânico, virá-lo, ver a chave do cofre e então levá-la junto com a pedra para seu quarto como lembrança. Talvez um caçador chutasse a pedra, deixasse a chave exposta e um esquilo ou um corvo que gostasse de coisas brilhantes a levasse. Talvez, tivesse havido uma enchente na primavera de um determinado ano que rompera o muro levando a chave. Talvez, qualquer coisa.

Então eu acho — suposição confusa ou não — que Andy ficou paralisado por algum tempo. Afinal de contas, não se perde se não se aposta. O que tinha a perder, vocês perguntam? Sua biblioteca, por exemplo. A paz nociva da vida institucional, outro exemplo. Qualquer chance futura de conquistar sua liberdade segura.

Mas finalmente conseguiu, como lhes contei. Tentou... e, que coisa! Não conseguiu de maneira espetacular? Me digam!

Mas ele escapou *mesmo*?, vocês devem estar perguntando. O que aconteceu depois? O que aconteceu quando chegou naquele prado e virou aquela pedra... sempre pressupondo-se que a pedra ainda estava lá?

Não posso descrever essa cena, porque este homem institucional ainda está nesta instituição e acha que continuará aqui por muitos anos.

Mas vou lhes contar uma coisa. No final do verão de 1975, no dia 15 de setembro, para ser mais exato, recebi um cartão-postal que tinha sido postado na minúscula cidade de McNary, Texas. Esta cidade fica do lado americano da fronteira, bem em frente a El Porvenir. O lado em branco do cartão estava completamente vazio. Mas eu sei. Tenho certeza no fundo do meu coração, como tenho a certeza de que todos nós vamos morrer um dia.

McNary foi por onde Andy cruzou a fronteira. McNary, Texas.

Pois bem, esta é a minha história, pessoal. Nunca soube quanto tempo levaria para escrever nem quantas páginas teria. Comecei a escrever logo depois que recebi aquele cartão-postal, e aqui estou, terminando no dia 14 de janeiro de 1976. Usei três lápis até o finalzinho e um bloco inteiro de papel. Escondi bem as páginas, não que muitos conseguissem ler meus garranchos, de qualquer forma.

Isso suscitou mais recordações do que eu poderia imaginar. Escrever sobre você mesmo é como enfiar um galho no córrego de águas limpas e revolver a terra embaixo.

Mas você não estava escrevendo sobre você mesmo, ouço alguém na plateia dizer. *Estava escrevendo sobre Andy Dufresne. Você não passa de um personagem secundário de sua própria história.* Mas não é bem assim. É *tudo* sobre mim, cada droga de palavra. Andy era a parte de mim que eles nunca conseguiram prender, a parte que vai alegrar-se quando os portões, finalmente, se abrirem e eu sair andando com meu terno barato e meus vinte dólares suados no bolso. Essa parte de mim vai alegrar-se, não importa quanto o resto de mim esteja velho, abatido e amedrontado. Acho que o que acontece é simplesmente que Andy tinha mais dessa parte que eu, e a usava melhor.

Há outros como eu aqui, outros que se lembram de Andy. Estamos felizes por ele ter ido embora, mas um pouco tristes também. Alguns pássaros não nasceram para ficar na gaiola, é isso. Suas penas são brilhantes demais, seu canto, doce e selvagem. Então, você os liberta, ou quando abre a gaiola para alimentá-los, passam por você e vão embora. E a parte de você que sabe que é errado prendê-los fica contente no início, mas depois o lugar em que você mora torna-se muito mais monótono e vazio com sua partida.

Esta é a história, e estou feliz por tê-la contado, mesmo que seja um pouco inconclusiva e mesmo que algumas lembranças que o lápis revolveu (como aquele galho revolvendo o fundo do rio) tenham me feito sentir um pouco triste e mesmo mais velho do que sou. Obrigado por terem escutado. E Andy, se você estiver mesmo lá, como acredito que esteja, olhe as estrelas por mim depois do pôr do sol, toque a areia, mergulhe na água e sinta-se livre.

Nunca pensei em retomar esta narrativa, mas aqui estou com as páginas cheias de orelhas e abertas sobre a escrivaninha à minha frente. Aqui estou para acrescentar mais três ou quatro páginas, escrevendo num bloco novo. Um bloco que comprei numa loja — simplesmente entrei numa loja na Portland's Congress Street e o comprei.

Achei que tinha finalizado minha história numa cela de prisão de Shawshank num dia frio de janeiro em 1976. Agora é maio de 1977 e estou sentado num quarto pequeno e barato do Hotel Brewster em Portland, acrescentando coisas a ela.

A janela está aberta e o barulho do tráfego fluindo parece enorme, excitante e intimidante. Tenho que olhar a toda hora pela janela para me reassegurar de que ela não tem grades. Durmo mal à noite porque a cama deste quarto, por mais barata que seja, parece grande e luxuosa demais. Desperto todas as manhãs pontualmente às seis e meia, sentindo-me desorientado e amedrontado. Meus sonhos são ruins. Tenho uma sensação horrível de queda livre. A sensação é apavorante e estimulante ao mesmo tempo.

O que aconteceu na minha vida? Podem adivinhar? Recebi liberdade condicional. Depois de 38 anos de audiências rotineiras e recusas rotineiras (no curso desses 38 anos, três dos meus advogados morreram), minha liberdade condicional foi concedida. Acho que eles chegaram à conclusão de que, aos 58 anos de idade, estava consumido o bastante para ser considerado digno de confiança.

Estive muito perto de queimar o documento que vocês acabaram de ler. Eles examinam os presos em liberdade condicional quase com tanto cuidado quanto examinam os "novatos". E além de conter bastante dinamite para me garantir uma reviravolta e mais seis ou oito anos de cadeia, minhas *memoirs* continham mais uma coisa: o nome da cidade onde acredito que Andy Dufresne esteja. A polícia mexicana coopera satisfatoriamente com a americana, e não queria que minha liberdade — ou que minha relutância em desistir da história que me deu tanto trabalho e que levei tanto tempo para escrever — custasse a liberdade de Andy.

Depois lembrei como Andy tinha trazido seus quinhentos dólares em 1948 e trouxe minha história da mesma maneira. Só por segurança, reescrevi cuidadosamente cada página em que mencionava Zihuatanejo. Se as páginas tivessem sido encontradas durante minha "busca externa", como dizem em Shank, teria sofrido uma reviravolta... mas os guardas teriam procurado Andy numa cidade da costa peruana chamada Las Intrudres.

O Conselho de Liberdade Condicional me deu um emprego de "assistente de estoquista" no grande FoodWay Market de Spruce Mall na Zona Sul de Portland — o que significa que me tornei mais um empacotador idoso. Há apenas dois tipos de empacotadores, vocês sabem: os velhos e os jovens. Ninguém repara em nenhum deles. Se você faz compras no FoodWay de Spruce Mall, eu posso ter levado suas compras até o carro... mas você teria que ter feito suas compras entre março e abril de 1977, pois foi o tempo que trabalhei lá.

Primeiro, achei que não conseguiria de jeito nenhum me adaptar ao mundo exterior. Descrevi a sociedade da prisão como uma escala menor do seu mundo exterior, mas não tinha ideia de como as coisas mudam *rápido* lá fora; a *velocidade* absurda com que as pessoas andam. Até falam mais rápido. E mais alto.

Foi a adaptação mais difícil por que já passei, e ainda não acabei... não totalmente. As mulheres, por exemplo. Depois de mal saber que elas constituíam metade da humanidade durante quarenta anos, de repente estava trabalhando num lugar cheio delas. Mulheres idosas, mulheres grávidas de camisetas com setas apontando para baixo e a frase impressa BEBÊ AQUI, mulheres magras com os bicos dos seios apontando sob as camisetas — na época em que fui para a cadeia uma mulher vestida daquele jeito teria sido presa e tido sua sanidade avaliada —, mulheres de todos os tipos e tamanhos. Surpreendia-me andando o tempo todo com uma ereção, e me xingava por ser um velho indecente.

Ir ao banheiro era outra coisa. Quando tinha que ir (a vontade sempre vinha 25 minutos depois de cada hora), precisava lutar contra a necessidade quase irresistível de pedir a meu chefe. Saber que nesse mundo exterior reluzente eu podia simplesmente ir e fazê-lo era uma coisa; adaptar minha personalidade interior a essa prática depois de tantos anos tendo que consultar o guarda mais próximo, ou passar dois dias na solitária se não o fizesse... isso era outra coisa.

Meu chefe não gostava de mim. Era um cara jovem, 26 ou 27 anos, e eu sentia que o repugnava do mesmo modo que um velho cão servil e adulador que rola no chão para receber carinho na barriga causa asco a um homem. Meu Deus, eu repugnava a mim mesmo. Mas... não conseguia parar. Queria lhe dizer: *É isso que uma vida inteira na cadeia lhe faz, meu jovem. Transforma qualquer pessoa em posição de autoridade em amo e você no cachorro de todo amo. Talvez você saiba que virou um cachorro, mesmo na prisão, mas como todos os outros de roupa cinza também o são, parece que não tem muita importância. Mas aqui fora tem.* Porém não podia dizer isso a um jovem como ele. Nunca entenderia. Nem o suboficial que me vigiava entenderia, um ex-oficial da marinha, grande e sincero, de enorme barba ruiva e um grande estoque de piadas sobre poloneses. Encontrava-me por cerca de cinco minutos a cada semana. "Está se mantendo fora das grades, Red?", perguntava, quando não tinha mais piadas sobre poloneses. Eu dizia "estou", e era só isso até a semana seguinte.

Música no rádio. Quando cheguei à prisão, as grandes bandas estavam com força total. Agora toda música parece que fala de trepar. Tantos carros. No começo, parecia que tinha a vida por um fio cada vez que atravessava a rua.

Havia muito mais — *tudo* era estranho e assustador —, mas você talvez pegue a ideia, ou ao menos consiga tocar uma ponta dela. Comecei a pensar em fazer alguma coisa para voltar. Quando se está em liberdade condicional, qualquer coisa serve. Tenho vergonha de contar, mas cheguei a pensar em roubar algum dinheiro ou mercadoria do FoodWay, qualquer coisa, para voltar para o lugar que era calmo e onde a gente sabia tudo o que ia acontecer durante o dia.

Se nunca tivesse conhecido Andy, provavelmente teria feito isso. Mas ficava pensando nele, que passou todos aqueles anos cavando pacientemente o concreto com o cinzel para ser livre. Pensava naquilo, sentia vergonha e desistia da ideia novamente. Ah, vocês podem dizer que ele tinha mais motivos para ser livre do que eu — tinha a nova identidade e muito dinheiro. Mas não é bem verdade, sabem? Porque ele não tinha certeza de que a nova identidade ainda estaria lá, e sem a nova identidade o dinheiro estaria sempre fora de seu alcance. Não, ele só precisava de liberdade, e se eu chutasse para o alto a que tinha seria como cuspir em tudo o que ele lutou para conseguir.

Então, o que comecei a fazer nas minhas horas livres foi pegar caronas até a pequena cidade de Buxton. Isso foi no começo de abril de 1977, a neve começando a derreter nos campos, o ar começando a esquentar, os times de beisebol vindo para o norte a fim de dar início a uma nova temporada do único jogo que tenho certeza que Deus aprova. Quando fazia essas viagens, levava uma bússola no bolso.

Há um grande campo de feno em Buxton, Andy tinha dito, *e do lado norte desse campo há um muro de pedra, saído de um poema de Robert Frost. Em algum lugar ao longo da base desse muro há uma pedra que não tem similar num campo de feno no Maine.*

Uma missão impossível, vocês diriam. Quantos campos de feno existem numa pequena cidade rural como Buxton? Cinquenta? Cem? Por experiência própria, diria mais que isso, se você levar em conta os campos que hoje são cultivados e que deviam ser de grama quando Andy entrou. E, se eu achar o certo, talvez nunca saiba. Porque posso não perceber o pedaço de vidro vulcânico preto ou, o que é mais provável, Andy colocou-o no bolso e levou-o consigo.

Então concordarei com vocês. Uma missão impossível, sem dúvida. Pior, perigosa para um homem em liberdade condicional, porque alguns desses campos têm placas avisando NÃO ULTRAPASSE. E, como disse, ficam muito satisfeitos de baterem no seu traseiro e mandarem você de volta se sair da linha. Uma missão impossível... mas cavar uma parede sólida de concreto durante 27 anos também é. E, quando não se é mais o cara que pode conseguir as coisas, mas apenas um velho empacotador de compras, é bom ter um passatempo para desviar a cabeça da vida nova. Meu passatempo era procurar a pedra de Andy.

Então eu pegava caronas para Buxton e caminhava pelas estradas. Ouvia os pássaros, a água da primavera escorrendo para os bueiros, examinava as garrafas não retornáveis que apareciam sob a neve derretida — coisas sem utilidade e sem valor, sinto dizer; o mundo parece ter se tornado terrivelmente esbanjador desde que fui para a cadeia — e procurava campos de feno.

A maioria podia ser eliminada na hora. Nenhum muro de pedra. Outros tinham muros, mas minha bússola me dizia que estava na direção errada. Andava pelos campos errados, de qualquer maneira. Era uma coisa prazeirosa de fazer, e nessas saídas me *sentia* livre, em paz. Um cachorro velho caminhou comigo num sábado. E um dia vi um cervo magro do inverno.

Depois veio o dia 23 de abril, um dia que jamais esquecerei mesmo que viva mais 58 anos. Era uma tarde refrescante de sábado e eu caminhava por uma estrada que um garoto, que pescava de uma ponte, me disse chamar-se The Old Smith Road. Eu tinha levado meu almoço num saco de papel do FoodWay e comia sentado numa pedra à beira da estrada. Quando acabei, enterrei cuidadosamente os restos como meu pai me ensinara antes de morrer, quando eu era um garotinho da mesma idade do pescador que me dissera o nome da estrada.

Por volta das duas horas, cheguei a um grande campo à minha esquerda. Havia um muro de pedra no final dele, virado ligeiramente para o nordeste. Andei até ele chapinhando no chão molhado e comecei a seguir o muro. Um esquilo me censurou do alto de um carvalho.

A três quartos do fim, vi a pedra. Não havia engano. Vidro preto macio como seda. Uma pedra que não fazia sentido num campo de feno do Maine. Por um longo tempo, fiquei apenas olhando, sentindo que ia chorar, por alguma razão. O esquilo havia me seguido e continuava tagarelando. Meu coração batia desesperadamente.

Quando senti que havia recobrado o controle, fui até a pedra, me agachei ao lado dela — as juntas dos meus joelhos dobraram-se como um revólver de cano duplo — e deixei minha mão tocá-la. Era real. Não a peguei por achar que haveria alguma coisa embaixo; poderia facilmente ter ido embora sem descobrir o que havia embaixo. Certamente não planejava levá-la comigo, porque senti que não era eu que devia levá-la — senti que tirar aquela pedra do campo seria o pior tipo de roubo. Não, só peguei para senti-la melhor, para sentir o peso da coisa e, suponho, para provar sua realidade sentindo sua textura acetinada na minha pele.

Fiquei olhando o que estava embaixo por muito tempo. Meus olhos viram, mas minha mente custou a assimilar. Era um envelope, cuidadosamente embrulhado num plástico para protegê-lo da umidade. Meu nome estava escrito na frente com a letra inconfundível de Andy.

Peguei o envelope e deixei a pedra onde Andy a havia deixado, e o amigo de Andy antes dele.

Meu caro Red,

Se está lendo isto é porque está solto. De alguma maneira, está solto. E se veio tão longe, deve estar disposto a ir um pouco mais. Acho que se lembra do nome da cidade, não lembra? Eu poderia fazer uso de um bom sujeito para me ajudar a realizar meu projeto.

Enquanto isso, tome um drinque por mim — e pense bem nisso. Ficarei esperando por você. Lembre-se de que a esperança é uma coisa boa, Red, talvez a melhor coisa, e as coisas boas nunca morrem. Espero que esta carta o encontre, e o encontre bem.

Seu amigo,
Peter Stevens

Não li esta carta no campo. Uma espécie de terror tomou conta de mim, uma necessidade de fugir antes que fosse visto. Para fazer um trocadilho apropriado, estava morrendo de medo de ser apreendido.

Voltei para o meu quarto e li a carta, com o cheiro de jantar de gente velha subindo pelo vão da escada até mim — Beefaroni, Rice-a--Roni, Noodle Roni. Pode apostar que qualquer coisa que os velhos americanos, os que recebem uma renda fixa, costumam comer à noite quase sempre acaba em *roni*.

Abri o envelope e li a carta e depois coloquei as mãos no rosto e chorei. Junto com a carta, havia vinte notas novas de 50 dólares.

E aqui estou no Hotel Brewster, tecnicamente um foragido da justiça novamente — violação da liberdade condicional é meu crime; acho que ninguém vai bloquear estradas para pegar um homem por esse crime —, pensando no que vou fazer agora.

Tenho este manuscrito. Tenho uma pequena bagagem do tamanho de uma mala de médico com tudo o que possuo. Tenho 19 notas de cinquenta dólares, quatro de dez, três de um e uns trocados. Troquei cinquenta dólares para comprar este bloco e um maço de cigarros.

Pensando no que vou fazer.

Mas realmente não há dúvida. Sempre sobram duas opções. Ocupar-se em viver ou ocupar-se em morrer.

Primeiro vou pôr este manuscrito de volta na mala. Depois vou fechá-la, pegar meu casaco, descer e fechar a conta deste pulgueiro. Então vou a pé até um bar na cidade, vou colocar uma nota de cinco dólares na frente do barman e pedir duas doses de Jack Daniel's puro — uma para mim e outra para Andy Dufresne. Fora uma ou duas cervejas, serão os primeiros drinques que tomarei como homem livre desde 1938. Darei um dólar de gorjeta ao barman e agradecerei gentilmente. Sairei do bar, subirei a Spring Street até o terminal de ônibus Greyhound onde comprarei uma passagem para El Paso via Nova York. Quando chegar a El Paso, comprarei uma passagem para McNary. E quando chegar a McNary, acho que terei uma chance de descobrir se um ladrão velhaco como eu pode conseguir atravessar a fronteira de barco e entrar no México.

Claro que me lembro do nome: Zihuatanejo. Um nome como esse é bonito demais para ser esquecido.

Descubro que estou entusiasmado, tão entusiasmado que mal posso segurar o lápis em minhas mãos trêmulas. Acho que é entusiasmo que só um homem livre pode sentir, um homem livre no início de uma longa viagem de resultado incerto.

Espero que Andy esteja lá.

Espero conseguir atravessar a fronteira.

Espero encontrar meu amigo e apertar sua mão.

Espero que o Pacífico seja tão azul quanto em meus sonhos.

Espero.

VERÃO DA CORRUPÇÃO

Para Elaine Koster e Herbert Schnall

Aluno Inteligente

1

Tinha o aspecto do garoto tipicamente americano enquanto pedalava sua Schwinn de 26 polegadas com o guidão curvo subindo a rua residencial do subúrbio, e era exatamente isso: Todd Bowden, 13 anos, 1,73 metro e saudáveis 63 quilos, cabelos cor de milho maduro, olhos azuis, dentes brancos e perfeitos, pele ligeiramente bronzeada sem a menor sombra de acne da adolescência.

Exibia um sorriso de férias de verão enquanto pedalava entre o sol e a sombra, não muito distante de sua casa. Parecia um garoto que tem um itinerário a cumprir, o que, aliás, era verdade — ele entregava o *Clarion* de Santo Donato. Tinha o jeito de garoto que vende cartões de saudações para receber bonificações, e fizera isso também. Eram daqueles cartões que vêm com o nome das pessoas impresso — JACK E MARY BURKE OU DON E SALLY OU OS MURCHISON. Parecia o tipo de garoto que assovia enquanto trabalha, e frequentemente fazia isso. Na realidade, seu assovio era de uma grande beleza. Seu pai era engenheiro-arquiteto e ganhava 40 mil dólares por ano. Sua mãe era dona de casa e bacharel do curso de secretariado executivo (conhecera o pai de Todd quando ele precisou de uma secretária). Ela datilografava manuscritos nas horas vagas. Guardava todos os boletins de Todd numa pasta. Seu predileto era o boletim final do quarto ano, no qual a sra. Upshaw escrevera: "Todd é um aluno extremamente inteligente." E era mesmo. Seu boletim só tinha A e B em todas as linhas. Se tirasse notas melhores — só A, por exemplo — seus amigos começariam a achá-lo estranho.

Parou a bicicleta em frente ao número 963 da Claremont Street e saltou. Era um pequeno bangalô discretamente situado no fundo do terreno. Era branco com persianas e arremates das portas em verde. Havia uma cerca viva na frente. A cerca viva estava bem regada e podada.

Todd afastou os cabelos louros da frente dos olhos e subiu empurrando a Schwinn pelo caminho de cimento até os degraus. Ainda estava sorrindo, e seu sorriso era aberto, esperançoso e bonito. Desceu o descanso da bicicleta com o tênis de corrida Nike e pegou o jornal dobrado do degrau inferior. Não era o *Clarion*; era o *Times* de Los Angeles. Colocou-o embaixo do braço e subiu os degraus. No alto, havia uma pesada porta de madeira sem visor por dentro de uma outra porta de grade com trinco. Havia uma campainha ao lado direito da moldura da porta e, abaixo da campainha, dois pequenos letreiros bem-aparafusados na madeira e cobertos com um plástico para não amarelarem nem estragarem com a chuva. Eficiência germânica, pensou Todd, e seu sorriso alargou-se um pouco. Era um pensamento adulto, e sempre se congratulava mentalmente quando os tinha.

O letreiro de cima dizia: ARTHUR DENKER.

No de baixo estava escrito: NÃO RECEBEMOS PEDINTES, VENDEDORES NEM CAIXEIROS-VIAJANTES.

Ainda sorrindo, Todd tocou a campainha.

Mal conseguiu ouvir o toque abafado em algum lugar distante dentro da pequena casa. Tirou o dedo da campainha e levantou um pouco a cabeça tentando ouvir passos. Não vinham. Olhou o relógio Timex (uma das bonificações que recebera vendendo cartões de saudações personalizados) e viu que passavam 12 minutos das dez horas. O cara já devia estar acordado a essa hora. O próprio Todd estava sempre acordado no máximo às sete e meia, mesmo nas férias de verão. Deus ajuda quem cedo madruga.

Esperou mais trinta segundos, e como a casa permanecesse silenciosa, pressionou a campainha observando o ponteiro de segundos de seu Timex enquanto fazia isso. Estava pressionando há exatos 71 segundos quando finalmente ouviu passou arrastados. Pantufas, deduziu pelo barulho. Todd gostava de deduções. Sua ambição atual era ser detetive particular quando crescesse.

— Já vai, já vai — gritou rabugento o homem que fingia ser Arthur Denker. — Estou indo! Espere! Já vou!

Todd parou de pressionar o botão da campainha.

Uma corrente e uma tranca chocalharam do lado de dentro da porta sem visor. Então ela foi aberta.

Um velho corcunda dentro de um roupão de banho olhava através da grade. Um cigarro pendia entre seus dedos. Todd achou que ele parecia uma mistura de Albert Einstein e Boris Karloff. Seus cabelos eram longos e brancos e começavam a amarelar de forma desagradável, lembrando nicotina, mais que marfim. Seu rosto estava enrugado, intumescido e inchado de sono, e Todd observou com certa repugnância que não se preocupara em fazer a barba nos últimos dias. O pai de Todd adorava dizer: "Fazer a barba traz novo brilho à manhã." O pai de Todd fazia a barba todas as manhãs, tendo que ir trabalhar ou não.

Os olhos que fitavam Todd eram atentos, mas profundamente encovados, com manchas vermelhas. Todd sentiu um momento de profundo desapontamento. O cara realmente parecia-se um pouco com Albert Einstein e de fato lembrava Boris Karloff, mas acima de tudo parecia aqueles bêbados velhos e maltrapilhos que perambulavam pelo pátio de manobras da estrada de ferro.

Mas claro, lembrou Todd, o homem tinha acabado de acordar. Todd vira Denker várias vezes antes daquele dia (embora tivesse sido muito cuidadoso para não se deixar ver, de jeito nenhum) e em suas aparições públicas Denker tinha uma aparência muito elegante, podia-se dizer que era um perfeito oficial aposentado, apesar de seus 76 anos, se é que os artigos que lera na biblioteca davam sua data de nascimento correta. Nos dias em que Todd o seguira como uma sombra até o mercado em que Denker fazia compras ou até um dos três cinemas, de ônibus — Denker não tinha carro —, estava sempre com um dos três ternos cuidadosamente passados, não importava o calor que estivesse fazendo. Se o tempo parecesse ameaçador, carregava um guarda-chuva debaixo do braço, como se fosse uma bengala. Às vezes, usava um chapéu de feltro com uma coroa aplicada. E nas ocasiões em que Denker saía, estava sempre bem-barbeado, o bigode branco (que usava para esconder um lábio leporino mal operado) bem-aparado.

— Um garoto — disse ele. Sua voz saiu grossa e sonolenta. Todd reparou com novo desapontamento que seu roupão estava desbotado e surrado. Uma extremidade arredondada da gola estava levantada como a de um bêbado, espetando-lhe o pescoço empapado. Havia uma mancha na lapela esquerda que devia ser de chili ou de molho para carne, e cheirava a cigarro e bebida azeda.

— Um garoto — repetiu. — Não preciso de nada, garoto. Leia o aviso. Sabe ler, não sabe? Claro que sabe. Todos os garotos americanos sabem ler. Não me amole, garoto. Bom dia.

A porta começou a se fechar.

Devia ter acabado ali mesmo, pensou Todd muito tempo depois, numa das noites em que era difícil pegar no sono. Sua decepção ao ver o homem pela primeira vez de perto, sem a fisionomia pública que fora deixada no armário junto com o guarda-chuva e o chapéu, pode-se dizer, poderia tê-lo feito desistir. Poderia ter acabado naquele momento, o pequeno estalido da fechadura cerrando tudo como uma podadeira. Mas, como o próprio homem observara, era um garoto americano, e haviam lhe ensinado que a persistência é uma virtude.

— Não esqueça seu jornal, sr. Dussander — disse Todd entregando-lhe o *Times* gentilmente.

A porta parou de repente seu movimento, a alguns centímetros da ombreira. Uma expressão tensa e alerta cruzou o rosto de Kurt Dussander, desaparecendo em seguida. Talvez houvesse medo naquela expressão. A maneira como fizera a expressão desaparecer fora satisfatória, mas Todd decepcionou-se pela terceira vez. Não esperava que Dussander fosse satisfatório, esperava que fosse *brilhante*.

Essa não, pensou Todd realmente aborrecido, *essa não, essa não*.

Abriu a porta novamente. Uma das mãos, deformada de artrite, destrancou a porta de grade. A mão empurrou a porta apenas o suficiente para que passasse como se fosse uma aranha, e fechou-se sobre a ponta do jornal que Todd segurava. O garoto observou com repugnância que as unhas do velho eram grandes, amarelas e curvas. Era a mão que passava o dia segurando um cigarro atrás do outro. Todd achava que fumar era um hábito ruim e perigoso, que nunca iria adquirir. Realmente era um milagre que Dussander tivesse vivido tanto tempo.

— Dê-me o jornal — disse o velho, puxando-o.

— Claro, sr. Dussander. — Todd soltou o jornal. A mão de aranha levou-o para dentro. A porta da grade fechou-se.

— Meu nome é Denker — disse o velho. — Nada de Doo-Zander. Parece que não sabe ler. Que pena. Bom dia.

A porta começou a fechar novamente. Todd falou rápido pelo vão que ia se estreitando.

— Bergen-Belsen, janeiro de 1943 a junho de 1943. Auschwitz, junho de 1943 a junho de 1944, *Unterkommandant*. Patin...

A porta parou de novo. O rosto inchado e pálido do velho apareceu no vão como um balão meio murcho e enrugado. Todd sorriu.

— O senhor saiu de Patin antes de os russos chegarem. Foi para Buenos Aires. Algumas pessoas dizem que enriqueceu lá, investindo o dinheiro que levou da Alemanha no tráfico de drogas. De qualquer forma, estava na Cidade do México entre 1950 e 1952. Depois...

— Garoto, você é maluco. — Um dos dedos com artrite formava círculos ao redor da orelha deformada. Mas a boca desdentada tremia frágil e em pânico.

— De 1952 até 1958, não sei — disse Todd com o sorriso mais largo ainda. — Ninguém sabe, eu acho, pelo menos não dizem. Mas um agente israelense reconheceu-o em Cuba, trabalhando como concierge de um grande hotel pouco antes de Castro assumir. Perderam-no de vista quando os rebeldes entraram em Havana. Apareceu em Berlim Ocidental em 1965. Quase o pegaram. — Ao dizer esta frase, apertou os dedos de sua mão num grande punho. Os olhos de Dussander pousaram sobre aquelas mãos bem-feitas e fortes, mãos que eram feitas para construir carros de corrida e modelos Aurora. Todd já tinha feito os dois. Na realidade, um ano antes, ele e o pai haviam montado um modelo do *Titanic*. Levaram quase quatro meses, e o pai de Todd o guardava no escritório.

— Não sei do que está falando — disse Dussander. Sem os dentes postiços, as palavras adquiriam um tom frágil que não agradava a Todd. Não soavam... bem, autênticas. O coronel Klink do *Hogan's Heroes* parecia mais nazista que Dussander. Mas na sua época, deve ter sido mesmo um gênio. Em um artigo sobre os campos de concentração na *Men's Action*, o escritor o chamara de "Carrasco de Patin". — Saia daqui, garoto. Antes que eu chame a polícia.

— É, acho melhor chamar, sr. Dussander. Ou *Herr* Dussander, se preferir. — Continuou a sorrir exibindo dentes perfeitos que tinham sido tratados com flúor desde que nascera e com Crest três vezes ao dia há quase o mesmo tempo. — Depois de 1965, ninguém mais o viu... até que eu o vi, há dois meses, no ônibus para o Centro.

— Você está maluco.

— Assim, se quiser chamar a polícia — disse Todd sorrindo —, chame. Eu espero no alpendre. Mas se não quiser chamar agora, por que não me deixa entrar? Vamos conversar.

Houve uma longa pausa, enquanto o homem olhava o garoto sorridente. Os pássaros gorjeavam nas árvores. No quarteirão seguinte, um cortador de grama estava ligado, e, mais além, nas ruas mais movimentadas, as buzinas produziam seu próprio ritmo de vida e negócios.

Apesar de tudo, Todd sentiu um princípio de dúvida. Não podia estar errado, podia? Havia algum erro de sua parte? Achava que não, mas isso não era nenhum exercício de sala de aula. Era a vida real. Então sentiu uma onda de alívio (um *ligeiro* alívio, convenceu-se depois) quando Dussander disse:

— Pode entrar um pouco, se quiser. Mas só porque não quero lhe causar problemas, entendeu?

— Claro, sr. Dussander — disse Todd. Abriu a porta da grade e entrou no hall. Dussander fechou a porta atrás deles, interceptando a manhã.

A casa tinha um cheiro rançoso de cerveja. Um cheiro que sua casa às vezes tinha no dia posterior a alguma festa que seus pais haviam dado e antes que sua mãe tivesse tido a chance de arejá-la. Mas esse cheiro era pior. Era forte e impregnado. Cheiro de bebida, fritura, suor, roupas velhas e um fedor de remédio mentolado, como Vick. Estava escuro no hall e Dussander estava perto demais, a cabeça enfiada na gola do roupão como a cabeça de um abutre que espera um animal ferido desencarnar. Naquele momento, apesar da barba por fazer e da pele enrugada e caída, Todd pôde ver melhor do que nunca o homem que vestira o uniforme negro da SS. E sentiu uma repentina pontada de medo em seu estômago. Um *ligeiro* medo, consertou depois.

— Devo lhe dizer que se alguma coisa me acontecer... — começou, e então Dussander passou por ele arrastando as pantufas no chão e entrou na cozinha. Levantou a mão desdenhosamente para Todd, que sentiu uma onda de sangue quente subir para sua garganta e bochechas.

Todd seguiu-o, seu sorriso hesitando pela primeira vez. Não tinha imaginado que acontecesse exatamente assim. Mas tudo ia dar certo. As coisas entrariam em foco. Claro que sim. Sempre entravam. Começou a sorrir novamente ao entrar na sala de estar.

Teve outra decepção — e que decepção! —, mas achava que para esta estava preparado. Não havia, é claro, nenhum quadro a óleo de Hitler com seu topete pendente e olhos que o seguiam. Nenhum estojo de medalhas, nenhuma espada ritual pregada na parede, nenhuma Luger nem PPK Walther no consolo da lareira (não havia, na verdade, nenhum consolo). Claro, Todd disse a si mesmo, o cara teria que ser louco para colocar qualquer uma dessas coisas onde as pessoas pudessem ver. No entanto, era difícil tirar da cabeça tudo o que se via nos filmes ou na TV. Parecia a sala de estar de um velho qualquer que mora sozinho numa pensão meio desarrumada. A falsa lareira era revestida de falsos tijolos. Um Westclox ficava pendurado no alto. Havia uma TV Motorola em preto e branco numa mesinha; as pontas da antena em forma de V tinham sido enroladas com papel-alumínio para melhorar a recepção. O chão era coberto com um carpete cinza, gasto. O porta-revistas ao lado do sofá continha exemplares da *Revista Geográfica Universal*, da *Seleções* e do *Times* de Los Angeles. Em vez de um quadro de Hitler ou de uma espada ritual pendurada na parede, havia um certificado de cidadania emoldurado e a foto de uma mulher usando um chapéu engraçado. Dussander lhe contou depois que aquele tipo de chapéu era chamado cloche e fora muito popular nas décadas de 1920 e 1930.

— Minha esposa — disse Dussander sentimental. — Morreu em 1955 de uma doença pulmonar. Na época eu trabalhava na Menschler Motor Works em Essen. Fiquei inconsolável.

Todd continuava a sorrir. Cruzou a sala como se fosse olhar melhor a mulher na fotografia. Em vez disso, tocou com os dedos a cúpula de um pequeno abajur de mesa.

— *Pare com isso!* — gritou Dussander bruscamente. Todd recuou ligeiramente.

— Muito bem — disse com sinceridade. — Realmente imponente. Era Ilse Koch que fazia cúpulas de pele humana, não era? E era ela que fazia o truque com os pequenos tubos de vidro.

— Não sei do que está falando — disse Dussander. Havia um maço de Kool dos sem filtro em cima da TV. Ofereceu a Todd. — Cigarros? — perguntou e sorriu largamente. Seu sorriso era medonho.

— Não. Dá câncer de pulmão. Meu pai fumava, mas parou. Fez um tratamento.

— Foi mesmo? — Dussander tirou um fósforo do bolso do roupão e riscou-o indiferente na armação de plástico da Motorola. Soltando a fumaça, disse: — Pode me dar uma razão para eu não chamar a polícia e falar das acusações monstruosas que acabou de fazer? Uma razão? Diga rápido, garoto. O telefone está logo ali no hall. Acho que seu pai te daria uma surra. Ia passar uma semana jantando sentado numa almofada, hein?

— Meus pais não acreditam em surra. Os castigos corporais produzem mais problemas que efeitos. — Os olhos de Todd de repente brilharam. — Você bateu em alguém? As mulheres? Tirou suas roupas e...

Com uma exclamação abafada, Dussander dirigiu-se ao telefone.

Todd disse com frieza:

— É melhor não fazer isso.

Dussander virou-se. Num tom contido, alterado apenas ligeiramente pelo fato de estar sem a dentadura, ele disse:

— Vou lhe dizer mais uma vez, garoto, e só mais uma vez. Meu nome é Arthur Denker. Nunca foi outro, nem foi americanizado. Meu pai me deu o nome de Arthur pois admirava muito as histórias de Arthur Conan Doyle. Nunca foi Doo-Zander, nem Himmler, nem Papai Noel. Fui tenente da reserva na guerra. Nunca aderi ao partido nazista. Na batalha de Berlim, lutei durante três semanas. Devo admitir que no final dos anos 1930, quando me casei pela primeira vez, apoiei Hitler. Ele acabou com a depressão e recuperou um pouco do orgulho que perdemos como consequência do revoltante e injusto Tratado de Versalhes.

Acho que o apoiei principalmente porque consegui um emprego e o tabaco voltou ao mercado, e eu não precisava catar guimbas nas sarjetas quando queria fumar. Achava, no final dos anos 1930, que ele era um grande homem. A seu modo, talvez fosse. Mas no final, ficou louco, dirigia exércitos fantasmas baseado nas ilusões de um astrólogo. Deu até para Blondi, seu cachorro, uma cápsula mortal. Uma atitude de louco; no final estavam todos loucos, cantavam *Horst Wessel Song* enquanto davam veneno às crianças. No dia 2 de maio de 1945, meu regimento rendeu-se aos americanos. Lembro-me que um soldado raso chamado Hackermeyer me deu uma barra de chocolate. Chorei. Não havia motivo para continuar a lutar, a guerra tinha acabado, na realidade, desde fevereiro. Fui internado em Essen e muito bem-tratado. Ouvíamos os julgamentos de Nuremberg no rádio e, quando Goering suicidou-se, troquei 14 cigarros americanos por meia garrafa de schnaps e fiquei bêbado. Quando fui solto, coloquei rodas em carros na Essen Motor Works até 1963, quando me aposentei. Mais tarde, emigrei para os Estados Unidos. Vir para cá foi uma ambição que tive durante a vida inteira. Em 1967, obtive minha cidadania. Sou americano. Voto. Nada de Buenos Aires. Nada de tráfico de drogas. Nada de Berlim. Nada de Cuba. — Pronunciava Koo-ba. — Agora, se não for embora, vou dar meu telefonema.

Viu que Todd não se mexeu. Então, dirigiu-se ao hall e pegou o telefone. Todd continuava na sala, ao lado da mesa com o pequeno abajur.

Dussander começou a discar. Todd olhou-o, seu coração acelerado como um tambor dentro do peito. Após o quarto número, Dussander virou-se e olhou-o. Seus ombros caíram. Colocou o fone no gancho.

— Um garoto — suspirou. — Um *garoto*.

Todd deu um sorriso largo, mas um tanto modesto.

— Como descobriu?

— Um pouco de sorte e muito trabalho — disse Todd. — Tem um amigo meu, o nome dele é Harold Pegler, só que todos os garotos chamam ele de Foxy. Ele joga na segunda base do nosso time. O pai dele tem todas essas revistas na garagem. Várias estantes grandes. Revistas de guerra. São antigas. Procurei algumas novas, mas o cara que é dono da banca em frente ao colégio disse que a maioria saiu de circulação. Em quase todas, há fotos dos krauts, quer dizer, soldados alemães... e japoneses torturando mulheres. E artigos sobre os campos de concentração. Sou vidrado em todas essas coisas de campo de concentração.

— Você... é vidrado. — Dussander olhava-o fixamente, uma das mãos esfregando a face para cima e para baixo com um ligeiro barulho de lixa.

— Sou vidrado. Você sabe, quero dizer, me interesso.

Lembrava do dia na garagem de Foxy tão bem quanto tudo na sua vida — até melhor, suspeitava. Lembrava da quinta série, antes do Dia da Profissão, quando a sra. Anderson (todos os garotos chamavam-na de "Pernalonga" por causa dos dentes grandes que tinha na frente) lhes falara sobre encontrar O SEU GRANDE INTERESSE.

— Surge de repente — exclamava a "Pernalonga" Anderson. — Você vê uma coisa pela primeira vez e na hora sabe que encontrou SEU GRANDE INTERESSE. É como uma chave que abre uma porta. Ou como se apaixonar pela primeira vez. É por isso que o Dia da Profissão é tão importante, crianças... pode ser o dia em que encontrarão SEU GRANDE INTERESSE. — E continuou falando sobre seu próprio GRANDE INTERESSE, que não era lecionar na quinta série, mas colecionar cartões-postais do século XIX.

Todd achava que a sra. Anderson só falara besteira na época, mas naquele dia na garagem de Foxy lembrou-se do que tinha dito e começou a pensar se afinal ela não estava certa.

O vento Santa Ana soprava naquele dia e do lado leste tinha havido um incêndio na mata. Lembrava-se do cheiro de queimado, forte e gorduroso. Lembrava-se do corte de cabelo à escovinha de Foxy e a gomalina na franja. Lembrava-se de *tudo*.

— Sei que tem umas histórias em quadrinhos em algum lugar por aqui — dissera Foxy. Sua mãe estava de ressaca e os pusera para fora de casa porque faziam muito barulho. — São legais. A maioria é bangue-bangue, mas tem uns *Turok, Son of Stone* e...

— O que é aquilo? — perguntou Todd apontando para as volumosas caixas de papelão embaixo da escada.

— Ah, não são boas — disse Foxy. — Histórias de guerra de verdade, na maioria. Chato.

— Posso ver algumas?

— Claro. Vou procurar as histórias em quadrinhos.

Mas quando Foxy Pegler encontrou-as, Todd não queria mais ler histórias em quadrinhos. Estava perdido. Completamente perdido.

É como uma chave que abre uma porta. Ou como se apaixonar pela primeira vez.

Tinha sido assim. Tinha aprendido sobre a guerra, claro — não a guerra estúpida que estava havendo, na qual os americanos estavam apanhando de um bando de amarelos de pijamas pretos, mas a Segunda Guerra Mundial. Sabia que os americanos usavam capacetes redondos com uma rede em cima e os alemães usavam capacetes meio quadrados. Sabia que os americanos ganharam a maioria das batalhas e que os alemães inventaram foguetes quase no final e os lançaram da Alemanha para Londres. Sabia até alguma coisa sobre os seus campos de concentração.

A diferença entre aquilo tudo e o que descobriu nas revistas embaixo da escada na garagem de Foxy era como *ouvir falar* de germes e *vê-los* realmente num microscópio, se mexendo e vivos.

Aqui estava Ilse Koch. Aqui estavam os crematórios com as portas abertas e as dobradiças cheias de fuligem. Aqui estavam os oficiais vestidos nos uniformes da SS e os prisioneiros em seus uniformes listrados. O cheiro das revistas velhas e baratas era como o cheiro da mata queimando incontrolavelmente a leste de Santo Donato, e Todd podia sentir o papel velho se desmanchando ao contato de seus dedos, e virava as páginas, não mais na garagem de Foxy, mas em algum lugar para o qual fora levado através do tempo, tentando aceitar a ideia de que *tinham realmente feito aquilo*, que *alguém tinha realmente feito aquilo* e que *alguém tinha permitido* que fizessem aquilo, e sua cabeça começou a doer num misto de repulsa e emoção, e seus olhos ficaram vermelhos e cansados, mas continuou a ler, e numa coluna abaixo de uma foto de corpos emaranhados num lugar chamado Dachau, esse número lhe chamou a atenção:

6.000.000

E pensou: *Alguém fez uma besteira aqui, alguém acrescentou um ou dois zeros, isso é mais que o dobro da populacão de Los Angeles!* Mas depois, em outra revista (a capa dessa mostrava uma mulher acorrentada a uma parede enquanto um homem num uniforme nazista aproximava-se dela com um ferro em brasa na mão e um sorriso largo no rosto), viu novamente:

6.000.000

A dor de cabeça piorou. Sua boca ficou seca. Vagamente, a certa distância, ouviu Foxy dizer que tinha que entrar para o jantar. Todd perguntou a Foxy se poderia ficar ali na garagem lendo, enquanto Foxy comia. Foxy lançou-lhe um olhar intrigado, sacudiu os ombros e disse que sim. E Todd leu, curvado sobre as caixas de revistas antigas de guerras verdadeiras, até que sua mãe telefonou perguntando *se algum dia* ia voltar para casa.

Como uma chave que abre uma porta.

Todas as revistas diziam que era lamentável o que tinha acontecido. Mas todas as histórias continuavam no final do livro, e quando se passava a essas páginas, as palavras dizendo que fora lamentável estavam cercadas de anúncios, anúncios que vendiam facas, cintos e capacetes alemães, assim como cintas mágicas e remédios para calvície comprovadamente eficazes. Esses anúncios vendiam bandeiras germânicas com emblemas da suástica, Lugers nazistas e um jogo chamado "Ataque a Panzer", assim como lições por correspondência e promessas de torná-lo rico vendendo sapatos de plataforma para baixinhos. Diziam que era lamentável, mas parecia que muitas pessoas não se importavam.

Como se apaixonar.

Ah, sim, lembrava-se muito bem daquele dia. Lembrava-se de tudo — um calendário velho e amarelado de garotas nuas numa parede dos fundos, a mancha de óleo no chão de cimento, a forma como as revistas estavam amarradas com barbante de cor laranja. Lembrava-se como sua dor de cabeça piorava um pouco cada vez que pensava naquele número inacreditável:

6.000.000

Lembrava-se de ter pensado: *Quero saber tudo o que aconteceu naqueles lugares. Tudo. E quero saber o que é mais verdadeiro — as palavras ou os anúncios que colocam ao lado das palavras.*

Lembrou-se da "Pernalonga" Anderson quando finalmente empurrou as caixas de volta para baixo da escada e pensou: *Ela tinha razão. Encontrei meu* GRANDE INTERESSE.

Dussander ficou olhando para Todd durante um longo tempo. Então cruzou a sala de estar e sentou-se pesadamente numa cadeira de balanço. Olhou para Todd novamente, incapaz de decifrar a expressão ligeiramente sonhadora e nostálgica no rosto do garoto.

— Sim. Foram as revistas que despertaram meu interesse, mas acho que muita coisa que dizem ali é, você sabe, pura besteira. Então fui até a biblioteca e descobri muito mais. Algumas coisas eram até mais claras. No começo, a bibliotecária idiota não queria que eu lesse nada daquilo porque estava na seção de adultos da biblioteca, mas eu disse que era para o colégio. Se for para o colégio, têm que deixar você ler. Mesmo assim, telefonou para meu pai. — Todd revirou os olhos com desdém. — Como se meu pai não soubesse o que eu estava fazendo, sacou?

— Ele sabia mesmo?

— Claro. Meu pai acha que as crianças têm que conhecer a vida o quanto antes... tanto o mal quanto o bem. Então estarão preparadas para ela. Ele diz que a vida é um tigre que se tem que pegar pelo rabo, e se você não conhecer a natureza da fera, ela devora você.

— Humm — disse Dussander.

— Minha mãe pensa da mesma forma.

— Humm. — Dussander parecia atordoado, sem saber onde estava.

— De qualquer maneira, o material da biblioteca estava realmente bom. Só aqui na biblioteca de Santo Donato deve haver centenas de livros sobre os campos de concentração nazistas. Muitas pessoas devem gostar de ler sobre isso. Não tinha tantas fotos como nas revistas do pai de Foxy, mas o material era realmente horrível. Cadeiras com pregos nos assentos. Pessoas arrancando dentes de ouro com alicate. Chuveiros que soltavam gases venenosos. — Todd balançou a cabeça. — Vocês realmente exageraram, sabia? Realmente exageraram.

— Horrível — disse Dussander lentamente.

— Eu fiz mesmo um trabalho de pesquisa, e sabe quanto tirei? Um A+. Claro que tive que ser cauteloso. Você tem que escrever sobre isso de uma determinada maneira. Tem que tomar cuidado.

— É mesmo? — perguntou Dussander. Pegou outro cigarro com a mão trêmula.

— Ah, é. Todos os livros da biblioteca são escritos de uma forma especial. Como se os caras que os escreveram ficassem enjoados com o assunto sobre o qual escreviam. — Todd franziu a testa analisando o pensamento, tentando expressá-lo. O fato de a palavra *tom*, no sentido que a palavra se aplica à escrita, ainda não fazer parte de seu vocabulário, tornava isso mais difícil. — Todos escrevem como se tivessem perdido noites de sono. Como temos que ser cautelosos para que nada disso aconteça novamente! Fiz meu trabalho dessa maneira e acho que a professora me deu A só porque li o material da pesquisa sem botar meu almoço para fora.

Mais uma vez Todd sorriu triunfante.

Dussander deu uma forte tragada no seu Kool sem filtro. A ponta tremeu ligeiramente. Lançando a fumaça pelas narinas, soltou uma tosse densa e abafada de velho.

— Não posso acreditar que essa conversa esteja acontecendo — disse ele. Inclinou-se para a frente e olhou Todd de perto. — Garoto, você conhece a palavra "existencialismo"?

Todd ignorou a pergunta.

— Alguma vez encontrou-se com Ilse Koch?

— Ilse Koch? — Quase inaudivelmente, Dussander disse: — Sim, eu a conheci.

— Ela era bonita? — perguntou Todd ansiosamente. — Quer dizer... — Suas mãos descreveram uma forma de violão no ar.

— Com certeza já viu uma fotografia dela — disse Dussander. — Um aficionado como você!

— O que é afi... afi...

— Um aficionado — repetiu Dussander — é quem curte. Uma pessoa que... acha um barato.

— É? Legal. — O sorriso de Todd, intrigado e fraco por um momento, brilhou triunfante novamente. — Claro, vi fotografias dela. Mas sabe como ficam nesses livros. — Falava como se Dussander tivesse todos. — Em preto e branco, pouco nítidas, fotos instantâneas. Os caras não sabiam que estavam tirando fotos para, sabe, né, para a *história*. Ela era mesmo boazuda?

— Era gorda e atarracada e tinha a pele horrível — disse Dussander ríspido. Esmagou o cigarro pela metade em uma fôrma de torta redonda cheia de guimbas.

— Não é possível. — O rosto de Todd adquiriu uma expressão decepcionada.

— Pura sorte — refletiu Dussander, olhando para Todd. — Você viu minha fotografia numa revista de aventuras de guerra e por acaso sentou-se junto de mim no ônibus. *Ora*! — Bateu com o punho fechado no braço da cadeira, mas sem muita força.

— Não senhor, sr. Dussander. Há algo mais. *Muito mais* — Todd falou entusiasmado, inclinando-se para a frente.

— É mesmo? — As grossas sobrancelhas se ergueram, expressando uma incredulidade polida.

— Claro. Quer dizer, as suas fotos no meu álbum de recortes são de trinta anos atrás, pelo menos. Estamos em 1974.

— Você tem um... álbum de recortes?

— Tenho sim! É ótimo. Uma porção de fotografias. Vou lhe mostrar qualquer hora. O senhor vai ficar alucinado.

O rosto de Dussander adquiriu um ar de revolta, mas ele nada disse.

— As primeiras vezes que o vi, não tinha certeza. Então, um dia, quando estava chovendo, o senhor entrou no ônibus e estava usando essa capa impermeável preta brilhante...

— Aquela? — suspirou Dussander.

— É. Tinha uma foto sua usando um casaco como aquele numa das revistas da garagem de Foxy. E também uma foto sua com um casaco da SS num dos livros da biblioteca. E quando o vi naquele dia, disse a mim mesmo: "Tenho certeza. Aquele é Kurt Dussander." Então comecei a ser sua sombra.

— Começou *a quê*?

— A espionar o senhor. A segui-lo. Meu sonho é ser detetive particular como Sam Spade dos livros ou Mannix da TV. De qualquer maneira, fui supercauteloso. Não queria que percebesse. Quer ver algumas fotos?

Todd tirou um envelope de papel pardo dobrado do bolso traseiro. O suor havia colado a aba.

Abriu-o cuidadosamente. Seus olhos brilhavam como os de um menino que pensa no seu aniversário, no Natal ou nos fogos que vai soltar no dia 4 de julho.

— *Tirou fotografias minhas?*

— Isso mesmo. Tenho uma maquinazinha... uma Kodak. É fina, achatada e cabe direitinho na mão. Quando você pega o jeito, pode tirar fotos com ela dentro da mão tirando os dedos da frente da lente. Aí, aperta o botão com o polegar. — Todd sorriu modestamente. — Peguei o jeito, mas antes tirei um bocado de fotos dos meus dedos. Mas nessas eu abaixei os dedos. Acho que as pessoas podem fazer qualquer coisa se tentarem com vontade, sabia? É meio clichê falar assim, mas é verdade.

Kurt Dussander começou a ficar pálido e nervoso, encolhido dentro do roupão.

— Mandou revelar essas fotos numa loja, garoto?

— Hein? — Todd pareceu chocado e surpreso, depois desdenhoso. — Não! O que pensa que sou, um idiota? Meu pai tem um laboratório. Revelo minhas próprias fotografias desde que tenho 9 anos.

Dussander não disse nada, mas relaxou e recobrou um pouco da cor.

Todd entregou-lhe várias fotos lustrosas, os cantos irregulares confirmando que haviam sido reveladas em casa. Dussander olhou-as, uma por uma, silenciosamente soturno. Numa estava sentado ereto num banco perto da janela do ônibus para o Centro, com um exemplar do último livro de James Michener, *A Saga do Colorado*, nas mãos. Na outra estava no ponto de ônibus da Devon Avenue com o guarda-chuva embaixo do braço e a cabeça empinada num ângulo que lembrava De Gaulle em seu ar mais majestoso. Aqui estava numa fila sob a marquise do Majestic Theater, ereto e silencioso, chamando atenção, por seu porte e altura, no meio dos adolescentes magros e das donas de casa de rostos inexpressivos e rolinhos nos cabelos. Finalmente, nessa estava examinando sua própria caixa de correspondência.

— Fiquei com medo que me visse dessa vez — disse Todd. — Foi um risco calculado. Estava do outro lado da rua. Cara, quem dera que eu pudesse comprar uma Minolta com lentes telescópicas. Um dia... — Todd parecia melancólico.

— Sem dúvidas tinha uma explicação pronta, se fosse preciso.

— Ia lhe perguntar se tinha visto meu cachorro. Mas, bem, depois que revelei o filme, comparei-as com essas aqui.

Entregou a Dussander três cópias de fotografias. Tinha visto todas várias vezes antes. A primeira mostrava-o em seu escritório no campo em Patin; fora cortada de maneira que só apareciam ele e a bandeira nazista perto da escrivaninha. A segunda era uma foto que tinha sido tirada no dia de seu alistamento. A última mostrava-o apertando a mão de Heinrich Glücks, que fora subordinado apenas do próprio Himmler.

— Aí tive certeza absoluta, mas não podia ver se tinha o lábio leporino por causa do bigode. Mas tinha que ter certeza mesmo, então consegui isso.

Entregou a última folha do envelope. Estava dobrada muitas vezes. Tinha sujeira agarrada nas dobras. Os cantos estavam rasgados e amassados — como ficam os papéis quando passam muito tempo no bolso de garotos a quem não faltam coisas para fazer nem lugares para ir. Era uma cópia da lista israelense de criminosos procurados, na página de Kurt Dussander. Segurando-a nas mãos, Dussander refletia sobre corpos aflitos que recusavam-se a ficar enterrados.

— Tirei suas impressões digitais — disse Todd sorrindo. — Depois comparei com as da folha.

Dussander ficou boquiaberto e depois soltou um merda em alemão.

— Não fez isso!

— Claro que fiz. Mamãe e papai me deram um estojo para tirar impressões digitais no Natal do ano passado. Um de verdade, não o de brinquedo. Tinha o pozinho, três pincéis para três superfícies diferentes e o papel especial. Meus pais sabem que quero ser detetive particular quando crescer. Claro que eles acham que eu vou desistir. — Desprezou a ideia levantando e abaixando os ombros. — O livro explicava tudo sobre volutas, regiões e pontos de semelhança. São chamadas *comparações*. Você precisa de oito comparações de uma impressão para que ela seja aceita no tribunal. Bem, de qualquer forma, um dia, quando o senhor estava no cinema, vim aqui, coloquei o pó na caixa de correspondência e na maçaneta e tirei todas as impressões que consegui. Esperto, não?

Dussander não disse nada. Apertava os braços da poltrona e sua boca desdentada e murcha tremia. Todd não gostou daquilo. Parecia que estava à beira das lágrimas. Era ridículo, claro. O "Demônio Sanguinário" de Patin chorando? É como a Chevrolet falir ou o McDonald's desistir de hambúrgueres e passar a vender caviar e trufas.

— Tirei dois conjuntos de impressões — Todd continuou. — Um deles não tinha nada a ver com o do cartaz. Imaginei que fosse do carteiro. As outras eram suas. Consegui mais de oito comparações. Consegui 14 ótimas comparações. — Sorriu. — Foi assim que fiz.

— Você é um *filho da mãe* — disse Dussander, e seus olhos reluziram perigosamente. Todd se arrepiou, como no hall. Mas Dussander relaxou novamente.

— Para quem você contou?

— Para ninguém.

— Nem para esse amigo? Esse tal de Cony Pegler?

— Foxy, Foxy Pegler. Não, ele é um fofoqueiro. Não contei para ninguém. Não confio em ninguém a esse ponto.

— O que você quer? Dinheiro? Receio que não tenho. Na América do Sul, tinha, apesar de não ter vindo de nada tão romântico nem perigoso como tráfico de drogas. Há... *havia*... uma espécie de "rede de conexão" no Brasil, Paraguai e Santo Domingo. Fugitivos de guerra. Entrei no círculo e fiz uma fortuna com minerais e minérios... estanho, cobre, bauxita. Depois as coisas mudaram. Nacionalismo, antiamericanismo. Poderia ter resistido às mudanças, mas os homens de Wiesenthal me farejaram. Azar atrás de azar, garoto, como cachorros atrás de uma cadela no cio. Por duas vezes quase me pegaram; uma vez ouvi os judeus idiotas no quarto ao lado.

— Enforcaram Eichmann — ele continuou num sussurro. Levou uma das mãos ao pescoço e seus olhos se arregalaram como os de uma criança ouvindo a parte mais assustadora de uma história de terror, João e Maria, ou talvez Barba-Azul. — Era um velho, não fazia mal a ninguém. Sem filiações políticas. Mesmo assim, o enforcaram.

Todd balançou a cabeça.

— Finalmente procurei as únicas pessoas que poderiam me ajudar. Tinham ajudado outros, e eu não podia recorrer a mais nada.

— O senhor foi para Odessa? — perguntou Todd avidamente.

— Para a Sicília — disse Dussander secamente, e Todd ficou decepcionado novamente. — Estava tudo pronto: documentos falsos, passado falso. Quer beber alguma coisa, garoto?

— Claro. Tem Coca?

— Coca, não. — Pronunciava Koke.

— Leite?

— Tem. — Dussander atravessou a porta da cozinha. Uma lâmpada fluorescente acendeu-se com um zumbido. — Agora vivo de dividendos de ações. — Sua voz voltou. — Ações que comprei depois da guerra com outro nome. Através de um banco no Estado do Maine, se quer saber. O banqueiro que me vendeu foi para a cadeia porque matou a mulher, um ano depois que as comprei... a vida, às vezes, é estranha, *hein*, garoto?

Uma porta de geladeira foi aberta e fechada.

— Os capachos sicilianos não sabiam das ações — disse ele. — Hoje em dia, há sicilianos por toda parte, mas naquela época ficavam tão longe quanto Boston daqui. Se soubessem, teriam ficado com elas também. Teriam me deixado a zero e me mandado para a América para morrer de fome.

Todd ouviu uma porta de armário sendo aberta; ouviu um líquido sendo colocado dentro de um copo.

— Algumas da General Motors, algumas da American Telephone and Telegraph e 150 ações da Revlon. Todas escolha do banqueiro. Dufresne, era o nome dele... me lembro bem, porque soa um pouco como o meu. Parece que não era tão esperto em matar mulheres como era em escolher ações em alta. *Crime passional*, garoto. Isso prova que os homens são todos mulas que sabem ler.

Voltou à sala, arrastando as pantufas. Segurava dois copos de plástico verdes que pareciam brindes que às vezes dão em inaugurações de postos de gasolina. Quando você enche o tanque, ganha um copo.

Dussander entregou um copo a Todd.

— Vivi razoavelmente bem com a carteira de ações que esse Dufresne organizou para mim durante meus cinco primeiros anos aqui. Mas depois vendi minhas ações da Diamond Match para comprar esta casa e um pequeno sítio perto de Big Sur. Então, veio a recessão. Vendi o sítio e uma a uma vendi as ações, algumas com lucros incríveis. Quem me dera ter comprado mais. Mas achei que estava bem protegido em outra direção; como vocês americanos dizem, as ações são "especulações temerárias"... — Deu um assovio com a boca sem dentes e estalou os dedos.

Todd estava entediado. Não tinha ido lá para ouvir Dussander chorar miséria nem resmungar sobre ações. A ideia de subornar Dussander nem passara pela sua cabeça. Dinheiro? O que ia fazer com ele? Tinha sua mesada e entregava jornais. Se suas necessidades financeiras em algumas semanas fossem maiores, havia sempre alguém que precisava aparar a grama.

Todd levou o copo aos lábios e hesitou. Seu sorriso brilhou novamente, um sorriso admirável. Estendeu o copo de brinde do posto de gasolina para Dussander.

— Beba *você* primeiro — disse dissimuladamente.

Dussander olhou-o por um momento sem compreender e revirou os olhos vermelhos.

— *Grüss Gott!* — Pegou o copo, deu dois goles e devolveu-o.

— Não sufoca. Não fecha a garganta. Não tem cheiro de amêndoas amargas. É leite, garoto. *Leite*. Da fazenda Dairylea. Na caixa tem uma vaca rindo.

Todd olhou-o desconfiado por um momento, depois deu um golinho. É, tinha *gosto* de leite, claro, mas de qualquer maneira não estava mais com muita sede. Abaixou o copo. Dussander deu de ombros, levantou o seu e bebeu. Estalou os lábios.

— Schnapps? — perguntou Todd.

— Bourbon antigo. Muito bom. E barato.

Todd passou os dedos ao longo das costuras de seu jeans.

— Assim — disse Dussander —, se você quiser "especular", tem que ter certeza que escolheu uma ação garantida.

— Hein?

— Suborno — disse Dussander. — Não é assim que dizem no *Mannix, Hawaii Five-O* e *Barnaby Jones*? Extorsão. Se era isso...

Mas Todd ria — incontrolavelmente, risada de garoto. Balançou a cabeça, tentou falar, não conseguiu e continuou rindo.

— Não — disse Dussander, e, de repente, ficou sombrio e mais assustado do que nunca desde que ele e Todd haviam começado a conversar. Tomou outro gole do drinque, fez uma careta e sacudiu os ombros.

— Sei que não é isso... pelo menos não é extorsão de dinheiro. Mas, embora você ria, sinto no ar o cheiro de extorsão. O que é? Para que vem aqui incomodar um velho? Talvez, eu tenha um dia sido nazista como você diz. Até mesmo da SS. Agora, sou apenas um velho e, para meu intestino funcionar, preciso usar supositório. Então, o que quer?

Todd estava sério novamente. Olhou para Dussander com uma franqueza clara e atraente.

— Porque... quero saber tudo. É isso. É só isso que quero. De verdade.

— *Saber* tudo? — ecoou Dussander. Parecia completamente perplexo.

Todd inclinou-se para a frente, os ombros dourados aproximaram-se dos joelhos nos jeans.

— Claro. O esquadrão da morte. As câmaras de gás. Os fornos. Os caras que tinham que cavar a própria cova e depois ficar em pé na beira para cair dentro dela. Os... — Molhou os lábios com a língua. — Os exames. Os experimentos. Tudo. Todas as coisas horríveis.

Dussander olhou para ele com certo distanciamento intrigado, como um veterinário olha uma gata que acabou de dar à luz uma ninhada de filhotes de duas cabeças.

— Você é um monstro — disse.

Todd fungou.

— De acordo com os livros que li para meu trabalho, o *senhor* é o monstro, sr. Dussander, não eu. O senhor mandou-os para os fornos, não eu. Dois mil por dia em Patin, antes de o senhor chegar, 3 mil depois, 3.500 até os russos chegarem e o impedirem. Himmler chamou-o de especialista eficiente e lhe deu uma medalha. E o senhor me chama de monstro. Meu Deus.

— Isso não passa de grande mentira americana — disse Dussander atormentado. Desceu o copo com violência, derramando bourbon na mão e na mesa. — O problema não foi criado por mim, nem a solução. Recebia ordens e diretrizes que seguia.

O sorriso de Todd alargou-se; era quase um sorriso afetado.

— Ah, sei como os americanos distorceram as coisas — murmurou Dussander. — Mas seus políticos fazem nosso dr. Goebbels parecer uma criança brincando com um álbum de figurinhas no jardim de infância. Falam de moral enquanto mergulham criancinhas e velhos desesperados em napalm. Os que resistem ao serviço militar são chamados de covardes e "maus elementos". Por se recusarem a obedecer ordens, são presos ou expulsos do país. Aqueles que se manifestam contra a infeliz aventura deste país na Ásia são contidos a golpes de cacetetes nas ruas. Os soldados americanos que matam inocentes são condecorados pelo presidente, e recebidos de volta em seu país com desfiles e festas após executarem crianças e atearem fogo a hospitais. Recebem jantares, chaves da cidade, ingressos grátis para partidas de futebol. — Ergueu o copo na direção de Todd. — Só os que perdem são julgados como criminosos de guerra por seguirem ordens e diretrizes. — Bebeu e teve um acesso de tosse que trouxe um pouco de cor à sua face.

Durante a maior parte do tempo, Todd ficara irrequieto como sempre acontecia quando seus pais discutiam as notícias do jornal da noite — o velho e bom Walter Klondike, dizia seu pai. Não tinha o menor interesse pela política de Dussander, assim como não tinha por suas ações. Achava que as pessoas faziam política para conseguir as coisas. Igual ao dia em que quis enfiar a mão embaixo da saia de Sharon Ackerman no ano passado. Sharon disse que era feio querer aquilo, mas pôde sentir no seu tom de voz que a ideia parecia excitá-la. Então disse a ela que queria ser médico quando crescesse, e ela deixou. Aquilo era política. Queria saber sobre os médicos alemães que cruzavam cachorros com mulheres, colocavam gêmeos idênticos nos refrigeradores para ver se morriam ao mesmo tempo ou se um durava mais que o outro, sobre a terapia de eletrochoque, operações sem anestesia e sobre os soldados alemães que estupravam todas as mulheres que queriam. O resto eram muitas besteiras cansativas para encobrir as coisas horríveis, até que alguém conseguiu colocar um fim naquilo.

— Se não tivesse obedecido ordens estaria morto. — Dussander respirava ofegante, seu corpo balançando pra frente e pra trás na cadeira, fazendo as molas rangerem. Um cheiro de bebida o envolvia.

— Havia sempre a frente russa, *nicht wahr!* — continuou. — Nossos líderes eram loucos, e quem vai discutir com loucos... principalmente se o mais louco de todos tem uma sorte dos diabos? Escapou de uma tentativa de assassinato brilhante por um triz. Os que conspiraram foram estrangulados com corda de piano, lentamente. A agonia da morte deles foi filmada para a edificação da elite.

— É! Demais! — gritou Todd impulsivamente. — Viu esse filme?

— Vi. Todos nós vimos o que aconteceu com aqueles que não quiseram ou não conseguiram escapar. O que fizemos naquela época foi o certo. Naquela época e naquele lugar foi o certo. Faria novamente. Mas...

Seus olhos baixaram ao copo. Estava vazio.

— ... mas não quero falar sobre isso, nem pensar nisso. O que fizemos foi baseado na sobrevivência e nada que diz respeito à sobrevivência é bom. Tinha sonhos... — Lentamente tirou um cigarro do maço em cima da TV. — Sim. Durante anos tive sonhos. Escuridão, e barulhos na escuridão. Tratores. Bulldozers. Tiros surdos ecoando contra o que parecia ser a terra congelada, ou crânios humanos. Assovios, sirenes, tiros de pistola, gritos. Portas de vagões de gado se abrindo com estrondo em tardes frias de inverno.

"Depois, em meus sonhos, todos os barulhos cessavam... e olhos se abriam no escuro, brilhando como os olhos dos animais na floresta debaixo de chuva. Durante anos vivi perto da selva e acho que é por isso que sempre senti o cheiro da selva nesses sonhos. Quando acordava, estava molhado de suor, meu coração pulando no peito, a mão na boca para abafar os gritos. E então pensava: *O sonho é a verdade*. Brasil, Paraguai, Cuba... esses lugares são o sonho. Na realidade, ainda estou em Patin. Os russos estão mais próximos hoje do que ontem. Alguns deles estão recordando que, em 1943, tiveram que comer corpos congelados de alemães para permanecerem vivos. Agora querem beber sangue quente alemão. Há rumores de que é exatamente isso que alguns deles fizeram quando cruzaram a fronteira com a Alemanha: cortaram as gargantas de uns prisioneiros e beberam seu sangue usando uma bota. Eu acordava pensando: *O trabalho tem que continuar; há tão poucos indícios do que fizemos aqui que o mundo não precisará acreditar; já que não quer.* Eu pensava: *O trabalho deve continuar para que sobrevivamos."*

Todd ouviu isso com atenção e muito interesse. Aquilo estava bom, mas tinha certeza de que haveria coisa melhor nos próximos dias. Tudo o que Dussander precisava era de um pouco de estímulo. Puxa, que sorte! Muitos homens da idade dele estavam senis.

Dussander deu uma forte tragada no cigarro.

— Depois, quando os sonhos passaram, havia dias em que achava que tinha visto alguém de Patin. Nunca guardas nem oficiais, sempre internos. Lembro uma tarde na Alemanha Ocidental, dez anos atrás. Houve um acidente na estrada. Todas as pistas estavam engarrafadas. Estava no meu Morris ouvindo rádio, esperando o trânsito fluir. Olhei para a direita. Havia um Simca muito antigo na pista ao lado, e o homem ao volante me olhava. Talvez tivesse 50 anos e tinha um ar doente. Tinha uma cicatriz no rosto. Seus cabelos eram brancos, curtos, mal cortados. Desviei o olhar para o outro lado. Os minutos se passavam e o trânsito não fluía. Comecei a olhar de vez em quando para o homem do Simca. Cada vez que fazia isso, ele estava olhando para mim, o rosto impávido como um morto, os olhos encovados. Convenci-me de que estivera em Patin. Estivera lá e me reconhecera.

Dussander passou a mão nos olhos.

— Era inverno. O homem usava um sobretudo. Mas fiquei convencido de que se saltasse de meu carro e fosse até ele, fizesse-o tirar o casaco e levantasse sua manga, veria o número em seu braço.

"Finalmente o trânsito recomeçou a fluir. Distanciei-me do Simca. Se o engarrafamento tivesse durado mais dez minutos, acredito que teria saltado do carro e arrancado o homem lá de dentro. Teria batido nele, com número ou sem número. Teria dado nele por me olhar daquele jeito. Pouco depois disso, deixei a Alemanha para sempre."

— Sorte sua — disse Todd.

Dussander deu de ombros.

— Era assim em todos os lugares. Havana, Cidade do México, Roma. Fiquei em Roma durante três anos, sabe? Via um homem me olhando atrás de seu cappuccino num bar... uma mulher no saguão do hotel que parecia mais interessada em mim que em sua revista... um garçom num restaurante que ficava me olhando sem se importar com quem estava servindo. Convencia-me de que essas pessoas me estudavam, e na mesma noite o sonho voltava... os barulhos, a selva, os olhos.

"Mas quando vim para a América, tirei isso da cabeça. Vou ao cinema. Como fora uma vez por semana, sempre nesses lugares de refeições rápidas, que são limpos e bem-iluminados com lâmpadas fluorescentes. Aqui em minha casa, monto quebra-cabeças, leio romances, a maioria ruins, e vejo televisão. À noite, bebo até ficar com sono. Os sonhos não voltaram mais. Quando vejo alguém me olhando no supermercado, na biblioteca ou na tabacaria, penso que é porque pareço com o avô dele... ou um antigo professor ou um vizinho de uma cidade que deixaram há muito tempo." Balançou a cabeça para Todd.

— Qualquer coisa que tenha acontecido em Patin, aconteceu com outro homem. Não comigo.

— Formidável! — disse Todd. — Quero ouvir tudo.

Os olhos de Dussander fecharam-se e abriram-se lentamente.

— Você não entende, não quero falar sobre isso.

— Mas vai. Se não falar, vou contar para todo mundo quem é o senhor.

Dussander olhou-o, o rosto assustado.

— Sabia — disse ele — que mais cedo ou mais tarde encontraria a extorsão.

— Hoje quero saber sobre os fornos — disse Todd. — Como os assou depois que estavam mortos. — Seu sorriso brilhou, puro e radiante. — Coloque a dentadura antes de começar. Fica melhor com ela.

Dussander fez o que lhe foi dito. Falou sobre os fornos a Todd até que ele teve que ir para casa almoçar. Cada vez que tentava passar a generalizações, Todd franzia a testa severamente e fazia perguntas específicas para trazê-lo de volta à sequência. Dussander bebeu muito enquanto falou. Não sorria. Todd sorria. Todd sorria pelos dois.

2

Agosto, 1974.

Sentaram-se na varanda dos fundos de Dussander sob um céu sem nuvens, radiante. Todd usava jeans, tênis e sua camiseta do time de beisebol. Dussander usava uma camiseta cinza frouxa e calças cáqui largas, presas por suspensórios — calças de bêbado, pensou Todd com satisfação íntima; pareciam saídas diretamente de uma caixa dos fundos da loja do Exército da Salvação no Centro. Teria que fazer alguma coisa em relação à maneira como Dussander se vestia quando estava em casa. Tirava um pouco da graça.

Ambos comiam Big Macs que Todd trouxera na cesta da bicicleta, pedalando rápido para não esfriar. Todd bebia uma Coca com um canudo de plástico. Dussander tinha um copo de bourbon.

Sua voz de velho aumentava e diminuía, frágil, hesitante, às vezes quase inaudível. Seus olhos azuis desbotados, com as comuns manchas avermelhadas, nunca ficavam parados. Um observador acharia que eram avô e neto, o último talvez participando de um rito de passagem, transmitido de geração a geração.

— É só o que lembro — terminou Dussander por aquele dia, e deu uma grande dentada no sanduíche. O molho secreto do McDonald's escorreu pelo seu queixo.

— Pode fazer melhor — disse Todd calmamente.

Dussander tomou um longo gole de bourbon.

— Os uniformes eram feitos de papel — disse finalmente, quase rosnando. — Quando um interno morria, o uniforme era passado adiante se ainda pudesse ser usado. Às vezes um uniforme de papel dava até para quarenta presos. Recebi notas altas pela minha economia.

— De Gluecks?

— De Himmler.

— Mas havia uma fábrica de roupas em Patin. Disse isso semana passada. Por que não mandava fazer os uniformes lá? Os próprios internos poderiam ter feito.

— A função da fábrica de Patin era fazer uniformes para soldados alemães. Quanto a nós... — a voz de Dussander hesitou por um momento, depois forçou-se a continuar — não estávamos pensando em reabilitação — concluiu.

Todd deu seu sorriso largo.

— Está bom por hoje? Por favor. Minha garganta está ardendo.

— Não devia fumar tanto, então — disse Todd, ainda sorrindo. — Fale mais sobre os uniformes.

— Sobre quais? Dos presos ou da SS? — a voz de Dussander era resignada.

Sorrindo, Todd falou:

— Sobre os dois.

3

Setembro, 1974.

Todd estava na cozinha, preparando um sanduíche de pasta de amendoim e geleia. Chegava-se à cozinha subindo meia dúzia de degraus de madeira vermelha até uma área elevada, que reluzia em cromo e fórmica. A máquina de escrever elétrica de sua mãe funcionava sem parar desde que Todd chegara do colégio. Estava datilografando uma tese de mestrado para um aluno de graduação. O aluno tinha cabelos curtos, usava óculos de lentes grossas e parecia uma criatura de outro planeta, na humilde opinião de Todd. A tese era sobre o efeito das moscas-das-frutas no Vale das Salinas após a Segunda Guerra Mundial, ou qualquer merda dessas. Agora a máquina parou e ela saiu de seu escritório.

— Todd, querido — cumprimentou-o.

— Monica, querida — respondeu amável.

Sua mãe até que era bonitona para seus 36 anos, Todd achava; cabelos louros com mechas cinza em certas partes, alta, bem-feita de corpo, e hoje estava vestida com short vermelho-escuro e uma blusa de tecido fino e transparente, tom de uísque — dera um nó displicente na blusa embaixo dos seios, deixando parte da barriga lisa e esticada à mostra. Um pedaço de borracha de máquina estava preso em seu cabelo, amarrado descuidadamente para trás com uma presilha azul-turquesa.

— Como foi no colégio? — perguntou subindo os degraus para a cozinha.

Tocou os lábios ligeiramente nos dele e deslizou para cima de uma das banquetas em frente à bancada de café da manhã.

— Tudo bem.

— Vai ficar no quadro de honra novamente?

— Claro. — Na verdade, achava que suas notas poderiam baixar um ponto nesse primeiro trimestre. Vinha passando muito tempo com

Dussander e, quando não estava com o velho alemão, pensava nas coisas que ele vinha lhe contando. Uma ou duas vezes sonhara com as coisas que Dussander lhe contara. Mas não era nada que não pudesse contornar.

— Aluno inteligente — disse ela percorrendo os dedos por seu cabelo despenteado. — Que tal o sanduíche?

— Bom — Todd respondeu.

— Poderia fazer um para mim e levar no meu escritório?

— Não posso — ele levantou-se. — Prometi ao sr. Denker que iria visitá-lo e ler um pouco para ele.

— Ainda está no *Robinson Crusoé*?

— Não. — Mostrou-lhe a lombada de um grosso livro que comprara num sebo por vinte *cents: Tom Jones.*

— Nossa! Vai levar o ano inteiro para acabar isso, Todd querido. Não podia ao menos arrumar uma edição resumida, como a do Crusoé?

— Provavelmente, mas ele queria ouvir tudo. Ele disse isso.

— Ah. — Olhou para ele por um momento, depois abraçou-o. Era raro ela ser tão expansiva, e isso deixava Todd um pouco desconfortável. — Você é um amor, passa a maior parte de seu tempo livre lendo para ele. Seu pai e eu achamos simplesmente... simplesmente excepcional.

Todd baixou os olhos, modesto.

— E não quer contar para ninguém — disse ela. — Escondendo seus próprios méritos...

— Ah, os meus amigos... provavelmente iam achar que sou esquisito — disse Todd, sorrindo modestamente de cabeça baixa. — Aquela velha merda.

— Não diga isso — ela repreendeu-o distraidamente. Depois: — Acha que o sr. Denker gostaria de vir jantar conosco qualquer dia?

— Pode ser — disse Todd vagamente. — Olha, tô com a maior pressa, tenho que me mandar.

— Está bem. Jantar às seis e meia. Não esqueça.

— Não.

— Seu pai tem que trabalhar até mais tarde, então jantaremos só eu e você novamente, está bem?

— Ótimo, minha gata.

Ela observou-o sair com um sorriso afetuoso, esperando que não houvesse nada em *Tom Jones* que não devesse ler. Tinha só 13 anos. Achava que não tinha nada. Estava sendo criado numa sociedade em que revistas como a *Penthouse* estavam disponíveis para quem tivesse 1,25 dólar ou para qualquer garoto que alcançasse a última prateleira da estante de revistas e conseguisse dar uma espiada antes de o vendedor mandá-lo colocar a revista de volta e sumir dali. Numa sociedade em que as pessoas pareciam levar em conta as opiniões distorcidas dos vizinhos, achava que não podia ter muita coisa num livro de duzentos anos que distorcesse a cabeça de Todd — embora achasse que o velho iria gostar se tivesse. É como Richard gostava de dizer: para uma criança, o mundo inteiro é um laboratório. É preciso deixar ela pesquisá-lo. E, se a criança em questão tem uma vida doméstica saudável e pais amorosos, será totalmente forte para enfrentar as adversidades.

E lá ia o garoto mais saudável que ela conhecia, pedalando sua Schwinn rua acima.

"Fizemos o melhor pelo garoto", pensou, virando-se para preparar o sanduíche. "E se não foi o melhor, paciência."

4

Outubro, 1974.

Dussander perdera peso. Sentaram-se na cozinha, a cópia gasta de *Tom Jones* entre eles sobre a mesa coberta com oleado. (Todd, que sempre procurava não dar furos, comprara um comentário sobre o livro com parte de sua mesada e lera cuidadosamente todo o resumo na possibilidade de sua mãe ou seu pai fazerem alguma pergunta sobre o enredo.) Todd estava comendo um doce de chocolate que comprara no mercado. Comprara um para Dussander também, mas ele não o tocara. Apenas olhava-o taciturno de vez em quando, enquanto bebia seu bourbon. Todd detestava ver uma coisa gostosa como aquela ir para o lixo. Se o velho não comesse logo, perguntaria se poderia comê-lo.

— Então, como é que o negócio chegava em Patin? — perguntou a Dussander.

— Em trens — ele respondeu. — Em trens onde estava escrito suprimentos médicos. Vinha em caixotes compridos que pareciam caixões. Adequados, em minha opinião. Os internos esvaziavam os caixotes e os empilhavam na enfermaria. Depois nossos homens os colocavam nas cabanas de armazenamento. Faziam isso à noite. As cabanas de armazenamento ficavam atrás dos chuveiros.

— Era sempre Zyklon-B?

— Não, ocasionalmente recebíamos outra coisa. Gases experimentais. O alto-comando estava sempre preocupado em aumentar a eficiência. Uma vez nos mandaram um gás de código pégaso. Um gás asfixiante. Graças a Deus, nunca mais mandaram. Ele... — Dussander percebeu Todd inclinar-se para a frente, seus olhos crescerem, e, de repente, parou e gesticulou casualmente com o copo de brinde do posto de gasolina. — Não funcionava muito bem — disse. — Era... muito entediante.

Mas Todd não se deixava enganar, não muito.

— O que ele causava?

— Matava-os... o que você acha, que os fazia andar sobre a água? Matava-os, só isso.

— Conte.

— Não — disse Dussander, incapaz de esconder o horror que sentia. Não pensava no pégaso há... quanto tempo? Dez anos? Vinte? — Não vou contar! Recuso-me!

— Conte — repetiu Todd, lambendo a cobertura de chocolate nos dedos. — Conte, senão já sabe.

"Sim", pensou Dussander. "Sei. Sei mesmo, seu pequeno monstro depravado."

— Fazia-os dançar — disse relutante.

— Dançar?

— Como o Zyklon-B, saía dos chuveiros. E eles... eles começavam a pular. Alguns gritavam. A maioria ria. Começavam a vomitar e a... a defecar incontrolavelmente.

— Uau! — disse Todd. — Cagavam, né? — Apontou o doce de chocolate no prato de Dussander. Tinha acabado o seu. — Vai comer isso?

Dussander não respondeu. Seus olhos estavam atormentados pelas memórias. Seu rosto estava distante e gelado, como o lado escuro de um planeta sem rotação. Em sua mente, sentia a mais estranha mistura de aversão e — poderia ser? — *nostalgia?*

— Eles começavam a estrebuchar e produziam sons altos e estranhos na garganta. Meus homens... chamavam o PÉGASO de Gás de Falsete. Finalmente caíam e ficavam lá no chão, deitados na própria imundície, ficavam lá, sim, deitados no concreto, gritando em falsete, com os narizes sangrando. Mas eu menti, garoto. O gás não matava, ou porque não era suficientemente forte ou porque não aguentamos esperar o tempo necessário. Acho que foi isso. Homens e mulheres daquele jeito não podiam viver muito. Finalmente mandei cinco homens com rifles porem um fim à agonia deles. Teria sido ruim se tivesse aparecido em minha ficha, não tenho dúvidas quanto a isso... teria parecido um desperdício de cartuchos numa época em que o Fuehrer considerou o cartucho uma riqueza nacional. Mas confiava naqueles cinco homens. Houve vezes, garoto, em que achei que nunca iria esquecer o barulho que faziam. O som em falsete. Os risos.

— É, imagino — disse Todd.

Acabou o doce de Dussander em duas dentadas. "Quem economiza tem quando precisa", dizia a mãe de Todd nas raras ocasiões em que ele deixava comida no prato.

— Foi uma boa história, sr. Dussander. Sempre conta bem. Só preciso fazê-lo começar.

Todd sorriu para ele. E, incrivelmente — com certeza não porque quisesse —, Dussander pegou-se sorrindo também.

5

Novembro, 1974.

Dick Bowden, o pai de Todd, parecia-se extraordinariamente com um ator de cinema e televisão chamado Lloyd Bochner. Ele — Bowden, não Bochner — tinha 38 anos. Era magro e gostava de vestir-se com camisas de estilo esporte e ternos de cores fortes, geralmente escuras. Quando estava em uma obra, usava uma roupa cáqui e um capacete protetor, uma lembrança dos seus dias no Corpo da Paz, quando ajudara a projetar e a construir duas represas na África. Quando trabalhava em casa no seu estúdio, usava aqueles óculos chatos que escorregavam para a ponta do nariz, fazendo-o parecer um reitor universitário. Usava-os agora, enquanto batia o boletim do primeiro trimestre do filho contra a mesa de vidro reluzente.

— Um B. Quatro Cs. Um D. Um *D*, pelo amor de Deus, Todd, sua mãe não demonstra, mas está realmente chateada.

Todd baixou os olhos. Não sorriu. Quando seu pai reclamava, as coisas não estavam muito boas.

— Meu Deus, você *nunca* teve um boletim assim. Um *D* em Álgebra? O que é isso?

— Não sei, papai. — Olhava para baixo, humildemente.

— Sua mãe e eu achamos que talvez você esteja passando tempo demais com o sr. Denker. Sem se dedicar suficientemente aos livros. Achamos que deve deixar isso só para os fins de semana, cara. Pelo menos, até vermos como está indo academicamente...

Todd levantou os olhos, e por um único segundo Bowden achou ter visto uma expressão de raiva selvagem e lívida nos olhos do filho. Seus próprios olhos se arregalaram, seus dedos apertaram o boletim amarelo-claro de Todd... e de repente era apenas Todd olhando-o abertamente e com certa tristeza. Aquela raiva existira mesmo? Claro que não. Mas aquele momento o perturbara, deixando-o sem saber exatamente como proceder. Todd não estava furioso, e Dick Bowden não queria *deixá-lo* furioso. Ele e o filho eram amigos, sempre tinham sido, e Dick queria que continuassem assim. Não guardavam segredos um do outro, nenhum (apenas que Dick Bowden, às vezes, era infiel com a secretária, mas isso não era coisa que se contasse a um filho de 13 anos, não é?... e, além do mais, aquilo não tinha absolutamente nenhuma relação com sua vida doméstica, sua vida *familiar*). Era assim que devia ser, que tinha que ser, num mundo absurdo onde assassinos permaneciam impunes, alunos de segundo grau tomavam heroína na veia e alunos de primeiro grau — da idade de Todd — apareciam com doenças venéreas.

— Não, papai, por favor, não faça isso. Quer dizer, não castigue o sr. Denker por uma coisa que é culpa minha. Ele ficaria perdido sem mim. Vou melhorar. De verdade. Aquela Álgebra... me deixou confuso no começo. Mas estudei com o Ben Tremaine e logo comecei a entender. Não sei... fiquei um pouco bloqueado no início.

— Acho que está passando tempo demais com ele — insistiu Bowden, começando a fraquejar. Era difícil decepcionar o filho, e o que ele tinha falado sobre punir o velho por uma falta sua... droga, isso fazia sentido. O velho esperava ansiosamente suas visitas.

— O sr. Storrman, o professor de Álgebra, é muito rigoroso — disse Todd. — Muitos tiraram D. Três ou quatro tiraram F.

Bowden assentiu pensativo.

— Não vou mais às quartas-feiras. Até melhorar minhas notas. — Lera os olhos do pai. — E em vez de sair do colégio para fazer qualquer coisa, vou ficar lá estudando. Prometo.

— Gosta tanto assim do velho?

— Ele é muito legal — disse Todd com sinceridade.

— Bem... está certo. Tentemos à sua maneira, cara. Mas quero ver uma grande melhora em suas notas em janeiro, está me entendendo? Penso no seu futuro. Pode achar que é muito cedo para começar a pensar nisso, mas não é. Incontestavelmente.

Assim como sua mãe gostava de falar "quem economiza tem quando precisa", Dick Bowden gostava de dizer "incontestavelmente".

— Compreendo, papai — disse Todd grave. Conversa de homem para homem.

— Então saia daqui e vá se dedicar aos livros. — Levantou os óculos e bateu no ombro de Todd.

O sorriso de Todd, largo e brilhante, abriu-se em seu rosto.

— É para já, papai.

Bowden olhou Todd afastar-se com um sorriso orgulhoso. Era um menino especial. E não era raiva o que vira no rosto de Todd. Com certeza. Mal-estar, talvez... mas não aquela emoção de alta voltagem que achara ter visto. Se Todd estivesse tão furioso, teria sabido; podia ler o filho como um livro. Sempre fora assim.

Assoviando, seu dever de pai esquecido, Dick Bowden desenrolou uma planta e debruçou-se sobre ela.

6

Dezembro, 1974.

O rosto que apareceu em resposta ao dedo insistente de Todd na campainha estava abatido e pálido. Os cabelos, que em julho estavam viçosos, haviam começado a escassear na testa ossuda; tinham um aspecto opaco e quebradiço. O corpo de Dussander, magro no começo, estava agora extenuado... embora, pensava Todd, não estivesse nem de longe tão extenuado como os dos prisioneiros que caíram em suas mãos.

A mão esquerda de Todd estava escondida atrás, quando Dussander abriu a porta. Tirou-a de trás e entregou um pacote embrulhado para Dussander.

— Feliz Natal! — gritou.

Dussander retraíra-se ao receber a caixa; segurou-a sem nenhuma expressão de prazer ou surpresa. Segurava-a cautelosamente, como se contivesse explosivo. Estava chovendo, uma chuva que há quase uma semana ia e vinha, e Todd carregava a caixa dentro do casaco. Estava embrulhada em papel prateado com uma fita.

— O que é? — perguntou Dussander sem entusiasmo, enquanto iam para a cozinha.

— Abra e veja.

Todd tirou uma lata de Coca da jaqueta e colocou-a sobre o oleado de xadrez vermelho e branco que cobria a mesa da cozinha.

— É melhor abaixar a persiana — disse secretamente.

A insegurança imediatamente despontou no rosto de Dussander.

— Por quê?

— Ora... nunca se sabe quem está olhando — disse Todd, sorrindo. — Não foi assim que passou todos aqueles anos? Vendo as pessoas que podiam estar olhando antes que o vissem?

Dussander abaixou a persiana da cozinha. Depois encheu um copo de bourbon. Então tirou o laço do pacote. Todd o embrulhara como meninos normalmente embrulham presentes de Natal — meninos que têm coisas mais importantes na cabeça, coisas como futebol, hóquei de rua e o filme de terror que passa às sextas-feiras e que veem com o amigo que vai ficar para dormir, os dois enrolados num cobertor e espremidos no canto do sofá, rindo. Havia muitas pontas rasgadas, dobras desiguais e durex. Refletia uma impaciência que uma mulher não teria.

A contragosto, Dussander sentia-se ligeiramente sensibilizado. E mais tarde, quando a repugnância diminuiu um pouco, pensou: *Eu devia ter imaginado.*

Era um uniforme. Um uniforme da SS. Completo, com botas de cano alto.

Olhava paralisado do conteúdo da caixa para a tampa de papelão: PETER TRAJES DE QUALIDADE — NO MESMO LOCAL DESDE 1951!

— Não — disse lentamente. — Não vou vestir isso. Tudo acaba aqui, garoto. Morro, mas não visto isso.

— Lembre-se do que fizeram com Eichmann — Todd falou solene. — Era um velho e não estava na política. Não foi isso o que disse? Além do mais, juntei dinheiro o outono inteiro. Custou mais de oitenta dólares, com as botas. Também não se importava de vesti-lo em 1944. De jeito nenhum.

— Seu *canalha*! — Dussander cerrou o punho e levantou-o. Todd não recuou. Ficou firme, os olhos brilhando.

— Vamos — disse mansamente. — Toque-me. Toque-me apenas *uma vez*.

Dussander abaixou a mão. Seus lábios tremiam.

— Você é um diabo que veio do inferno — murmurou.

— Vista-o — pediu Todd com cortesia.

As mãos de Dussander alcançaram o cinto do roupão e pararam ali. Seus olhos, tímidos e suplicantes, encontraram os de Todd.

— Por favor — disse. — Sou um velho. Chega.

Todd balançou a cabeça lentamente mas com firmeza. Seus olhos ainda estavam brilhando. Gostava quando Dussander implorava. Como eles deviam ter implorado. Os prisioneiros de Patin.

Dussander deixou o roupão cair no chão e ficou apenas de pantufas e cueca samba-canção. Seu peito era afundado, a barriga, ligeiramente protuberante. Seus braços eram braços esqueléticos de velho. Mas o uniforme, pensou Todd, o uniforme vai fazer diferença.

Lentamente Dussander tirou a túnica da caixa e começou a vesti-la.

Dez minutos depois, estava completamente trajado com o uniforme da SS. O boné estava ligeiramente inclinado, os ombros caídos, mas, mesmo assim, a insígnia da morte aparecia em evidência. Dussander adquirira uma dignidade misteriosa — pelo menos, aos olhos de Todd — que não possuía antes. Apesar da postura caída, dos pés tortos, Todd estava satisfeito. Pela primeira vez, Dussander tinha a aparência que Todd achava que devia ter. Mais velho, sim. Derrotado, sem dúvida. Mas novamente de uniforme. Não um velho desperdiçando seus últimos anos de vida assistindo Lawrence Welk numa porcaria de TV preto e branca com papel-alumínio nas pontas da antena, mas Kurt Dussander, o "Demônio Sanguinário" de Patin.

Quanto a Dussander, sentia mal-estar, desconforto... e uma sensação ligeira e dissimulada de alívio. Até certo ponto, desprezava esse último sentimento, reconhecendo-o, entretanto, como o indicador mais verdadeiro do domínio que o garoto exercia sobre ele. Era prisioneiro do garoto, e cada vez que conseguia sobreviver a mais uma humilhação, cada vez que sentia aquele ligeiro alívio, o poder do menino crescia. Apesar de tudo, *estava* aliviado. Era apenas pano, botões e colchetes... e era uma falsificação. A braguilha era de zíper; deveria ser de botões. O distintivo do posto estava errado, a costura era malfeita, as botas, uma imitação barata de couro. Afinal, era apenas um uniforme de má qualidade e não o incomodava tanto, não é? Não. Ele...

— Endireite o boné! — disse Todd alto.

Dussander olhou para ele, estarrecido.

— *Endireite o boné, soldado!*

Dussander obedeceu, dando inconscientemente aquela ligeira rodada final insolente, que fora característica dos seus *Oberleutnants* — e, bem ou mal, aquilo era o uniforme de um *Oberleutnant*.

— Junte os pés!

Fez isso, juntando os saltos numa batida rápida e vigorosa, fazendo a coisa certa sem refletir, fazendo como se os anos intermediários tivessem caído junto com o roupão.

— *Achtung!*

Pedira atenção bruscamente, e, por um instante, Todd ficou com medo. Sentia-se como o aprendiz de feiticeiro que dera vida às vassouras, mas não tivera sabedoria suficiente para reverter a situação. O velho que vivia em distinta pobreza desaparecera. Dussander estava de volta.

Então seu medo foi substituído por uma sensação entorpecente de poder.

— *Meia-volta, volver!*

Dussander girou elegantemente, esqueceu o bourbon e esqueceu o tormento dos quatro últimos meses. Ouviu seus saltos juntarem-se novamente, enquanto fitava o fogão cheio de gordura. Além do fogão, via o longínquo desfile da academia militar onde aprendera sua profissão de soldado.

— *Meia-volta, volver!*

Virou-se novamente, não executando a ordem tão bem dessa vez, perdendo um pouco o equilíbrio. No passado, teria sido uma falta, e teria recebido uma bengalada na barriga fazendo-o expelir o ar de maneira forte e agoniada. No íntimo, sorria um pouco. O garoto não conhecia todos os hábitos. Realmente não.

— Agora, *marche*! — gritou Todd. Seus olhos reluziam, irados.

Dussander relaxou de novo; seus ombros curvaram-se para a frente.

— Não — disse. — Por favor...

— *Marche, vamos, vamos, estou mandando!*

Com um barulho abafado, Dussander começou a marchar ao longo do linóleo desbotado do chão da cozinha. Deu meia-volta para não ir de encontro à mesa e depois novamente, ao se aproximar da parede. Seu rosto estava ligeiramente inclinado para cima, inexpressivo. Suas pernas levantavam sem controle e depois caíam no chão, fazendo a louça barata tremer no armário acima da pia. Seus braços moviam-se descrevendo pequenos arcos.

A imagem das vassouras andantes voltou à mente de Todd e, com ela, o pavor. De repente, percebeu que não queria que Dussander se divertisse nem um pouco com aquilo e que talvez — simplesmente talvez — quisera fazer Dussander parecer mais cômico do que autêntico. No entanto, de alguma forma, apesar da idade do homem e dos móveis baratos da cozinha, ele não parecia nem um pouco cômico. Estava apavorante. Pela primeira vez, os corpos nas valas e os crematórios pareceram reais a Todd. As fotografias de braços, pernas e torsos amontoados, brancos como neve sob a fria chuva de primavera da Alemanha, não eram teatrais como uma cena de filme de terror — uma pilha de corpos de manequins de lojas de departamentos que seriam recolhidos pelos carpinteiros e contrarregras depois que a cena tivesse sido filmada —, mas simplesmente um fato real, assombroso, inexplicável e maléfico. Por um instante, parecia que podia sentir o cheiro levemente enfumaçado de decomposição. O terror aumentou.

— Pare! — gritou.

Dussander continuava a marchar, os olhos vazios e distantes. Sua cabeça erguera-se mais ainda, fazendo os pés de galinha de seu pescoço esquelético se esticarem, inclinando o queixo num ângulo arrogante. Seu nariz, fino como uma lâmina, parecia obsceno.

Todd sentia o suor nas axilas.

— *Pare!* — gritou.

Dussander deteve-se, o pé direito parou na frente e o esquerdo subiu e em seguida desceu ao lado do outro fazendo o som de um pistão. Por um momento, a fria falta de expressão permaneceu em seu rosto — autômato, irracional — e depois foi substituída pela confusão. À confusão seguiu-se a derrota. Dussander estremeceu.

Todd respirou aliviado, e por um instante ficou furioso consigo. *Afinal, quem manda aqui?* Então, sua autoconfiança invadiu-o de novo. *Sou eu, quem manda sou eu. E é melhor ele não esquecer.*

Começou a sorrir novamente.

— Muito bom. Mas, com um pouco mais de prática, acho que vai melhorar bastante.

Dussander ficou mudo, ofegante, a cabeça baixa.

— Agora pode tirar — acrescentou Todd generosamente... e não pôde evitar perguntar-se se realmente queria que Dussander vestisse aquilo novamente. Por alguns segundos...

7

Janeiro, 1975.

Todd saiu do colégio sozinho após o último sinal, pegou sua bicicleta e desceu a rua pedalando em direção ao parque. Encontrou um banco vazio, desceu o descanso da Schwinn e tirou o boletim do bolso. Olhou em volta para ver se havia algum conhecido por perto, mas as únicas pessoas à vista eram dois alunos do ensino médio namorando perto do lago e uma dupla de bêbados de aspecto decadente que passava uma sacola de papel um para o outro. *Droga de bêbados imundos*, pensou, mas não eram os bêbados que o aborreciam. Abriu o boletim.

Inglês: C. História da América: C. Ciências: D. A Comunidade e Você: B. Francês Elementar: F. Álgebra: F.

Olhava fixamente as notas, sem acreditar. Sabia que seriam ruins, mas aquilo era um desastre.

Talvez seja melhor assim, disse uma voz interior repentinamente. *Talvez tenha até feito de propósito, porque uma parte de você quer que isso acabe. Precisa que acabe. Antes que algo ruim aconteça.*

Descartou o pensamento com vigor. Nada de mau iria acontecer. Dussander estava sob seu domínio. Completamente sob seu domínio. O velho achava que um dos amigos de Todd tinha uma carta, mas não sabia qual. Se alguma coisa acontecesse com Todd — *qualquer coisa* — a carta chegaria à polícia. No início, chegou a pensar que Dussander tentaria de qualquer maneira. Agora estava velho demais para fugir, mesmo com uma vantagem na largada.

— Está sob controle, droga — sussurrou Todd, e depois deu um murro na perna, fazendo o músculo enrijecer-se. Falar sozinho era uma merda, os malucos falam sozinhos. Adquirira o hábito nas últimas seis semanas mais ou menos, e parecia incapaz de abandoná-lo. Já surpreendera várias pessoas olhando-o com estranheza por isso. Algumas eram seus professores. E o babaca do Bernie Everson tinha lhe perguntado se estava ficando pirado. Todd por pouco não dera um soco na boca do veado, mas esse tipo de coisa — brigas, socos e pontapés — não é bom. É o tipo de coisa que dava à pessoa uma imagem ruim. Falar sozinho era ruim, certo, está bem, mas...

— Os sonhos também são ruins — sussurrou. Dessa vez, nem chegou a perceber.

Ultimamente os sonhos andavam mesmo muito ruins. Nos sonhos, estava sempre de uniforme, embora os tipos variassem. Às vezes o uniforme era de papel, e estava em fila junto com outros homens desolados; o cheiro de queimado empestava o ar, e podia ouvir o barulho irregular do bulldozer. Então Dussander percorria a fila, apontando alguns. Esses ficavam. Os outros marchavam a caminho dos crematórios. Alguns esperneavam e lutavam, mas a maioria estava subnutrida demais, exausta demais. Então Dussander parava em frente a Todd. Seus olhos encontravam-se por um longo e paralisante momento, e então Dussander levantava um guarda-chuva desbotado na direção de Todd.

— Levem esse para o laboratório — dizia Dussander no sonho. Seus lábios retraíam-se revelando os dentes falsos. — Levem esse *garoto* americano.

Em outro sonho, usava um uniforme da SS. A superfície de suas botas brilhava como um espelho. A insígnia da morte e os raios resplandeciam. Mas estava no meio do Boulevard Santo Donato e todos olhavam. Começavam a apontar. Alguns começaram a rir. Outros pareciam chocados, irados ou revoltados. Nesse sonho, um carro velho freava bruscamente com um chiado e Dussander olhava-o lá de dentro, um Dussander que parecia ter 200 anos de idade, quase uma múmia, a pele como um papel de pergaminho amarelado.

— Conheço você! — gritou o Dussander do sonho, estridente. Olhou para os espectadores em volta e novamente para Todd. — Você era o responsável por Patin! Olhem, todos! Esse é o "Demônio Sanguinário" de Patin! O "Especialista em Eficiência" de Himmler! Vou denunciá-lo, assassino! Vou denunciá-lo, carrasco. Vou denunciá-lo, assassino de crianças! Vou denunciá-lo!

Já em outro sonho, usava um uniforme listrado de prisioneiro e era levado por um corredor de pedra por dois guardas que pareciam seus pais. Ambos usavam salientes braçadeiras amarelas com a estrela de davi. Seguia-os logo atrás um oficial que lia o Livro do Deuteronômio. Todd olhava para trás por sobre o ombro e via que o oficial era Dussander, e usava a túnica negra de um oficial da SS.

No final do corredor de pedra, portas duplas se abriam para um quarto octogonal com paredes de vidro. Havia um tablado no centro do quarto. Atrás das paredes de vidro, havia filas de homens e mulheres descarnados, todos nus, que olhavam com a mesma expressão melancólica e apática. Em cada braço, havia um número azul.

— Está bem — murmurou Todd para si mesmo. — Tudo bem mesmo. Tudo sob controle.

O casal que namorava perto do lago olhou-o de relance. Todd encarou-os furioso, desafiando-os a dizerem alguma coisa. Finalmente olharam para o outro lado. O garoto estava rindo?

Todd levantou-se, enfiou o boletim no bolso da calça e montou na bicicleta. Desceu a rua pedalando até uma farmácia a duas quadras dali. Comprou um vidro de removedor de tinta e uma caneta de escrita fina de carga azul. Voltou para o parque (o casal de namorados fora embora, mas os bêbados ainda estavam lá, empestando o lugar) e mudou a nota de Inglês para B, de História da América para A, de Ciências para B, de Francês Elementar para C e de Álgebra para B. Apagou o B de a Comunidade e Você e escreveu-o de novo, para que o boletim ficasse com um aspecto uniforme.

Uniformes, certo.

— Não tem importância — sussurrou. — Isso os deterá. Isso os deterá, tudo bem.

Certa noite, no final do mês, quando já passava de duas horas, Kurt Dussander acordou lutando com a roupa de cama, arfando e gemendo, numa escuridão opressiva e aterrorizante. Sentia-se quase sufocado, paralisado de medo. Era como se tivesse uma pesada pedra em cima do peito, e receava estar tendo um enfarte. Tateou na escuridão procurando o abajur, e quase o derrubou da mesinha de cabeceira ao acendê-lo.

Estou em meu quarto, pensou, na minha própria cama, aqui em Santo Donato, aqui na Califórnia, aqui na América. Olhe, as mesmas cortinas marrons na mesma janela, as mesmas estantes cheias de brochuras baratas da livraria da Soren Street, o mesmo tapete cinza, o mesmo papel de parede azul. Nada de enfarte. Nada de selva. Nada de olhos.

Mesmo assim, o terror estava preso a ele como uma pele de animal malcheirosa, e seu coração continuava acelerado. O sonho voltara. Sabia que voltaria, mais cedo ou mais tarde, se o garoto continuasse. O garoto maldito. Achava que a carta de proteção do garoto era apenas um blefe, e não muito bom, algo que tirara dos programas de detetive da TV. Em que amigo confiaria para entregar carta tão significativa? Em nenhum, a verdade é essa. Assim achava. Se pudesse ter *certeza*...

Suas mãos com artrite fecharam-se dolorosamente e em seguida abriram-se com lentidão.

Pegou o maço de cigarros em cima da mesa e acendeu um, riscando o fósforo no pé da cama. Os ponteiros do relógio marcavam 2h41. Não conseguiria mais dormir naquela noite. Tragou a fumaça e soltou-a tossindo numa série de espasmos violentos. Não dormiria mais, a menos que descesse e tomasse uns dois drinques. Ou três. Bebera demais nas últimas seis semanas. Não era mais um jovem que podia virar um drinque atrás do outro como fazia quando era oficial em licença em Berlim, em 1939, quando o cheiro da vitória estava no ar e por toda parte ouvia-se a voz do Fuehrer, viam-se seus olhos resplandecentes e imperiosos...

O garoto... o garoto maldito!

— Seja honesto — disse em voz alta, e o som de sua própria voz no quarto quieto o fez estremecer um pouco. Não tinha o hábito de falar sozinho, mas também não era a primeira vez que fazia isso. Lembrava-se de fazê-lo de vez em quando nas últimas semanas em Patin, quando tudo chegara aos ouvidos deles, e, a leste, o som da ameaça russa aumentava, primeiro a cada dia, depois a cada hora. Naquelas circunstâncias era natural que falasse sozinho. Estava estressado, e pessoas sob forte estresse geralmente fazem coisas estranhas: apertam os testículos sob bolsos das calças, rangem os dentes... Wolff era um grande rangedor de dentes. Ria ao fazer isso. Huffmann estalava os dedos e tamborilava na coxa, criando ritmos rápidos e intricados dos quais parecia totalmente inconsciente. Ele, Kurt Dussander, algumas vezes falava sozinho. Mas agora...

— Está estressado novamente — disse em voz alta. Teve consciência de que falou em alemão dessa vez. Não falava alemão há muitos anos, mas agora a língua parecia calorosa e confortável. Ninava-o, acalmava-o. Era doce e misteriosa.

— Sim. Está sob estresse. Por causa do garoto. Mas seja honesto consigo mesmo. É cedo demais para contar mentiras. Não se arrepende totalmente de ter contado tudo. No começo, estava apavorado com a ideia de que o garoto não guardasse ou não pudesse guardar segredo. Acabaria contando a algum amigo, que contaria a outro, que contaria a outros dois. Mas se guardou segredo esse tempo todo, vai guardar mais tempo. Se eu for preso, ele perde seu... seu livro vivo. É isso o que sou para ele? Acho que sim.

Ficou em silêncio, mas os pensamentos continuaram. Estava solitário — ninguém sabia o quanto. Às vezes, pensava quase seriamente em suicídio. Não era um bom eremita. As vozes que ouvia vinham do rádio. As únicas pessoas que visitava ficavam do outro lado de um quadrado de vidro sujo. Era um velho, e embora achasse que tinha medo da morte, tinha mais medo de ser um velho sozinho.

Sua bexiga, às vezes, o enganava. Estava a caminho do banheiro, quando uma mancha escura se espalhava pela sua calça. Com o tempo úmido, suas juntas primeiro latejavam e depois começavam a ranger, e houve dias em que mastigou um vidro inteiro de pastilhas para artrite entre o nascer e o pôr do sol... e mesmo assim a aspirina apenas aliviava a dor. Até o simples ato de tirar um livro da estante ou mudar o canal da TV causava-lhe dor. Sua vista estava ruim; às vezes derrubava as coisas, dava caneladas, batia com a cabeça. Vivia com medo de quebrar algum osso e não conseguir chegar ao telefone, e vivia com medo de chegar lá e algum médico descobrir seu verdadeiro passado, quando suspeitasse da inexistência de histórico médico do sr. Denker.

O garoto aliviara algumas dessas coisas. Quando o garoto estava lá, ele revivia os dias passados. A lembrança daqueles dias era obstinadamente clara, cuspia uma lista aparentemente interminável de nomes e eventos, até o tempo que fazia em tal e tal dia. Lembrava-se do soldado Henreid, que manejava uma metralhadora na torre a nordeste, e do quisto que tinha entre os olhos. Alguns homens chamavam-no de "Três Olhos" ou "Velho Ciclope". Lembrava-se de Kessel, que tinha um retrato da namorada nua deitada num sofá com as mãos atrás da cabeça. Kessel cobrava para os homens olharem a foto. Lembrava-se dos nomes dos médicos e de suas experiências — o início da dor, as ondas cerebrais de homens e mulheres moribundos, retardamento psicológico, efeitos de diferentes tipos de radiação e outras mais. *Centenas* de outras.

Achava que falava com o garoto como todos os velhos falam, mas achava que tinha mais sorte que a maioria deles, com plateias impacientes, desinteressadas e grosseiras. *Sua* plateia era eternamente fascinada.

Alguns sonhos ruins eram um preço muito alto?

Amassou o cigarro, deitou-se olhando para o teto por um momento e depois girou os pés até o chão. Ele e o garoto eram repugnantes, achava, alimentavam-se... Se sua própria barriga algumas vezes ficava embrulhada com a comida sinistra mas rica que compartilhavam à mesa da cozinha, como ficaria a do garoto? Dormia bem? Talvez não. Ultimamente Dussander achava que o garoto estava um pouco pálido, e mais magro do que quando entrara na sua vida.

Atravessou o quarto e abriu a porta do armário. Empurrou alguns cabides para a direita, esticou o braço na penumbra e tirou o uniforme falso. Parecia a pele de um abutre pendurada em sua mão. Tocou-o com a outra mão. Tocou-o... e jogou-o no chão.

Depois de muito tempo, apanhou-o e vestiu-se, colocando-o devagar, sem olhar no espelho até que estivesse completamente abotoado e afivelado (e a falsa braguilha fechada).

Olhou-se no espelho, então, e balançou a cabeça.

Voltou para a cama, deitou-se e fumou outro cigarro. Quando terminou, sentia sono de novo. Apagou a luz, sem acreditar que pudesse ser tão fácil. Mas, cinco minutos depois, estava dormindo, e dessa vez não teve sonhos.

8

Fevereiro, 1975.

Após o jantar, Dick Bowden ofereceu um conhaque que Dussander particularmente achou detestável. Mas obviamente sorriu muito e elogiou-o com exagero. A esposa de Bowden serviu ao garoto chocolate maltado. Ele ficara estranhamente quieto durante toda a refeição. Constrangido? Sim. Por alguma razão, o garoto parecia muito constrangido.

Dussander encantou Dick e Monica Bowden, desde o momento em que ele e o garoto chegaram. Todd dissera aos pais que a vista do sr. Denker estava muito pior do que realmente era (o que fazia o pobre sr. Denker precisar de um cão-guia, pensou Dussander com frieza), e aquilo explicava todas as leituras que o garoto supostamente vinha fazendo. Dussander fora muito cauteloso em relação àquilo, e achava que não cometera nenhum deslize.

Usou seu melhor terno, e embora a noite estivesse úmida, sua artrite estava bastante amena — nada além de uma pontada ocasional. Por algum motivo absurdo, o garoto pedira que deixasse o guarda-chuva em casa, mas Dussander insistira em levá-lo. Apesar de tudo, passara uma noite agradável e razoavelmente animada. Conhaque detestável ou não, há nove anos não jantava fora.

Durante o jantar, conversaram sobre a Essen Motor Works, a reconstrução da Alemanha no pós-guerra — Bowden fizera uma série de perguntas inteligentes sobre aquilo, e ficara impressionado com as respostas de Dussander — e sobre escritores alemães. Monica Bowden lhe perguntara como tinha vindo para a América tão tarde na vida, e Dussander, adotando a expressão apropriada de míope pesaroso, falou sobre a morte de sua esposa fictícia. Monica Bowden derreteu-se em palavras consoladoras.

E, segurando o conhaque absurdo, Dick Bowden disse:

— Se for uma coisa muito pessoal, sr. Denker, por favor não responda... mas não posso deixar de ter curiosidade em saber o que fazia durante a guerra.

O garoto contraiu-se ligeiramente.

Dussander sorriu e tateou procurando os cigarros. Podia vê-los perfeitamente bem, mas era importante não cometer o menor deslize. Monica colocou-os em sua mão.

— Obrigado, gentil senhora. O jantar estava esplêndido. É uma requintada cozinheira. Minha própria esposa nunca fez nada melhor.

Monica agradeceu e parecia extasiada. Todd olhou-a irritado.

— Não é de modo algum pessoal — disse Dussander acendendo seu cigarro e virando-se para Bowden. — Fiquei na reserva a partir de 1943 como todos os homens capazes, mas velhos demais para estarem na ativa. Nessa época, as perspectivas eram muito ruins para o Terceiro Reich e para os loucos que o criaram. Um louco em particular, claro.

Apagou o fósforo e manteve-se solene.

— Houve um grande alívio quando a maré virou contra Hitler. Grande alívio. É claro — e olhou para Bowden com franqueza, de homem para homem — que ninguém expressava tal sentimento. Não em voz alta.

— Imagino que não — Bowden concordou.

— Não — Dussander repetiu gravemente. — Não em voz alta. Lembro-me de uma vez quando quatro ou cinco de nós, todos amigos, paramos num bar local após o trabalho para um drinque... naquela época nem sempre havia schnapps, nem mesmo cerveja, mas naquela noite, por acaso, havia os dois. Todos nos conhecíamos há mais de vinte anos. Um membro de nosso grupo, Hans Hassler, mencionou de passagem que talvez o Fuehrer tivesse sido mal aconselhado para abrir um segundo front contra a Rússia. Eu disse: "Hans, pelo amor de Deus, cuidado com o que você fala!" Oh, pobre Hans, ficou pálido e mudou logo de assunto. No entanto, três dias depois, foi-se. Nunca mais o vi nem, pelo que eu saiba, ninguém que estava sentado em nossa mesa naquela noite.

— Que horror! — disse Monica tensa. — Mais conhaque, sr. Denker?

— Não, obrigado. — Sorriu para ela. — A mãe de minha esposa tinha um ditado que dizia: "Nunca exagere o sublime."

Todd franziu mais ainda a testa pequena e tensa.

— Acha que foi mandado para um daqueles campos? — perguntou Dick. — Seu amigo Hessler?

— *Hassler* — corrigiu Dussander polidamente. Ficou sério. — Muitos foram. Os campos... serão a vergonha do povo alemão pelos próximos mil anos. São o verdadeiro legado de Hitler.

— Acho isso precipitado demais — disse Bowden acendendo o cachimbo e soltando uma baforada sufocante. — De acordo com o que li, a maioria do povo alemão não tinha ideia do que estava acontecendo. Os habitantes vizinhos de Auschwitz achavam que aquilo era uma fábrica de salsichas.

— Oh, que *horror* — Monica fez uma careta que pedia ao marido que parasse por ali. Então virou-se para Dussander sorrindo. — Amo o cheiro de cachimbo, e o senhor, sr. Denker?

— Realmente gosto muito, minha senhora — disse Dussander. Estava com uma vontade quase insuportável de espirrar.

Bowden de repente esticou o braço por cima da mesa e segurou o ombro de Todd. Ele deu um pulo.

— Você está muito calado hoje, filho. Sente-se bem?

Todd ofereceu um sorriso peculiar que parecia dividido entre seu pai e Dussander.

— Estou bem. Não esqueça que já ouvi a maioria dessas histórias.

— Todd! — Monica repreendeu-o. — Isso não é...

— O menino está apenas sendo honesto — disse Dussander. — Um privilégio que os meninos têm e do qual os adultos geralmente têm que abrir mão, não é, sr. Bowden?

Dick riu e concordou.

— Talvez Todd pudesse me acompanhar até em casa agora — disse Dussander. — Imagino que precise estudar.

— Todd é um aluno muito inteligente — Monica falou quase automaticamente, olhando para Todd com certo embaraço. — Geralmente só tira A e B. Tirou um C no último trimestre, mas prometeu melhorar a nota de Francês no boletim de março. Não é, Todd querido?

Todd ofereceu o sorriso peculiar novamente e balançou a cabeça.

— Não precisa ir caminhando — disse Dick. — Será um prazer levá-lo de carro até sua casa.

— Gosto de caminhar para pegar um pouco de ar puro e fazer exercício — disse Dussander. — Verdade, faço questão... a menos que Todd prefira não ir.

— Não, também gostaria de andar um pouco — respondeu Todd, e seus pais sorriram radiantes.

Estavam quase na esquina da casa de Dussander, quando ele quebrou o silêncio. Chovia um pouco, e Dussander segurava o guarda-chuva sobre os dois. Mesmo assim, sua artrite estava calma, adormecida. Era impressionante.

— Você está que nem minha artrite — disse ele.

Todd levantou a cabeça.

— Hein?

— Vocês não tiveram muito a dizer esta noite. O que aconteceu com sua língua, garoto? O gato comeu? Ou foi o passarinho?

— Nada — murmurou Todd. Dobraram a esquina e desceram a rua de Dussander.

— Acho que posso adivinhar — disse Dussander com uma ponta de malícia. — Quando veio me buscar, estava com medo que eu cometesse um deslize... "desse com a língua nos dentes", como vocês dizem por aqui. No entanto, estava determinado a seguir adiante com o jantar, porque não tinha desculpas para se livrar dos seus pais. Agora está desconcertado porque tudo deu certo. Não é verdade?

— E daí? — Todd sacudiu os ombros mal-humorado.

— Por que não daria certo? — perguntou Dussander. — Antes de você nascer, eu já fingia. Você guarda bem um segredo, reconheço. Reconheço agradecido. Mas viu como me saí esta noite? Encantei-os. *Encantei-os!*

Todd de repente explodiu:

— Não precisava fazer isso!

Dussander parou completamente, olhando o menino.

— Não precisava fazer isso? *Não*? Achei que queria isso, garoto. Tenho certeza que não vão se opor a que você venha "ler" para mim.

— Está tomando as coisas como certas — disse Todd áspero. — Talvez, já tenha tudo que queria do senhor. Acha que *alguém* está me forçando a vir na sua casa nojenta e ver você entornar bebida igual àqueles bêbados velhos e maltrapilhos que perambulam nas estações de trem? É isso que acha? — Sua voz aumentara e adquirira um tom fino, dissonante, histérico. — *Ninguém* está me forçando. Se eu quiser, eu venho, se não quiser, não venho.

— Abaixe a voz. As pessoas vão ouvir.

— E daí? — disse Todd, mas começou a andar de novo. Dessa vez, se afastou do guarda-chuva de propósito.

— Não, ninguém o força — admitiu Dussander. E então arriscou um comentário: — Na verdade, será muito bom se não vier. Acredite, garoto. Não tenho escrúpulos em beber sozinho. De jeito nenhum.

Todd olhou-o com desprezo:

— Quer que seja assim, não é?

Dussander deu apenas um sorriso neutro.

— Bem, não conte com isso. — Haviam chegado à alameda de cimento que levava à varanda de Dussander. Ele vasculhou o bolso procurando a chave do cadeado. A artrite causou uma leve vermelhidão nas juntas dos seus dedos e depois amenizou, aguardando. Agora Dussander achou que havia compreendido o que ela aguardava: aguardava que ficasse sozinho novamente. Então poderia aparecer.

— Vou lhe dizer uma coisa — disse Todd. Sua voz estava estranhamente ofegante. — Se eles soubessem o que você era, se algum dia eu lhes contasse, eles cuspiriam em você e depois o expulsariam com um pontapé nessa bunda magrela.

Dussander olhou Todd de perto na escuridão chuvosa. O rosto do menino estava erguido com um ar de desafio, mas estava pálido, com os olhos fundos e com olheiras — o aspecto de quem passou a noite inteira pensando enquanto os outros dormiam.

— Tenho certeza de que sentiriam aversão por mim — concordou Dussander, embora achasse no íntimo que o Bowden mais velho adiaria a aversão até fazer todas as perguntas que o filho já fizera. — Nada além de aversão. Mas o que sentiriam em relação a você, garoto, se eu lhes dissesse que me conhece há quase oito meses... e nunca falou nada?

Todd fitava-o sem resposta na escuridão.

— Venha me visitar se quiser — disse Dussander indiferente — e fique em casa se não quiser. Boa noite, garoto.

Andou até a porta da frente e deixou Todd parado na chuva, olhando-o com a boca ligeiramente entreaberta.

No dia seguinte, no café da manhã, Monica comentou:

— Seu pai gostou muito do sr. Denker, Todd. Disse que ele lembra seu avô.

Todd murmurou qualquer coisa ininteligível, mastigando uma torrada. Monica olhou o filho e ficou pensando se andava dormindo bem. Estava pálido. E suas notas tinham caído de maneira inexplicável. Todd *nunca* tirava C.

— Anda se sentindo bem esses dias, Todd?

Ele olhou inexpressivo para ela por um instante e então aquele sorriso radiante espalhou-se em seu rosto, cativando-a... confortando-a. Havia um pingo de geleia de morango em seu queixo.

— Claro — respondeu. — Tudo bem.

— Todd querido — disse ela.

— Monica querida — repetiu ele, e os dois começaram a rir.

9

Março, 1975.

— Gatinho, gatinho — disse Dussander. — *Aqui*, gatinho. Gatinho, gatinho?

Estava sentado na varanda de trás com uma vasilha de plástico rosa ao lado do pé direito. A vasilha estava cheia de leite. Eram 13h30; o dia estava enevoado e quente. A queimada da mata a oeste dava ao ar um cheiro de outono que contrastava estranhamente com o calendário. Se o garoto viesse, estaria lá dentro de uma hora. Mas, agora, não vinha sempre. Em vez de sete vezes por semana, às vezes vinha só quatro vezes, ou cinco. Uma intuição crescera dentro dele, gradativamente, e sua intuição lhe dizia que o garoto estava com problemas.

— Gatinho, gatinho — insistia Dussander. O gato sem dono estava do outro lado do pátio, sentado sobre as ervas daninhas maltratadas perto da cerca de Dussander. Era um macho tão maltratado como as ervas sobre as quais estava sentado. Cada vez que ele falava, as orelhas do gato levantavam. Seus olhos não saíam de cima da vasilha cor-de-rosa cheia de leite.

Talvez, pensou Dussander, o garoto estivesse tendo problemas com os estudos, ou pesadelos, ou ambos.

A última ideia o fez sorrir.

— Gatinho, gatinho — chamou docemente. As orelhas do gato levantaram novamente. Não se moveu, não dessa vez, mas continuava a olhar para o leite.

Dussander, com certeza, estava aflito com seus próprios problemas. Há três semanas vestia o uniforme da SS como um grotesco pijama, e o uniforme afastava a insônia e os pesadelos. No começo, seu sono era profundo como o de um lenhador. Depois, os sonhos voltaram, não aos poucos, mas de repente, e piores do que nunca. Sonhava que corria, sonhava com olhos. Corria através de uma floresta úmida e invisível onde pesadas folhas e samambaias molhadas golpeavam seu rosto deixando gotas de seiva... ou sangue. Corria e corria, os olhos luminosos sempre ao seu redor, examinando-o duramente, até que chegava a uma clareira. Na escuridão, não via nada, mas podia sentir uma íngreme ladeira que começava do outro lado da clareira. No alto dessa ladeira, estava Patin com seus prédios baixos de cimento e pátios cercados de arames farpados e cercas eletrificadas, as torres de guarita como navios de marcianos saídos de a *Guerra dos Mundos*. E, no meio, enormes chaminés soltavam nuvens de fumaça contra o céu, e abaixo das colunas de tijolo estavam as fornalhas, alimentadas e prontas para começarem a funcionar, brilhando na escuridão como os olhos de um demônio feroz. Tinham dito aos moradores da área que os prisioneiros de Patin faziam roupas e velas, e claro que acreditaram nisso tanto quanto os habitantes das cercanias de Auschwitz tinham acreditado que o campo era uma fábrica de salsichas. Não tinha importância.

Olhando por sobre o ombro no sonho, finalmente os via saindo do esconderijo, os mortos agonizantes, os *judeus*, se arrastando em sua direção com os números azuis reluzindo na pele lívida de seus braços esticados, as mãos transformadas em garras, os rostos não mais sem expressão, mas cheios de ódio, vivos de vingança, animados por intenções assassinas. Crianças corriam ao lado das mães e os avós eram amparados pelas crianças mais velhas. A expressão dominante em todos os rostos era o desespero.

Desespero? Sim. Porque no sonho ele sabia (e eles também) que se subisse o morro estaria salvo. Aqui embaixo, nessa planície úmida e alagadiça, nessa selva onde as plantas que florescem à noite expeliam sangue em vez de seiva, ele era um animal perseguido... uma presa. Mas lá em cima estaria no comando. Se isso era uma selva, o campo no alto do morro era um zoológico, todos os animais selvagens presos em gaiolas, ele o tratador cujo trabalho era decidir quais animais alimentar, quais viveriam e quais seriam entregues ao vivisseccionista, quais seriam levados para o matadouro no furgão de remoção.

Começava a subir correndo o morro, correndo com a lentidão de um pesadelo. Sentia as primeiras mãos esqueléticas fechando-se ao redor de seu pescoço, as respirações geladas e fedorentas, o cheiro de decomposição, ouvia seus gritos de triunfo, finos como os de pássaros, enquanto o arrastavam para baixo com a salvação não apenas à vista, mas quase ao alcance...

— Gatinho, gatinho — chamou Dussander. — Leite. Leite gostoso.

Finalmente o gato veio. Cruzou metade do pátio e sentou de novo, levemente, o rabo balançando de dúvida. Não confiava nele, não. Mas Dussander sabia que ele sentia o cheiro do leite e era corajoso. Mais cedo ou mais tarde, viria.

Em Patin nunca houvera problema de contrabando. Alguns prisioneiros entravam com suas coisas de valor enfiadas dentro do ânus em pequenos sacos de camurça (e quantas vezes as coisas não tinham valor nenhum — fotografias, cachos de cabelo, bijuterias), geralmente empurrados com uma vara até passarem do ponto onde mesmo os dedos mais compridos do carcereiro que chamavam de "Dedão Fedorento" não alcançavam. Uma mulher, ele lembrava, tinha um diamante — imperfeito, descobriu-se depois, sem valor, mas estava com sua família há seis gerações, e passava de mãe para filha (assim dizia, mas era judia, e todos mentiam). Engoliu-o antes de entrar em Patin. Quando saía nas fezes, ela o engolia de novo. Continuou fazendo isso até que o diamante começou a cortá-la e ela passou a ter hemorragias.

Havia outras artimanhas, mas a maioria envolvia apenas objetos insignificantes, como estoques de tabaco ou uma ou duas fitas de cabelo. Não importava. Na sala que Dussander usava para interrogar os prisioneiros, havia um pequeno fogão portátil e uma mesa de cozinha caseira com uma toalha xadrez vermelha muito parecida com a de sua própria cozinha. Havia sempre uma panela com ensopado de cordeiro borbulhando suavemente no fogão. Quando se suspeitava de contrabando (e quando isso não ocorria?), um membro do grupo suspeito era levado até essa sala. Dussander colocava-o em pé em frente ao fogão que exalava um saboroso aroma. Gentilmente perguntava *quem*. Quem está escondendo ouro? Quem está escondendo joias? Quem tem tabaco? Quem deu remédio para o bebê da mulher? Quem? Nunca prometia claramente o ensopado, mas sempre o aroma os fazia dar com a língua nos dentes. Claro que um cassetete faria o mesmo, ou o cano de um revólver enfiado nas suas virilhas nojentas, mas o ensopado era... era *elegante*. Sim.

— Gatinho, gatinho — chamou Dussander. As orelhas do gato levantaram. Ele quase foi, mas depois lembrou de algum pontapé que levara há muito tempo ou talvez de um fósforo que queimara seus bigodes, e sentou de novo. Mas logo viria.

Encontrara uma maneira de conciliar-se com seus pesadelos. Era, de certa forma, a mesma coisa que vestir o uniforme da SS..., mas com muito mais força. Dussander estava satisfeito consigo mesmo, apenas sentia não ter pensado naquilo antes. Achava que devia agradecer ao garoto pelo novo método de tranquilizar-se, por mostrar-lhe que a chave para os terrores do passado não estava em rejeitá-los, mas em contemplá-los, e era como o abraço de um amigo. Era verdade que antes da primeira visita inesperada do garoto no verão anterior não tinha pesadelos há muito tempo, mas agora acreditava que chegara a um entendimento covarde com seu passado. Fora forçado a abandonar uma parte de si, e agora a reconquistara.

— Gatinho, gatinho — chamou Dussander, e um sorriso despontou em seu rosto, um sorriso suave, seguro, o sorriso de todos os velhos que de alguma forma passaram pelas intempéries da vida e chegaram a um lugar seguro, ainda relativamente intactos e pelo menos com alguma sabedoria.

O gato levantou-se, hesitou um pouco e depois veio trotando pelo resto do pátio com graciosa agilidade. Subiu os degraus, lançou um último olhar desconfiado para Dussander, dobrou as orelhas sarnentas e defeituosas para trás e começou a beber o leite.

— Leite *gostoso* — disse Dussander colocando as luvas de borracha que estavam no seu colo o tempo todo. — Leite *gostoso* para um *bom* gatinho. — Comprara as luvas no supermercado. Na fila do caixa, uma senhora idosa o olhara com aprovação, meditativamente. As luvas eram anunciadas na TV. Tinham punhos altos. Eram tão flexíveis que se podia pegar uma moeda com elas.

Acariciou as costas do gato com um dedo verde e falou com ele docemente. Suas costas começaram a curvar-se com o ritmo das carícias.

Antes que a vasilha estivesse vazia, ele agarrou o gato.

O animal ficou todo arrepiado em suas mãos fechadas, contorcendo-se e debatendo-se, agarrando a borracha com as garras. Seu corpo sacudia-se maleavelmente para a frente e para trás, e Dussander não tinha dúvida de que se seus dentes ou garras o tocassem, o gato sairia vitorioso. Era um veterano. Dussander pensou sorrindo.

Segurando o gato prudentemente longe de seu corpo, o sorriso mau estampado no rosto, Dussander abriu a porta de trás com o pé e entrou na cozinha. O gato berrava, se debatia e arranhava as luvas de borracha. Sua cabeça triangular e feroz baixou de repente e ele mordeu um dedo verde.

— Gato nojento — disse Dussander reprovadoramente.

A porta do forno estava aberta. Dussander jogou o gato dentro. Suas garras fizeram um barulho incômodo ao soltarem-se das luvas. Dussander bateu a porta do forno com o joelho, sentindo uma dolorosa pontada devido à artrite. Mesmo assim, continuava sorrindo. Respirando com dificuldade, quase resfolegando, apoiou-se contra o fogão por um instante, a cabeça caída para a frente. Era um fogão a gás. Raramente usava-o para coisas mais extravagantes que esquentar refeições semi-prontas e matar gatos vira-latas.

Covardemente, ia aumentando a temperatura, enquanto ouvia o gato gritando e arranhando a porta para sair.

Dussander girou então o botão do forno até o máximo. Ouviu um *pou!*, quando a chama piloto acendeu duas fileiras de gás que produziram um silvo. O gato começou a gritar mais alto. Lembrava... sim... lembrava um garotinho. Um garotinho com uma dor terrível. A ideia fez o sorriso de Dussander alargar-se ainda mais. Seu coração batia com força dentro do peito. O gato arranhava a porta e debatia-se furiosamente dentro do forno, ainda gritando. Logo um cheiro intenso de pelo queimado começou a sair do fogão e espalhar-se pela cozinha.

Raspou os restos do gato do forno meia hora depois, com um garfo para churrasco que comprara por 2,98 dólares na Grant's, no centro comercial que ficava a pouco mais de 1,5 quilômetro de sua casa.

A carcaça torrada do gato foi para dentro de um saco de farinha vazio. Levou o saco para o porão. O chão do porão nunca fora cimentado. Logo depois, Dussander voltou à cozinha. Espalhou Glade até o ambiente ficar tomado pelo cheiro de pinho artificial. Abriu todas as janelas. Lavou o garfo de churrasco e pendurou-o na parede. Então sentou-se e esperou para ver se o garoto viria. Sorria e sorria.

Todd veio, cinco minutos depois que Dussander já desistira de esperá-lo naquela tarde. Usava um casaco de ginástica com as cores da escola; usava também um boné de beisebol do San Diego Padres. Carregava os livros embaixo do braço.

— Huuumm — disse ele entrando na cozinha e torcendo o nariz. — Que cheiro é esse? Horrível.

— Tentei usar o forno — Dussander acendeu um cigarro. — Acho que queimei meu jantar. Tive que jogá-lo fora.

Um dia, no final daquele mês, o garoto chegou bem mais cedo do que o normal, antes da hora da saída do colégio. Dussander estava sentado na cozinha bebendo bourbon numa caneca lascada e descolorida com as palavras PARA O CAFÉ escritas ao redor da borda. Tinha trazido a cadeira de balanço para a cozinha e apenas bebia e se embalava, se embalava e bebia, batendo as pantufas no chão desbotado. Estava satisfatoriamente alto. Não tivera mais sonhos ruins até a noite anterior. Desde o episódio do gato de orelhas deformadas. Entretanto, o da noite anterior fora especialmente ruim. Não podia negar. *Eles* o tinham arrastado morro abaixo quando estava no meio, *eles* tinham começado a fazer coisas indescritíveis antes que conseguisse acordar. Entretanto, após sua derrotada volta ao mundo real, estava confiante. Poderia interromper os sonhos quando desejasse. Talvez, um gato não fosse suficiente dessa vez, mas sempre haveria o depósito de cachorros, sim, sempre haveria o depósito.

Todd entrou abruptamente na cozinha, o rosto pálido, brilhando, fatigado. Tinha perdido peso, com toda a certeza, pensou Dussander. E havia uma expressão de estranha pureza em seu olhar de que Dussander não gostou nem um pouco.

— Vai ter que me ajudar — disse Todd de repente, confiante.

— É mesmo? — Dussander perguntou suavemente, mas sentiu certa apreensão repentina dentro de si. Não deixou a expressão de seu rosto mudar quando Todd jogou os livros na mesa com uma pancada súbita e forte. Um deles deslizou sobre a mesa e caiu sobre um tapete no chão perto do pé de Dussander.

— Você é um imbecil! — disse Todd estridentemente. — É melhor acreditar! Porque a culpa é sua! Toda sua! — Manchas vermelhas de emoção surgiram em seu rosto. — Mas vai ter que me ajudar a sair dessa, porque eu posso provar que a culpa é sua! *Você está nas minhas mãos!*

— Vou ajudá-lo como puder — Dussander concordou brandamente. Cruzou as mãos cuidadosamente em frente a si sem consciência do ato, como fizera certa vez. Inclinou-se para a frente na cadeira de balanço até seu queixo ficar na altura das mãos como fizera certa vez. Sua expressão era calma, amigável e curiosa; não demonstrava sua crescente apreensão. Sentado daquela maneira, podia quase imaginar uma panela com assado de cordeiro fervendo no fogão atrás de si. — Qual é o problema?

— Essa é a *merda* do problema — disse Todd com rancor, e jogou um folheto dobrado em Dussander. Bateu em seu peito e caiu no colo. Dussander ficou momentaneamente surpreso com a onda de raiva que sentiu; uma necessidade de levantar-se e acertar violentamente o garoto. Em vez disso, manteve a expressão calma no rosto. Era o boletim escolar do garoto, percebeu, mas o colégio parecia estar esforçando-se para esconder o fato. No lugar de um boletim, ou um Relatório de Notas, chamava-se "Boletim de Progresso Trimestral". Resmungou ao ler aquilo, e abriu-o.

Uma folha batida à máquina até a metade caiu de dentro. Colocou-a de lado para examiná-la depois e concentrou sua atenção primeiramente nas notas do menino.

— Parece que você está perdido, meu garoto — comentou Dussander não sem alguma satisfação. O garoto passara apenas em Inglês e História da América. Todas as outras notas eram F.

— A culpa não é minha — disse Todd malevolamente entre os dentes. — A culpa é *sua*. Todas aquelas *histórias*. Tenho pesadelos com elas, sabia disso? Eu sento, abro meus livros e começo a pensar no que você me contou naquele dia e logo ouço minha mãe dizendo que é hora de ir para a cama. Está vendo, a culpa não é minha. *Não é! Está entendendo? Não é!*

— Estou entendendo muito bem — disse Dussander, e começou a ler a nota datilografada que estava dentro do boletim de Todd.

Prezados sr. e sra. Bowden,

Venho por meio desta informar que faremos uma reunião a respeito das notas do segundo e terceiro trimestres de Todd. Levando-se em consideração seus bons resultados anteriores nesta escola, suas notas atuais sugerem que algum problema específico está prejudicando seu desempenho acadêmico. Esse problema frequentemente pode ser solucionado com uma discussão franca e aberta.

Devo ressaltar que embora Todd tenha passado no primeiro semestre, suas notas finais em alguns casos deverão ser insuficientes, a menos que seu desempenho melhore radicalmente no quarto trimestre. Tais notas requerem necessariamente sua presença no curso de férias para evitar atraso e problemas mais sérios.

Devo também mencionar que Todd está no grupo de preparação para a faculdade, e seu trabalho, até o presente momento, encontra-se muito abaixo dos níveis aceitáveis pela universidade e pela entidade que regula os testes de habilidade específica.

Por favor, enviem resposta, pois estou pronto para marcar um horário mutuamente conveniente para um encontro. Num caso como esse, o quanto antes é sempre melhor.

Atenciosamente,
Edward French

— Quem é esse Edward French? — perguntou Dussander, colocando a nota novamente dentro do boletim (parte dele ainda se admirava com o amor dos americanos pela prolixidade; uma missiva tão rebuscada para informar aos pais que o filho ia "levar pau"!) e cruzando as mãos novamente. Sua premonição de desastre estava mais forte do que nunca, mas recusava-se a ceder a ela. Um ano atrás cederia, um ano atrás estava pronto para enfrentá-lo. Agora não, mas parecia que o maldito garoto o trouxe de qualquer maneira. — Ele é o direitor?

— "Ed Galocha"? Claro que não. Ele é o supervisor conselheiro.

— Supervisor *conselheiro*? O que é isso?

— Pode imaginar — disse Todd. Estava quase histérico. — Você leu a droga da carta! — Andava sem parar pela cozinha, lançando olhares rápidos e penetrantes para Dussander. — Não vou engolir essa merda. Simplesmente não vou fazer curso de férias nenhum. Papai e mamãe vão para o Havaí no verão e eu vou com eles. — Apontou o boletim em cima da mesa. — Sabe o que meu pai vai fazer se descobrir isso?

Dussander balançou a cabeça.

— Vai tirar tudo de mim. *Tudo*. Vai saber que foi por sua causa. Porque só pode ser isso, nada mais mudou. Vai bisbilhotar e tirar tudo de mim. E então... então eu... vou me ferrar.

Olhou ressentido para Dussander.

— Vão ficar me observando. Droga, talvez me mandem ir ao médico. Sei lá. Como *eu* posso saber? Mas não vou me ferrar. E não vou para porra de curso de férias nenhum.

— Ou para o reformatório — disse Dussander. Falou isso de uma forma bem calma.

Todd parou de circular pela cozinha. Seu rosto ficou bastante sereno. Suas faces e testa, que já eram pálidas, ficaram ainda mais brancas.

Encarou Dussander e teve que tentar duas vezes antes de conseguir falar.

— *O quê? O que* você acabou de dizer?

— Meu querido garoto — Dussander adotou um ar extremamente paciente —, nos últimos cinco minutos fiquei ouvindo você choramingar e reclamar, e toda essa choradeira e reclamação significa o seguinte: *Você* está em dificuldades. *Você* pode ser desmascarado. *Você* pode se encontrar em circunstâncias desfavoráveis. — Percebendo que finalmente atraíra completamente a atenção do garoto, Dussander bebeu reflexivamente um gole do bourbon.

— Meu garoto — continuou —, essa atitude é muito perigosa para você. E perigosa para mim também. Para mim o prejuízo potencial é até muito maior. Você está preocupado com seu boletim. Ora! *Aqui* para o seu boletim.

Empurrou o boletim para o chão com um dedo amarelado.

— Eu estou preocupado com a minha *vida*!

Todd não respondeu; simplesmente continuou olhando para Dussander com aquele olhar perdido e meio atordoado.

— Os israelenses não terão escrúpulos pelo fato de eu ter 76 anos. A pena de morte continua muito popular por lá, você sabe, principalmente quando o homem que está no banco de réus é um criminoso de guerra nazista associado aos campos.

— Você é um cidadão americano — disse Todd. — A América não permitiria que o levassem. Já estudei isso. Eu...

— Você já estudou mas não *entendeu bem!* Eu *não* sou cidadão americano! Meus documentos vêm da *cosa nostra.* Eu seria deportado e os agentes do Mossad estariam esperando por mim onde quer que eu desembarcasse.

— *Queria* que te enforcassem — sussurrou Todd fechando as mãos e olhando para elas. — Para começar, fui louco de me envolver com você.

— Sem dúvida — concordou Dussander com um risinho. — Mas *está* envolvido comigo. Temos que viver o presente, garoto, e não o passado dos "não devia". Você deve perceber que agora o seu destino e o meu estão intricadamente entrelaçados. Se você "me dedurar", acha que vou pensar duas vezes antes de "dedurá-lo"? Setecentos mil morreram em Patin. Para o mundo todo sou um criminoso, um monstro, os jornais sensacionalistas me chamam até de açougueiro. Você é cúmplice nisso tudo, meu garoto. Tem conhecimento da existência criminosa de um estrangeiro ilegal e nunca contou pra ninguém. Se eu for preso, vou contar para o mundo inteiro sobre você. Quando os repórteres colocarem os microfones na minha cara, repetirei seu nome várias vezes seguidas. Todd Bowden, sim, é este o nome dele... Há quanto tempo? Quase um ano. Queria saber tudo... todas as partes horríveis. É assim que ele diz, é bem assim: "Todas as partes horríveis."

A respiração de Todd parara. Sua pele parecia transparente. Dussender riu para ele. Tomou um gole de bourbon.

— Acho que vão colocá-lo na cadeia. Podem chamar de reformatório, estabelecimento de correção; este é até um nome interessante como o tal do "Boletim de Progresso Trimestral" — apertou os lábios —, mas qualquer que seja o nome, haverá grades nas janelas.

Todd molhou os lábios.

— Eu o chamaria de mentiroso. Diria a eles que tinha acabado de descobrir. Acreditariam em mim, não em você. É bom lembrar disso.

Dussander permanecia com o fino sorriso nos lábios.

— Achei que você tinha dito que seu pai tiraria tudo de você.

Todd falou devagar, como ocorre quando uma pessoa pensa ao mesmo tempo em que se expressa.

— Talvez não. Talvez não dessa vez. Não se trata simplesmente de jogar uma pedra numa janela.

Dussander estremeceu por dentro. Suspeitava que o raciocínio do garoto estava correto — com tanta coisa em jogo, talvez fosse mesmo capaz de convencer o pai. Afinal de contas, ao se deparar com verdade tão desagradável, qual pai não gostaria de ser convencido?

— Talvez sim. Talvez não. Mas como irá explicar os livros que tinha que ler para mim porque o pobre do sr. Denker é quase cego? Minha vista não é mais a mesma, mas ainda posso ler uma edição bem impressa com meus óculos. Posso provar.

— Diria que me enganou!

— Faria isso? E que desculpa daria?

— Por... amizade. Porque você era sozinho.

Isso, refletiu Dussander, estava muito próximo de uma verdade aceitável. E no começo, o garoto poderia até ter sido bem-sucedido. Mas agora estava arruinado; agora estava despedaçando-se como um casaco que chega ao fim de seu tempo de utilidade. Se uma criança der um tiro com uma pistola de espoletas de brinquedo no meio da rua, ele vai pular no ar e gritar como uma menina.

— Seu boletim escolar confirmará minha versão dos fatos — disse Dussander. — Não foi o *Robinson Crusoé* que fez suas notas caírem tanto, foi, meu garoto?

— Por que não cala a boca? Por que simplesmente não cala a boca?

— Não me calarei em relação a isso, não — disse Dussander. Acendeu um cigarro, riscando o fósforo na porta do forno. — Não até fazer você ver a verdade simples. Estamos juntos nessa, para o pior ou para o melhor. — Olhou para Todd através da fumaça densa que pairava no ar, sem sorrir, seu rosto velho e enrugado como a pele de um réptil. — Vou arruiná-lo, garoto. Prometo isso. Se alguma coisa tornar-se pública, *tudo* se tornará público. Prometo isso a você.

Todd olhou-o soturno e não respondeu.

— Agora — disse Dussander vigorosamente, com o ar de um homem que deixou um problema desnecessário e desagradável para trás — a questão é a seguinte: o que faremos em relação a essa situação? Tem alguma ideia?

— Isto consertará o boletim — Todd tirou um novo vidro de removedor de tinta do bolso do casaco. — Quanto à merda dessa carta, não sei.

Dussander olhou aprovadoramente para o removedor de tinta. Havia falsificado alguns relatórios na sua época. Quando as cotas subiam a níveis fantásticos... e mais, muito mais. E... como na situação em que se encontravam agora — havia o problema das faturas... aquelas que enumeravam os espólios da guerra. A cada semana, ele verificava as caixas de objetos de valor, que deveriam ser mandadas de volta para Berlim em trens especiais que eram como enormes cofres sobre rodas. Em cada lado das caixas, havia um envelope de papel manilha, e, dentro do envelope, havia uma fatura que arrolava as mercadorias daquela caixa. Quantos anéis, colares, gargantilhas, quantos gramas de ouro. Dussander, entretanto, tinha sua própria caixa de objetos de valor — não muito valiosos, mas também não insignificantes. Jades, turmalinas, opalas. Algumas pérolas imperfeitas. Diamantes industriais. E quando via um artigo faturado seguindo para Berlim que lhe atraía a atenção ou parecia um bom investimento, tirava-o, substituía-o por um artigo de sua própria caixa e usava o removedor de tinta na fatura, trocando o nome da mercadoria. Tornara-se um especialista em falsificações... talento que lhe foi útil mais de uma vez depois que a guerra acabou.

— Ótimo — disse a Todd. — Quanto ao outro problema...

Dussander começou a embalar-se de novo, tomando pequenos goles do copo. Todd puxou uma cadeira da mesa e começou a trabalhar no boletim, que pegara do chão sem dar uma palavra. A aparente calma de Dussander fizera efeito no garoto e ele trabalhava em silêncio, a cabeça atentamente inclinada sobre o boletim, como qualquer garoto americano que põe-se a fazer um trabalho da melhor maneira possível, seja ele plantar milho, jogar a bola para o batedor no campeonato juvenil de beisebol ou falsificar notas no boletim.

Dussander olhou a base de seu pescoço, ligeiramente bronzeada, e exposta entre o final dos cabelos e a gola arredondada da camiseta. Seus olhos desviaram-se dali para a última gaveta da bancada onde guardava as facas de carne. Uma rápida estocada — sabia onde — e a medula espinhal do garoto se romperia. Seus lábios estariam selados para sempre. Dussander sorriu desapontado. Se o garoto desaparecesse, muitas perguntas seriam feitas. Algumas diretamente a ele. Mesmo que não houvesse carta com amigo nenhum, não poderia se dar ao luxo de investigações detalhadas. Terrível.

— Esse tal de French — disse ele segurando a carta. — Ele conhece seus pais socialmente?

— Ele? — Todd pronunciou a palavra com desprezo. — Papai e mamãe não vão a lugar nenhum em que ele possa sequer entrar.

— Já esteve com eles profissionalmente? Já teve reuniões com eles?

— Não. Sempre fui um dos melhores da turma. Até agora.

— Então o que sabe a respeito deles? — perguntou Dussander olhando sonhadoramente para seu copo, quase vazio a essa altura. — Ora, sabe apenas sobre você. Sem dúvida tem sua ficha completa. Até com as brigas que teve no jardim de infância. Mas o que sabe sobre *eles*?

Todd afastou a caneta e o pequeno vidro de apagador de tinta.

— Ora, sabe o nome deles. Claro. E a idade. Sabe que somos metodistas. Não frequentamos muito a igreja, mas ele sabe que o somos pois está no formulário. Deve saber a profissão de meu pai; isso também está no formulário. Têm que preencher aquele negócio todo ano. E tenho certeza que isso é tudo.

— Se seus pais tivessem problemas em casa, ele ficaria sabendo?

— O que quer dizer com isso?

Dussander virou o resto do bourbon.

— Brigas, discussões. Seu pai indo dormir no sofá. Sua mãe bebendo muito. — Seus olhos brilharam. — Um divórcio a caminho.

Indignado, Todd disse:

— Nada disso está acontecendo! De jeito nenhum!

— Não disse que esteja. Mas pense, garoto. Imagine se as coisas na sua casa estivessem indo por água abaixo, como diz o ditado.

Todd apenas olhou-o, franzindo a testa.

— Você ficaria preocupado com eles — continuou Dussander. — Muito preocupado. Perderia o apetite. Dormiria mal. E, pior, seu desempenho escolar seria prejudicado. Não é verdade? As crianças sofrem quando têm problemas em casa.

A compreensão despontou nos olhos do garoto — compreensão e gratidão velada. Dussander ficou satisfeito.

— Sim, é uma situação triste quando a família descamba para a destruição — Dussander falou num tom solene, servindo mais bourbon. Estava quase bêbado. — Os programas diurnos da televisão deixam isso bem claro. Há aspereza. Calúnias e mentiras. Acima de tudo, há dor. Dor, meu garoto. Você não tem ideia da angústia pela qual seus pais estão passando. Estão tão envolvidos com seus problemas que têm pouco tempo para os problemas do próprio filho. Seus problemas são insignificantes se comparados aos deles, hein? Um dia, quando a ferida começar a cicatrizar, sem dúvida passarão a se dedicar mais a ele novamente. Mas, agora, a única concessão que podem fazer é mandar o gentil avô do garoto conversar com o sr. French.

Os olhos de Todd brilhavam cada vez com maior intensidade, chegando a um fulgor quase ardente.

— Pode funcionar — murmurava. — Pode, é, pode funcionar, pode. — Parou de repente. Seus olhos perderam o brilho. — Não, não vai funcionar. Você não se parece comigo, nem um pouquinho. Ed Galocha nunca vai acreditar.

— *Himmel! Gott im Himmel!* — gritou Dussander ficando em pé, atravessando a cozinha (um pouco vacilante), abrindo a porta do armário da cozinha e tirando uma nova garrafa de bourbon. Desenroscou a tampa e virou uma generosa dose. — Para um garoto tão inteligente, você está sendo um *Dummkopf*. Desde quando os avôs se parecem com os netos? Hein? Eu sou careca. Você é careca?

Aproximando-se novamente da mesa, agarrou com incrível rapidez um punhado de cabelos louros de Todd e puxou-os vigorosamente.

— Pare com isso! — esbravejou Todd, mas sorriu um pouco.

— Além do mais — Dussander prosseguiu, sentando-se de novo na cadeira de balanço —, você tem cabelos louros e olhos azuis. Meus olhos são azuis, e antes de meus cabelos ficarem brancos e depois caírem, eles eram louros. Você pode me contar a história de toda sua família. Suas tias e tios. As pessoas com quem seu pai trabalha. Os hobbies de sua mãe. Vou me lembrar. Vou estudar e guardar. Daqui a dois dias, esqueço tudo... minha memória é como um saco de pano cheio d'água, atualmente... mas vou me lembrar o tempo necessário. — Sorriu sinistramente. — Na minha época, estava à frente de Wiesenthal e joguei areia nos olhos do próprio Himmler. Se não conseguir enganar um professor de escola pública americana, visto minha mortalha e me enfio em minha cova.

— Pode ser — disse Todd devagar, e Dussander percebeu que ele já tinha aceitado. Seus olhos iluminaram-se de alívio.

— Há uma outra semelhança. — disse Dussander.

— Qual?

— Você disse que sua mãe era 1/8 judia. Minha mãe era completamente judia. Somos ambos parte do mesmo círculo, menino.

De repente ele segurou a ponta de seu nariz entre o polegar e o indicador da mão direita. Ao mesmo tempo, esticou o braço esquerdo por sobre a mesa e pegou o nariz do garoto.

— E está na cara! — Ele urrou. — Está na cara!

Começou a rir às gargalhadas, balançando a cadeira para a frente e para trás. Todd olhou-o intrigado e um pouco amedrontado, mas logo começou a rir também. Na cozinha de Dussander, riam sem parar, Dussander perto da janela aberta por onde a cálida brisa californiana soprava e Todd se equilibrava sobre as pernas traseiras da cadeira que pendia para trás e encostava na porta do forno, cujo esmalte branco tinha riscos escuros feitos pelos fósforos que Dussander acendia ali.

Ed Galocha French (o apelido, explicara Todd para Dussander, referia-se à galocha que ele usava sobre os tênis quando chovia) era um homem franzino que fazia gênero, indo de tênis para a escola. Era um toque de informalidade com o qual achava que poderia conquistar as 106 crianças com idades entre 12 e 14 anos que constituíam seu fardo. Tinha cinco pares de tênis que variavam do azul-cheguei ao amarelo-gritante, e não tinha nem ideia de que pelas costas era conhecido não apenas como Ed Galocha, mas também como "Zé do Tênis" e "Homem do Keds". Na faculdade, era chamado de "Fiapo" e se sentiria bastante humilhado se soubesse que até esse fato vergonhoso era conhecido.

Raramente usava gravata, preferindo suéteres de gola alta. Usava-os desde meados dos anos 1960, quando David McCallum popularizou-os em *O Agente da UNCLE.* Em sua época de faculdade, seus colegas, ao verem-no cruzando o pátio, gritavam: "Lá vem o Fiapo com seu suéter do filme!" Havia se especializado em Psicologia Educacional, e, no íntimo, considerava-se o único supervisor conselheiro bom que conhecia. Realmente tinha muito *entrosamento* com as crianças. Sabia a *melhor forma de agir* com elas; sabia falar grosso ou ficar compreensivamente em silêncio se tinham que fazer tumulto e botar para quebrar. *Sentia na pele* suas dificuldades porque compreendia como é *duro* ter 13 anos quando as pessoas *fazem você de gato e sapato* e você *não sabe dar o troco.*

A verdade é que sofria muito lembrando como era ter 13 anos. Achava que esse era o pior preço que pagava por ter crescido nos anos 1950. Isso e ter passado pelo admirável mundo novo dos anos 1960 com o apelido de "Fiapo".

Nesse momento, quando o avô de Todd Bowden entrou em sua sala fechando com firmeza a porta de vidro, Ed Galocha levantou-se atenciosamente, tendo o cuidado de não sair de trás da mesa para cumprimentar o velho senhor. Estava de tênis. Às vezes, os mais velhos não entendiam que o tênis era psicologicamente útil com crianças que tinham dificuldades de relacionamento com os professores — o que era o mesmo que dizer que alguns mais velhos não podiam *apoiar* um supervisor conselheiro que usava tênis.

"Eis um cara bem-apessoado", pensou Ed Galocha. Seus parcos cabelos brancos estavam cuidadosamente penteados para trás. Seu terno de três peças, impecavelmente limpo. A gravata cinza-chumbo tinha o nó perfeito. Na mão esquerda carregava um guarda-chuva preto dobrado (uma chuva fina caía desde o fim de semana), de forma que lembrava até um militar. Há poucos anos, Ed Galocha e a mulher ficaram com mania de Dorothy Sayers, lendo tudo da admirável senhora em que conseguiam botar as mãos. Ocorreu-lhe naquele momento que esse era o personagem Lord Peter Wimsey na vida real. Era Wimsey aos 75 anos, muitos anos após Bunter e Harriet Vane terem batido as botas. Fez uma nota mental para não esquecer de comentar isso com Sandra quando chegasse em casa.

— Sr. Bowden — estendeu a mão cordialmente.

— Muito prazer — disse Bowden apertando-a. Ed Galocha teve o cuidado de não lhe apertar a mão com a firmeza e decisão com que costumava cumprimentar os pais que encontrava; pela maneira cautelosa como a estendeu, ficou óbvio que o sr. Bowden tinha artrite.

— Muito prazer, sr. French — repetiu Bowden, sentando-se e puxando as calças cuidadosamente até a altura dos joelhos. Colocou o guarda-chuva entre os pés e apoiou-se nele, parecendo um urubu velho e urbano que veio empoleirar-se no escritório de Ed Galocha French. Tinha um certo sotaque, pensou Ed Galocha, mas não era a entonação afetada da classe alta britânica, como teria Wimsey; era mais carregada, mais europeia. De qualquer maneira, a semelhança com Todd era acentuada. Principalmente o nariz e os olhos.

— Fico satisfeito por ter vindo — disse-lhe Ed Galocha, retomando seu assento —, embora, nesses casos, a mãe ou o pai do aluno...

Esse foi o lance inicial, claro. Depois de quase dez anos de experiência como supervisor conselheiro, convencera-se de que, quando uma tia ou tio ou avô vinham representar os pais numa reunião, geralmente isso significava problemas em casa — o tipo de problema que invariavelmente revelava-se a raiz de todos os problemas. Para Ed Galocha, isso foi um alívio. Problemas no lar eram ruins, mas para um garoto da inteligência de Todd, *uma viagem com drogas pesadas* teria sido muito, muito pior.

— Sim, claro — Bowden concordou, aparentando ao mesmo tempo pesar e revolta. — Meu filho e sua esposa pediram-me para vir aqui conversar sobre esse triste assunto com o senhor, sr. French. Todd é um bom menino, acredite. Esse problema com as notas é apenas temporário.

— Bem, assim esperamos, não é, sr. Bowden? Pode fumar, se desejar. Deveria ser restrito ao espaço não escolar, mas eu não contarei a ninguém.

— Obrigado.

O sr. Bowden tirou um maço meio amassado de Camel do bolso interno, colocou um dos últimos cigarros tortos na boca, pegou um fósforo, riscou-o no salto do sapato preto e acendeu-o. Tossiu fortemente como um velho com o primeiro trago, apagou o fósforo e colocou o palito queimado no cinzeiro que Ed Galocha trouxera. Ed Galocha observava o ritual, que parecia quase tão formal quanto os sapatos do velho, com franca fascinação.

— Por onde começar... — hesitou Bowden. Com rosto aflito, olhava Ed Galocha através da fumaça espiralada que pairava no ar.

— Bem — disse Ed Galocha gentilmente —, o próprio fato de o senhor estar aqui, ao invés dos pais de Todd, significa alguma coisa para mim, o senhor entende, não?

— É, imagino que sim. Muito bem. — Cruzou as mãos. O Camel projetava-se entre o segundo e o terceiro dedos da mão direita. Endireitou as costas e levantou o queixo. Havia algo quase prussiano em suas atitudes, pensou Ed Galocha, algo que o fazia pensar em todos os filmes de guerra que vira quando criança.

— Meu filho e minha nora estão com problemas em casa — Bowden pronunciou cada palavra precisamente. — Sérios problemas, devo dizer. — Seus olhos, velhos mas incrivelmente vivos, observaram Ed Galocha abrir uma pasta que estava no arquivo de mesa à sua frente. Havia papéis dentro, mas não muitos.

— O senhor acha que esses problemas estão afetando o desempenho acadêmico de Todd?

Bowden inclinou-se para a frente, talvez uns 15 centímetros. Seus olhos azuis nunca se desviavam dos olhos castanhos de Ed Galocha. Houve um instante de pesado silêncio, e então Bowden disse:

— A mãe bebe.

Reassumiu a postura ereta de vareta de espingarda.

— Oh! — exclamou Ed Galocha.

— Sim — retrucou Bowden, balançando a cabeça severamente. — O garoto me contou que mais de duas vezes chegou em casa e encontrou-a estirada em cima da mesa da cozinha. Ele sabe como o pai se sente em relação a esse problema, então, nessas ocasiões, ele próprio esquentou o jantar e a fez beber bastante café preto para que ao menos estivesse acordada quando Richard chegasse em casa.

— Isso é grave — admitiu Ed Galocha, embora já tivesse ouvido coisas piores... mães viciadas em heroína, pais que de repente decidem espancar as filhas... ou os filhos. — A sra. Bowden já pensou em recorrer a um profissional para ajudá-la a resolver o problema?

— O menino tentou convencê-la que esse seria o melhor caminho. Acho que ela fica muito envergonhada. Se ela tiver um apoio... — Fez um gesto com o cigarro que deixou um anel de fumaça dissolvendo-se no ar. — Compreende?

— Sim, claro — assentiu Ed Galocha, admirando secretamente o gesto que produzira o anel de fumaça. — Seu filho... o pai de Todd...

— Ele não deixa de ter culpa — disse Bowden ríspido. — O tempo que passa trabalhando, as refeições que perde, as noites em que tem que sair de repente... vou lhe dizer, sr. French, ele é mais casado com o emprego do que com a Monica. Fui educado de maneira a pensar que a família de um homem vem antes de qualquer coisa. Não foi assim com o senhor também?

— Claro que foi — respondeu Ed Galocha sinceramente. Seu pai fora vigia noturno de uma grande loja de departamentos de Los Angeles e na verdade só o via nos fins de semana e nas férias.

— Este é outro lado do problema — disse Bowden.

Ed Galocha concordou e pensou por um momento.

— E seu outro filho, sr. Bowden? Hã... — Baixou a vista e olhou a pasta. — Harold. Tio de Todd.

— Harry e Deborah estão em Minnesota agora — disse Bowden, bastante convincente. — Trabalha na faculdade de Medicina. Seria muito difícil para ele sair de lá. E muito inoportuno pedir-lhe isso.

Seu rosto adquiriu um ar de orgulho.

— Harry e a mulher são muito bem casados.

— Compreendo. — Ed Galocha olhou o arquivo novamente por um instante e fechou-o. — Sr. Bowden, admiro sua franqueza. Serei igualmente franco com o senhor.

— Obrigado — disse Bowden formalmente.

— Na área de aconselhamento, não podemos fazer por nossos alunos tudo o que gostaríamos. Há seis supervisores aqui, e cada um de nós carrega um fardo de mais de cem alunos. O mais novo supervisor, Hepburn, tem 115 alunos. Em nossa sociedade, todas as crianças dessa idade precisam de ajuda.

— Claro. — Bowden amassou bruscamente o cigarro no cinzeiro e cruzou as mãos novamente.

— Às vezes, nos aparecem problemas sérios. Problemas em casa e com drogas são os mais comuns. Pelo menos Todd não está envolvido com anfetamina, mescalina, nem remédio de cavalo.

— Graças a Deus.

— Às vezes — continuou Ed Galocha —, simplesmente não podemos fazer nada. É deprimente, mas são coisas da vida. Geralmente os primeiros a pularem fora da organização que dirigimos são os bagunceiros da turma, os carrancudos, os retraídos, as crianças que se recusam até a tentar. São simplesmente pessoas descansadas que esperam que o sistema as carregue até o final da escola ou que cresçam logo para poderem parar de estudar sem precisar da permissão dos pais e entrar para o exército, arrumar emprego num posto de lavagem de automóveis ou casarem-se. Compreende? Estou sendo duro. Como dizem, nosso sistema não é o que se espera dele.

— Aprecio sua franqueza.

— Mas dói quando você vê a máquina começando a oprimir alguém como Todd. Ele teve média 92 no ano passado, o que o coloca entre os dez primeiros. Suas médias em Inglês são ainda melhores. Demonstra talento para escrever, e isso é uma coisa excepcional em uma geração que acha que a cultura começa em frente à TV e termina no cinema da esquina. Estava conversando com a professora dele de redação do ano passado. Disse que fez uma das melhores provas finais que já viu em vinte anos de magistério. Foi sobre os campos de concentração alemães na Segunda Guerra Mundial. Foi o primeiro A+ que deu para um aluno de redação.

— Eu a li — disse Bowden. — É muito boa.

— Também demonstra habilidade acima da média em Biologia e Sociologia, e embora não vá ser um dos grandes gênios do século da Matemática, as anotações que tenho indicam que foi bem... até o ano passado. Até o ano passado. Resumindo, a história é essa.

— Sim.

— Fico *furioso* de ver Todd entrar pelo cano dessa maneira, sr. Bowden. Quanto ao curso de férias... bem, disse que ia ser franco. O curso de férias para um garoto como Todd geralmente é mais prejudicial do que benéfico. Normalmente o curso de férias é um jardim zoológico. Todos os macacos e hienas risonhas o frequentam, mais uma cambada completa de mulas. Más companhias para Todd.

— Com certeza.

— Portanto, vamos ao que interessa. Sugiro uma série de entrevistas para o sr. e a sra. Bowden no Centro de Aconselhamento no Centro da cidade. Tudo confidencial, claro. O diretor, Harry Ackerman, é um grande amigo. E não acho que Todd devesse sugerir-lhes a ideia, acho que o senhor é que deveria. — Ed Galocha deu um largo sorriso. — Talvez consigamos botar todos na linha novamente até junho. Não é impossível.

Bowden, entretanto, parecia totalmente alarmado com a ideia.

— Acho que ficariam sentidos com o menino se eu lhes propusesse isso agora — disse ele. — As coisas estão muito delicadas. Se não fosse isso, poderiam ir. O menino me prometeu que vai estudar com muito mais afinco. Está assustado com a queda de suas notas. — Sorriu levemente, um sorriso que Ed French não conseguiu interpretar. — Mais assustado do que o senhor imagina.

— Mas...

— E ficariam sentidos *comigo* — enfatizou logo Bowden. — Deus sabe que sim. Monica sempre me achou meio intrometido. Tento não ser, mas compreenda a situação. Acho melhor deixar as coisas como estão... por enquanto.

— Tenho muita experiência nesses assuntos — Ed Galocha disse para Bowden. Colocou as mãos sobre a pasta de Todd e olhou o velho com honestidade. — Realmente acho que o aconselhamento é necessário agora. O senhor entende que meu interesse pelos problemas conjugais de seu filho e sua nora começa e termina nos efeitos que estão tendo em Todd... e no momento o efeito é bastante significativo.

— Deixe-me fazer uma contraproposta — disse Bowden. — O senhor tem um método de informar os pais sobre notas fracas?

— Sim — respondeu Ed Galocha cauteloso. — Os Boletins de Interpretação do Progresso, boletins IDP. As crianças, claro, chamam de Boletim de Bomba. Só os recebem se suas notas em determinada matéria ficarem abaixo de 78. Em outras palavras, damos boletins IDP para os alunos que tiram D ou F em certo curso.

— Muito bem — disse Bowden. — Então o que sugiro é isto: se o menino receber um boletim desses... apenas *um* — levantou um dedo deformado —, falarei com meu filho e sua esposa sobre aconselhamento. Irei mais longe. Se o garoto receber um Boletim de Bomba em abril...

— Na verdade, entregamos em maio.

— Sim? Se receber um, garanto que vão aceitar a proposta de aconselhamento. Estão preocupados com o filho, sr. French. Mas no momento estão tão envolvidos com seus problemas que... — Deu de ombros.

— Compreendo.

— Então vamos lhes dar esse prazo para resolverem seus próprios problemas. Deixar eles se virarem sozinhos... não é assim que se diz?

— Acho que sim — concordou Ed Galocha após um instante de reflexão... e após dar uma olhada rápida no relógio, que o fez lembrar que tinha outro compromisso dali a cinco minutos. — Aceito.

Levantou-se, e Bowden levantou-se junto com ele. Apertaram-se as mãos novamente, Ed Galocha cauteloso, ciente da artrite do velho.

— Com toda a honestidade, devo dizer-lhe que poucos alunos recuperam-se de um fracasso de 18 semanas em apenas quatro semanas de aula. Precisam de um tempo enorme para recobrar... um tempo *enorme*. Acho que o senhor terá que cumprir sua promessa, sr. Bowden.

Bowden ofereceu seu sorriso leve e desconcertante outra vez.

— Acha? — foi tudo o que disse.

Alguma coisa preocupara Ed Galocha durante toda a entrevista, e ele descobriu o que foi durante o almoço no refeitório, mais de uma hora depois que "Lord Peter" saíra, o guarda-chuva mais uma vez bem preso embaixo do braço.

Ele e o avô de Todd haviam conversado pelo menos durante 15 minutos, provavelmente quase vinte, e Ed achava que o velho não se referira nenhuma vez ao neto pelo nome.

Todd subiu pedalando ofegante a alameda da casa de Dussander e desceu o descanso da bicicleta. O colégio havia liberado a saída apenas 15 minutos atrás. Subiu os degraus da frente num só pulo, usou sua própria chave e entrou correndo pelo corredor até a cozinha ensolarada. Seu rosto era uma mistura de esperança iluminada e desânimo nublado. Ficou parado na porta da cozinha com o estômago e as cordas vocais apertadas, olhando Dussander embalar o copo de bourbon no colo. Ainda estava vestido com o melhor terno, embora tivesse afrouxado um pouco a gravata e desabotoado o primeiro botão da camisa. Olhava para Todd inexpressivamente, com olhos de lagarto a meio palmo.

— E então? — Todd conseguiu dizer finalmente.

Dussander deixou-o esperando mais um momento, um momento que pareceu pelo menos dez anos para Todd. Depois, propositadamente, Dussander colocou o copo na mesa ao lado da garrafa de bourbon e disse:

— O idiota acreditou em tudo.

Todd soltou a respiração contida numa enorme expressão de alívio.

Antes que pudesse tomar mais ar, Dussander acrescentou:

— Queria que os coitados de seus pais, com problemas, frequentassem sessões de aconselhamento com um amigo dele no Centro da cidade. Foi bem insistente.

— Meu Deus... você... o que... como você conseguiu contornar a situação?

— Pensei rápido — respondeu Dussander. — Como o Lobo Mau da história, inventar desculpas na hora é um dos meus fortes. Prometi a ele que seus pais frequentariam as sessões se você recebesse um Boletim de Bomba em maio.

O sangue fugiu do rosto de Todd.

— Você fez o *quê*? — disse Todd quase gritando. — Já levei bomba em dois testes de Álgebra e um de História! — Caminhou pela cozinha com o rosto pálido ficando brilhante de suor. — Fiz um teste de Francês hoje à tarde e também levei bomba... sei que levei. Só conseguia pensar naquele idiota do Ed Galocha e se você estava se entendendo com ele. Bem, você se entendeu com ele — finalizou amargamente. — Não receber nenhum Boletim de Bomba? Vou receber pelo menos cinco ou seis.

— Foi o melhor que consegui fazer sem levantar suspeitas — disse Dussander. — Esse French, um idiota, está apenas fazendo o trabalho dele. Agora você vai fazer o seu.

— O que quer dizer com isso? — O rosto de Todd estava deformado e ameaçador, sua voz agressiva.

— Você vai estudar. Nas próximas quatro semanas, vai estudar tanto como nunca estudou na sua vida. Além disso, na segunda-feira vai chegar para cada um de seus professores e desculpar-se pelos fracos resultados apresentados até agora. Vai...

— Impossível — disse Todd. — Você não entendeu. É *impossível*. Estou pelo menos cinco semanas atrasado em Ciências e História. Em Álgebra, devo estar umas dez.

— Mesmo assim. — insistiu Dussander, e colocou mais bourbon no copo.

— Acha que é muito esperto, não acha? — gritou Todd. — Não recebo ordens suas. Os dias em que dava ordens terminaram há muito tempo. *Entende*? — Diminuiu a voz de repente. — A coisa mais nociva que tem nesta casa é um inseticida. Você não passa de um velho arruinado que peida ovo podre. Aposto que mija na cama.

— Escute aqui, seu bostinha — Dussander começou a falar com calma.

Todd virou-se com raiva ao ouvir aquilo.

— Até hoje — continuou ele cuidadosamente — era possível, apenas relativamente possível, que pudesse me denunciar e sair impune. Não acredito que conseguisse isso nesse estado de nervos em que está, mas deixa para lá. Seria teoricamente possível. Mas agora, as coisas mudaram. Agora encarnei seu avô, um tal de Victor Bowden. Ninguém tem a menor dúvida de que fiz isso com... como é mesmo a palavra?... sua conivência. Se alguma coisa for descoberta agora, garoto, você vai ficar numa situação pior do que nunca. Não terá defesa. Encarreguei-me disso hoje.

— Queria...

— *Queria*!... *queria*! — resmungou Dussander. — Não me importam seus desejos, eles me deixam enjoado, não passam de montes de merda de cachorro na sarjeta! *Só o que quero de você é saber se está entendendo a situação em que estamos!*

— Estou entendendo — sussurrou Todd. Suas mãos estavam fechadas com força, enquanto Dussander gritava com ele... não estava acostumado a que gritassem com ele. Abriu as mãos e observou estupidamente que se formaram meias-luas de sangue nas palmas. Os cortes poderiam ter sido piores, mas nos últimos quatro meses começara a roer as unhas.

— Bom. Então vai pedir desculpas e estudar. Nas horas livres na escola, vai estudar. Na hora do almoço, vai estudar. Depois do colégio, virá para cá estudar e nos fins de semana virá para cá e fará o mesmo.

— Aqui não — disse Todd rápido. — Em casa.

— Não. Em casa você vai ficar vadiando e pensando, como tem feito até agora. Se vier para cá, posso vigiá-lo se for preciso. Posso defender meus próprios interesses nessa questão. Posso tomar suas lições.

— Se eu não quiser vir para cá, não pode me obrigar.

Dussander deu um gole no bourbon.

— É verdade. As coisas então acontecerão como têm que acontecer. Você não vai passar. Esse supervisor, French, esperará que eu cumpra minha promessa. Se eu não cumprir, chamará seus pais. Eles descobrirão que o gentil sr. Denker se fez passar por seu avô a pedido seu. Descobrirão que você alterou as notas. Eles...

— Tudo bem, cale a boca. Eu virei.

— Já está aqui. Comece com Álgebra.

— De jeito nenhum. Hoje é sexta-feira!

— Agora vai estudar *todos* os dias — disse Dussander com voz suave. — Comece com Álgebra.

Todd ficou olhando para ele — apenas por um instante, antes de abaixar os olhos e tirar desajeitado o livro de Álgebra de dentro da pasta — e Dussander viu assassinato nos olhos do garoto. Não figurativo, mas verdadeiro. Há muitos anos, não via aquela expressão obscura, ardente, interrogativa, mas nunca a esqueceria. Achava que a teria visto em seus próprios olhos se tivesse um espelho na mão no dia em que olhou o pescoço branco e indefeso do garoto.

Preciso me proteger, pensou com certo espanto. *Se não levar isso a sério, estarei correndo risco.*

Bebeu o bourbon e embalou-se, observando o garoto estudar.

Eram quase cinco horas quando Todd voltou para casa de bicicleta. Sentia-se um fracasso, de cabeça quente, exausto, impotentemente irado. Cada vez que tirava os olhos da página — do mundo enlouquecedor, incompreensível, *estúpido* dos conjuntos, subconjuntos, pares ordenados e coordenadas cartesianas — ouvia a voz penetrante de velho de Dussander. Fora isso, ficava completamente em silêncio... a não ser pelo barulho enlouquecedor de suas pantufas batendo no chão e o estalar da cadeira. Ficou lá sentado como um urubu esperando sua presa morrer. Por que tinha entrado naquela? *Como* tinha entrado naquela? Era uma enrascada, uma terrível enrascada. Adiantara um pouco a matéria naquela tarde — alguma coisa da teoria dos conjuntos, que achava tão incompreensível até antes dos feriados de Natal, havia entrado em sua cabeça com um clique quase audível —, mas era impossível achar que entenderia tudo até o teste de Álgebra na próxima semana e que conseguiria pelo menos um D.

Faltavam cinco semanas para o fim do mundo.

Na esquina viu um pássaro na calçada, abrindo e fechando lentamente o bico. Tentava em vão levantar-se e voar. Uma das asas estava machucada e Todd imaginou que um carro o tivesse atingido e jogado na calçada como num jogo de discos. Um de seus olhos, que lembrava uma conta, fitava-o.

Todd ficou olhando para ele por um longo tempo, segurando levemente o guidão curvo de sua bicicleta. Estava começando a esfriar, e o ar estava quase gelado. Ficou imaginando que seus amigos tinham passado a tarde jogando beisebol na Walnut Street. Era época de começar a treinar. Falava-se em reunir o time para competir esse ano na associação da cidade; muitos pais poderiam levar os filhos. Todd, claro, seria o batedor. Fora a estrela da liga infantil como batedor até o ano passado, quando entrara para a liga sênior. *Gostaria de jogar.*

E daí? Simplesmente teria que dizer não. Simplesmente teria que chegar e dizer: *Pessoal, me envolvi com um criminoso de guerra. Ele estava nas minhas mãos mas, de repente — ha, ha, vocês não vão acreditar —, descobri que eu também estava nas mãos dele. Comecei a ter uns sonhos estranhos e a suar frio. Minhas notas foram por água abaixo e eu rasurei o meu boletim para meus pais não descobrirem, agora tenho que enfiar a cara nos livros como nunca fiz na minha vida. Não tenho medo de ficar de castigo, tenho medo de ir para o reformatório. E é por isso que eu não vou poder jogar com vocês este ano. Sabe como é, pessoal.*

Um sorriso estreito, muito parecido com o de Dussander, e bem diferente de seu sorriso largo de antes, despontou em seus lábios. Não havia brilho naquele sorriso; era sombrio. Não havia segredo. Simplesmente dizia: *Sabe como é, pessoal.*

Passou a bicicleta por cima do pássaro com primorosa lentidão, ouvindo o estalar de suas penas como se fossem jornal e o esmigalhar de seus ossos pequenos e ocos dentro delas. Puxou a bicicleta para trás, passando novamente por cima dele. Ainda se mexia. Passou mais uma vez, e uma pena ensanguentada grudou no pneu da frente, girando para cima e para baixo, para cima e para baixo. A essa altura, o pássaro parara de se mexer, o pássaro esticara a canela, o pássaro fora embora, o pássaro estava no aviário do céu, mas Todd continuava empurrando a bicicleta para a frente e para trás por cima do corpo esmagado. Fez isso durante quase cinco minutos, e o sorriso estreito em nenhum momento deixou seu rosto. Sabe como é, pessoal.

10

Abril, 1975.

O velho estava no meio do corredor, sorrindo largamente, quando Dave Klingerman veio cumprimentá-lo. Os latidos frenéticos pareciam não incomodá-lo em nada, nem o cheiro de pelo e urina, nem as centenas de vira-latas pulando dentro das jaulas, correndo para a frente e para trás, se jogando contra a tela. Klingerman identificou o velho como um inegável amante de cães. Seu sorriso era doce e agradável. Estendeu cuidadosamente sua mão inchada de artrite, e Klingerman apertou-a com a mesma atitude.

— Como vai, senhor? — disse ele falando alto. — Um barulho terrível, não?

— Não me incomoda — respondeu o velho. — Nem um pouco. Meu nome é Arthur Denker.

— Klingerman. Dave Klingerman.

— Muito prazer. Li no jornal... não pude acreditar... que vocês dão cachorros aqui. Devo ter entendido mal. Acho que entendi mal mesmo.

— Não, realmente damos os cachorros — disse Dave. — Se não conseguirmos doá-los, temos que sacrificá-los. O Estado nos dá sessenta dias. Uma vergonha. Venha até minha sala. É mais calmo. Tem um cheiro melhor também.

Na sala, Dave ouviu uma história conhecida (no entanto, comovente): Arthur Denker estava na casa dos 70. Viera para a Califórnia quando sua esposa morrera. Não era rico, mas zelava por tudo o que tinha. Era solitário. Seu único amigo era um menino que às vezes ia à sua casa ler um pouco para ele. Na Alemanha, teve um São Bernardo muito bonito. Agora, em Santo Donato, vivia numa casa com um quintal de bom tamanho nos fundos. O quintal era cercado. E lera no jornal... seria possível...

— Bem, não temos São Bernardo — disse Dave. — Saem rápido porque são muito bons para conviver com crianças...

— Oh, entendo. Não quis dizer...

— ... mas tenho um pastor pequeno. O que acha?

Os olhos do sr. Denker brilharam, como se estivesse à beira das lágrimas.

— Perfeito — disse ele. — Seria perfeito.

— O cachorro é de graça, mas há algumas taxas. Vacinas contra cinomose e raiva. Uma licença para ter cachorros na cidade. Tudo isso fica em 25 dólares para a maioria das pessoas, mas o Estado paga a metade se a pessoa tiver mais de 65 anos... faz parte do Programa para a Melhor Idade da Califórnia.

— Programa para a Melhor Idade... estou incluído nisso? — perguntou o sr. Denker, e riu. Por um instante... foi besteira... Dave sentiu uma espécie de calafrio.

— Hã... acho que sim, senhor.

— Bem razoável.

— Claro, também achamos. Esse mesmo cachorro custaria 125 dólares na loja de animais. Mas as pessoas vão lá, em vez de virem aqui. Pagam por um monte de papéis, é lógico, não pelo cachorro. — Dave balançou a cabeça. — Se soubessem quantos animais bonitos são abandonados todos os anos...

— E se não conseguirem um lar adequado para eles dentro de sessenta dias são sacrificados?

— Sim, fazemos eles dormirem.

— Fazem o quê? Desculpe, não entendi bem...

— É o regulamento — disse Dave. — Não podem ficar perambulando pelas ruas.

— Vocês atiram neles?

— Não, damos gás. É muito humano. Não sentem nada.

— Não — concordou o sr. Denker. — Tenho certeza que não.

O lugar de Todd na aula de Álgebra era a quarta carteira da segunda fila. Estava sentado ali tentando manter o rosto inexpressivo, enquanto o sr. Storrman devolvia os exames. Mas suas unhas roídas estavam enfiadas na palma da mão, novamente, e todo o seu corpo parecia estar coberto de um suor gelado e cáustico.

Não se iluda. Não seja cabeça-dura. É impossível ter passado. Você sabe *que não passou.*

Entretanto, não podia afastar totalmente a tola esperança. Era o primeiro teste de Álgebra que fazia, depois de muitas semanas, que não parecia estar escrito em grego. Tinha certeza de que com o nervosismo (nervosismo? não, fale a verdade: terror total) não fizera bem o teste, mas talvez... bem, se fosse outro professor, mas logo Storrman, que tinha um cadeado no lugar do coração...

PARE COM ISSO!, ordenou a si mesmo, e por um momento, um momento terrível, achou que tinha gritado aquelas três palavras dentro da sala de aula. *Você levou bomba, sabe disso, nada no mundo vai fazer isso mudar.*

Storrman entregou-lhe o teste inexpressivamente e seguiu. Todd colocou-o virado em cima da mesa riscada com sua inicial. Por um momento, achou que não teria coragem suficiente para desvirar e olhar. Finalmente pegou-o com uma rapidez tão convulsiva que rasgou o papel. Sua língua colou no céu da boca, quando olhou para ele. Por um instante, seu coração pareceu parar.

O número 83 estava escrito no alto com um círculo. Abaixo uma letra: C+. Abaixo da letra, havia uma curta anotação: *Bom progresso! Acho que estou duas vezes mais aliviado do que você deve estar. Reveja os erros cuidadosamente. Pelo menos três deles são aritméticos, e não conceituais.*

Seu coração começou a bater de novo, as batidas triplicaram-se. O alívio invadiu-o, mas não era um alívio tranquilo — era violento, complicado, estranho. Fechou os olhos e não ouviu o tumulto que se formou na classe com os pedidos de um ponto a mais aqui e ali. Todd via uma vermelhidão dentro de seus olhos. Pulsavam como que acompanhando o ritmo das batidas de seu coração. Naquele momento, odiava Dussander de uma maneira que nunca sentira antes. Suas mãos fecharam-se e ele apenas queria, queria, queria que o pescoço de galinha magricelo de Dussander estivesse no meio delas.

Dick e Monica Bowden dormiam em camas separadas por uma mesinha onde havia uma bonita imitação de um abajur de gaze de seda. O quarto era revestido de sequoia legítima e as paredes aconchegantemente cobertas de livros. Do outro lado do quarto, acomodada entre dois suportes de livro de marfim (dois elefantes sentados sobre as pernas traseiras), havia uma TV Sony redonda. Dick estava vendo Johnny Carson com os fones de ouvido, enquanto Monica lia o último livro de Michael Crichton, que saíra no Clube do Livro naquele dia.

— Dick? — Colocou o marcador (foi aqui que eu dormi, estava escrito nele) dentro do livro e fechou-o.

Na TV, Buddy Hackett acabara de bater em todo mundo e Dick estava rindo.

— Dick? — disse mais alto.

Ele tirou os fones do ouvido.

— O que foi?

— Você acha que Todd está bem?

Ele a olhou por um momento, franziu a sobrancelha, balançou um pouco a cabeça.

— *Je ne comprends pas, chérie.* — Seu francês inseguro era uma brincadeira entre eles. Seu pai lhe mandara duzentos dólares a mais para que contratasse um professor particular quando quase foi reprovado em Francês. Contratara Monica Darrow, escolhendo seu nome ao acaso no quadro de avisos da universidade. Por volta do Natal, ela já estava usando uma aliança... e ele conseguira tirar C em Francês.

— Bem... ele emagreceu.

— Ele está bem magrinho mesmo — concordou Dick. Colocou os fones no colo, onde ficaram emitindo sons confusos e baixos. — Ele está crescendo, Monica.

— Tão cedo? — perguntou apreensiva.

Ele riu.

— Tão cedo. Eu cresci 17 centímetros na adolescência; de um nanico de 1,68 metro aos 12 anos, virei a bonita massa de músculos de 1,85 metro que você está vendo na sua frente agora. Minha mãe dizia que, quando eu tinha 14 anos, ela podia me ouvir crescendo à noite.

— Ainda bem que nem todas as suas partes cresceram assim.

— Depende de como usá-las.

— Quer usar essa noite?

— Menina, você está ficando ousada — disse Dick Bowden, e jogou os fones de ouvido no chão.

Depois, quando ele estava pegando no sono:

— Dick, ele está tendo pesadelos também.

— Pesadelos? — sussurrou ele.

— Pesadelos. Ouvi ele gemendo durante o sono duas ou três vezes quando desci para ir ao banheiro à noite. Não queria acordá-lo. É besteira, mas minha avó dizia que você pode deixar uma pessoa louca se a acordar no meio de um pesadelo.

— Ela era polaca, não era?

— Polaca, é, polaca. Que delicadeza!

— Você sabe o que eu quero dizer. Por que não usa o banheiro de cima? — Ele mesmo o fazia há dois anos.

— Você sabe que a descarga sempre o acorda — disse ela.

— Então, não dê a descarga.

— Isso é nojento, Dick.

Ele suspirou.

— Às vezes, quando entro no quarto, ele está suando. E os lençóis estão molhados.

Ele riu no escuro.

— Imagino.

— Será que *aquilo*... oh. — Ela lhe deu um tapinha de leve. — Isso também é nojento. Além do mais, ele só tem 13 anos.

— Catorze mês que vem. Não é tão novo assim. Talvez um pouco precoce, mas não tão novo.

— Quantos anos você tinha?

— Catorze ou 15. Não me lembro bem. Mas lembro que acordei achando que tinha morrido e ido para o paraíso.

— Mas você era mais velho do que Todd.

— Todas essas coisas estão acontecendo mais cedo. Deve ser o leite... ou o flúor. Sabia que há absorventes higiênicos em todos os banheiros de meninas na escola que construímos em Jackson Park no ano passado? E é *escola de ensino fundamnetal*. A média de idade das alunas é 11 anos agora. Quantos anos você tinha quando ficou pela primeira vez?

— Não me lembro — disse ela. — Só sei que os sonhos de Todd não parecem que... que ele morreu e foi para o paraíso.

— Já lhe perguntou alguma coisa a respeito?

— Uma vez. Há cerca de seis semanas. Você estava jogando golfe com o chato do Ernie Jacobs.

— O chato do Ernie Jacobs vai ser meu sócio por volta de 1977, se não sumir com a compridona da sua secretária loura até lá. Além do mais, paga todas as taxas do campo. O que Todd disse?

— Que não lembrava. Mas uma espécie de... abatimento cobriu seu rosto. Acho que ele *lembrava*, sim.

— Monica, não lembro tudo de minha querida e passada juventude, mas uma coisa que lembro é que os sonhos eróticos nem sempre são agradáveis. Na verdade, podem ser muito desagradáveis.

— Por quê?

— Culpa. Todos os tipos de culpa. Algumas podem vir da infância, quando lhe ensinaram que molhar a cama é errado. Depois há a questão sexual. Quem sabe por que se tem um sonho erótico? Por encostar numa mulher no ônibus? Por ver as calcinhas de uma garota na sala de leitura? Não sei. O único de que me lembro realmente foi quando pulei de um trampolim enorme na piscina da ACM num dia de aula mista e perdi o calção quando bati na água.

— Você ficou excitado com isso? — perguntou ela, dando uma risadinha.

— Fiquei. Por isso, se o garoto não quiser falar sobre seus problemas sexuais, não o force.

— Poxa, fizemos o melhor possível para criá-lo sem todas essas culpas desnecessárias.

— É impossível fugir delas. Ele as pega na escola como os resfriados que costumava pegar no primeiro ano. Com os amigos, ou pela maneira como os professores falam de certos assuntos, cheios de rodeios. Provavelmente pegou-as do meu pai também: "Não pegue nele à noite, Todd, senão sua mão vai ficar cheia de cabelos, você vai ficar cego, começar a perder a memória e depois de um tempo seu negócio vai ficar preto, podre e cair. Por isso, tenha cuidado, Todd."

— Dick Bowden! Seu pai nunca...

— Nunca? Ele *fez* isso. Da mesma forma que sua avó polaca lhe disse que acordar uma pessoa no meio de um pesadelo pode deixá-la louca. Ele também me dizia para sempre limpar o tampo do vaso de um banheiro público para não pegar "os germes de outras pessoas". Acho que era a maneira que usava para dizer sífilis. Aposto que sua avó mandou essa para você também.

— Não, minha mãe — disse ela desatenta. — E me disse para sempre dar a descarga. É por isso que vou lá embaixo.

— Mesmo assim me acorda — murmurou Dick.

— O quê?

— Nada.

Dessa vez, ele já estava mesmo passando a soleira do sono quando ela falou seu nome novamente.

— *O quê?* — perguntou um pouco impaciente.

— Você não acha... ah, deixa para lá. Vá dormir de novo.

— Não, continue, acabe. Estou acordado de novo. Eu não acho o quê?

— Aquele senhor. Sr. Denker. Você não acha que Todd o está vendo demais? Talvez ele... ah, não sei... esteja enchendo a cabeça de Todd de histórias.

— Os verdadeiros horrores — disse Dick. — O dia em que a Essen Motor Works ficou deficitária. — Ele deu um risinho abafado.

— Foi só uma ideia — disse ela um pouco áspera. Puxou as cobertas ao virar-se para o outro lado. — Desculpe tê-lo incomodado.

Ele colocou a mão em seu ombro nu.

— Vou lhe dizer uma coisa, querida — ele parou por um momento, pensando bem, escolhendo as palavras. — Também me preocupo com Todd algumas vezes. Não pelos mesmos motivos que você, mas preocupação é preocupação, certo?

Virou-se para ele.

— Por quê?

— Bem, minha educação foi bem diferente da de Todd. Meu pai tinha a loja. Chamavam ele de Vic, o Comerciante. Tinha um livro no qual anotava os nomes das pessoas que lhe deviam e quanto deviam. Sabe como o chamava?

— Não. — Dick raramente falava de sua infância; ela sempre achara que era porque não tinha sido feliz. Prestou bastante atenção.

— De Livro da Mão Esquerda. Dizia que a mão direita estava ocupada, mas a mão direita nunca deveria saber o que a esquerda estava fazendo. Dizia que se ela soubesse, provavelmente pegaria um cutelo de açougueiro e cortaria a mão esquerda.

— Nunca me contou isso.

— É, eu não gostava muito do velho quando nos casamos, e a verdade é que ainda não consigo gostar. Não conseguia entender por que eu tinha que usar calças da caixa de doações enquanto a sra. Mazursky sempre comprava presunto fiado com a velha história de que seu marido voltaria a trabalhar na próxima semana. O único trabalho que aquele bêbado idiota do Bill Mazursky sabia fazer era segurar uma garrafa de moscatel de 12 centavos para ela não fugir.

"Tudo o que eu queria naquela época era sair da vizinhança e da vida de meu pai. Por isso tirava notas altas, praticava esportes de que não gostava e consegui uma bolsa de estudos na UCLA. E procurava sempre estar entre os dez primeiros, porque o único Livro da Mão Esquerda que as faculdades tinham naquela época era para os soldados que estavam na guerra. Meu pai me mandava dinheiro para os livros, mas o único dinheiro que recebi dele além desse foi quando escrevi para casa em pânico porque ia levar pau em Francês. Conheci você. E mais tarde descobri através do sr. Halleck, que morava no mesmo quarteirão, que meu pai tinha hipotecado o carro para arranjar aqueles duzentos dólares.

"Agora, tenho você, e temos Todd. Sempre o achei um menino incrível e sempre tentei estar atento para que ele tivesse tudo o que precisasse... tudo que o ajudasse a se tornar um homem incrível. Sempre ria daquela piada do homem que queria que o filho fosse melhor que ele, mas, à medida que vou ficando mais velho, ela parece menos engraçada e mais verdadeira. Nunca quis que Todd usasse calças da caixa de doações porque a mulher de um bêbado qualquer comprou presunto fiado. Entende?"

— Sim, claro — disse ela tranquilamente.

— Então, há uns dez anos, pouco antes de meu pai se cansar de lutar contra os caras que queriam reurbanizar a cidade e finalmente se aposentar, teve um pequeno derrame. Ficou no hospital durante dez dias. E as pessoas da vizinhança, os italianos, os alemães e até uns negros que começaram a se mudar para lá em 1955 mais ou menos... pagaram a conta. Cada centavo de merda. Não acreditei. Mantiveram a loja aberta também. Fiona Castellano e mais quatro ou cinco amigas que estavam sem emprego se revezavam. Meu velho voltou e estava com todas as contas em ordem.

— Uau — disse ela suavemente.

— Sabe o que ele me disse? Meu velho? Que sempre teve medo de envelhecer... de ficar doente e apavorado, e tudo isso sozinho. De ter que ir para o hospital e não poder pagar mais nada. De morrer. Disse que depois do derrame não tinha mais medo. Disse que já podia morrer bem. "Você quer dizer morrer feliz, papai?", eu perguntei a ele. "Não", disse ele. "Não acho que ninguém morre feliz, Dickie." Sempre me chamava de Dickie, ainda chama, e isso é outra coisa que acho que nunca vou conseguir gostar. Disse que achava que ninguém morria feliz, mas podia-se morrer bem. Isso me impressionou.

Ficou em silêncio por um longo tempo, pensativo.

— Nos últimos cinco ou seis anos, consegui entender melhor meu pai. Talvez porque ele esteja lá em San Remo, longe de mim. Comecei a achar que O Livro da Mão Esquerda não era uma ideia tão ruim. Foi quando comecei a me preocupar com Todd. Queria tentar dizer a ele que a vida é mais do que podermos ir juntos para o Havaí ou eu poder lhe dar calças caras. Não sei como dizer isso a ele. Mas acho que talvez ele saiba. Isso tira um peso da minha consciência.

— Você fala das visitas ao sr. Denker?

— Exatamente. Não recebe nada fazendo isso. Denker não pode pagá-lo. Ele é um velho, a quilômetros de distância dos amigos e parentes que ainda possam estar vivos, ele é tudo o que meu pai sempre teve medo de ser. Do outro lado está Todd.

— Nunca pensei dessa maneira.

— Já percebeu como Todd fica quando falamos com ele sobre o velho?

— Fica muito calado.

— Claro. Ele fica mudo e sem graça, como se estivesse fazendo alguma coisa feia. Como meu pai ficava quando alguém tentava agradecer-lhe por lhe dar crédito. Somos a mão direita de Todd, é isso. Você, eu e tudo o mais: a casa, as viagens a Tahoe para esquiar, o Thunderbird na garagem, a TV em cores. Tudo isso é a mão direita. E ele não quer que saibamos o que a mão esquerda está tramando.

— Então você não acha que ele anda visitando demais o sr. Denker?

— Meu bem, veja as notas dele! Se estivessem caindo, eu seria o primeiro a dizer: "Ei, calma lá, não vamos passar dos limites." Suas notas seriam as primeiras a refletir o problema. Como andam?

— Boas como sempre, depois daquele trimestre.

— Então por que estamos nos preocupando? Olhe, tenho uma reunião amanhã às nove. Se eu não dormir um pouco, vou ficar desatento.

— Claro, durma — disse ela condescendente e, quando ele virou para o outro lado, ela lhe deu um beijo no ombro. — Eu te amo.

— Também te amo — disse ele tranquilo, e fechou os olhos. — Está tudo bem, Monica. Você se preocupa demais.

— Eu sei. Boa noite.

Dormiram.

— Para de ficar olhando pela janela. Não tem nada lá fora que lhe interesse — disse Dussander.

Todd olhou-o mal-humorado. Seu livro de História estava aberto em cima da mesa, exibindo uma foto colorida de Teddy Roosevelt no alto da Colina de San Juan. Cubanos impotentes estavam caídos aos pés do cavalo de Teddy. Ele tinha um largo sorriso americano nos lábios, o sorriso de um homem que sabe que Deus está do seu lado e tudo está perfeito. Todd Bowden não estava sorrindo.

— Você gosta de ser um capataz de escravos, não é? — perguntou.

— Gosto de ser um homem livre — disse Dussander. — Estude.

— Vai tomar no cu.

— Se eu fosse garoto — disse Dussander — e dissesse uma coisa dessas, levaria um tapa na boca.

— Os tempos mudaram.

— Mudaram mesmo? — Dussander sorveu o bourbon. — Estude.

Todd encarou Dussander:

— Você é um canalha. Sabia?

— Estude.

— *Cala a boca!* — Todd fechou o livro com violência. Fez um barulho de rifle dentro da cozinha de Dussander. — Não vou conseguir estudar tudo mesmo. Não até o teste. Faltam cinquenta páginas dessa merda, toda a matéria até a Primeira Guerra Mundial. Vou fazer uma cola amanhã na sala de estudos.

— Não vai fazer uma coisa dessas! — disse Dussander, severamente.

— Por que não? Quem vai me impedir? Você?

— Garoto, você ainda não conseguiu entender o risco que estamos correndo. Você acha que gosto de mandar você ficar com esse nariz de fedelho sujo enfiado nos livros? — Sua voz aumentou, triunfante, questionadora, dominadora. — Acha que gosto de ficar ouvindo seus ataques de raiva, seus xingamentos infantis? "Vai tomar no cu" — imitou-

-o, furioso, com uma voz estridente e esganiçada que fez Todd ficar vermelho. — "Vai tomar no cu", e daí? Estou pouco ligando, vou amanhã se quiser.

— É, bem que você *gosta*! — respondeu Todd berrando. — É, você *gosta*. A única hora em que não fica igual a um zumbi é quando está no meu pé. Então vê se me larga um pouco, porra!

— Se pegarem você com cola, o que acha que vai acontecer? Para quem vão contar primeiro?

Todd olhou para as mãos com as unhas roídas e tortas e não disse nada.

— Quem?

— Ah, você sabe. Ed Galocha. Depois meus pais, eu acho.

Dussander assentiu.

— Eu também acho. Estude. Coloque essa cola na cabeça, que é onde tem que ficar.

— Odeio você — disse Todd com desânimo. — Odeio mesmo. — Mas abriu o livro de novo e Teddy Roosevelt lhe sorriu, Teddy entrando a galope no século XX com seu sabre na mão e os cubanos derrotados caindo perante ele; possivelmente perante a força de seu bravo sorriso americano.

Dussander voltou a embalar-se. Segurava a caneca de bourbon nas mãos.

— É um bom menino — disse quase com ternura.

Todd teve seu primeiro sonho erótico na última noite de abril, e despertou com o barulho da chuva sussurrando secretamente por entre as folhas e galhos da árvore do lado de fora de sua janela.

No sonho, estava num dos laboratórios de Patin. Estava em pé diante de uma mesa comprida e baixa. Uma garota jovem e exuberante, de estonteante beleza, estava presa nessa mesa com braçadeiras. Dussander o ajudava. Usava apenas um avental branco de açougueiro. Quando virou-se para ligar o equipamento, Todd pôde ver suas nádegas esqueléticas comprimidas uma contra a outra como pedras brancas disformes.

Entregou uma coisa a Todd, uma coisa que reconheceu imediatamente embora nunca a tivesse visto na realidade. Era um consolo. A ponta era de metal polido, cintilante sob a luz fluorescente que vinha do alto, como frio cromo. O consolo era oco. De dentro, saía um fio elétrico preto ligado a um bulbo de borracha vermelha.

— Vá em frente — dizia Dussander. — O Fuehrer diz que não há problemas. É seu prêmio por estudar.

Todd olhou para baixo e viu que estava nu. Seu pênis pequeno estava completamente ereto, projetando-se dos finos pelos pubianos alourados. Cobriu-o com o consolo. O encaixe era apertado, mas parecia ter uma espécie de lubrificante. A fricção era agradável. Não; era mais que agradável. Era deliciosa.

Olhou a garota na mesa e sentiu uma estranha transição em seu modo de pensar... como se tudo tivesse passado a ser normal. De repente tudo parecia perfeito. As portas tinham sido abertas. Passaria por elas. Pegou o bulbo de borracha vermelha com a mão esquerda, ajoelhou-se na mesa e parou por um instante, estudando o ângulo enquanto seu pênis formava seu próprio ângulo vertical, partindo de seu corpo frágil de menino.

Distante, vagamente, ouvia Dussander relacionando:

— Teste número 84. Eletricidade, estímulo sexual, metabolismo. Baseado nas teorias de reforço negativo de Thyssen. O sujeito é uma jovem judia de aproximadamente 16 anos de idade, sem cicatrizes, sem marcas identificadoras, nenhuma disfunção...

Ela gritou quando a ponta do pênis tocou-a. Todd achou o grito agradável, assim como suas infrutíferas tentativas para libertar-se, ou, se possível, fechar as pernas pelo menos.

É isso que não podem mostrar naquelas revistas sobre a guerra, pensou ele, mas aqui está, de qualquer maneira.

Repentinamente investiu contra ela sem piedade. Ela deu um grito estridente.

Depois da luta inicial e do esforço para expulsá-lo, ficou completamente parada, aguentando. O interior lubrificado do consolo pressionava e comprimia o seu pênis. Delicioso. Paradisíaco. Seus dedos brincavam com o bulbo de borracha na mão esquerda.

Distante, Dussander relacionava o pulso, pressão sanguínea, respiração, ondas alfa, ondas beta, pulsação.

Quando o clímax começou a se formar dentro dele, Todd ficou completamente parado e apertou o bulbo. Os olhos dela, que estavam fechados, abriram-se, saltados. Sua língua tremeu dentro da cavidade rosa de sua boca. Seus braços e pernas agitaram-se. Mas o verdadeiro efeito foi em seu torso, que subia e descia, vibrando cada músculo.

(ah, cada músculo, cada músculo move-se, contrai-se, aperta cada)
cada músculo e a sensação do clímax foi
(êxtase)
oh foi, foi

(os relâmpagos anunciando o mundo desabando lá fora)

Acordou com esse barulho e o barulho da chuva. Estava encolhido no canto da cama, seu coração batia como se fosse um piloto de corridas. A parte inferior de sua barriga estava coberta de um líquido quente e espesso. Sentiu um pânico repentino ao achar que estava sangrando e poderia morrer... e então percebeu o que era *na realidade*, e sentiu náuseas e repulsa. Sêmen. É. Porra. Leite. Palavras escritas em cercas, depósitos de lixo e nas paredes dos banheiros dos postos de gasolina. Não queria nada daquilo.

Suas mãos fecharam-se inutilmente. O clímax do sonho voltou à lembrança, sem vida, sem sentido, amedrontador. Seus nervos ainda tremiam, começando a relaxar. Aquela cena final, já longe na memória, fora nojenta e um pouco compulsiva, como uma mordida numa fruta tropical desconhecida que você percebe (tarde demais) que só estava tão doce porque estava podre.

Então compreendeu. O que tinha que fazer.

Só havia uma maneira de voltar a ser o que era. Teria que matar Dussander. Era o único jeito. A brincadeira acabara; as histórias haviam chegado ao final. Era uma questão de sobrevivência.

— É matá-lo e tudo isso acaba — sussurrou na escuridão, enquanto a chuva caía lá fora e o sêmen secava em sua barriga. Sussurrando, parecia mais real.

Dussander sempre guardava alguns dedos de bourbon numa prateleira em cima da íngreme escada para o porão. Ele ia até a porta, abria (já meio cambaleante, na maioria das vezes) e descia dois degraus. Depois, inclinava-se para a frente, colocava uma das mãos na prateleira e com a outra segurava a garrafa nova pelo gargalo. O chão do porão não era cimentado, mas o chão de terra era bem compacto e Dussander, com a eficiência de uma máquina que Todd agora achava mais prussiana que germânica, lubrificava-o uma vez a cada dois meses para que os insetos não se reproduzissem. Com cimento ou sem cimento, ossos velhos quebram-se facilmente. E velhos sofrem acidentes. A autópsia indicaria que o "sr. Denker" estava em coma alcoólico quando "caiu".

O que aconteceu, Todd?

Ele não abriu a porta, então usei a chave que ele me deu. Às vezes, ele dorme. Fui até a cozinha e vi que a porta do porão estava aberta. Desci as escadas e ele... ele...

Depois, claro, lágrimas.

Funcionaria.

Voltaria a ser o que era.

Por um longo tempo, Todd ficou acordado no escuro, ouvindo os trovões irem se afastando a oeste, estourando sobre o Pacífico, ouvindo o secreto barulho da chuva. Achava que ia ficar acordado o resto da noite, pensando e pensando. Mas adormeceu poucos minutos depois e dormiu sem sonhar, com uma das mãos embaixo do queixo. Acordou no dia 1º de maio completamente descansado depois de meses.

11

Maio, 1975.

Para todd, aquela sexta-feira foi a mais longa de sua vida. Ficou sentado durante as aulas, uma atrás da outra, sem ouvir nada, esperando apenas os últimos cinco minutos, quando o professor ou a professora pegaria a pequena pilha de Boletins de Bomba e os distribuiria. Cada vez que um professor se aproximava da mesa de Todd com aquela pilha de boletins, ele ficava gelado. Cada vez que ele ou ela passavam sem parar, sentia ondas de vertigem e ficava quase histérico.

Álgebra era o pior. Storrman aproximou-se... hesitou... e quando Todd convenceu-se de que passaria direto, colocou um Boletim de Bomba de cabeça para baixo em cima da mesa de Todd. Todd olhou para ele gelado, sem nenhum sentimento. Agora que tinha acontecido, estava apenas gelado. *E, é isso aí*, pensou ele. *Sem solução. A menos que Dussander consiga pensar em outra coisa. E tenho minhas dúvidas.*

Sem muito interesse, virou o Boletim de Bomba para ver por quanto não tirara um C. Devia ter chegado perto, mas o velho Stony Storrman era conhecido por não dar chance a ninguém. Viu que os quadros de notas estavam completamente em branco — tanto o quadro de notas quanto o quadro de conceitos. Na parte de comentários, estava escrita a seguinte nota: *Estou muito feliz por não precisar lhe dar um DE VERDADE! Storrman.*

A vertigem voltou, mais violenta dessa vez, rugindo dentro de sua cabeça, dando-lhe a sensação de que era um balão de gás. Agarrou a borda da mesa com toda a força que tinha, mantendo com obsessiva firmeza um único pensamento: *Você não vai desmaiar, não vai desmaiar, não vai desmair.* Aos poucos, as ondas de vertigem foram passando, e teve que controlar um ímpeto de sair correndo por entre as mesas, pegar Storrman, virá-lo e arrancar seus olhos com o lápis que acabara de apontar e tinha nas mãos. E em meio a isso tudo, seu rosto permanecia completamente neutro. O único sinal de que aquilo estava acontecendo era uma leve contração espasmódica numa pálpebra.

Nesse dia, saíram 15 minutos antes da hora. Todd caminhou devagar em direção ao estacionamento de bicicletas, cabisbaixo, as mãos enfiadas nos bolsos, os livros embaixo do braço direito, alheio às crianças que corriam e gritavam. Colocou os livros na cesta da bicicleta, destrancou a Schwinn e foi-se embora. Em direção à casa de Dussander.

Hoje, pensou. *Hoje é seu dia, velho.*

— Então — disse Dussander, colocando bourbon na caneca quando Todd entrou na cozinha — o acusado retorma do banco de réus. Qual foi o veredicto, prisioneiro? — Estava com o roupão de banho e meias de lã felpudas que vinham até o meio das canelas. Com meias assim, pensou Todd, seria fácil escorregar. Olhou a garrafa de bourbon que Dussander estava tomando. Faltavam três dedos para acabar.

— Nenhum D nem F nem Boletim de Bomba — disse Todd. — Ainda tenho que melhorar algumas notas em junho, mas talvez só precise conseguir a média. Só vou tirar A e B este trimestre, se continuar estudando.

— Ora, vai continuar sim — disse Dussander. — Nós nos encarregaremos disso. — Bebeu e colocou mais bourbon na caneca. — Essa é para comemorar. — Sua fala estava um pouco confusa... quase não se percebia, mas Todd viu que o velho idiota estava bêbado como sempre. Sim, hoje. Teria que ser hoje.

Mas estava calmo.

— Comemorar uma merda — disse para Dussander.

— Acho que ainda não vieram entregar o caviar e as trufas — disse Dussander ignorando-o. — Não se pode contar com um favor hoje em dia. Que tal alguns biscoitos com queijo enquanto esperamos?

— Pode ser — disse Todd. — Qualquer coisa.

Dussander levantou-se (um dos joelhos esbarrou na mesa, fazendo-o desequilibrar-se) e cruzou a cozinha em direção à geladeira. Tirou o queijo, pegou uma faca na gaveta e as bolachas que estavam dentro de uma lata.

— Tudo cuidadosamente injetado de ácido prússico — disse a Todd enquanto colocava o queijo e as bolachas na mesa. Riu, e Todd viu que estava sem a dentadura de novo. Mesmo assim, Todd correspondeu ao sorriso.

— Você está tão calado hoje! — exclamou Dussander. — Esperava que você voltasse dando cambalhotas desde o hall. — Esvaziou a garrafa de bourbon na caneca, bebeu, estalou os lábios.

— Acho que ainda estou paralisado — disse Todd. Mordeu um biscoito. Há muito deixara de recusar a comida de Dussander. Ele achava que havia uma carta com um dos amigos de Todd... não havia, claro; tinha amigos, mas não confiava em nenhum *tanto* assim. Achava que Dussander já imaginara isso há muito tempo, mas sabia que Dussander não ousaria tirar a prova para correr um risco tão extremo como a morte.

— Sobre o que falaremos hoje? — indagou Dussander, bebendo o último gole. — Vou lhe dar um dia de descanso dos estudos. Que tal? Hein? Hein? — Quando bebia, seu sotaque ficava mais acentuado. Era um sotaque que Todd passara a odiar. Agora, não sentia raiva do sotaque; não sentia raiva de nada. Sentia uma calma no corpo inteiro. Olhou as mãos, as mãos que dariam o empurrão, e estavam iguais ao que sempre foram. Não tremiam. Estavam calmas.

— Para mim tanto faz — disse ele. — Sobre o que você quiser.

— Devo lhe contar sobre o sabão especial que fazíamos? Nossas experiências com homossexualismo imposto? Talvez você prefira saber como escapei de Berlim depois de ter cometido a insensatez de voltar. Essa é mais recente, posso contá-la. — Passou a mão na face com a barba malfeita e riu.

— Qualquer coisa — disse Todd. — Mesmo. — Observou Dussander examinar a garrafa vazia e depois levantar-se com ela em uma das mãos. Jogou-a na lata de lixo.

— Não, acho que nenhuma dessas — disse Dussander. — Parece que você não está com vontade. — Ficou parado, reflexivo, perto da lata de lixo e então cruzou a cozinha até a porta do porão. Suas meias de lã faziam um chiado em contato com o linóleo. — Acho que hoje vou lhe contar a história de um velho que tinha medo.

Dussander abriu a porta do porão. E ficou de costas para a mesa. Todd levantou-se devagar.

— Ele tinha medo — continuou Dussander — de um certo jovem, que, de uma maneira excêntrica, era seu amigo. Um menino esperto. Sua mãe chamava-o de "aluno inteligente", e o velho já tinha descoberto que ele era um aluno inteligente... embora talvez não da maneira que sua mãe achava.

Dussander tentou desajeitadamente ligar o interruptor elétrico antigo com seus dedos nodosos e desajeitados. Todd caminhou — quase deslizando — pelo linóleo, sem pisar em nenhum dos lugares que estalavam ou rangiam. Já conhecia essa cozinha tão bem quanto a sua. Talvez melhor.

— No começo o menino não era amigo do velho — disse Dussander. Finalmente conseguiu ligar o interruptor. Desceu o primeiro degrau com o cuidado de um bêbado veterano. — No começo o velho não gostava nem um pouco do menino. Depois começou a... a apreciar sua companhia, embora ainda houvesse um fator de grande antipatia. — Estava olhando a prateleira, mas ainda segurava o parapeito. Todd, calmo... não, agora estava *frio*. Parou atrás dele e calculou as chances de dar um forte empurrão e fazê-lo soltar-se do parapeito. Decidiu esperar que ele se inclinasse para a frente.

— Parte desse sentimento do velho vinha de uma sensação de igualdade — continuou Dussander pensativo. — Cada um mantinha o outro sob ameaça de morte. Cada um sabia um segredo do outro. Depois... ah, depois ficou claro para o velho que as coisas estavam mudando. Sim. Estava perdendo o controle... parcial ou total, dependendo de quão desesperado o garoto estivesse, e de sua inteligência. Numa longa noite de insônia, o velho percebeu que seria melhor readquirir o controle sobre o garoto. Para sua própria segurança.

Dussander soltou a beirada e debruçou-se sobre a íngreme escada do porão, mas Todd continuou completamente parado. A frieza intensa começou a passar, sendo substituída por uma onda enrubescedora de raiva e atordoamento. Quando Dussander pegou a garrafa nova, Todd pensou perversamente que o porão do velho era o mais fedorento da cidade. O cheiro que vinha lá de baixo era como se tivesse alguma coisa morta ali.

— Então o velho levantou-se da cama na mesma hora. Quanto dorme um velho? Muito pouco. E sentou-se à sua pequena escrivaninha, pensando como tinha envolvido o garoto nos seus crimes. Pensava como o garoto tinha dado duro para melhorar suas notas. E que agora, quando suas notas já estavam como sempre tinham sido, não teria mais necessidade do velho vivo. E se o velho morresse, o garoto estaria livre.

Virou-se segurando a garrafa de bourbon pelo gargalo.

— Ouvi você se mexer, você sabe — disse quase gentil. — Desde que puxou a cadeira para trás ao levantar-se. Não é tão discreto quanto imagina, garoto. Pelo menos, ainda não.

Todd não disse nada.

— Então... — Dussander pisou outra vez na cozinha, fechando com firmeza a porta do porão atrás de si. — O velho escreveu tudo, *nicht wahr?* Da primeira à última palavra. Quando finalmente terminou, já era quase de manhã e sua mão estava dolorida da artrite... a *verdammt* artrite... mas sentia-se bem pela primeira vez depois de muitas semanas. Sentia-se seguro. Voltou para a cama e dormiu até de tarde. Se dormisse mais um pouco, teria perdido seu programa favorito, *General Hospital.*

Sentou-se novamente na cadeira de balanço. Com um canivete de cabo de marfim, começou a cortar pacientemente o selo que havia em volta da tampa da garrafa de bourbon.

— No dia seguinte, o velho colocou seu melhor terno e foi até o banco em que tinha sua modesta conta bancária. Falou com um dos funcionários que respondeu a todas as perguntas do velho satisfatoriamente. Alugou um cofre. O funcionário explicou que o velho teria uma chave e o banco teria outra. Para abrir o cofre, as duas chaves seriam necessárias. Ninguém poderia usar a chave do velho sem uma carta de permissão assinada e autenticada. Com uma exceção.

Dussander riu sem os dentes diante da cara branca e inexpressiva de Todd Bowden.

— Essa exceção ocorre em caso de morte do proprietário do cofre — continuou ele. Ainda olhando para Todd, ainda rindo, Dussander colocou o canivete novamente no bolso do roupão, destampou a garrafa de bourbon e serviu nova dose na caneca.

— O que acontece então? — perguntou Todd rouco.

— O cofre é aberto na presença de um funcionário do banco e de um representante do Serviço de Renda Interna. É feito um inventário do conteúdo do cofre. Neste caso, acharão apenas um documento de 12 páginas. Que não será sujeito a taxações... mas muito interessante.

Os dedos de Todd deslocaram-se lentamente uns em direção aos outros e entrelaçaram-se com força.

— Não pode fazer isso — disse ele com uma voz chocada e incrédula. Era a voz de uma pessoa que observa outra andando no teto. — Não pode... não pode fazer isso.

— Meu garoto — disse docemente —, eu já fiz.

— Mas... eu... você... — Sua voz adquiriu um tom de uivo desesperado. — Você é *velho*! Não sabe que é *velho*? Pode morrer! *Pode morrer a qualquer hora!*

Dussander levantou-se. Dirigiu-se até um dos armários da cozinha e pegou um pequeno copo. Era um copo de geleia. Tinha desenhos de personagens de histórias em quadrinhos na borda. Todd reconheceu todos — Fred e Wilma Flintstone, Barney e Betty, Pedrita e Bam-Bam. Tinha crescido com eles. Observou Dussander limpar o copo quase que de modo cerimonioso com um pano de prato. Observou Dussander colocá-lo em frente a ele. Observou Dussander colocar um dedo de bourbon dentro dele.

— Para que é isso? — murmurou Todd. — Eu não bebo. Beber é coisa de vagabundos alcoólatras como você.

— Levante o copo, garoto. É uma ocasião especial. Hoje você vai beber.

Todd olhou-o por um momento e ergueu o copo. Dussander bateu elegantemente sua caneca de cerâmica contra ele.

— Vamos fazer um brinde, garoto... vida longa! Vida longa para nós dois! *Prosit!* — Bebeu o bourbon num só gole e então começou a rir. Embalava-se para a frente e para trás batendo os pés calçados de meias no chão, rindo, e Todd achou que ele nunca parecera tanto um abutre, um abutre num roupão de banho, uma fera nojenta e repugnante.

— Odeio você — sussurrou, e Dussander começou a engasgar-se com a própria risada. Seu rosto ficou vermelho como um tijolo; parecia que estava tossindo, rindo e engasgando-se ao mesmo tempo. Todd, amedrontado, levantou-se depressa e começou a bater-lhe nas costas até que o ataque de tosse passasse.

— *Danke schön* — disse ele. — Beba sua bebida. Vai lhe fazer bem.

Todd bebeu. Tinha um gosto ruim de remédio de gripe e lhe queimou a garganta.

— Não consigo acreditar que você beba essa merda o dia inteiro — disse ele, colocando o copo de volta na mesa e sacudindo os ombros. — Devia parar de beber. De beber *e* de fumar.

— Sua preocupação com minha saúde me emociona — disse Dussander. Tirou um maço de cigarros amassado do mesmo bolso do roupão no qual o canivete desaparecera. — Também me preocupo com seu bem-estar, garoto. Quase todos os dias, leio nos jornais que um ciclista morreu num cruzamento perigoso. Devia parar de andar de bicicleta. Devia caminhar. Ou pegar ônibus, como eu.

— Por que não vai se foder? — explodiu Todd.

— Meu garoto — disse Dussander servindo mais bourbon e começando a rir de novo —, estamos os dois fodidos, não sabia?

Um dia, cerca de uma semana depois, Todd estava sentado numa plataforma desativada na antiga estação de trem. Atirava pedaços de carvão, um de cada vez, nos trilhos enferrujados e cobertos de mato.

Por que não deveria matá-lo, afinal?

Como fosse um menino lógico, a resposta lógica veio primeiro. Não havia motivos. Mais cedo ou mais tarde, Dussander morreria, e, devido aos seus vícios, seria logo. Se matasse o velho ou se ele tivesse um enfarte no banheiro, tudo seria revelado. Pelo menos, teria prazer de torcer o pescoço do velho abutre.

Mais cedo ou mais tarde — aquela frase contrariava a lógica.

Talvez seja mais tarde, pensou Todd. *Com ou sem cigarros, com ou sem bebidas, era um velho canalha resistente. Já durou tudo isso, logo... logo, talvez seja mais tarde.*

Vindo de debaixo dele, ouviu um resfolego indefinível.

Todd ficou em pé de um salto, jogando o punhado de carvões que segurava no chão. Ouviu de novo o resfolego.

Parou, prestes a correr, mas o barulho não se repetiu. A 900 metros dali, uma autoestrada de oito pistas estendia-se em direção ao horizonte sobre esse beco sem saída em ruínas e cheio de mato com seus prédios desertos, suas cercas enferrujadas e suas plataformas estragadas e deformadas. Os carros na autoestrada brilhavam ao sol como exóticos besouros de casco duro. Oito pistas de tráfego lá em cima e aqui embaixo apenas Todd, alguns pássaros... e o que quer que tenha resfolegado.

Cuidadosamente, abaixou-se com as mãos nos joelhos e olhou embaixo da plataforma. Havia um bêbado deitado ali em meio ao mato, latas vazias e garrafas velhas empoeiradas. Era impossível dizer sua idade; Todd estimou qualquer coisa entre 30 e 400 anos. Estava vestido com uma camiseta surrada coberta de vômito endurecido, calças verdes extremamente grandes para ele e sapatos cinza de couro rachado em diversos lugares. As rachaduras pareciam bocas abertas em agonia. Todd achou que tinha o mesmo cheiro do porão de Dussander.

Os olhos vermelhos do bêbado abriram-se lentamente e fixaram-se em Todd sem espanto, lacrimejantes. Enquanto isso, Todd pensou no canivete suíço que tinha no bolso, um modelo Angler. Tinha-o comprado numa loja de esportes em Redondo Beach quase um ano atrás. Podia ouvir a voz do vendedor que o havia atendido: *Não poderia ter escolhido um canivete melhor do que esse, meu filho — um canivete como esse pode salvar sua vida um dia. Vendemos 1.500 canivetes suíços por ano.*

Mil e quinhentos por ano.

Colocou a mão no bolso e segurou o canivete. Via em sua mente Dussander abrindo lentamente com seu canivete o selo em volta do gargalo da garrafa de bourbon. Um instante depois, percebeu que estava tendo uma ereção.

Uma onda de terror gelado invadiu-o.

O bêbado passou uma das mãos sobre os lábios ressecados e depois molhou-os com a língua que a nicotina tornara permanentemente amarelada.

— Tem um dinheirinho aí, garoto?

Todd olhou-o inexpressivo.

— Tenho que ir para Los Angeles. Preciso de dez *cents* a mais para o ônibus. Tenho um compromisso. Tenho uma oportunidade de trabalho. Um bom garoto como você deve ter dez *cents*. Talvez tenha 25.

Sim, poderia limpar uma droga de um peixe com um canivete como esse... porra, poderia limpar uma droga de um peixe-vela se precisasse. Todas as lojas de esportes e artigos de exército e da marinha na América vendem esse canivete, e se decidisse usar esse para matar um bêbado velho sujo de merda, ninguém poderia identificá-lo, absolutamente NINGUÉM.

A voz do bêbado diminuiu; tornou-se um sussurro confidencial e tenebroso.

— Por um dólar, chupo seu pau de uma maneira que você nunca mais vai esquecer. Você ia ficar louco, garoto, você ia...

Todd tirou a mão do bolso. Não tinha certeza do que tinha dentro dela até abri-la. Duas moedas de 25 *cents*. Duas de cinco. Uma de dez. Algumas de um *cent*. Jogou-as para o bêbado e fugiu.

12

Junho, 1975.

Todd Bowden, agora com 14 anos, veio de bicicleta até a alameda da casa de Dussander e desceu o descanso. O *Times* de Los Angeles estava no último degrau; pegou-o. Olhou a campainha embaixo da qual os letreiros perfeitos que diziam ARTHUR DENKER e NÃO RECEBEMOS PEDINTES, VENDEDORES NEM CAIXEIROS-VIAJANTES ainda conservavam seus lugares. Não se preocupava mais com a campainha, claro; tinha sua chave.

Em algum lugar por perto, ouviu o barulho identificador do menino que cortava grama. Olhou a grama de Dussander e viu que precisava ser aparada; precisava dizer ao velho para mandar cortá-la. Dussander esquecia-se dos pequenos detalhes com mais frequência agora.

Talvez fosse a senilidade; talvez fosse apenas o efeito do álcool em sua cabeça. Isso era um pensamento adulto para um garoto de 14 anos, mas Todd não considerava mais tais pensamentos singulares. Tinha muitos pensamentos adultos ultimamente. A maioria não era tão brilhante.

Entrou.

Sentiu o habitual calafrio de medo ao entrar na cozinha e ver Dussander ligeiramente caído para o lado na cadeira de balanço, a caneca na mesa, uma garrafa de bourbon pela metade ao lado dela. Um cigarro queimando até o fim deixara uma cinza rendilhada numa tampa de maionese onde várias outras pontas haviam sido apagadas. A boca de Dussander estava aberta. Seu rosto, pálido. Suas grandes mãos balançavam largadas sobre os braços da cadeira. Não parecia estar respirando.

— Dussander — disse ele um pouco áspero. — Vamos, ânimo, Dussander.

Sentiu uma onda de alívio quando o velho estremeceu, piscou os olhos e finalmente endireitou-se na cadeira.

— É você? Tão cedo?

— Deixaram a gente sair mais cedo no último dia de aula — disse Todd. Apontou o resto do cigarro na tampa de maionese. — Um dia vai botar fogo na casa fazendo isso.

— Talvez — disse Dussander indiferente. Pegou desajeitadamente o maço de cigarros, tirou um (que quase rolou da beira da mesa até Dussander conseguir pegá-lo) e finalmente acendeu-o. Seguiu-se um longo acesso de tosse, e Todd estremeceu de repulsa. Quando o velho tinha esses acessos, Todd mais ou menos esperava que ele começasse a cuspir pedaços cinzentos, quase pretos, do pulmão na mesa... e provavelmente riria ao fazer isso.

Finalmente controlou a tosse o suficiente e conseguiu dizer:

— O que tem aí?

— O boletim.

Dussander pegou-o, abriu-o e segurou-o a distância para conseguir ler. Inglês... A. História da América... A. Ciências... B+. A Comunidade e Você... A. Francês Elementar... B-. Álgebra... B. Abaixou-o.

— Muito bom. Salvamos sua pele, garoto. Vai precisar aumentar alguma dessas médias na última coluna?

— Francês e Álgebra, mas não mais de oito ou nove pontos ao todo. Acho que nunca vão descobrir nada. E penso que devo isso a você. Não estou orgulhoso, mas é a verdade. Por isso, obrigado.

— Que discurso emocionante — disse Dussander, e começou a tossir novamente.

— Acho que não vou mais visitá-lo com tanta frequência de agora em diante — disse Todd, e Dussander parou de tossir abruptamente.

— Não? — disse gentilmente.

— Não — disse Todd. — Vamos para o Havaí dia 25 de junho e ficaremos um mês. Em setembro, vou para um colégio do outro lado da cidade. Esse negócio de equilíbrio racial.

— Ah, sim, os *Schwarzen* — disse Dussander, observando distraído uma mosca que andava em cima do oleado em xadrez vermelho e branco. — Por vinte anos, este país preocupou-se e reclamou dos *Schwarzen*. Mas sabemos a solução... não é, garoto? — Deu um sorriso desdentado para Todd e Todd olhou para baixo sentindo o antigo nó no estômago. Terror, ódio e o desejo de fazer algo tão terrível que só podia ser contemplado em seus sonhos.

— Olhe, pretendo entrar para a faculdade, caso você não saiba — disse Todd. — Sei que falta muito tempo, mas penso nisso. Sei até em que vou me formar. História.

— Excelente. Aquele que não aprende sobre o passado é...

— Ora, cale a boca — interrompeu-o Todd.

Dussander obedeceu amavelmente. Sabia que o garoto não estava satisfeito... ainda não. Sentou-se com as mãos cruzadas, olhando-o.

— Podia pegar a carta de volta com meu amigo — disse Todd subitamente. — Sabia? Poderia deixar você ler e me ver queimá-la. Se...

— ... se eu tirasse certo documento do meu cofre.

— Hum... é.

Dussander soltou um longo, violento e pesaroso suspiro.

— Meu garoto — disse ele. — Você ainda não entendeu a situação. Desde o começo, nunca entendeu. Em parte, porque você ainda é um garoto, mas não totalmente... desde o início você sempre foi um menino muito *adulto*. Não, a verdadeira culpa está na sua absurda autoconfiança americana que nunca permitiu que você analisasse as possíveis consequências do que estava fazendo... que não permite nem agora.

Todd começou a falar, e Dussander levantou uma das mãos inflexível, como se fosse, de repente, o mais antigo guarda de trânsito do mundo.

— Não, não me contradiga. É verdade. Faça isso se quiser. Deixe a casa, saia daqui, nunca mais volte. Posso detê-lo? Não. Claro que não posso. Divirta-se no Havaí enquanto eu fico aqui sentado nesta cozinha quente e cheirando a gordura, esperando para ver se os *Schwarzen* decidirão matar policiais e incendiar suas moradias de merda novamente este ano. Não posso impedi-lo, tanto quanto não posso impedir que eu envelheça um pouco a cada dia.

Olhou para Todd fixamente, tão fixamente que Todd desviou o olhar.

— Lá no fundo não gosto de você. Nada me faria gostar de você. Você se impôs. Você é um convidado indesejado em minha casa. Você me fez abrir criptas que talvez devessem ficar fechadas, porque descobri que alguns dos corpos foram enterrados vivos, e que certos corpos ainda têm algumas feridas.

"Você próprio se envolveu, mas devo ter pena de você por isso? *Gott im Himmel!* Você fez a sua cama; devo ter pena de você se dorme mal nela? Não... não tenho pena de você e não gosto de você, mas passei a respeitá-lo um pouco. Então não teste minha paciência fazendo-me explicar isso duas vezes. Poderíamos pegar nossos documentos e destruí-los aqui em minha cozinha. Ainda assim, não estaria terminado. Na verdade, não ficaríamos mais livres do que estamos neste minuto."

— Não estou entendendo.

— Não, porque nunca mediu as consequências do que você começou. Mas siga meu raciocínio, garoto. Se queimássemos nossas cartas aqui, em cima desta tampa de vidro, como saberia que você não fez uma cópia? Ou duas? Ou três? Na biblioteca, há uma máquina de xerox, com cinco *cents* qualquer um pode tirar uma cópia. Com um dólar você poderia espalhar cópias da minha ordem de execução por vinte quarteirões, em cada esquina. Mais de 3 quilômetros de ordens de execução, garoto! Pense nisso! Pode me dizer como eu saberia que não tinha feito isso?

— Eu... bem, eu... eu... — Todd percebeu que estava se confundindo e forçou-se a se calar. De repente sua pele ficou quente e sem nenhuma razão pegou-se lembrando de uma coisa que acontecera quando tinha 7 ou 8 anos. Ele e um amigo atravessaram engatinhando um aqueduto que passava por baixo da antiga estrada de ferro, fora da cidade. O amigo, mais magro que Todd, não teve problemas... mas Todd ficou preso. Tomou consciência, de repente, dos metros de pedra e terra sobre sua cabeça, todo aquele peso escuro, e quando um trem de carga com destino a Los Angeles passou lá em cima fazendo tremer a terra e o cano ondulado vibrar com um som baixo e mudo e de certa forma sinistro, começou a gritar e a lutar estupidamente, jogando-se para a frente, sacudindo as pernas, pedindo socorro. Finalmente conseguiu mover-se novamente, e quando no final saiu com muito esforço do cano, desmaiou.

Dussander acabara de mencionar uma teoria tão fundamental que nunca lhe passara pela cabeça. Podia sentir sua pele ficando cada vez mais quente e pensou: *Não vou chorar.*

— E como você iria saber que eu não fizera duas cópias para o cofre... que eu queimara uma e deixara a outra lá?

Preso. Estou preso como no cano daquela vez, e para quem vou pedir socorro agora?

Seu coração acelerou dentro do peito. Sentiu o suor brotar nas costas de suas mãos e na nuca. Lembrou-se de como tinha sido dentro do cano, o cheiro de água parada, a sensação do metal frio e estriado, de como tudo tremera quando o trem passara. Lembrou-se de como suas lágrimas tinham sido quentes e desesperadas.

— Mesmo que houvesse um terceiro imparcial a quem pudéssemos recorrer, sempre haveria dúvidas. O problema é insolúvel, garoto. Acredite.

Preso. Preso no cano. Sem saída dessa vez.

Sentiu tudo ficar cinza. *Não vou chorar. Não vou desmaiar.* Forçou-se a voltar.

Dussander tomou um longo gole e olhou Todd por sobre a borda da caneca.

— Agora vou lhe dizer duas coisas mais. Se sua culpa nesse negócio fosse descoberta, seu castigo seria bem pequeno. É até possível... não, mais que isso, *provável*... que nunca sairia nos jornais. Certa vez apavorei você com o reformatório, porque tive medo que você falasse tudo. Mas eu acreditava nisso? Não; usei isso como os pais usam o bicho-papão para convencer as crianças a vir para casa antes de anoitecer. Não acredito que o mandassem para lá, não neste país, onde espancam assassinos e os colocam nas ruas para matarem de novo, depois de passarem dois anos vendo TV em cores numa penitenciária.

"Mas de qualquer maneira arruinaria sua vida. Existem registros... e as pessoas falam. Sempre falam. Um escândalo tão destrutivo não pode ser esquecido; ele é engarrafado, como o vinho. E, claro, à medida que os anos passam, sua culpa cresce com você. Seu silêncio será mais prejudicial. Se a verdade viesse à tona hoje, as pessoas diriam: 'Mas ele é apenas uma criança!'... sem saber, como eu, que criança *adulta* você é. Mas o que diriam, garoto, se a verdade sobre mim, aliada ao fato de que você me conhecia desde 1974 *mas não disse nada*, se tornasse pública quando você estivesse no ensino médio? Isso seria ruim. Se isso fosse descoberto quando estivesse na faculdade seria um desastre. Um jovem iniciando-se em sua carreira... seria decisivo. Entende esse primeiro fato?"

Todd estava em silêncio, mas Dussander parecia satisfeito. Balançou a cabeça.

— Em segundo lugar — disse ele ainda balançando a cabeça —, não acredito que você *tenha* uma carta.

Todd tentou manter uma expressão impassível, mas ficou extremamente receoso de que seus olhos tivessem se arregalado com o choque. Dussander estudava-o avidamente e Todd, de repente, desprotegidamente, se deu conta de que aquele homem interrogara centenas, talvez *milhares* de pessoas. Era um especialista. Todd teve a sensação de que seu crânio virara um vidro e tudo aparecia em lampejos em grandes letras.

— Perguntava-me em quem você confiaria tanto. Quem são seus amigos... com quem você anda? A quem esse garoto, esse garotinho autossuficiente e friamente controlado, dedica sua lealdade? A resposta é: a ninguém.

Os olhos de Dussander brilhavam amarelos.

— Várias vezes analisei você e calculei as possibilidades. Conheço você e conheço bastante o seu caráter... não, não totalmente, porque um ser humano nunca pode conhecer tudo o que se passa no coração de um outro ser humano... mas sei muito pouco sobre o que você faz e quem você encontra fora desta casa. Então penso: "Dussander, existe uma chance de que você esteja errado. Depois de todos esses anos, você quer ser capturado e talvez assassinado porque julgou incorretamente um garoto? Talvez se fosse mais jovem teria corrido o risco, um risco muito grande. Acho muito estranho, sabe... à medida que uma pessoa envelhece, menos ela tem a perder em questões de vida e de morte... e, no entanto, ela se torna cada vez mais conservadora.

Olhou rigorosamente no rosto de Todd.

— Tenho mais uma coisa a dizer, depois, pode ir a hora que quiser. O que tenho a dizer é que, embora eu duvide da existência de sua carta, nunca duvide da existência da minha. *O documento que lhe descrevi existe.* Se eu morrer hoje... amanhã... tudo será revelado. *Tudo*.

— Então não há nada para mim — disse Todd. Soltou um risinho atordoado. — Não vê isso?

— Há sim. Os anos passarão. Com isso, seu controle sobre mim será cada vez menos importante, porque por mais que minha vida e minha liberdade sejam importantes para mim, os americanos... e sim, mesmo os israelenses... terão cada vez menos interesse em tomá-las.

— É? Então por que não libertam aquele tal de Hess?

— Se ele estivesse sob custódia única dos americanos (os americanos que colocam assassinos nas ruas depois de os espancarem) teria sido libertado — disse Dussander. — Os americanos vão permitir que os israelenses extraditem um homem de 80 anos para depois o enforcarem como enforcaram Eichmann? Acho que não. Não em um país onde colocam fotografias de bombeiros tirando gatos de cima de árvores nas primeiras páginas dos jornais das cidades.

"Não, seu controle sobre mim se tornará mais fraco do mesmo modo que o meu sobre você se tornará mais forte. Nenhuma situação é estática. E haverá uma época, se eu viver o bastante, em que eu chegarei à conclusão de que o que você sabe sobre mim não importa mais. Então destruirei o documento."

— Mas muitas coisas podem lhe acontecer nesse meio-tempo! Acidentes, doenças, moléstias...

Dussander deu de ombros.

— Haverá água, se Deus quiser, e a encontraremos, se Deus quiser, e a beberemos, se Deus quiser. O que acontece não depende de nós.

Todd olhou o velho por um longo instante — por um instante muito longo. Havia falhas nos argumentos de Dussander — tinha que haver. Uma saída, uma porta, ou para ambos ou para Todd sozinho. Uma forma de desistir: "Alto, pessoal, machuquei meu pé." Um conhecimento sombrio dos anos vindouros escondia-se em algum lugar atrás de seus olhos; sentia-o lá, esperando para nascer como pensamento consciente. Todos os lugares em que ia, tudo o que fazia...

Pensou num personagem de história em quadrinhos com uma bigorna suspensa sobre sua cabeça. Quando terminasse o ensino médio, Dussander teria 81 anos e não seria o fim; quando recebesse o diploma de bacharel, Dussander teria 85 e ainda sentiria que não estava muito velho, terminaria a tese de mestrado e se formaria no ano em que Dussander completaria 87 anos... e Dussander ainda não se sentiria seguro.

— Não — disse Todd atordoado. — O que você está me dizendo... não posso enfrentar isso.

— Meu garoto — disse Dussander gentilmente, e Todd ouviu pela primeira vez e com aversão nunca antes sentida o ligeiro sotaque que o velho imprimira à primeira palavra. — Meu garoto... você deve enfrentar a realidade.

Todd olhou fixamente para ele, sua língua dilatou-se e engrossou dentro da boca até que pareceu que ia encher sua garganta e sufocá-lo. Então virou-se e saiu aos tropeções da casa.

Dussander observou tudo isso sem nenhuma expressão, e quando a porta fechou-se com um estrondo e os passos do menino, que corria, cessaram, significando que havia subido na bicicleta, acendeu um cigarro. Não havia, é claro, nenhum cofre, nenhum documento. Mas o garoto acreditara que essas coisas existiam; tinha acreditado piamente. Estava salvo. Tinha terminado.

Mas não tinha terminado.

Naquela noite, ambos sonharam com assassinato, e ambos acordaram com um misto de terror e contentamento.

Todd acordou com a parte inferior da barriga pegajosa, agora uma coisa familiar. Dussander, velho demais para essas coisas, vestiu o uniforme da SS e deitou-se de novo, esperando seu coração desacelerar. O uniforme era de má qualidade, e já começava a ficar esgarçado.

No sonho de Dussander, ele finalmente alcançou o campo no alto do morro. O amplo portão abriu-se para ele e depois fechou-se com um ruído prolongado assentando-se nos trilhos de aço novamente quando passava. O portão e a cerca que rodeava o campo eram eletrificados. Seus perseguidores esqueléticos e nus jogaram-se contra a cerca em avalanches; Dussander ria deles e andava empertigado para a frente e para trás, o peito estufado, o boné aprumado no ângulo exato. O cheiro forte e ácido de carne queimada preenchia a atmosfera negra, e ele acordou no sul da Califórnia pensando em abóboras iluminadas e na noite em que os vampiros procuram a chama azul.

Dois dias antes da viagem dos Bowden para o Havaí, Todd voltou à estação de trens abandonada onde as pessoas no passado embarcaram em trens para São Francisco, Seattle e Las Vegas; onde, num passado ainda mais remoto, as pessoas embarcaram em bondes para Los Angeles.

Estava anoitecendo quando chegou lá. Na curva da autoestrada, a 900 metros de distância, os carros já exibiam suas luzes traseiras. Embora estivesse quente, Todd vestia uma jaqueta leve. Enfiada embaixo do cinto trazia uma faca de açougueiro enrolada numa toalha de mão. Comprara a faca numa loja de departamentos que vendia com desconto, uma das grandes, cercada por um grande estacionamento.

Olhou embaixo da plataforma onde o bêbado estivera no mês anterior. Sua cabeça girava, girava, mas girava sobre nada; tudo dentro dele naquele momento eram sombras negras sobre o negro.

O que encontrou foi o mesmo bêbado, ou possivelmente outro; todos eram muito parecidos.

— Ei! — disse Todd. — Ei! Você quer algum dinheiro?

O bêbado virou-se, piscando. Viu o sorriso largo e radiante de Todd e começou a sorrir também. Um minuto depois, a faca de açougueiro desceu, rangendo e rinchando, branca como cromo, partindo a bochecha direita coberta de pelos. O sangue jorrou. Todd podia ver a lâmina dentro da boca aberta do bêbado... então a ponta da faca tocou por um momento o canto esquerdo da boca forçando-a num sorriso insano e absurdo. Então era a faca que produzia o sorriso, ele cortava o bêbado como uma abóbora do Dia das Bruxas.

Deu 37 estocadas no bêbado. Ele contou. Trinta e sete, com o primeiro golpe, que entrou na bochecha do bêbado e transformou sua tentativa de sorriso num pavoroso arreganhar de dentes. O bêbado parou de tentar gritar após a quarta estocada. Parou de tentar livrar-se de Todd após a sexta. Então Todd entrou engatinhando debaixo da plataforma e terminou o serviço.

A caminho de casa, jogou a faca dentro do rio. Suas calças estavam manchadas de sangue. Enfiou-as na máquina de lavar e lavou-as com água fria. Ainda havia ligeiras manchas nas calças quando saíram da máquina, mas não preocuparam Todd. Sairiam com o tempo. Descobriu no dia seguinte que mal conseguia levantar o braço direito à altura do ombro. Disse ao pai que devia tê-lo torcido brincando de dar tiros com os garotos no parque.

— Vai melhorar no Havaí — disse Dick Bowden, bagunçando os cabelos de Todd; e realmente melhorou; quando voltaram para casa, estava completamente bom.

13

Era julho novamente.

Dussander, cuidadosamente vestido em um de seus três ternos (não o melhor), estava em pé no ponto de ônibus esperando o último ônibus para levá-lo para casa. Eram 22h45. Tinha ido ao cinema assistir a uma comédia leve e superficial que apreciara bastante. Estava num ótimo estado de espírito desde que recebera a correspondência da manhã. Havia um cartão-postal do garoto, uma fotografia em cores brilhante da praia de Waikiki com enormes hotéis brancos como osso ao fundo. No verso, uma breve mensagem.

Querido sr. Denker,

Cara, esse lugar é realmente incrível. Nado todos os dias. Meu pai pegou um peixe enorme e minha mãe pega na leitura (brincadeira). Amanhã, vamos visitar um vulcão. Vou tentar não cair lá dentro. Espero que esteja bem.

Saúde,

Todd

Ainda ria tenuemente do significado das últimas palavras, quando tocaram seu ombro.

— Senhor?

— Sim?

Virou-se, prevenido — mesmo em Santo Donato havia notícias de assaltos —, e recuou com o odor. Parecia uma combinação de cerveja, mau hálito, suor antigo e possivelmente *musterole*.* Era um mendigo de calças frouxas. Ele — a coisa — usava uma camisa de flanela e um par muito velho de mocassins que estavam emendados com pedaços sujos de fita adesiva. O rosto que aparecia sobre esse matizado traje era como a morte de Deus.

— Tem algum trocadinho, senhor? Tenho que ir para Los Angeles, tenho mesmo. Uma oportunidade de trabalho. Preciso de só mais dez centavos para o ônibus expresso. Não ia pedir se não fosse uma grande chance pra mim.

Dussander tinha começado a franzir o cenho, mas agora seu sorriso reafirmou-se.

— É mesmo uma passagem de ônibus que você quer?

O bêbado sorriu debilmente, sem entender.

— Imagine se você fosse de ônibus para casa comigo — propôs Dussander. — Posso lhe oferecer bebida, comida, um banho e uma cama. Tudo o que peço em troca é um pouco de conversa. Sou um homem velho; vivo sozinho. Companhia, às vezes, é muito bem-vinda.

O sorriso do bêbado alargou-se com um ar mais saudável repentinamente, ao esclarecer-se a situação. Ali estava um próspero veado com uma queda para a mendicância.

---

* Tipo de pão feito com mostarda. (N. de T.)

— Completamente sozinho? Uma merda, né?

Dussander retribuiu o riso largo e insinuante com um polido sorriso.

— Só peço que sente longe de mim no ônibus. Seu cheiro está um pouco forte.

— Talvez não queira que sua casa fique fedendo, então — disse o bêbado com repentina dignidade ébria.

— Venha, o ônibus chegará dentro de um minuto. Salte um ponto depois de mim e volte duas quadras. Esperarei por você na esquina. De manhã, verei quanto posso lhe dar. Talvez dois dólares.

— Talvez até cinco — disse o bêbado radiante. Sua dignidade, ébria ou qualquer outra coisa, fora esquecida.

— Talvez, talvez — Dussander admitiu impaciente. Já podia ouvir o lento barulho do motor a diesel do ônibus que se aproximava. Colocou uma moeda de 25 centavos furtivamente na mão encardida do bêbado, o preço certo da passagem, e caminhou alguns passos sem olhar para trás.

O mendigo estava parado indeciso quando os faróis dianteiros do ônibus passaram sobre a calçada. Ainda estava de pé, olhando de cenho franzido a moeda, quando o próspero veado subiu no ônibus sem olhar para trás. O mendigo começou a caminhar e então — no último segundo — mudou de direção e entrou no ônibus pouco antes de as portas fecharem. Colocou a moeda na caixa com a expressão de quem arrisca 100 dólares. Passou por Dussander sem fazer mais do que pousar os olhos de relance sobre ele e sentou-se na parte traseira do ônibus. Cochilou um minuto e, quando acordou, o rico veado velho já tinha ido embora. Saltou no ponto seguinte sem saber se era o certo ou não, e sem se incomodar.

Caminhou duas quadras para trás e viu uma sombra indefinida sob o poste de luz. Sim, era o veado velho. O veado observava-o aproximar-se e parecia estar numa postura atenta.

Por apenas um instante, o mendigo sentiu uma ponta de apreensão, uma necessidade de simplesmente dar meia-volta e esquecer tudo aquilo.

Então o velho segurou-o pelo braço e seu toque foi surpreendentemente firme.

— Bom — disse o velho. — Estou feliz por ter vindo. Minha casa é descendo por ali. Não fica longe.

— Talvez até dez — disse o mendigo deixando-se levar.

— Talvez até dez — concordou o veado velho, e então riu. — Quem sabe?

14

O ano do bicentenário chegou.

Todd veio visitar Dussander meia dúzia de vezes entre a sua chegada do Havaí no verão de 1975 e a viagem que ele e seus pais fizeram para Roma na mesma época em que o rufar dos tambores, a exibição de bandeiras e o desfile de grandes barcos aproximavam-se do clímax.

Essas visitas eram tranquilas e de maneira nenhuma desagradáveis; os dois descobriram que podiam passar o tempo respeitosamente. Falavam mais com o silêncio do que com as palavras, e suas conversas fariam um agente do FBI dormir. Todd disse ao velho que estava saindo de vez em quando com uma garota chamada Angela Farrow. Não estava louco por ela, mas era filha de uma amiga de sua mãe. O velho contou a Todd que começara a tecer carpetes porque lera que essa atividade era boa para artrite. Mostrou alguns de seus trabalhos para Todd, que respeitosamente admirou-os.

O garoto tinha crescido bastante, não tinha? (Bem, 5 centímetros.) Dussander deixara de fumar? (Não, mas fora obrigado a reduzir os cigarros; faziam-no tossir demais agora.) Como estava seu trabalho no colégio? (Puxado mas interessante; só tirara A e B e apresentara no exame final seu projeto da Feira de Ciências sobre energia solar, e agora pensava em estudar Antropologia em vez de História quando fosse para a faculdade.) Quem cortava a grama de Dussander esse ano? (Randy Chambers, que morava na mesma rua — um bom rapaz, mas meio gordo e lento.)

Durante aquele ano, Dussander dera fim a três bêbados em sua cozinha. Fora abordado no ponto de ônibus do Centro da cidade umas vinte vezes, fizera a oferta comida-bebida-banho-cama sete vezes. Fora rejeitado duas vezes, e em mais duas outras ocasiões os bêbados simplesmente saíram andando com o dinheiro que Dussander lhes dera para a passagem. Depois de pensar um pouco, encontrou uma solução: simplesmente comprou um talão de passes para condução. Custavam 2,50 dólares, o suficiente para 15 viagens, e não eram negociáveis nas lojas de bebidas locais.

Recentemente, nos dias quentes, Dussander sentira um cheiro desagradável saindo do porão. Deixava as portas e janelas completamente fechadas nesses dias.

Todd Bowden encontrara um mendigo dormindo bêbado num cano de esgoto abandonado, atrás de um terreno baldio na estrada para Cienaga — isso fora em dezembro, durante os feriados de Natal. Ficara lá algum tempo, as mãos enfiadas nos bolsos, olhando o bêbado e tremendo. Voltara ao terreno seis vezes num período de cinco semanas, sempre vestido com a jaqueta leve, com o zíper puxado até a metade para esconder o martelo Craftsman enfiado dentro do cinto. Finalmente encontrara o bêbado novamente — aquele ou algum outro, mas estava pouco ligando — no primeiro dia de março. Começara com a parte reta da cabeça do martelo, então, num certo momento (realmente não lembrava qual, tudo nadava numa névoa avermelhada), virara para a parte pontuda destruindo a cara do bêbado.

Para Kurt Dussander, os bêbados eram uma benevolência meio cínica dos deuses que ele finalmente reconhecera... ou tornara a reconhecer. E os bêbados eram engraçados. Faziam-no sentir-se vivo. Começava a sentir que os anos que passara em Santo Donato — os anos antes de o garoto aparecer à sua porta com seus grandes olhos azuis e seu largo sorriso americano — tinham sido anos gastos sendo velho. Estava com 68 anos quando chegara. E sentia-se muito mais jovem do que isso agora.

A ideia de deuses benevolentes teria surpreendido Todd a princípio — mas depois ganharia aceitação. Depois de esfaquear o bêbado embaixo da plataforma, esperara que seus pesadelos aumentassem — que até o levassem à loucura. Esperara sentir ondas de culpa paralisantes que poderiam resultar em confissões involuntárias e mesmo custar-lhe a vida.

Em vez de qualquer uma dessas coisas, fora para o Havaí com os pais e passara as melhores férias de sua vida.

Começara o ensino médio em setembro último sentindo-se estranhamente bem e recuperado, como se uma nova pessoa houvesse entrado na pele de Todd Bowden. Coisas que não lhe causavam maior impressão desde os primeiros anos da infância — a luz do sol depois do alvorecer, a visão do oceano do Pier Fish, a visão das multidões caminhando apressadas numa rua do Centro à hora do crepúsculo, quando as luzes se acendem —, todas essas coisas agora imprimiam-se à sua mente de novo como uma série de camafeus brilhantes, em imagens tão claras que pareciam galvanizadas. Sentia o sabor da vida em sua língua como uma gota de vinho saída diretamente da garrafa.

Depois que vira o bêbado no cano de esgoto, mas antes de matá-lo, os pesadelos haviam recomeçado.

O mais comum envolvia o bêbado que havia esfaqueado até a morte na estação de trem abandonada. Entrando em casa de volta da escola, gritava um animado *Oi, Monica querida!* O grito morria ali quando via o bêbado morto na saleta de café da manhã. Estava sentado com o torso caído sobre a bancada de cortar carne que tinham, com suas calças e camisa cheirando a vômito. O sangue havia escorrido sobre o chão de azulejos brilhantes e secava sobre a bancada de aço inoxidável. Havia marcas de mãos ensanguentadas nos armários de pinho natural.

Preso no quadro de avisos perto da geladeira estava um bilhete de sua mãe: *Todd, fui fazer compras. Volto por volta de 15h30.* Os ponteiros do relógio elegante e iluminado pelo sol marcavam 15h20 e o bêbado estava esparramado na saleta como uma terrível peça de sucata do porão de um ferro-velho, e havia sangue por toda parte, e Todd começava a tentar limpar esfregando todas as superfícies expostas — gritando todo o tempo para o bêbado ir embora, para deixá-lo *em paz*, e o bêbado simplesmente continuava esparramado, rindo para o teto, e o sangue escorria das feridas abertas em sua pele suja. Todd pegava o esfregão no armário e começava a passar loucamente no chão, sabendo que não estava absorvendo o sangue, apenas diluindo-o, espalhando-o, mas não conseguia parar. E assim que ouvia o furgão de sua mãe entrando na garagem, percebia que o bêbado era Dussander. Acordava desses sonhos suando e ofegante, agarrando com as mãos fechadas punhados de roupa de cama.

Mas depois que finalmente encontrou o bêbado no cano novamente — aquele bêbado ou algum outro — e usou o martelo, aqueles sonhos desapareceram. Achava que teria que matar novamente, talvez mais de uma vez. Era muito ruim, mas claro que seu período de utilidade como criaturas humanas tinha acabado. Menos sua utilidade para Todd, claro. E Todd, como todas as outras pessoas que conhecia, estava só adaptando seu estilo de vida às suas necessidades pessoais, à medida que crescia. Na verdade, não era diferente de ninguém. Tinha que trilhar seu próprio caminho na vida; se quisesse ser bem-sucedido, tinha que fazê-lo por conta própria.

15

No outono de seu primeiro ano na escola secundária, Todd jogou futebol na posição de defesa para o Santo Donato Cougars e foi campeão. E, no segundo trimestre daquele ano, o trimestre que acabou no final de janeiro de 1977, ganhou a Competição de Redação da Liga Patriótica Americana. Essa competição era aberta a todos os alunos de ensino médio da cidade que faziam cursos de História Americana. A composição de Todd chamou-se "A Responsabilidade de um Americano". Durante a temporada de beisebol daquele ano, foi o melhor lançador do colégio, ganhando quatro e não perdendo nenhuma. Sua média de defesas foi 361. Na festa de premiações em junho, recebeu o título de Atleta do Ano junto com uma insígnia dada pelo treinador Haines (o mesmo treinador Haines, que certa vez lhe dissera para continuar treinando as bolas curvas, "porque nenhum desses negros pode rebater uma bola curva, nenhum deles, Bowden"). Monica Bowden desfez-se em lágrimas quando Todd telefonou para ela do colégio e disse que ia ganhar o prêmio. Dick Bowden ficou com o ar empertigado no escritório durante duas semanas depois da cerimônia, tentando não se gabar. Naquele ano, alugaram uma cabana em Big Sur e passaram lá 15 dias, onde Todd aliviou a cabeça. Durante aquele mesmo ano, Todd matou quatro vagabundos. Esfaqueou dois deles e nos outros bateu com um porrete. Sempre vestia duas calças para o que chamava de "expedições de caça". Algumas vezes, rodava nos ônibus da cidade procurando lugares prováveis.

Os dois melhores, descobriu, eram a Missão de Santo Donato para indigentes, na Douglas Street, e a esquina do Exército da Salvação, na Euclid. Percorria lentamente esses lugares esperando ser abordado por alguém pedindo esmolas. Quando um bêbado aproximava-se dele, Todd dizia que ele, Todd, queria uma garrafa de uísque e que se o bêbado fosse comprá-la, dividiria com ele. Conhecia um lugar, dizia, onde poderiam ir. Cada vez era um lugar diferente, claro. Resistia a uma necessidade intensa de voltar à plataforma de trem e ao cano atrás do terreno baldio na estrada para Cienaga. Retornar ao local de um crime anterior seria insensato.

Durante o mesmo ano, Dussander fumou moderadamente, bebeu bourbon e viu televisão. Todd aparecia às vezes, mas suas conversas tornavam-se cada vez mais áridas. Estavam tomando rumos diferentes. Dussander comemorou seu aniversário de 78 anos, quando Todd fez 16. Dussander observou que 16 anos era a melhor idade da vida de um jovem, 41 da de um homem de meia-idade e 78 da de um velho. Todd concordou polidamente com um aceno de cabeça. Dussander estava bem alto e tagarelava de uma forma que deixava Todd visivelmente desconfortável.

Dussander matara dois bêbados durante o ano letivo de Todd de 1976-1977. O segundo estava mais esperto do que parecia; mesmo depois de Dussander tê-lo levado completamente embriagado, cambaleou pela cozinha com o cabo de uma faca de carne saindo da nuca, jorrando sangue sobre sua camisa e pelo chão. O bêbado redescobrira o hall de entrada depois de duas voltas cambaleantes pela cozinha e quase escapara.

Dussander ficou em pé na cozinha com os olhos arregalados de espanto e descrença, observando o bêbado grunhir e resfolegar em direção à porta, debatendo-se de um lado para o outro do hall e derrubando reproduções baratas de Currier & Ives no chão. Seu espanto só cedeu quando o bêbado já estava tateando a maçaneta da porta. Então Dussander disparou pela cozinha até a gaveta de utensílios, abrindo-a desajeitadamente e tirando seu garfo de carne. Correu até o hall com o garfo estendido à sua frente e enfiou-o nas costas do bêbado.

Dussander ficou em cima dele, ofegante, seu coração velho batendo acelerado de forma amedrontadora... batendo acelerado como o da vítima de um ataque cardíaco do programa de TV de sábado à noite de que gostava, *Emergency!* Mas finalmente voltou a um ritmo normal e ele percebeu que ficaria bem.

Teve que limpar uma grande quantidade de sangue.

Isso fora há quatro meses e, desde então, não fizera mais suas propostas no ponto de ônibus do Centro. Estava com medo desde que quase estragara tudo da última vez... mas quando lembrava da forma como tinha conduzido as coisas no último momento, seu coração enchia-se de orgulho. No final, o bêbado não conseguira alcançar a porta, e isso era o importante.

16

No outono de 1977, durante o primeiro trimestre do segundo ano do ensino médio, Todd entrou para o Clube de Tiros. Por volta de junho de 1978, foi qualificado como perito em tiro ao alvo. Foi campeão de futebol novamente, perdeu uma e ganhou cinco na temporada de beisebol (a perda foi resultado de dois erros e um ponto perdido), e conseguiu o terceiro melhor grau de aproveitamento da história do colégio. Candidatou-se à Berkeley e foi imediatamente aceito. Por volta de abril, sabia que seria o primeiro ou segundo melhor aluno da graduação e provavelmente o orador da turma. Queria muito ser o orador.

Durante a metade final do seu último ano, um estranho impulso aconteceu-lhe — um impulso tão amedrontador quanto irracional para Todd. Parecia ter controle total e claro sobre ele, e *isso* pelo menos era tranquilizador, mas o fato de tal pensamento ter ocorrido era assustador. Fizera um acordo com sua vida. Resolvera as coisas. Sua vida era muito parecida com a cozinha brilhante e lustrosa de sua mãe, com todas as superfícies cobertas de cromo, fórmica ou aço inoxidável — um lugar onde tudo funcionava quando se apertavam os botões. Havia armários fundos e escuros nessa cozinha, claro, mas muitas coisas poderiam ser guardadas e ainda assim as portas permanecerem fechadas.

Esse novo impulso lembrava-o do sonho no qual vinha a descobrir um bêbado morto que sangrava na cozinha limpa e bem iluminada de sua mãe. Era como se, no acordo claro e cuidadoso que fizera, na cozinha onde tudo-está-no-lugar-e-tudo-tem-um-lugar de sua mente, um intruso soturno e sangrento agora caminhasse trôpego e cambaleante, procurando um lugar para morrer em evidência.

A 500 metros da casa dos Bowden, ficava a autoestrada, com oito pistas de largura. Uma ladeira íngreme e coberta de mato levava até ela. A ladeira parecia segura. Seu pai lhe dera uma Winchester.30-.30 de Natal que tinha mira telescópica removível. Na hora do rush, quando as oito pistas ficavam congestionadas, poderia escolher um lugar naquela ladeira e... bem, poderia facilmente...

Fazer o quê?

Cometer suicídio?

Destruir tudo o que construíra nesses últimos quatro anos?

Dizer *o quê*?

Não *senhor*, não *senhora*, de jeito nenhum.

Como dizem, é de fazer rir.

Claro que era... mas o impulso continuava.

Num sábado, poucas semanas antes de sua formatura de ensino médio, Todd colocou a Winchester no estojo depois de esvaziar cuidadosamente o pente. Pôs o rifle no banco traseiro do brinquedo novo de seu pai — um Porsche usado. Foi até o lugar em que a ladeira coberta de mato encontrava a autoestrada. Seu pai e sua mãe tinham ido com o furgão para Los Angeles passar o fim de semana. Dick, agora sócio da firma, teria reuniões com o pessoal da Hyatt sobre um novo hotel em Reno.

O coração de Todd pulava em seu peito e sua boca estava cheia de uma saliva amarga, enquanto descia a ladeira com o rifle no estojo em seus braços. Foi até uma árvore caída e sentou-se de pernas cruzadas atrás dela. Abriu o estojo e apoiou o rifle no tronco macio da árvore morta. Um galho espetado formava um ângulo que servia perfeitamente como um descanso para o cano. Aconchegou a parte posterior na cavidade de seu ombro direito e mirou pelo visor telescópico.

Estupidez!, gritou uma voz de dentro de sua mente. *Garoto, isso é realmente uma estupidez! Se virem você, não importa que a arma esteja ou não carregada! Vai meter-se em dificuldades, talvez acabe até levando um tiro de algum policial!*

Era de manhã e o tráfego de sábado estava leve. Colocou uma mulher atrás do volante de um Toyota azul sob sua mira. A janela da mulher estava meio aberta e a gola redonda de sua blusa sem mangas tremulava. Todd centralizou a retícula em sua têmpora e atirou sem balas. Era ruim para o percussor, mas e daí?

— Pou — sussurrou ele quando o Toyota desapareceu num cruzamento da estrada, a alguns metros da rampa em que estava sentado. Engoliu em seco e sentiu um gosto de uma massa compacta de moedas.

Aí vinha um homem atrás do volante de uma camioneta Subaru Brat. Esse homem tinha uma barba grisalha de aspecto maltratado e usava um chapéu de beisebol do San Diego Padres.

— Você é... você é um canalha... o canalha que atirou no meu irmão — murmurou Todd com um risinho, e disparou a Winchester novamente.

Atirou em mais cinco carros, o barulho impotente do percussor desmanchando a ilusão ao final de cada "morte". Então colocou o rifle no estojo novamente. Subiu a ladeira com ele bem agachado para não ser visto. Colocou-o no banco traseiro do Porsche. O barulho de tiros secos ecoava em sua cabeça. Dirigiu até em casa. Subiu para seu quarto. Masturbou-se.

17

O mendigo usava uma suéter maltrapilha e desfiada com estampas de rena, tão estranha que parecia quase surreal aqui no sul da Califórnia. Também usava jeans de pescador pelos joelhos, que revelavam uma pele branca e cabeluda e muitas cascas de feridas. Levantou o copo de geleia — Fred e Wilma e Barney e Betty dançando em volta da borda no que poderia ser um grotesco rito de fertilidade — e virou uma dose de bourbon num só gole. Estalou os lábios pela última vez na vida.

— Senhor, isso estava muito bom. Não me incomodo em dizer.

— Aprecio um drinque à noite — concordou Dussander por trás dele, e então cravou a faca de açougueiro no pescoço do mendigo. Ouviu-se um barulho de cartilagem rasgada, um som como o de uma coxa sendo entusiasticamente arrancada de uma tenra galinha assada. O copo de geleia caiu da mão do mendigo sobre a mesa. Rolou até a borda, aumentando, com esse movimento, a impressão de que os personagens estavam dançando.

O mendigo jogou a cabeça para trás e tentou gritar. Nada saiu, a não ser um horrível guincho. Seus olhos arregalaram-se, arregalaram--se... e então sua cabeça tombou pesadamente sobre o oleado em xadrez vermelho e branco que cobria a mesa da cozinha de Dussander. A dentadura superior do mendigo escorregou até a metade para fora da boca, como um sorriso destacado.

Dussander tirou a faca — teve que usar as duas mãos para isso — e cruzou a cozinha até a pia. Estava cheia de água quente, detergente de limão e a louça suja do jantar. A faca desapareceu no monte de espuma como um avião de caça muito pequeno mergulhando numa nuvem.

Aproximou-se da mesa novamente e parou ali, repousando uma das mãos sobre o ombro do mendigo morto, enquanto um acesso de tosse fazia-o sacudir. Tirou um lenço do bolso traseiro e cuspiu uma secreção marrom-amarelada. Vinha fumando muito ultimamente. Isso sempre acontecia quando estava premeditando outro desses. Mas esse tinha sido tranquilo; muito tranquilo, na verdade. Andava com medo, desde a confusão que fizera com o último, que estivesse desafiando o destino se tentasse mais uma vez.

Agora, se andasse depressa, ainda conseguiria ver a segunda parte de *Lawrence Welk*.

Apressou-se, cruzando a cozinha, abriu a porta do porão e acendeu o interruptor. Voltou à pia e pegou um pacote de sacos plásticos verdes no armário que ficava embaixo. Com uma sacudida, abriu um deles enquanto voltava até o bêbado caído. O sangue escorrera em todas as direções por cima do oleado. Havia uma poça no colo do bêbado e no linóleo desbotado. Deveria haver na cadeira também, mas tudo ficaria limpo.

Dussander agarrou o mendigo pelos cabelos e levantou sua cabeça. Foi fácil, e um minuto depois o bêbado estava com a cabeça caída para trás como um homem que espera uma lavagem de cabelo antes do corte. Dussander enfiou o saco de lixo pela cabeça do bêbado passando pelos ombros e indo até os cotovelos. Era o máximo que ia. Desabotoou o cinto do seu último convidado e tirou-o das presilhas. Amarrou o cinto em volta do saco de lixo, alguns centímetros acima dos ombros, com força. O plástico enrugou-se. Dussander começou a cantarolar.

Os pés do bêbado estavam calçados com chinelas gastas e sujas. Formavam um V flácido enquanto Dussander o arrastava pelo cinto até a porta do porão. Uma coisa branca caiu do saco plástico e bateu no chão. Era a dentadura superior do bêbado, Dussander notou. Pegou-a e enfiou-a num dos seus bolsos da frente.

Colocou o bêbado sobre a porta do porão com a cabeça caída para trás no segundo degrau. Dussander contornou o corpo e deu três chutes firmes. O corpo moveu-se ligeiramente com os dois primeiros, e o terceiro o lançou pesadamente escada abaixo. Na metade do trajeto, os pés levantaram-se e passaram por cima da cabeça, e o corpo deu um giro acrobático. Caiu de barriga para baixo no chão sujo do porão com um ruído surdo. Uma das chinelas voou do pé e Dussander mentalmente lembrou-se de pegá-la.

Desceu as escadas, contornou o corpo e aproximou-se do banco de ferramentas. À esquerda do banco uma pá, um ancinho e uma enxada estavam encostados na parede um ao lado do outro, em fila. Dussander pegou a pá. Um pouco de exercício faz bem a um velho. Um pouco de exercício podia fazer a pessoa sentir-se jovem.

O cheiro lá embaixo não era bom, mas não o incomodava muito. Passava cal uma vez por mês (uma vez a cada três dias depois que "dava fim" a um dos bêbados) e tinha um ventilador que levara para cima para que o cheiro não ficasse impregnado na casa nos dias muito quentes e sem vento. Josef Kramer, lembrava-se, adorava dizer que os mortos falam, mas nós os ouvimos com o nariz.

Dussander escolheu um lugar no canto norte do porão e começou a trabalhar. As dimensões da cova eram 70 centímetros por 1,80 metro. Já tinha cavado 60 centímetros de profundidade, quase o suficiente, quando uma dor paralisante atacou-lhe o peito como um tiro. Ergueu as costas com os olhos esbugalhados e tremendo. A dor rolou para baixo do braço... uma dor inacreditável, como se uma mão invisível houvesse puxado todos os seus vasos sanguíneos. Viu a pá cair para o lado e sentiu seus joelhos dobrarem-se. Por um instante terrível, teve a certeza de que ele próprio ia cair na cova.

De algum modo deu três passos cambaleantes para trás e jogou-se no banco. Havia uma expressão de espanto estúpido em seu rosto — podia senti-la — e pensou que devia estar parecendo um daqueles comediantes do cinema mudo quando uma porta de vaivém lhe acerta a cara ou quando pisa num cocô de vaca. Abaixou a cabeça até os joelhos e respirou convulsivamente.

Passaram-se 15 minutos. A dor começara a amenizar de certa forma, mas não acreditava que fosse capaz de levantar-se. Pela primeira vez, compreendeu as verdades da velhice das quais fora poupado até agora. Encontrava-se tão horrorizado que estava a ponto de chorar. A morte esbarrara nele nesse porão úmido e malcheiroso; tocara Dussander com a bainha de seu manto. No entanto, voltaria. Mas não morreria ali embaixo; não se pudesse evitar.

Levantou-se, as mãos ainda cruzadas sobre o peito como que a segurar a frágil maquinaria. Cambaleou no espaço vazio entre o banco e a escada. Tropeçou com o pé esquerdo na perna estirada do bêbado e caiu de joelhos com um leve gemido. Sentiu um aperto sombrio no peito. Olhou para cima, para a escada — a íngreme, íngreme escada. Doze degraus. O quadrado de luz no alto parecia sarcasticamente distante.

— *Ein* — disse Kurt Dussander, e ergueu-se furiosamente no primeiro degrau. — *Zwei, Drei, Vier.*

Levou vinte minutos para alcançar o chão de linóleo da cozinha. Duas vezes na escada a dor ameaçara voltar, e ambas as vezes Dussander esperava de olhos fechados para ver o que ia acontecer, perfeitamente consciente de que se voltasse com a violência que o atacara embaixo, provavelmente morreria. Das duas vezes, a dor passara.

Engatinhou no chão da cozinha até a mesa, evitando as poças e manchas de sangue, que começava a endurecer. Pegou a garrafa de bourbon, tomou um gole e fechou os olhos. Uma coisa que lhe apertava o peito pareceu afrouxar-se. A dor amenizou um pouco mais. Depois de mais cinco minutos, começou a caminhar lentamente pelo hall. Seu telefone ficava numa pequena mesa no meio do hall.

Eram 21h15 quando o telefone tocou na casa dos Bowden. Todd estava sentado de pernas cruzadas no sofá, lendo seus apontamentos para a prova final de trigonometria. A trigonometria era um problema para ele, assim como todas as matemáticas, e provavelmente sempre seria. Seu pai estava sentado do outro lado da sala, verificando os canhotos do talão de cheques com uma calculadora portátil no colo e uma expressão ligeiramente incrédula no rosto. Monica, mais perto do telefone, estava vendo um filme de James Bond que Todd gravara da televisão algumas noites atrás.

— Alô? — Ficou esperando. Franziu o cenho ligeiramente e estendeu o fone para Todd. — É o sr. Denker. Parece exaltado com alguma coisa. Ou triste.

O coração de Todd pulou até a garganta, mas sua expressão não mudou.

— É mesmo? — Foi até o telefone e pegou-o nas suas mãos. — Olá, sr. Denker.

A voz de Dussander estava rouca e ríspida.

— Venha agora mesmo para cá. Tive um ataque cardíaco. Muito forte, eu acho.

— Hã... — disse Todd, tentando reunir seus pensamentos dispersos, tentando enxergar apesar do medo que agora crescia em sua cabeça. — É, interessante, mas já é bem tarde e eu estava estudando...

— Sei que não pode falar — Dussander continuou com aquela voz áspera, quase um grunhido. — Mas pode ouvir. Não posso chamar uma ambulância nem ligar para a emergência... pelo menos não por enquanto. Está uma confusão aqui. Preciso de ajuda... e isso significa que você precisa de ajuda.

— Bem... se coloca dessa maneira... — O coração de Todd atingira 120 batidas por minuto, mas seu rosto estava calmo, quase sereno. Não soubera desde sempre que uma noite como esta chegaria? Sim, claro que soubera.

— Diga a seus pais que recebi uma carta — disse Dussander. — Uma carta importante. Entende?

— Sim, está bem — disse Todd.

— Agora veremos, garoto. Veremos do que você é feito.

— Claro — disse Todd. De repente, percebeu que sua mãe olhava-o, e não o filme, então forçou um sorriso. — Até logo.

Dussander estava dizendo alguma coisa, mas Todd desligou.

— Vou até a casa do sr. Denker um instante — disse ele, falando com os dois, mas olhando para a mãe; aquela ligeira expressão de preocupação ainda aparecia em seu rosto. — Querem que compre alguma coisa para vocês?

— Limpadores de cachimbo para mim e um pacote pequeno de responsabilidade financeira para sua mãe — disse Dick.

— Muito engraçado — respondeu Monica. — Todd, o sr. Denker...

— Pelo amor de Deus, o que você comprou no Pielding's? — interrompeu Dick.

— Aquele porta-bijuterias que está no closet. Eu lhe disse. Não há nada errado com o sr. Denker, não é, Todd? A voz dele estava um pouco estranha.

— *Existe* mesmo esse negócio de porta-bijuterias? Pensei que aquelas inglesas malucas que escrevem histórias de mistério tivessem inventado isso para que sempre o assassino pudesse encontrar um instrumento cego.

— Dick, vamos deixar essa conversa pra depois?

— Claro, à vontade. Mas e o closet?

— Ele está bem, eu acho — disse Todd. Vestiu a jaqueta de couro e puxou o zíper até em cima. — Mas ele *estava* exaltado. Recebeu uma carta de um sobrinho de Hamburgo, Dusseldorf, ou algum outro lugar. Não tem notícias de seus familiares há muito tempo e agora recebeu essa carta e não consegue ler.

— Isso não é uma droga? — disse Dick. — Vá, Todd. Vá lá e tranquilize o homem.

— Achei que ele tinha outra pessoa para ler para ele. Um outro garoto.

— Ele tem — Todd concordou de repente odiando sua mãe, odiando a intuição algo bem informada que via em seus olhos. — Talvez, ele não estivesse em casa ou não pudesse ir tão tarde.

— Ah, bem... então vá. Mas tenha cuidado.

— Pode deixar. Não precisam de nada da rua?

— Não. E quanto aos estudos para a prova final de cálculo?

— É trigonometria — disse Todd. — Acho que está tudo bem. Ia mesmo dizer a vocês que vai ser moleza. — Era uma grande mentira.

— Quer ir de Porsche? — perguntou Dick.

— Não, vou de bicicleta. — Queria mais cinco minutos para recobrar-se e controlar suas emoções... pelo menos para tentar. E, no estado em que se encontrava, provavelmente entraria com o Porsche num poste telefônico.

— Coloque a placa refletora nos joelhos — disse Monica — e dê lembranças ao sr. Denker.

— Está bem.

A incerteza ainda estava nos olhos de sua mãe, mas agora menos evidente. Jogou um beijo para ela e foi para a garagem onde guardava sua bicicleta — uma bicicleta de corrida italiana e não mais a Schwinn. Seu coração estava disparado, e sentiu uma louca necessidade de voltar, pegar o rifle, atirar nos pais e ir até a ladeira com vista para a autoestrada. Chega de preocupação com Dussander. Chega de pesadelos e de bêbados. Iria atirar, atirar, deixando uma bala apenas para o final.

Então recobrou a razão e dirigiu-se à casa de Dussander, a placa refletora balançando para cima e para baixo acima dos joelhos, os longos cabelos louros voando no rosto.

— *Meu Deus!* — Todd quase gritou.

Estava parado na porta da cozinha. Dussander estava afundado nos cotovelos com a caneca entre eles. Grandes gotas de suor sobressaíam em sua testa. Mas não era para Dussander que Todd estava olhando. Era para o sangue. Parecia haver sangue por toda parte — havia poças na mesa, na cadeira vazia da cozinha, no chão.

— Onde está sangrando? — gritou Todd, finalmente conseguindo mover os pés paralisados. Parecia que estava parado na porta há pelo menos cem anos. *Isto é o fim,* pensava ele, *o fim absoluto de tudo. Ai, ai, ai, ai, está chegando a hora...* Ao mesmo tempo, teve o cuidado de não pisar no sangue. — Achei que você tinha dito que tinha tido uma merda de um ataque cardíaco!

— Não é meu sangue — murmurou Dussander.

— O quê? — Todd parou. — O que você disse?

— Desça. Você verá o que precisa ser feito.

— Que diabo *é* isso? — perguntou Todd. Uma súbita e terrível ideia ocorreu-lhe.

— Não perca tempo, garoto. Acho que não vai ficar muito surpreso com o que vai encontrar lá embaixo. Acho que já teve experiência nesses assuntos. Experiência de primeira mão.

Todd olhou para ele, incrédulo, por mais um instante e então lançou-se escada abaixo de dois em dois degraus. Logo que chegou ao porão, com sua iluminação fraca e amarelada de uma única lâmpada, achou que Dussander tivesse levado um saco de lixo lá para baixo. Então viu as pernas estiradas e as mãos sujas presas para baixo com o cinto.

— Meu Deus — repetiu, mas dessa vez as palavras saíram sem força, emergiram num sussurro frágil e débil.

Apertou as costas das mãos contra os lábios secos como uma lixa. Fechou os olhos por um momento... e quando os abriu novamente, sentia-se finalmente com controle sobre si mesmo.

Todd começou a mover-se.

Viu o cabo da pá saindo de um buraco raso num canto e entendeu na hora o que Dussander estava fazendo quando seu coração falhara. Um minuto depois, tomou consciência do odor fétido do porão — um cheiro de tomates podres. Já havia sentido aquele cheiro, mas em cima era muito mais fraco — e também não ia lá com muita frequência nos últimos anos. Agora entendia exatamente de onde vinha aquele cheiro, e durante muito tempo teve que lutar contra a náusea. Emitia uma série de barulhos engasgados de ânsia de vômito, abafados pela mão que cobria a boca e o nariz.

Aos poucos recobrou o controle novamente.

Segurou as pernas do bêbado e arrastou-o até a beira do buraco. Soltou-as, limpou o suor da testa com o punho esquerdo e ficou completamente parado por um minuto, pensando com uma intensidade que nunca havia sentido antes.

Então pegou a pá e começou a cavar mais o buraco. Quando estava com 1,50 metro de profundidade, saiu e empurrou o corpo do indigente com os pés. Todd ficou na beira da cova olhando para baixo. Calças jeans esfarrapadas. Mãos nojentas e cheias de crostas. Era um mendigo, claro. A ironia era quase engraçada. Tão engraçada que podia gritar de tanto rir.

Subiu correndo as escadas.

— Como você está? — perguntou a Dussander.

— Vou melhorar. Cuidou de tudo?

— Estou cuidando, está bem?

— Ande rápido. Ainda falta aqui em cima.

— Queria dar você de alimento aos porcos — disse Todd, e desceu para o porão antes que Dussander pudesse responder.

Já cobrira quase todo o bêbado, quando começou a achar que havia algo errado. Olhou dentro da cova segurando o cabo da pá com uma das mãos. As pernas do bêbado estavam para fora do monte de terra, abertas, assim como as pontas dos pés — um sapato velho, provavelmente uma chinela e uma meia de ginástica nojenta que já devia estar branca quando Taft era presidente.

Uma chinela? *Uma*?

Todd praticamente correu até a escada. Olhou em volta desesperado. Uma dor de cabeça começava a fazer sua testa latejar, a fazê-lo perder a calma. Viu a chinela velha a 1,50 metro de distância, revirada, à sombra de uma estante abandonada. Todd pegou-a, voltou correndo para a cova e jogou-a lá dentro. Então recomeçou a jogar terra. Cobriu a chinela, as pernas, tudo.

Quando a terra estava toda dentro do buraco, bateu com a pá repetidamente para firmá-la. Então pegou o ancinho e passou por cima, tentando disfarçar a terra revolvida recentemente. Não adiantou muito; sem boa camuflagem, um buraco que foi recentemente cavado e recoberto vai sempre parecer um buraco que foi recentemente cavado e recoberto. Entretanto, ninguém terá oportunidade de descer aqui, não é? Ele e Dussander teriam que esperar muito que não.

Todd voltou correndo, ofegante.

Os cotovelos de Dussander haviam-se separado e sua cabeça estava caída na mesa. Seus olhos estavam fechados e as pálpebras roxas — da cor de ásteres.

— Dussander! — gritou Todd. Sentiu um gosto forte e picante na boca, um gosto de medo misturado com adrenalina e sangue quente e pulsante. — Não *ouse* morrer aqui comigo, seu velho idiota!

— Abaixe a voz — disse Dussander sem abrir os olhos. — A vizinhança toda vai correr para cá.

— Onde ficam os produtos de limpeza? Removedor... desinfetante... qualquer coisa desse tipo. E panos. Preciso de panos.

— Está tudo embaixo da pia.

Grande parte do sangue já havia secado. Dussander levantou a cabeça e observou Todd engatinhar pelo chão esfregando primeiro as poças no linóleo e depois as manchas que tinham escorrido pelas pernas da cadeira na qual o bêbado sentara. O garoto mordia compulsivamente os lábios quase mastigando-os, como um cavalo mascando o freio. Finalmente terminou o serviço. O cheiro forte de removedor enchia o ambiente.

— Há uma caixa com panos velhos embaixo das escadas — disse Dussander. — Coloque esses sujos de sangue por baixo. Não esqueça de lavar as mãos.

— Não preciso de seus conselhos. Você me meteu nisso.

— Foi? Posso dizer que se saiu muito bem. — Por um momento, sua voz assumiu um tom de zombaria, então uma expressão severa transformou seu rosto. — Depressa.

Todd pegou os panos velhos e subiu as escadas pela última vez. Olhou nervosamente para baixo e então apagou a luz e fechou a porta. Foi até a pia, levantou as mangas e lavou as mãos com a água mais quente que pôde suportar. Mergulhou as mãos na espuma... e tirou-as segurando o facão de açougueiro que Dussander tinha usado.

— Queria cortar sua garganta com isso — disse Todd impiedosamente.

— É, e depois me dar de comer aos porcos. Não tenho dúvida.

Todd lavou a faca, secou-a e colocou-a de lado. Lavou o resto da louça rapidamente, esvaziou a pia e limpou-a. Olhou para o relógio enquanto secava as mãos e viu que passavam vinte minutos das dez horas.

Foi até o telefone no hall, pegou o fone e olhou para ele pensativamente. A impressão de que esquecera alguma coisa — alguma coisa tão condenadora quanto a chinela do bêbado — importunava-o. O quê? Não sabia. Se não fosse a dor de cabeça, talvez conseguisse lembrar. A droga da dor de cabeça. Não era de esquecer as coisas, e aquilo o assustava.

Discou 222 e após um único toque uma voz respondeu.

— Aqui é do Centro Médico de Santo Donato. Algum problema médico?

— Meu nome é Todd Bowden. Estou no número 963 da Claremont Street. Preciso de uma ambulância.

— Qual o problema, meu filho?

— É meu amigo, sr. D... — Mordeu o lábio com tanta força que o fez sangrar, e por um momento ficou perdido, mergulhado na sua dor de cabeça. *Dussander*. Quase dera o nome verdadeiro de Dussander para a voz anônima do Centro Médico.

— Acalme-se, filho — disse a voz. — Acalme-se e ficará bem.

— Meu amigo, sr. Denker — disse Todd. — Acho que ele teve um ataque cardíaco.

— Quais os sintomas?

Todd começou a dá-los, mas a voz já ouvira o suficiente quando Todd descreveu a dor no peito que migrara para o braço esquerdo. Ela disse a Todd que a ambulância chegaria dentro de dez a vinte minutos, dependendo do tráfego. Todd desligou e pressionou as mãos contra os olhos.

— Conseguiu? — perguntou Dussander com a voz fraca.

— *Consegui!* — gritou Todd. — *Consegui! Consegui, sim, consegui, sim, droga! Cale a boca!*

Pressionou as mãos com mais força ainda contra os olhos, criando primeiro flashes de luz sem sentido e depois um brilhante campo vermelho. *Controle-se, Todd querido. Fique sereno, calmo, quieto. Controle-se.*

Abriu os olhos e pegou o fone novamente. Agora, a pior parte. Agora é hora de ligar para casa.

— Alô? — a voz suave e refinada de Monica em seu ouvido. Por um instante, apenas um instante, viu-se enfiando a boca do rifle em seu nariz e puxando o gatilho com a primeira jorrada de sangue.

— É Todd, mamãe. Deixa eu falar com o papai, rápido.

Não a chamava mais de mamãe. Sabia que perceberia mais rápido que qualquer coisa, e percebeu.

— O que houve? Há alguma coisa errada, Todd?

— Deixa eu falar com ele!

— Mas o que...

O telefone chocalhou com um estrépito. Ouviu sua mãe dizendo algo a seu pai. Todd preparou-se.

— É o sr. Denker, papai. Ele... foi um ataque cardíaco, eu acho. Tenho certeza que foi.

— Meu Deus! — A voz de seu pai afastou-se e Todd ouviu-o repetindo a informação para a esposa. Então voltou. — Ele ainda está vivo? Você pode dizer isso?

— Ele está vivo. Consciente.

— Muito bem, graças a Deus. Chame uma ambulância.

— Acabei de chamar.

— Do Centro Médico?

— Foi.

— Bom garoto. Sabe dizer se ele está muito mal?

— Não sei, papai. Disseram que a ambulância chegaria logo, mas... Estou com um pouco de medo. Você pode vir para cá e esperar comigo?

— Claro. Em quatro minutos estarei aí.

Todd ouviu sua mãe dizendo qualquer coisa quando seu pai desligou. Todd recolocou o fone no gancho.

Quatro minutos.

Quatro minutos para fazer qualquer coisa que não tivesse sido feita. Quatro minutos para lembrar o que estava esquecendo. Tinha mesmo esquecido alguma coisa? Talvez fosse só o nervosismo. Meu Deus, queria não ter chamado o pai. Mas o normal era fazer isso, não era? Claro. Havia alguma coisa normal que não tivesse feito? Alguma coisa?

— Seu cabeça de vento! — murmurou de repente e disparou para a cozinha novamente. A cabeça de Dussander pendia sobre a mesa, os olhos entreabertos, apáticos.

— Dussander! — gritou Todd. Sacudiu Dussander com força e o velho gemeu. — Acorde! Acorde, seu canalha nojento!

— O que foi? A ambulância?

— A carta! Meu pai vem aí, deve estar chegando. *Onde está a merda da carta?*

— O quê? Que carta?

— Você me disse para dizer a eles que tinha recebido uma carta importante. Eu disse... — Seu coração apertou-se. — Eu disse que tinha vindo do exterior... da Alemanha. Meu Deus! — Todd passou as mãos nos cabelos.

— Uma carta. — Dussander ergueu a cabeça lentamente, com dificuldade. Suas faces vincadas estavam doentiamente pálidas, os lábios, azulados. — De Willi, eu acho. Willi Frankel. Querido... querido Willi.

Todd olhou para o relógio e viu que dois minutos haviam-se passado desde que desligara o telefone. Seu pai não iria, não *podia* levar quatro minutos de casa até a casa de Dussander, mas podia vir rápido de Porsche. Rápido, isso. Tudo acontecia rápido demais. E ainda havia alguma coisa errada ali; sentia isso. Mas não havia tempo para parar e procurar a lacuna.

— Sim, está bem, eu estava lendo a carta para você, você se emocionou e teve esse ataque cardíaco. Muito bem. Onde está a carta?

Dussander olhou-o inexpressivo.

— A carta! Onde está?

— Que carta? — perguntou Dussander vagamente, e Todd sentiu uma ânsia de esganar o monstro velho bêbado.

— A que eu estava lendo para você! A do Willi não sei das quantas! Onde está?

Ambos olharam para a mesa, como que esperando que ela se materializasse ali.

— Lá em cima — disse Dussander finalmente. — Procure no meu armário. Na terceira gaveta. Há uma pequena caixa de madeira no fundo da gaveta, vai ter que a quebrar para abrir. Perdi a chave há muito tempo. Há algumas cartas muito antigas de um amigo meu. Sem assinatura. Sem data. Todas em alemão. Uma ou duas páginas vão servir para disfarçar, como vocês dizem. Se andar rápido...

— Você está *maluco*? — esbravejou Todd. — Eu não sei alemão! Como eu ia ler uma carta em alemão, seu idiota?

— Por que Willi escreveria em inglês? — retrucou Dussander extenuado. — Se você lesse a carta em alemão, eu entenderia, mesmo que você não entendesse. Claro que sua pronúncia seria horrível, mas mesmo assim eu...

Dussander estava certo — certo mais uma vez, e Todd não esperou mais. Mesmo depois de um ataque cardíaco, o velho estava sempre um passo à frente. Todd correu pelo hall até as escadas parando apenas o tempo suficiente em frente à porta de entrada para certificar-se de que o Porsche de seu pai ainda não se aproximava. Não estava lá, mas o relógio de Todd indicou-lhe como o tempo estava ficando curto; já se passavam cinco minutos agora.

Subiu as escadas de dois em dois degraus e abriu com violência a porta do quarto de Dussander. Nunca tinha entrado ali, nem tivera a curiosidade, e por um momento ficou olhando distraidamente o território desconhecido. Então viu o armário, um móvel barato no estilo que seu pai chamava de descartável. Ajoelhou-se em frente a ele e puxou a terceira gaveta. Ela abriu até a metade, depois correu para o lado e emperrou.

— Merda — murmurou ele. Seu rosto estava pálido como o de um morto, a não ser pelas manchas vermelho-escuras nas bochechas e seus olhos azuis, que pareciam sombrios como as nuvens de tempestade do Atlântico. — Merda de gaveta, *sai*!

Puxou com tanta força que a gaveta inteira veio para a frente e quase caiu em cima dele antes de parar. A gaveta parou em seu colo. As meias, cuecas e lenços de Dussander espalharam-se em volta dele. Vasculhou as coisas que ainda ficaram dentro e tirou uma caixa de madeira com cerca de 22 centímetros de comprimento e 7 de profundidade. Tentou tirar a tampa. Nada aconteceu. Estava trancada, como Dussander dissera. Nada estava fácil naquela noite.

Enfiou as roupas de volta na gaveta e empurrou-a, encaixando-a novamente nos trilhos. Ficou emperrada. Todd lutou para soltá-la balançando-a para a frente e para trás, enquanto o suor escorria em seu rosto. Finalmente conseguiu fechá-la com um estrondo. Levantou-se com a caixa. Quanto tempo havia se passado agora?

A cama de Dussander tinha colunas que saíam dos pés, e Todd forçou o lado trancado da caixa contra uma dessas colunas com toda a força que tinha, arreganhando os dentes por causa do impacto que fazia tremer suas mãos e subia até os cotovelos. Olhou a tranca. Parecia um pouco amassada, mas estava intacta. Pressionou-a contra a coluna novamente, dessa vez com mais força, indiferente à dor. Um pedaço de madeira voou da coluna da cama, mas a tranca não cedeu. Todd soltou um risinho e levou a caixa para o outro lado da cama. Levantou-a acima de sua cabeça e baixou-a com toda a força. Dessa vez a tranca rompeu-se.

Quando levantou a tampa, faróis passaram pela janela de Dussander.

Vasculhou loucamente a caixa. Cartões-postais. Um medalhão. Uma fotografia amassada de uma mulher usando apenas ligas pretas de babados. Uma antiga carteira de notas. Vários conjuntos de carteira de identidade. Uma capa de couro para passaporte vazia. No fundo, cartas.

A luz ficou mais forte, e ouviu o barulho inconfundível do motor do Porsche. Ficou mais forte... e então parou.

Todd agarrou três folhas de papel de carta compactamente escritas em alemão dos dois lados e saiu correndo do quarto. Estava quase nas escadas quando lembrou que tinha esquecido a caixa aberta em cima da cama de Dussander. Voltou correndo, pegou-a e abriu a terceira gaveta do armário.

Emperrou de novo, dessa vez fazendo um barulho agudo de madeira contra madeira.

Do lado de fora, ouviu o freio de mão do Porsche sendo puxado, a porta do motorista sendo aberta e fechada com uma batida.

Indistintamente, ouviu seu próprio gemido. Colocou a caixa na gaveta torta, levantou-se e chutou-a violentamente. A gaveta fechou com perfeição. Ficou olhando para ela por um momento, seus olhos piscando, e voltou correndo para o hall. Voou escadas abaixo. Na metade da descida, ouviu os passos rápidos de seu pai na alameda de Dussander. Todd saltou contornando o balaústre, pousou com leveza e entrou correndo na cozinha, as páginas voando em suas mãos.

Uma batida na porta.

— Todd? Todd, sou eu!

E ouviu também uma sirene de ambulância a distância. Dussander estava semiconsciente de novo.

— Estou indo, papai — gritou Todd.

Colocou as folhas de papel de carta na mesa separando-as um pouco para parecer que tinham sido largadas com pressa e voltou ao hall para abrir a porta para seu pai.

— Onde está ele? — perguntou Dick Bowden passando por Todd.

— Na cozinha.

— Você fez tudo certo, Todd — disse seu pai, e abraçou-o de uma forma brusca, sem jeito.

— Só espero não ter esquecido nada — disse Todd com modéstia, e seguiu o pai do hall à cozinha.

Na pressa de tirar Dussander de casa, a carta foi quase completamente ignorada. O pai de Todd pegou-a rapidamente, e a colocou de volta na mesa quando os médicos entraram com a maca. Todd e o pai seguiram a ambulância, e sua explicação sobre o acontecido foi aceita sem objeções pelo médico que cuidava do caso de Dussander. Afinal de contas, o sr. Denker tinha 80 anos de idade e seus hábitos não eram dos mais saudáveis. O médico também elogiou Todd, seu raciocínio e iniciativa rápidos. Todd agradeceu sem entusiasmo e perguntou ao pai se podiam ir para casa.

No caminho de volta, Dick lhe disse outra vez como estava orgulhoso. Todd mal ouviu. Estava novamente pensando no rifle.

18

Foi nesse mesmo dia que Morris Heisel quebrou a espinha.

Morris nunca tivera a *intenção* de quebrar a espinha. Só tinha a *intenção* de prender a calha de chuva do lado leste de sua casa. Quebrar a espinha era a última coisa que lhe passava pela cabeça, já tinha sofrido muito na vida sem aquilo, muito obrigado. Sua primeira esposa morrera aos 25 anos, e suas duas filhas também tinham morrido. Seu irmão faleceu num trágico acidente de carro perto da Disneylândia em 1971. O próprio Morris estava beirando os 60 anos e sofria de artrite, que piorava a cada dia. Também tinha verrugas nas duas mãos, verrugas que pareciam crescer novamente com a mesma velocidade que o médico as cauterizava. Era, *além disso*, propenso a enxaquecas, e, nos últimos anos, aquele babaca do Rogan, que morava ao lado, tinha começado a chamá-lo de "Morris, o Gato". Morris perguntava em voz alta a Lídia, sua segunda mulher, se Rogan gostaria que começasse a chamá-lo de "Rogan Hemorroidas".

— Pare com isso, Morris — dissera Lídia numa dessas ocasiões. — Você não admite brincadeiras, nunca admitiu, às vezes me pergunto como me casei com um homem sem o menor senso de humor. Vamos para Las Vegas — continuou Lídia, dirigindo-se à cozinha vazia como se uma multidão de espectadores invisível, que só ela via, estivesse ali —, vemos o show de Buddy Hackett, e Morris não ri *uma vez*.

Além de artrite, verrugas e enxaqueca, Morris também tinha Lídia, que, Deus a tenha, tinha se transformado numa rabugenta nos últimos cinco anos mais ou menos... desde sua histerectomia. Já tinha muitas mágoas e problemas sem ter quebrado a espinha.

— *Morris!* — gritou Lídia vindo até a porta dos fundos e enxugando o sabão das mãos com um pano de prato. — Morris, desça dessa escada imediatamente!

— O quê? — Virou a cabeça para olhá-la. Estava quase no último degrau de sua escada de alumínio. Havia um adesivo amarelo forte nesse degrau que dizia: PERIGO! O EQUILÍBRIO PODE SER ALTERADO A PARTIR DESTE DEGRAU! Morris usava seu avental de carpinteiro com grandes bolsos, um deles cheio de pregos e o outro cheio de grampos. O chão era um pouco irregular e a escada balançou ligeiramente quando ele se mexeu. Seu pescoço doía com o desagradável princípio de enxaqueca. Estava fora de si. — *O quê?*

— Eu disse para você descer daí — disse ela —, antes que quebre a espinha.

— Estou quase acabando.

— Você está balançando nessa escada como se estivesse num barco, Morris. Desça daí!

— Vou descer quando acabar! — disse com raiva. — Me deixe em paz!

— Vai quebrar a espinha — repetiu melancólica, e voltou para dentro de casa.

Dez minutos depois, quando estava colocando o último prego na calha, tão na ponta do degrau que estava a ponto de perder o equilíbrio, ouviu um miado e um latido feroz.

— Pelo amor de Deus, o que...?

Virou-se para olhar e a escada balançou assustadoramente. Na mesma hora, o gato deles, chamado Mimoso, e *não* Morris, dobrou correndo o lado da garagem, o pelo eriçado, os olhos verdes brilhando. O cachorrinho collie dos Rogan perseguia-o avidamente, com a língua para fora e a coleira arrastando no chão.

Mimoso, aparentemente não supersticioso, correu para baixo da escada. O collie seguiu-o.

— Cuidado, cuidado, seu vira-lata estúpido! — gritou Morris.

A escada balançou. O cachorro esbarrou nela com o lado do corpo. A escada virou e Morris virou junto, soltando um uivo de terror. Caiu metade dentro e metade fora do caminho de cimento, e uma dor imensa atingiu suas costas. Não somente ouviu como sentiu sua espinha estalar. Depois o mundo ficou cinza por um tempo.

Quando as coisas entraram em foco novamente, ainda estava deitado metade dentro e metade fora do caminho de cimento em meio a pregos e grampos espalhados por toda parte. Lídia estava ajoelhada junto dele, chorando. Rogan, o vizinho, também estava lá, o rosto branco como um sudário.

— Eu disse! — repetia Lídia. — Eu disse para você descer dessa escada! Agora olhe! Olhe o que aconteceu!

Morris descobriu que não tinha a menor vontade de olhar. Uma dor sufocante e latejante apertava sua cintura como um cinturão, e isso era ruim; mas havia algo muito pior: não sentia nada daquele cinturão para baixo — nada, nada.

— Reclame depois — disse ele com a voz rouca. — Agora chame o médico.

— Vou chamar — disse Rogan, e voltou correndo para sua casa.

— Lídia — disse Morris. Molhou os lábios.

— O quê? O que, Morris? — Inclinou-se sobre ele e uma lágrima pingou em sua face. Era comovente, ele achava, mas aquilo o fez retrair-se e piorou a dor.

— Lídia, eu também estou com uma daquelas minhas enxaquecas.

— Oh, coitadinho! Pobre Morris! Mas eu *avisei*...

— Fiquei com dor de cabeça porque o cachorro do babaca do Rogan latiu a noite inteira e eu não consegui dormir. Hoje o cachorro persegue meu gato, derruba a minha escada e acho que quebrei a espinha.

Lídia soltou um grito estridente. O barulho fez a cabeça de Morris vibrar.

— Lídia — disse ele, e molhou os lábios novamente.

— O que foi, querido?

— Suspeitei de uma coisa durante muitos anos. Agora tenho certeza.

— Pobre Morris! O quê?

— Deus não existe — disse Morris, e desmaiou.

Levaram-no para Santo Donato e o médico lhe disse, por volta da mesma hora em que habitualmente sentava-se para jantar e comer os insuportáveis pratos de Lídia, que nunca mais iria andar. A essa altura, já tinham engessado seu corpo inteiro. Amostras de sangue e urina haviam sido colhidas. Dr. Kemmelman havia examinado seus olhos e batido em seus joelhos com um pequeno martelo de borracha — mas suas pernas não tiveram nenhum reflexo. E em todas as ocasiões Lídia estava presente, as lágrimas correndo de seus olhos, usando um lenço atrás do outro. Lídia, que estava sempre pronta para enfrentar as aflições com firmeza e coragem, ia para todos os lugares bem provida de pequenos lenços de papel caso tivesse motivos para um ataque convulsivo de choro. Tinha ligado para sua mãe, e sua mãe chegaria logo. ("Tudo bem, Lídia" — embora se houvesse uma pessoa no mundo que Morris odiava, era a mãe de Lídia.) Tinha telefonado para o rabino, chegaria em breve também. ("Tudo bem, Lídia" — embora ele não colocasse os pés na sinagoga há cinco anos e não tivesse nem certeza do nome do rabino.) Tinha ligado para o patrão dele, e antes de chegar, em pouco tempo, já mandava desejar melhoras e seus sentimentos. ("Tudo bem, Lídia" — embora, se houvesse alguém na mesma classe da mãe de Lídia, era aquele mascador de charutos, Frank Haskell.) Finalmente deram um Valium para Morris e levaram Lídia embora. Pouco depois, Morris adormeceu — sem preocupações, enxaquecas, nada. Se continuassem lhe dando pequenas pílulas azuis como aquela, foi seu último pensamento, subiria naquela escada e quebraria a espinha de novo.

Quando acordou — ou melhor, recobrou a consciência — já era madrugada, e o hospital estava quieto como Morris imaginava que ficava. Sentia-se muito calmo... quase sereno. Não sentia dor; seu corpo estava enfaixado e leve. Sua cama estava cercada por uma espécie de engenhoca como uma gaiola de esquilo — uma coisa com grades de aço inoxidável, esteios e roldanas. Suas pernas estavam suspensas por cabos ligados a esse aparelho. Suas costas pareciam estar curvadas por algo colocado embaixo, mas era difícil dizer o que — tinha apenas seu ângulo de visão para julgar.

Outros sofrem mais, pensou. *No mundo inteiro, outras pessoas sofrem mais. Em Israel, os palestinos matam milhares de fazendeiros que cometem o crime político de ir à cidade assistir a um filme. Os israelenses enfrentam a injustiça jogando bombas nos palestinos e matando as crianças que estiverem junto com os terroristas. Outros sofrem mais que eu... o que não quer dizer que isso é* bom, *não pense isso, mas outros sofrem mais.*

Levantou uma das mãos com esforço — sentia dor em alguma parte do corpo, mas bem tênue — e fechou-a levemente em frente a seus olhos. Nada de errado com as mãos. Nada de errado com os braços também. Não sentia nada da cintura para baixo, e daí? Havia pessoas no mundo inteiro paralisadas do *pescoço* para baixo. Havia pessoas com lepra. Pessoas morrendo de sífilis. Em algum lugar do mundo, neste momento, deve haver pessoas entrando num avião que vai cair. Não, isso não era bom, mas havia coisas piores no mundo.

E houve, em certa época, coisas *muito* piores no mundo.

Levantou o braço esquerdo. Pareceu flutuar, desencorporado, perante seus olhos — um braço de velho esquelético com os músculos se deteriorando. Estava vestido com um roupão de mangas curtas do hospital e ainda podia ler os números no antebraço, tatuados em tinta azul desbotada. P499965214. Coisas piores, sim, coisas piores que cair de uma escada no subúrbio, quebrar a espinha e ser trazido para um hospital metropolitano limpo e esterilizado e tomar um Valium que garantidamente dissimula seus problemas.

Havia os chuveiros, eram piores. Sua primeira mulher, Heather, morrera num dos chuveiros sórdidos deles. Havia as trincheiras que se transformaram em covas — podia fechar os olhos e ainda via os homens alinhados ao longo das trincheiras abertas, ainda ouvia a saraivada de tiros de rifle, ainda lembrava a maneira como caíam pesadamente na terra como fantoches malfeitos. Havia os crematórios, eram piores também, os crematórios que enchiam o ar com o cheiro incessante e doce de judeus queimando como tochas que ninguém via. As caras de horror de antigos amigos e parentes... rostos que se derretiam como velas flamejantes, rostos que pareciam derreter *diante de seus próprios olhos* —

ficando finos, finos, mais finos. Então um dia se foram. Para onde? Para onde vai a chama de uma tocha quando o vento a apaga? Para o céu? Para o inferno? Luzes na escuridão, velas ao vento. Quando Jó finalmente sucumbiu e questionou, Deus perguntou-lhe: *Onde estava você quando criei o mundo?* Se Morris Heisel fosse Jó teria respondido: *Onde estava o Senhor quando minha Heather estava morrendo, Seu babaca? Protegendo os ianques e os senadores? Se não pode se dedicar melhor a seu ofício, desapareça da minha frente.*

Sim, havia coisas piores que quebrar a espinha, não duvidava disso. Mas que espécie de Deus teria permitido que quebrasse a espinha e ficasse paralisado depois de ver a mulher, as filhas e os amigos morrerem?

Nenhum Deus, era isso.

Uma lágrima escorreu do canto de seu olho e desceu devagar pelo lado de sua cabeça até a orelha. Do lado de fora do quarto do hospital, uma campainha soou suavemente. Uma enfermeira chegou fazendo um chiado com os sapatos brancos de sola de crepe. Sua porta estava encostada, e na parede no final do corredor podia ler as letras TRAT NSIVO, e imaginou que o letreiro todo seria TRATAMENTO INTENSIVO.

Houve movimento no quarto — um farfalhar de roupas de cama.

Movendo-se cuidadosamente, Morris virou a cabeça para a direita, o lado oposto à porta. Viu uma mesa de cabeceira perto de si com uma jarra de água em cima. Havia dois botões para chamada na mesa. Do outro lado da mesa, uma outra cama, e nessa cama estava um homem que parecia mais velho e doente do que Morris. Não estava preso a uma gigantesca roda de exercícios como Morris, mas tinha soro perto da cama e uma espécie de monitor aos pés. A pele do homem era encovada e pálida. Tinha linhas fundas ao redor dos olhos e da boca. Seus cabelos eram brancos e amarelados, secos e sem vida. Suas pálpebras finas tinham uma aparência deformada e brilhante, e em seu grande nariz Morris viu os vasos capilares rompidos de um homem que bebeu a vida inteira.

Morris olhou para o outro lado... depois olhou de novo. Quando começou a clarear e o hospital começava a despertar, teve a estranha sensação de que conhecia seu companheiro de quarto. Podia ser? O homem parecia ter entre 75 e 80 anos, e Morris não acreditava que conhecesse alguém tão velho — com exceção da mãe de Lídia, uma pessoa horrorosa que Morris, às vezes, acreditava ser mais velha que a Esfinge, com quem a mulher se parecia muito.

Talvez o cara fosse alguém que conhecera no passado, talvez antes de ter vindo para a América. Talvez sim. Talvez não. E por que de repente isso pareceu importante? Por que de repente as lembranças do campo, de Patin, tinham voltado fortemente naquela noite, já que sempre tentava — e sempre conseguia — manter aquelas coisas enterradas?

Sentiu um arrepio repentino, como se tivesse entrado numa casa imaginária mal-assombrada onde corpos antigos agonizavam e fantasmas antigos perambulavam. Podia ser, mesmo aqui e agora nesse hospital limpo, trinta anos depois que aquela época sinistra chegara ao fim?

Desviou os olhos do homem na cama ao lado, e logo começou a sentir-se sonolento novamente.

É uma artimanha da sua mente achar que esse homem pareça familiar. Apenas sua mente distraindo-o da melhor maneira possível, distraindo--o da maneira como costumava tentar distraí-lo no...

Mas não iria pensar naquilo. Não se permitiria pensar naquilo.

Quase caindo no sono, lembrou-se de uma coisa que costumava dizer a Heather com orgulho (mas nunca a Lídia; não valia a pena dizer essas coisas a Lídia; ela não era como Heather, que sempre sorria docemente quando ele se vangloriava ou cantava vitórias): *Nunca me esqueço de um rosto*. Aí estava uma chance de descobrir se aquilo ainda era verdade. Se tivesse mesmo conhecido o homem da outra cama em alguma época, talvez pudesse lembrar quando... e onde.

Muito perto de dormir, entrando e saindo do limite do sono, Morris pensou: *Talvez o conheça do campo.*

Seria realmente irônico — o que chamam "ironia do destino".

Deus? Que Deus? Morris Heisel perguntou a si mesmo novamente, e adormeceu.

19

Todd foi o segundo melhor aluno do seu ano de formatura, possivelmente por causa da nota baixa que tirou na prova final de trigonometria para a qual estava estudando na noite em que Dussander teve o ataque cardíaco. Sua nota final no curso abaixou para 89, um ponto abaixo da média correspondente a A–.

Uma semana após a formatura, os Bowden foram visitar o sr. Denker no Hospital Geral de Santo Donato. Todd conversou banalidades nervosamente durante 15 minutos, fazendo perguntas sobre seu estado de saúde, e ficou agradecido com o intervalo quando o homem na outra cama perguntou se ele poderia ir até lá um instante.

— Queira me desculpar — disse o homem gentilmente. Estava com um gesso imenso no corpo e por alguma razão estava preso a um sistema elevado de roldanas e fios. — Meu nome é Morris Heisel. Quebrei a espinha.

— Isso é muito ruim — disse Todd circunspecto.

— *Ah*, muito ruim — diz ele. — Esse garoto tem o dom de atenuar os fatos!

Todd começou a desculpar-se, mas Heisel ergueu a mão, sorrindo ligeiramente. Seu rosto estava pálido e cansado, o rosto de qualquer velho que está no hospital encarando uma vida cheia de mudanças repentinas à sua frente — e com certeza poucas delas para melhor. Naquele aspecto, pensou Todd, ele e Dussander eram iguais.

— Não precisa — disse Morris. — Não precisa responder a um comentário rude. Você é um estranho. Um estranho precisa envolver-se com meus problemas?

— Nenhum homem é uma ilha, pleno... — começou Todd, e Morris riu.

— Oh, ele faz citações! Um menino inteligente! O seu amigo ali, ele está muito mal?

— Bem, o médico diz que ele está indo bem, considerando a idade dele. Tem 80 anos.

— Tudo isso? — exclamou Morris. — Sabe, ele não conversa muito comigo. Mas pelo pouco que falou, acho que ele é naturalizado. Como eu. Sou polonês, sabe. Quer dizer, minha origem. Sou de Radom.

— É? — disse Todd, educado.

— É. Sabe como se chama uma coisa larga, redonda, achatada e laranja?

— Não — disse Todd sorrindo.

— Howard Johnson — disse Morris, e riu. Todd riu também.

Dussander olhou para eles surpreendido pelo barulho, a testa um pouco franzida. Então Monica falou alguma coisa e ele olhou para ela.

— Seu amigo é naturalizado?

— É, sim — disse Todd. — Ele é da Alemanha. Essen. Conhece essa cidade?

— Não — respondeu Morris —, só estive na Alemanha uma vez. Fico pensando se ele não esteve na guerra.

— Não sei dizer. — Os olhos de Todd ficaram distantes.

— Não? Bem, não importa. Isso faz muito tempo, a guerra. Dentro de mais três anos haverá pessoas neste país candidatas a presidente... presidente!... que não eram nem nascidas até pouco depois de a guerra acabar. Para elas, não deve haver diferença entre o Milagre de Dunquerque e o dia em que Anibal levou os elefantes para os Alpes.

— O senhor esteve na guerra? — perguntou Todd.

— Acho que posso dizer que sim, até certo ponto. Você é um bom menino para estar visitando um homem tão velho... dois, contando comigo.

Todd sorriu com modéstia.

— Estou cansado agora — disse Morris. — Acho que vou dormir.

— Espero que o senhor melhore logo — disse Todd.

Morris balançou a cabeça, sorriu e fechou os olhos. Todd voltou à cama de Dussander, onde seus pais preparavam-se para sair — seu pai ficava olhando para o relógio e exclamando com falsa cordialidade que estava ficando muito tarde.

Dois dias depois, Todd voltou sozinho ao hospital. Dessa vez, Morris Heisel, imóvel dentro do gesso, dormia profundamente na outra cama.

— Você fez tudo muito bem — disse Dussander calmamente. — Voltou à casa depois?

— Voltei. Queimei a droga da carta. Acho que ninguém estava muito interessado naquela carta; tive medo, não sei. — Deu de ombros, incapaz de dizer a Dussander que estava quase com uma superstição em relação à carta... com medo que alguém que soubesse alemão entrasse na casa, lesse a carta e notasse referências de dez ou vinte anos atrás.

— Da próxima vez que vier aqui, traga alguma coisa escondida para eu beber — disse Dussander. — Descobri que não sinto falta de cigarro, mas...

— Não vou mais voltar — disse Todd com tédio. — Nunca mais. É o fim. Estamos quites.

— Quites? — Dussander cruzou as mãos sobre o peito e sorriu. Não foi um sorriso gentil... mas talvez tenha sido o mais próximo a isso que Dussander conseguiu chegar. — Achava que isso era só nas cartas. Vão me deixar sair deste cemitério semana que vem... pelo menos prometeram. O médico diz que ainda tenho alguns anos de vida. Pergunto quantos, mas ele só ri. Acho que isso quer dizer não mais de três, e provavelmente não mais de dois. Mesmo assim, talvez lhe cause uma surpresa.

Todd não respondeu nada.

— Mas cá entre nós, garoto, já quase abandonei as esperanças de ver o século mudar.

— Quero lhe perguntar uma coisa — disse Todd olhando com firmeza para Dussander. — Foi por isso que vim hoje aqui. Quero lhe perguntar sobre uma coisa que disse certa vez.

Todd olhou por cima do ombro para o homem da outra cama e chegou a cadeira mais perto da cama de Dussander. Podia sentir o cheiro de Dussander, tão seco como o quarto egípcio no museu.

— Então pergunte.

— Aquele bêbado. Você disse alguma coisa sobre eu ter experiência. Experiência de primeira mão. O que quis dizer com isso?

O sorriso de Dussander alargou um pouco.

— Eu leio jornais, garoto. Os velhos sempre leem jornais, mas não da mesma maneira que os jovens. Sabia que alguns vagabundos concentram-se no final das pistas de pouso de certos aeroportos na América do Sul quando os ventos não estão favoráveis? É assim que os velhos leem jornal. Há um mês, saiu uma história no jornal de domingo. Não na primeira página, ninguém dá importância a vagabundos e bêbados para colocá-los na primeira página, mas foi a principal notícia da parte em que apareceu. ALGUÉM ESTÁ PERSEGUINDO OS MENDIGOS DE SANTO DONATO!, era este o título. Áspero. Sensacionalista. Vocês americanos são famosos por isso.

As mãos de Todd se fecharam, escondendo as unhas roídas. Nunca lia os jornais de domingo, tinha coisas melhores para fazer. Claro que tinha consultado os jornais todos os dias pelo menos uma semana depois de cada uma de suas pequenas aventuras, e nenhum de seus mendigos aparecera até a página três. A ideia de que alguém fazia associações pelas suas costas enfureceu-o.

— A notícia mencionava vários assassinatos, assassinatos extremamente brutais. Estocadas, marretadas. "Brutalidade subumana" foi a expressão que o autor usou, mas você sabe como são os repórteres. O autor dessa lamentável matéria admitiu que existe um alto índice de morte entre esses infelizes, e que Santo Donato tem tido muitos indigentes ao longo dos anos. Em determinado ano, nem todos esses homens morrem de morte natural, ou devido a seus péssimos hábitos. Há assassinatos frequentes. Mas, na maioria das vezes, o assassino é um dos companheiros do finado, e o motivo nada além de uma discussão por causa de um centavo perdido no jogo de cartas ou uma garrafa de moscatel. Geralmente o assassino fica feliz em confessar. Fica cheio de remorso.

"Mas esses últimos assassinatos não foram esclarecidos. Ainda mais sinistro, na opinião desse jornalista sensacionalista, é o alto índice de desaparecimento nos últimos anos. É claro, ele admite, esses homens não são mais que vagabundos modernos. Vêm e vão. Alguns não recebem nenhuma ajuda nunca, nem no Dia do Trabalho nem de instituições de caridade. Alguns deles podem ser vítimas desse Assassino de Bêbados criado pelo jornalista sensacionalista, pergunta ele? Vítimas que não foram encontradas? *Ora!*"

Dussander balançou a mão no ar como que descartando tamanha irresponsabilidade.

— Puro sensacionalismo, claro. Dar uma certa emoção às pessoas no domingo de manhã. Ele recorda antigos criminosos, esquecidos mas muito úteis... o assassino de Cleveland, o Misterioso Mister X, Jack, o Estripador. Bobagens. Mas me faz refletir. O que um velho tem a fazer senão pensar quando os velhos amigos não vêm mais visitá-lo?

Todd balançou os ombros.

— Eu pensei: "Se eu quisesse ajudar esse detestável cão sensacionalista, o que com certeza não farei, poderia explicar alguns desaparecimentos. Porque pelo menos alguns dos vagabundos estão no meu porão. Não os corpos apunhalados nem marretados, não *eles*, Deus guarde suas almas intoxicadas, mas alguns desaparecidos."

— Quantos estão no seu porão?

— Cinco — disse Dussander com calma. — Contando com aquele que você me ajudou a remover, cinco.

— Você é mesmo louco — disse Todd. A pele embaixo de seus olhos ficara branca e brilhante. — Num certo momento, você perdeu as estribeiras.

— "Perdi as estribeiras." Que expressão encantadora! Talvez você esteja certo. Mas então pensei comigo mesmo: "Esse chacal do jornal adoraria atribuir os assassinatos e os desaparecimentos à mesma pessoa, o hipotético Assassino de Bêbados." Mas acho que talvez não tenha sido isso que ocorreu na verdade.

"Então pensei comigo: 'Será que conheço alguém que tenha andado no mesmo estado de tensão que eu nos últimos anos? Alguém que tenha andado ouvindo fantasmas arrastando correntes?' E a resposta é sim. Conheço *você*, garoto."

— Nunca matei ninguém.

A imagem que lhe veio não foi dos bêbados; não eram gente, gente de verdade. A imagem que lhe veio foi de si mesmo abaixado atrás da árvore caída, olhando através da mira telescópica do rifle, centralizado na têmpora do homem de barba maltratada, o homem que dirigia a caminhonete Brat.

— Talvez não — concordou Dussander amavelmente. — No entanto, agiu tão bem naquela noite. Você sentiu mais raiva do que susto por ser envolvido numa situação tão perigosa devido à doença de um velho. Estou errado?

— Não, não está errado — disse Todd. — Fiquei muito aborrecido com você, e ainda estou. Escondi-o para você porque você tem uma coisa num cofre que pode destruir minha vida.

— Não, não tenho.

— O quê? O que está dizendo?

— Foi um blefe igual a sua "carta deixada com um amigo". Você nunca escreveu tal carta, esse amigo nunca existiu e eu nunca escrevi uma única palavra sobre nossa... associação, devo dizer? Agora coloco minhas cartas na mesa. Você salvou minha vida. Não interessa que tenha agido apenas para se proteger; isso não muda a eficácia e rapidez com que você agiu. Não posso lhe fazer mal, garoto. Digo-lhe isso francamente. Vi a morte de perto e isso me assustou, mas não como pensei que aconteceria. Não há nenhum documento. E, como você diz, estamos quites.

Todd sorriu, com um estranho repuxar de lábios. Um estranho e sarcástico brilho dançava e palpitava em seus olhos.

— *Herr* Dussander — disse ele —, se apenas eu pudesse acreditar nisso...

* * *

No final da tarde, Todd desceu a ladeira com vista para a autoestrada, subiu na árvore caída e sentou-se nela. Passava da hora do crepúsculo. Estava quente. Os faróis dos carros cortavam a penumbra em longas e amareladas correntes.

Não há documento nenhum.

Não havia percebido que a situação toda era completamente irreparável, até o diálogo que se seguira. Dussander sugerira que Todd procurasse a chave do cofre pela casa, e caso não encontrasse estaria provado que não havia nenhum cofre, e, consequentemente, nenhum documento. Mas uma chave poderia estar escondida em qualquer lugar — poderia ser colocada numa lata de refrigerante e enterrada, numa lata de açúcar e enfiada atrás de uma tábua frouxa que fora posteriormente consertada; Dussander podia até ter pego um ônibus para San Diego e a colocado atrás de uma das pedras do muro decorativo que circundava a área dos ursos no zoológico. Aliás, continuava Todd, Dussander poderia até ter jogado a chave fora. Por que não? Só tinha precisado dela uma vez, para guardar os documentos. Se ele morresse, alguém os tiraria.

Dussander balançou a cabeça relutante ao ouvir aquilo, mas após refletir um pouco fez outra sugestão. Quando estivesse bom e voltasse para casa, faria o garoto ligar para todos os bancos de Santo Donato. Diria a cada funcionário que estava ligando em nome de seu avô. Coitado do vovô, diria ele, tinha ficado muito senil nos últimos dois anos e agora não lembrava onde tinha guardado a chave do cofre. Pior, não lembrava mais em que banco o cofre estava. Poderiam procurar no arquivo o nome de Arthur Denker, sem nenhuma inicial no meio? E quando Todd fosse malsucedido em todas as suas tentativas com todos os bancos da cidade...

Todd já balançava a cabeça de novo. Primeiro, uma história como aquela quase certamente levantaria suspeitas. Era planejada demais. Provavelmente suspeitariam de fraude e entrariam em contato com a polícia. Mesmo se todos engolissem a história, não seria convincente. Se nenhum dos cento e tantos bancos de Santo Donato tivesse um cofre no nome de Denker, isso não significava que Dussander não tivesse alugado um em San Diego, Los Angeles ou outra cidade.

Finalmente Dussander desistiu.

— Você tem todas as respostas, garoto. Todas, menos uma. O que eu ganharia mentindo para você? Inventei essa história para me proteger de você... é um motivo. Agora estou tentando desinventá-la. Que possível ganho você vê nisso?

Dussander ergueu-se com dificuldade em um dos ombros.

— Para que eu precisaria de um documento a esta altura? Poderia destruir sua vida dessa cama de hospital, se quisesse isso. Poderia abrir a boca para o primeiro médico que passasse, são todos judeus, todos saberiam quem eu sou, ou pelo menos quem eu fui. Mas por que faria isso? Você é um bom aluno. Tem uma boa carreira pela frente... a menos que se descuide dos seus bêbados.

O rosto de Todd ficou paralisado.

— Eu disse...

— Eu sei. Nunca ouviu falar neles, nunca tocou um fio de cabelo de suas cabeças desprezíveis, cheias de piolhos, certo, bom, está bem. Apenas me diga, garoto: por que iria mentir sobre isso? Você diz que estamos quites. Mas digo a você que só poderemos estar quites se pudermos confiar um no outro.

Agora, sentado atrás da árvore caída na ladeira que descia até a autoestrada, olhando todos os faróis anônimos que desapareciam interminavelmente como rastros lentos de balas, ele sabia muito bem do que tinha medo.

Dussander falando sobre confiança. Aquilo lhe dava medo.

A ideia de que Dussander estivesse cultivando uma pequena mas perfeita cólera em seu coração também lhe dava medo.

A cólera contra Todd Bowden, que era jovem, bonito, sem rugas; Todd Bowden, um aluno inteligente com uma vida inteira brilhante pela frente.

Mas o que mais temia era que Dussander se recusasse a pronunciar seu nome.

Todd. O que havia de tão difícil naquele nome, mesmo para um velho alemão de dentadura? *Todd.* Uma sílaba. Fácil de dizer. Coloque a língua no céu da boca, abaixe os dentes um pouco, torne a colocar a língua e pronto. No entanto, Dussander sempre o chamava de "garoto". Só isso. Desdenhoso. *Anônimo.* Sim, era isso, anônimo. Anônimo como um número no campo de concentração.

Talvez Dussander *estivesse* dizendo a verdade. Não, não apenas talvez; *provavelmente.* Mas havia aqueles medos... o pior de todos era a recusa de Dussander em usar o seu nome.

E no fundo de tudo, estava sua própria incapacidade de tomar uma decisão final difícil. E no fundo de tudo, havia uma verdade dolorosa: mesmo depois de visitar Dussander durante quatro anos, ainda não sabia o que passava pela cabeça do velho. Talvez não fosse um aluno tão inteligente.

Carros, carros e mais carros. Seus dedos coçavam para segurar o rifle. Quantos conseguiria acertar? Três? Seis? Uma dúzia de frade, que são 13? E quantos quilômetros até a Babilônia?

Mexeu-se inquieto, apreensivo.

Apenas a morte de Dussander revelaria a verdade final, ele achava. Dentro dos próximos cinco anos, talvez antes. Três a cinco... soava como uma sentença de prisão. *Todd Bowden, este tribunal condena você de três a cinco anos por associação com um criminoso de guerra conhecido. Três a cinco anos de pesadelos e suores frios.*

Mais cedo ou mais tarde, Dussander simplesmente cairia morto. Então, começaria a espera. O nó no estômago cada vez que o telefone ou a campainha tocassem.

Não sabia se aguentaria aquilo.

Seus dedos coçavam para segurar a arma, e Todd fechou as mãos e as empurrou contra a virilha. Uma dor forte consumia sua barriga e por um tempo ficou deitado contorcendo-se no chão, os lábios repuxados para trás como uma risada silenciosa. A dor era terrível, mas encobria o desfile interminável de pensamentos.

Pelo menos por um tempo.

20

Para Morris Heisel, aquele domingo foi um dia de milagres.

O Atlanta Braves, seu time predileto de beisebol, ganhou duas partidas do forte e poderoso Cincinnati Reds com resultados de 7 x 1 e 8 x 0. Lídia, que se vangloriava presunçosamente de sempre cuidar de si e adorava dizer "antes uma visita ao médico que uma temporada no hospital", escorregara no chão molhado da cozinha de sua amiga Janet e dera um jeito no quadril. Estava em casa de cama. Não era sério, de jeito nenhum, graças a Deus (que Deus), mas significava que não poderia visitá-lo pelo menos nos próximos dois dias, talvez quatro.

Quatro dias sem Lídia! Quatro dias sem ouvi-la dizer que tinha avisado que a escada estava bamba e que ele estava muito no alto. Quatro dias sem ter que ouvir Lídia dizer que sempre avisara que o cachorro de Rogan lhes traria aborrecimento, sempre perseguindo Mimoso daquela maneira. Quatro dias sem ouvir Lídia lhe perguntar se não estava satisfeito agora por ela ter insistido para que fizesse o seguro, pois se não tivesse feito estariam com certeza num asilo de pobres. Quatro dias sem Lídia lhe dizer que muitas pessoas levavam vidas normais — ou quase — paralisadas da cintura para baixo; por que não, todos os museus e galerias da cidade tinham rampas para cadeiras de rodas, além de escadas, e havia até ônibus especiais. Após os comentários, Lídia sorria encorajadoramente e então, inevitavelmente, desfazia-se em lágrimas.

Morris tirou um cochilo satisfeito no final daquela tarde.

Quando acordou eram 17h30. Seu companheiro de quarto estava dormindo. Ainda não sabia de onde conhecia Denker, mas com certeza conhecera o homem em alguma época. Por uma ou duas vezes, começara a fazer perguntas a Denker, mas alguma coisa o levava sempre a manter uma conversa banal com o homem — o tempo, o último terremoto, o próximo terremoto e, sim, o *Guide* tinha dito que Myron Floren voltaria para uma apresentação especial como convidado neste fim de semana na televisão.

Morris dizia a si mesmo que adiava as perguntas porque lhe serviam como um jogo mental, e quando se está engessado dos ombros aos quadris os jogos mentais são muito convenientes. Quando se tinha um pequeno exercício mental, não se tinha que passar tanto tempo pensando como seria ter que urinar por um cateter pelo resto da vida.

Se chegasse e perguntasse a Denker, o jogo mental provavelmente chegaria a um final rápido e insatisfatório. Seus passados coincidiriam em alguma experiência comum — uma viagem de trem, de barco, possivelmente até mesmo o campo. Denker devia ter passado por Patin; havia muitos judeus alemães lá.

Por outro lado, uma das enfermeiras havia lhe dito que Denker provavelmente teria alta em uma ou duas semanas. Se Morris não conseguisse descobrir até lá, declararia o jogo mentalmente perdido e perguntaria diretamente ao homem: *Escute, tenho a impressão que o conheço...*

Mas havia algo além daquilo, admitia. Alguma coisa dentro de si, uma espécie de contracorrente maligna que o fazia pensar na história "A Pata do Macaco", em que todos os desejos tinham sido realizados como resultado de alguma inversão funesta do destino. O velho casal que possuía a pata desejava cem dólares, e recebeu-os como compensação quando seu único filho morreu num terrível acidente num moinho. Depois a mãe desejou que o filho voltasse para eles. Logo, ouviram passos se arrastando pelo caminho de entrada da casa, depois batidas na porta. A mãe, louca de alegria, desceu correndo as escadas para abrir a porta para seu único filho. O pai, tomado de medo, procurou a pata atordoado no escuro, encontrou-a finalmente e desejou que o filho morresse de novo. A mãe abriu a porta apressadamente um minuto depois e encontrou no alpendre apenas um redemoinho de vento noturno.

De alguma maneira, Morris sentia que talvez realmente soubesse de onde ele e Denker se conheciam, mas esse conhecimento era como o filho do velho casal — vindo da cova, não como na lembrança da mãe;

ao contrário, deformadamente esmagado e mutilado pela maquinaria que girava com rangidos. Achava que seu conhecimento de Denker era uma coisa subconsciente, batendo à porta entre aquela área de sua mente e a área do reconhecimento e da compreensão racional, pedindo licença... e que outra parte dele procurava desesperadamente a pata do macaco, ou seu equivalente psicológico; o talismã que acabaria com o desejo de conhecê-lo para sempre.

Olhou para Denker franzindo o cenho.

Denker, Denker, onde o conheci, Denker? Foi em Patin? É por isso que não quero saber? Mas com certeza dois sobreviventes do mesmo horror não precisam ter medo um do outro. A menos, claro...

Franziu a testa. Sentiu-se muito perto de repente, mas seus pés formigavam, atrapalhando sua concentração, perturbando-o. Formigavam como um membro formiga quando se dorme em cima dele e a circulação começa a voltar. Se não fosse aquele maldito gesso, poderia sentar-se e esfregar os pés até o formigamento passar. Poderia...

Os olhos de Morris cresceram.

Por um longo tempo, ficou completamente parado, esqueceu-se de Lídia, esqueceu-se de Denker, esqueceu-se de Patin, esqueceu-se de *tudo*, menos da sensação de formigamento nos pés. Sim, em *ambos* os pés, mas era mais forte no direito. Quando se tem esse formigamento, diz-se "meu pé está dormindo".

Mas o que você quer mesmo dizer, claro, é "meu pé está acordando".

Morris tateou a mesa procurando a campainha. Pressionou-a insistentemente até a enfermeira vir.

A enfermeira tentou dar pouca importância ao fato — já tivera pacientes esperançosos antes. O médico não estava no prédio e não queria chamá-lo em casa. Dr. Kemmelman era muito conhecido por seu temperamento... principalmente quando era chamado em casa. Morris não deixaria que ela desprezasse o que estava sentindo. Era um homem calmo, mas estava preparado para fazer mais do que uma confusão: estava preparado para fazer um estardalhaço se fosse preciso. Os Braves haviam ganho duas partidas, Lídia dera um jeito no quadril. Mas as coisas boas acontecem em três, todos sabiam disso.

Finalmente a enfermeira veio com um residente, um jovem rapaz chamado dr. Timpnell, cujos cabelos pareciam ter sido cortados por um aparador de grama com as lâminas cegas. Dr. Timpnell tirou um canivete suíço do bolso de sua calça branca, puxou a chave Phillips e correu-a dos dedões do pé direito de Morris até o calcanhar. O pé não se moveu, mas os dedos se contraíram — foi uma contração óbvia, evidente demais para passar despercebida. Morris caiu no choro.

Timpnell, parecendo um tanto aturdido, sentou-se a seu lado na cama e bateu na sua mão.

— Esse tipo de coisa acontece de vez em quando — disse ele (provavelmente baseado em sua carga de experiência prática, que chegava a talvez seis meses). — Nenhum médico pode prever isso, mas acontece. E aparentemente aconteceu com o senhor.

Morris assentiu em meio às lágrimas.

— Obviamente o senhor não está totalmente paralisado. — Timpnell batia em sua mão. — Mas não tentaria prever se sua recuperação será insignificante, total ou parcial. Duvido que o dr. Kemmelman o faça. Suspeito que o senhor terá que se submeter a muita fisioterapia, que não será muito agradável em sua maior parte. Mas será mais agradável do que... o senhor sabe.

— Sim — disse Morris em lágrimas. — Sei. Graças a Deus! — Lembrava de ter dito a Lídia que Deus não existia, e sentiu seu rosto ficar quente e vermelho.

— Tratarei de informar o dr. Kemmelman — Timpnell deu um último tapinha na mão de Morris e levantou-se.

— O senhor poderia ligar para minha mulher? — perguntou Morris. Porque más superstições e negativismos à parte, sentia *alguma coisa* por ela. Talvez fosse até amor, um sentimento que tem pouco a ver com a vontade de, às vezes, torcer o pescoço de uma pessoa.

— Sim. Providenciarei isso. Enfermeira, poderia...?

— Claro, doutor — disse a enfermeira, e Timpnell mal pôde conter o largo sorriso.

— Muito obrigado. — Morris enxugou os olhos com um lenço Kleenex da caixa sobre a mesa de cabeceira. — Muito obrigado.

Timpnell saiu. Em alguma parte da conversa, o sr. Denker acordara. Morris pensou em desculpar-se por todo o barulho, ou talvez por suas lágrimas, depois achou que não era preciso.

— Creio que deve ser parabenizado — disse o sr. Denker.

— Veremos — Morris respondeu, mas, como Timpnell, mal pôde conter o sorriso largo. — Veremos.

— As coisas têm uma maneira própria de se resolverem — retrucou Denker vagamente, e ligou a TV com o aparelho de controle remoto. Eram agora 17h45, e viram a última parte do programa *Hee Haw*. Antecedia o jornal da noite. O desemprego estava pior. A inflação, não tão ruim. Billy Carter pensava em entrar no ramo de cervejas. Uma nova pesquisa do Instituto Gallup mostrava que, se as eleições ocorressem agora, quatro candidatos republicanos derrotariam Jimmy Carter. E haviam ocorrido incidentes radicais em consequência do assassinato de uma criança negra em Miami. "Uma noite de violência", anunciou o locutor. Mais perto, um homem não identificado fora encontrado num pomar perto da Autoestrada 46 esfaqueado e marretado.

Lídia telefonou pouco antes das seis e meia. Dr. Kemmelman lhe telefonara e, baseado no relatório do jovem interno, estava cautelosamente otimista. Lídia estava cautelosamente feliz. Jurou ir visitá-lo no dia seguinte, mesmo que morresse de dor. Morris disse que a amava. Naquela noite, amava todos — Lídia, o dr. Timpnell com seu corte de cabelo feito pelo aparador de grama, o sr. Denker, e mesmo a jovem que trouxe as bandejas do jantar quando Morris desligou o telefone.

O jantar foi hambúrgueres, purê de batatas, uma combinação de cenoura com ervilhas e pequenas taças de sorvete para a sobremesa. A jovem auxiliar de enfermagem que serviu se chamava Felice, uma loura tímida de talvez 20 anos. Tinha boas notícias — seu namorado conseguira um emprego como programador de computadores na IBM e formalmente a pedira em casamento.

O sr. Denker, que transpirava um certo charme cortês ao qual todas as jovens mostram-se sensíveis, expressou grande contentamento.

— É mesmo? Que maravilha. Sente-se aqui e nos conte. Conte-nos tudo. Não omita nada.

Felice corou, sorriu e disse que não podia fazer aquilo.

— Ainda temos que servir o resto da Ala B e a Ala C depois disso. E veja, já são 18h30.

— Então, amanhã à noite, sem falta. Fazemos questão... não é, sr. Heisel?

— Sim, claro — murmurou Morris, mas sua cabeça estava a quilômetros de distância.

(sente-se aqui e conte-nos)

Palavras ditas exatamente no mesmo tom bem-humorado. Ouvira-as antes; quanto a isso não havia dúvidas. Mas fora Denker quem as dissera? Fora?

(conte-nos tudo)

A voz de um homem polido. Um homem refinado. Mas havia uma ameaça em sua voz. A mão de aço numa luva de veludo. Sim.

Onde?

(conte-nos tudo, não omita nada.)

(? PATIN?)

Morris Heisel olhou para sua refeição. O sr. Denker já havia começado a comer com vontade. O encontro com Felice o deixara muito bem-humorado — como ficara depois que o garoto de cabelos louros o visitara.

— Uma menina simpática — disse Denker, suas palavras abafadas por uma garfada de cenouras com ervilhas.

— Oh, claro...

(sente-se)

"... você fala de Felice. Ela é

(e conte-nos tudo)

"muito doce".

(conte-nos tudo, não omita nada.)

Olhou para sua própria refeição, lembrando-se repentinamente como era no campo depois de um tempo. No começo, você mataria por um pedaço de carne, mesmo que estivesse bichada ou verde de mofo. Mas, depois de um tempo, aquela fome louca passava e sua barriga era como uma pequena pedra cinza dentro de você. Você achava que nunca mais teria fome.

Até alguém mostrar-lhe comida.

(conte-nos tudo, meu amigo, não omita nada, sente-se e conte-nos TUUUUUUUUDO.)

O prato principal na bandeja de plástico do hospital de Morris era hambúrguer. Por que deveria fazê-lo lembrar de cordeiro? Não de carneiro nem de costeletas de carneiro — o carneiro era geralmente fibroso, as costeletas geralmente duras, e uma pessoa cujos dentes haviam apodrecido como troncos velhos talvez não se sentisse demasiadamente tentada por carneiro nem costeletas. Não, o que pensava agora era num saboroso ensopado de cordeiro, cheio de molho e de legumes. Legumes gostosos e macios. Por que pensar em ensopado de cordeiro? Por que, a menos...

A porta abriu-se ruidosamente. Era Lídia, o rosto corado e sorridente. Tinha uma muleta de alumínio embaixo do braço e andava como o amigo do marechal Dillon, Chester. "*Morris!*", guinchou ela. Apoiando-a, e parecendo tão feliz quanto ela, estava Emma Rogan, a vizinha.

O sr. Denker, aturdido, soltou o garfo no chão. Xingou mentalmente e pegou-o com impaciência.

— Que *MARAVILHA*! — Lídia estava quase latindo de excitação. — Telefonei para Emma e perguntei se poderíamos vir hoje à noite em vez de amanhã; eu já tinha a muleta e disse: "Emma, se não consigo suportar essa agonia por Morris, que espécie de esposa eu sou para ele?" Foram essas as minhas palavras, não foram, Emma?

Emma Rogan, talvez lembrando que seu filhote de collie causara pelo menos parte do problema, concordou entusiasmada.

— Então telefonei para o hospital — disse Lídia, tirando o casaco e se instalando para uma longa visita. — *Eles* disseram que já passava da hora de visitas, mas no meu caso abririam uma exceção, só que não poderemos ficar muito tempo para não incomodar o sr. Denker. Não estamos incomodando o senhor, estamos, sr. Denker?

— Não, minha senhora — Denker respondeu resignado.

— Sente-se, Emma, pegue a cadeira do sr. Denker, ele não está usando. Morris, pare de tomar o sorvete, está deixando escorrer tudo em cima de você como um bebê. Não tem problema. Logo você estará de pé e de volta. Vou dar sua comida. Gugu, dadá. Abra bem a boca... assim, preparar, apontar, já... Não diga nada, mamãe sabe mais. Você olharia para ele, Emma, quase não tem mais cabelo, não é de admirar, e diria que ele nunca mais ia andar? É uma graça de Deus. Eu disse a ele que aquela escada estava bamba. Eu disse: Morris, desça daí antes...

Ela lhe deu o sorvete e falou durante uma hora e, quando foi embora, mancando ostensivamente sobre a muleta, enquanto Emma segurava seu braço, as lembranças de ensopado de cordeiro e vozes ecoando através dos anos eram as últimas coisas que passavam pela cabeça de Morris. Estava exausto. Dizer que tinha sido um dia agitado era pouco. Morris adormeceu profundamente.

Acordou entre três e quatro horas da manhã com um grito preso nos lábios.

Agora sabia. Sabia exatamente onde e quando conhecera o homem da cama ao lado. Apenas seu nome não era Denker naquela época. Não, de jeito nenhum.

Tivera o pior pesadelo de toda a sua vida. Alguém dera a ele e Lídia uma pata de macaco e eles desejaram dinheiro. Então, de alguma forma, um garoto vestido com um uniforme da Juventude Hitlerista estava no mesmo lugar que eles. Entregava um telegrama a Morris que dizia: SENTIMOS INFORMAR AMBAS FILHAS MORTAS PT CAMPO DE CONCENTRAÇÃO DE PATIN PT MUITO PESAR PELO RESULTADO FINAL PT SEGUE CARTA COMANDANTE PT CONTAREMOS TUDO OMITIR NADA PT POR FAVOR ACEITEM CHEQUE CEM MARCOS ALEMÃES AMANHÃ DEPOSITADO CONTA PT ASSINADO CHANCELER ADOLF HITLER.

Lídia caía num pranto e, embora nunca tivesse visto as filhas de Morris, levantava a pata do macaco e desejava que ressuscitassem. O quarto ficava escuro. De repente, ouviam-se passos arrastados e cambaleantes do lado de fora.

Morris estava de quatro numa escuridão que, de repente, cheirava a fumaça, gás e morte. Procurava a pata. Mais um pedido. Se encontrasse a pata, pediria para acabar com aquela coisa horrível. Ele iria se poupar da visão de suas filhas, magras como espantalhos, seus olhos, dois buracos fundos, seus números queimando na pele escassa de seus braços.

Batendo na porta.

No pesadelo, a busca pela pata era cada vez mais fanática, mas não adiantava. Parecia continuar por anos. Então, atrás dele, a porta abria-se com um estrondo. *Não,* pensava ele, *não vou olhar. Fecharei os olhos. Vou tirá-las de minha cabeça se for necessário, mas não olharei.*

Mas olhava. Teve que olhar. No sonho, era como se duas imensas mãos agarrassem sua cabeça e a virassem.

Não eram suas filhas de pé na porta: era Denker. Um Denker muito mais jovem, um Denker que usava um uniforme da SS nazista, o boné com a insígnia da morte aprumado ostensivamente do lado. Os botões brilhavam impiedosamente, as botas polidas tinham um lustre assassino.

Segurava nas mãos um pote imenso de ensopado de cordeiro que borbulhava lentamente.

E o Denker do sonho, com um sorriso suave e sinistro, dizia: *Sente-se e conte-nos tudo — como se fosse a um amigo,* hein*? Ouvimos dizer que esconderam ouro. Armazenaram tabaco. Que não foi comida envenenada com Schneibel, mas pó de vidro no jantar de dois dias atrás. Não deve insultar nossa inteligência fingindo que não sabe de nada. Você sabia de TUDO. Então conte tudo. Não omita nada.*

E na escuridão, sentindo o cheiro enlouquecedor de ensopado, contava tudo. Seu estômago, antes uma pequena pedra cinza, era agora um tigre voraz. As palavras saíram sem controle de seus lábios. Eram lançadas num sermão sem sentido de um lunático, verdades e mentiras misturadas.

Brodin guarda a aliança de casamento de sua mãe embaixo do escroto!

(— sente-se)

Laslo e Herman Dorksy falaram em atacar o guarda da torre número três!

(— e conte-nos tudo)

O marido de Rachel Tannenbaum tem tabaco, ele deu para o guarda que entra depois de Zeickert, aquele que chamam de Come-Meleca, pois sempre coloca o dedo no nariz e depois na boca; Tannenbaum deu um pouco para o Come-Meleca, senão não poderia ficar com os brincos de pérola da mulher.

(— oh, isso não faz nenhum sentido você misturou duas histórias diferentes eu acho mas tudo bem muito bem preferimos que misture duas histórias a que omita uma completamente não deve omitir NADA!)

Há um homem que responde pelo filho morto para receber provisões duplas!

(— diga o nome dele)

Eu não sei mas posso apontá-lo para vocês por favor sim posso mostrá-lo a vocês mostrarei mostrarei mostrarei

(— conte-nos tudo o que sabe)
contarei contarei contarei contarei contarei contarei contarei

Até que acordou com um grito preso na garganta como fogo.

Tremendo incontrolavelmente, olhou a forma dormindo na outra cama. Descobriu-se olhando fixamente para a boca encovada e enrugada. Tigre velho sem dentes. Elefante canalha ancião e perverso sem um chifre e com o outro podre e bambo dentro da cavidade. Monstro senil.

— Oh, meu *Deus* — sussurrou Morris. Sua voz alta e fraca era audível apenas para ele. As lágrimas escorriam em seu rosto em direção às orelhas. — Oh, *Deus* bendito, o homem que assassinou minha mulher e minhas duas filhas está dormindo no mesmo quarto que eu, meu *Deus*, oh, santo santo *Deus*, ele está aqui comigo agora neste quarto.

As lágrimas começaram a correr mais rápido agora — lágrimas de ódio, terror, quentes, escaldantes.

Tremia e esperava a manhã, a manhã que não chegava nunca.

21

No dia seguinte, segunda-feira, Todd levantou-se às seis horas da manhã e comia indiferentemente um ovo mexido que ele mesmo preparara, quando seu pai desceu ainda vestido com o roupão com monograma e de chinelos.

— 'Dia — disse a Todd, passando por ele ao ir até a geladeira pegar um suco de laranja.

Todd respondeu com outro grunhido sem tirar os olhos do livro, um de mistério. Tivera muita sorte de conseguir um emprego de verão em uma firma que ajardinava terrenos depois de Pasadena. Seria longe demais para ir todos os dias, mesmo que seus pais estivessem dispostos a emprestar-lhe um carro durante o verão (nenhum dos dois estava), mas seu pai estava trabalhando num terreno não muito distante, e podia deixar Todd no ponto de ônibus na ida e pegá-lo no mesmo lugar na volta. Todd estava furioso com a combinação: não gostava de voltar do trabalho para casa com seu pai e simplesmente detestava ir para o trabalho com ele de manhã. Era pela manhã que se sentia mais exposto, quando a divisória entre o que era e o que podia ser parecia mais estreita. Era pior depois de uma noite de pesadelos, mas mesmo que não os tivesse, era ruim. Uma manhã percebeu com terror que vinha pensando seriamente em esticar o braço por cima da pasta de documentos de seu pai, meter a mão no volante do Porsche e fazê-los rodopiar no meio das duas vias expressas causando uma destruição completa entre os que se dirigiam ao trabalho de manhã.

— Quer outro ovo, grande Todd?

— Não, obrigado, papai. — Dick Bowden comia-os fritos. Como alguém podia aguentar comer um ovo frito? Dois minutos na chapa, e pronto. O resultado final no prato parecia um gigante olho morto com uma catarata em cima, um olho que sangrava laranja quando você o espetava com o garfo.

Empurrou os ovos mexidos para longe. Mal os tocara.

Do lado de fora, o jornal foi colocado sobre o degrau.

Seu pai terminou de cozinhar, desligou a chapa e veio para a mesa.

— Não está com fome hoje, grande Todd?

Se me chamar assim mais uma vez, vou enfiar minha faca pelo seu nariz de merda... grande pai.

— Acho que não estou com muito apetite.

Dick sorriu afetuosamente para seu filho; ainda havia uma pequenina gota de creme de barbear na orelha direita do garoto.

— Betty Trask roubou seu apetite. É isso que eu acho.

— É, talvez seja isso. — Ofereceu um sorriso débil que desapareceu tão logo seu pai desceu as escadas da saleta de café da manhã para pegar o jornal. *Ficaria feliz se eu lhe dissesse que ela é uma piranha, grande pai? E se eu dissesse: "Ah, falando nisso, sabia que a filha do seu grande amigo Ray Trask é uma das maiores prostitutas de Santo Donato? Beijaria a própria vagina se tivesse articulações ultraflexíveis, grande pai. É assim que ela é. Uma prostitutazinha fedorenta. Duas carreiras de coca e ela é sua aquela noite. E se por acaso você não tiver coca, ela é sua do mesmo jeito. Ela treparia com um cachorro se não tivesse um homem. Acha que ficaria feliz com isso, grande pai? Seria um bom começo de dia?*

Afastou os pensamentos violentamente, sabendo que não passariam.

Seu pai voltou com o jornal. Todd olhou de relance a manchete: NAVE NÃO LEVANTARÁ VOO, DIZ ESPECIALISTA.

Dick sentou-se.

— Betty é uma menina bonita — disse ele. — Lembra sua mãe quando a conheci.

— É?

— Bonita... jovem... saudável... — Os olhos de Dick Bowden ficaram distantes. Então voltaram, fixando-se quase ansiosamente no filho. — Não que sua mãe não seja mais bonita. Mas com aquela idade a menina tem um certo... brilho, acho que se pode dizer assim. Permanece um tempo e depois desaparece. — Deu de ombros e abriu o jornal. — *C'est la vie,* eu acho.

Ela é uma puta no cio. Talvez isso faça ela brilhar.

— Você está tratando ela bem, não está, grande Todd? — Seu pai percorria rapidamente, como de costume, as páginas até as de esporte. — Não está forçando muito a barra?

— Tudo em cima, papai.

(Se ele não parar logo, eu vou fazer alguma coisa. Gritar. Jogar o café na cara dele. Alguma coisa.)

— Ray acha você um ótimo menino — disse Dick ausente. Finalmente chegara à parte de esportes. Ficou absorvido. Houve um silêncio abençoado à mesa do café.

Betty Trask ficou entusiasmada por ele desde a primeira vez em que saíram juntos. Ele a levou para a rua dos namorados local depois do cinema porque sabia que era esperado que fizesse isso; podiam trocar saliva por meia hora mais ou menos e teriam o que contar para os amigos no dia seguinte. Ela poderia revirar os olhos e contar como lutara contra os avanços dele — os garotos eram tão cansativos, é verdade, ela nunca transava no primeiro encontro, não era esse tipo de garota. Suas amigas concordariam e então todas elas se reuniriam no quarto das garotas e fariam o que quer que seja que façam lá dentro — retocar a maquiagem, colocar Tampax, qualquer coisa.

Para o cara... bem, você tinha que conseguir. Tinha que chegar pelo menos na segunda etapa e tentar a terceira. Porque havia reputações e reputações. Todd não ligava muito para o fato de ter fama de garanhão; queria apenas ter fama de normal. E se você nem ao menos *tentasse*, começavam a falar. As pessoas começavam a pensar se você era mesmo normal.

Então ele as levava até Jane's Hill, beijava-as, pegava em seus seios e ia um pouco mais longe se elas permitissem. A garota o impediria, ele daria uma desculpa bem-humorada e a levaria para casa. Não se preocuparia com o que diriam no quarto das garotas no dia seguinte. Não se preocuparia que alguém fosse pensar que Todd Bowden não era normal. A não ser...

A não ser Betty Trask, que *era* o tipo de garota que transa no primeiro encontro. Em todos os encontros. E entre os encontros.

A primeira vez tinha sido mais ou menos um mês antes do enfarte do maldito nazista, e Todd achava que tinha se saído muito bem para um rapaz virgem... talvez pelo mesmo motivo que um lançador de beisebol se sairá bem se tiver que jogar no principal jogo do ano sem aviso prévio. Não houvera tempo de se preocupar, de se preparar.

Antes, Todd sempre fora capaz de sentir quando uma garota tinha resolvido que no encontro seguinte ela simplesmente se deixaria levar. Ele sabia que tinha uma boa aparência, que tanto seu físico quanto sua situação eram bons. O tipo de garoto que as mães rabugentas viam como um "bom partido". E quando sentia essa rendição física prestes a acontecer, começava a sair com outra garota. E o que quer que isso diga a respeito de sua personalidade, Todd admitiu para si próprio que se algum dia começasse a sair com uma garota realmente frígida, provavelmente ficaria feliz em sair com ela durante anos. Talvez até casasse com ela.

Mas a primeira vez com Betty tinha se saído muito bem — *ela* não era virgem, apesar de ele ser. Ela teve que ajudá-lo a introduzir o pênis dentro dela, mas pareceu que já esperava por aquilo. E na metade do ato tinha dito: "Eu simplesmente *amo* transar!" Foi o tom de voz que outra garota usaria para expressar seu amor por sorvete de morango.

Os últimos encontros — tinham sido cinco (cinco e meio, se quisesse contar o de ontem à noite) — não tinham sido tão bons. Na verdade, tinham piorado ao que parecia ser uma razão exponencial... embora ainda não acreditasse que Betty tivesse percebido (pelo menos, não até ontem à noite). Na verdade, muito pelo contrário. Betty aparentemente acreditava que tinha encontrado o garanhão dos seus sonhos.

Todd não sentira nada do que deveria sentir naquelas ocasiões. Beijar seus lábios foi como beijar fígado quente mas cru. Ter sua língua dentro da boca só o fez pensar em que tipos de germes ela teria, e em alguns momentos ele achava que podia sentir o cheiro de suas obturações — um odor metálico desagradável, como cromo. Seus seios eram trouxas de carne. Nada mais.

Todd tinha feito mais duas vezes com ela antes do enfarte de Dussander. Cada vez teve mais problemas em conseguir ter uma ereção. Nas duas vezes, conseguira finalmente usando a fantasia. Ela estava nua na frente de todos os amigos deles. Chorando. Todd a obrigava a andar de um lado para o outro na frente deles enquanto ele gritava: *Mostre os peitos! Deixe eles verem tudo, sua prostituta barata! Abra as nádegas! Isso, curve-se e ABRA as nádegas!*

O deleite de Betty não fora totalmente surpreendente. Ele era um bom amante, não apesar de seus problemas, mas por causa deles. Conseguir ter uma ereção era apenas o primeiro passo. Depois você tinha que ter um orgasmo. A quarta vez que tinham feito — três dias depois do enfarte de Dussander —, ficara dentro dela mais de dez minutos. Betty Trask achava que tinha morrido e ido para o paraíso; ela teve três orgasmos e estava tentando o quarto quando Todd recordou uma antiga fantasia... na verdade, a Primeira Fantasia. A garota na mesa, presa e indefesa. O enorme consolo, o bulbo de borracha. Apenas então, desesperado, suando e louco para acabar com tudo aquilo, o rosto da garota da mesa tornara-se o rosto de Betty. Isso trouxe um espasmo sem graça e artificial que acreditou que fosse, tecnicamente pelo menos, um orgasmo. Um momento depois, Betty estava sussurrando no seu ouvido, seu hálito quente e cheirando a chiclete de frutas:

— Querido, você me terá a qualquer hora. É só ligar.

Todd quase resmungou em voz alta.

O ponto principal de seu dilema era este: sua reputação não sofreria se terminasse com uma garota que obviamente queria entregar-se a ele? As pessoas não se surpreenderiam? Parte dele dizia que não. Lembrava de ter caminhado pelo corredor atrás de dois garotos mais velhos no ano em que era calouro e ter ouvido um deles dizer para o outro que tinha terminado com a namorada. O outro quis saber por quê.

— Já trepei muito com ela — disse o primeiro, e os dois caíram na gargalhada.

Se alguém me perguntar por que a deixei, vou dizer simplesmente que já trepei muito com ela. Mas e se ela disser que só fizemos cinco vezes? É o bastante? O quê?... Quantas vezes?... Quantas?... Quem vai falar?... O que vão dizer?

Assim sua mente divagava, inquieta como um rato faminto num labirinto insolúvel. Estava vagamente consciente de que transformava um pequeno problema num grande problema, e que essa incapacidade de resolvê-lo tinha alguma relação com o estado de insegurança em que havia ficado. Mas saber disso não lhe dava estímulo para mudar seu comportamento, e ele caía em profunda depressão.

A faculdade. A faculdade era a resposta. A faculdade era uma desculpa para acabar com Betty que ninguém questionaria. Mas setembro parecia tão longe.

Da quinta vez, levara quase vinte minutos para conseguir ter uma ereção, mas Betty achou que pela experiência valera a pena esperar. Então, ontem à noite, não conseguira de jeito nenhum.

— Afinal de contas, o que você é? — perguntara Betty petulante. Depois de vinte minutos manipulando seu pênis flácido, ela ficara desgrenhada e impaciente. — Você é um desses caras gilete?

Ele quase a estrangulou naquela hora. E se tivesse o rifle...

— Ora, esse safadinho! Parabéns, filho!

— Hã? — Olhou para o pai, saindo de seus pensamentos sombrios.

— Você foi um dos astros do ensino médio do sul da Califórnia! — Dick sorria com orgulho e prazer.

— Fui mesmo? — Por um momento, mal sabia sobre o que seu pai falava; teve que adivinhar o sentido das palavras. — Ah é, Coach Haines falou qualquer coisa sobre isso no final do ano. Disse que ia colocar Billy DeLyons e eu como candidatos. Nunca esperei que alguma coisa fosse acontecer.

— Meu Deus, você não parece muito entusiasmado!

— Ainda estou tentando...

(quem liga para essa merda?)

— ... me acostumar à ideia. — Com enorme esforço, conseguiu dar um sorriso. — Posso ver o artigo?

Seu pai passou-lhe o jornal por cima da mesa e levantou-se.

— Vou acordar Monica. Tem que ver isso antes de sairmos.

Não, pelo amor de Deus... não consigo encarar os dois hoje de manhã.

— Oh, não faça isso. Você sabe que ela não vai mais conseguir dormir se acordá-la. Vamos deixar o jornal para ela em cima da mesa.

— É, acho que podemos fazer isso. Você é mesmo um garoto sensato. — Bateu nas costas de Todd, que fechou os olhos com força. Ao mesmo tempo, sacudiu os ombros num gesto de quem não está ligando, o que fez seu pai rir. Todd abriu os olhos novamente e olhou para o jornal.

QUATRO GAROTOS ELEITOS ASTROS DO SUL DA CALIFÓRNIA, dizia a manchete. Embaixo havia fotografias deles em seus uniformes — o apanhador e o que ficava à esquerda do campo de Fairview High, o canhoto de Mountford e Todd na extrema direita, sorrindo abertamente para o mundo debaixo da aba de seu boné de beisebol. Leu a matéria e viu que Billy DeLyons tinha ficado em segundo. Aquilo, pelo menos, era algo para alegrar-se. DeLyons podia jurar que era metodista até a morte se isso o fizesse sentir-se bem, mas não estava fazendo Todd de bobo. Sabia perfeitamente bem quem era Billy DeLyons. Talvez devesse apresentá-lo a Betty Trask, outra mentirosa. Tinha pensado naquilo durante muito tempo e ontem tivera certeza. Os Trask estavam querendo se fazer de brancos. Bastava olhar para o nariz e para aquela pele oliva — a do pai dela era ainda pior — para ter certeza. Provavelmente foi por isso que não conseguiu levantá-lo. Era simples: seu pênis sabia disso antes de sua mente. Quem eles achavam que estavam enganando, se chamando de Trask?

— Parabéns mais uma vez, filho.

Olhou para cima e primeiro viu a mão esticada de seu pai, depois seu rosto tolo e sorridente.

Seu queridinho amigo Trask é um judeu!, ouviu sua voz gritando na cara de seu pai. *Foi por isso que fiquei impotente com a piranha da filha dele ontem à noite! O motivo é esse!* Então, logo em seguida, a voz fria que algumas vezes aparecia em momentos como esse surgiu de dentro dele, prendendo a crescente onda de irritação como que

(CONTROLE-SE AGORA MESMO)

atrás de um portão de aço.

Segurou a mão de seu pai e apertou-a. Sorriu sinceramente para o rosto orgulhoso dele. Disse:

— Puxa, obrigado, papai.

Deixaram aquela página do jornal dobrada e um bilhete para Monica, que Dick insistiu para que Todd escrevesse e assinasse *Seu filho astro, Todd.*

22

Ed French, também conhecido como "Enrugado" French, Fiapo, o Homem do Keds e também Ed Galocha, estava numa pequena e adorável cidade litorânea chamada San Remo para uma convenção de supervisores conselheiros. Era uma perda de tempo — tudo em que os supervisores concordavam é que não concordavam em nada —, e ficou cada vez mais chato com os ensaios, seminários e debates depois do primeiro dia. Na metade do segundo dia, Ed descobriu que também estava entediado com San Remo, e que dos adjetivos pequena, adorável e praiana, o mais adequado era *pequena*. Paisagens deslumbrantes e sequoias à parte, San Remo não tinha um cinema ou uma pista de boliche e Ed não quis ir ao único bar do local — tinha um estacionamento sujo cheio de caminhonetes, a maioria das quais com adesivos de Reagan nos para-lamas enferrujados. Não tinha medo de ser incomodado, mas não quis passar uma noite inteira olhando homens de chapéu de caubói ouvindo Loretta Lynn no jukebox.

Assim, lá estava ele no terceiro dia da convenção, que incrivelmente durou quatro dias; lá estava ele no quarto 217 do Holiday Inn, sua mulher e sua filha em casa, a televisão quebrada, um cheiro ruim exalando do banheiro. Havia uma piscina, mas seu eczema estava tão mal este ano que ele não colocaria um calção de banho nem morto. Dos joelhos para baixo, parecia um leproso. Tinha uma hora até o próximo seminário (Ajudando Crianças com Problemas de Fala — o que tencionavam era fazer alguma coisa pelas crianças que gaguejavam ou tinham fenda palatina, mas não poderíamos chegar e dizer isso, não, de jeito nenhum, alguém podia diminuir nossos salários), almoçara no único restaurante de San Remo, não quis dormir e o único canal de TV exibia um episódio repetido da *Feiticeira*.

Então sentou-se com o catálogo de telefones no colo e começou a correr os dedos por ele a esmo, inconsciente do que estava fazendo, pensando distante se conhecia alguém maluco o suficiente, com relação a lugares pequenos, adoráveis ou que gostasse de praia para morar em San Remo. Imaginou que era isso que todas as pessoas entediadas de todos os Holiday Inns do mundo acabavam fazendo, procurando um amigo ou parente esquecido para telefonar. Era fazer isso, ver *Feiticeira* ou ler a Bíblia. E se por acaso encontrasse alguém, que diabo iria dizer? "Frank! Como vai? E aliás, me explica o motivo — é porque o lugar é pequeno, adorável ou você gosta de praia?" Claro. Certo. Dê um charuto para o sujeito e coloque-o numa enrascada.

No entanto, enquanto estava deitado na cama correndo os dedos pelo fino catálogo de San Remo e passando a vista pelas colunas, ocorreu-lhe que realmente conhecia alguém em San Remo. Um vendedor de livros? Um dos sobrinhos ou sobrinhas de Sondra, que tinha um batalhão deles? Um colega de jogo da faculdade? Um parente de algum aluno? Isso pareceu acender uma luz, mas não conseguia lembrar-se com mais clareza.

Continuava examinando e percebeu que estava com sono apesar de tudo. Já tinha quase caído no sono quando ocorreu-lhe e sentou-se, bem acordado novamente.

Lorde Peter!

Estavam reprisando as histórias de Wimsey recentemente no PBS — *Clouds of Witness, Murder Must Advertise, The Nine Tailors.* Ele e Sondra adoravam. Um homem chamado Ian Carmichael fazia o papel de Wimsey, e Sondra era louca por ele. Tão louca, na verdade, que Ed, que não achava que Carmichael se parecia com Lorde Peter, ficou bastante irritado.

— Sandy, o formato do rosto dele é horrível. E ele usa dentadura, pelo amor de Deus!

— Huumm — replicara Sondra do sofá onde estava enrolada. — Você está é com ciúmes. Ele é tão *lindo.*

— O papai está com ciúmes, o papai está com ciúmes — cantarolava a pequena Norma saltitando pela sala com seu pijama de algodão.

— Você já devia ter ido para a cama há uma hora — disse-lhe Ed, olhando para a filha com olhos amargurados. — E se eu continuar reparando que você está *aqui*, provavelmente lembrarei que não está lá.

A pequena Norma ficou desconcertada. Ed virou-se para Sondra.

— Lembro que há três ou quatro anos tive um aluno chamado Todd Bowden, e o avô dele foi até a escola para uma reunião. Aquele sujeito parecia-se com Wimsey. Um Wimsey bem mais *velho*, mas o formato de seu rosto era exatamente...

— Lá lá lá lá — cantava a pequena Norma.— Lá lá lá lá...

— Shh, silêncio vocês dois — disse Sondra. — Acho que ele é o homem mais *bonito* do mundo. — Que mulher irritante!

Mas o avô de Todd Bowden não tinha ido para San Remo? Claro. Estava na ficha. Todd tinha sido um dos melhores alunos da classe naquele ano. Então, de repente, suas notas tinham caído assustadoramente. O velho tinha ido lá, contou uma história de problemas conjugais e convenceu Ed a deixar a situação como estava para ver se as coisas não se resolviam sozinhas. A opinião de Ed era que a velha teoria do laissez-faire não funcionava — se você dissesse a um adolescente para lutar, esforçar-se ou morrer, ele geralmente morria. Mas o velho tinha sido extraordinariamente persuasivo (era a semelhança com Wimsey, talvez) e Ed concordara em dar uma chance a Todd até a entrega dos próximos Boletins de Bomba. E não é que Todd conseguiu sair do aperto? O velho deve ter chegado para a família inteira e repreendido alguém, pensou Ed. Parecia o tipo que não só poderia fazer isso como teria um prazer austero em fazê-lo. Então, há dois dias vira a fotografia de Todd no jornal — fora um dos astros de beisebol do sul da Califórnia. Nada desprezível, se considerasse que cerca de quinhentos meninos são indicados a cada primavera. Achava que nunca teria lembrado do nome do avô se não tivesse visto a fotografia.

Folheou as páginas brancas com mais determinação dessa vez, correu o dedo por uma coluna de letras miúdas e lá estava. BOWDEN, VICTOR S. 403 Ridge Lane. Ed discou o número e o telefone tocou diversas vezes. Já estava quase desligando, quando um velho atendeu.

— Alô?

— Olá, sr. Bowden. Aqui é Ed French. Do Ginásio de Santo Donato.

— Sim? — Nada além de gentileza. Certamente não o identificou. Bem, o sujeito o encontrara há quatro anos (tudo isso!) e as coisas, sem dúvida, fugiam de sua mente de vez em quando.

— O senhor lembra de mim?

— Deveria? — A voz de Bowden soou cautelosa e Ed sorriu. O velho esquecia das coisas mas não queria que ninguém soubesse. Seu próprio pai era assim, quando começou a perder a audição.

— Fui supervisor conselheiro de seu neto Todd no Ginásio de Santo Donato. Telefonei para lhe dar os parabéns. Com certeza, ele superou a fase ruim quando entrou para o ensino médio, não foi? Agora é um astro de beisebol, para completar. Uau!

— *Todd!* — disse o homem, sua voz animando-se na mesma hora. — É, realmente ele foi brilhante, não foi? Segundo da classe! E a garota que ficou na frente dele fez o curso de Administração de Empresas. — Um certo desdém na voz do velho. — Meu filho telefonou se oferecendo para me levar à formatura de Todd, mas estou numa cadeira de rodas agora. Fraturei a bacia em janeiro passado. Não quis ir de cadeira de rodas. Mas guardo a fotografia de sua formatura na parede do corredor, como você pode imaginar. Todd deixou seus pais muito orgulhosos. E eu também, claro.

— É, acho que conseguimos fazê-lo superar as dificuldades — disse Ed. Estava sorrindo quando disse isso, mas seu sorriso estava um pouco intrigado... de alguma forma, o avô de Todd não parecia o mesmo. Mas tinha sido há muito tempo, claro.

— Dificuldades? Que dificuldades?

— A conversa que tivemos. Quando Todd estava com problemas na escola.

— Não o estou compreendendo — disse o velho devagar. — Nunca me atreveria a falar pelo filho de Richard. Causaria problemas... Ih, você nem imagina o problema que causaria. Você está enganado, meu jovem.

— Mas...

— Deve ter havido algum engano. Acho que você se confundiu com outro aluno e com outro avô.

Ed ficou por um momento assombrado. Uma das primeiras vezes na sua vida em que não sabia o que dizer. Se houvera alguma confusão, com certeza não era de *sua* parte.

— Bem — disse Bowden com voz reticente —, foi uma gentileza sua telefonar, sr....

Ed recobrou a fala.

— Estou aqui na cidade, sr. Bowden. Para uma convenção. De supervisores conselheiros. Estarei livre amanhã às dez, depois do último trabalho. Eu poderia ir até aí na... — Consultou o catálogo novamente... — Ridge Lane vê-lo por alguns minutos?

— Mas para quê?

— Apenas curiosidade, eu acho. Só para esclarecer as coisas. Há uns quatro anos, Todd teve sérios problemas com suas notas. Ficaram tão ruins que mandei uma carta para sua casa junto com o boletim pedindo uma reunião com um dos responsáveis, ou, de preferência, com os dois responsáveis. Recebi então seu avô, um senhor muito agradável chamado Victor Bowden.

— Mas já lhe disse...

— É. Eu sei. Mesmo assim, falei com uma pessoa que disse ser o avô de Todd. Agora não importa muito, eu acho, mas é ver para crer. Tomaria apenas cinco minutos de seu tempo. E só do que disponho, pois estarei sendo esperado para o almoço em casa.

— Tempo é tudo o que tenho — disse Bowden um pouco pesaroso. — Estarei em casa o dia inteiro. Você será bem-vindo.

Ed agradeceu, despediu-se e desligou. Sentou-se na beira da cama olhando pensativo para o telefone. Depois de um tempo, tirou um maço de Phillies Cheroots do casaco esporte pendurado no encosto da cadeira da escrivaninha. Tinha que ir, havia um seminário e, se não fosse, sua falta seria sentida. Acendeu o Cheroot com fósforo do Holiday Inn e jogou-o fora no cinzeiro do Holiday Inn. Foi até a janela do Holiday Inn e olhou confuso para o pátio do Holiday Inn.

Agora não importa muito, tinha dito a Bowden, mas para ele importava. Não estava acostumado a ser enganado por seus alunos, e essa notícia inesperada aborreceu-o. Tecnicamente ainda achava que podia ser um caso de senilidade do velho, mas Victor Bowden não parecera estar gagá ainda. E, droga, sua voz não parecia a mesma.

Todd Bowden o enganara?

Decidiu que podia ser que sim. Pelo menos, teoricamente. Principalmente um garoto esperto como Todd. Podia ter enganado *todo mundo,* não apenas Ed French. Podia ter falsificado a assinatura de seu pai ou sua mãe nos Boletins de Bomba que recebera na época em que estava com problemas. Muitos alunos descobriam um talento latente para falsificação quando recebiam Boletins de Bomba. Podia ter usado removedor de tinta nos boletins do segundo e terceiro trimestres aumentando as notas para seus pais e diminuindo-as de novo para que o professor não reparasse nada estranho caso passasse a vista por eles. Duas aplicações de removedor de tinta seriam visíveis para alguém que estivesse realmente olhando, mas os professores tinham uma média de sessenta alunos cada um. Tinham sorte se conseguiam fazer toda a chamada antes do primeiro sinal, quanto mais verificar boletins para descobrir falsificações.

Quanto à situação final de Todd, podia ter caído talvez não mais de três pontos no global — dois meses ruins num total de 12. Suas outras notas tinham sido extremamente boas para compensar. E quantos pais vêm ao colégio verificar o registro do aluno mantido pelo Departamento de Educação da Califórnia? Principalmente pais de um aluno brilhante como Todd Bowden.

Linhas de preocupação apareceram na testa geralmente lisa de Ed French.

Agora não importa muito. Aquilo não passava da verdade. O trabalho de Todd no ensino médio fora exemplar; não havia jeito no mundo de falsificar uma média global 94. O garoto ia para Berkeley, dissera o artigo do jornal, e Ed imaginava que seus pais deviam estar superorgulhosos — como tinham todo o direito de estar. Cada vez mais parecia a Ed que havia um lado corrompido da vida americana, formas escorregadias de oportunismo, macetes, drogas fáceis, sexo fácil, uma moralidade cada vez mais obscura. Quando seu filho saía-se incrivelmente bem, os pais tinham o direito de sentirem-se orgulhosos.

Agora não importa muito — mas quem era o falso avô?

Aquilo ficou martelando em sua cabeça. Quem, realmente? Teria Todd Bowden ido à agência local de atores de televisão e pendurado um bilhete no quadro de avisos? JOVEM COM PROBLEMAS DE NOTAS PRECISA DE HOMEM MAIS VELHO, DE PREF. 70-80 ANOS PARA REPRESENTAÇÃO DE AVÔ, PAGA-SE PREÇO DE MERCADO. Ha, ha. De jeito nenhum. E que tipo de adulto teria se envolvido numa conspiração tão maluca, e para quê?

Ed French, também conhecido como Enrugado e Ed Galocha, simplesmente não sabia. E porque realmente não importava, apagou o Cheroot e foi para o seminário. Mas estava dispersivo.

No dia seguinte, foi até Ridge Lane e conversou longamente com Victor Bowden. Falaram sobre uvas; falaram sobre a venda a varejo de artigos de mercearia e como as cadeias de grandes lojas estavam expulsando os pequenos comerciantes; discutiram a situação dos reféns no Irã (durante aquele verão, todo mundo discutiu a situação dos reféns no Irã); falaram sobre o clima político no sul da Califórnia. O sr. Bowden ofereceu-lhe uma taça de vinho. Ed aceitou com prazer. Ele sentia que precisava de uma taça de vinho, mesmo sendo apenas 10h40. Victor Bowden parecia-se com Peter Wimsey tanto como um revólver parece com um porrete. Victor Bowden não tinha nem um pouco daquele ligeiro sotaque de que Ed se lembrava, e era bem gordo. O homem que tinha se passado por avô de Todd era magro como uma vara.

Antes de ir embora, Ed lhe disse:

— Gostaria muito que o senhor não comentasse nada disso com o sr. e a sra. Bowden. Deve haver uma explicação perfeitamente razoável para tudo isso... e mesmo que não haja, tudo faz parte do passado.

— Algumas vezes — disse Bowden segurando o copo de vinho contra a luz do sol e admirando sua rica cor escura — o passado não é esquecido tão facilmente. Por que outro motivo as pessoas estudam História?

Ed sorriu constrangido e não disse nada.

— Mas não se preocupe. Nunca interfiro nos assuntos de Richard. E Todd é um bom menino. Segundo melhor aluno da turma... deve ser um bom menino. Estou certo?

— Como dois e dois são quatro — disse Ed French entusiasticamente, e pediu outra taça de vinho.

23

O sono de Dussander foi agitado; estava numa maré de sonhos ruins.

Estavam quebrando a cerca. Centenas, talvez milhares deles. Saíam correndo da floresta e jogavam-se contra o arame farpado eletrificado que agora começava a ceder perigosamente. Alguns arames haviam arrebentado e caíam enrolados no chão de terra batida da praça de armas, jorrando centelhas azuis. Mesmo assim, eles não tinham fim, não tinham fim. O Fuehrer era louco como Rommel teria afirmado, se achasse agora — se é que algum dia achou — que poderia haver uma solução final para esse problema. Havia bilhões deles; enchiam o universo; e estavam atrás dele.

— Velho. Acorde, velho Dussander. Acorde, velho, acorde.

Primeiro achou que fosse a voz do sonho.

Falando em alemão; tinha que ser parte do sonho. É por isso que a voz era tão apavorante, claro. Se acordasse, escaparia dela, então ergueu-se tonto...

O homem estava sentado perto de sua cama numa cadeira que havia sido virada ao contrário — um homem real.

— Acorde, velho — dizia o visitante. Era jovem, não mais de 30 anos. Seus olhos eram escuros e compenetrados atrás das lentes dos óculos simples de aros prateados. Seus cabelos castanhos eram longos e iam até a gola, e por um confuso momento Dussander achou que fosse o menino disfarçado. Mas esse não era o menino, vestindo um terno azul meio antiquado, quente demais para o clima da Califórnia. Havia um broche de prata na lapela do terno. Prata, o metal com que se matam vampiros e lobisomens. Era uma estrela judia.

— Está falando comigo? — perguntou Dussander em alemão.

— Com quem mais? Seu companheiro de quarto foi embora.

— Heisel? É. Ele foi para casa ontem.

— Está acordado agora?

— Claro. Mas acho que o senhor me confundiu com alguém. Meu nome é Arthur Denker. Talvez esteja no quarto errado.

— Meu nome é Weiskopf. E o seu é Kurt Dussander.

Dussander quis lamber os lábios mas não o fez. Possivelmente, isso era parte do sonho — uma outra fase, nada além disso. *Traga-me um bêbado e uma faca de carne, sr. Estrela Judia na Lapela, e eu o soprarei para longe como fumaça.*

— Não conheço nenhum Dussander — disse ao jovem. — Não estou entendendo o senhor. Devo chamar a enfermeira?

— Entende sim — insistiu Weiskopf. Mudou ligeiramente de posição e tirou uma mecha de cabelo da testa. O gesto tão comum tirou as últimas esperanças de Dussander.

— Heisel — disse Weiskopf, e apontou para a cama vazia.

— Heisel, Dussander, Weiskopf... nenhum desses nomes significa coisa alguma para mim.

— Heisel caiu da escada enquanto pregava uma calha nova do lado de sua casa — disse Weiskopf. — Quebrou a espinha. Talvez nunca mais volte a andar. Infelizmente. Mas essa não foi a única tragédia de sua vida. Foi prisioneiro de Patin, onde perdeu a mulher e as filhas. Patin, que o senhor comandou.

— Acho que o senhor está louco — respondeu Dussander. — Meu nome é Arthur Denker. Vim para este país quando minha mulher morreu. Antes eu era...

— Poupe-me de sua história — disse Weiskopf levantando uma das mãos. — Ele não esqueceu do seu rosto. Este rosto.

Weiskopf sacudiu uma fotografia na cara de Dussander como um mágico fazendo um truque. Era uma daquelas que o menino lhe mostrara anos atrás. Um Dussander jovem, com um boné da SS elegantemente aprumado, sentado atrás da mesa.

Dussander falou devagar, dessa vez em inglês, pronunciando as palavras cuidadosamente.

— Durante a guerra fui mecânico de uma fábrica. Meu trabalho era supervisionar a manufatura de colunas de direção e transmissões para carros e caminhões blindados. Depois ajudei na construção de tanques Tiger. Minha unidade de reserva foi convocada durante a batalha de Berlim e lutei honrosamente, embora por pouco tempo. Depois da guerra, trabalhei em Essen, na Menschler Motor Works até...

— ... até que você teve que fugir para a América do Sul. Com o ouro derretido dos dentes dos judeus e a prata derretida das joias dos judeus e sua conta na Suíça. O sr. Heisel foi para casa feliz, você imagina, não? Oh, ele passou um mau momento quando acordou na escuridão e percebeu com quem estava dividindo o quarto. Mas agora sente-se melhor. Acha que Deus concedeu-lhe o sublime privilégio de quebrar a espinha para que pudesse ser útil na captura de um dos maiores carrascos de seres humanos ainda vivo.

Dussander falou devagar, pronunciando as palavras cuidadosamente.

— Durante a guerra fui mecânico de uma fábrica...

— Oh, por que não para com isso? Seus documentos não resistirão a um exame sério. Eu sei disso e você também sabe. Você foi encontrado.

— Meu trabalho era supervisionar a manufatura de...

— De corpos! De qualquer maneira, estará em Tel Aviv antes do Natal. As autoridades estão cooperando conosco desta vez, Dussander. Os americanos querem nos fazer felizes, e você é uma das coisas que nos farão felizes.

— ... a manufatura de colunas de direção e transmissões para carros e caminhões blindados. Depois, ajudei na construção de tanques Tiger.

— Por que ser cansativo? Por que insistir nisso?

— Minha unidade de reserva foi convocada...

— Então, muito bem. Você me verá de novo. Em breve.

Weiskopf levantou-se. Saiu do quarto. Por um momento, sua sombra ficou balançando na parede e depois foi-se também. Dussander fechou os olhos. Pensava se Weiskopf poderia estar falando a verdade sobre a cooperação americana. Há três anos, quando o petróleo era escasso na América, não teria acreditado. Mas a atual situação política no Irã pode aumentar o apoio americano a Israel. Era possível. E o que importava? De uma maneira ou de outra, legal ou ilegal, Weiskopf e seus companheiros o prenderiam. Na questão nazista eram intransigentes, e na questão dos campos eram lunáticos.

Seu corpo inteiro tremia. Mas sabia o que tinha que fazer agora.

24

Os registros dos alunos que tinham passado pelo Ginásio de Santo Donato eram guardados num velho e isolado galpão do lado norte. Não ficava longe da linha de trem abandonada. Era escuro, fazia eco e cheirava a cera, polidor e removedor industrial — era também o galpão de custódia de um dos departamentos da escola.

Ed French chegou lá por volta de quatro horas da tarde com Norma a reboque. Um zelador deixou-os entrar e disse a Ed que o que ele queria estava no quarto andar e encaminhou-os até um elevador lento e barulhento que apavorou Norma, fazendo-a cair num silêncio pouco comum.

Recuperou-se no quarto andar, saltitando e correndo por entre as alas sombrias de pilhas de caixas e arquivos, enquanto Ed procurava, até que, finalmente, ele achou os arquivos que continham os boletins de 1975. Puxou a segunda caixa e começou a folhear os B. BORK. BOSTWICK. BOSWELL. BOWDEN, TODD. Puxou o boletim, balançou a cabeça impacientemente sob a luz sombria e levou-o até uma das janelas altas e empoeiradas do outro lado.

— Não fique correndo por aqui, querida — gritou por sobre o ombro.

— Por quê, papai?

— Porque o bicho-papão vai te pegar — disse ele e segurou o boletim de Todd contra a luz.

Viu logo. Esse boletim, no arquivo há quatro anos agora, tinha sido cuidadosamente, quase profissionalmente falsificado.

— Meu Deus — murmurou Ed French.

— Bicho-papão, bicho-papão, bicho-papão — cantarolava Norma alegremente, enquanto continuava a dançar por entre as alas.

25

Dussander desceu cuidadosamente o corredor do hospital. Ainda tinha as pernas um pouco trêmulas. Usava seu roupão de banho azul por cima do avental do hospital. Era de noite, passava das vinte horas, e as enfermeiras faziam a troca de turnos. A próxima meia hora seria confusa — tinha observado que as trocas de turnos eram confusas. Era hora de trocar bilhetes, fofocar e tomar café na sala das enfermeiras, que ficava depois do bebedouro.

O que ele queria ficava em frente ao bebedouro.

Passou despercebido pelo largo corredor, que a essa hora lembrava-lhe uma longa e confusa estação de trens minutos antes de um trem de passageiros partir. O desfile de doentes para cima e para baixo era lento, alguns vestidos com roupões, como ele, outros segurando as pontas do avental para trás. Músicas desconexas vinham de meia dúzia de rádios diferentes em meia dúzia de quartos diferentes. As visitas iam e vinham. Um homem ria num dos quartos, e um outro parecia estar chorando pelo corredor. Um médico caminhava com o nariz enfiado num livro.

Dussander foi até o bebedouro, bebeu água, secou a boca com as mãos fechadas e olhou para a porta fechada do outro lado do corredor. Essa porta ficava sempre trancada — pelo menos a teoria era essa. Na prática, havia observado que algumas vezes não só a porta ficava aberta, mas também a sala vazia. Quase sempre durante a caótica meia hora em que os turnos eram trocados e as enfermeiras reuniam-se nos cantos. Dussander observara isso tudo com os olhos treinados e precavidos de um homem que está na atividade há muito, muito tempo. Desejava apenas poder observar a porta por mais ou menos uma semana, procurando falhas perigosas aparentes — teria apenas uma chance. Mas não tinha mais uma semana. Sua condição de Lobisomem poderia manter-se desconhecida por mais dois ou três dias, mas poderia ser descoberta amanhã. Não ousaria esperar. Quando sua identidade fosse revelada, ele seria constantemente vigiado.

Bebeu mais um pouco, secou a boca novamente e olhou para os dois lados. Então, naturalmente, sem tentar disfarçar, cruzou o corredor, girou a maçaneta e entrou no depósito de remédios. Se a mulher responsável já estivesse por acaso sentada atrás da mesa, ele era apenas o míope sr. Denker. Sinto muito, minha senhora, achei que fosse o banheiro. Que estupidez a minha.

Mas o depósito de remédios estava vazio.

Correu a vista pela prateleira de cima à sua esquerda. Nada além de colírios e remédios para o ouvido. Segunda prateleira: laxantes, supositórios. Na terceira prateleira, viu Seconal e Veronal. Enfiou um vidro de Seconal no bolso do roupão. Depois voltou para a porta e saiu sem olhar para os lados, um sorriso intrigado nos lábios — aquilo com certeza não era o banheiro, era? *Lá* estava, ao lado do bebedouro. Que estupidez a minha!

Cruzou a porta com o nome homens e lavou as mãos. Então, desceu o corredor de volta para o quarto semiparticular que agora era completamente particular desde a saída do ilustre sr. Heisel. Na mesa entre as duas camas havia um copo e uma jarra de plástico com água. Pena que não havia bourbon; realmente, era uma vergonha. Mas as pílulas o deixariam flutuando da mesma forma agradável, não importando o que bebesse para engolí-las.

— Saúde, Morris Heisel — disse ele com um sorriso débil, e serviu um copo de água. Depois de todos aqueles anos fugindo de sombras, vendo rostos que pareciam familiares nos bancos de praças, restaurantes e pontos de ônibus, finalmente fora reconhecido e capturado por um homem que não tinha nem ideia de quem fosse. Era quase engraçado. Mal olhara duas vezes para Heisel, Heisel e sua espinha quebrada, por Deus. Pensando melhor, não era *quase* engraçado; era *muito* engraçado.

Colocou três pílulas na boca, engoliu-as com água, engoliu mais três e depois mais três. No quarto do outro lado do corredor, podia ver dois homens debruçados sobre uma mesa de cabeceira jogando um aborrecido jogo de cartas. Um deles tinha uma hérnia. Dussander sabia. O que tinha o outro? Cálculo biliar? Cálculo renal? Tumor na próstata? Os horrores da idade. Havia uma multidão deles.

Encheu o copo com água de novo, mas não tomou mais pílulas imediatamente. Se tomasse demais, frustraria seu propósito. Poderia vomitá-las e certamente fariam uma lavagem estomacal nele, preservando-o para todas as indignidades que os americanos e israelenses pudessem tramar. Não tinha intenção de tirar a própria vida estupidamente... Quando começasse a sentir-se sonolento, tomaria mais algumas. Assim seria bom.

A voz trêmula de um dos jogadores de cartas chegou até ele, fina e triunfante:

— Uma sequência dupla de três a oito... 15 a 12... e do valete a 13. Que tal *essas* jogadas?

— Não se preocupe — disse o velho com a hérnia, confiante. — Fiz a sequência primeiro. Bati.

Bati, pensou Dussander, já sonolento. Uma expressão bem apropriada — mas os americanos tinham a tendência a usar expressões. *Estou pouco ligando, se enturma ou cai fora, lá onde o vento faz a curva, dinheiro não tem vez e ninguém sai do xadrez.* Que expressão maravilhosa.

Achavam que o haviam pego, mas ia bater as botas na frente deles.

Pegou-se desejando, entre todas as coisas absurdas, que pudesse deixar um bilhete para o garoto. Desejando que pudesse dizer a ele para tomar cuidado. Para ouvir um velho que finalmente excedera-se. Desejava poder dizer ao garoto que no final, ele, Dussander, passara a respeitá-lo mesmo nunca tendo gostado dele, que ter conversado com ele tinha sido melhor que ficar ouvindo os próprios pensamentos. Mas qualquer bilhete, mesmo o mais inocente, levantaria suspeitas contra o garoto, e Dussander não queria isso. Oh, passaria um ou dois meses horríveis, esperando que algum agente do governo de repente aparecesse para questioná-lo sobre um certo documento que fora achado num cofre público alugado por Kurt Dussander, também conhecido como Arthur Denker... mas, depois de um tempo, o garoto acreditaria que ele tinha falado a verdade. Não havia necessidade de o garoto envolver-se nisso, desde que tivesse cabeça.

Dussander esticou a mão como se fosse por quilômetros, pegou o copo d'água e mais três pílulas. Soltou o copo, fechou os olhos e acomodou-se mais profundamente em seu travesseiro macio, macio. Nunca tivera tanta vontade de dormir, e seu sono seria longo. Seria repousante.

A menos que tivesse sonhos.

O pensamento apavorou-o. *Sonhos? Não, pelo amor de Deus. Não aqueles sonhos. Não para a eternidade, não sem nenhuma possibilidade de acordar. Não...*

Com repentino pavor, tentou lutar para ficar acordado. Parecia que mãos tentavam desesperadamente pegá-lo saindo de debaixo da cama, mãos com dedos famintos.

(NÃO!)

Seus pensamentos dissolveram-se numa espiral ascendente de escuridão e ele desceu por essa espiral como por uma infinita curva deslizante, cada vez mais para baixo, para quaisquer sonhos que tivesse.

Sua overdose foi descoberta à 1h35, e sua morte declarada 15 minutos depois. A enfermeira em serviço era jovem e havia se sensibilizado com as cortesias ligeiramente irônicas do sr. Denker. Rompeu em lágrimas. Era católica e não pôde entender por que um senhor tão doce, que estava melhorando, quis fazer aquilo e mandar sua alma imortal para o inferno.

26

No sábado de manhã, na casa dos Bowden, ninguém acordou antes das nove. Nesse dia, às nove e meia, Todd e seu pai estavam lendo na mesa enquanto Monica, que custava a despertar completamente, servia-lhes ovos mexidos, suco e café, sem falar, ainda meio dormindo.

Todd lia um romance de ficção científica e Dick estava absorvido na leitura da *Architectural Digest,* quando o jornal foi jogado na porta.

— Quer que eu pegue, papai?

— Deixa que eu vou.

Dick trouxe-o para dentro, começou a tomar seu café e então engasgou-se ao olhar a primeira página.

— Dick, o que aconteceu? — perguntou Monica, correndo em sua direção.

Dick cuspiu o café tossindo, pois tinha descido pelo lugar errado, e enquanto Todd olhava-o por cima do livro com certo espanto, Monica começou a bater em suas costas. Na terceira batida, seus olhos caíram na manchete do jornal e ela parou no meio, como uma estátua. Seus olhos arregalaram-se até parecer que iam realmente cair na mesa.

— Meu Santo Deus! — conseguiu dizer Dick com a voz engasgada.

— Não é... Não posso acreditar... — começou Monica, e depois ficou em silêncio. Olhou para Todd. — Oh, querido...

Seu pai também estava olhando para ele.

Agora alarmado, Todd deu a volta na mesa.

— O que foi?

— O sr. Denker — disse Dick, e foi tudo o que conseguiu articular.

Todd leu a manchete e entendeu tudo. Em letras escuras dizia: FUGITIVO NAZISTA COMETE SUICÍDIO EM HOSPITAL DE SANTO DONATO. Abaixo, havia duas fotos. Todd já vira as duas. Uma delas mostrava Arthur Denker seis anos mais moço e mais vivo. Todd sabia que tinha sido tirada por um fotógrafo hippie de rua e que o velho só a comprara para que, por acaso, não caísse em mãos erradas. A outra mostrava um oficial da SS chamado Kurt Dussander atrás de sua mesa em Patin, o boné virado para o lado.

Se tinham a fotografia que o hippie tirara, tinham ido à sua casa.

Todd leu superficialmente o artigo, a cabeça zunindo desvairadamente. Nenhuma alusão aos bêbados. Mas os corpos seriam achados e, quando isso acontecesse, a história seria conhecida no mundo inteiro. COMANDANTE DE PATIN NUNCA PERDEU O HÁBITO. HORROR NO PORÃO DO NAZISTA. ELE NUNCA DEIXOU DE MATAR.

Todd Bowden perdeu o equilíbrio.

Ao longe, ecoando, ouviu sua mãe dar um grito estridente.

— Segure-o, Dick! Ele vai desmaiar!

A palavra

(desmaiardesmaiardesmaiar)

repetia-se sem parar. Sentiu vagamente os braços de seu pai segurando-o, e então por algum tempo Todd não sentiu nada, não ouviu absolutamente nada.

27

Ed French estava comendo um biscoito quando desdobrou o jornal. Tossiu, fez um barulho como se fosse vomitar e cuspiu-o na mesa.

— Eddie! — disse Sondra French um pouco assustada. — Você está bem?

— Papai engasgô, papai engasgô — anunciou a pequena Norma com agitado bom humor, e juntou-se contente à mãe para bater-lhe nas costas. Ed mal sentiu os golpes. Ainda estava com os olhos esbugalhados para o jornal.

— O que há de errado, Eddie? — perguntou Sondra novamente.

— É ele, é ele! — gritava Ed apontando o jornal com tanta força que sua unha rasgou todo o primeiro caderno. — Aquele homem! O Lorde Peter!

— Pelo amor de Deus, o que você está di...

— *Esse é o avô de Todd Bowden!*

— O quê? Esse criminoso de guerra? Eddie, que *loucura*!

— Mas é *ele* — Ed quase gemeu. — Meu Deus *todo-poderoso*, é *ele*!

Sondra French olhou a fotografia longa e fixamente.

— Ele não se parece nada com Peter Wimsey — disse finalmente.

28

Todd, branco como uma parede, estava sentado no sofá entre sua mãe e seu pai.

Em frente a eles, estava um detetive da polícia grisalho e delicado chamado Richler. O pai de Todd havia se oferecido para chamar a polícia, mas o próprio Todd o fizera, a voz dissonante mudando de registro como acontecia aos 14 anos.

Terminou seu depoimento. Não levara muito tempo. Falou mecanicamente e sem emoção, o que apavorou Monica. Tinha 18 anos, é bem verdade, mas ainda era um garoto em vários aspectos. Aquilo o marcaria para sempre.

— Eu lia para ele... ah, não sei. *Tom Jones. The Mill on the Floss.* Esse foi chato. Achei que nunca fôssemos terminar. Algumas histórias de Hawthorne... lembro que ele gostou especialmente de *The Great Stone Face* e de *Young Goodman Brown*. Começamos *The Pickwick Papers*, mas ele não gostou. Disse que Dickens só conseguia ser engraçado quando era sério, e esse era brincalhão. Essa foi a palavra que ele usou, brincalhão. Conseguimos ler melhor *Tom Jones*. Nós dois gostamos.

— E isso foi há quatro anos — disse Richler.

— Sim. Sempre ia lá quando tinha uma chance, mas no ensino médio tínhamos que cruzar a cidade de ônibus... e alguns garotos começaram a formar um time de beisebol... havia mais dever de casa... o senhor sabe... as coisas estavam acontecendo.

— Você tinha menos tempo.

— Menos tempo, é isso. No ensino médio, tinha que estudar muito mais... conseguir boas notas para entrar na faculdade.

— Mas Todd é um aluno muito inteligente — disse Monica quase automaticamente. — Foi orador de sua turma. Ficamos muito orgulhosos.

— Imagino que sim — Richler falou com um sorriso caloroso. — Tenho dois filhos em Fairview, no Vale, e eles só são capazes de se sair bem nos esportes. — Virou-se para Todd. — Você não leu mais livros para ele depois que entrou para o ensino médio?

— Não. De vez em quando lia o jornal para ele. Eu chegava, e ele me perguntava quais eram as manchetes. Estava interessado no Watergate, que estava acontecendo na época. E sempre queria saber sobre o mercado de ações, e a letra daquela página costumava deixar ele puto... desculpe, mamãe.

Ela bateu em sua mão.

— Não sei por que se interessava pelo mercado de ações, mas sei que se interessava.

— Tinha algumas ações — disse Richler. — Era disso que vivia. Tinha também cinco carteiras de identidade espalhadas pela casa. Era mesmo esperto.

— Acho que ele guardava as ações num cofre em algum lugar — comentou Todd.

— Como disse? — Richler levantou as sobrancelhas.

— As ações — disse Todd. Seu pai, que também pareceu intrigado, assentiu para Richler.

— Os certificados das ações, os poucos que restaram, estavam num baú embaixo de sua cama — disse Richler — junto com a foto dele como Denker. Ele tinha um cofre alugado, meu filho? Ele alguma vez falou isso?

Todd pensou e balançou a cabeça negativamente.

— Só achei que era lá que se guardavam ações. Não sei. Essa... essa coisa toda está... o senhor sabe... está me deixando maluco. — Sacudiu a cabeça aturdido, de forma perfeitamente real. Realmente estava aturdido. No entanto, aos poucos, sentiu seu instinto de autopreservação aflorar. Sentia uma crescente vivacidade e os primeiros sinais de confiança. Se Dussander tivesse mesmo alugado um cofre para guardar seu documento, não teria transferido os certificados de ações restantes para lá? E aquela fotografia?

— Estamos trabalhando junto com os israelenses nesse caso — disse Richler. — De forma não oficial. Ficaria muito grato se não mencionasse isso se decidir falar à imprensa. São profissionais mesmo. Há um senhor chamado Weiskopf que deseja falar com você amanhã, Todd. Se você e seus pais não se opuserem.

— Acho que não há problema — disse Todd, mas sentiu um certo medo atávico ao pensar que seria farejado pelos mesmos cães de caça que haviam perseguido Dussander na última metade de sua vida. Dussander tinha um grande respeito por eles, e Todd sabia que seria bom ter isso em mente...

— Sr. e sra. Bowden, os senhores se opõem a que Todd encontre o sr. Weiskopf?

— Não, se Todd não se opuser — disse Dick Bowden. — No entanto, gostaria de estar presente. Já li sobre esses personagens do Mossad...

— Weiskopf não é Mossad. É o que os israelenses chamam de um detetive especial. Na verdade, ele leciona Literatura Iídiche e Gramática Inglesa. Também já escreveu dois romances. — Richler sorriu.

Dick ergueu a mão em sinal de desprezo.

— Ele pode ser o que for, mas não vou deixá-lo atormentar Todd. Pelo que eu li, esses camaradas, às vezes, são um pouco profissionais demais. Talvez não ele. Mas quero que o senhor e esse tal de Weiskopf lembrem-se de que Todd tentou ajudar esse senhor. Ele estava usando uma identidade falsa, mas Todd não sabia disso.

— Chega, papai — interrompeu-o Todd com um sorriso pálido.

— Quero apenas que vocês cooperem ao máximo — disse Richler. — Compreendo a sua preocupação, sr. Bowden. Creio que o senhor achará Weiskopf uma pessoa agradável e calma. Acabei minhas perguntas, mas vou entrar um pouco em outra área dizendo-lhes em que os israelenses estão mais interessados. Todd estava com Dussander quando ele teve o enfarte que o levou ao hospital...

— Pediu para que eu fosse ler uma carta para ele — disse Todd.

— Sabemos disso. — Richler inclinou-se para a frente, apoiou os cotovelos nos joelhos e sua gravata formou uma linha de prumo com o chão. — Os israelenses querem saber sobre essa carta. Dussander era um peixe grande, mas não o último do lago... pelo menos é o que diz Weiskopf, e eu acredito nele. Eles acham que Dussander devia conhecer vários outros peixes. A maioria dos que estão vivos provavelmente está na América do Sul, mas pode haver outros em outros países... inclusive nos Estados Unidos. Os senhores sabiam que prenderam um homem que havia sido *Unterkommandant* em Buchenwald no saguão de um hotel em Tel-Aviv?

— É mesmo? — disse Monica, e seus olhos se arregalaram.

— É mesmo — assentiu Richler. — Há dois anos. A questão é que os israelenses acham que a carta que Dussander pediu a Todd que lesse pode ser de um desses outros peixes. Talvez estejam certos, talvez não. De qualquer forma, querem saber.

Todd, que voltara à casa de Dussander e queimara a carta, disse:

— Eu ajudaria o senhor... ou esse Weiskopf... se pudesse, tenente Richler, mas a carta era em alemão. Foi mesmo difícil ler. Senti-me um bobo. O sr. Denker... Dussander... ficava cada vez mais empolgado e me pedia para soletrar as palavras que não entendia por causa de minha, o senhor sabe, minha pronúncia. Mas acho que ele entendeu bem. Lembro que uma hora ele riu e disse: "Isso, isso, é o que você faria, não é?" Depois, disse alguma coisa em alemão. Isso foi dois ou três minutos antes de ter o enfarte. Alguma coisa como *Dummkopf*. Acho que isso quer dizer estúpido em alemão.

Estava olhando para Richler com incerteza, intimamente feliz com sua mentira.

Richler balançava a cabeça.

— É, sabemos que a carta era em alemão. O médico que atendeu-os ouviu sua história e confirmou. Mas a carta propriamente dita, Todd... lembra-se do que aconteceu com ela?

Aqui está, pensou Todd. *O ponto crítico*.

— Acho que ainda estava em cima da mesa quando a ambulância chegou. Quando todos nós saímos. Não poderia afirmar no tribunal, mas...

— Acho que havia uma carta em cima da mesa — disse Dick. — Peguei alguma coisa e dei uma olhada. Um papel de carta, eu acho, mas não reparei se estava escrito em alemão.

— Então ainda deveria estar lá — disse Richler. — É isso que não conseguimos entender.

— Não está? — perguntou Dick. — Quer dizer, não estava?

— Não estava e não está.

— Talvez alguém tenha arrombado a porta — sugeriu Monica.

— Não haveria necessidade de *arrombar* a porta — disse Richler. Na confusão de sair, a casa não foi trancada. O próprio Dussander não pensou em pedir para alguém fechá-la, aparentemente. A chave ainda estava em sua calça quando ele morreu. A casa ficou aberta do momento em que os assistentes do Centro Médico o levaram até a hora em que a fechamos hoje às duas e meia da manhã.

— Então, é isso — disse Dick.

— Não — discordou Todd. — Sei o que está intrigando o tenente Richler. — Oh, claro, sabia muito bem. Teria que ser idiota para não saber. — Por que um ladrão roubaria apenas uma carta? Principalmente uma carta em alemão? Não faz sentido. O sr. Denker não tinha muita coisa, mas um ladrão que arrombasse a porta poderia achar algo melhor do que isso.

— Muito bem, você entendeu — disse Richler. — Nada mal.

— Todd antigamente queria ser detetive quando crescesse — disse Monica, e acariciou rapidamente o cabelo de Todd. Desde que crescera parece não gostar disso, mas agora não pareceu ligar. Deus, como ela detestava vê-lo tão pálido. — Acho que hoje em dia prefere História.

— História é um bom campo — disse Richler. — Pode ser um historiador investigativo. Já leu Josephine Tey?

— Não, senhor.

— Não tem importância. Só queria que meus filhos tivessem uma ambição maior que ver os Angels ganharem a flâmula este ano.

Todd deu um sorriso pálido e não disse nada.

Richler ficou sério novamente.

— Pois bem, vou contar-lhes a nossa teoria. Achamos que alguém, provavelmente aqui mesmo em Santo Donato, sabia quem e o que Dussander era.

— Verdade? — perguntou Dick.

— Sim. Alguém que sabia a verdade. Talvez outro fugitivo nazista. Sei que isso parece coisa de Robert Ludlum, mas quem iria imaginar que havia ao menos *um* fugitivo nazista num lugar tranquilo e pequeno como este? E quando Dussander foi levado para o hospital, achamos que o sr. X correu até a casa e pegou a carta incriminadora. Que a essa altura são cinzas em decomposição flutuando no esgoto.

— Isso também não faz muito sentido — disse Todd.

— Por que não, Todd?

— Bem, se o sr. Denker... se *Dussander* tinha um antigo companheiro de campo, ou apenas um companheiro nazista, por que quis que eu fosse ler aquela carta? Quero dizer, se pudessem ter visto como me corrigia e tudo... pelo menos esse antigo companheiro nazista de quem vocês falam saberia falar alemão.

— Um bom detalhe. A menos que esse companheiro esteja numa cadeira de rodas ou cego. Pelo que sabemos, poderia ser o próprio Bormann, mas ele nem ousa colocar a cara na rua.

— Pessoas cegas ou em cadeiras de rodas não são muito boas para correr e pegar cartas — disse Todd.

Richler pareceu admirado novamente.

— É verdade. Mas um homem cego poderia roubar uma carta mesmo que não pudesse lê-la. Ou contratar alguém para isso.

Todd pensou sobre isso e assentiu — mas deu de ombros ao mesmo tempo para mostrar como a ideia lhe parecia forçada. Richler passara muito além de Robert Ludlum e entrara na terra de Sax Rohmer. Mas o quanto a ideia parecia forçada não importava porra nenhuma, não é? Não. O que importava era que Richler ainda estava farejando... e aquele judeuzinho, Weiskopf, também estava farejando. A carta, a maldita carta! Maldita ideia estúpida de Dussander! E de repente estava pensando no rifle, descansando dentro do estojo na estante da garagem serena e escura. Afastou isso da cabeça rapidamente. As palmas de suas mãos ficaram úmidas.

— Você sabe se Dussander tinha algum amigo? — Richler estava perguntando.

— Amigos? Não. Ele tinha uma faxineira, mas ela saiu e ele não se preocupou em arranjar outra. No verão, contratava um garoto para cortar a grama, mas acho que este ano não tinha ninguém. A grama está bem alta, não está?

— Sim. Estivemos em várias casas, e não parece que ele tenha contratado alguém. Ele recebia telefonemas?

— Claro — respondeu Todd de pronto... Aí estava um lampejo de luz, uma possível forma de escape relativamente segura. O telefone de Dussander realmente tocara meia dúzia de vezes desde que o conhecera... vendedores, uma organização de pesquisa de opinião pública querendo saber sobre os alimentos do café da manhã, o resto, enganos. Só tinha o telefone para o caso de ficar doente... como finalmente aconteceu, que sua alma apodreça no inferno. — Costumava receber um ou dois telefonemas por semana.

— Ele falava alemão nessas ocasiões? — perguntou Richler rapidamente. Parecia empolgado.

— Não — respondeu Todd, repentinamente cauteloso. Não gostava da empolgação de Richler... havia algo errado naquilo, algo perigoso. Tinha certeza disso e, de repente, teve que esforçar-se violentamente para não perder a paciência. — Ele não falava muito. Lembro que algumas vezes disse algo como: "O garoto que lê para mim está aqui neste momento. Telefono para você depois."

— Aposto que é isso! — disse Richler batendo as mãos nas pernas. — Aposto o salário de duas semanas que esse era o cara! — Fechou o caderno de anotações com uma batida (pelo que Todd pôde ver, tinha apenas rabiscado nele) e levantou-se. — Quero agradecer a vocês três pelo tempo que me dedicaram. Você em particular, Todd. Sei que tudo isso foi um choque para você, mas logo terminará. Vamos virar a casa de cabeça para baixo hoje à tarde... do porão ao sótão e de novo ao porão. Levaremos todas as equipes especiais. Talvez encontremos alguma pista do companheiro de telefone de Dussander.

— Espero que sim — disse Todd.

Richler apertou a mão de todos e retirou-se. Dick perguntou se Todd gostaria de jogar peteca até a hora do almoço. Todd disse que não tinha vontade nem de jogar peteca nem de almoçar, e subiu as escadas de cabeça baixa e ombros caídos. Seus pais trocaram olhares solidários e apreensivos. Todd deitou-se na cama, fitou o teto e pensou no rifle. Podia vê-lo muito bem mentalmente. Pensou em enfiar o cano azulado de aço bem no buraco melado de judia de Betty Trask — era tudo o que precisava, um pau que nunca ficasse mole. *Que tal, Betty?*, ouvia sua voz lhe perguntando. *Diga apenas quando bastar, está bem?* Imaginava seus gritos. E, finalmente, um sorriso tolo surgiu em seu rosto. *Claro, apenas me diga, sua puta... está bem? Está bem? Está bem?*

— Então, o que acha? — perguntou Weiskopf a Richler quando este pegou-o numa lanchonete a três quadras da casa dos Bowden.

— Olha, acho que o garoto participou disso de alguma forma — disse Richler. — De alguma forma, de alguma maneira, até certo ponto. Mas, puxa, como é calmo. Se você jogasse água quente na boca dele acho que cuspiria pedras de gelo. Confundi-o algumas vezes, mas não consegui nada que pudesse usar no tribunal. E se eu tivesse ido mais longe, algum advogado esperto poderia conseguir livrá-lo da armadilha, mesmo que alguma coisa ficasse evidente. Quero dizer, a justiça ainda o vê como criança... o garoto só tem 18 anos. Em certos aspectos, acho que ele não é uma criança *de verdade* desde talvez os 8 anos. Cara, ele é assustador. — Richler colocou um cigarro na boca e riu, uma risada vacilante. — Estou dizendo, ele é horrível.

— Que deslizes ele cometeu?

— Os telefonemas. É a coisa mais importante. Quando lancei a ideia, vi seus olhos acenderem como um fliperama. — Richler dobrou à esquerda e entrou com a Chevy Nova na rampa de entrada da autoestrada. A 200 metros à direita deles, ficava a ladeira e a árvore caída onde Todd dera tiros simulados com seu rifle no trânsito da autoestrada num sábado de manhã não fazia muito tempo.

— Ele estava pensando: "Esse tira deve estar maluco se acha que Dussander tinha um amigo nazista aqui na cidade, mas se ele realmente acha isso, saio dessa fria." Então ele disse sim, Dussander recebia um ou dois telefonemas por semana. Muito misterioso. "Não posso falar agora, Z-5, ligo depois"... esse tipo de coisa. Mas Dussander teve um telefone bem "quieto" nos últimos anos. Quase sem atividade e *nenhuma* chamada interurbana. Não recebia um ou dois telefonemas por semana.

— O que mais?

— Ele imediatamente chegou à conclusão de que a carta tinha sumido e pronto. Ele sabia que era a única coisa que estava faltando porque foi ele que voltou e a pegou.

Richler amassou o cigarro no cinzeiro.

— *Achamos* que a carta foi apenas um álibi. *Achamos* que Dussander teve o enfarte enquanto tentava enterrar o corpo... o mais recente. Havia sujeira em seus sapatos e punhos, logo é uma suposição razoável. Isso significa que chamou o garoto *depois* que teve o enfarte, não antes. Ele sobe de quatro as escadas e telefona para o garoto. O garoto fica apavorado... se é que fica de vez em quando... e inventa a história da carta impulsivamente. Não é genial, mas também não é tão má... considerando-se as circunstâncias. Ele vai lá e limpa a sujeira que Dussander fez. Então o garoto fica numa agonia fodida. A ambulância do Centro Médico está chegando, seu pai está chegando e ele precisa da carta para disfarçar. Ele sobe e arromba a caixa...

— Tem confirmação disso? — perguntou Weiskopf acendendo um cigarro. Era um Player sem filtro e para Richler tinha cheiro de merda de cavalo. Não era de se admirar que o Império Britânico tenha caído, se eles começaram a fumar cigarros como esse.

— Sim, temos confirmação total — disse Richler. — Há impressões digitais na caixa que coincidem com as de seu registro escolar. Mas as impressões digitais dele estão em quase todos o lugares da droga daquela casa!

— No entanto, se confrontá-lo com tudo isso, pode assustá-lo — disse Weiskopf.

— Ei, olha aqui, você não conhece esse menino. Quando eu disse que ele era calmo, estava falando sério. Ele diria que Dussander lhe pedira para apanhar a caixa uma ou duas vezes para guardar ou pegar alguma coisa.

— Suas impressões digitais estão na pá.

— Diria que a usara para plantar uma roseira no jardim. — Richler pegou o maço de cigarros, mas estava vazio. Weiskopf ofereceu-lhe um Player. Richler deu uma tragada e começou a tossir. — O gosto é tão ruim quanto o cheiro — disse engasgado.

— Como os hambúrgueres que comemos ontem no almoço — respondeu Weiskopf rindo. — Aqueles Mac-Burgers.

— Big Macs — Richler riu também. — É isso aí. Quer dizer que a miscigenação cultural nem sempre funciona. — Seu sorriso murchou. — Ele parece muito distinto, sabia?

— Sim.

— Não é nenhum *DJ* cabeludo com correntes nas botas de motocicleta.

— Não — disse Weiskopf, que olhava o tráfego à sua volta e estava muito feliz por não estar dirigindo. — Ele é apenas um garoto. Um garoto branco de boa família. E acho difícil acreditar que...

— Pensei que vocês mandavam eles segurarem rifles e granadas quando chegavam aos 18 anos. Em Israel.

— Sim, mas ele só tinha *14* anos quando tudo isso começou. Por que um garoto de 14 anos se envolveria com um sujeito como Dussander? Já tentei entender várias vezes e ainda não consegui.

— Vamos tentar descobrir — disse Richler, e atirou o cigarro pela janela. Estava lhe dando dor de cabeça.

— Talvez, se aconteceu, tenha sido apenas sorte. Uma coincidência. Uma descoberta feliz inesperada. Feliz ou infeliz.

— Não sei sobre o que está falando — disse Richler melancolicamente. — Só sei que esse garoto é mais assustador que um inseto debaixo de uma pedra.

— O que estou dizendo é simples. Qualquer outro garoto ficaria muito feliz em contar para seus pais ou para a polícia. Dizer: "Reconheci um fugitivo. Ele mora nesse endereço. Sim, tenho certeza." E então deixar as autoridades resolverem. Acha que estou errado?

— Não, acho que não. O garoto ficaria em evidência por alguns dias. A maioria dos garotos adoraria. Fotografias nos jornais, entrevistas no noticiário noturno, provavelmente um prêmio de boa cidadania do colégio. — Richler riu. — Pô, o garoto podia sair até no *Real People*.

— O que é isso?

— Deixa pra lá — disse Richler. Teve que aumentar a voz porque caminhões de dez rodas ultrapassavam o Nova de cada lado. Weiskopf olhava nervosamente de um lado para o outro. — Você não quer saber. Mas está certo quanto à *maioria* dos garotos. A maioria.

— Mas não *esse* garoto — continuou Weiskopf. — Esse garoto talvez tenha descoberto o disfarce de Dussander por pura sorte. No entanto, em vez de procurar as autoridades ou contar para os pais... ele procura Dussander. Por quê? Você diz que não importa, mas eu acho que sim. Acho que isso deixa você tão obcecado quanto a mim.

— Nada de chantagem — disse Richler. — Isso é certo. Esse garoto tem tudo o que um garoto poderia querer. Tinha até um bugre na garagem, para não mencionar uma arma de marfim na parede. E mesmo que ele quisesse extorquir Dussander só pela emoção de fazer isso, o velho era praticamente miserável. Fora aquelas poucas ações, não tinha nada.

— Tem certeza absoluta que o garoto não sabe que encontramos os corpos?

— Tenho. Talvez eu volte hoje à tarde e dê essa notícia. Neste momento, parece a melhor coisa a fazer. — Richler deu uma batidinha de leve no volante. — Se tudo isso tivesse acontecido pelo menos uma semana antes, acho que eu teria pedido uma garantia de investigação.

— E as roupas que o garoto estava usando naquela noite?

— Pois é. Se tivéssemos encontrado resquícios de terra em suas roupas iguais à que havia no porão de Dussander, acho que era quase certo arruinarmos ele. Mas as roupas que ele usava naquela noite já devem ter sido lavadas bem umas seis vezes desde então.

— E os outros bêbados mortos? Os que o seu departamento de polícia vem encontrando pela cidade?

— Esses pertencem a Dan Bozeman. Acho que não há nenhuma ligação. Dussander não era tão forte assim... e, além do mais, ele já tinha um plano bem organizado. Prometia-lhes um drinque e uma refeição, levava-os para casa de ônibus... a merda do ônibus municipal... e liquidava-os na cozinha mesmo.

Weiskopf disse tranquilamente:

— Não era em *Dussander* que eu estava pensando.

— O que você quer dizer com... — começou Richler e, de repente, calou-se. Houve um momento inacreditavelmente longo de silêncio, quebrado apenas pelo zunido do tráfego em volta. Então Richler disse suavemente: — Ei, ei, calma aí, pô, dá um tem...

— Como agente de meu governo, só estou interessado em Bowden pelo que ele pode saber sobre os contatos de Dussander com outros nazistas foragidos, se sabe alguma coisa. Mas, como ser humano, estou ficando cada vez mais interessado no próprio garoto. Gostaria de saber o que o faz interessar-se no assunto. E quero saber *por quê*. E quando tento responder a essa pergunta para minha própria satisfação, descubro que cada vez mais me pergunto: *O que mais?*

— Mas...

— Você acha, fico me perguntando, que as atrocidades em que Dussander tomava parte formavam a base da atração entre eles? É uma ideia terrível, sei disso. As coisas que aconteceram naqueles campos ainda têm força suficiente para dar náuseas. Sinto isso, embora o único parente meu que foi para um campo de concentração tenha sido meu avô, que morreu quando eu tinha 3 anos. Mas talvez alguma coisa que os alemães fizeram exerça uma fascinação enorme sobre nós... alguma coisa que abre as catacumbas da imaginação. Talvez parte da aversão e do horror venha da consciência secreta de que sob as circunstâncias certas, ou erradas, nós mesmos estaríamos dispostos a construir lugares assim. Descoberta inesperada, infeliz. Talvez saibamos que, sob as circunstâncias certas, as coisas que vivem nas catacumbas gostariam de sair? E como acha que iriam parecer? *Fuehrers* loucos com topetes e bigodes de graxa de sapato mandando em tudo? Como diabos vermelhos, demônios, ou como dragões que flutuam com suas asas fétidas de réptil?

— Não sei — disse Richler.

— Acho que a maioria se pareceria com meros contadores — disse Weiskopf. — Homenzinhos medíocres com gráficos, mapas e calculadoras, prontos para começar a aumentar o índice de mortes para que da *próxima* vez pudessem matar talvez 20 ou 30 milhões, em vez de apenas 7, 8 ou 12. E algum deles poderá se parecer com Todd Bowden.

— Você é quase tão horripilante quanto ele — disse Richler.

Weiskopf assentiu.

— É um assunto horripilante. Encontrar aqueles homens e bichos mortos no porão de Dussander... *isso* é horripilante, não é? Já pensou que talvez esse garoto tenha começado com um simples interesse pelos campos? Um interesse não muito diferente dos interesses de garotos que colecionam selos ou moedas e que gostam de ler sobre os criminosos do oeste no tempo dos pioneiros? E que ele foi até Dussander conseguir suas informações diretamente da fonte?

— Claro — disse Richler automaticamente. — Cara, a essa altura acredito em qualquer coisa.

— Pode ser — murmurou Weiskopf. Sua voz quase se perdeu com o estrondo de outro caminhão de dez rodas que passava por eles. Estava escrito BUDWEISER em enormes letras de um dos lados. *Que país engraçado,* pensou Weiskopf, e acendeu outro cigarro. *Eles não entendem como podemos viver cercados de árabes malucos, mas se eu morasse aqui dois anos teria um esgotamento nervoso.* — Pode ser. E pode ser impossível estar perto de um assassinato atrás do outro e não se sensibilizar com isso.

29

O cara baixo que entrou na sala da polícia trouxe um fedor perturbador com ele. Cheirava a banana podre, óleo de fígado de bacalhau, merda de barata e o interior de um caminhão de lixo no final de uma manhã movimentada. Usava velhas calças compridas de tecido em espinha de peixe, uma camisa cinza e rasgada de uma instituição e uma jaqueta azul desbotada, cujo zíper estava caído como um colar de dentes de pigmeu. Seus sapatos estavam remendados com cola. Tinha um chapéu horrível na cabeça.

— Oh, meu Deus, saia daqui! — gritou o sargento atarefado. — Você não está preso, Hap! Juro por Deus! Juro pela minha mãe! Saia daqui. Quero respirar de novo!

— Quero falar com o tenente Bozeman.

— Ele morreu, Hap. Foi ontem. Estamos fodidos por causa disso. Por isso saia daqui e deixe-nos chorar em paz.

— Quero falar com o tenente Bozeman! — disse ele mais alto. Seu hálito cheirava a uma mistura fermentada e suculenta de *pizza*, Hall's Mentho-lyptus e vinho tinto doce.

— Ele teve que ir a Siam resolver um caso, Hap. Então por que não sai daqui? Vá para algum lugar comer uma lâmpada.

— *Quero falar com o tenente Bozeman e não vou sair daqui até falar!*

O sargento atarefado saiu da sala. Voltou cinco minutos depois com Bozeman, um homem magro, ligeiramente corcunda, de 50 anos.

— Leve-o para sua sala, está bem, Dan? — implorou o atarefado sargento. — Está bem assim?

— Venha, Hap — disse Bozeman, e um minuto depois estavam na cabine de três paredes que era a sala de Bozeman. Ele prudentemente abriu a única janela e ligou o ventilador antes de sentar-se. — Posso fazer alguma coisa por você, Hap?

— Ainda está investigando aqueles assassinatos, tenente Bozeman?

— Dos indigentes? É, acho que isso ainda é comigo.

— Sei quem foi.

— É verdade, Hap? — perguntou Bozeman. Estava ocupado acendendo seu cachimbo. Raramente fumava cachimbo, mas nem o ventilador nem a janela aberta conseguiram afastar o cheiro de Hap. Logo, pensou Bozeman, a pintura começaria a empolar e descascar. Suspirou.

— Lembra que te contei que Poley estava conversando com um cara um dia antes de ser encontrado todo cortado naquele cano? Lembra que eu falei isso pro senhor, tenente Bozeman?

— Lembro. — Muitos bêbados que perambulavam perto do Exército da Salvação, na cozinha, a algumas quadras, tinham contado uma história parecida sobre dois dos indigentes assassinados, Charles "Sonny" Brackett e Peter "Poley" Smith. Tinham visto um cara por perto, um cara novo, conversando com Poley. Ninguém sabia com certeza se Sonny tinha saído com o cara, mas Hap e dois outros afirmavam ter visto Poley caminhar com ele. Tinham ideia de que o "cara" era menor e que estava disposto a fazer um acordo por uma garrafa de vinho moscatel. Vários outros bêbados afirmaram ter visto um "cara" como esse por perto. A descrição do "cara" era esplêndida, obrigatoriamente sustentável no tribunal, vindo de fontes tão incontestáveis. Jovem, louro e branco. O que mais era preciso para dar errado?

— Bem, ontem à noite eu estava no parque — disse Hap — e por acaso eu tinha montes de jornais velhos...

— Há uma lei contra vadiagem nessa cidade, Hap.

— Eu só estava recolhendo — disse Hap com firmeza. — É horrível como as pessoas sujam a cidade. Eu estava fazendo um serviço público. Um serviço público. Alguns jornais eram de uma semana antes.

— Sim, Hap — disse Bozeman. Lembrava, vagamente, que estava com muita fome e louco para almoçar. Esse tempo parecia muito distante agora.

— Quando eu acordei, o jornal tinha voado da minha cara e eu estava olhando para o cara. Dei um pulo enorme, vou te dizer. Olhe. Esse é o cara. Esse cara aqui!

Pegou uma folha de papel amassada, amarelada e manchada de água dentro da jaqueta e desdobrou-a. Bozeman inclinou-se para a frente, agora moderadamente interessado. Hap colocou o jornal em cima da mesa para que ele lesse a manchete: QUATRO RAPAZES INGRESSAM NA FACULDADE.

— Qual deles, Hap?

Apontou com um dedo encardido a fotografia à direita.

— Ele. Diz que o nome dele é Todd Bowden.

Bozeman olhou da fotografia para Hap, pensando quantas células da mente de Hap ainda estavam inteiras e funcionando depois de vinte anos mergulhadas em vinho barato e temperadas ocasionalmente com *sterno*.*

— Como pode ter certeza, Hap? Ele está com um boné de beisebol na fotografia. Não dá para ver se ele é louro ou não.

— O sorriso — disse Hap. — É o jeito que ele está sorrindo. Ele estava dando esse mesmo sorriso a-vida-não-é-lá-essas-coisas para Poley quando eles caminharam juntos. Não confundiria esse sorriso nem daqui a um milhão de anos. É ele. É esse o cara.

Bozeman mal ouviu essa última frase; estava pensando, e pensando muito. *Todd Bowden*. O nome parecia muito familiar. Algo que o incomodava mais ainda do que a ideia de um herói do ensino médio estar andando com bêbados e os matando. Achava que tinha ouvido aquele nome hoje de manhã numa conversa. Franziu a testa, tentando lembrar onde.

Hap saíra e Dan Bozeman ainda estava tentando descobrir quando Richler e Weiskopf entraram... e foi o som de suas vozes, enquanto serviam-se de café na sala da polícia, que finalmente o fez lembrar.

— Santo Deus! — disse o tenente Bozeman, e levantou-se apressado.

Seus pais tinham se oferecido para cancelar seus compromissos à tarde — Monica, as compras, e Dick, o jogo de golfe com parceiros de negócios — e ficar em casa com ele, mas Todd lhes disse que preferia ficar sozinho. Achava que ia limpar o rifle e refletir sobre tudo o que acontecera. Tentar esclarecer as coisas em sua cabeça.

— Todd — disse Dick, e de repente descobriu que não tinha muito a dizer. Achava que se fosse o seu próprio pai teria aconselhado orações a essa altura. Mas as gerações tinham mudado, e os Bowden já não tinham tanto esse hábito. — Às vezes essas coisas acontecem — finali-

* Pasta feita com álcool e vaselina para fazer fogo. (N. da T.)

zou sem muita convicção, porque Todd continuava olhando para ele. — Tente não remoer muito essa ideia.

— Tudo bem — disse Todd.

Depois que foram embora, pegou alguns pedaços de pano, uma garrafa de óleo para armas e levou-os para o banco no jardim ao lado das roseiras. Voltou à garagem e pegou o rifle. Levou-o para o banco e abriu--o, o perfume doce e seco das rosas penetrava agradavelmente em seu nariz. Limpou o rifle completamente, murmurando uma canção enquanto isso, algumas vezes assoviando por entre os dentes. Fechou a arma de novo. Conseguiria fazê-lo até mesmo no escuro. Sua mente vagava livre. Quando retornou, cinco minutos depois, observou que carregara a arma. A ideia de praticar tiro ao alvo não o atraía muito, não hoje, mas já tinha carregado. Pensou consigo que não sabia por quê.

Claro que sabe, Todd querido. A hora, por assim dizer, chegou.

E foi quando o Saab amarelo-brilhante dobrou na entrada de automóveis de sua casa. O homem que saltou era vagamente familiar a Todd, mas não o identificou até bater a porta do carro e começar a andar em sua direção, quando Todd viu o tênis de cano baixo, um Keds azul-claro. Raios o partam! Aí estava caminhando, na alameda da casa de Todd, Ed Galocha French, o Homem do Keds.

— Olá, Todd. Há quanto tempo.

Todd encostou o rifle na beira do banco e ofereceu seu sorriso largo e cativante.

— Olá, sr. French. O que o senhor está fazendo neste lado distante da cidade?

— Seus pais estão em casa?

— Ih, não. Queria alguma coisa com eles?

— Não — disse Ed French depois de uma longa pausa meditativa. — Não, acho que não. Acho que talvez seja melhor só nós dois conversarmos. Só para começar, aliás. Talvez você possa dar uma explicação perfeitamente razoável para tudo isso. Embora Deus saiba que tenho minhas dúvidas.

Colocou a mão no bolso da frente da calça e tirou um pedaço de jornal. Todd sabia o que era mesmo antes de Ed French entregar-lhe, e pela segunda vez naquele dia estava olhando as fotos comparativas de Dussander. A que o fotógrafo de rua tirara havia sido circundada com caneta preta. O sentido estava bem claro para Todd: French reconhecera o "avô" de Todd. E agora queria contar para todo o mundo. Queria ajudar a espalhar as boas notícias. O bom e velho Ed Galocha, com sua conversa cansativa e o tênis filho da puta.

A polícia ficaria muito interessada — mas, é claro, já estava. Sabia disso agora. A sensação de depressão começara cerca de trinta minutos depois que Richler saíra. Era como se tivesse viajado muito alto num balão cheio de gás da felicidade. Então uma fria flecha de aço furara o balão, que agora caía vertiginosamente.

Os telefonemas, essa foi boa. Richler apresentara aquilo habilmente. *Claro*, dissera ele, arriscando-se a cair na armadilha. *Ele recebe um ou dois telefonemas por semana*. Deixa eles saírem procurando com alarde ex-nazistas velhos por todo o sul da Califórnia. Ótimo. A não ser que tivessem ouvido uma história diferente da telefônica. Todd não sabia se a companhia telefônica podia informar o quanto um telefone é usado... mas ele vira um brilho nos olhos de Richler...

Então houve a carta. Inadvertidamente dissera a Richler que a casa não havia sido roubada, e Richler não tivera dúvidas de que Todd só poderia saber disso se tivesse voltado... como na realidade fizera, não apenas uma, mas três vezes, primeiro para pegar a carta e duas vezes mais para procurar algo incriminador. Não havia nada; até o uniforme da SS não estava lá, embora tivesse sido utilizado algumas vezes por Dussander nos últimos quatro anos.

E também os corpos. Richler não os mencionara.

Primeiro Todd achou que era bom. Deixa eles caçarem um pouco mais até se esclarecerem as coisas — e sua história — na sua cabeça. Não havia por que se preocupar com restos de terra nas roupas que usava quando enterrou o corpo; tinham sido lavadas naquela mesma noite. Ele mesmo as pusera na máquina, perfeitamente consciente de que Dussander poderia morrer e vir tudo à tona. Precaução nunca é demais, garoto, como o próprio Dussander diria.

Então, aos poucos, percebera que aquilo não era nada bom. O tempo estava quente, e, nos dias de calor, o cheiro do porão piorava; em sua última visita à casa de Dussander, o cheiro era uma presença marcante. Com certeza, a polícia se interessaria por aquele cheiro e chegaria à fonte. Então por que Richler guardara a informação? Para mais tarde? Para fazer uma desagradável surpresinha? E, se Richler estava querendo fazer surpresinhas desagradáveis, só podia ser porque suspeitava.

Todd tirou os olhos do jornal e viu que Ed Galocha estava meio virado de costas para ele. Olhava a rua, embora não houvesse muitas coisas acontecendo lá. Richler podia suspeitar, mas era o máximo que podia fazer.

A não ser que houvesse alguma prova concreta da ligação de Todd com o velho.

Exatamente o tipo de prova que Ed Galocha French podia dar.

Homem ridículo com um par de tênis ridículo. Um homem tão ridículo não merecia viver. Todd segurou o cano do rifle.

Sim. Ed Galocha era o elo que eles não tinham. *Nunca* poderiam provar que Todd fora cúmplice de nenhum dos assassinatos de Dussander. Mas com o testemunho de Ed Galocha poderiam provar conspiração. E mesmo *isso* acabaria com tudo? Oh, não. Pegariam seu retrato de formatura e no dia seguinte começariam a mostrá-lo para todos os mendigos do distrito de Mission. Uma tentativa com pouca possibilidade de êxito, mas Richler tentaria de qualquer maneira. Se não podiam culpá-lo com a colaboração desse grupo de bêbados, tentariam outro.

E depois? Depois, tribunal.

Seu pai contrataria um grupo maravilhoso de advogados para ele, claro. E os advogados o livrariam, claro. Provas circunstanciais em demasia. Passaria uma impressão muito favorável para o júri. Mas, a essa altura, sua vida já estaria arruinada de qualquer maneira, como Dussander dissera. Seria exposta nos jornais, remexida e trazida à luz como os corpos meio apodrecidos no porão de Dussander.

— O homem da fotografia é o homem que foi ao meu escritório quando você estava no colégio — disse Ed repentinamente a Todd, virando-se novamente para ele. — Ele se fez passar por seu avô. Agora, ele é reconhecido como um criminoso de guerra procurado.

— Sim — disse Todd. Seu rosto estava estranhamente pálido. O rosto de um manequim de uma loja de departamentos. Toda a saúde, vida e animação haviam desaparecido. O que restara era amedrontador em seu vazio oco.

— Como isso aconteceu? — perguntou Ed, e talvez pretendesse que a pergunta tivesse o impacto de uma acusação, mas saiu queixosa, perdida e de alguma forma falsa. — Como aconteceu, Todd?

— Ah, uma coisa simplesmente seguiu a outra — disse Todd e pegou o rifle. — Foi assim mesmo que aconteceu. Uma coisa simplesmente... seguiu a outra. — Destrancou a trava de proteção e apontou o rifle para Ed Galocha. — Estúpido como possa parecer, foi simplesmente o que aconteceu. Foi só isso.

— Todd — disse Ed arregalando os olhos. Deu um passo para trás. — Todd, você não quer... por favor, Todd. Podemos conversar. Podemos discu...

— Você e o alemão filho da puta podem discutir no inferno — disse Todd e apertou o gatilho.

O barulho do tiro ecoou na quietude quente e sem vento da tarde. Ed French caiu violentamente para trás de encontro à Saab. Tentou apoiar-se e arrancou um limpador de para-brisa. Olhou para ele atordoado, enquanto o sangue espalhava-se em sua suéter azul, depois largou-o e olhou para Todd.

— Norma — sussurrou.

— Está bem — disse Todd. — Qualquer coisa que você disser, seu babaca. — Atirou em Ed Galocha novamente e quase metade de sua cabeça desapareceu num jato de sangue e ossos.

Ed virou-se cambaleante e começou a ir em direção à porta do motorista falando o nome de sua filha seguidamente, com uma voz engasgada e debilitada. Todd atirou novamente mirando a base de sua espinha, e Ed caiu. Seus pés tremeram ligeiramente no cascalho e depois pararam.

Uma morte sem dúvida cruel para um supervisor conselheiro, pensou Todd, e um breve riso escapou-lhe. Na mesma hora, uma dor aguda surgiu em sua cabeça como se ele tivesse sido espetado com um furador de gelo, e Todd fechou os olhos.

Quando abriu-os de novo, sentiu-se bem como há muitos meses não se sentia — talvez como há muitos anos. Tudo estava bem. Tudo resolvido. A palidez desapareceu de suas faces e uma espécie de beleza selvagem tomou-as.

Voltou para a garagem e pegou toda a munição que tinha, mais de quatrocentos cartuchos. Colocou-os em sua velha mochila e pendurou-a nas costas. Quando saiu ao sol, sorria animadamente, os olhos dançando — como garotos sorriem em seus aniversários, no Natal, no Quatro de Julho. Era o sorriso de quem via foguetes, casas nas árvores, sinais secretos, lugares de encontros, o resultado de um grande jogo triunfal quando os jogadores são carregados nos ombros dos fãs exultantes para o meio do estádio e para a cidade. O sorriso de êxtase de rapazes que saem para a guerra com capacetes que lembram baldes de carvão.

— *Sou o rei do mundo!* — gritou poderosamente para o céu azul e ergueu o rifle com as duas mãos, acima da cabeça, por um momento. Então, segurando-o com a mão direita, começou a caminhar em direção ao lugar acima da autoestrada onde a terra se dissolvia e a árvore caída lhe daria abrigo.

Cinco horas depois, quase noite, eles o levaram.

OUTONO DA INOCÊNCIA

Para George McLeod

O Corpo

1

As coisas mais importantes são as mais difíceis de expressar. São coisas das quais você se envergonha, pois as palavras as diminuem — as palavras reduzem as coisas que pareciam ilimitáveis quando estavam dentro de você à mera dimensão normal quando são reveladas. Mas é mais que isso, não? As coisas mais importantes estão muito perto de onde seu segredo está enterrado, como pontos de referência para um tesouro que seus inimigos adorariam roubar. E você pode fazer revelações que lhe são muito difíceis e as pessoas te olharem de maneira esquisita, sem entender nada do que você disse nem por que eram tão importantes que você quase chorou enquanto as estava contando. Isso é pior, eu acho. Quando o segredo fica trancado lá dentro não por falta de um narrador, mas de alguém que compreenda.

Eu tinha 12 anos, quase 13, quando vi pela primeira vez um ser humano morto. Foi em 1960, há muito tempo... embora às vezes não me pareça tanto tempo. Principalmente nas noites em que acordo sonhando com a chuva de granizo caindo em seus olhos abertos.

2

Tínhamos uma casa em cima de uma árvore, um enorme olmo que se projetava sobre um terreno baldio em Castle Rock. Há uma empresa de mudanças no terreno atualmente e o olmo não existe mais. Progresso. Era uma espécie de clube, embora não tivesse nome. Havia cinco, talvez seis membros assíduos, mais alguns idiotas que, às vezes, apareciam. Deixávamos eles entrarem quando havia jogo de cartas e precisávamos de sangue novo. O jogo geralmente era vinte e um, e jogávamos valendo centavos, no máximo cinco. Mas você ganhava o dobro no vinte e um com cinco cartas fechadas... *o triplo* com seis cartas fechadas, embora Teddy fosse o único louco a se arriscar.

As laterais da casa da árvore eram feitas de tábuas encontradas no monte de lixo atrás da Mackey Lumber & Building Supply na Carbine Road — eram cheias de farpas e de buracos que tapávamos com papel higiênico ou toalha de papel. O telhado era uma chapa de zinco ondulada que tiramos do depósito de lixo, olhando o tempo inteiro para trás porque diziam que o cachorro que tomava conta do lugar era um verdadeiro comedor de criancinhas. Encontramos uma porta de tela ali no mesmo dia. Era à prova de mosquitos, mas estava realmente enferrujada — quero dizer, a ferrugem era *demais*. A qualquer hora do dia que se olhasse através da porta de tela parecia o pôr do sol.

Além de jogar cartas, o clube era um bom lugar para fumar cigarros e ver revistas de mulher nua. Havia meia dúzia de cinzeiros de zinco amassados que exibiam CAMEL escrito no centro, vários pôsteres centrais das revistas pregados nas paredes rachadas, vinte ou trinta baralhos com imagens de motos (Teddy conseguia com o tio dele, que era dono da papelaria de Castle Rock — quando o tio de Teddy perguntou-lhe um dia que tipo de jogos fazíamos, Teddy disse que fazíamos torneios de *cribbage*, e ele achou que não havia problema), um estojo de fichas de pôquer de plástico e uma pilha de revistas de histórias policiais antigas chamadas *Master Detective* para folhear quando não havia nada mais emocionante para fazer. Também construímos um compartimento secreto de 30 x 25 centímetros embaixo do chão para esconder a maior parte dessas coisas nas raras ocasiões em que o pai de algum garoto resolvia que estava na hora de fazer uma visita rotineira ao clube para ver se éramos mesmo bons meninos. Quando chovia, estar no clube era como estar dentro de um tambor jamaicano... mas naquele verão não choveu.

Fora o mais seco e quente desde 1907 — ou assim diziam os jornais, e naquela sexta-feira, antes do fim de semana do Dia do Trabalho e do começo de mais um ano letivo, mesmo as varas-de-ouro nos campos e as valas próximas às estradas secundárias tinham um aspecto seco e queimado. Ninguém ganhara muito dinheiro com a colheita naquele ano, e as grandes pilhas de enlatados do Castle Rock Red & White ainda estavam lá, acumulando poeira. Ninguém tinha nada para vender naquele ano, com exceção, talvez, de vinho de dente-de-leão.

Teddy, Chris e eu estávamos no clube naquela sexta-feira de manhã reclamando de estar tão perto a volta às aulas, jogando baralho e contando piadas antigas e batidas sobre caixeiros-viajantes e franceses. Como você sabe que um francês esteve em seu quintal? Ora, as latas de lixo estão vazias e a cachorra, grávida. Teddy queria parecer ofendido, mas era o primeiro a contar uma piada, só trocando francês por polonês.

O olmo dava uma boa sombra, mas havíamos tirado as nossas camisas para não ficarem encharcadas. Jogávamos o jogo mais sem graça que já foi inventado, mas estava quente demais para pensarmos em algo mais complicado. Tínhamos improvisado um time de beisebol muito bom que durou até metade de agosto, mas depois muitos garotos sumiram. Estava quente demais.

Era minha vez e eu tinha muitas cartas de espadas. Começara com 13, recebi um oito para formar 21 e nada mais acontecera depois. Chris passou. Recebi as últimas cartas, nada que ajudasse.

— Vinte e nove — disse Chris baixando ouros.

— Vinte e dois — disse Teddy com ar desgostoso.

— Estou fora — disse eu, e abaixei as cartas fechadas na mesa.

— Gordie está fora, Gordie levou um ferro e se mandou — buzinou Teddy, e acabou com sua risada característica de Teddy Duchamp, *Eeeee-eee-eee*, como um prego enferrujado sendo lentamente arrancado de uma tábua podre. É, ele era estranho; todos nós sabíamos. Ia fazer 13 anos como todos nós, mas os óculos de grossas lentes e o aparelho de surdez que usava faziam-no parecer um velho. As crianças sempre tentavam tirar seus cigarros na rua, mas o volume embaixo da camisa era apenas a bateria de seu aparelho de surdez.

Apesar dos óculos e do botão cor da pele enfiado no ouvido, Teddy não via muito bem e sempre entendia mal o que as pessoas lhe diziam. No beisebol, tínhamos que colocá-lo perto da cerca, depois de Chris à esquerda do campo e Billy Greer à direita. Só esperávamos que ninguém jogasse a bola tão longe, porque Teddy ia atrás dela furioso, enxergando ou não. De vez em quando, mandavam uma bola boa, e uma vez ele apagou ao entrar de cara na cerca junto da casa da árvore a todo vapor. Ficou lá deitado de costas com o branco dos olhos aparecendo durante quase cinco minutos, e eu fiquei com medo. Então levantou com o nariz sangrando e um galo enorme e roxo crescendo na testa, tentando dizer que a bola não tinha valido.

Sua vista era naturalmente ruim, mas o que aconteceu com seus ouvidos não era nada natural. Naquela época, quando era legal ter os cabelos curtos para as orelhas ficarem aparecendo como um par de alças de vaso, Teddy teve o primeiro corte de cabelo à la Beatles de Castle Rock — quatro anos antes de alguém na América ter ouvido falar em Beatles. Ele deixava as orelhas cobertas porque pareciam dois bolos de cera quente.

Um dia, quando tinha 8 anos, o pai de Teddy ficou furioso com ele porque quebrou um prato. Sua mãe estava trabalhando na fábrica de sapatos no sul de Paris quando isso aconteceu, e quando soube já era tarde.

O pai de Teddy levou-o até um enorme fogão à lenha em brasa nos fundos da cozinha e enfiou um lado do rosto de Teddy numa placa em brasa de ferro fundido. Ficou segurando por uns dez segundos. Depois levantou Teddy pelos cabelos e colocou o outro lado. Então ligou para a unidade de Emergência e disse para virem buscar o filho. Desligou o telefone, foi até o armário, pegou o .410 e sentou-se para ver televisão com a arma nos joelhos. Quando a sra. Burroughs, que morava ao lado, veio perguntar se Teddy estava bem — ela ouvira os gritos —, o pai de Teddy apontou a arma para ela. A sra. Burroughs saiu da casa dos Duchamp mais ou menos à velocidade da luz, trancou-se em casa e ligou para a polícia. Quando a ambulância chegou, o sr. Duchamp deixou os enfermeiros entrarem, foi para a varanda dos fundos e ficou de guarda enquanto levavam Teddy para a velha ambulância Buick na maca.

O pai de Teddy explicou para os enfermeiros que os oficiais filhos da puta tinham dito que a área estava livre, mas ainda havia alemães de tocaia por toda parte. Um dos enfermeiros perguntou a ele se achava que poderia resistir. O pai de Teddy deu um sorriso contraído e disse ao enfermeiro que esperaria até que o inferno virasse uma geladeira, se fosse preciso. O enfermeiro cumprimentou-o e o pai de Teddy fez continência. Alguns minutos depois que a ambulância saiu, a polícia chegou e tirou Norman Duchamp do serviço.

Ele vinha fazendo coisas estranhas, como atirar em gatos e colocar fogo em caixas de correspondência há mais de um ano, e depois da atrocidade que fez com o filho, interrogaram-no e mandaram-no para Togus, um hospital de veteranos. Togus é para onde você vai se for dispensado das Forças Armadas por motivos psicológicos. O pai de Teddy tinha participado do desembarque na Normandia, e era isso que Teddy sempre contava. Teddy tinha orgulho dele, apesar do que tinha feito, e ia visitá-lo com a mãe todas as semanas.

Era o garoto mais calado com o qual andávamos, eu acho, e era maluco. Fazia as coisas mais loucas que se podia imaginar. A pior era o que chamava de escapada dos caminhões. Corria na frente deles na 196 e algumas vezes não o pegavam por uma questão de milímetros. Só Deus sabe quantos enfartes não causou, e morria de rir quando a rajada de vento do caminhão que passava balançava suas roupas. Ficávamos com medo porque sua vista não prestava, com ou sem os óculos fundo de garrafa. Parecia apenas uma questão de tempo até não enxergar bem um dos caminhões. E você tinha que ter cuidado para não desafiá-lo, porque Teddy aceitava qualquer desafio.

— Gordie está fora, eeeeeeee-eee-eee!

— Idiota — disse eu, e peguei uma *Master Detective* para ler enquanto eles terminavam de jogar. Virei a página na parte em que dizia: "Ele Matou a Bela Aluna Dentro do Elevador Parado" e comecei a ler.

Teddy pegou as cartas, olhou-as rapidamente e disse:

— Bati.

— Seu monte de merda de quatro olhos! — gritou Chris.

— O monte de merda tem mil olhos — disse Teddy sério, e Chris e eu começamos a rir. Teddy ficou olhando para nós com a testa meio franzida, como que imaginando o que nos teria feito rir. O cara tinha outra coisa, sempre se saía com umas coisas estranhas como "o monte de merda tem mil olhos" e você nunca tinha certeza se ele *queria* ser engraçado ou não. Olhava as pessoas com a testa meio franzida, como se estivesse perguntando: *Ah, meu Deus, o que é desta vez?*

Teddy tinha feito trinta — valete, dama e rei de paus. Chris só tinha 16 e era sua vez.

Teddy embaralhava as cartas daquela maneira desajeitada e eu estava na parte mais horrível da história do assassinato onde o marinheiro louco de Nova Orleans pisoteava a aluna da faculdade de Bryn Mawr porque não suportava lugares fechados, quando ouvimos alguém subindo correndo a escada que ficava presa do lado do olmo. Bateram na parte de baixo do alçapão.

— Quem é? — gritou Chris.

— Vern! — Ele parecia excitado e sem fôlego.

Fui até o alçapão e puxei a lingueta da fechadura. O alçapão abriu para cima e Vern Tessio, um dos membros, entrou no clube. Estava suando em bicas e o cabelo, que penteava igual ao de seu ídolo de rock, Bobby Rydell, estava colado à cabeça.

— Puxa! — disse ofegante. — Vocês não vão acreditar no que eu vou contar.

— O quê? — perguntei.

— Espera aí, deixa eu respirar. Vim correndo desde lá de casa.

— *Vim correndo de casa* — tremeu a voz de Teddy num horrível falsete — *só para pedir perdãooo...*

— Vai se foder, cara — disse Vern.

— Não enche o saco, macaco — retrucou Teddy espirituoso.

— Você veio correndo desde a sua casa? — perguntou Chris sem acreditar. — Cara, você tá maluco. — A casa de Vern ficava a mais de 3 quilômetros na Grand Street. — Deve estar um calorão lá fora.

— Vale a pena — disse Vern. — Meu Deus. Vocês não vão acreditar nisso. Estou falando sério. — Passou a mão na testa suada para mostrar que era sério.

— Está bem, o que foi? — perguntou Chris.

— Vocês podem acampar hoje à noite? — Vern nos olhava, excitado. Seus olhos pareciam duas passas enfiadas dentro de círculos escuros de suor. — E se vocês disserem para seus pais que vamos acampar no jardim atrás da minha casa?

— É, acho que sim — disse Chris, pegando uma nova mão de cartas e olhando. — Mas meu pai anda de mau humor. Bebida, sabe?

— Você tem que ir, cara — disse Vern. — Sério. Você não vai *acreditar*. Você pode, Gordie?

— Acho que sim.

Eu podia muito bem fazer essas coisas — na verdade, eu era o Garoto Invisível durante todo o verão. Em abril, meu irmão mais velho, Dennis, morrera num acidente de jipe. Foi em Fort Benning, na Geórgia, onde estava em treinamento militar. Ele e um outro cara estavam a caminho da cooperativa e um caminhão do Exército bateu neles pelo lado. Dennis morreu na mesma hora, e seu companheiro está em coma desde o acidente. Dennis faria 22 anos naquela semana. Eu já tinha comprado um cartão de aniversário para ele, no Dahlie's em Castle Green.

Chorei quando soube e chorei mais no funeral, e não podia acreditar que Dennis não existia mais, que a pessoa que me dava cascudos, me metia medo com uma aranha de borracha até eu chorar e me dava beijos quando eu caía e machucava os joelhos e sussurrava em meus ouvidos — "Agora pare de chorar, querido!" — que uma pessoa que me *tocara* podia estar morta. Me doía e me assustava aquilo de Dennis estar morto... mas parecia que aquilo tinha partido o coração de meus pais. Para mim, Dennis era pouco mais que um conhecido. Era oito anos mais velho que eu, imaginem, e tinha seus próprios amigos e colegas de turma. Comemos na mesma mesa durante muitos anos e, às vezes, era meu amigo e, às vezes, meu torturador, mas era, principalmente, apenas um cara. Quando morreu, já tinha saído de casa há um ano, com exceção de algumas licenças que recebeu para nos visitar. Nem mesmo nos parecíamos. Levei muito tempo depois daquele verão para perceber que a maioria das lágrimas que derramei foram por minha mãe e meu pai. Não adiantou nada nem para eles, nem para mim.

— Então o que você está resmungando aí, grande Vern? — perguntou Teddy.

— Bati — disse Chris.

— *O quê?* — gritou Teddy, esquecendo na mesma hora tudo sobre Vern. — Seu mentiroso de uma figa! Você não tem 21. Eu não te dei carta nenhuma.

Chris sorriu afetadamente.

— Pede as cartas, bundão.

Teddy alcançou a carta de cima da pilha. Chris alcançou o maço de Winston na prateleira atrás dele. Abaixei-me para pegar a revista de mistério.

Foi então que Vern Tessio disse:

— Vocês querem ir ver um morto?

Todos pararam.

3

Todos nós tínhamos ouvido o caso no rádio, claro. O rádio, um Philco com a caixa quebrada que também fora recolhido do depósito de lixo, ficava ligado o tempo todo. Ouvíamos a rádio WLAM de Lewiston, que tocava supersucessos da época como: *What in the World's Come Over You* de Jack Scott, *This Time* de Troy Shondell, *King Creole* de Elvis e *Only the Lonely* de Roy Orbison. Quando vinham as notícias, geralmente sintonizávamos mentalmente no mudo. As notícias eram muitas besteiras sobre Kennedy, Nixon, Quemoy e Matsu, a defasagem no número de mísseis e a bosta que Castro estava demonstrando ser. Mas todos nós ouvimos a história sobre Ray Brower com um pouco mais de interesse, porque era um menino da nossa idade.

Era de Chamberlain, uma cidade que ficava a uns 60 quilômetros a leste de Castle Rock. Três dias antes de Vern entrar bufando no clube depois de correr 3 quilômetros pela Grand Street, Ray Brower tinha saído com uma cesta de sua mãe para colher mirtilos. Escureceu e ele ainda não voltara, então os Brower chamaram o xerife do condado e iniciou-se uma busca — primeiro apenas por perto da casa do menino, depois nas cidades de Motton, Durham e Pownal. Todos participaram — policiais, delegados, encarregados de supervisionar as regras do jogo e voluntários. Mas três dias depois, o menino ainda estava desaparecido. Você diria, ouvindo a história no rádio, que nunca encontrariam o pobre-coitado vivo; no final, a busca não daria em nada. Poderia ter morrido asfixiado num deslizamento de cascalho ou afogado num córrego, e daqui a dez anos um caçador encontraria seus ossos. Já tinham começado a drenar os lagos em Chamberlain e a represa de Motton.

Nada disso poderia acontecer no sudoeste do Maine hoje em dia, a maior parte da área foi urbanizada e as comunidades de trabalhadores em volta de Portland e Lewiston espalharam-se como tentáculos de uma lula gigantesca. As florestas ainda estão lá e tornam-se cada vez mais densas à medida que você caminha para o lado oeste em direção às Montanhas Brancas, mas hoje em dia, se você tiver tempo de caminhar cinco minutos numa direção só, certamente vai cruzar duas pistas de asfalto. Mas, em 1960, toda a área entre Chamberlain e Castle Rock era subdesenvolvida e havia lugares que não eram desmatados desde antes da Segunda Guerra Mundial. Naquela época, ainda era possível entrar na floresta, perder-se e morrer ali.

4

Vern Tessio estava embaixo da varanda de sua casa naquela manhã, cavando.

Todos nós entendemos na hora, mas talvez eu precise de alguns minutos para explicar a vocês. Teddy Duchamp era meio burro, mas Vern Tessio nunca poderia participar de uma sabatina de conhecimentos gerais. Entretanto, seu irmão Billy era ainda mais bobo, como vocês verão. Mas primeiro tenho que contar por que Vern estava cavando embaixo da varanda.

Quatro anos antes, quando tinha 8 anos, Vern enterrou um vidro quase cheio de moedas embaixo da longa varanda que havia na frente da casa dos Tessio. Vern chamava o espaço escuro embaixo da varanda de "caverna". Ele estava brincando de pirata, e as moedas eram o tesouro — só que, se você estivesse brincando de pirata com Vern, não poderia chamar aquilo de tesouro, mas sim de "cofrinho". Mas ele enterrou o vidro de moedas, cobriu o buraco e colocou folhas velhas que caíram lá embaixo com o passar dos anos sobre a terra remexida. Desenhou um mapa do tesouro, que guardou em seu quarto junto com o resto de suas tralhas. Esqueceu completamente do assunto durante um mês mais ou menos. Um dia, sem dinheiro para ir ao cinema ou coisa parecida, lembrou das moedas e foi pegar o mapa. Mas sua mãe já arrumara o quarto duas ou três vezes desde aquele dia e recolhera todos os papéis de deveres de casa, papéis de bombom, revistas de história em quadrinhos e livros de piada. Queimou-os para acender o fogão um dia de manhã, e o mapa de Vern subiu pela chaminé da cozinha.

Pelo menos foi o que ele imaginou.

Tentou encontrar o lugar e cavou ali. Sem sorte. À direita e à esquerda. Sem sorte de novo. Desistiu naquele dia, mas de vez em quando tentava. Quatro anos, cara. Quatro *anos*. Não é uma droga? Você não sabia se ria ou se chorava.

Virou uma espécie de obsessão para ele. A varanda da frente dos Tessio tinha a extensão da casa, provavelmente 12 metros de comprimento, por 2 de largura. Tinha cavado cada droga de centímetro daquela área talvez duas, três vezes, e nada das moedas. O *número* de moedas começou a crescer em sua cabeça. Quando contou a Chris e a mim pela primeira vez, tinha talvez três dólares em moedas. Um ano depois, subiu para cinco e ultimamente andava por volta dos dez mais ou menos, dependendo de quão duro ele estivesse.

De vez em quando, tentávamos dizer a ele o que para nós parecia claro — que Billy sabia do vidro e o pegara. Vern recusava-se a acreditar, embora odiasse Billy como os árabes odeiam os judeus e provavelmente condenaria alegremente seu irmão à morte por furto, se a oportunidade surgisse. Também recusava-se terminantemente a perguntar a ele. Provavelmente tinha medo que Billy risse e dissesse: *Claro que eu peguei, seu babaca, tinha vinte dólares e eu gastei cada centavo de merda.* Em vez disso, Vern ia procurar as moedas sempre que se inspirava (e sempre que Billy não estava por perto). Sempre saía de baixo da varanda engatinhando com os jeans sujos, os cabelos cheios de folhas e de mãos vazias. Sempre zombávamos dele e seu apelido era Centavo — Tessio Centavo. Acho que foi até o clube tão rápido não apenas para dar a notícia, mas para mostrar a nós que finalmente tirara algum proveito de sua caça às moedas.

Acordou naquele dia antes de todo mundo, comeu seus flocos de milho e estava na alameda da casa lançando a bola de basquete numa cesta velha que ficava presa no alto da garagem, pouca coisa para fazer, ninguém com quem brincar de esconde-esconde, então decidiu ir procurar as moedas. Estava embaixo da varanda quando a porta de grade bateu lá em cima. Ficou imóvel, sem fazer nenhum barulho. Se fosse seu pai, sairia; se fosse Billy, continuaria imóvel até que ele e o amigo delinquente, Charlie Hogan, fossem embora.

Dois pares de pernas cruzaram a varanda, então Charlie Hogan disse com voz trêmula, de chorão:

— Meu Deus, Billy, o que vamos fazer?

Vern disse que ouvir Charlie Hogan falar daquela maneira — Charlie era um dos caras mais durões da cidade — o fez ficar de orelhas em pé. Afinal de contas, Charlie andava com Ace Merrill e Eyeball Chambers, e se você andava com tipos como esses, tinha que ser valente.

— Nada — disse Billy. — É isso que vamos fazer. Nada.

— A gente tem que fazer *alguma coisa* — insistiu Charlie, e sentaram-se na varanda perto do lugar onde Vern estava agachado. — Você não o *viu*?

Vern arriscou-se e rastejou um pouco mais perto dos degraus, quase babando. Àquela altura, achou que talvez Billy e Charlie estivessem bêbados e tivessem atropelado alguém. Vern teve o cuidado de não estalar nenhuma das folhas velhas enquanto se movia. Se os dois descobrissem que estava embaixo da varanda e que ouvira toda a conversa, você poderia botar tudo que sobrou dele numa lata de ração de cachorro.

— A gente não tem nada com isso — disse Billy Tessio. — O garoto está morto, também não faz diferença para ele. Quem é que está ligando se o encontraram ou não? Eu não estou.

— Era sobre esse menino que eles estavam falando no rádio — disse Charlie. — Com certeza. Brocker, Brower, Flowers, sei lá. A merda do trem deve ter pegado ele.

— É — concordou Billy. Barulho de alguém riscando um fósforo. Vern viu-o cair na alameda de cascalhos e sentiu um cheiro de fumaça de cigarro. — Foi isso. E você vomitou.

Silêncio, mas Vern sentiu ondas emocionais de vergonha irradiando de Charlie Hogan.

— Bem, as garotas não viram — disse Billy depois de um tempo. — Ainda bem. — Pelo barulho, bateu nas costas de Charlie para animá-lo. — Iam espalhar para todo o mundo, daqui até Portland. Mas a gente se mandou rápido. Acha que elas perceberam que havia algo errado?

— Não — disse Charlie. — A Marie não gosta de descer a Back Harlow Road até o cemitério, de qualquer maneira. Tem medo de fantasmas. — Novamente, a voz chorona. — Meu Deus, era melhor que a gente não tivesse roubado carro nenhum ontem à noite! Só ido ao show, como estava combinado!

Charlie e Billy saíam com duas biscates chamadas Marie Dougherty e Beverly Thomas; não era possível encontrar mais feias que elas a menos que se estivesse num show de horrores — espinhas, bigode, o pacote completo. Às vezes os quatro — ou seis ou oito, se Fuzzy Bracowicz ou Ace Merrill também viessem com suas garotas — roubavam um carro em algum estacionamento de Lewiston e saíam alegremente para o campo com duas ou três garrafas de vinho e um pacote de seis garrafas de ginger ale. Levavam as garotas para algum lugar, estacionavam o carro, bebiam *Purple Jesus* e transavam. Depois largavam o carro em algum lugar perto de casa. Emoções baratas — como dizia Chris às vezes. Nunca tinham sido pegos, mas Vern sempre torcia para que isso acontecesse. Realmente adorava a ideia de visitar Billy aos domingos no reformatório.

— Se disséssemos à polícia, iam querer saber como tínhamos chegado em Harlow — disse Billy. — Não temos carro, nenhum de nós. É melhor ficarmos de boca fechada. Aí não podem mexer com a gente.

— Podíamos dar um telefonema anônimo — disse Charlie.

— Eles rastreiam essas coisas — Billy discordou pessimista. — Já vi na *Patrulha Rodoviária*. E no *Dragnet* também.

— Sim, é verdade — disse Charlie angustiado. — Meu Deus. Queria que Ace tivesse ido com a gente. A gente diria para a polícia que estava no carro dele.

— É, mas ele não foi.

— É — disse Charlie. Suspirou. — Acho que você está certo. — Uma ponta de cigarro caiu na alameda. — A gente saiu e foi mijar perto dos trilhos, não foi? Não podia andar na outra direção, podia? E eu vomitei no meu sapato novo. — Sua voz diminuiu um pouco. — A porra do garoto estava caído lá, sabia? Você viu o filho da mãe, Billy?

— Vi — disse Billy. E uma segunda ponta de cigarro juntou-se à primeira na alameda. — Vamos ver se Ace já acordou. Quero tomar um pouco de suco.

— Vamos dizer a ele?

— Charlie, não vamos contar para *ninguém. Ninguém, nunca.* Sacou?

— Saquei — disse Charlie. — Meu Deus, seria melhor se a gente não tivesse roubado a merda daquele Dodge.

— Porra, cala a boca e vamos embora.

Dois pares de pernas dentro de jeans justos e desbotados, dois pares de pés em botas pretas com fivelas laterais desceram os degraus. Vern ficou apavorado. ("Minhas bolas ficaram tão encolhidas que achei que iam sumir", contou-nos depois.) Com certeza, o irmão ia vê-lo embaixo da varanda, arrancá-lo dali e matá-lo — ele e Charlie Hogan iam chutar os miolos que Deus lhe dera e depois pisoteá-lo com as botas pretas. Mas foram embora, e quando Vern teve certeza que tinham ido saiu engatinhando de debaixo da varanda e veio correndo para cá.

5

— Você teve sorte mesmo — disse eu. — Eles iam matar você.

— Eu sei onde é a Back Harlow Road — Teddy falou. — É uma rua sem saída que acaba perto do rio. A gente ia pescar lá.

Chris assentiu.

— Tinha uma ponte, mas teve uma enchente. Há muito tempo. Agora só tem os trilhos do trem.

— Um garoto podia ir mesmo desde Chamberlain até Harlow? — perguntei a Chris. — São 30 ou 40 quilômetros.

— Acho que sim. Provavelmente encontrou o trilho do trem e o seguiu toda a vida. Talvez tenha achado que ia encontrar o caminho de volta ou que poderia pegar um trem se fosse preciso. Mas agora só tem trem de carga até Derry e Brownsville, mesmo assim não muitos. Teria que ter ido até Castle Rock para sair. Quando ficou escuro, um trem finalmente deve ter vindo... e pou!

Chris bateu a mão fechada na palma esquerda, fazendo um barulho seco. Teddy, um veterano de escapadas na 196, parecia ligeiramente satisfeito. Senti-me um pouco angustiado, imaginando o garoto tão longe de casa, morto de medo mas seguindo os trilhos, provavelmente andando na ponta dos pés por causa dos barulhos da noite vindo das árvores altas e arbustos... talvez até dos canos de esgoto debaixo do leito da ferrovia. Então vem o trem, e talvez os faróis dianteiros o tenham hipnotizado até ser tarde demais para pular. Ou talvez ele estivesse deitado nos trilhos morto de fome quando o trem veio. De qualquer maneira, de uma forma ou de outra, Chris disse tudo: o resultado fora aquele. O garoto estava morto.

— E então, vocês querem ir ver? — perguntou Vern. Estava se contorcendo todo como se quisesse ir ao banheiro, de tão excitado.

Todos olhamos para ele por um instante, sem dizer nada. Então Chris abaixou as cartas e disse:

— Claro! E aposto qualquer coisa que vamos sair nos jornais.

— Hã? — disse Vern.

— É? — disse Teddy, e deu seu sorriso de louco que foge de caminhões.

— Olha — disse Chris, debruçando-se na improvisada mesa de jogo. — A gente pode encontrar o morto e anunciar. Vamos ser notícia!

— Não sei — disse Vern nitidamente confuso. — Billy vai saber como descobri. Vai me bater até arrancar minha pele.

— Não, não vai — falei —, porque *nós* vamos encontrar o garoto, e não Billy e Charlie Hogan num carro roubado. Então não vão mais precisar se preocupar. Provavelmente vão te dar uma medalha, Centavo.

— É? — Vern sorriu, mostrando os dentes estragados. Foi um sorriso meio confuso, como se a ideia de que Billy ficaria satisfeito com alguma coisa que fizesse tivesse o efeito de um golpe no queixo. — Você acha mesmo?

Teddy também estava sorrindo. Depois ficou sério e disse:

— Oh-oh...!

— O que foi? — perguntou Vern. Estava novamente se contorcendo, com medo de que alguma objeção realmente séria tivesse passado pela cabeça de Teddy... se é que alguma coisa passava por sua cabeça.

— Nossos pais — disse Teddy. — Se encontrarmos o corpo do garoto amanhã no sul de Harlow, eles vão saber que não passamos a noite acampando no quintal de Vern.

— É — disse Chris. — Vão saber que fomos procurar o garoto.

— Não — disse eu. Sentia-me esquisito... ao mesmo tempo excitado e com medo porque sabia o que íamos encontrar. A mistura de emoções me deixou profundamente infeliz e com dor de cabeça. Peguei as cartas e comecei a embaralhá-las para ter o que fazer com as mãos. Isso e jogar *cribbage* era tudo que aprendera com meu irmão mais velho Dennis. Todos os garotos tinham inveja do meu jeito de embaralhar e todos me pediam para ensinar como era... todos menos Chris. Acho que só Chris sabia que ensinar para alguém era como dar um pedaço de Dennis, e eu não tinha tantas coisas dele para sair dando por aí.

"A gente diz que cansou de acampar no quintal de Vern porque já fizemos isso muitas vezes. Então decidimos seguir a linha do trem e acampar na floresta. Aposto que nem vamos ficar de castigo porque todos vão estar muito excitados com nossa descoberta."

— Meu pai vai me colocar de castigo de qualquer jeito — disse Chris. — Ele anda de mau humor. — Balançou a cabeça, tristonho. — Dane-se, vale a pena ficar de castigo.

— Está bem — Teddy levantou-se. Ainda estava sorrindo feito um louco, pronto para dar sua risada altamente penetrante como um cacarejo. — Vamos nos reunir na casa do Vern depois do almoço. O que vamos dizer a eles a respeito do jantar?

— Você, eu e Gordie podemos dizer que vamos jantar na casa do Vern — Chris sugeriu.

— E eu digo à minha mãe que vou jantar na casa do Chris — disse Vern.

Aquilo funcionaria, a menos que houvesse uma emergência ou que nossos pais se encontrassem. E nem Vern nem Chris tinham telefone. Naquela época, muitas famílias consideravam o telefone um luxo, principalmente as famílias mais humildes. E nenhum de nós vinha de famílias de classe alta.

Meu pai era aposentado. O pai de Vern trabalhava num moinho e dirigia um DeSoto 1952. A mãe de Teddy tinha uma casa na Danberry Street e recebia inquilinos sempre que podia. Não tinha nenhum naquele verão; a placa QUARTO MOBILIADO PARA ALUGAR estava na janela da sala de estar desde junho. E o pai de Chris estava sempre mais ou menos de mau humor; era um bêbado que vivia de pensão do governo a maior parte do tempo e passava muitas horas na Taverna Sukey's com Junior Merrill, o pai de Ace Merrill, e outros bêbados da região.

Chris não falava muito sobre o pai, mas sabíamos que o odiava. Chris aparecia marcado a cada duas semanas mais ou menos. Escoriações no rosto, no pescoço, um dos olhos inchados e roxo como o pôr do sol, e um dia chegou ao colégio com um enorme curativo na parte de trás da cabeça. Às vezes, nem ia ao colégio. Sua mãe telefonava para lá dizendo que ele não tinha condições físicas de ir. Chris era inteligente, muito inteligente, mas matava muita aula, e o inspetor externo, sr. Halliburton, sempre aparecia na casa de Chris com seu Chevrolet preto com o adesivo NÃO ACEITO ACOMPANHANTES pregado no para-brisa. Se Chris estivesse matando aula e Bertie (como o chamávamos — pelas costas, claro) o pegasse, levava-o de volta para o colégio e fazia com que fosse suspenso por uma semana. Mas se Bertie descobrisse que Chris estava em casa porque seu pai o espancara, não dava um pio. Só me ocorreu questionar esse tipo de atitude cerca de vinte anos depois.

No ano anterior, Chris fora suspenso do colégio por duas semanas. Um bolo de dinheiro do lanche sumiu quando era sua vez de recolhê-lo, e como era um Chambers sem importância, teve que apanhar, embora sempre jurasse que não tinha pego o dinheiro. Foi quando o sr. Chambers o fez passar uma noite no hospital — quando seu pai soube que fora suspenso, quebrou seu nariz e seu pulso direito. Chris vinha de uma família ruim, está bem, e todos pensavam que fosse ser mau-caráter... inclusive ele próprio. Seus irmãos corresponderam às expectativas da cidade admiravelmente. Frank, o mais velho, fugiu de casa quando tinha 17 anos, entrou para a Marinha e acabou na cadeia de Portsmouth por estupro e assalto. O segundo mais velho, Richard (seu olho direito era estranho e tremia, por isso todos o chamavam de Eyeball), abandonara o colégio no fim do ensino médio e juntara-se a Charlie, Billy e seus amigos delinquentes.

— Acho que tudo vai dar certo — disse eu a Chris. — E John e Marty? — John e Marty DeSpain eram dois outros membros regulares de nossa gangue.

— Ainda estão viajando — respondeu Chris. — Só voltam segunda-feira.

— Hum. Que pena.

— Então, estamos prontos? — perguntou Vern ainda se contorcendo. Não queria estender a conversa por nem mais um minuto.

— Acho que estamos — disse Chris. — Quem quer jogar baralho?

Ninguém queria. Estávamos empolgados demais para jogar baralho. Descemos da casa da árvore, pulamos a cerca para o terreno baldio e jogamos beisebol com a velha bola de Vern por um tempo, mas também não teve graça. Só conseguíamos pensar no tal do Brower atropelado por um trem e como o encontraríamos — ou o que havia sobrado dele. Por volta das dez horas, fomos para casa combinar tudo com nossos pais.

6

Cheguei em casa às 10h45, depois de parar na farmácia para dar uma olhada nos livros. Fazia isso a cada dois dias, para ver se havia algum John D. MacDonalds novo. Eu tinha 25 centavos, e pensei que, se houvesse, iria comprá-lo. Mas havia só os velhos, e já lera a maioria meia dúzia de vezes.

Quando cheguei em casa, o carro não estava lá, e lembrei que minha mãe e algumas de suas colegas tinham ido a Boston assistir a um show. Uma grande e antiga apreciadora de shows, minha mãe. E por que não? Seu único filho estava morto, e ela tinha que fazer alguma coisa para distrair-se. Acho que isso soa muito amargo. E acho que se você estivesse lá entenderia por que me sentia dessa maneira.

Papai estava do lado de fora regando o jardim arruinado com um fino jato de água da mangueira. Se você não pudesse dizer que era uma causa perdida pela sua cara mal-humorada, com certeza poderia concluir isso olhando o jardim. O solo era uma poeira clara e cinzenta. Tudo nele estava morto, com exceção do milho, que nunca produzira sequer uma espiga de milho comestível. Papai dizia que nunca soubera regar um jardim; que tinha que ser a mãe natureza ou ninguém. Ele regava muito um pedaço e ensopava as plantas. Na ala seguinte, as plantas estavam morrendo de sede. Nunca achava um meio-termo satisfatório. Mas não falava sobre isso com muita frequência. Perdera um filho em abril e um jardim em agosto. E se não queria falar sobre nenhum dos dois, acho que era direito seu. Eu só ficava chateado porque ele parara de falar sobre tudo o mais. Aquilo era levar a democracia longe demais.

— Olá, papai — disse eu, parando a seu lado. Ofereci-lhe um chocolate que comprara na farmácia. — Quer?

— Olá, Gordon. Não, obrigado. — Continuava salpicando a pouca água sobre a incorrigível terra cinzenta.

— Tudo bem se eu for acampar hoje à noite no quintal atrás da casa de Vern Tessio com os garotos?

— Que garotos?

— Vern, Teddy Duchamp. Talvez Chris.

Esperava que começasse por Chris — que Chris era má companhia, um sujeito corrupto moralmente, um ladrão, um aprendiz de delinquente.

Mas apenas suspirou e disse:

— Acho que tudo bem.

— Ótimo! Obrigado!

Virei-me para entrar em casa e verificar o que havia no rádio quando ele me interrompeu:

— São as únicas pessoas com quem você quer estar, não é, Gordon?

Olhei de novo para ele, procurei um argumento, mas não havia nenhum argumento naquela manhã. Seria melhor se houvesse, eu acho. Seus ombros estavam caídos. Seu rosto, apontando para o jardim morto e não para mim, estava deprimido. Havia um brilho artificial em seus olhos que poderiam ser lágrimas.

— Ah, papai, eles são legais...

— Claro que são. Um ladrão e dois débeis mentais. Ótimas companhias para meu filho.

— Vern Tessio não é débil mental — disse eu. Em relação a Teddy, era mais difícil contestá-lo.

— Doze anos de idade e não sai da mesma série — disse meu pai. — E naquela vez em que dormiu aqui. Quando o jornal de domingo chegou, levou uma hora e meia para ler os quadrinhos.

Aquilo me deixava aborrecido, porque eu achava que ele não estava sendo justo. Estava julgando Vern como julgava todos os meus amigos, de tê-los visto uma vez ou outra entrando ou saindo de casa. Estava errado. E, quando chamava Chris de ladrão, eu sempre ficava furioso, porque ele não sabia *nada* sobre Chris. Queria lhe dizer aquilo, mas se o aborrecesse não me deixaria sair. E ele não estava aborrecido, de qualquer maneira, não como ficava às vezes na hora do jantar, discursando tão alto que ninguém tinha vontade de comer. Agora estava parecendo apenas triste, cansado e desgastado. Tinha 63 anos, e com essa idade podia ser meu avô.

Minha mãe tinha 55 — também não era nenhuma mocinha. Quando ela e meu pai se casaram, tentaram constituir uma família imediatamente; minha mãe ficou grávida e abortou naturalmente. Teve mais dois abortos naturais, e o médico lhe disse que nunca conseguiria dar à luz uma criança. Ouvia toda essa história, do começo ao fim, sempre que um deles me passava um sermão, sabe? Queriam que eu achasse que era um presente especial de Deus e que não estava dando valor ao fato de ter nascido quando minha mãe tinha 42 anos e estava começando a ficar grisalha. Eu não dava valor à minha sorte nem às suas tremendas dores e sacrifícios.

Cinco anos depois de o médico dizer que minha mãe nunca teria filhos, ela ficou grávida de Dennis. Carregou-o durante oito meses e então ele simplesmente veio, com seus 4 quilos — meu pai costumava dizer que, se ela tivesse dado à luz no nono mês, Dennis teria pesado 8 quilos. O médico disse: "Bem, às vezes a natureza nos engana, mas ele será o único. Graças a Deus, e dê-se por satisfeita." Dez anos depois, ficou grávida de mim. Ela não apenas me deu à luz como o médico teve que usar fórceps para me tirar. Já ouviu falar de uma família tão complicada? Nasci filho de dois velhos, para não me estender muito, e meu único irmão já jogava beisebol com os garotos mais velhos no parque antes mesmo de eu deixar de usar fraldas.

No caso de mamãe e papai, um presente de Deus teria sido suficiente. Não vou dizer que me tratavam mal — eles nunca me bateram

—, mas fui uma tremenda de uma surpresa, e acho que, quando se está na faixa dos 40, não se é tão apreciador de surpresas quanto aos 20. Depois que nasci, minha mãe fez aquela operação que suas amigas chamavam de "limpeza". Acho que queria se certificar de que não haveria mais presentes de Deus. Quando entrei para a faculdade, descobri que por sorte não nascera retardado... embora eu ache que meu pai tinha suas dúvidas quando via meu amigo Vern levar dez minutos para decifrar os diálogos dos quadrinhos.

Quanto a ser ignorado, nunca consegui definir isso bem até fazer um trabalho no ensino médio sobre um romance chamado *O Homem Invisível*. Quando concordei em fazer o trabalho para a srta. Hardy, achei que fosse a história de ficção científica sobre o cara enrolado em ataduras — Claude Rains fez o papel no cinema. Quando descobri que era uma história diferente, tentei devolver o livro, mas a srta. Hardy não me deixou fugir da raia. Acabei ficando muito feliz. O *Homem Invisível* é sobre um negro. Ninguém o nota, a não ser que ele faça alguma coisa errada. As pessoas olham através dele. Quando ele fala, ninguém responde. É como um fantasma negro. Quando comecei a ler, devorei o livro como se fosse do John D. MacDonald, porque o tal do Ralph Ellison estava escrevendo sobre *mim*. Na mesa do jantar era Denny, quantas você acertou, Denny, quem convidou você para a festa de Sadie Hopkins, e Denny, quero falar com você de homem para homem sobre o carro que vimos. Eu dizia: "Passa a manteiga", e papai dizia: "Denny, tem certeza que é o Exército que você quer?". Eu dizia: "Alguém me passa a manteiga?", e mamãe perguntava a Denny se queria que ela comprasse uma camisa que estava sendo vendida com desconto no Centro, e eu acabava pegando eu mesmo a manteiga. Uma noite, quando tinha 9 anos, só para ver o que ia acontecer, eu disse: "Quer passar a merda desses tomates?" E minha mãe disse: "Denny, a tia Grace telefonou hoje e perguntou sobre você e Gordon."

Na noite em que Dennis formou-se com honras no ensino médio na Escola de Castle Rock, fingi que estava doente e fiquei em casa. Pedi ao irmão mais velho de Stevie Darabont, Royce, para comprar uma garrafa de vinho tinto para mim, bebi metade e vomitei na cama no meio da noite.

Numa situação familiar como essa, presume-se que você odeie o irmão mais velho ou ame-o desesperadamente — pelo menos é o que ensinam na faculdade de Psicologia. Besteira, certo? Mas quanto a mim, não sentia nada disso em relação a Dennis. Raramente discutíamos e nunca brigamos. Teria sido ridículo. Já imaginou um menino de 14 anos tentando encontrar um motivo para bater no irmão de 4? E nossos pais eram um pouco influenciados demais por ele para sobrecarregá-lo com a custódia do irmão menor, por isso ele nunca ressentiu-se de mim como outros garotos mais velhos ressentem-se dos irmãos mais novos. Quando Denny me levava a algum lugar com ele, era por sua livre e espontânea vontade, e foram algumas das ocasiões mais felizes de que me lembro.

— Ei, Lachance, quem é esse idiota?

— Meu irmão mais novo, e dobre a língua, Davis. Cuidado que ele te come vivo. Gordie é valente.

Cercam-me por um momento, enormes, insuportavelmente altos, só por um momento como um raio de sol. Eles são tão grandes, tão adultos.

— Ei, garoto! Esse babaca é mesmo seu irmão mais velho?

Assenti timidamente.

— Ele é mesmo um babaca, não é, garoto?

Assenti novamente e todos, inclusive Dennis, caem na gargalhada. Então Dennis bate duas palmas vigorosas e diz:

— Como é, vamos jogar ou ficar aqui parados como um bando de idiotas?

Correm para seus lugares já quicando a bola no meio de campo.

— Vai sentar lá no banco, Gordie. Fica quieto. Não incomoda ninguém.

Vou me sentar no banco. Estou bem. Sinto-me insuportavelmente pequeno sob as doces nuvens do verão. Observo meu irmão jogar. Não incomodo ninguém.

Mas não houve muitas ocasiões como aquela.

Às vezes ele lia histórias para mim antes de dormir que eram melhores que as de mamãe; as histórias de mamãe eram sobre o Lobo Mau e os Três Porquinhos, uma coisa legal, mas as de Dennis eram sobre Barba Azul e Jack, o Estripador. Também tinha uma versão da história de Billy Goat em que o monstro embaixo da ponte acabava levando a melhor. E como já contei, ele me ensinou a jogar *cribbage* e a embaralhar cartas. Não é muito, mas e daí? Do mundo se leva o que se pode, certo?

À medida que fui crescendo, meus sentimentos de amor por Dennis foram substituídos por uma admiração quase clínica, o tipo de admiração que os meio-cristãos sentem por Deus, eu acho. E quando ele morreu, fiquei um pouco chocado e um pouco triste, da maneira que imagino que os mesmos meio-cristãos devem ter se sentido quando a revista *Time* disse que Deus estava morto. Deixe-me dizer de outra forma: fiquei tão triste com a morte de Dennis como quando ouvi no rádio que Dan Blocker tinha morrido. Via os dois quase com a mesma frequência, e Denny nunca foi reprisado.

Ele foi enterrado num caixão fechado com a bandeira americana em cima (tiraram a bandeira de cima do caixão antes de finalmente descê-lo, dobraram-na como um chapéu de bicos e deram para minha mãe). Meus pais simplesmente ficaram arrasados. Quatro meses não foram suficientes para que eles se recuperassem; eu não sabia se *algum dia* iriam recuperar-se. Sr. e sra. Deprimidos. O quarto de Dennis, uma porta depois da minha, ficou com sua vivacidade suspensa, ou talvez parada no tempo. As flâmulas de esportes ainda estavam na parede, as fotos das garotas que ele tinha namorado ainda pregadas no espelho, onde ficava horas penteando o cabelo para trás com o topete igual ao do Elvis. O porta-revistas com exemplares de *True* e *Sports Illustrated* permanecia em sua mesa, as datas parecendo cada vez mais antigas à medida que o tempo passava. É o tipo de coisa que se vê em filmes melodramáticos. Mas para mim não era melodramático; era horrível. Não entrava no quarto de Dennis a menos que fosse obrigado, porque sempre achava que ele estaria atrás da porta, embaixo da cama ou dentro do armário. O armário era o que ficava mais na minha cabeça, e se minha mãe me mandava ir lá pegar o álbum de cartões-postais de Denny ou sua caixa de sapatos com fotografias, eu imaginava que a porta abriria lentamente enquanto eu ficava imóvel e apavorado. Imaginava-o pálido e sangrando na escuridão, a parte lateral de sua cabeça esmagada, um bolo de sangue e miolos cheio de velas secando em sua camisa. Imaginava seus braços surgindo, suas mãos transformando-se em garras e ele rosnando: *Devia ter sido você, Gordon. Devia ter sido você.*

7

Cidade da Moda, de Gordon Lachance. Publicado originalmente em *Greenspun Quarterly*, número 45, outono, 1970. Reprodução autorizada.

Março.

Chico está de pé na janela, braços cruzados, cotovelos sobre o parapeito que divide a vidraça superior da inferior, nu, olhando para fora, a respiração embaçando o vidro. Uma corrente de ar contra sua barriga. O vidro inferior da vidraça à direita está faltando. Fecharam com um pedaço de papelão.

— Chico.

Não se vira. Ela não fala de novo. Ele pode ver o fantasma dela no vidro, na cama dele, sentado, cobertores levantados num aparente desafio à gravidade. A maquiagem de seus olhos derreteu formando profundas olheiras embaixo deles.

Chico desvia o olhar para além de seu fantasma, para além da casa. Chove. Pedaços de neve derreteram revelando um terreno liso. Ele vê a grama morta do ano anterior, um brinquedo de plástico — de Billy —, um ancinho enferrujado. O Dodge de seu irmão Johnny está sobre cubos de madeira, as rodas sem pneus parecendo tocos. Ele lembra das ocasiões em que ele e Johnny trabalharam nele, ouvindo os supersucessos e canções antigas na WLAM de Lewiston no velho rádio transistor de Johnny — algumas vezes Johnny lhe dera cerveja. *Ele vai correr muito, Chico,* Johnny dizia. *Vai comer todos os carros nessa estrada de Gates Falls até Castle Rock. Espera só até a gente colocar aquele câmbio.*

Mas aquilo fora no passado, e isso era agora.

Para além do Dodge de Johnny estava a autoestrada. A Rota 14 vai até Portland e sul de New Hampshire, direto até o norte do Canadá, se você dobrasse à esquerda na U.S. 1 em Thomaston.

— Cidade da Moda — diz Chico para o vidro. Ele fuma um cigarro.

— O quê?

— Nada, querida.

— Chico? — Sua voz está confusa. Ele vai ter que trocar os lençóis antes que o pai volte. Ela sangrou.

— O quê?

— Eu te amo, Chico.

— Está bem.

Março nojento. *Você é uma puta velha,* pensa Chico. *Nojenta, horrorosa, com os peitos caídos e chuva no rosto, março.*

— Este quarto era de Johnny — diz ele de repente.

— Quem?

— Meu irmão.

— Ah. Onde ele está?

— No Exército — diz Chico, mas Johnny não está no Exército. No verão anterior trabalhava numa pista de alta velocidade e um carro perdeu o controle e foi derrapando em direção à lateral, onde Johnny trocava os pneus traseiros de um carro de corrida. Alguns rapazes gritaram para que tomasse cuidado, mas Johnny não ouviu. Um dos rapazes que gritou foi o irmão de Johnny, Chico.

— Não está com frio?

— Não. Bem, nos pés. Um pouco.

E ele pensa de repente: *Bem, meu Deus. Nada do que aconteceu a Johnny deixará de acontecer a você, mais cedo ou mais tarde.* Ele vê a cena novamente: o Ford Mustang derrapando e deslizando, os nós da espinha de seu irmão aparecendo nas dobras da camiseta; ele estava acocorado trocando um dos pneus traseiros do Chevy. Houve tempo de ver a borracha soltando dos pneus do Mustang descontrolado, de ver o cano de descarga solto arrancando faíscas no meio da pista. Bateu em Johnny quando tentava levantar-se. Em seguida, a labareda amarela.

Bem, pensa Chico, *poderia ter sido lentamente,* e pensa em seu avô. Cheiro de hospital. Enfermeiras jovens e bonitas trazendo a comadre. O último frágil suspiro. Havia alguma maneira boa?

Treme e duvida da existência de Deus. Toca a pequena medalha de prata de São Cristóvão que pende de um cordão em seu pescoço. Não é católico e certamente não é mexicano; seu nome verdadeiro é Edward May e todos os seus amigos o chamam de Chico, pois seus cabelos são pretos e ele os penteia para trás com gel e usa botas de bico fino e salto alto. Não é católico, mas usa a medalha. Talvez se Johnny estivesse usando uma, o Mustang sem controle não o tivesse pego. Nunca se sabe.

Fuma e olha fixamente pela janela, e atrás dele a garota levanta da cama e corre em sua direção, talvez com medo de que ele se vire e a veja. Coloca uma das mãos, quente, em suas costas. Seus seios comprimem-se na lateral de seu corpo. A barriga toca suas nádegas.

— Hum, que frio.

— É este lugar.

— Você me ama, Chico?

— Pode apostar! — diz ele sem pensar, e depois mais sério:

— Você era virgem.

As mãos dela sobem e um dos dedos percorre a pele na base do pescoço dele.

— Eu falei, não foi?

— Foi difícil? Doeu?

Ela ri.

— Não. Mas fiquei com medo.

Observam a chuva. Um Oldsmobile novo passa na 14, levantando água.

— Cidade da Moda — diz Chico.

— O quê?

— Aquele cara. Está indo para a Cidade da Moda. Em seu novo carro da moda.

Ela beija o lugar que seu dedo tocava carinhosamente, e ele esfrega o lugar, como se ela fosse uma mosca.

— Qual o problema?

Vira-se para ela. Seus olhos descem até seu pênis e sobem rapidamente. Ela cruza os braços em volta de si, então lembra que nunca fazem isso no cinema, e deixa-os cair ao lado novamente. Seus cabelos são pretos e sua pele é branca como a neve. Seus seios são firmes, a barriga provavelmente um pouco flácida demais. Um defeito para lembrar, pensa Chico, que isto não é filme.

— Jane?

— O quê? — Ele sente que está ficando pronto, não começando, mas ficando pronto.

— Tudo bem — diz ele. — Somos amigos. — Olha para ela ostensivamente, deixando seu corpo tocá-la. Quando olha seu rosto, novamente vê que está corada. — Você se incomoda que eu te olhe?

— Eu... não. Não, Chico.

Ela anda para trás, fecha os olhos, senta na cama e recosta-se de pernas abertas. Ele a vê inteira. Os músculos, os pequenos músculos da parte interior de suas coxas... pulam, incontrolavelmente, e isso de repente o excita mais que seus seios duros em forma de cones ou a suave pele rosada de sua vagina. A excitação o faz tremer, um palhaço excitado. O amor pode ser divino como os poetas dizem, ele acha, mas o sexo é um palhaço pulando cheio de excitação. Como uma mulher podia olhar para um pênis ereto sem perder o fôlego de tanto rir?

A chuva bate contra o telhado, contra a janela, contra o papelão encharcado tampando o buraco na parte inferior da janela. Ele pressiona a mão contra o peito parecendo por um momento um romano na arena prestes a discursar. Sua mão está fria. Ele a deixa cair ao lado.

— Abra os olhos. Somos amigos, já disse.

Obedientemente ela abre. Olha-o. Seus olhos agora parecem violeta. A água da chuva escorrendo pela janela forma sombras onduladas em seu rosto, pescoço e seios. Esticada na cama, sua barriga fica lisa. Está perfeita nesse momento.

— Ai — diz ela. — Ai, Chico, é tão *estranho*. — Um tremor percorre seu corpo. Curva os dedos do pé involuntariamente. Olha o peito de seu pé. É rosa. — Chico, Chico.

Ele caminha em sua direção. O corpo dele treme e os olhos dela estão assustados. Ela diz alguma coisa, uma palavra, mas ele não sabe o que é. Não é hora de perguntar. Ele fica semiajoelhado em frente a ela por um momento olhando o chão com a testa franzida, concentrado, tocando suas pernas acima dos joelhos. Ele mede o fluxo dentro de si. Sua ereção é inconsciente, fantástica. Faz uma pausa maior.

O único barulho é o tique-taque baixo do relógio na mesa de cabeceira com os pés de bronze, sobre uma pilha de revistas em quadrinhos do Homem Aranha. A respiração dela fica cada vez mais rápida. Os músculos dele deslizam suavemente enquanto mergulha, subindo e descendo. Começam. Desta vez é melhor. Do lado de fora, a chuva continua a levar a neve.

Uma meia hora depois, Chico sacode-a para que acorde de um cochilo.

— Temos que sair — diz ele. — Papai e Virginia vão chegar a qualquer hora.

Ela olha seu relógio de pulso e senta-se. Dessa vez não tenta cobrir-se. Seu tom — seu falar entrecortado — mudou. Não amadureceu (embora provavelmente acredite que sim) nem aprendeu nada mais complexo que amarrar os cadarços de um sapato, mas seu tom mudou mesmo assim. Ele balança a cabeça e ela sorri tentadoramente para ele. Ele pega os cigarros na mesa de cabeceira. Enquanto ela veste a calcinha, ele pensa na letra de uma música engraçada: *Continue tocando até eu parar... toque seu chá-chá-chá. Tie Me Kangaroo Down*, de Rolf Harris. Ri. Johnny costumava cantar essa música. Acabava assim: *Depois lhe sentamos o pau, babau.*

Ela fecha o sutiã e começa a abotoar a blusa.

— De que você está rindo, Chico?

— Nada — diz ele.

— Fecha meu zíper?

Ele vai até ela, ainda nu, e fecha seu zíper. Beija seu rosto.

— Vá ao banheiro se maquiar se quiser — diz ele. — Só não demore muito, está bem?

Ela caminha pelo corredor graciosamente e Chico a observa, fumando. Ela é alta — mais que ele — e tem que abaixar um pouco a cabeça quando passa na porta do banheiro. Chico encontra sua cueca embaixo da cama. Coloca-a na cesta de roupa suja pendurada na porta do armário e pega outra na cômoda. Veste-a e, quando volta para a cama, escorrega e quase cai numa poça de água que o papelão deixou entrar.

— Droga — murmura chateado.

Olha o quarto que fora de Johnny antes de morrer (*por que lhe dissera que ele estava no Exército, meu Deus?*, pensa ele... um pouco constrangido). Paredes de fibra compensada — tão finas que pode ouvir papai e Virginia de noite — que não vão até o teto. O chão tem um ângulo estranhamente inclinado, de modo que a porta do quarto só fica aberta se você prendê-la — se esquecer, ela volta e bate assim que você vira as costas. Numa das paredes, há um pôster do filme *Sem Destino — Dois Homens Saíram em Busca da América e Não Conseguiram Encontrá-la em Lugar Nenhum*. O quarto tinha mais vida quando Johnny morava nele. Chico não sabe como nem por quê; apenas essa é a verdade. E sabe outra coisa também. Sabe que às vezes o quarto tem fantasmas à noite. Às vezes, acha que a porta do armário vai abrir e Johnny aparecer, seu corpo queimado, deformado e negro, sua dentadura começando a derreter e soltar os dentes amarelos; e Johnny irá sussurrar: *Sai do meu quarto, Chico. E se encostar a mão em meu Dodge eu te mato, entendeu?*

Entendi, mano, pensa Chico.

Por um instante permanece parado, olhando o lençol amassado e manchado de sangue, então estica o cobertor com um único movimento rápido. Aqui. Exatamente aqui. Que tal, Virginia? Isso te excita? Veste as calças, as botas, encontra um suéter.

Está penteando o cabelo em frente ao espelho quando ela sai do banheiro. Está elegante. Sua barriga flácida demais não aparece no macacão. Ela olha para a cama, ajeita algumas coisas nela e fica parecendo que está arrumada.

— Bom — diz Chico.

Ela ri um pouco inibida e põe uma mecha de cabelo atrás da orelha. É um gesto evocativo, tocante.

— Vamos — diz ele.

Passam pelo corredor e pela sala de estar. Jane para em frente à TV com a fotografia colorida no alto. São o pai dele e Virginia. Johnny no ensino médio, Chico no fundamental e Billy bebê — na fotografia Johnny está carregando Billy. Todos eles têm sorrisos forçados e duros... todos menos Virginia, com seu rosto sério e indecifrável. Aquela foto, lembrava Chico, fora tirada menos de um mês antes de seu pai casar-se com a puta.

— São seu pai e sua mãe?

— Meu pai — disse Chico. — Ela é minha madrasta, Virginia. Vamos.

— Ela ainda é bonita assim? — pergunta Jane, pegando o casaco e entregando a Chico sua jaqueta de couro.

— Meu velho deve achar — diz Chico.

Saem no alpendre. Está úmido e ventando — o vento uiva entrando pelas fendas da parede. Há uma pilha de pneus carecas, a antiga moto de Johnny que Chico herdou quando tinha 10 anos e que logo destruiu, uma pilha de revistas de detetive, cascos de Pepsi, uma peça de motor com graxa, um caixote laranja cheio de livros e uma antiga pintura de um cavalo sobre a grama verde.

Chico ajuda-a a sair. A chuva cai impiedosamente sem parar. O velho sedã de Chico está parado numa poça na entrada de carros, parecendo triste. Mesmo erguido sobre blocos e com um pedaço de plástico no lugar do quebra-vento, o Dodge de Johnny tem mais classe. O carro de Chico é um Buick. A pintura está fosca e cheia de ferrugem. O banco da frente foi forrado com um cobertor marrom do Exército. Um grande broche preso ao protetor solar do lado do passageiro diz: QUERO TODOS OS DIAS. Há um motor de arranque enferrujado no banco traseiro; se parar de chover, ele vai limpá-lo, pensa, e talvez colocá-lo no Dodge. Talvez não.

O Buick tem cheiro de mofo e o motor custa muito a pegar.

— É a bateria?

— Só a merda da chuva, eu acho. — Sai de ré na rua ligando os limpadores de para-brisa e parando um momento para olhar a casa. É uma aquarela completamente sem graça. O alpendre destacado tem um aspecto deselegante e popular, papel alcatroado e telhas descascadas.

O rádio começa a tocar estridente e Chico o desliga na hora. Há uma ligeira dor de cabeça de domingo no fundo de sua testa. Eles passam pelo Grange Hall, o Departamento de Voluntários do Corpo de Bombeiros e pela loja de Brownie. O carro de Sally Morrison está estacionado em frente à loja de Brownie, e Chico ergue a mão para ela ao dobrar na Lewiston Road.

— Quem é aquela?

— Sally Morrison.

— Bonita moça. — Bem imparcial.

Ele procura os cigarros.

— Ela já casou e se divorciou duas vezes. Agora é a puta da cidade, se você acreditar na metade das histórias que contam nesta cidadezinha de merda.

— Parece jovem.

— Ela é.

— Você já...

Ele desliza a mão por sua coxa e sorri.

— Não — diz ele. — Meu irmão talvez, mas eu não. Gosto de Sally. Tem o dinheiro dela, o grande Bird branco e não liga para o que falam a seu respeito.

Começou a parecer uma longa viagem. O Androscoggin, à direita, é cinza e soturno. Toda a neve já saiu. Jane ficou quieta e pensativa. O único barulho é o movimento constante dos limpadores de para-brisa. Quando o carro passa por depressões na rua, há uma névoa baixa escondida, esperando a noite chegar para subir e tomar toda a River Road.

Cruzam a Auburn, Chico pega um atalho e entra na Minot Avenue. As quatro pistas estão praticamente desertas, e todas as casas do subúrbio parecem cheias. Veem um garotinho com uma capa de chuva amarela caminhando pela calçada e pisando cuidadosamente nas poças.

— Aí, cara — diz Chico suavemente.

— O quê? — pergunta Jane.

— Nada, querida. Durma.

Ela ri um pouco em dúvida.

Chico dobra na Keston Street e na entrada para carros de uma das casas cheias. Não desliga o motor.

— Entre, vou lhe dar uns biscoitos — diz ela.

Ele balança a cabeça.

— Tenho que voltar.

— Eu sei. — Coloca os braços em volta dele e beija-o. — Obrigada pelo dia mais maravilhoso da minha vida.

Ele sorri de repente. Seu rosto se ilumina. É quase mágico.

— Vejo você na segunda-feira, Janey-Jane. Amigos, está bem?

— Você sabe que somos — diz ela, e beija-o novamente... mas quando ele pega em seu seio por cima do macacão, ela se esquiva. — Não. Meu pai pode ver.

Ele a deixa ir, apenas com um vestígio do sorriso no rosto. Ela salta do carro rapidamente e corre pela chuva até a porta dos fundos. Um segundo depois desaparece. Chico acende um cigarro e então sai de ré da alameda para carros. O motor do Buick afoga e parece que nunca mais vai pegar. O caminho para casa é longo.

Quando chega, a caminhonete de seu pai está estacionada na entrada de carros. Para a seu lado e deixa o motor morrer. Por um momento, fica em silêncio, escutando a chuva. É como estar dentro de um tambor.

Dentro de casa, Billy está vendo TV. Quando Chico entra, ele levanta com um pulo, excitado.

— Eddie, Eddie, sabe o que o tio Pete disse? Que ele e um grupo afundaram um submarino alemão na guerra! Você me leva ao show sábado que vem?

— Não sei — diz Chico sorrindo. — Talvez, se você beijar meus sapatos todos os dias depois do jantar durante uma semana. — Puxa o cabelo de Billy. Ele grita, ri e chuta suas canelas.

— Parem com isso — diz Sam May entrando na sala. — Parem com isso os dois. Vocês sabem que sua mãe não gosta de casa desarrumada. — Ele afrouxara a gravata e desabotoara o primeiro botão da camisa. Tem um prato com três cachorros-quentes na mão, os três com pão branco e mostarda. — Onde você andava, Eddie?

— Na casa de Jane.

Puxam a descarga no banheiro. Virginia. Chico pensa rapidamente se Jane deixou cabelos na pia ou um batom ou um grampo.

— Você devia ter ido conosco ver seu tio Pete e sua tia Ann — diz seu pai. Come um dos cachorros em três mordidas. — Você está virando um estranho por aqui, Eddie. Não gosto disso. Não enquanto lhe damos casa e comida.

— Casa até certo ponto — diz Chico. — Comida até certo ponto.

Sam olha para cima na mesma hora, primeiro magoado, depois irado. Quando fala, Chico vê que seus dentes estão amarelos de mostarda francesa. Fica ligeiramente nauseado.

— Essa sua boca, essa sua boca suja. Você ainda não é grande, pirralho.

Chico dá de ombros, pega uma fatia do pão de fôrma que está na bandeja perto da cadeira do pai e cobre-a de ketchup.

— De qualquer maneira, daqui a três meses vou embora.

— O que você está dizendo?

— Vou consertar o carro de Johnny e vou para a Califórnia. Procurar emprego.

— Ah, sim. Muito bem. — Ele é um grande homem, grande de uma maneira confusa, mas Chico acha que ficou mais fraco depois que casou com Virginia e mais fraco ainda depois que Johnny morreu. E em sua cabeça ouve suas palavras para Jane: *Meu irmão talvez, mas eu não.* E em seguida: *Toque seu chá-chá-chá*... — Não vai conseguir chegar com esse carro nem a Castle Rock, que dirá à Califórnia.

— Acha mesmo? É só me dar a merda da grana.

Por um momento, seu pai apenas o olha, depois atira-lhe o cachorro-quente que estava segurando. Bate no peito de Chico espalhando mostarda em seu suéter e em seu cabelo.

— Se falar essa palavra de novo eu te arrebento a cara, espertinho.

Chico pega o cachorro-quente e o olha. Salsicha barata e vermelha coberta de mostarda francesa. Traz um pouco de alegria. Joga-a de volta em cima do pai. Sam levanta-se, o rosto vermelho como um tijolo, a veia no meio da testa pulsando. Sua coxa toca na bandeja e ela vira. Billy está em pé na porta da cozinha olhando-os. Segura um prato de salsichas com feijão, o prato está inclinado e o caldo do feijão escorre no chão. Os olhos de Billy estão assustados, sua boca treme. Na TV, o programa continua com um carro correndo em velocidade vertiginosa.

— Você cria os filhos da melhor maneira possível e eles cospem em você — diz seu pai numa voz abafada. — É assim. — Ele apalpa sem olhar o assento da cadeira e pega o cachorro-quente pela metade. Segura-o como um falo duro. Incrivelmente, começa a comê-lo... ao mesmo tempo, Chico vê que ele está chorando. — Cospem em você, é assim.

— Por que você teve que casar com ela? — grita ele, e então tem que engolir o resto: *Se você não tivesse casado com ela, Johnny não teria morrido.*

— Isso não é da sua conta! — esbraveja Sam May entre lágrimas. — É problema meu!

— Ah, é? — grita Chico. — Eu simplesmente tenho que viver com ela! Eu e Billy temos que viver com ela! Vê-la acabar com você. E você nem sabe...

— O quê? — diz seu pai, e sua voz de repente torna-se baixa e ameaçadora. O pedaço de cachorro-quente que sobrou dentro de sua mão fechada parece um pedaço de osso sangrento. — O que eu não sei?

— Você não consegue enxergar nada — diz ele, estarrecido com o que quase deixou escapar.

— É melhor parar agora — diz seu pai — ou eu arrebento você, Chico. — Ele só o chama de Chico quando está realmente com muita raiva.

Chico vira-se e vê que Virginia está parada do outro lado da sala consertando a saia minuciosamente, olhando para ele com seus grandes e calmos olhos castanhos. Seus olhos são bonitos; o resto não é tão bonito, tão atraente, mas aqueles olhos ainda a carregarão por muitos anos, pensa Chico, e sente o ódio doentio voltar — *Depois lhe sentamos o pau, babau.*

— Ela prende você pelo sexo e você não tem coragem de fazer nada!

Toda essa gritaria finalmente é demais para Billy, e ele solta um grito de terror, deixa cair o prato de salsichas com feijão e cobre o rosto com as mãos. O caldo do feijão espirra em seus sapatos de domingo e cobre o tapete.

Sam dá um único passo à frente e para quando Chico faz um gesto breve e abrupto como se dissesse: *É, vamos, vamos resolver isso logo, por que você demorou tanto?* Ficam parados como estátuas até que Virginia fala — sua voz é baixa, calma como seus olhos castanhos.

— Você trouxe uma garota para seu quarto, Ed? Você sabe o que seu pai e eu achamos disso. — Quase como um pensamento tardio: — Ela esqueceu um lenço.

Ele a olha fixamente, iradamente incapaz de expressar o que acha — que ela é sórdida, que fala dos outros pelas costas e tira sua liberdade.

Você poderia me ferir se quisesse, dizem os calmos olhos castanhos. *Eu sei que você sabe o que estava acontecendo antes de ele morrer. Mas é a única maneira de me ferir, não é Chico? E só se seu pai acreditasse em você. E se ele acreditasse seria fatal para ele.*

Seu pai entra no jogo como um baixo investidor:

— Você andou fodendo na minha casa, seu desgraçado?

— Cuidado com sua linguagem, Sam — diz Virginia calmamente.

— É por isso que não quis vir conosco? Para poder fo... para poder...

— Fala! — grita Chico. — Não deixe ela fazer isso com você! Fale o que quer!

— Saia — diz ele apático. — E não volte até pedir desculpas para sua mãe e para mim.

— Não se atreva! — grita ele. — Não se atreva a chamar essa puta de minha mãe! Eu mato você!

— Pare, Eddie! — grita Billy. As palavras saem abafadas e distorcidas por entre suas mãos que ainda lhe cobrem o rosto. — Pare de gritar com papai! Pare, *por favor!*

Sam cambaleia para trás e a parte traseira de seus joelhos toca a ponta da poltrona. Ele senta pesadamente e cobre o rosto com o braço cabeludo.

— Não consigo nem olhá-lo quando você fala palavras como essa, Eddie. Você está fazendo eu me sentir muito mal.

— *Ela* faz você se sentir mal! Por que não admite isso?

Ele não responde. Ainda sem olhar Chico, procura outra salsicha envolvida em pão na bandeja. Procura a mostarda. Billy chora. Na TV os personagens cantam uma música de caminhoneiro. "Minha roupa é velha, mas não quer dizer que não presta", dizem a todos os telespectadores do oeste do Maine.

— O garoto não sabe o que está dizendo, Sam — diz Virginia educadamente. — Na idade dele, é difícil. É difícil crescer.

Ela o provocou. Pronto, é o fim.

Ele vira e vai em direção à porta que leva ao alpendre e depois à rua. Ao abri-la, olha para trás para Virginia e ela o observa tranquilamente quando fala seu nome.

— O que é, Ed?

— Os lençóis estão cheios de sangue. — Faz uma pausa. — Eu tirei a virgindade dela.

Ele acha que viu alguma reação em seus olhos, mas provavelmente é apenas seu desejo.

— Por favor, vá embora agora, Ed. Você está amedrontando Billy.

Ele sai. O Buick não quer pegar e ele está quase conformado em ir andando na chuva quando o motor finalmente pega. Acende um cigarro e sai novamente na 14, dando socos e xingando o carro quando ele começa a falhar e engasgar. A luz da bateria pisca desastrosamente duas vezes, e depois o carro começa a andar lentamente. Finalmente, estará a caminho de Gates Falis subindo a rua.

Lança um último olhar para o Dodge de Johnny.

Johnny poderia ter tido um emprego estável no moinho, mas só no turno da noite. Não se importava de trabalhar à noite, dissera a Chico, e o salário era melhor, mas o pai deles trabalhava de dia, e trabalhar à noite no moinho significaria ter que ficar sozinho com ela, sozinho ou com Chico no quarto ao lado... e as paredes eram finas. *Eu não consigo impedi-la e ela não deixa,* dizia Johnny. *Bem, eu sei o que isso seria para ele. Mas ela... ela simplesmente não para e eu não consigo parar... ela está sempre em cima de mim, você sabe o que eu quero dizer, você já viu, o Billy é muito pequeno, mas você já viu...*

Sim, já vira. E Johnny tinha ido trabalhar na fábrica de automóveis dizendo ao pai que era porque podia conseguir peças para o Dodge mais baratas. E foi assim que ele estava trocando um pneu quando o Mustang veio derrapando e deslizando em direção à lateral da pista com o cano de descarga arrancando faíscas do chão; assim sua madrasta matara seu irmão, então continue tocando até eu parar, porque estamos indo para a Cidade da Moda nesse Buick de merda, e lembra do cheiro da borracha e das ondas que as protuberâncias da espinha de Johnny formavam no branco brilhante de sua camiseta, lembra de tê-lo visto chegar a levantar até certo ponto quando o Mustang o atingiu, imprensando-o contra o Chevy, e houve um barulho seco quando o Chevy caiu do macaco, e depois o cheiro denso de gasolina...

Chico pisa no freio com os dois pés fazendo o sedã parar com um rangido na beira da faixa impedida pela água da chuva. Ele se joga violentamente sobre o banco, abre com pressa a porta do lado do passageiro e derrama um vômito amarelo sobre a lama e a neve. Aquela visão o faz vomitar novamente, e a situação causa-lhe náuseas mais uma vez. O carro quase afoga mas ele evita a tempo. A luz da bateria pisca insistentemente quando ele acelera. Ele senta esperando a tremedeira passar. Um carro passa a toda a velocidade, um Ford novo, branco, levantando grandes leques de água suja e neve derretida com lama.

— Cidade da Moda — diz Chico. — Em seu novo carro da moda. Deprimente.

Sente o gosto do vômito em seus lábios, na garganta e entupindo seu nariz. Não quer um cigarro. Danny Carter o fará dormir. Amanhã haverá bastante tempo para novas decisões. Entra novamente na Rota 14 e segue.

8

Muito melodramático, não é?

O mundo já viu algumas histórias melhores, sei disso — algumas centenas de milhares de histórias melhores, melhor dizendo. Devia estar escrito em cada página ISSO É PRODUTO DO CURSO DE COMPOSIÇÃO CRIATIVA DE UM ALUNO... porque era exatamente isso, pelo menos até certo ponto. Agora me parece ao mesmo tempo dolorosamente derivativo e dolorosamente imaturo; estilo de Hemingway (com exceção que está tudo no presente, por algum motivo — muito tendencioso) e tema de Faulkner. Alguma coisa podia ser mais *séria*? Mais *literária*?

Mas mesmo suas pretensões não podem esconder o fato de que é uma história extremamente sexual escrita por um jovem extremamente inexperiente (na época em que escrevi *Cidade da Moda* tinha ido para a cama com duas garotas e ejaculado prematuramente com uma delas — não como Chico na história anterior, eu acho). Sua atitude em relação às mulheres vai além da hostilidade, chegando quase a ser repugnante — duas mulheres em *Cidade da Moda* são prostitutas, e a terceira é um simples objeto que diz coisas como "Eu te amo, Chico" e "Entre, vou lhe dar biscoitos". Chico, por outro lado, é um herói machão, fumante, da classe operária, que poderia ter saído de um disco do Bruce Springsteen — embora não se ouvisse falar em Springsteen quando eu publiquei a história na revista literária da faculdade (onde saiu entre um poema chamado *Imagem de Mim* e um ensaio sobre os estudantes residentes na universidade escrito inteiramente em letra minúscula). É o trabalho de um jovem tão inseguro quanto inexperiente.

E, no entanto, foi a primeira história que escrevi com a sensação de que era a *minha* história — a primeira que parecia *completa,* depois de cinco anos de tentativas. A primeira que pode ainda ser significativa, mesmo sem seus suportes. Repugnante, mas viva. Mesmo agora quando a leio, sorrindo de sua pseudoconsistência e pretensões, posso ver o rosto de Gordon Lachance escondido entre as linhas, um Gordon Lachance mais novo do que o que escreve agora, certamente mais idealista que o escritor de best-sellers que renova seus contratos de edições populares mais que de livros de luxo, mas não tão jovem como aquele que foi com seus amigos naquele dia ver o corpo de um menino chamado Ray Brower. Um Gordon Lachance na metade do processo de perda do brilho.

Não, não é uma história muito boa — seu autor estava preocupado demais em ouvir outras vozes e não ouviu tão bem como devia a voz que vinha de dentro. Mas foi a primeira vez em que realmente usei um lugar que conhecia e coisas que sabia numa ficção, e tive um enorme contentamento ao ver as coisas que me perturbaram durante anos virem à tona sob nova forma, *uma forma sobre a qual eu havia imposto controle.* Haviam se passado muitos anos desde que aquela ideia infantil de que Denny estava no armário como um fantasma em seu quarto mal-assombrado me ocorrera; teria acreditado sinceramente que a esquecera. Entretanto, lá está ela em *Cidade da Moda* — apenas ligeiramente mudada... mas *sob controle.*

Resisti ao ímpeto de mudá-la, de reescrevê-la; de condensá-la — e aquele ímpeto foi muito forte, pois acho a história muito embaraçosa agora. Mas ainda há coisas nela de que gosto, coisas que seriam diminuídas pelas mudanças feitas por esse Lachance mais velho, ameaçado pelos primeiros fios de cabelo branco. Coisas como a imagem das sombras na camiseta branca de Johnny ou o reflexo da chuva escorrendo na vidraça no corpo nu de Jane, que parecem melhores do que têm o direito de ser.

Além do mais, foi a primeira história que nunca mostrei para minha mãe nem para meu pai. Havia muito sobre Denny nela. Muito sobre Castle Rock. E, acima de tudo, muito sobre 1960. Sempre se sabe a verdade, pois quando você fere a si ou a alguém com ela há sempre um sangramento visível.

9

Meu quarto ficava no segundo andar, e devia estar fazendo pelo menos 32 graus lá em cima. Chegaria a 38 graus de tarde, mesmo com todas as janelas abertas. Estava realmente feliz porque não ia dormir lá naquela noite, e só em pensar onde íamos fiquei empolgado novamente. Enrolei dois cobertores feito um colchão e amarrei-os com meu velho cinto. Peguei todo o dinheiro que tinha, 68 *cents*. Então estava pronto para partir.

Desci pela escada dos fundos para evitar encontrar meu pai na frente da casa, mas não precisaria ter-me preocupado; ele ainda estava no jardim com a mangueira, formando arco-íris inúteis no ar e olhando através deles.

Desci a Summer Street e cortei caminho por um terreno baldio para chegar à Carbine — onde estão os escritórios do *Call* de Castle Rock hoje em dia. Estava subindo a Carbine em direção ao clube quando um carro subiu no meio-fio e Chris saltou. Tinha sua mochila de escoteiro numa das mãos e dois cobertores amarrados com uma corda de pano na outra.

— Obrigado, senhor — disse ele, e veio correndo em minha direção assim que o carro afastou-se. Seu cantil de escoteiro estava pendurado no pescoço, passava por baixo de um braço e, finalmente, terminava balançando na altura dos quadris. Seus olhos brilhavam.

— Gordie! Quer ver uma coisa?

— Claro, acho que sim. O quê?

— Vem aqui primeiro. — Ele apontou o estreito espaço entre o restaurante Blue Point e a farmácia de Castle Rock.

— O que é, Chris?

— Vem cá, já disse!

Desceu correndo o beco e logo em seguida (o tempo suficiente para eu colocar de lado meu julgamento) saí correndo atrás dele. Os dois prédios não eram bem paralelos, de maneira que o beco ia se estreitando no final. Passávamos sobre restos de jornais velhos e ninhos brilhantes e perigosos de garrafas de cerveja e soda quebradas. Chris entrou atrás do Blue Point e colocou os cobertores no chão. Havia oito ou nove latas de lixo alinhadas, e o fedor era insuportável.

— Hum, Chris! Espera aí, dá um tempo!

— Preste atenção — disse Chris por hábito.

— Não, sério, eu vou vo...

As palavras sumiram de minha boca e esqueci totalmente as latas de lixo fedorentas. Chris havia desenrolado os cobertores e pego algo dentro deles. Agora segurava uma enorme pistola com a coronha de madeira escura.

— Quer ser o Lone Ranger ou o Cisco Kid? — perguntou Chris rindo.

— Caramba, meu Deus! Onde você conseguiu isso?

— Peguei no escritório do meu pai. É um .45.

— É, estou vendo — disse eu, embora pudesse ser um .38 ou um .357 para mim. Apesar de todos os John D. MacDonalds e Ed McBains que tinha lido, a única pistola que vira de perto tinha sido a do inspetor Bannerman... e embora todas as crianças pedissem para tirá-la do coldre, ele nunca tirava. — Cara, teu pai vai te matar quando descobrir. Você disse que ele estava de mau humor.

Seus olhos apenas dançavam.

— O negócio é o seguinte, cara. Ele nunca vai descobrir *nada*. Ele e aqueles outros bêbados estão todos enfiados no Harrison com seis ou oito garrafas de vinho. Só voltam daqui a uma semana. Bêbados filhos da mãe. — Seus lábios contraíram-se. Era o único da turma que nunca bebia, nem que fosse para mostrar que era valentão. Dizia que não queria se tornar um beberrão como seu pai quando crescesse. E uma vez me disse particularmente, isso foi depois que os gêmeos DeSpain apareceram com um pacote de seis garrafas de cerveja que roubaram do pai e todos zombaram de Chris porque ele não tomou nem um gole, que tinha *medo* de beber. Disse que seu pai não tirava mais a boca da garrafa, que seu irmão estava bêbado como um porco quando estuprou aquela garota e que Eyeball estava sempre entornando vinho tinto com Ace Merrill, Charlie Hogan e Billy Tessio. Não era certo, me perguntou ele, que se começasse a beber não conseguiria mais parar? Talvez você ache estranho um menino de 12 anos se preocupar em ser alcoólatra, mas no caso de Chris não era estranho. De jeito nenhum. Já pensara muito na possibilidade. E já tivera oportunidade para isso.

— Tem cartuchos?

— Nove; era tudo o que tinha na caixa. Ele vai achar que foi ele que usou atirando em latas quando estava bêbado.

— Está carregada?

— *Não!* Pelo amor de Deus, o que você acha que eu *sou*?

Finalmente peguei a arma. Gostei de seu peso em minhas mãos. Podia me ver como Steve Carella do Esquadrão 87, ou perseguindo um herói da TV, talvez escoltando-o enquanto arrombava o apartamento revirado de algum traficante desesperado. Mirei uma das latas de lixo fedorentas e apertei o gatilho.

KA-BLAM!

A arma pulou em minha mão. Um fogo apareceu na ponta. Parecia que tinha quebrado o pulso. Meu coração deu um salto até a boca e parou ali, tremendo. Um buraco enorme surgiu na superfície de metal enferrujado da lata — trabalho de algum feiticeiro perverso.

— Meu Deus! — gritei.

Chris ria sem parar — não sabia se de prazer ou histeria.

— Você conseguiu, você conseguiu! *Gordie conseguiu!* — buzinava ele. — *Ei, Gordon Lachance está dando tiros em Castle Rock!*

— *Cala a boca! Vamos sair daqui!* — gritei, e agarrei-o pela camisa.

Enquanto corríamos, a porta dos fundos do Blue Point abriu-se e Francine Tupper saiu em seu uniforme branco de garçonete.

— Quem fez isso? Quem está soltando bombinhas aqui?

Corremos como loucos, cortando caminho pela farmácia, pela loja de ferragens e pelo Emporium Galorium, que vendia antiguidades, sucata e livros baratos. Subimos uma cerca furando nossas mãos no arame farpado e finalmente chegamos à Curran Street.

Joguei o .45 para Chris enquanto corríamos; ele estava morrendo de rir mas conseguiu pegá-lo, enfiá-lo na mochila e fechá-la. Quando chegamos à esquina da Curran e alcançamos novamente a Carbine Street, começamos a andar para não parecermos suspeitos. Chris ainda estava rindo.

— Você devia ter visto a tua cara! Foi engraçadíssimo. Muito bom mesmo. — Sacudiu a cabeça, bateu na perna e deu um grito.

— Você sabia que estava carregada, não sabia? Seu idiota! Vou me dar mal. Aquela tal de Tupper me viu.

— Droga, ela achou que fossem bombinhas. Além disso, a velha não enxerga um palmo além do nariz, você sabe. Acha que usar óculos vai estragar seu *lin-do rosto*. — Bateu com a mão nos quadris e começou a rir novamente.

— Ora, eu não ligo. Mas foi sujeira, Chris.

— Ora, Gordie. — Colocou uma das mãos no meu ombro. — Eu não sabia que estava carregada, juro por Deus, juro pela minha mãe que só peguei no escritório do meu pai. Ele sempre tira a munição. Devia estar muito bêbado quando guardou da última vez.

— Você não carregou mesmo a arma?

— Não, senhor.

— Jura pela sua mãe, mesmo que ela vá para o inferno?

— Juro. — Ele fez o sinal da cruz e tossiu, o rosto sincero e contrito como o de um menino cantor de coro. Mas quando entramos no terreno baldio onde ficava nossa casa na árvore e vimos Vern e Teddy sentados em seus cobertores enrolados nos esperando, começamos a rir de novo. Chris contou a história toda para eles e depois que todos tiveram seus ataques de riso, Teddy perguntou a Chris por que achava que precisaríamos de uma pistola.

— Para nada — disse Chris. — Pode ser que a gente veja um urso. Ou algo parecido. Além do mais, dormir à noite na floresta é um tanto assustador.

Todos concordaram. Chris era o cara maior e mais forte da nossa turma, e sempre podia se sair com coisas desse tipo. Teddy, por outro lado, seria escorraçado se dissesse que tinha medo do escuro.

— Você colocou sua barraca no jardim? — perguntou Teddy a Vern.

— Coloquei. E coloquei também duas lanternas piscando para parecer que estamos lá quando ficar escuro.

— Grande! — disse eu, e bati nas costas de Vern. Para ele, era uma ideia genial. Ele riu e corou.

— Então *vamos* — disse Teddy. — Vamos, é quase meio-dia.

Chris levantou-se e nos reunimos à sua volta.

— Vamos atravessar o campo de Beeman e passar por trás daquela loja de móveis de Sonny Texaco — disse ele. — Depois vamos pegar o caminho dos trilhos do trem perto do depósito de lixo e atravessar a ponte até Harlow.

— Qual a distância que você calcula? — perguntou Teddy.

Chris sacudiu os ombros.

— Harlow é grande. Vamos andar pelo menos 30 quilômetros. Tudo bem para você, Gordie?

— Podiam ser até 50.

— Mesmo que sejam 50, vamos chegar lá amanhã de tarde, se ninguém afrouxar.

— Não tem nenhum frouxo aqui — disse logo Teddy.

Olhamo-nos por um momento.

— *Ui, ui*... — fez Vern, e todos nós rimos.

— Vamos, meninos — disse Chris, e colocou a mochila nas costas. Saímos juntos do terreno baldio, Chris assumindo ligeiramente a liderança.

10

Quando atravessamos o campo de Beeman e conseguimos subir com muito esforço a margem cheia de cinzas da estrada de ferro Great Southern e Western Maine, já tínhamos tirado nossas camisas e enrolando--as na cintura. Suávamos como porcos. Do alto da margem olhávamos os trilhos lá embaixo, na direção em que iríamos.

Nunca esquecerei aquele momento, por mais que o tempo passe. Eu era o único que tinha relógio, um Timex barato, um bônus que ganhara por vender uns cosméticos no ano anterior. Os dois ponteiros estavam exatamente em cima do 12 e o sol batia na paisagem seca e sem sombras com toda a sua intensidade. Era possível senti-lo entrar no seu cérebro e fritar seus miolos.

Atrás de nós ficava Castle Rock, espalhada sobre o longo morro conhecido como Castle View, circundando a praça arborizada e sombreada. Além do Rio Castle, viam-se as chaminés verticais do moinho de lã lançando uma fumaça cor de chumbo contra o céu e despejando sobras na água. O galpão da Jolly Furniture estava à nossa esquerda. E bem à nossa frente, a estrada de ferro brilhante e heliográfica ao sol. Ela corria paralela ao rio, que ficava à esquerda. À direita havia uma grande quantidade de mato (hoje em dia há uma pista de motocicletas — todos os domingos às duas horas da tarde há competições). Uma antiga e abandonada torre de água despontava no horizonte, enferrujada e de certa forma amedrontadora.

Ficamos parados ali naquele momento único do meio-dia; então Chris disse impaciente:

— Vamos, vamos andando.

Caminhamos ao lado dos trilhos nas cinzas, chutando pequenos tufos de poeira preta a cada passo. Nossas meias e tênis ficaram logo cobertos de poeira. Vern começou a cantar *Roll Me Over in the Clover*, mas logo parou, o que foi um alívio para nossos ouvidos. Apenas Teddy e Chris haviam trazido cantis, e nós os usávamos a toda hora.

— Podíamos encher os cantis novamente na bica do depósito de lixo — disse eu. — Meu pai disse que o poço é seguro. Tem 60 metros de profundidade.

— Está bem — disse Chris, o valente líder do pelotão. — Será um bom lugar para descansar, de qualquer forma.

— E comida? — perguntou Teddy de repente. — Aposto que ninguém lembrou de trazer nada para comer. Eu sei que não lembrei.

Chris parou.

— Merda! Eu também não lembrei. Gordie?

Balancei a cabeça, pensando como podia ter sido tão burro.

— Vern?

— Nada — disse ele. — Desculpem.

— Bem, vamos ver quanto temos de dinheiro — disse eu. Desamarrei minha camisa, estiquei-a sobre as cinzas e joguei meus 68 *cents* em cima dela. As moedas brilhavam incrivelmente ao sol. Chris tinha uma nota velha de um dólar e dois *pennies*. Teddy tinha duas moedas de 25 *cents* e duas de cinco. Vern tinha exatamente sete *cents*.

— Dois dólares e 37 *cents* — disse eu. — Nada mau. Tem uma loja no final daquela rua pequena que vai dar no depósito de lixo. Alguém vai ter que ir lá comprar hambúrgueres e refrigerantes enquanto os outros descansam.

— Quem? — perguntou Vern.

— Vamos tirar na sorte quando chegarmos no depósito de lixo. Vamos.

Coloquei todo o meu dinheiro no bolso da calça e estava amarrando a camisa na cintura quando Chris gritou:

— *O trem!*

Coloquei uma das mãos no trilho para sentir, embora já estivesse ouvindo o barulho. Os trilhos tremiam loucamente; por um momento parecia que estava segurando o próprio trem em minhas mãos.

— *Paraquedistas para o lado!* — gritou Vern, e pulou para a margem fazendo uma palhaçada. Vern adorava brincar de paraquedista em qualquer lugar macio: um monte de cascalho, uma pilha de feno, uma margem como aquela. Chris pulou depois dele. O barulho do trem estava realmente alto agora, provavelmente vindo em nossa direção a caminho de Lewiston. Em vez de pular, Teddy virou-se na direção de onde ele estava vindo. Seus grossos óculos brilhavam ao sol. Seus longos cabelos voavam despenteados sobre sua testa em mechas suadas.

— Vem, Teddy — disse eu.

— Não, iuhu, vou escapar dele. — Olhou para mim, seus olhos atrás das lentes frenéticos de excitação. — Uma escapada de trem, sacou? Os caminhões não são nada perto dos trens!

— Está maluco, cara? Quer morrer?

— Como no desembarque na Normandia! — gritou Teddy, e ficou parado no meio dos trilhos. Estava em pé em cima de um dormente meio bambo.

Fiquei atordoado por um momento, incapaz de acreditar em tamanha estupidez. Então agarrei-o, puxei-o lutando e protestando até a margem, e empurrei-o. Pulei depois dele e Teddy me acertou no estômago enquanto eu ainda estava no ar. Fiquei sem ar mas ainda consegui atingi-lo no esterno com o joelho e jogá-lo de costas no chão antes que conseguisse subir novamente. Caí no chão ofegante e sem apoio e Teddy me agarrou pelo pescoço. Rolamos até a beira da margem lutando e nos agarrando, enquanto Chris e Vern nos olhavam perplexos.

— Seu filho da puta! — gritava Teddy para mim. — Seu escroto! Não vem querer mandar em mim! Eu te mato, seu merda!

Estava voltando a respirar e consegui ficar em pé. Afastava-me à medida que Teddy avançava, erguendo as mãos abertas para evitar seus socos, meio rindo e meio com medo. Não era bom zombar de Teddy quando ele estava tendo um ataque de raiva. Virava um monstro, e se quebrasse os dois braços era capaz de morder.

— Teddy, você não pode escapar de nada antes de vermos o que vamos ver, mas

um soco passou de raspão pelo meu ombro

— até lá ninguém pode *nos ver,* seu

outro soco do lado do meu rosto e então teríamos começado mesmo a brigar se Chris e Vern

— babaca!

não tivessem nos agarrado e nos separado. Acima de nós, o trem rugia como um trovão soltando diesel e produzia um forte barulho das rodas dos vagões sobre os trilhos. Algumas cinzas caíram da margem e a discussão acabou... pelo menos até que conseguíssemos ouvir o que falávamos.

Era apenas um pequeno cargueiro e quando acabou de passar, Teddy disse:

— Eu mato ele. Pelo menos quebro sua cara. — Chris segurava-o cada vez com mais força enquanto ele tentava se soltar.

— Acalme-se, Teddy — dizia Chris calmamente, e continuou dizendo isso até que Teddy parou de lutar e ficou ali, os óculos tortos no rosto e o aparelho auditivo balançando em seu peito quase na altura da bateria, que ele colocara no bolso da calça jeans.

Quando estava completamente calmo, Chris virou-se para mim e disse:

— Por que você está brigando com ele, Gordon?

— Ele queria escapar do trem. Imaginei que o maquinista iria vê-lo e falar. Poderiam mandar um policial.

— Ahhh, ele não ia nem ver — disse Teddy, mas não parecia mais zangado. A tempestade passara.

— Gordie só estava tentando agir corretamente — disse Vern. — Vamos lá, paz.

— Paz, meninos — concordou Chris.

— É, está bem — disse eu, e levantei a mão. — Paz, Teddy?

— Eu podia ter escapado — disse ele. — Sabe disso, não é, Gordie?

— Sei — concordei, embora a ideia me desse calafrios. — Sei.

— Está bem. Paz, então.

— Façam as pazes — ordenou Chris e soltou Teddy.

Teddy bateu na minha mão com toda a força e virou a sua.

— Seu Lachance frouxo — disse Teddy.

— *Ui, ui* — respondi.

— Vamos, meninos — disse Vern. — Vamos, está bem?

— A qualquer lugar que você queira, mas não faça xixi nas calças — disse Chris sério, e Vern recuou como se fosse dar-lhe um encontrão.

11

Chegamos ao depósito de lixo às 13h30 e Vern foi o caminho todo de descida da margem gritando *Paraquedistas para o lado!* Dávamos grandes saltos e passávamos por cima dos fios de água salobre que escorriam descuidados dos canos espetados para fora das cinzas. Depois dessa área pantanosa, ficava o começo do depósito arenoso e cheio de entulhos.

Havia uma cerca de proteção de 1,80 metro de altura em volta. A cada 6 metros, um aviso desbotado pelo tempo dizia:

DEPÓSITO DE LIXO DE CASTLE ROCK
HORÁRIO: 16 ÀS 20 HORAS
FECHADO ÀS SEGUNDAS-FEIRAS
PASSAGEM RIGOROSAMENTE PROIBIDA

Subimos até o alto da cerca e pulamos. Teddy e Vern foram na frente em direção ao poço, que tinha uma bomba antiga para puxar a água, daquelas que você morre para conseguir fazer funcionar. Havia uma lata cheia de água ao lado da alavanca da bomba, e o maior pecado era esquecer de deixá-la cheia para a próxima pessoa que chegasse. A alavanca de ferro emperrou num determinado ângulo, e ficou parecendo um pássaro de uma só asa tentando voar. Já fora verde, mas quase toda a tinta saíra devido ao uso por centenas de pessoas desde 1940.

O depósito é uma das minhas lembranças mais vivas de Castle Rock. Sempre penso em pinturas surrealistas quando lembro dele — aqueles caras que estavam sempre pintando relógios deitados languidamente dentro do tronco de árvores, quartos da era vitoriana no meio do deserto do Saara ou máquinas a vapor saindo de dentro de lareiras. Para meus olhos infantis, *nada* no depósito de lixo de Castle Rock parecia estar no lugar a que realmente pertencia.

Tínhamos entrado por trás. Se você entrasse pela frente, uma larga e suja estrada seguia portão adentro e ampliava-se numa área semicircular que havia sido terraplenada, parecendo uma pista de aterragem, e acabava abruptamente à beira do fosso do depósito. A bomba (Teddy e Vern já estavam lá discutindo quem seria o primeiro a usá-la) ficava atrás desse grande fosso. Tinha talvez 30 metros de profundidade e estava cheio de todas as coisas americanas que acabaram, se desgastaram ou simplesmente não funcionam mais. Havia tanta coisa que meus olhos doíam só de olhar — talvez fosse a cabeça que doía, pois nunca conseguia decidir onde parar os olhos. Então os olhos paravam ou eram parados por alguma coisa que parecia fora do lugar como os lânguidos relógios ou o quarto no meio do deserto. Uma armação de cama em bronze reluzindo bêbada ao sol. Uma bonequinha de criança com expressão espantada e as coisas mais variadas saindo do meio de suas coxas, como se as estivesse parindo. Um automóvel Studebaker virado de cabeça para baixo com seu nariz redondo de cromo brilhando ao sol como um míssil de Buck Rogers. Uma daquelas garrafas d'água gigantes que se usam em escritórios transformada, pelo sol do verão, numa esplendorosa e escaldante safira.

Também havia muitos animais selvagens ali, embora não do tipo que se veem em filmes de Walt Disney nem no zoológico, onde os bichos são domesticados. Gordos ratos, marmotas macias e pesadas de se alimentarem de ração tão rica como hambúrgueres podres e vegetais bichados, gaivotas aos milhares e, ciscando como ministros pensativos e introspectivos, de vez em quando um enorme corvo. Era também o lugar onde os cachorros vira-latas da cidade vinham procurar uma refeição quando não conseguiam encontrar uma lata de lixo para derrubar nem um cervo para correr atrás. Era um bando de cachorros miseráveis, mal-humorados; de ancas magras e sorrisos amargos, atacavam-se uns aos outros por um pedaço de salsichão estragado ou um monte de tripas de galinha defumando ao sol.

Mas esses cachorros nunca atacavam Milo Pressman, o zelador do depósito, porque Milo nunca andava sem Chopper atrás de si. Chopper era — pelo menos até o cachorro de Joe Camber, Cujo, ter raiva vinte anos depois — o cachorro mais temido e menos visto de Castle Rock. Era o cachorro mais malvado num raio de 60 quilômetros (pelo menos era o que ouvíamos dizer) e tão feio que assustava. As crianças contavam histórias a respeito da malvadeza de Chopper. Alguns diziam que era um cruzamento de pastor-alemão, outros que era boxer, e um garoto de Castle View, com o infeliz nome de Harry Horr, dizia que Chopper era um doberman pequeno cujas cordas vocais haviam sido removidas numa cirurgia para que ninguém ouvisse seu latido quando ia atacar. Havia outros garotos que diziam que Chopper era um cão de caça irlandês maníaco e Milo Pressman alimentava-o com uma mistura especial de ração e sangue de galinha. Esses mesmos garotos diziam que Milo não ousava soltar Chopper a não ser que estivesse encapuzado como um falcão de caça.

A história mais comum era que Pressman tinha treinado Chopper não apenas para morder, mas para morder *partes* específicas do corpo humano. Assim, um infeliz menino que pulasse furtivamente a cerca do depósito para pegar tesouros ilícitos ouviria Milo Pressman gritar: "Pega, Chopper! A mão!", e Chopper pegaria a mão e não largaria mais, rasgando a pele e tendões, esfarelando ossos entre seus maxilares salivantes até Milo mandá-lo parar. Havia o boato de que Chopper podia arrancar um olho, uma orelha, uma perna, um pé... e que o infrator reincidente que fosse surpreendido por Milo e seu sempre leal Chopper ouviria o terrível grito: "Pega, Chopper! O saco!", e aquele garoto seria um soprano para o resto da vida. O próprio Milo era visto mais frequentemente e, assim, considerado uma pessoa mais comum. Era apenas um trabalhador humilde que complementava seu modesto salário consertando coisas que as pessoas jogavam fora e vendendo-as pela cidade.

Não havia sinal de Milo nem de Chopper naquele dia.

Chris e eu vimos Vern usar a bomba enquanto Teddy movimentava a alavanca freneticamente. Finalmente foi recompensado com um fluxo de água clara. Um momento depois, estavam os dois com a cabeça embaixo da tina, Teddy ainda bombeando à velocidade de 500 metros por minuto.

— Teddy é maluco — falei em voz baixa.

— É — concordou Chris. — Não vai viver mais do que o dobro da idade que tem agora, aposto. É o que dá o pai dele queimar suas orelhas. Ele é louco de fugir dos caminhões desse jeito. Não enxerga nada, com óculos ou sem.

— Lembra aquela vez na árvore?

— Lembro.

No ano anterior, Teddy e Chris haviam subido no grande pinheiro que há atrás de minha casa. Estavam quase no alto quando Chris disse que não podiam mais continuar, pois todos os galhos a partir dali estavam podres. Teddy adquiriu aquela expressão maluca e obstinada e disse que estava pouco ligando, estava com as mãos muito sujas e ia continuar subindo até o fim. Nada que Chris dizia o fazia mudar de ideia. Então continuou e realmente conseguiu — pesava apenas 40 quilos, lembre-se. Ficou lá, segurando o último ramo do pinheiro com as mãos meladas de alcatrão e gritando que era o rei do mundo ou qualquer estupidez como essa, quando houve um estalo de alguma coisa podre e estragada e o galho em que ele estava sentado cedeu e ele despencou. O que aconteceu depois foi uma dessas coisas que fazem você ter certeza de que Deus existe. Chris esticou a mão puramente por reflexo e pegou um punhado dos cabelos de Teddy Duchamp. E embora seu pulso tenha inchado e ele tenha ficado duas semanas sem conseguir usar a mão direita, Chris segurou Teddy, até que ele, gritando e xingando, colocou os pés num galho grosso o suficiente para suportar seu peso. Se não fosse o instinto de Chris, ele teria rolado e caído lá embaixo, de uma altura de 40 metros. Quando desceram, Chris estava branco e quase vomitando por causa do medo. E Teddy queria lhe bater porque puxara seu cabelo. E teriam realmente brigado se eu não estivesse lá para separar os dois.

— Sonho com aquilo de vez em quando — disse Chris, e me olhou com olhos estranhamente indefesos. — Só que no meu sonho eu sempre deixo ele cair. Pego só alguns fios de cabelo, Teddy grita e cai. Estranho, né?

— Estranho — concordei e, por um momento, olhamos dentro dos olhos um do outro e vimos algumas coisas verdadeiras que nos faziam amigos. Então desviamos nossos olhares e vimos Teddy e Vern jogando água um no outro, gritando, rindo e chamando-se de frouxos.

— É, mas você não deixou ele escapar — disse eu. — Chris Chambers nunca deixa escapar, certo?

— Nem quando uma mulher levanta da cadeira — disse ele. Piscou para mim, fez um O com o dedão e o indicador e colocou uma bala branca e lisa no meio.

— Esperto, hein, Chambers — falei.

— Mais do que você pensa — sorrimos um para o outro.

— *Venham logo pegar a água antes que ela desça de novo!* — Vern gritou.

— Vamos apostar corrida? — propôs Chris.

— Nesse calor? Está maluco.

— Vamos — insistiu ele ainda rindo. — Um, dois, três e...

— Está bem.

— *Já!*

Saímos correndo, nossos tênis cavando o chão de terra duro e batido pelo sol, nossos torsos esticados à frente de nossas pernas dentro dos jeans, as mãos fechadas. Foi empate. Vern do lado de Chris e Teddy do meu levantaram o dedo médio ao mesmo tempo. Caímos no chão, ainda rindo, naquele lugar tranquilo e fedorento, e Chris jogou seu cantil para Vern. Quando estava cheio, Chris e eu fomos até a bomba e primeiro Chris bombeou para ele, e depois eu para mim, a água fria tirando toda a fuligem e o calor imediatamente, fazendo nossos couros cabeludos gelados anteciparem em quatro meses a temperatura de janeiro. Então tornei a encher a lata e fomos todos sentar à sombra da única árvore do depósito, um freixo atrofiado a 10 metros da cabana de papel alcatroado de Milo Pressman. A árvore ficava ligeiramente curvada para o oeste, como se quisesse recolher suas raízes, da mesma forma que uma velha senhora recolhe suas saias, e simplesmente se mandar dali.

— O máximo! — disse Chris rindo e tirando os cabelos emaranhados da frente dos olhos.

— Incrível — concordei, sacudindo a cabeça e ainda rindo.

— É realmente um ótimo dia — disse Vern com simplicidade, e não estava se referindo somente ao fato de estarmos dentro do depósito, enganando nossos pais e subindo os trilhos da estrada de ferro até Harlow; estava se referindo a essas coisas também, mas para mim, agora, parece que havia mais alguma coisa, e todos nós sabíamos. Estava tudo ali à nossa volta. Sabíamos exatamente quem éramos e exatamente para onde estávamos indo. Era maravilhoso.

Ficamos sentados embaixo da árvore por um tempo tagarelando como sempre fazíamos — quem tinha o melhor time de futebol (ainda os Yankees com Mantle e Maris, claro), qual o melhor carro (o Thunderbird 55, Teddy defendendo obstinadamente o Corvette 58), quem era o cara mais valente de Castle Rock que não pertencia à nossa turma (todos concordamos que era Jamie Gallant, que tinha xingado a sra. Ewing e saído da sala com as mãos nos bolsos enquanto ela gritava seu nome), o melhor programa da TV (ou *Os Intocáveis* ou *Peter Gunn* — tanto Robert Stack como Eliot Ness, quanto Craig Stevens como Gunn, eram ótimos), todas essas coisas.

Teddy foi o primeiro a perceber que a sombra da árvore estava ficando mais longa e perguntou que horas eram. Olhei meu relógio e fiquei surpreso ao ver que eram 14h15.

— Ei, pessoal — disse Vern. — Alguém tem que sair para buscar comida. O depósito abre às quatro. Não quero estar aqui ainda quando Milo e Chopper derem o seu show particular.

Até Teddy concordou. Ele não tinha medo de Milo, que tinha uma barriga protuberante e pelo menos 40 anos, mas todos os meninos de Castle Rock se arrepiavam quando o nome de Chopper era mencionado.

— Está bem — disse eu. — Quem tirar diferente vai.

— Você, Gordie — Chris falou rindo. — O mais esquisito de todos.

— Igual à sua mãe — disse eu, e dei uma moeda para cada um. — Vamos tirar na sorte.

Quatro moedas subiram brilhando ao sol. Quatro mãos pegaram-nas no ar e colocaram-nas tampadas em cima da outra mão. Olhamos. Duas caras e duas coroas. Jogamos de novo e todos os quatro tiraram coroa.

— Ah, meu Deus, isso é mau agouro — disse Vern sem falar nenhuma novidade. Quatro caras era sinal de muita sorte. Mas quatro coroas era mesmo sinal de muito azar.

— Deixa de besteira — disse Chris. — Isso não quer dizer nada. Vamos jogar de novo.

— Não, cara — Vern falou sério. — É mau agouro mesmo. Lembra quando Clint Bracken e aqueles caras sofreram o acidente em Sirois Hill, em Durham? Billy me contou que eles estavam disputando cervejas na moeda e tiraram quatro coroas antes de entrar no carro. E aí, bang!, acabaram com o carro. Não gosto disso. Sinceramente.

— Ninguém acredita nessa história de mau agouro — disse Teddy impaciente. — É coisa de criança, Vern. Vai jogar ou não?

Vern jogou, mas com óbvia relutância. Dessa vez, ele, Chris e Teddy tiraram coroa. Eu exibia o rosto de Thomas Jefferson numa moeda de cinco *cents*. E de repente fiquei com medo. Foi como se uma sombra tivesse cruzado um sol interior. Os três ainda estavam com mau agouro, como se um destino silencioso estivesse apontando para eles pela segunda vez. Subitamente pensei em Chris dizendo: *Pego só alguns fios de cabelo, Teddy grita e cai. Estranho, né?*

Três coroas e uma cara.

Então Teddy começou a apontar para mim e rir com sua risada maluca de escárnio, e a sensação passou.

— Ouvi dizer que só frescos riem assim — disse eu acusadoramente.

— Eeeee-eeee-eeee, Gordie — ria Teddy. — Vai buscar comida, seu hermafrodita.

Realmente não fiquei lamentando de ter que ir. Estava descansado e não me incomodava de descer a rua até o Florida Market.

— Não me chame com nenhum dos apelidos da tua mãe — disse eu a Teddy.

— Eeeee-eeee-eeee, que babaca você é, Lachance.

— Vai, Gordie — disse Chris. — Vamos esperar você perto dos trilhos.

— Acho melhor vocês não irem embora sem mim — eu disse.

Vern riu.

— Ir sem você é como tomar Schlitz em vez de Budweiser, Gordie.

— Ah, cala a boca.

Todos cantaram juntos:

— Não calo e ninguém me manda senão eu me irrito. E quando olho para você eu vomito.

— Aí a tua mãe vai lá e lambe — disse eu, e me mandei dali, fazendo um gesto para eles por cima do ombro quando estava longe. Nunca mais tive amigos como os que tinha aos 12 anos. Meu Deus, e você?

12

Cada macaco no seu galho, dizem hoje em dia, e é um barato isso. Então, se eu disser a palavra *verão*, você terá um conjunto de imagens pessoais e particulares que são totalmente diferentes das minhas. Isso é interessante. Mas para mim, *verão* sempre significará descer correndo a rua até o Florida Market com as moedas tilintando nos bolsos, 40 graus de temperatura, os pés calçados com Keds. A palavra evoca a imagem dos trilhos da GSWM unindo-se num ponto em perspectiva no horizonte, com um brilho tão intenso ao sol que, quando eu fechava os olhos, ainda podia vê-los no escuro, só que azuis em vez de brancos.

Mas houve mais em relação àquele verão do que nossa viagem até o outro lado do rio para procurar Ray Brower, embora isso permaneça como o mais forte. Sons dos Fleetwoods cantando *Come Softly to Me*, Robin Luke cantando *Susie Darlin* e Little Anthony estourando no vocal com *I Ran All the Way Home*. Todos eram sucessos naquele verão de 1960? Sim e não. A maioria sim. Nas longas noites azuladas em que o rock and roll da WLAM misturava-se com o beisebol noturno da WCOU, o tempo mudava. Acho que tudo era 1960, e aquele verão continuou por um espaço de anos, mantido magicamente intacto num emaranhado de sons: o doce zumbido dos grilos, o barulho de metralhadora das cartas de baralho presas nos aros da bicicleta de algum menino que pedalava até em casa para o jantar mais tardio, a voz texana aberta de Buddy Knox cantando "Come along and be my party doll, and I'll make love to you, to you", e a voz do locutor de beisebol misturando-se com a música e com o cheiro da grama fresca cortada: "A contagem está três a dois agora. Whitney Ford inclina-se para a frente... ultrapassou o sinal... agora conseguiu... Ford faz uma pausa... atira a bola para o batedor... *e agora! Williams pega! Adeus! RED SOX VENCE POR TRÊS A UM!*" Ted Williams ainda jogava no Red Sox em 1960? Pode ter certeza que sim. Lembro claramente. O beisebol tornara-se importante para mim nos últimos anos, desde que tivera que encarar a realidade de que os jogadores de beisebol eram de carne e osso como eu. Essa conscientização aconteceu quando Roy Campanella capotou de carro e os jornais anunciaram manchetes fatais nas primeiras páginas: sua carreira estava arruinada, viveria o resto de sua vida numa cadeira de rodas. Aquilo voltou à minha lembrança como um golpe surdo quando sentei-me à máquina de escrever há dois anos certa manhã, liguei o rádio e ouvi que Thurman Munson tinha morrido tentando aterrissar seu avião.

Havia filmes para ver no Gem, que há muito foi demolido; filmes de ficção científica como *Gog* com Richard Egan, filmes de faroeste com Audie Murphy (Teddy via todos os filmes de Audie Murphy pelo menos três vezes; acreditava que Murphy era quase um deus) e filmes de guerra com John Wayne. Havia jogos e refeições engolidas às pressas, grama para cortar, locais para onde correr, muros para jogar moedas, pessoas para bater nas suas costas. E agora estou sentado aqui tentando olhar através de um teclado IBM e ver aquela época, tentando lembrar o melhor e o pior daquele verão marrom e verde, e posso quase sentir o garoto magro e com cascas de feridas ainda enterrado nesse corpo desenvolvido e ouvir aqueles sons. Entretanto, a mais forte lembrança daquele tempo é Gordon Lachance descendo a rua, correndo em direção ao Florida Market com dinheiro trocado no bolso e suor nas costas.

Pedi um quilo de hambúrguer e comprei pão, quatro garrafas de Coca e um abridor de dois *cents* para abri-las. O dono, um homem chamado George Dusset, pegou a carne, debruçou-se sobre a caixa registradora, uma das mãos apoiada no balcão perto do vidro de ovos cozidos, um palito entre os dentes, sua enorme barriga redonda de cerveja enchendo a camiseta branca como uma vela ao vento forte. Ficou parado ali enquanto eu fazia as compras, certificando-se de que eu não tentava roubar nada. Não deu uma palavra até pesar o hambúrguer.

— Conheço você. Você é o irmão de Denny Lachance, não é? — O palito moveu-se de um canto ao outro de sua boca como que sobre rolamentos. Colocou a mão embaixo da caixa, pegou uma garrafa de refrigerante e bebeu-o até o fim sem parar.

— Sim, senhor. Mas Denny, ele...

— É, eu sei. É uma coisa triste, garoto. A Bíblia diz: "No meio da vida estamos na morte." Sabia disso? Hein? Perdi um irmão na Coreia. Você parece muito com Denny. Hein? É o Denny cuspido e escarrado. As pessoas lhe dizem isso?

— Sim, senhor, às vezes — respondi.

— Lembro do ano em que ele foi campeão. Jogava no meio. Como ele corria! Meu Deus do céu! Você provavelmente é novo demais para lembrar. — Olhava sobre minha cabeça para além da porta de grade, para o calor sufocante, como se estivesse tendo uma linda visão do meu irmão.

— Lembro. Sr. Dusset?

— O quê, meu filho? — Seus olhos ainda estavam distantes com as lembranças; o palito tremia um pouco entre seus lábios.

— O senhor está com o dedo na balança.

— *O quê?* — Olhou para baixo atônito, onde seu dedão pressionava firmemente o esmalte branco. Se não tivesse me afastado um pouco dele quando começou a falar de Dennis, não teria visto. — Ah, é. Hum. Acho que comecei a pensar em seu irmão, Deus o tenha. — George Dusset fez o sinal da cruz. Quando tirou o dedo da balança, a agulha desceu 150 gramas. Colocou um pouco mais de carne e depois fez o embrulho com o papel branco de açougueiro.

— Muito bem — disse mordendo o palito. — Vejamos o que tem aqui. Um quilo de hambúrguer, 1,44. Pães de hambúrguer, 27 *cents*. Quatro Cocas, quarenta *cents*. Um abridor, dois *cents*. Dá... — Escreveu os valores na sacola em que ia colocar as coisas. — Dois e 29.

— Treze — disse eu.

Olhou para mim erguendo a cabeça lentamente e franzindo um pouco a testa.

— Hein?

— Dois e 13. O senhor somou errado.

— Garoto, você está...

— O senhor somou errado — insisti. — Primeiro o senhor coloca o dedo na balança, depois cobra errado. Eu ia comprar mais alguma coisa, mas acho que não vou mais. — Coloquei 2,13 dólares sem hesitar em cima do balcão em frente a ele.

Ele olhou para o dinheiro e depois para mim. Sua testa agora estava bastante franzida, as linhas do rosto parecendo fissuras.

— O que você pensa que é, garoto? — disse ele em voz baixa ameaçadoramente confidencial. — Algum espertinho?

— Não, senhor — disse eu. — Mas o senhor não vai me enganar e ficar por isso mesmo. O que sua mãe diria se soubesse que o senhor engana criancinhas?

Enfiou nossas coisas na sacola de papel com movimentos rápidos e inflexíveis, fazendo as garrafas de Coca se chocarem. Empurrou a sacola para mim grosseiramente sem se preocupar se eu ia deixá-la cair e quebrar todos os refrigerantes. Seu rosto moreno estava ruborizado e apático, esticado e não mais franzido.

— Muito bem, garoto. Aqui está. Agora você desapareça da minha loja. Se eu vir você de novo aqui, vou botá-lo para fora. Hum. Seu espertinho filho da mãe.

— Nunca mais volto aqui — disse eu, indo em direção à porta e empurrando-a. A tarde quente zumbiu sonolenta lá fora, aparecendo verde e marrom e cheia de uma luz silenciosa. — Nem meus amigos. Acho que tenho mais de cinquenta.

— Seu irmão não era tão espertinho assim — gritou George Dusset.

— *Foda-se!* — gritei, e corri feito um louco rua abaixo.

Ouvi a porta de grade abrir como um tiro e sua voz de boi me alcançar:

— *Se voltar aqui mais uma vez eu te arrebento, seu marginal!*

Corri até passar o primeiro morro, apreensivo e rindo sozinho, meu coração batendo como uma alavanca dentro do peito. Depois diminuí para uma caminhada rápida, olhando para trás por cima do ombro a toda hora para ter certeza de que ele não vinha atrás de mim de carro, ou coisa parecida.

Não veio, e logo cheguei ao portão do depósito de lixo. Coloquei o saco dentro da camisa, subi o portão e pulei para o outro lado. Estava na metade da área do depósito quando vi algo de que não gostei — o Buick 56 de Milo Pressman estava estacionado atrás de sua cabine de papel acaltroado. Se Milo me visse, eu estaria perdido. Por enquanto, não havia sinal dele nem do abominável Chopper, mas, de repente, a cerca de correntes atrás do depósito me pareceu muito distante. Senti que devia ter ido pelo outro lado, mas já tinha ido muito longe para virar e voltar. Se Milo me visse pulando a cerca estaria em dificuldades quando chegasse em casa, mas aquilo não me apavorava tanto quanto a ideia de Milo gritando para Chopper me pegar.

Uma música apavorante de violino começou a tocar em minha cabeça. Continuava a colocar um pé depois do outro, tentando parecer natural, tentando dar a impressão de que meu lugar era ali, com um saco embaixo da camisa, dirigindo-me à cerca entre o depósito e os trilhos do trem.

Estava a 40 metros da cerca e começando a pensar que tudo ia dar certo quando ouvi Milo gritar:

— Ei! Ei, você! Garoto! Saia dessa cerca! Saia daí!

O mais inteligente seria ter concordado com o cara e dado a volta, mas, àquela altura, estava tão nervoso que, em vez de tomar a atitude inteligente, simplesmente saí correndo para a cerca com um grito apavorado, meus tênis levantando poeira. Vern, Teddy e Chris saíram de debaixo de uma vegetação do outro lado da cerca e espiaram ansiosos através dos losangos de arame.

— *Volte aqui!* — berrava Milo. — *Volte aqui ou eu mando meu cachorro atrás de você, droga!*

Não achava que aquela voz era exatamente de bom-senso e conciliação, e corri ainda mais até a cerca, meus braços sacudindo vigorosamente para cima e para baixo, a sacola marrom da mercearia friccionando minha pele. Teddy começou a dar sua risada idiota de escárnio, *eee-eee-eee*, como algum instrumento de palheta sendo tocado por um lunático.

— Anda, Gordie! Anda! — gritava Vern.

E Milo gritava:

— Pega, Chopper! Pega aquele garoto!

Joguei a sacola por cima da cerca e Vern empurrou Teddy para o lado para pegá-la. Atrás de mim, podia ouvir Chopper vindo, a terra tremendo, lançando fogo por uma das narinas e gelo pela outra, soltando gotas de enxofre de seus dentes trituradores. Dei um pulo para cima até a metade da cerca, gritando. Cheguei ao alto em menos de três segundos e simplesmente pulei — nem pensei no que fazia, em nenhum momento olhei para baixo para ver onde ia cair. *Quase* caí em cima de Teddy, que estava dobrado de tanto rir. Seus óculos tinham caído, as lágrimas escorriam de seus olhos. Não o acertei por pouco e caí no aterro de barro à sua esquerda. No mesmo instante, Chopper alcançou a cerca atrás de mim e soltou um uivo de dor misturado com desapontamento. Virei-me segurando o joelho esfolado e lancei meu primeiro olhar para o famoso Chopper — e tive minha primeira lição da vasta diferença entre mito e realidade.

Em vez de um monstro de olhos vermelhos e selvagens e dentes projetados como canos de um carro envenenado, estava olhando para um vira-lata de tamanho médio, preto e branco, totalmente comum. Ele latia e pulava inutilmente, subindo nas patas traseiras para tocar a cerca.

Teddy andava empertigado de um lado para o outro em frente à cerca, rodando os óculos com uma das mãos e incitando Chopper.

— Beija meu traseiro, Choppie! — convidava Teddy, saliva voando de sua boca. — Beija meu traseiro! Morde, seu merda!

Encostou as nádegas contra a cerca e Chopper fez o possível para corresponder ao pedido de Teddy. Com todo o seu esforço, só conseguiu bater o focinho. Começou a latir sem parar, espumando. Teddy ficava batendo o traseiro contra a cerca e Chopper investindo contra ela, sem conseguir nada a não ser esfolar o focinho, que agora estava sangrando. Teddy continuava a incitá-lo, chamando-o pelo nome horrível de "Choppie", e Vern e Chris estavam deitados no aterro sem forças de tanto rir, respirando com dificuldade.

E lá veio Milo Pressman vestido com roupas manchadas de suor e um boné de beisebol do New York Giants, a boca aberta de ódio.

— Ei, ei! — gritava ele. — Meninos, vocês parem de implicar com esse cachorro! Entenderam? *Parem já!*

— Morde, Choppie! — gritava Teddy, andando de um lado para o outro do nosso lado da cerca como um prussiano maluco revistando suas tropas. — Vem, me pega! Me pega!

Chopper ficou louco. Quero dizer, de verdade. Corria em círculos, uivando, latindo e espumando, as patas traseiras levantando pequenos pedaços secos de terra. Dava umas três voltas, tomando coragem, acho, e jogava-se de encontro à cerca de segurança. Devia estar a 50 quilômetros por hora quando se jogava, sem brincadeira — a boca arreganhada mostrando os dentes e as orelhas voando como se tivesse uma hélice por perto. A cerca toda fazia um som baixo e musical quando o arame se *esticava* para trás de encontro às colunas. Era como uma nota de cítara — *iimmmmmmmmmm*. Chopper deu um latido sufocado, revirou os dois olhos e deu uma cambalhota no sentido contrário totalmente incrível, caindo de costas com um barulho surdo e levantando poeira à sua volta. Ficou deitado ali por um momento e depois saiu se arrastando com a língua caída para a esquerda.

Com isso, Milo ficou quase louco de raiva. Seu rosto adquiriu uma tonalidade espantosamente roxo-escura — até o couro cabeludo embaixo dos cabelos eriçados e curtos ficou roxo. Sentado na terra e atordoado, os jeans rasgados nos dois joelhos, meu coração ainda batendo por ter escapado por pouco, achei que Milo parecia a versão humana de Chopper.

— Conheço você! — vociferava Milo. — Você é Teddy Duchamp! Conheço *todos* vocês! Vou matar vocês se ficarem mexendo com meu cachorro dessa maneira!

— Quero ver você tentar! — gritava Teddy de volta. — Quero ver você subir essa cerca e me pegar, seu bunda-mole.

— *O QUÊ? DE QUE VOCÊ ME CHAMOU?*

— *BUNDA-MOLE!* — gritava Teddy feliz. — *BUNDÃO! BUNDA CAÍDA! VEM! VEM!* — Ele pulava, as mãos apertadas, o suor escorrendo por baixo do cabelo. — *VAI APRENDER A MANDAR ESSE CACHORRO ESTÚPIDO PEGAR AS PESSOAS! VEM! QUERO VER VOCÊ TENTAR!*

— Seu canalhazinho narigudo filho de um maluco! Vou fazer a sua mãe ir ao tribunal falar com o juiz sobre o que você fez com meu cachorro!

— De que você me chamou? — perguntou Teddy com a voz rouca. Parara de pular. Seus olhos ficaram grandes e petrificados, sua pele da cor de chumbo.

Milo chamara Teddy de uma série de coisas, mas foi capaz de voltar atrás e repetir o nome que tocara seu ponto fraco sem problemas — desde então, reparei como as pessoas têm inclinação para isso... para encontrarem o ponto fraco lá no fundo e não apenas tocá-lo, mas martelá-lo.

— Seu pai é maluco — disse ele, rindo. — Maluco do hospital de veteranos. Mais louco que um rato preso no banheiro. Mais maluco que um bode com febre. Mais pirado que um gato de rabo comprido numa sala cheia de cadeiras de balanço. Maluco. Não é de admirar que você esteja agindo desse jeito, com um p...

— *A TUA MÃE COME RATO MORTO!* — gritava Teddy. — *E SE VOCÊ CHAMAR MEU PAI DE MALUCO DE NOVO EU TE MATO, SEU FILHO DA PUTA!*

— Maluco — disse Milo presunçoso. Tinha encontrado o ponto fraco dele. — Filho de um maluco, filho de um maluco, teu pai tem uns parafusos a menos, garoto.

Vern e Chris estavam conseguindo parar com o ataque de riso, talvez se preparando para avaliar a seriedade da situação e tirar Teddy dali, mas quando Teddy disse a Milo que a mãe dele comia rato morto voltaram a rir, deitados, rolando de um lado para o outro, batendo com os pés no chão e segurando a barriga.

— Chega — dizia Chris sem forças. — Chega, por favor, chega, juro por Deus que vou *estourar!*

Chopper andava em círculos, atordoado atrás de Milo. Parecia o perdedor dez segundos depois de o juiz dar por encerrada a partida e declarar nocaute técnico. Enquanto isso, Teddy e Milo continuavam a discussão sobre o pai de Teddy com os narizes colados na cerca de arame que os separava e na qual Milo não tinha condições de subir por ser muito velho e gordo.

— Não diga mais nada sobre meu pai! Meu pai participou do desembarque na Normandia, seu babaca filho da puta!

— É, muito bem, e onde ele está agora, seu monte de merda de quatro olhos? Em Togus, porque *é PIRADO, PIRADÃO, DOIDINHO DA SILVA!*

— Tudo bem, chega — disse Teddy. — Isso mesmo, chega, vou te matar. — Jogou-se na cerca e começou a subir.

— Suba e tente, seu canalha magricela. — Milo ficou parado, rindo e esperando.

— Não — gritei. Levantei-me, agarrei Teddy pelos fundilhos largos da calça jeans e arranquei-o da cerca. Nós dois nos desequilibramos e caímos, ele por cima. Amassou meu saco com força e eu gemi. Nada dói mais que te esmagarem o saco, sabia? Mas eu continuava com os braços em volta da cintura de Teddy.

— Deixa eu subir! — soluçava Teddy torcendo-se nos meus braços. — Deixa eu subir, Gordie! Ninguém fala do meu pai. *DEIXA EU SUBIR, PORRA, DEIXA EU SUBIR!*

— É tudo o que ele quer — gritei em seu ouvido. — Ele quer te pegar, te bater e depois te levar para a polícia!

— Hã? — Teddy virou o pescoço para me olhar, o rosto atordoado.

— Não adianta falar nada, garoto — disse Milo aproximando-se da cerca novamente com as mãos do tamanho de um pernil fechadas. — Deixa ele resolver os problemas dele sozinho.

— Claro — disse eu. — Só que você pesa 100 quilos a mais que ele.

— Conheço você também — Milo falou ameaçadoramente. — Seu nome é Lachance. — Apontou para Vern e Chris, que estavam finalmente se levantando, ainda ofegantes de tanto rir. — E aqueles são

Chris Chambers e um dos estúpidos irmãos Tessio. Os pais de vocês todos vão receber um telefonema meu, menos o maluco de Togus. Vocês vão todos para o reformatório. Seus delinquentes juvenis!

Ficou parado com as mãos sardentas esticadas, respirando com dificuldade, esperando que chorássemos ou pedíssemos desculpas ou talvez déssemos Teddy para servir de alimento para Chopper.

Chris formou um O com o dedão e o indicador e cuspiu por dentro dele.

Vern fez *hum!* e olhou para cima.

Teddy disse:

— Vamos, Gordie. Vamos nos afastar desse babaca antes que eu vomite.

— Ah, você vai me pagar, seu desbocadozinho filho da mãe. Espera até eu te levar para a polícia.

— Ouvimos o que você disse sobre o pai dele — falei. — Somos testemunhas. E você tentou fazer aquele cachorro me morder. Isso é contra a lei.

Milo pareceu um pouco apreensivo.

— Você estava invadindo a área.

— Estava droga nenhuma. O depósito é lugar público.

— Você pulou a cerca.

— Claro, depois que você colocou o cachorro atrás de mim — disse eu, torcendo para Milo não lembrar que eu também tinha pulado o portão para entrar. — O que você acha que eu ia fazer? Ficar parado e deixar ele me estraçalhar em mil pedaços? Vamos, pessoal. Vamos embora. O lugar aqui está fedendo muito.

— Reformatório — prometeu Milo com a voz rouca e trêmula. — Reformatório para vocês, espertinhos.

— Não vejo a hora de contar para a polícia que você chamou um veterano de guerra de maluco de merda — gritou Chris por cima do ombro à medida que nos afastávamos. — O que *o senhor* fez na guerra, sr. Pressman?

— *NÃO É DA SUA CONTA!* — gritou estridente. — *VOCÊS MACHUCARAM O MEU CACHORRO!*

— Põe ele no carro e leva para o veterinário — murmurou Vern, e então já estávamos subindo novamente a margem da estrada de ferro.

— Voltem aqui! — gritou Milo, mas sua voz estava mais fraca e ele parecia estar perdendo o interesse.

Teddy fez um gesto obsceno para ele quando nos afastamos. Olhei para trás por sobre o ombro ao chegarmos no alto da barragem. Milo estava lá em pé atrás da grade de segurança, um homem grande com um boné de beisebol, o cachorro sentado a seu lado. Seus dedos estavam presos dentro dos losangos de arame quando gritou para nós, e de repente senti pena dele — parecia o maior aluno de terceira série do mundo, trancado por engano no pátio de recreio gritando para alguém tirá-lo dali. Continuou gritando mais um pouco e depois ou desistiu ou sua raiva passou. Naquele dia, não se ouviu mais falar de Milo Pressman e Chopper.

13

Conversamos um pouco — num tom solene que, na verdade, soou meio forçado — sobre como tínhamos mostrado àquele idiota do Milo Pressman que não éramos apenas mais um bando de imbecis. Contei que o cara do Florida Market quisera nos enganar, e caímos num silêncio cheio de desalento, pensando no ocorrido.

Quanto a mim, achava que talvez aquele negócio de mau agouro tivesse mesmo um fundo de verdade. As coisas não poderiam estar piores — na verdade, pensava eu, teria sido melhor continuar tocando a vida e poupar meus pais da dor de ter um filho no cemitério de Castle View e outro no Reformatório de Meninos de Windham. Não tinha dúvidas de que Milo iria à polícia assim que a questão de o depósito estar fechado à hora do incidente surgisse em sua cabeça dura. Quando isso acontecesse, ele perceberia que eu realmente o tinha invadido, fosse aquele um lugar público ou não. Provavelmente aquilo lhe dava todo o direito do mundo de mandar o seu cachorro estúpido me morder. E, embora Chopper não fosse o monstro que se dizia, com certeza rasgaria os fundilhos do meu jeans se eu não tivesse ganhado a corrida até a cerca. Tudo aquilo colocava uma grande mancha escura no dia. E havia outra ideia sombria martelando na minha cabeça — a ideia de que afinal de contas aquilo não era nenhuma brincadeira e merecíamos a má sorte. Talvez fosse até Deus nos avisando para irmos para casa. Afinal, o que íamos fazer? Olhar um garoto que tinha sido esmagado por um trem de carga?

Mas estávamos fazendo isso, e nenhum de nós queria parar.

Tínhamos quase atingido a ponte de cavaletes que levava os trilhos por cima do rio, quando Teddy começou a chorar. Foi como se uma grande onda interior tivesse rompido um conjunto muito bem construído de diques mentais. Não é brincadeira — foi assim de repente e com a maior violência. Os soluços faziam-no curvar-se como se estivesse levando socos e pareceu estar liberando muitas coisas acumuladas, suas mãos iam do estômago aos pedaços de pele mutilados que eram o restante de suas orelhas. Enquanto isso, continuava num choro violento e intenso.

Nenhum de nós sabia o que fazer. Não era o tipo de choro de alguém que se machucou numa brincadeira ou caiu da bicicleta na praça. Não havia nada fisicamente errado com ele. Afastamo-nos um pouco e ficamos olhando-o, as mãos nos bolsos.

— Ei, cara... — disse Vern numa voz muito delicada. Chris e eu olhamos para Vern esperançosos. "Ei, cara" era sempre um bom começo. Mas Vern não conseguiu continuar.

Teddy inclinou-se sobre os dormentes e colocou uma das mãos nos olhos. Agora parecia que estava fazendo a saudação a Alá — *Salame, salame,* como diz Popeye. Só que não era engraçado.

Finalmente, quando a intensidade do choro diminuiu um pouco, foi Chris quem se aproximou dele. Era o cara mais valente de nossa turma (talvez mais que Jamie Gallant, achava eu particularmente), mas era também o que melhor conseguia acalmar as coisas. Tinha jeito para fazer aquilo. Já o tinha visto sentar-se perto de um garotinho com os joelhos arranhados, um garotinho que ele nem conhecia, e começar a fazê-lo falar sobre alguma coisa — o circo que viria para a cidade ou um programa infantil da TV — até que o garotinho esquecia que estava machucado. Chris era bom naquilo. Era tão valente que tinha que ser bom naquilo.

— Escute, Teddy, você vai ligar pro que um monte de merda como ele disse do seu pai? Hein? É isso aí, cara! Isso não muda nada, muda? O que um monte de merda como ele diz do seu pai. Hein? Hein? Muda?

Teddy balançou a cabeça violentamente. Não mudava nada. Mas ouvir aquilo à luz do dia, uma coisa sobre a qual deve ter ficado pensando continuamente nas noites em que não conseguia dormir, olhando a luz no canto da vidraça, uma coisa que tentava compreender à sua maneira lenta e desalentada até ela parecer sagrada, e, de repente, perceber que todos simplesmente desprezavam seu pai por ser maluco... aquilo o abalara. Mas não mudava nada. Nada.

— Ele participou do desembarque na Normandia do mesmo jeito, não foi? — disse Chris. Segurou uma das mãos suadas e encardidas de Teddy e deu-lhe leves tapinhas.

Teddy assentiu vigorosamente, chorando. Seu nariz estava escorrendo.

— Você acha que aquele monte de merda esteve na Normandia?

Teddy balançou a cabeça violentamente.

— *Nã-nã-não.*

— Você acha que o cara te conhece?

— Nã-não! Não, m-m-mas...

— Ou seu pai? Ele é um dos amigos do seu pai?

— *NÃO!* — Irado, horrorizado. Pensando. O peito de Teddy estufou-se e mais soluços saíram. Tinha tirado o cabelo de cima das orelhas e eu pude ver o botão redondo de plástico marrom do aparelho de surdez dentro da direita. A forma do aparelho fazia mais sentido do que a forma de sua orelha, se você entende o que quero dizer.

Chris disse calmamente:

— Falar é fácil.

Teddy balançou a cabeça concordando, sem olhar para cima.

— E o que quer que haja entre você e seu pai, as palavras não podem mudar isso.

A cabeça de Teddy balançou sem definição, incerto se isso era verdade. Alguém havia redefinido sua dor, e redefinido em termos chocantemente comuns. Aquilo teria

(*maluco*)

que ser examinado

(*piradão*)

mais tarde. Profundamente. Nas longas noites de insônia.

Chris o consolava.

— Ele estava te provocando, cara — disse ele em cadências suaves que eram quase uma cantiga. — Ele estava tentando te provocar para você pular a droga daquela cerca, entendeu? Não precisa ficar nervoso. Não precisa. Ele não sabe nada sobre o seu pai. Só sabe as coisas que ouviu dos bêbados no Mellow Tiger. Ele é um merda, cara, está bem, Teddy? Hein? Está bem?

O choro de Teddy diminuiu e ele apenas fungava. Limpou os olhos, deixando dois anéis de fuligem em volta deles, e sentou-se direito.

— Estou bem — disse ele, e o som de sua própria voz pareceu convencê-lo. — Estou legal. — Levantou-se e colocou de novo os óculos cobrindo o rosto nu, pareceu-me. Sorriu ligeiramente e passou o braço despido no lábio superior para limpar o catarro. — Choradeira boba, né?

— Não, cara — disse Vern embaraçado. — Se alguém começasse a falar do meu pai...

— Você matava! — completou Teddy na hora, quase com arrogância. — Enfiava o pau, certo, Chris?

— Certo — disse Chris amavelmente, e bateu nas costas de Teddy.

— Certo, Gordie?

— Totalmente — disse eu, pensando como Teddy podia se importar tanto com o pai que praticamente o matara e como eu podia, de certa forma, não dar a mínima bola para o meu, que, pelo que eu me lembrasse, não me encostava a mão desde os 3 anos de idade, quando peguei alvejante embaixo da pia e comecei a comer.

Andamos mais 200 metros ao lado da linha do trem e Teddy disse numa voz mais calma:

— Ei, desculpa se eu estraguei a diversão de vocês. Acho que aquilo lá na cerca foi a maior estupidez.

— Não tenho certeza se eu quero que seja uma diversão — disse Vern de repente.

Chris olhou para ele.

— Você está querendo dizer que quer voltar?

— Não, não. — O rosto de Vern contraiu-se com o pensamento. — Mas ir ver um garoto morto... isso não devia ser motivo de festa, talvez. Quer dizer, sacou? Quer dizer... — Olhou para nós meio confuso. — Quer dizer, eu podia ficar um pouco com medo. Não sei se vocês estão entendendo.

Ninguém disse nada e Vern continuou:

— Quer dizer, às vezes tenho pesadelos. Como... ah, vocês lembram quando Danny Naughton deixou aquela pilha de revistas em quadrinho antigas, aquelas com vampiro e gente sendo esquartejada, essas coisas? Caramba, eu acordava no meio da noite sonhando com um cara enforcado no meio da casa com a cara verde, qualquer coisa assim, sabe, como isso, e parecia que tinha alguma coisa embaixo da cama e se eu olhasse a coisa ia, sabe, me pegar...

Nós todos começamos a balançar a cabeça. Sabíamos como eram aquelas coisas. No entanto, eu teria rido na ocasião se alguém me dissesse que um dia, não muito distante, estaria faturando um milhão de dólares com todos esses medos infantis e suores noturnos.

— E eu não tenho coragem de falar nada porque a droga do meu *irmão*... vocês sabem, Billy... ele ia espalhar pra todo mundo... — Sacudiu os ombros lastimoso. — Por isso que eu tenho medo de olhar o garoto, porque, sabe, se ele estiver *muito* horrível...

Engoli em seco e olhei para Chris. Ele olhava sério para Vern e balançava a cabeça para que continuasse.

— Se ele estiver *muito* horrível — resumiu Vern —, vou ter pesadelos com ele e acordar achando que ele está embaixo da minha cama todo cortado em cima de uma poça de sangue como eles mostram naqueles programas da TV, só olhos e cabelo, mas *andando*, entendeu, *andaaando*, sabe, pronto para *agarrar*...

— Meu Deus — disse Teddy com a voz abafada. — Que merda de história para dormir.

— Ah, não posso fazer nada — disse Vern num tom defensivo. — Mas sinto que a gente *tem* que ver, mesmo tendo pesadelos. Sabe? A gente *tem*. Mas... acho que não devia ser nenhuma diversão.

— É — concordou Chris suavemente. — Acho que não.

— Vocês não vão contar para ninguém, vão? — Vern falou num tom de súplica. — Não estou falando dos pesadelos, isso todo mundo tem... estou falando de acordar achando que tem alguma coisa embaixo da cama. Estou muito velho pra acreditar em bicho-papão.

Todos dissemos que não e um silêncio pesado caiu sobre nós novamente. Eram apenas 14h45, mas parecia bem mais tarde. Estava muito quente e muita coisa tinha acontecido. Ainda não estávamos nem dentro de Harlow. Teríamos que apressar o passo se quiséssemos realmente adiantar alguns quilômetros antes de escurecer.

Passamos por um cruzamento da estrada de ferro e por um aviso num poste comprido e enferrujado e todos nós tentamos tirar as cinzas da placa de aço no topo, mas ninguém alcançou. Por volta das três e meia, chegamos ao rio Castle e à ponte de cavaletes da GSWM que o cruzava.

14

O rio tinha mais de 100 metros de largura naquele ponto em 1960; voltei várias vezes para olhá-lo desde aquela vez e achei que ele diminuiu bastante até hoje. Estão sempre mexendo com o rio, tentando fazê-lo funcionar melhor para os moinhos, e já fizeram tantas represas que ele já está muito bem contido. Mas, naquela época, havia apenas três represas ao longo do rio, que cortava todo o estado de New Hampshire e metade do Maine. O Castle era ainda quase todo livre naquela época e a cada três primaveras ele transbordava e cobria a Rota 136 na direção de Harlow ou de Danvers, ou em ambas.

Agora, no final do verão mais seco que o ocidente do Maine já vira desde a Depressão, ele ainda era largo. Do lado de Castle Rock em que estávamos, a densa floresta do lado de Harlow dava a impressão de que era um país totalmente diferente. Os pinheiros e espruces ficavam azulados sob a bruma do calor da tarde. Os trilhos subiam 15 metros por cima do rio apoiados num suporte de estacas de madeira e vigas cruzadas. A água era tão rasa que você podia olhar para baixo e ver os tampões de cimento que haviam sido plantados 3 metros abaixo do leito do rio para sustentar a ponte.

A ponte em si era bem chamativa — os trilhos corriam por sobre uma longa e estreita plataforma de madeira. Havia uma abertura de 10 centímetros entre cada par de vigas por onde se podia ver o rio lá embaixo. Dos lados, não havia mais de 50 centímetros entre os trilhos e a beirada da ponte. Se um trem viesse, talvez houvesse espaço suficiente para não ser esmagado... mas o vento produzido por um trem de carga correndo livre e desimpedido com certeza varreria você, fazendo-o cair perigosamente contra as pedras acima da superfície da rasa água corrente.

Olhando a ponte, sentimos o medo começar a apertar nossos estômagos... e misturando-se estranhamente com ele, a excitação de uma grande audácia, realmente grande, uma coisa da qual você podia se orgulhar durante muito tempo depois que voltasse para casa... *se* voltasse. Aquela estranha luz brilhava de novo nos olhos de Teddy e achei que ele não estava vendo a ponte, mas uma longa praia de areias brancas, mil tanques encalhados sob as ondas espumantes, 10 mil soldados ocupando a praia, as botas de combate deixando marcas na areia. Estavam pulando os arames farpados! Jogando granadas nas trincheiras! Destruindo as casamatas!

Estávamos em pé ao lado dos trilhos onde as cinzas desciam na direção da margem do rio — o lugar onde acabava a barragem e começava a ponte. Olhando para baixo, eu via onde a descida começava a ficar mais íngreme. As cinzas davam vez a arbustos disformes e fortes e lajes de pedras cinzentas. Mais abaixo havia alguns abetos atrofiados com as raízes expostas contorcendo-se para fora das fissuras na laje de pedra: pareciam estar olhando seus pobres reflexos na água corrente.

Nesse ponto, o rio Castle realmente parecia muito limpo; em Castle Rock ele estava entrando no cinturão de fábricas têxteis do Maine. Mas não havia peixes pulando, embora se conseguisse ver o fundo — tinha-se que subir mais 16 quilômetros na direção de New Hampshire para vê-los. Não havia peixes ali, e ao longo da margem viam-se colares de espuma suja em volta de algumas pedras — a espuma tinha cor de marfim velho. O cheiro também não era especialmente agradável; lembrava um cesto de roupa suja cheio de toalhas mofadas. As libélulas reuniam-se na superfície da água e depositavam seus ovos impunemente. Não havia trutas para comê-las. Droga, não havia nem peixinhos prateados.

— Cara — disse Chris em voz baixa.

— Vamos — disse Teddy daquele seu jeito brusco e arrogante. — Vamos embora. — Estava começando a afastar-se, andando na plataforma entre os trilhos brilhantes.

— Vem cá — disse Vern apreensivo —, algum de vocês sabe quando passa o próximo trem?

Todos nós demos de ombros.

— Tem a ponte da Rota 136... — sugeri.

— Ei, espera aí, dá um tempo! — gritou Teddy. — Quer dizer que vamos ter que andar 8 quilômetros rio abaixo deste lado e depois mais 8 rio acima do outro lado... vamos chegar quando estiver escuro! Se usarmos essa ponte podemos ir ao mesmo lugar em *dez minutos!*

— Mas se um trem vier, não tem espaço para fugir — disse Vern. Ele não estava olhando para Teddy. Estava olhando para baixo, para o rio veloz e delicado.

— Lógico que tem! — disse Teddy indignado. Ele pulou e ficou segurando um dos suportes de madeira entre os trilhos. Não estava muito no alto, seus tênis estavam quase tocando o solo, mas pensar em fazer a mesma coisa no meio da ponte, a uma altura de 15 metros até lá embaixo e com um trem berrando acima de minha cabeça e provavelmente soltando faíscas quentes no meu cabelo e na minha nuca... nada disso realmente me encantava muito.

— Estão vendo como é fácil? — disse Teddy. Pulou para o chão, bateu as mãos e subiu de novo para a ponte.

— Você está me dizendo que vai ficar pendurado assim se for um trem de carga enorme? — perguntou Chris. — Assim, pendurado pelas mãos durante cinco ou dez minutos?

— Você é covarde? — gritou Teddy.

— Não, só estou perguntando o que você ia fazer — disse Chris, rindo. — Calma, cara.

— Dê a volta se você quiser — esbravejou Teddy. — Quem se importa? Eu espero você. Vou tirar um *cochilo*!

— Um trem já passou — disse eu relutante. — E provavelmente só deve ter mais um, não deve ter mais de dois trens por dia que passem por Harlow. Olhem isto. — Chutei o mato nascendo entre os dormentes com um pé. Não havia mato entre os trilhos entre Castle Rock e Lewiston.

— Olha aí. Estão vendo? — disse Teddy triunfante.

— Mas mesmo assim existe uma possibilidade — acrescentei.

— É — concordou Chris. Estava olhando para mim, seus olhos brilhavam. — Você vai, Lachance?

— Vai você primeiro.

— Está bem — disse Chris. Abriu bem os olhos para Teddy e Vern perceberem. — Tem algum frouxo aqui?

— *NÃO!* — gritou Teddy.

Vern limpou a garganta, resmungou, limpou de novo e disse "não" numa voz bem fraca. Deu um sorriso curto e aflito.

— Muito bem — disse Chris... mas hesitamos por um tempo, até mesmo Teddy, que olhava curiosamente de um lado para o outro dos trilhos. Ajoelhei-me e segurei um dos trilhos de aço com firmeza em minhas mãos sem pensar que podia empolar a minha pele de tão quente. O trilho estava mudo.

— Tudo bem — disse eu, e quando disse isso, alguém deu um salto com vara dentro do meu estômago. Colocou a vara no meu saco e acabou montado no meu coração... foi a sensação que eu tive.

Entramos na ponte em fila indiana: Chris na frente, depois Teddy, depois Vern e eu no final. Andávamos sobre os dormentes da plataforma entre os trilhos, e tínhamos que olhar para os pés, tendo medo de altura ou não. Um passo em falso e você caía sentado com um dormente no meio das pernas e provavelmente um tornozelo quebrado para completar.

A barragem estava abaixo de mim, e cada passo à frente parecia selar mais a nossa decisão... e fazê-la parecer mais estupidamente suicida. Parei para olhar para cima quando vi as pedras darem vez à água muito abaixo de mim. Chris e Teddy estavam bem na frente, quase no meio, e Vern andava cambaleando atrás deles olhando fixamente e com cuidado para os pés. Parecia uma velha senhora sobre pernas de pau tentando andar, a cabeça abaixada, as costas curvadas, os braços esticados dos lados para manter o equilíbrio. Olhei para trás por cima do ombro. Longe demais. Agora tinha que continuar, e não só porque um trem podia vir. Se eu voltasse, seria um frouxo para o resto da vida.

Então continuei a andar. Depois de olhar para baixo para a série interminável de dormentes por um tempo, avistando a água correndo entre cada par, comecei a me sentir tonto e desorientado. Cada vez que abaixava um pé, parte do meu cérebro me assegurava que ia mergulhar no espaço, embora eu soubesse que não.

Fiquei perfeitamente consciente dos barulhos dentro e fora de mim, como uma orquestra maluca afinando os instrumentos para começar a tocar. As batidas contínuas do meu coração, reverberando nos meus ouvidos como um tambor sendo tocado com vassourinhas, o estalar dos tendões como as cordas de um violino que foi afinado muito alto, o sussurrar constante do rio, o zumbido de um gafanhoto cavando a casca dura de uma árvore, o cantar monótono de um canário, e em algum lugar distante um cachorro latindo. Chopper, talvez. O cheiro de umidade do rio estava forte. Os longos músculos de minhas coxas tremiam. Ficava pensando como teria sido mais seguro (provavelmente mais rápido também) se tivesse me ajoelhado e ido engatinhando. Mas não ia fazer aquilo — nenhum de nós iria. Se as matinês do Gem nos haviam ensinado alguma coisa, era que Só os Perdedores Engatinham. Era um dos dogmas do Evangelho Segundo Hollywood. Os caras bons andam com postura firme, e se seus tendões estiverem estalando como cordas de um violino superafinado por causa da adrenalina correndo pelo seu corpo e se os músculos de suas coxas estiverem tremendo pela mesma razão, paciência.

Tive que parar no meio da ponte e olhar para o céu um pouco. A sensação de tontura piorara. Via fantasmas de dormentes que pareciam flutuar na minha frente. Então foram desaparecendo e comecei a me sentir bem de novo. Olhei para a frente e vi que quase alcançara Vern, que se arrastava, pior do que nunca. Chris e Teddy estavam quase do outro lado.

Embora desde aquela época eu já tenha escrito sete livros sobre pessoas que podem fazer coisas estranhas como ler a mente e prever o futuro, foi naquela vez que tive minha primeira e última premonição. Tenho certeza que foi isso, de que outro modo explicar? Abaixei-me e segurei o trilho à minha esquerda. Tremeu em minha mão. Tremia tanto que parecia que eu segurava um monte de cobras metálicas venenosas.

Já ouviram dizer "Minhas tripas viraram água"? Sei o que a expressão significa — *exatamente* o que significa. Talvez seja a expressão mais precisa já inventada. Já tinha sentido medo, muito medo, mas nunca como daquela vez, segurando aquele trilho vivo e quente. Por um momento, pareceu que todo o meu organismo da garganta para baixo ficou flácido e desfalecido. Um fino fio de urina desceu incontrolavelmente por uma das coxas. Minha boca abriu. Não fui eu que abri, ela abriu sozinha, o maxilar caiu como se de repente tivessem tirado as dobradiças de uma porta de alçapão. Minha língua colou no céu da boca me sufocando. Todos os meus músculos ficaram presos. Isso foi o pior. Meu organismo ficou flácido, mas meus músculos ficaram terrivelmente travados e eu não conseguia me mexer. Foi apenas um minuto, mas pareceu uma eternidade.

Todas as sensações se intensificaram, como se uma onda repentina de energia tivesse ocorrido na corrente elétrica do meu cérebro, elevando tudo de 110 volts para 220. Podia ouvir um avião passando em algum lugar bem perto e tive tempo de desejar que eu estivesse dentro dele, sentado perto da janela com uma Coca nas mãos e olhando distraidamente o curso brilhante de um rio cujo nome eu não sabia. Via todas as lascas e estrias dos dormentes sobre os quais estava agachado. E pelo canto do olho, podia ver o trilho que eu estava segurando brilhando insensatamente. A vibração daquele trilho entrava tão forte na minha mão que, quando a levantei, ainda estava vibrando, as extremidades dos nervos pulando sem parar, formigando como as mãos ou os pés formigam quando o sangue começa a correr depois que se dormiu em cima deles. Sentia o gosto da minha saliva, que de repente ficou elétrica, ácida e grossa e coagulou nas minhas gengivas. E o pior, mais terrível de tudo, é que eu não conseguia *ouvir* o trem ainda, não sabia se estava vindo da frente ou de trás, ou se estava perto. Era invisível. E não dava sinal, a não ser pelos trilhos que tremiam. Só aquilo anunciava sua chegada iminente. A imagem de Ray Brower terrivelmente esmagado e jogado numa vala qualquer como um saco rasgado de roupa suja passou na frente de meus olhos. Iríamos nos juntar a ele, pelo menos Vern e eu, ou pelo menos eu. Tínhamos nos convidado para nossos próprios funerais.

O último pensamento cortou o choque e eu me levantei. Provavelmente parecia um boneco de caixa de surpresas para quem olhasse, mas eu me sentia como um garoto em câmara lenta embaixo d'água, não subindo a uma altura de um metro e meio no ar, mas um metro e meio debaixo d'água, devagar, movendo-me com terrível lentidão enquanto ia abrindo caminho na água com dificuldade.

Mas finalmente atingi a superfície.

Gritei:

— *O TREM!*

Por fim, o choque me abandonou e comecei a correr.

A cabeça de Vern virou por cima do ombro. O expressão de espanto que deformou seu rosto foi quase comicamente exagerada, tão grande quanto as letras de um livro infantil. Viu que eu começara a correr desajeitado e com dificuldades, pulando de um dormente para o outro, e percebeu que eu não estava brincando. Começou a correr também.

Lá na frente, vi Chris saindo da ponte e pisando em terra firme, e de repente odiei-o com todas as minhas forças. Estava salvo. *Aquele* idiota estava *salvo.* Vi-o cair de joelhos e segurar um trilho.

Meu pé esquerdo quase caiu no vão. Levantei os braços, meus olhos quentes como rolamentos de alguma máquina, recobrei o equilíbrio e continuei a correr. Agora, estava bem atrás de Vern. Tínhamos passado da metade e pela primeira vez ouvi o trem. Estava vindo de trás, do lado de Castle Rock. Era um zumbido baixo que começou a aumentar ligeiramente e passou a um rugido, o barulho sinistro das grandes rodas encaixadas correndo pesadamente sobre os trilhos.

— *Aaaaaaaaaaaai, merda!* — gritava Vern.

— Corre, seu frouxo! — gritava eu, e bati-lhe nas costas.

— Não posso! Vou cair!

— *Mais rápido!*

— *AAAAAAAAAAI, MERDA!*

Mas foi mais rápido, um espantalho desajeitado com as costas nuas e queimadas, a gola da camisa voando e balançando abaixo de suas nádegas. Via o suor nos seus ombros descascados em pequenas gotas perfeitas, escorrendo pelo cangote. Seus músculos se contraíam e relaxavam, contraíam e relaxavam, contraíam e relaxavam. Sua espinha tinha uma série de nós, cada nó com uma forma que ia aumentando — via que esses nós iam crescendo quanto mais próximos estavam do pescoço. Ainda segurava seus cobertores enrolados e eu os meus. Os pés de Vern batiam com um barulho surdo nos dormentes. Quase não conseguiu pisar em um, tropeçou, os braços esticados para não perder o equilíbrio, e eu empurrei-o para que continuasse.

— *Gordieeee, não posso, AAAAAAAAAI, MEEEEEEEERDAAA...*

— *CORRE MAIS RÁPIDO, BABACA!* — gritei, e *estaria* me divertindo?

É... eu estava me divertindo de alguma maneira peculiar e autodestrutiva que, desde então, só experimentei quando completa e literalmente bêbado. Guiava Vern Tessio como um vaqueiro levando sua vaca para o mercado. E talvez ele estivesse se divertindo com seu próprio medo da mesma maneira, gritando como aquela mesma vaca, berrando e suando, seus quadris subindo e descendo como os foles de um ferreiro apressado, correndo desajeitadamente, tropeçando.

O barulho do trem estava muito alto agora, o motor fazendo um estrondo contínuo. O apito tocou quando ele cruzou o entroncamento onde tínhamos parado para tirar as cinzas da placa. Eu já estava apavorado, quisesse ou não. Fiquei esperando a ponte começar a tremer sob meus pés. Quando aquilo acontecesse, o trem estaria bem atrás de nós.

— *MAIS RÁPIDO, VERN! MAIS RÁÁÁÁÁÁÁPIDO!*

— Oh, meu Deus, Gordie, oh, meu Deus, Gordie, oh, meu Deus... oooooooh... *MEEEEEERDA!*

O apito do trem rasgou de repente o ar em mil pedaços com um sopro alto e longo, destroçando todos os seus sonhos e as coisas que você viu em filmes e revistas em quadrinhos, mostrando o que os heróis e covardes realmente ouvem na hora da morte: *UUUUUAAAAAAMMM! UUUUAAAAAMMMM!*

De repente, Chris estava embaixo de nós à direita e Teddy atrás dele, a luz do sol refletindo arcos em seus óculos. Os dois tentavam dizer só uma palavra, *pulem!*, mas o trem havia tirado todo o fôlego deles, e não conseguiram emitir um único som. A ponte começou a tremer quando o trem passou. Pulamos.

Vern caiu estatelado na terra e eu ao seu lado, quase por cima dele. Não consegui ver o trem nem sei se o maquinista nos viu — quando mencionei a Chris a possibilidade de não nos ter visto alguns anos depois, ele disse:

— Eles não apitam assim à toa, Gordie. — Mas acho que sim; acho que ele pode ter apitado só por apitar. Naquela altura esses detalhes não importavam muito. Coloquei as mãos nos ouvidos e baixei a cabeça sobre a terra quente quando o trem passou, o guincho de metal contra metal, o impacto do vento sobre nós. Não sentia vontade de olhar. Era grande, mas não olhei. Antes de ter cruzado a ponte, senti uma mão quente no meu pescoço, e sabia que era de Chris.

Quando tinha passado — quando tive *certeza* que tinha passado — ergui a cabeça como um soldado na trincheira depois de um longo dia. Vern ainda estava estatelado na areia, tremendo. Chris estava sentado de pernas cruzadas entre nós, uma das mãos sobre o pescoço suado de Vern e a outra ainda sobre o meu.

Quando Vern finalmente sentou, tremendo e lambendo os lábios compulsivamente, Chris disse:

— O que vocês acham de tomarmos aquela Coca-Cola? Alguém me acompanha?

Concordamos que seria uma boa ideia.

15

Cerca de 300 metros adiante, do lado de Harlow, os trilhos penetravam diretamente na floresta. A região densamente arborizada seguia em declive até uma área pantanosa. Era cheia de mosquitos do tamanho de aviões, mas estava fresco... abençoadamente fresco.

Sentamo-nos à sombra para tomar nossa Coca. Vern e eu colocamos nossas camisas sobre os ombros por causa dos insetos, mas Chris e Teddy estavam nus da cintura para cima, parecendo calmos e recompostos como esquimós num iglu. Estávamos ali não havia cinco minutos, quando Vern teve que ir para o meio dos arbustos se aliviar, o que foi motivo de muitas brincadeiras quando voltou.

— Ficou com muito medo do trem, Vern?

— Não — disse Vern. — Eu ia fazer cocô mesmo antes de atravessar, já estava com vontade.

— *Verrrrn...* — gritaram Chris e Teddy em coro.

— Verdade, caras. Mesmo.

— Então você não se incomoda se a gente examinar seu fundilho, não é? — perguntou Teddy, e Vern riu, finalmente entendendo que estávamos brincando com ele.

— Vão à merda.

Chris virou-se para mim:

— Teve medo do trem, Gordie?

— Não — disse eu, e tomei um gole da Coca.

— Não muito, né, espertinho? — Deu um soco no meu braço.

— Verdade! Não tive nem um pouco de medo.

— É? Não teve medo? — Teddy me estudava cuidadosamente.

— Não. Fiquei completamente *morto* de medo.

Aquilo acabou com eles, inclusive Vern, e rimos durante muito tempo. Depois nos deitamos, sem falar bobagens, apenas bebendo nossa Coca quietos. Meu corpo estava quente, exercitado, em paz consigo mesmo. Nada mais se agitava dentro dele. Eu estava vivo e feliz. Tudo parecia possuir um encanto especial e, embora não tenha dito aquilo, acho que não era importante — talvez aquela sensação de encanto fosse algo que queria guardar só para mim.

Acho que naquele dia comecei a entender um pouco o que faz as pessoas se tornarem audaciosas. Paguei vinte dólares para ver Evel Knievel tentar pular o cânion do rio Snake alguns anos atrás e minha mulher ficou horrorizada. Disse que se eu tivesse nascido em Roma teria ido para o Coliseu comer uvas e ver os leões devorarem cristãos. Estava errada, embora fosse difícil lhe explicar por quê (na verdade, acho que pensava que eu estava tentando enrolá-la). Não soltei aqueles vinte dólares para ver o homem morrer em circuito fechado de TV, embora tivesse a certeza de que era exatamente o que ocorreria. Fui por causa das sombras que estão sempre em algum lugar no fundo da mente, por causa do que Bruce Springsteen chama de escuridão no limite da cidade em uma de suas músicas, e acho que de vez em quando todo mundo quer enfrentar a escuridão apesar dessa geringonça de corpo que algum deus brincalhão deu a nós, seres humanos. Não... não *apesar de* nossas geringonças, mas *por causa* delas.

— Ei, conta aquela história — disse Chris de repente, sentando-se.

— Que história? — perguntei, embora achasse que soubesse.

Sempre me sentia mal quando a conversa se voltava para minhas histórias, embora todos parecessem gostar — querer contar histórias, mesmo querer escrevê-las... era uma coisa íntima demais para parecer casual, como querer ser inspetor de esgotos ou mecânico de Grand Prix quando crescesse. Richie Jenner, um garoto que andava conosco até sua família mudar-se para o Nebraska em 1959, foi o primeiro a descobrir que eu queria ser escritor quando crescesse, que queria trabalhar com isso em tempo integral. Estávamos no meu quarto distraídos quando ele encontrou um maço de manuscritos embaixo das revistas em quadrinhos dentro de uma pasta no meu armário. O que é *isso*?, pergunta Richie. Nada, digo eu, e tento pegá-lo. Richie levantou as folhas... e devo admitir que não tentei muito tomá-las. Queria que as lesse e, ao mesmo tempo, não queria — uma mistura estranha de orgulho e vergonha, que sinto até hoje quando alguém me pede para ler o que escrevo. O ato de escrever em si é secreto, como a masturbação — ah, tenho um amigo que escreve nas vitrines de livrarias e lojas de departamentos, mas é um cara corajoso demais, o tipo do cara que você gostaria de ter a seu lado se você tivesse um ataque do coração no meio da rua de uma cidade onde não conhecesse ninguém. Eu sempre quis que fosse como sexo, mas nunca consegui — é sempre aquele negócio de adolescente no banheiro com a porta trancada.

Richie passou a maior parte da tarde sentado na beira da minha cama lendo as coisas que eu havia escrito, a maioria das quais influenciada pelos mesmos tipos de histórias em quadrinhos que faziam Vern ter pesadelos. Quando acabou, Richie olhou para mim de uma maneira nova e diferente que fez com que eu me sentisse muito singular, como se tivesse sido forçado a reavaliar toda a minha personalidade. Ele disse: Você é muito bom nisso. Por que não mostra para Chris? Eu disse que não, queria que fosse segredo, e Richie falou: Por quê? Não é coisa de bicha. Você não é veado. Quer dizer, não é *poesia*.

Mesmo assim, fiz Richie prometer que não contaria a ninguém, e é claro que ele contou e no final todos gostavam de ler o que eu escrevia, que eram coisas como ser queimado vivo, um ladrão que ressuscita e massacra todo o júri que o condenara, ou um maníaco que enlouquece e corta várias pessoas como costeletas de vitela antes de o herói, Curt Cannon, "cortar em pedaços o louco subumano desesperado com várias rodadas seguidas de sua .45 automática esfumaçante".

Em minhas histórias, havia sempre rodadas. Nunca *balas*.

Para variar um pouco, havia as histórias de Le Dio. Le Dio era uma cidade da França, e durante o ano de 1942 um pelotão implacável de exauridos soldados americanos tentava retomá-la dos nazistas (isso foi dois anos antes de eu descobrir que os aliados só chegaram à França em 1944), tentava reconquistá-la lutando pelas ruas durante cerca de quarenta histórias que escrevi entre os 9 e os 14 anos. Teddy era completamente louco pelas histórias de Le Dio, e acho que escrevi as últimas 12 só por sua causa — a essa altura, eu já estava cheio de Le Dio e de escrever coisas como *Mon Dieu, Cherchez le Boche!* e *Fermez le porte!* Em Le Dio, os camponeses franceses estavam sempre mandando os soldados americanos *fermez la porte!* Mas Teddy ficava preso àquelas páginas, os olhos arregalados, a testa gotejada de suor, fazendo caretas. Às vezes, eu quase podia ouvir tiros de Brownings refrigeradas a ar e zunidos de 88 disparando em seu cérebro. A maneira ansiosa como pedia mais histórias sobre Le Dio era ao mesmo tempo agradável e assustadora.

Hoje em dia, escrever é meu trabalho, o prazer diminuiu um pouco, e cada vez mais aquele prazer culposo e masturbatório associa-se em minha cabeça às frias imagens de inseminação artificial: eu gozo segundo às regras e aos regulamentos de meu contrato de publicação. E, apesar de saber que nunca serei considerado o Thomas Wolfe de minha geração, eu nunca me sinto um impostor: sempre faço o meu máximo. Escrever menos seria, estranhamente, como virar bicha — pelo menos o que isso significava para nós naquela época. O que me assusta é ver que hoje em dia geralmente isso me incomoda. Naquela época, às vezes me aborrecia por ser tão *bom* escrever. Hoje, algumas vezes olho para esta máquina de escrever e me pergunto quando as palavras adequadas vão faltar. Não quero que isso aconteça. Acho que posso suportar o incômodo enquanto as palavras adequadas não faltarem, entende?

— Que história é essa? — perguntou Vern, apreensivo. — Não é história de terror, é, Gordie? Acho que não quero ouvir histórias de terror. Não quero não, cara.

— Não, não é de terror — disse Chris. — É muito engraçada. Nojenta, mas engraçada. Vai, Gordie. Conta essa pra gente.

— É sobre Le Dio? — perguntou Teddy.

— Não, não é sobre Le Dio, seu maníaco — disse Chris, e deu-lhe um soco de leve. É sobre o concurso de comer tortas.

— Ei, eu ainda nem escrevi — retruquei.

— É, mas conta assim mesmo.

— Vocês querem ouvir?

— Claro — disse Teddy. — Chefe.

— Bem, é sobre uma cidade fictícia. Gretna é seu nome. Gretna, Maine.

— *Gretna?* — disse Vern, rindo. — Que nome é esse? Não existe nenhuma *Gretna* no Maine.

— Cala a boca, idiota — disse Chris. — Ele não acabou de dizer que é fictícia?

— É, mas *Gretna* é tão idiota...

— Muitas cidades *de verdade* têm nomes idiotas — disse Chris. — Por exemplo, que tal *Alfred,* Maine? Ou *Saco,* Maine? Ou Jerusalem's Lot? Ou Castle-merda-Rock? Aqui não tem nenhum castelo. A maioria dos nomes de cidades é idiota. Você não acha porque está acostumado. Certo, Gordie?

— Lógico — disse eu, mas no fundo achava que Vern estava certo. Gretna era um nome muito idiota para uma cidade. Só que não consegui pensar em outro. — Bem, então estavam comemorando o Dia do Pioneiro, como em Castle Rock.

— Legal, Dia do Pioneiro, isso é o *máximo* — Vern falou veemente. — Coloquei toda a minha família naquela jaula sobre rodas que eles têm, até o idiota do Billy. Foi só meia hora e me custou toda a minha mesada, mas valeu a pena, só para saber onde aquele filho da mãe ia...

— Quer calar a boca e deixar ele contar? — gritou Teddy.

Vern piscou os olhos.

— Claro. Está bem.

— Vai, Gordie — disse Chris.

— Não é grande coisa.

— A gente não espera grande coisa de um babaca como você — disse Teddy. — Mesmo assim, conta.

Limpei a garganta.

— Então é o seguinte. É Dia do Pioneiro e, na última noite, acontecem três grandes eventos. A corrida com o ovo na colher para os menores, a corrida de saco para os garotos de 8 ou 9 anos, e o concurso de degustação de tortas. O principal personagem da história é um garoto gordo de quem ninguém gosta chamado Davie Hogan.

— Como o irmão de Charlie Hogan, se ele tivesse um — disse Vern, e se encolheu quando Chris socou-o outra vez.

— Esse garoto tem a nossa idade, mas é gordo. Pesa uns 90 quilos e está sempre apanhando e sendo gozado. E todos os meninos, em vez de chamarem ele de Davie, chamam ele de Rabo Grande e gozam dele sempre que têm uma chance.

Balançaram a cabeça com respeito, mostrando a natural solidariedade a Rabo Grande, embora, se um cara como esse aparecesse em Castle Rock, iríamos sacaneá-lo o tempo todo.

— Então ele resolve se vingar porque já está cheio, sabe. Ele só participa do concurso de degustação de tortas, que é o último evento do Dia do Pioneiro, e todos estão ansiosos. O prêmio são cinco dólares.

— Então ele ganha e mostra o dedo do meio para todo mundo! — disse Teddy. — Demais!

— Não, melhor — disse Chris. — Cala a boca e escuta.

— Rabo Grande pensa consigo mesmo: Cinco dólares, o que isso significa? Depois de duas semanas só vão lembrar que o porco imbecil do Hogan comeu mais que todo mundo, e vão querer ir na casa dele lhe dar uma boa lição, e passar a chamá-lo de Rabo de Torta em vez de Rabo Grande.

Balançaram a cabeça mais uma vez, concordando que Davie Hogan era um cara esperto. Comecei a me entusiasmar com minha própria história.

— Mas todo mundo quer que ele entre no concurso. Até o pai e a mãe dele. Já estão praticamente contando com os cinco dólares.

— É, isso mesmo — disse Chris.

— Então, ele pensa naquilo e sente ódio de tudo, porque ser gordo não é culpa dele. Sabe, ele tem aquelas glândulas defeituosas, alguma coisa, e...

— Minha prima é assim! — exclamou Vern, excitado. — É verdade! Ela pesa quase 150 quilos! Acham que é a glândula hiboide, ou qualquer coisa assim. Não sei dessa glândula hiboide, mas, sem brincadeira, ela parece uma baleia, e uma vez...

— Porra, quer calar a boca, Vern? — gritou Chris, irado. — Pela última vez! Juro por Deus! — Tinha acabado a Coca; pegou a garrafa verde em forma de ampulheta, virou-a de cabeça para baixo e ameaçou acertar a cabeça de Vern.

— Tá bem, desculpe. Vai, Gordie. A história é incrível.

Sorri. Na verdade, não me incomodava com as interrupções de Vern, mas claro que não podia dizer isso a Chris, que se elegera Guardião das Artes.

— Então, ele fica pensando a semana inteira antes do concurso. No colégio, as crianças a toda hora perguntam: Ei, Rabo Grande, quantas tortas você vai comer? Dez? Vinte? *Oitenta*? E Rabo Grande diz: Como é que vou saber? Não sei qual o sabor este ano. E estão todos muito interessados nesse concurso porque o campeão é um homem que se chama Bill Traynor, eu acho. E esse tal de Traynor não é nem gordo. Na verdade, é magro como uma vara. Ele consegue comer tortas como um animal, e ano passado comeu seis em cinco minutos.

— *Inteiras*? — perguntou Teddy, impressionado.

— Exatamente. E Rabo Grande é o garoto mais novo que já participou de um concurso desses.

— Dá-lhe, Rabo Grande! — gritou Teddy, excitado. — Engole essas tortas de uma vez!

— Fala sobre os outros — disse Chris.

— Está bem. Além de Rabo Grande e Bill Traynor, havia Calvin Spier, o cara mais gordo da cidade, o dono da joalheria.

— Gretna Joias — disse Vern, e conteve o riso. Chris olhou-o de cara feia.

— E tem esse cara que é DJ de uma estação de rádio de Lewiston, que não é muito gordo, só cheinho. E o último candidato era Hubert Gretna Terceiro, o diretor da escola de Rabo Grande.

— Ele ia competir com o próprio *diretor?* — perguntou Teddy.

Chris abraçou os joelhos e se balançou para a frente e para trás, alegre.

— Não é *demais?* Continua, Gordie!

Tinha conseguido prender a atenção deles. Estavam todos inclinados para a frente. Senti uma sensação intoxicante de poder. Joguei minha garrafa de Coca vazia no meio da mata e mexi-me um pouco para ficar mais confortável. Lembro de ter ouvido o canário cantar novamente no meio da floresta, mais longe dessa vez, elevando seu canto monótono e infindável aos céus: *dee-dee-dee-dee...*

— Então ele tem uma ideia — continuei. — A maior vingança que um garoto já conseguiu imaginar. Chega a grande noite: o fim do

Dia do Pioneiro. O concurso de degustação de tortas vem antes dos fogos de artifício. A principal rua de Gretna é fechada para que as pessoas possam andar, e há uma grande plataforma armada no meio dela. Bandeiras penduradas balançam ao vento e a multidão é grande. Há também um fotógrafo do jornal local, para tirar uma fotografia do vencedor cheio de mirtilos na cara, porque naquele ano as tortas eram de mirtilo. E tem outro detalhe que quase esqueci de contar: eles tinham que comer as tortas com as mãos amarradas para trás. Então, imaginem só, eles sobem na plataforma...

16

De *A vingança de Rabo Grande*, de Gordon Lachance. Publicado originalmente na revista *Cavalier*, março, 1975. Reprodução autorizada.

Subiram na plataforma um a um e se colocaram atrás de uma mesa comprida coberta por uma toalha de linho. A mesa estava cheia de tortas empilhadas e ficava na beira da plataforma. De cordões amarrados no alto pendiam lâmpadas de 100 watts com bichos de luz e insetos noturnos pairando suavemente ao redor, como num cumprimento. Em cima da plataforma, banhada pela luz de spots, uma grande faixa anunciava: GRANDE CONCURSO DE DEGUSTAÇÃO DE TORTAS DE GRETNA DE 1960! De cada um dos lados da faixa havia dois alto-falantes fornecidos pela loja de Chuck. Bill Travis, o soberano campeão, era primo de Chuck.

À medida que cada competidor subia na plataforma, as mãos amarradas para trás e a camisa aberta, como Sydney Carton a caminho da guilhotina, o prefeito Charbonneau anunciava seu nome pelo alto-falante de Chuck e amarrava um grande babador em seu pescoço. Calvin Spier recebeu apenas modestos aplausos; apesar de sua barriga, do tamanho de um barril de 80 litros, as pessoas acharam que só perderia para Hogan (muitos consideravam Rabo Grande uma revelação, mas muito jovem e inexperiente para conseguir um resultado expressivo naquele ano).

Depois de Spier, Bob Cormier foi apresentado. Cormier era DJ e tinha um programa vespertino muito popular na rádio WLAM de Lewiston. Recebeu uma salva de palmas, acompanhada de gritinhos das adolescentes na plateia. As garotas achavam-no "uma gracinha". John Wiggins, diretor da Escola Primária de Gretna, veio depois de Cormier. Recebeu aplausos entusiasmados da ala mais idosa da plateia — e algumas vaias dos membros rebeldes de seu corpo discente. Wiggins conseguiu parecer paternalmente radiante e, ao mesmo tempo, agradecer baixando a cabeça com o cenho severamente franzido.

Em seguida, o prefeito Charbonneau apresentou Rabo Grande:

— Um novo candidato no concurso anual de degustação de tortas de quem todos esperam grandes realizações no futuro... o *jovem talento David Hogan!*

Rabo Grande recebeu uma grande salva de palmas enquanto o prefeito Charbonneau amarrava o babador em seu pescoço, e quando os aplausos estavam começando a enfraquecer, um coro treinado, no alto da arquibancada, gritou com deboche:

— *Janta eles, Rabo Grande!*

Ouviram-se risadas abafadas, pessoas correndo, sombras que ninguém poderia identificar, risos nervosos, testas franzidas (a de Hizzoner Charbonneau era a mais franzida, o mais evidente representante da autoridade). O próprio Rabo Grande parecia nem estar percebendo. O pequeno sorriso que umedecia os grossos lábios e vincava a grande papada não se alterou quando o prefeito, ainda com a testa franzida, amarrou o babador em seu pescoço e lhe disse que não prestasse atenção às besteiras da plateia (como se o prefeito tivesse alguma noção das monstruosidades que Rabo Grande sofrera e continuaria sofrendo enquanto se arrastasse pela vida como um tanque de guerra nazista). A respiração do prefeito era quente e cheirava a cerveja.

O último competidor a subir no palco decorado com bandeiras recebeu os aplausos mais fortes e longos; foi o legendário Bill Travis, 1,90 metro de altura, desengonçado, glutão. Travis era mecânico do posto de gasolina próximo à linha do trem, um cara simpático, pode-se dizer.

Dizia-se na cidade que havia algo mais envolvido no grande concurso de degustação de tortas de Gretna além de meros cinco dólares — pelo menos para Bill Travis. Por dois motivos: primeiro, as pessoas sempre vinham ao posto cumprimentar Bill quando ganhava o concurso, e quase todos que iam cumprimentá-lo aproveitavam para encher o tanque. E as duas garagens às vezes ficavam lotadas o mês inteiro depois do concurso. As pessoas paravam lá para trocar um amortecedor, colocar graxa nos rolamentos das rodas, e sentavam nas cadeiras de teatro encostadas ao longo de uma parede (Jerry Maling, o dono do posto, as salvara quando o antigo Teatro Gem foi demolido em 1957), bebiam uma Coca da máquina e conversavam com Bill sobre o concurso enquanto ele trocava peças ou sumia embaixo de alguma caminhonete num carrinho de rolimã para procurar furos no cano de descarga. Bill parecia sempre disposto a conversar, uma das razões pelas quais era tão querido em Gretna.

Algumas pessoas se perguntavam se Jerry Maling não dava gordas gratificações a Bill pelo lucro que sua façanha anual (ou comilança anual, se você preferir) lhe trazia, ou se recebia enormes aumentos. Como quer que fosse, não havia dúvida de que Travis ganhava muito melhor que a maioria dos mecânicos de cidade pequena. Tinha uma bonita casa de dois andares na afastada rua Sabbatus, e certas pessoas maldosas referiam-se a ela como "a casa que as tortas construíram". Provavelmente era exagero, e Bill conseguiu-a por outros meios, o que nos leva à segunda razão pela qual para Travis havia algo mais envolvido no concurso além de meros cinco dólares.

O concurso era um evento excitante e lucrativo em Gretna. Talvez, a maioria das pessoas fosse apenas para rir, mas uma boa minoria ia para apostar. Os competidores eram observados e analisados por esses apostadores tão entusiasticamente como cavalos puro-sangue por farejadores de barbadas nas corridas. Os apostadores abordavam os amigos, parentes e até meros conhecidos dos competidores. Pediam todos e quaisquer detalhes sobre os hábitos alimentares dos competidores. Sempre se discutia muito sobre a torta oficial do ano — a de maçã era considerada "pesada", a de damasco, leve (apesar de que o competidor que comesse apenas três ou quatro tortas de damasco teria que aguentar alguns dias de diarreia). A torta oficial daquele ano, de mirtilo, era considerada satisfatoriamente média. Os apostadores, claro, interessavam-se especialmente pela reação do estômago dos competidores aos mirtilos. Ele digere bem grandes quantidades de mirtilo? Prefere geleia de mirtilo à de morango? Era conhecido por comer sempre mirtilos com cereal no café da manhã, ou era do tipo que comia exclusivamente bananas com creme?

Havia outras perguntas de ocasião. Era um cara que começava comendo rápido e depois ia diminuindo, ou comia devagar e começava a comer mais rápido quando as coisas ficavam sérias, ou simplesmente um bom garfo que comia de tudo? Quantos cachorros-quentes conseguia comer enquanto assistia a uma partida de beisebol da Liga Babe Ruth no campo de St. Dom? Era bebedor de cerveja, e, se fosse, quantas garrafas esvaziava numa tarde? Arrotava muito? Acreditava-se que o cara que arrotava muito era um pouco mais difícil de vencer.

Todas essas informações eram analisadas, as decisões tomadas e as apostas feitas. O volume de dinheiro que corria de mão em mão durante a semana seguinte ao concurso não posso precisar, mas se encostassem um revólver na minha cabeça e me obrigassem a adivinhar, diria que devia ser perto de mil dólares — provavelmente parece um número insignificante, mas era muito dinheiro para circular numa cidade pequena como aquela há 15 anos.

E como o concurso era honesto e o período de dez minutos rigorosamente observado, ninguém se opunha a que um candidato apostasse em si mesmo, e Bill Travis fazia isso todos os anos. Corria o boato, enquanto ele sorria cumprimentando a plateia com um gesto de cabeça naquela noite de verão de 1960, de que apostara uma quantia substancial em si mesmo novamente, e o melhor que conseguira naquele ano fora cinco para um. Se você não é do tipo que gosta de apostar, deixe-me explicar de outra maneira: ele teria que arriscar 250 dólares para ganhar cinquenta. Não era um bom negócio, mas era o preço do sucesso — e enquanto estava ali, recebendo os aplausos e sorrindo com facilidade, não parecia muito preocupado.

— E agora o campeão que vai defender o título — bradou o prefeito Charbonneau —, o candidato de Gretna, *Bill Travis*!

— Bill! Bill!

— Quantas vai liquidar esta noite, Bill?

— Dá pra dez, Bill?

— Apostei de novo em você, Bill! Não me decepcione, garoto!

— Deixe uma torta para mim, Travis!

Balançando a cabeça e sorrindo com a devida modéstia, Bill Travis deixou que o prefeito amarrasse o babador em seu pescoço. Sentou-se na extremidade da mesa, perto do lugar onde o prefeito ficaria durante a prova. Então, da direita para a esquerda, os competidores eram Bill Travis, David "Rabo Grande" Hogan, Bob Cormier, o diretor John Wiggins e Calvin Spier, equilibrando o peso na extremidade esquerda.

O prefeito Charbonneau apresentou Sylvia Dodge, uma figura ainda mais controvertida que o próprio Bill Travis. Ela fora presidente da Liga de Mulheres de Gretna por tantos anos que já se perderam as contas (desde o First Manassas, segundo algumas pessoas espirituosas), e era ela quem supervisionava o preparo das tortas a cada ano, submetendo todas a seu rigoroso controle de qualidade, o que incluía a formalidade de pesagem na balança do açougueiro do supermercado, sr. Bancichek, para se ter certeza de que todas tinham o mesmo peso.

Sylvia sorriu formalmente para a multidão, seus cabelos azuis cintilando sob a quente camada de luz das lâmpadas. Fez um breve discurso, dizendo como estava emocionada em ver grande parte da população da cidade homenageando seus valentes antepassados, pessoas que fizeram daquele um grande país, que *era* grande, não apenas no nível do povo, que o prefeito Charbonneau conduziria à sede abençoada do governo da cidade novamente em novembro, mas também no nível nacional, em que o time de Nixon e Lodge levaria a tocha da liberdade do nosso grande e estimado General e a ergueria...

A barriga de Calvin Spier roncou alto — *goinnnngg*! Houve até aplausos. Sylvia Dodge, que sabia perfeitamente bem que Calvin era democrata e católico (uma coisa só era perdoável, as duas, nunca), conseguiu ficar vermelha, sorrir e parecer furiosa ao mesmo tempo. Limpou a garganta e dirigiu um ressonante conselho a todos os rapazes e moças da plateia, dizendo para terem sempre em alta conta o vermelho, o branco e o azul, tanto em suas mãos quanto em seus corações, e para lembrarem que fumar era um hábito perigoso e maléfico que fazia as pessoas tossirem. Os rapazes e moças na plateia, a maioria dos quais continuaria usando medalhões da paz e fumando maconha em vez de Camel daqui a oito anos, se mexeram nas cadeiras e esperaram o início do evento.

— Menos conversa e mais comilança! — gritou alguém da última fila, e houve mais aplausos, dessa vez mais calorosos.

O prefeito Charbonneau passou às mãos de Sylvia um cronômetro e um apito prateado da polícia, que ela tocaria ao final de dez minutos de comilança de tortas. Então o prefeito Charbonneau daria um passo à frente e ergueria a mão do vencedor.

— Estão *prontos*??? — a voz de Hizzoner soou triunfante pelo microfone e por toda a Main Street.

Os cinco comedores de torta responderam afirmativamente.

— *PREPARADOS*? — insistiu Hizzoner.

Os comedores resmungaram que sim. No final da rua, um menino soltou uma saraivada de fogos.

O prefeito Charbonneau levantou a mão rechonchuda e baixou-a:

— *JÁ!*

Cinco cabeças mergulharam em cinco pratos de torta. O som foi igual a cinco pés afundando na lama. Barulhos melosos de mastigação subiram pelo ar suave da noite e foram abafados quando os apostadores e adeptos no meio da multidão começaram a incentivar seus candidatos. E apenas a primeira torta havia sido devorada quando a maioria das pessoas percebeu que alguma coisa estava errada.

Rabo Grande, considerado um azarão por sua idade e inexperiência, comia como um possuído. Suas mandíbulas destruíram a casca de cima (as regras do concurso exigiam que se comesse só a casca de cima, não a de baixo) e quando ela desapareceu seus lábios produziram um imenso barulho de sucção. Era como um aspirador industrial começando a funcionar. Então toda a sua cabeça sumiu dentro do prato de torta. Levantou-se 15 segundos depois para indicar que tinha acabado. Suas bochechas e testa estavam cobertas de creme de mirtilo, e parecia um calouro de um espetáculo de variedades. Tinha acabado — acabado antes que o legendário Bill Travis tivesse comido *metade* de sua *primeira* torta.

Aplausos espantados ecoaram quando o prefeito Charbonneau examinou o prato de Rabo Grande e declarou-o suficientemente limpo. Colocou às pressas uma segunda torta no prato diante da fera. Rabo Grande tinha devorado uma torta tamanho padrão em apenas 42 segundos. Era um recorde no concurso.

Atacou a segunda torta mais furiosamente ainda, sua cabeça balançando e ele se lambuzando no macio recheio de mirtilo, e Bill Travis lançou-lhe um olhar preocupado quando pediu a segunda torta. Como contou depois a seus amigos, sentiu estar participando de um concurso de verdade pela primeira vez desde 1957, quando George Gamache devorou três tortas em quatro minutos e depois caiu duro para trás, morto. Disse que tinha pensado se estava enfrentando um garoto ou um demônio. Pensou no dinheiro que havia apostado naquilo e redobrou seus esforços.

Mas se Travis havia redobrado, Rabo Grande havia triplicado. Mirtilos voavam de seu segundo prato de torta manchando a toalha da mesa à sua volta como uma pintura de Jackson Pollock. Havia mirtilos em seus cabelos, mirtilos no babador, mirtilos colados na testa, como se, na agonia da concentração, ele tivesse realmente começado a *suar* mirtilos.

— *Acabei!* — gritou ele, levantando a cabeça do segundo prato antes que Bill Travis tivesse consumido a casca da outra torta.

— Melhor ir mais devagar, garoto — murmurou Hizzoner. O próprio Charbonneau apostara dez dólares em Bill Travis. — Tem que manter o ritmo se quiser ir até o fim.

Foi como se Rabo Grande não tivesse ouvido. Avançou na terceira torta a uma velocidade lunática, suas mandíbulas movendo-se com leve rapidez. Então...

Preciso interromper um minuto para contar que no armário de remédios da casa de Rabo Grande havia uma garrafa vazia. Antes, aquela garrafa continha três quartos de óleo de rícino amarelo-pérola, talvez o líquido mais nocivo que o bom Deus, em Sua infinita sabedoria, criou na face da Terra. Rabo Grande esvaziou a garrafa bebendo até a última gota e lambendo o gargalo em seguida, sua boca escorregadia, seu estômago acidamente embrulhado, sua mente cheia de doces ideias vingativas.

Enquanto ia rapidamente devorando sua terceira torta (Calvin Spier, em último lugar como havia sido previsto, ainda não terminara a primeira), Rabo Grande começou propositadamente a torturar-se com fantasias pavorosas. Não estava comendo tortas; estava comendo bosta de vaca. Estava comendo enormes placas de escarro meladas e imundas. Estava comendo pedaços quadrados de intestino de marmota com creme de mirtilo por cima. Creme de mirtilo *rançoso*.

Terminou a terceira torta e pediu a quarta, já uma torta à frente do legendário Bill Travis. A multidão volúvel, sentindo surgir um novo e inesperado campeão, começou a incentivá-lo vigorosamente.

Mas Rabo Grande não tinha esperanças nem intenção de ganhar. Não conseguiria continuar naquele ritmo mesmo se o prêmio fosse a vida da sua própria mãe. E, além do mais, ganhar para ele era perder; vingança era o único prêmio que desejava. Com o estômago revolvendo-se com o óleo de rícino, a garganta abrindo e fechando freneticamente, terminou sua quarta torta e pediu a quinta. Mergulhou a cabeça no prato, quebrando a casca e aspirando mirtilos pelo nariz. Mirtilos escorreram por sua camisa. O conteúdo de seu estômago pareceu de repente ganhar peso. Mastigou a massa pastosa da casca e engoliu-a. Aspirou mirtilos.

E, de repente, o momento da vingança chegara. Seu estômago, insuportavelmente cheio, revolvia-se. Estava apertado como uma mão presa dentro de uma luva de borracha. Sua garganta abriu-se.

Rabo Grande ergueu a cabeça.

Sorriu para Bill Travis com os dentes azuis.

O vômito subiu por sua garganta como um canhão de seis toneladas atirando dentro de um túnel.

Saiu de sua boca uma imensa rajada azul e amarela, quente. Cobriu Bill Travis, que só teve tempo de pronunciar uma sílaba — *irrrs* — foi o que pareceu. As mulheres na plateia berraram. Calvin Spier, que observava o imprevisto evento com uma expressão muda e assustadora, debruçou-se sobre a mesa como que para explicar à plateia embasbacada o que estava acontecendo, e vomitou na cabeça de Marguerite Charbonneau, a mulher do prefeito. Ela gritou e pulou para trás, colocando a mão levemente sobre o cabelo, que estava coberto com uma mistura de uvas amassadas, vagem moída e salsichões parcialmente digeridos (os dois últimos tinham sido o jantar de Cal Spier). Virou-se para sua amiga Maria Lavin e vomitou na parte da frente da jaqueta de camurça de Maria.

Numa rápida sucessão, como uma sequência de fogos de artifício:

Bill Travis despejou um enorme e possante jato de vômito sobre as duas primeiras filas de espectadores com uma cara de assustado, como se dissesse: *Meu Deus, não consigo acreditar que eu esteja fazendo isso;*

Chuck Day, que recebera generosa parcela do presente surpresa de Travis, vomitou em cima dos sapatos, e ficou olhando embasbacado para eles, sabendo muito bem que *nunca* conseguiria limpá-los;

John Wiggins, diretor da Escola Primária de Gretna, abriu a boca azulada e disse reprovadoramente: "Realmente, isso... *BLEARRG!!*" Um homem de sua posição e cultura vomitou no próprio prato;

Hizzoner Charbonneau, que, de repente, percebeu-se presidindo o que mais parecia um concurso num hospital de rotavírus do que um concurso de degustação de tortas, abriu a boca para cancelar tudo e vomitou no microfone.

— *Deus nos salve!* — murmurou Sylvia Dodge, e então seu jantar, mariscos fritos, salada de repolho, milho com manteiga e açúcar e uma generosa quantidade de bolo de chocolate, procurou a saída de emergência e lançou um jato largo e molhado nas costas do terno do prefeito.

Rabo Grande, no absoluto apogeu de sua juventude, olhou feliz para a plateia. Havia vômito por toda parte. As pessoas cambaleavam como que bêbadas, em círculos, segurando a garganta e fazendo débeis barulhos. O cachorro pequinês de alguém passou correndo pelo palco latindo descontroladamente, e um homem vestindo jeans e camisa de seda estilo western vomitou em cima dele, quase afogando-o. A sra. Brockway, esposa do pastor metodista, emitiu um longo e grave som seguido por um jorro de carne assada triturada, purê de batatas e sidra. A sidra parecia ter estado gostosa quando foi tomada. Jerry Maling, que fora ver seu mecânico preferido sair vitorioso novamente, decidiu ir embora de uma vez daquela loucura. Andou cerca de 15 metros quando tropeçou num caminhãozinho vermelho de uma criança e percebeu que tinha pisado numa poça de bile quente. Jerry devolveu seus biscoitos sobre si mesmo e contou depois aos amigos que agradeceu a Deus estar usando seu macacão. E a srta. Norman, que lecionava latim e fundamentos de inglês no ensino médio da Escola de Gretna, vomitou dentro da própria bolsa na ânsia de asseamento.

Rabo Grande observou tudo, seu rosto largo calmo e satisfeito, seu estômago de repente sossegado com um bálsamo quente que talvez nunca mais sentisse — aquele bálsamo era uma sensação de extrema e completa satisfação. Levantou-se, pegou o microfone ligeiramente melado da mão trêmula do prefeito e disse...

17

— "Declaro este concurso empatado." Então, deixa o microfone sobre a mesa, anda até o final da plataforma e vai direto para casa. Sua mãe está lá, pois não conseguiu uma *baby-sitter* para ficar com a irmãzinha de Rabo Grande, de apenas dois anos de idade. E logo que ele entra em casa, coberto de vômito e recheio de torta, ainda de babador, ela diz: "Davie, você ganhou?" Mas ele não dá uma palavra. Sobe as escadas, entra no quarto, tranca a porta e deita na cama.

Virei o último gole da Coca de Chris e joguei a garrafa no mato.

— Pô, legal, e o que acontece depois? — perguntou Teddy, ansioso.

— Não sei.

— O que você quer dizer com *não sei?* — insistiu Teddy.

— Quer dizer que é o fim. Quando você não sabe o que acontece depois, é o fim.

— *O quêêêê?* — gritou Vern. Havia uma expressão triste e desconfiada em seu rosto, como se tivesse descoberto fraude num jogo de bingo na feira de Topsham. — Que negócio é esse? Como termina a história?

— Você tem que usar a imaginação — disse Chris, paciente.

— De jeito nenhum! — reclamou Vern, com raiva. — *Ele* é que tem que usar a imaginação *dele!* Ele é que inventou a merda da história!

— É, o que acontece com o cara? — persistiu Teddy. — Vai, Gordie, conta.

— Acho que o pai de Rabo Grande estava no concurso e, quando chegou em casa, deu uma surra nele.

— É, isso mesmo — disse Chris. — Acho que foi isso o que aconteceu.

— E os garotos — concluí — continuaram a chamar ele de Rabo Grande. Só que alguns começaram a chamar ele de "Vomita as Tripas" também.

— Esse final é horrível — disse Teddy, triste.

— É por isso que eu não queria contar.

— Você podia ter inventado que ele atirava no pai, fugia de casa e se juntava ao time do Texas Rangers — sugeriu Teddy. — Que tal?

Chris e eu trocamos um olhar. Chris sacudiu um dos ombros quase imperceptivelmente.

— De repente... — disse eu.

— Ei, tem mais histórias de Le Dio, Gordie?

— Agora não. Talvez pense em alguma. — Não queria deixar Teddy triste, mas também não estava interessado em pesquisar o que estava acontecendo com Le Dio. — Desculpe se essa não foi muito boa.

— Não, foi boa — disse Teddy. — Até chegar o final foi boa. Aquela vomitação toda foi mesmo legal.

— É, foi legal, bem nojenta — concordou Vern. — Mas Teddy tem razão, esse final... Foi um golpe baixo, Gordie.

— É — disse eu, e suspirei.

Chris levantou-se.

— Vamos andar mais um pouco — falou.

Ainda era dia claro, o céu de um azul firme e quente, mas nossas sombras já começavam a alongar-se. Lembro que quando eu era garoto, os dias de setembro para mim pareciam acabar cedo demais, pegando-me de surpresa — era como se dentro do meu coração eu esperasse que fosse sempre junho, quando a luz do dia permanecia no céu até quase nove e meia da noite.

— Que horas são, Gordie?

Olhei meu relógio e me espantei ao ver que já passava das 17 horas.

— É, vamos — disse Teddy. — Mas vamos fazer o acampamento antes de escurecer para podermos pegar lenha e tudo o que precisarmos. Estou ficando com fome também.

— Até seis e meia — prometeu Chris. — Está bem para vocês?

Estava. Recomeçamos a andar, agora nos guiando pelas cinzas ao lado dos trilhos. Logo o rio ficou tão longe para trás que mal conseguíamos ouvir seu barulho. Os mosquitos zumbiam e tirei um do meu pescoço com um tapa. Vern e Teddy subiam na frente, um negociando uma complicada troca de gibis. Chris estava atrás de mim, as mãos nos bolsos e a camisa batendo nos joelhos e quadris como um avental.

— Trouxe uns cigarros — disse ele. — Peguei no armário do meu pai. Um pra cada. Para depois do jantar.

— É mesmo? Grande!

— É a hora em que o cigarro cai melhor — continuou Chris. — Depois do jantar.

— É.

Caminhamos em silêncio por um tempo.

— Essa história é muito boa — disse Chris, de repente. — Eles é que são meio burros pra entender.

— Não, não é tão legal assim.

— Você sempre diz isso. Não vem com essa. Você vai escrever? A história?

— Provavelmente. Mas não por enquanto. Não consigo escrever depois de contar. Vou dar um tempo.

— O que foi que Vern disse? Que o final era um golpe baixo?

— O quê?

Chris riu.

— A *vida* é um golpe baixo, sabia? Olhe só para nós.

— Não, estamos nos divertindo muito.

— Claro — disse Chris. — O tempo todo, seu bobão.

Ri. Chris também riu.

— Elas saem de você como bolhas de uma garrafa de refrigerante — disse ele depois.

— O quê? — Mas eu achava que sabia o que estava dizendo.

— As histórias. Isso realmente me intriga, cara. É como se você pudesse contar um milhão de histórias e só escolher as melhores. Um dia, você vai ser um grande escritor, Gordie.

— Não, acho que não.

— Vai sim. Talvez até escreva sobre nós, se estiver sem assunto.

— Vou ter que estar sem porra nenhuma para escrever. — Bati nele de leve com o cotovelo.

Passamos outro período em silêncio, então ele perguntou de repente:

— Pronto para voltar às aulas?

Sacudi os ombros. Quem estava? Ficávamos um pouco animados quando pensávamos em voltar, em rever os amigos, curiosos para conhecer os novos professores, saber como seriam — bem jovens, saídos da escola, com os quais se podia conversar, ou velhotes que lecionavam desde a Pré-História. De uma maneira estranha, podíamos ficar animados com as longas e monótonas aulas, porque, à medida que as férias de verão se aproximavam do fim, às vezes ficávamos entediados e até achávamos que aprenderíamos alguma coisa. Mas o tédio do verão não era nada parecido com o tédio da escola, que sempre se instalava depois da segunda semana, e, no começo da terceira, chegava-se às questões que interessavam mesmo: você conseguiria acertar bolinhas de papel na cabeça do cara enquanto o professor colocava no quadro "os principais produtos exportados pela América do Sul"? Quantos guinchos altos você conseguiria produzir na superfície encerada da mesa se suas mãos estivessem suadas? Quem conseguia soltar os peidos mais altos no vestiário enquanto trocávamos de roupa para a aula de Educação Física? Com quantas garotas você conseguiria brincar de Pêra, Uva ou Maçã na hora do recreio? Ensino de primeira, meu bem.

— Ensino médio — disse Chris. — E sabe de uma coisa, Gordie? Em junho próximo vamos nos separar.

— O que você está falando? E por que *isso* vai acontecer?

— Não vai ser igual ao ensino fundamental, é por isso. Você vai se preparar pra faculdade. Eu, Teddy e Vern não. A gente vai pra um curso técnico fazer matérias banais, vamos acabar jogando porrinha com os repetentes, fazendo cinzeiros e casas de passarinho. Vern talvez até fique em recuperação. Você vai conhecer muitos caras novos. Caras inteligentes. É assim, Gordie, é assim que eles fazem.

— Conhecer um monte de babacas, você quer dizer — disse eu.

Ele segurou o meu braço.

— Não, cara. Não diga isso. Nem *pense* nisso. Eles vão entender suas histórias. Não são como Vern e Teddy.

— Danem-se as histórias. Não vou me meter com um bando de babacas. Não mesmo.

— Então você é um idiota.

— Por que é idiotice querer estar com os amigos?

Ele me olhou pensativo, como se estivesse decidindo se devia ou não me contar uma coisa. Havíamos diminuído o passo: Vern e Teddy estavam quase meia milha à nossa frente. O sol, agora mais baixo, chegava a nós por meio das árvores entrelaçadas em raios partidos e empoeirados, tornando tudo dourado — mas era um dourado falso, um dourado de moeda de brinquedo, se é que você me entende. Os trilhos estendiam-se à nossa frente na escuridão que começava a cair — pareciam quase cintilar. Reflexos de luz saíam deles aqui e ali, como se um cara muito rico fantasiado de trabalhador tivesse decidido incrustrar diamantes no aço a cada 60 metros mais ou menos. Ainda estava quente. O suor escorria de nossos corpos, deixando-os escorregadios.

— É idiotice se seus amigos conseguem te arrastar pra baixo — disse Chris, finalmente. — Conheço seus pais. Eles não ligam a mínima pra você. Gostavam mesmo era do seu irmão mais velho. Como meu pai, quando Frank foi preso em Portsmouth. Foi quando ele começou a ficar sempre irritado com os outros filhos e bater na gente o tempo todo. Seu pai não te bate, mas talvez seja até pior, a indiferença. Você podia contar para ele que tinha entrado para a escola técnica e sabe o que ele ia fazer? Virar a página do jornal e dizer: "Muito bem, Gordon, vá perguntar à sua mãe o que tem para jantar?" E não tente dizer que não. Conheço ele.

Não tentei dizer que não. É amedrontador descobrir que alguém, mesmo um amigo, sabe exatamente o que se passa com você.

— Você é um menino ainda, Gordie.

— Puxa, obrigado, papai.

— Porra, eu queria *ser* mesmo teu pai! — disse ele, zangado. — Você não ia sair por aí falando desses cursos estúpidos se eu fosse seu pai! É como se Deus lhe desse uma coisa, essas histórias todas que você inventa, e dissesse: É o que temos para você, garoto. Tente não perder. Mas as crianças sempre perdem *tudo,* a menos que alguém tome conta delas, e se seus pais estão muito fodidos para fazer isso, talvez eu deva fazer.

Pela expressão de seu rosto, parecia que esperava que eu o batesse; estava descontente sob a luz verde-dourada do final da tarde. Havia quebrado a principal regra infantil daquela época. Podia-se falar qualquer coisa sobre outro garoto, podia-se fazê-lo de gato e sapato, mas *nunca* se falava um palavrão com relação à sua mãe ou seu pai. Isso era automático, da mesma forma que não se convidava amigos católicos para jantar na Sexta-feira Santa antes de confirmar que não iam servir carne. Se um menino falasse mal de sua mãe e seu pai, você tinha que lhe dar uns sopapos.

— Essas histórias que você conta não são boas para ninguém a não ser para você mesmo, Gordie. Se você continua saindo com a gente só para a turma não se separar, você vai acabar outro tapado, tirando C para ficar no meio. Você vai para um curso técnico, ficar atirando borrachas e fazendo zona com os outros tapados. Vai ficar retido depois da aula. A merda das *suspensões*. E, depois de um tempo, você só vai querer saber de ter um carro para levar uma menina para as festas ou para a Taverna Twin Bridges. Depois você vai engravidar ela e passar o resto da vida num moinho ou alguma sapataria de merda em Auburn ou talvez até em Hillcrest depenando galinhas. E aquela história das tortas nunca vai ser publicada. *Nada* vai ser publicado. Porque você vai ser mais um espertinho com titica na cabeça.

Chris Chambers tinha 12 anos quando me falou tudo aquilo. Mas enquanto falava, seu rosto contraía-se e adquiria uma expressão mais velha, sem idade. Falava sem tom, sem cor, entretanto tudo o que disse provocou terror nas minhas entranhas. Era como se ele já tivesse vivido toda aquela vida, aquela vida em que lhe dizem para subir e girar a roda da fortuna, e ela gira e o cara pisa no pedal e só dá zero e todos perdem. Dão uma passagem grátis a você e ligam a máquina da chuva, muito engraçado, ha-ha, uma piada que até Vern Tessio apreciaria.

Ele segurou meu braço nu e fechou os dedos firmemente. Afundaram em minha pele. Tocaram nos ossos. Seus olhos estavam fechados e mortos — tão mortos que ele poderia ter acabado de sair do caixão.

— Sei o que as pessoas nesta cidade pensam sobre minha família. Sei o que pensam de mim e o que esperam. Ninguém me *perguntou* se eu tinha pego o dinheiro do lanche daquela vez. Simplesmente tive três dias de férias.

— Você pegou? — perguntei. Nunca tinha perguntado, e se me dissessem que perguntaria, teria chamado a pessoa de maluca. As palavras saíram como um tiro de pólvora seca.

— É — admitiu ele. — É, peguei sim. — Ficou calado um tempo, olhando para a frente, para Teddy e Vern. — Você sabia que eu tinha pego, Teddy sabia. *Todo mundo* sabia. Até Vern sabia, eu acho.

Comecei a negar, depois calei a boca. Ele estava certo. Apesar de ter dito à minha mãe e meu pai que a pessoa era inocente até que se provasse a sua culpa, eu sabia.

— Depois talvez tenha me arrependido e tentado devolver — disse Chris.

Encarei-o, meus olhos arregalados.

— Você tentou devolver?

— Eu disse *talvez.* Só *talvez.* E talvez tenha devolvido à sra. Simons e dito a ela, e talvez o dinheiro estivesse lá, mas peguei umas férias de três dias *mesmo assim*, porque o dinheiro nunca apareceu. E talvez na semana seguinte a sra. Simons tenha aparecido com uma saia novinha em folha no colégio.

Olhei fixamente para Chris, mudo de espanto. Ele sorriu para mim, mas foi um sorriso forçado e horrível, que não tocou seus olhos.

— Só *talvez* — disse ele, mas lembrei da saia nova: marrom-clara, tipo rodada. Lembro de ter pensado que fazia a sra. Simons parecer mais jovem, quase bonita.

— Chris, quanto era o dinheiro do lanche?

— Quase sete dólares.

— Meu Deus — sussurrei.

— Então vamos dizer que eu tenha roubado o dinheiro do lanche e depois a sra. Simons roubou de mim. Vamos supor que eu tivesse contado essa história. Eu, Chris Chambers, irmão mais novo de Frank e Eyeball Chambers. Acha que alguém teria acreditado?

— De jeito nenhum — murmurei. — Meu Deus.

Ele deu um sorriso horrível, frio.

— E você acha que aquela puta teria ousado fazer isso se um daqueles caras do The View tivesse pego o dinheiro?

— Não — disse eu.

— E, se tivesse sido um deles, Simons teria dito: "Tá bem, tá bem, dessa vez passa, mas se fizerem outra vez vamos ter que dar uma surra de verdade em vocês." Mas *eu*... bem, talvez ela estivesse de olho naquela saia há muito tempo. De qualquer jeito, teve a chance e aproveitou. Eu é que fui o idiota, tentando devolver. Mas nunca achei... nunca achei que uma professora... Ah, também, quem está ligando? Não sei nem por que estou falando nisso.

Passou a mão com raiva nos olhos e percebi que estava quase chorando.

— Chris — disse eu —, por que você não entra nos cursos que preparam pra faculdade? Você é inteligente o bastante para isso.

— Eles decidem isso na diretoria. E nas reuniõezinhas inteligentes. Os professores sentam em círculo e só sabem dizer é, é, certo, certo. Eles só querem saber se você se comportou bem no colégio e o que pensam de sua família na cidade. Só estão lá para decidir se você vai ou não contaminar os queridinhos da faculdade. Mas vou tentar me interessar. Não sei se conseguiria, mas vou tentar. Porque quero sair de Castle Rock, ir para a faculdade e nunca mais ver meu pai nem meus irmãos. Quero ir para algum lugar onde ninguém me conheça e não tenham preconceitos contra mim antes de eu começar. Mas não sei se vou conseguir.

— Por que não?

— As pessoas. As pessoas arrastam você pra baixo.

— Quem? — perguntei, achando que ele se referia aos professores ou adultos monstruosos como a sra. Simons, que quisera uma saia nova, ou talvez seu irmão Eyeball, que andava com Ace, Billy, Charlie e os outros, ou talvez seus próprios pais.

Mas ele disse:

— Teus amigos te arrastam pra baixo, Gordie. Sabia disso? — Apontou para Vern e Teddy, que estavam parados nos esperando. Riam de alguma coisa; na verdade, Vern estava forçando uma risada. — Teus amigos te arrastam pra baixo. São como caras que estão se afogando e se agarram nas tuas pernas. Você não pode salvar eles. Só pode afundar com eles.

— Andem logo, lesmas de merda! — gritou Vern, ainda rindo.

— Já vamos! — gritou Chris, e antes que eu pudesse dizer alguma coisa, começou a correr. Corri também, mas ele alcançou-os antes de eu alcançá-lo.

18

Andamos mais uma milha e então decidimos acampar para passar a noite. Ainda havia luz do dia, mas ninguém queria se arriscar. Estávamos traumatizados com a cena do depósito de lixo e com o susto que tínhamos passado com o trem na ponte, mas havia outra coisa. Estávamos em Harlow agora, na floresta. Em algum lugar mais adiante, havia um garoto morto, provavelmente desfigurado e coberto de moscas. Vermes também, a essa altura. Ninguém queria chegar muito perto dele com a noite se aproximando. Eu tinha lido em algum lugar — num livro de Algernon Blackwood, acho — que o fantasma de uma pessoa fica pairando sobre o seu corpo até que lhe façam um enterro cristão decente, e eu não queria nem pensar em acordar no meio da noite e me deparar com o fantasma desencarnado e reluzente de Ray Brower, gemendo e pairando por entre os pinheiros escuros e farfalhantes. Se parássemos ali, calculávamos que haveria pelo menos 15 quilômetros de distância entre nós e ele, e claro que nós quatro sabíamos que não existiam fantasmas, mas 15 quilômetros pareciam uma boa distância, caso o que todos nós sabíamos estivesse errado.

Vern, Chris e Teddy cataram lenha e acenderam uma pequena fogueira. Chris limpou uma área em volta da fogueira — a lenha estava bem seca, e não queria se arriscar. Enquanto faziam isso, apontei alguns espetos e fiz o que meu irmão Denny chamava de "baquetas pioneiras de tambor" — pedaços de hambúrguer enfiados em galhos verdes. Os três riram e experimentaram suas habilidades em trabalhos de madeira (que era quase nula; havia um grupo de escoteiros em Castle Rock, mas a maioria dos meninos que frequentava o nosso terreno baldio achava que era uma organização formada basicamente por babacas), discutindo se era melhor cozinhar usando as labaredas ou o carvão (um ponto discutível: estávamos demasiado famintos para esperar a madeira se transformar em carvão), se musgo seco funcionaria como cavacos, o que fariam se os fósforos acabassem antes que o fogo pegasse. Teddy disse que conseguiria fazer fogo esfregando dois gravetos. Chris disse que ele era tão mentiroso que doía. Não tiveram que tentar; Vern conseguiu acender o pequeno monte de galhos e musgo seco com o segundo palito de fósforo. O ar estava parado e não havia vento para apagá-lo. Revezávamo-nos alimentando as frágeis chamas até começarem a ficar fortes com pedaços de madeira retorcidos tirados de uma velha armadilha a uns 30 metros floresta adentro.

Quando as chamas começaram a baixar um pouco, enfiei os espetos com os hambúrgueres firmemente no chão num ângulo sobre o fogo. Sentamos em volta vendo-os tostarem e pingarem e finalmente começarem a escurecer. Nossos estômagos roncavam.

Incapazes de esperar até que estivessem bem cozidos, cada um de nós pegou um espeto, colocou dentro de um pão e tirou o palito do centro. Estavam torrados por fora, crus por dentro, e absolutamente deliciosos. Engolimos e limpamos a gordura da boca com o braço nu. Chris remexeu suas coisas e tirou uma caixa de Band-Aid (a pistola estava no fundo do saco, e como não tivesse contado a Vern e Teddy, achei que era um segredo a ser mantido entre nós). Abriu-a e deu a cada um de nós um Winston amassado. Acendemos os cigarros com os galhos em brasa e depois nos recostamos, donos do mundo, vendo a fumaça do cigarro sumir no suave crepúsculo. Nenhum de nós tragava porque poderíamos nos engasgar, o que seria motivo de um ou dois dias de gozação por parte dos outros. E era muito agradável apenas puxar e soltar a fumaça, cuspir na fogueira para ouvir o chiado (foi naquele verão que aprendi como se reconhece uma pessoa que está começando a fumar: se ela não está acostumada, cospe muito no começo). Sentimo-nos bem. Fumamos os Winstons até o filtro, depois os jogamos no fogo.

— Nada como um cigarro depois do jantar — disse Teddy.

— É, demais — concordou Vern.

Os grilos haviam começado a zumbir naquela paisagem verde. Olhei para o pedaço de céu visível através da estrada de ferro e vi que o azul estava começando a ficar roxo. Vendo aquele acampamento no crepúsculo me senti triste e calmo ao mesmo tempo, intrépido mas não realmente corajoso, confortavelmente solitário.

Escolhemos um lugar plano sob um arbusto ao lado do barranco e esticamos nossos sacos de dormir. Então, durante uma hora mais ou menos, alimentamos o fogo e conversamos, um tipo de conversa que você não consegue lembrar bem quando passa dos 15 anos e descobre as garotas. Falávamos sobre quem era o melhor corredor de obstáculos em Castle Rock, se o Boston conseguiria ficar fora do porão esse ano, e sobre o verão que passara. Teddy falou da época em que esteve em White's Beach, em Brunswick, e um menino quase se afogou quando bateu a cabeça ao mergulhar do barco. Discutimos um pouco sobre os méritos relativos dos professores que tínhamos tido. Concordamos que o sr. Brooks era o maior babaca da Escola de Castle Rock — ele quase chorava se você falasse duro com ele. Por outro lado, havia a sra. Cote (pronunciava-se Cody) — era simplesmente a bruxa mais malvada que Deus já colocara sobre a face da Terra. Vern disse que a ouvira bater num garoto com tanta força há dois anos que ele quase ficara cego. Olhei para Chris, pensando se ele falaria alguma coisa sobre a sra. Simons, mas não disse absolutamente nada, e ele não viu que eu o olhava — ele olhava para Vern e balançava a cabeça contritamente ouvindo a história de Vern.

Não falamos sobre Ray Brower quando escureceu, mas eu pensava nele. Há alguma coisa horrível e fascinante na maneira como escurece na floresta, sem a luz dos faróis, das ruas, das casas e do neon. A escuridão chega sem a voz das mães chamando os filhos para entrar, anunciando a hora. Se você está acostumado com a cidade, o escurecer na floresta parece mais um desastre natural que um fenômeno natural; cresce como o rio Castle sobe na primavera.

E enquanto eu pensava no corpo de Ray Brower sob essa luz — ou a falta dela —, o que eu sentia não era desagradável nem eu tinha medo de que ele aparecesse de repente na nossa frente, um espírito verde e balbuciante com intenção de nos mandar de volta antes que perturbássemos sua paz, mas uma repentina e inesperada sensação de pena por ele estar tão sozinho e indefeso na escuridão que agora chegava desse lado da Terra. Se alguma coisa quisesse comê-lo, poderia. Sua mãe não estava ali para impedir, nem seu pai, nem Jesus Cristo e todos os santos. Estava morto e completamente sozinho, jogado para longe dos trilhos no pântano, e percebi que, se não parasse de pensar naquilo, ia chorar.

Então contei uma história de Le Dio, inventada na hora e não muito boa, e quando acabou, como a maioria de minhas histórias de Le Dio, com um soldado americano solitário cuspindo uma declaração agonizante de patriotismo e amor pela garota na volta para casa, sob o olhar do sargento do pelotão com uma expressão triste e sábia, não era a cara branca e amedrontada de algum soldado de primeira classe de Castle Rock que via à minha frente, mas o rosto de um garoto muito mais novo, morto, de olhos fechados, as feições contorcidas, um fio de sangue escorrendo pelo canto esquerdo da boca. E, atrás dele, em vez das lojas e igrejas destruídas dos cenários de Le Dio, eu via apenas a floresta escura e a linha do trem coberta de cinzas contra um céu estrelado, como um cemitério pré-histórico.

19

Acordei no meio da noite, desorientado, imaginando por que estaria tão frio na minha cama e quem tinha deixado as janelas abertas. Denny, talvez. Estava sonhando com Denny, alguma coisa em relação a surfar no Harrison State Park, mas aquilo tinha acontecido há quatro anos.

Aquilo não era o meu quarto; era algum outro lugar. Alguém estava me abraçando como um urso, outra pessoa estava encostada em minhas costas, e uma terceira na penumbra estava encolhida a meu lado, a cabeça inclinada como se estivesse querendo ouvir alguma coisa.

— Que droga é essa? — perguntei realmente confuso.

Um longo gemido como resposta. Parecia Vern.

Aquilo colocou as coisas em foco, e lembrei onde estava... mas o que estavam fazendo todos acordados no meio da noite? Ou eu só dormira alguns segundos? Não, não podia ser, pois uma fina tira de lua estava no meio do céu, que parecia pintado a tinta.

— Não deixe ele me pegar! — murmurou Vern. — Juro que vou ser bonzinho, não vou fazer nada de errado, vou levantar a tampa quando fizer xixi, vou... vou...

Com algum espanto, percebi que estava ouvindo uma oração — ou pelo menos o equivalente a uma oração de Vern Tessio.

Sentei-me num pulo, com medo.

— Chris?

— Cala a boca, Vern — disse Chris. Era ele que estava com a cabeça levantada e escutando. — Não é nada.

— Ah, é sim — disse Teddy tenebroso. — É alguma coisa.

— *O quê?* — perguntei. Ainda estava com sono e desorientado, deslocado de minha casa no espaço e no tempo. Senti medo por estar por fora do que estava acontecendo... talvez atrasado demais para me defender como deveria.

Então, como que respondendo à minha pergunta, um longo e oco grito ergueu-se languidamente da floresta — era o tipo de grito que se espera de uma mulher morrendo em extrema agonia e medo.

— Ó meu Deus do céu! — disse Vern, a voz alta e chorosa. Deu-me novamente o abraço de urso com o qual me acordara, me deixando sem ar e aumentando meu próprio medo. Soltei-o com esforço, mas voltou na mesma hora para o meu lado como um cachorrinho que não sabe para onde ir.

— É o Ray Brower — sussurrou Teddy, rouco. — O espírito dele está vagando pela floresta.

— Ó, meu Deus! — gritou Vern, aparentemente não muito entusiasmado com a ideia. — Juro que não vou mais roubar livros eróticos no Dahlie's Market! Prometo que não dou mais minhas cenouras para o cachorro! Eu... eu... eu...

Parou ali, querendo subornar Deus com tudo o que podia, mas incapaz de pensar em alguma coisa de bom no auge do medo.

— *Não vou fumar cigarro sem filtro! Não vou mais falar palavrão! Não vou...*

— Cala a boca, Vern — repetiu Chris, e por trás de sua autoridade usual pude ouvir um quê de medo. Fiquei imaginando se seus braços, costas e barriga estavam tão arrepiados quanto os meus, e se os pelos atrás de sua nuca estavam querendo ficar em pé, como os meus.

A voz de Vern transformou-se num sussurro, enquanto continuava a expor as reformas que pretendia instituir se Deus o deixasse ao menos passar por aquela noite vivo.

— É um pássaro, não é? — perguntei a Chris.

— Não. Pelo menos acho que não. Acho que é um gato selvagem. Meu pai disse que eles gritam como se estivessem morrendo quando estão prontos para cruzar. Parece uma mulher, né?

— É — concordei. — Minha voz engasgou e duas pedras de gelo desceram pela minha garganta.

— Mas nenhuma mulher consegue gritar tão alto assim — disse Chris... e acrescentou inseguro: — Consegue, Gordie?

— É o espírito dele — sussurrou Teddy novamente. Seus óculos refletiam o luar em raios fracos e de certa forma sonhadores. — Vou ver o que é.

Acho que não estava falando sério, mas não nos arriscamos. Quando começou a levantar-se, Chris e eu o puxamos para baixo. Talvez tenhamos sido muito brutos com ele, mas nossos músculos haviam se transformado em cabos com o medo.

— Me deixem levantar, filhos da mãe! — disse Teddy, lutando. — Se eu estou dizendo que vou procurar é porque vou procurar! Quero ver! Quero ver o fantasma! Quero ver se...

O grito de lamúria selvagem surgiu no meio da noite novamente, cortando o ar como uma faca com lâmina de cristal, paralisando-nos naquela postura, com as mãos sobre Teddy — se ele fosse uma bandeira, nós teríamos parecido com aquele quadro dos marinheiros clamando Iwo Jima. O grito subia com incrível rapidez de oitava em oitava, atingindo finalmente um tom vítreo, penetrante. Ficou pairando ali e então diminuiu novamente, desaparecendo com um registro grave insuportável que zumbia como uma monstruosa abelha. A isso seguiu-se uma explosão parecendo uma louca gargalhada... e fez-se silêncio novamente.

— Santo Cristo Jesus — sussurrou Teddy, e não falou mais em entrar na floresta para ver o que produzia aquele grito. Nós quatro nos juntamos e eu pensei em sair correndo. Duvido que tenha sido o único. Se estivéssemos acampados no jardim de Vern, onde nossos pais *pensavam* que estávamos, provavelmente teríamos saído correndo. Mas Castle Rock estava longe demais e a ideia de tentar atravessar correndo aquela ponte no escuro fez meu sangue congelar. Correr mais ainda para dentro de Harlow e mais perto do corpo de Ray Brower era igualmente impensável. Estávamos cercados. Se houvesse um caçador no meio da floresta que quisesse nos pegar, provavelmente teria conseguido.

Chris propôs que ficássemos de guarda e todos concordaram. Tiramos zerinho ou um e Vern saiu primeiro. Eu por último. Vern sentou de pernas cruzadas perto do calor da fogueira enquanto nós deitamos novamente. Ficamos amontoados como carneiros.

Tinha certeza de que dormir seria impossível, mas dormi — um sono leve e inquieto que passava pelo inconsciente como um submarino com o periscópio para cima. Meus sonhos meio acordados foram povoados de gritos selvagens que podem ter sido reais ou simplesmente frutos da minha imaginação. Vi — ou achei que vi — alguma coisa branca e sem forma esgueirar-se por entre as árvores como um grotesco lençol de ambulatório.

Finalmente tive um sonho de verdade. Chris e eu estávamos nadando em White's Beach, uma saibreira em Brunswick que havia sido transformada num lago em miniatura quando os cavadores de saibro encontraram água. Era onde Teddy tinha visto o garoto bater a cabeça e quase se afogar.

Em meu sonho estávamos numa boa, andando preguiçosamente ao longo da praia sob o sol forte de julho. De trás de nós, da boia, vinham gritos, berros e gargalhadas de crianças que subiam e mergulhavam, subiam e eram empurradas. Ouvia os tambores de querosene vazios que sustentavam a boia baterem uns contra os outros — um barulho diferente de sinos de igreja, solene e profundo. Na praia de areia e cascalho, corpos cheios de óleo virados de barriga para baixo sobre esteiras, criancinhas com baldes na beira da água ou alegremente sentadas cobrindo os cabelos de areia com pás de plástico, adolescentes sorrindo em grupo, olhando as meninas andarem sem parar de um lado para o outro em pares, trios, nunca sozinhas, as partes secretas de seus corpos envolvidas em roupas de banho. As pessoas atravessavam a areia quente na ponta dos pés, pulando, até o bar. Voltavam com batatas fritas, cachorros-quentes, sorvetes.

A sra. Cote passou por nós num barco inflável de borracha. Estava deitada, com o uniforme que usava de setembro a junho na escola: saia e blusa cinza com um grosso suéter embaixo da jaqueta, uma flor presa no busto quase inexistente, grossas meias da cor de balas de menta. Seus sapatos pretos de velha de saltos altos balançavam dentro d'água, formando pequenos Vs. Seus cabelos eram pintados de azul, como os de minha mãe, e cheios de cachos que pareciam molas de relógio. Seus óculos brilhavam brutalmente ao sol.

— Cuidado, meninos — disse ela. — Cuidado, senão bato em vocês até ficarem cegos. Posso fazer isso; o conselho da escola me deu esse direito. Agora, sr. Chambers, "Mending Wall", de cor, por favor.

— Eu tentei devolver o dinheiro — disse Chris. — A sra. Simons concordou, mas *ficou* com o dinheiro! Está entendendo? Ela *pegou*! Agora o que a senhora vai fazer? Bater nela até *ela* ficar cega?

— "Mending Wall", sr. Chambers, por favor. De *cor*.

Chris lançou-me um olhar desesperado, como que dizendo: *Não disse que ia ser assim?*, e começou a entrar na água. Começou: "Alguma coisa lá que não ama um muro, que manda o solo congelado debaixo dele..." E então sua cabeça afundou, sua boca encheu-se de água enquanto recitava.

Subiu de novo, gritando:

— Me ajude, Gordie, me ajude!

Então foi puxado para baixo de novo. Olhando para o fundo da água cristalina, eu via dois corpos nus segurando seus quadris. Um era Vern e o outro Teddy, e seus olhos abertos eram brancos e sem pupila, como os olhos de estátuas gregas. Seus pênis pré-adolescentes flutuavam flácidos longe da barriga como algas brancas. A cabeça de Chris rompeu a água novamente. Tinha uma das mãos estendida para mim e seu choro era histérico como o de uma mulher e crescia, crescia na atmosfera quente e ensolarada de verão. Eu olhava assustado em direção à praia mas ninguém ouvia. O salva-vidas, seu corpo bronzeado e atlético sentado atraentemente no alto de sua torre de madeira em forma de cruz, simplesmente continuava sorrindo para a menina embaixo de maiô vermelho. Chris continuava a gritar. Já engasgado e fazendo bolhas, sendo puxado pelos corpos novamente. Quando o puxaram para o fundo, vi seus olhos esbugalhados virados para mim implorando em agonia; vi suas mãos brancas tentarem alcançar a superfície ensolarada da água. Mas, em vez de mergulhar e tentar salvá-lo, nadei desesperadamente para a beira, ou pelo menos até onde a água não cobrisse a minha cabeça. Antes de chegar lá — antes mesmo de chegar perto — senti uma mão mole, apodrecida, implacável, segurar minha panturrilha e começar a puxar. Um grito formou-se em meu peito... mas antes que conseguisse soltá-lo, o sonho esvaiu-se para um fac-símile da realidade. Era Teddy com a mão sobre a minha perna. Estava me sacudindo para me acordar. Era a minha vez.

Ainda meio sonhando, perguntei a Teddy com voz rouca:

— Você está vivo, Teddy?

— Não. Estou morto e você é um crioulo — disse ele, na mesma hora. Aquilo espantou o resto do sonho. Sentei-me perto da fogueira e Teddy deitou.

20

Os outros dormiram pesadamente o resto da noite. Eu cochilava e acordava, cochilava e acordava novamente. A noite não foi nada silenciosa; ouvi o triunfante ulular de uma coruja, o choro baixo de algum animalzinho talvez prestes a ser comido, alguma coisa maior se esgueirando atrás das moitas. Abaixo de tudo isso, num tom melancólico, os grilos. Não houve mais gritos. E cochilei e acordei, cochilei e acordei, e suponho que se tivesse sido descoberto com tal descuido em Le Dio, provavelmente teria sido condenado e executado.

Acordei mais rápido de meu último cochilo e percebi que algo estava diferente. Levei alguns segundos para descobrir: embora a lua tivesse sumido, podia ver minhas mãos sobre as pernas da calça jeans. Meu relógio marcava 4h45. Era quase de manhã.

Levantei, ouvi minhas costas estalarem, afastei-me alguns passos dos corpos amontoados de meus amigos e fiz xixi num arbusto. Estava começando a me livrar dos pesadelos noturnos; podia senti-los indo embora. Era uma sensação boa.

Remexi as cinzas dos trilhos e sentei num deles, preguiçosamente juntando cinzas entre meus pés, sem nenhuma pressa de acordar os outros. Naquele exato momento, o dia estava gostoso demais para ser compartilhado.

A manhã chegou depressa. O barulho dos grilos começou a diminuir e as sombras sob as árvores e arbustos evaporaram como poças d'água depois de uma chuva. O ar tinha aquela falta de gosto peculiar que prenuncia o último dia de calor de uma famosa série de dias quentes. Os pássaros que provavelmente tinham passado a noite escondidos como nós começavam agora a piar cheios de si. Uma cambaxirra pousou no topo da árvore de onde tínhamos tirado a madeira para o fogo, compôs as penas e voou.

Não sei quanto tempo fiquei sentado no trilho, vendo a coloração arroxeada sumir silenciosamente do céu, da mesma forma como havia surgido na noite anterior. Bem, o suficiente para o meu traseiro começar a reclamar. Ia levantar quando olhei para a direita e vi uma corça no meio dos trilhos a menos de 10 metros de distância.

Meu coração deu um pulo tão forte que acho que se tivesse colocado a mão na boca o teria tocado. Meu estômago e minha genitália encheram-se de uma quente excitação. Não me mexi. Se quisesse, não teria conseguido. Seus olhos não eram castanhos, mas de um preto fosco, da cor do veludo que forra os estojos de joias. Suas orelhas pequenas eram acetinadas. Olhou serenamente para mim com a cabeça ligeiramente abaixada, o que interpretei como curiosidade, já que estava vendo um garoto com os cabelos arrepiados da noite, vestindo jeans e camisa cáqui com remendos nos cotovelos e a gola virada para cima de acordo com a moda daquela época. O que eu estava vendo era uma espécie de presente, algo dado com um desprendimento comovente.

Olhamos um para o outro por um longo tempo... *acho* que foi longo. Então ela virou e andou para o outro lado, o rabo curto balançando despreocupadamente. Achou grama e começou a comer. Não olhou mais para mim, e não precisava; eu estava paralisado.

Então o trilho começou a vibrar debaixo de mim e em poucos segundos a corça levantou a cabeça e olhou para trás, em direção a Castle Rock. Ficou ali, o focinho preto mexendo de leve. Então foi-se em três lépidas galgadas, desaparecendo na floresta silenciosamente a não ser por um galho podre que estalou como um tiro de largada.

Fiquei sentado ali, olhando hipnotizado o lugar onde ela estivera, até que o barulho real do trem veio rompendo a tranquilidade. Pulei de volta para o lado onde os outros dormiam.

A passagem lenta e ensudercedora do trem acordou-os, e eles bocejaram e se coçaram. Conversaram um pouco, divertida e nervosamente, sobre o "caso do fantasma que gritava", como disse Chris, mas não tanto quanto era esperado. À luz do dia, era mais uma besteira do que algo interessante — quase embaraçoso. Melhor esquecer.

Ia contar para eles sobre a corça, mas acabei não contando. Foi uma das coisas que guardei para mim. Nunca havia falado nem escrito sobre isso até este momento, hoje. E tenho que dizer que escrito, no papel, parece uma coisa sem significado, quase inconsequente. Mas para mim foi a melhor parte do passeio, a mais limpa, e foi um momento a que retornei, inutilmente, ao enfrentar os problemas de minha vida — meu primeiro dia no Vietnam, quando um cara chegou na clareira onde estávamos com a mão no nariz e, quando tirou a mão, não tinha nariz, porque tinha levado um tiro; a ocasião em que o médico nos disse que nosso filho mais novo poderia ser hidrocéfalo (ele apenas nasceu com a cabeça grande, graças a Deus); as longas e desesperadas semanas antes de minha mãe morrer. Me pegava voltando em pensamento àquela manhã, o acetinado de suas orelhas, a pele branca do rabo. Mas ninguém dá a mínima, não é? As coisas mais importantes são as mais difíceis de expressar, pois as palavras as diminuem. É difícil fazer estranhos se importarem com as coisas boas de sua vida.

21

Os trilhos agora dobravam para o sudeste e corriam por entre emaranhados de pinheiros e densa vegetação rasteira. De café da manhã, comemos amoras pretas de alguns arbustos, mas amoras nunca satisfazem; o estômago as consome em trinta minutos e já começa a roncar de novo. Voltamos para perto do trilho — eram quase oito horas — e começamos a andar. Nossas bocas estavam roxas e nossas costas arranhadas dos galhos dos arbustos. Vern dizia, mal-humorado, que queria dois ovos fritos com bacon.

Aquele foi o último dia de calor, e acho que foi o pior. Logo o céu começou a cobrir-se de nuvens e por volta das nove horas estava cinza-chumbo, dando calor só de olhar. O suor corria e escorria por nossas costas e peito, deixando rastros limpos na fuligem e sujeira acumuladas. Mosquitos e moscas voavam ao redor de nossas cabeças em nuvens cada vez maiores. Saber que tínhamos longos quilômetros pela frente não melhorava em nada as coisas. No entanto, o fascínio de tudo nos estimulava e nos fazia andar cada vez mais rápido do que seria suportável naquele calor. Estávamos loucos para ver o corpo daquele garoto — não consigo dizê-lo de forma mais simples ou honesta. Mesmo que nos fizesse mal ou que tirasse nosso sono com sonhos horríveis, queríamos ver. Acho que passamos a acreditar que *merecíamos* vê-lo.

Eram quase nove e meia, quando Teddy e Chris encontraram água mais acima — gritaram para mim e Vern. Corremos até onde estavam. Chris ria, encantado.

— Olhem! Foram os castores que fizeram! — Apontou.

Era trabalho de castores, de fato. Um grande aqueduto corria à margem da estrada de ferro mais acima, e os castores haviam feito uma perfeita barragem fechando a saída com seus galhos e pedaços de pau cimentados com folhas, madeiras e lama seca. Os castores são bons trabalhadores, é verdade. Atrás da barragem havia se formado uma piscina natural, limpa e brilhante como um espelho ao sol. As casas dos castores espalhavam-se por vários lugares ao redor da água — pareciam iglus de madeira. Um pequeno riacho gotejava no canto da piscina, e as árvores ao seu redor estavam roídas e brancas como ossos até a altura de um metro.

— A estrada de ferro vai varrer isso logo, logo — disse Chris.

— Por quê? — perguntou Vern.

— Não podem ter uma piscina aqui — disse Chris. — Desvalorizaria a preciosa estrada de ferro. É por isso que colocaram aquele aqueduto ali, para começar. Vão matar uns castores, espantar o resto e destruir a barragem. Então isso vai voltar a ser um pântano, como provavelmente era antes.

— Acho que é isso mesmo — concordou Teddy.

Chris deu de ombros.

— Ninguém liga mesmo para os castores. Em nenhuma parte do Maine, isso com certeza.

— Acha que é bastante fundo pra gente nadar? — perguntou Vern, olhando gulosamente para a água.

— Só tem uma maneira de descobrir — disse Teddy.

— Quem vai ser o primeiro? — perguntei.

— Eu! — disse Chris.

Desceu correndo a margem tirando os tênis e a camisa amarrada na cintura com um safanão. Abaixou as calças e a cueca com um único movimento dos polegares. Equilibrou-se, primeiro numa perna e depois na outra, para tirar as meias. Então deu um mergulho no raso. Subiu balançando a cabeça para tirar os cabelos dos olhos.

— Está uma delícia! — gritou.

— É fundo? — perguntou Teddy. Nunca aprendera a nadar.

Chris ficou em pé e seus ombros romperam a superfície. Vi alguma coisa num deles — uma coisa cinza-escuro. Achei que fosse lama e me despreocupei. Se tivesse olhado mais de perto, teria evitado sérios pesadelos mais tarde.

— Venham, seus frescos!

Virou-se e saiu batendo os braços desajeitadamente pela piscina, mergulhou e voltou do mesmo jeito. A essa altura, estávamos nos despindo. Vern foi em seguida, depois eu.

Tocar na água foi fantástico — limpa e fria. Nadei até Chris, com a adorável sensação de não ter nada no corpo, apenas a água sedosa. Levantei-me e rimos um para o outro.

— Que máximo! — dissemos na mesma hora.

— É do caralho — disse ele, e jogou água na minha cara e nadou para o outro lado.

Ficamos brincando dentro d'água quase meia hora, até percebermos que o lago estava cheio de sanguessugas. Mergulhávamos, nadávamos por baixo d'água, dávamos caldos uns nos outros. Não percebemos nada. Então Vern mergulhou na parte mais rasa e plantou uma bananeira. Quando suas pernas emergiram, balançando, num triunfante "V", vi que estavam cobertas de blocos negro-acinzentados, como o que eu vira no ombro de Chris. Eram lesmas — das grandes.

Chris ficou boquiaberto, e eu senti todo o meu sangue gelar. Teddy gritou, e ficou pálido. Nós três começamos a nos debater para alcançarmos a margem, o mais rápido possível. Agora sei mais sobre lesmas aquáticas do que naquela época, mas, apesar de serem quase todas inofensivas, não consegui deixar de sentir um pavor quase insano até hoje. Elas têm um anestésico e um anticoagulante na saliva, o que significa que a vítima nunca sente nada quando elas colam. Se você não as vir, elas continuam se alimentando até que seus corpos, inchados, horríveis, caem, saciados, ou até explodirem, literalmente.

Pulamos na margem e Teddy teve uma crise histérica quando se olhou. Gritava enquanto ia arrancando as sanguessugas do corpo nu.

Vern emergiu e olhou para nós, intrigado.

— Pô, o que vocês estão...

— *Sanguessugas!* — gritou Teddy, tirando duas das coxas trêmulas e jogando-as o mais longe possível. — Merdas de sanguessugas filhas da puta! — explodiu sua voz, terrivelmente estridente.

— *Oh, meu Deus, meu Deus!* — gritava Vern. Cruzou a água batendo os braços e saiu tropeçando.

Eu ainda estava gelado; o calor do dia desaparecera. Ficava dizendo a mim mesmo para manter a calma. Para não começar a gritar, para não ser um fresco. Tirei meia dúzia do braço e várias do peito.

Chris virou-se de costas para mim.

— Gordie, ainda tem? Tira se tiver, por favor, Gordie!

Ainda tinha, cinco ou seis, descendo por suas costas como grotescos botões pretos. Puxei os corpos macios e desossados de sua pele.

Esfreguei mais das minhas pernas e pedi a Chris para ver as minhas costas.

Estava começando a relaxar um pouco — foi quando olhei para baixo e vi a maior de todas presa em meus testículos, seu corpo quatro vezes maior que o normal. Sua pele preto-acinzentada estava vermelho-arroxeada. Foi quando comecei a perder o controle. Não exteriormente, pelo menos não de maneira muito evidente, mas interiormente, onde importa.

Passei as costas das mãos sobre seu corpo liso e pegajoso. Continuou agarrada. Tentei de novo e não consegui tocá-la. Virei para Chris, tentei falar, não consegui. Em vez disso, apontei. Seu rosto, já cinzento, ficou mais pálido.

— Não consigo tirar — disse por entre os lábios paralisados. — Você... você pode...

Mas ele recuou, balançando a cabeça, a boca trêmula.

— Não posso, Gordie — disse ele, incapaz de tirar os olhos. — Sinto muito, mas não posso. Não. Ai, não. — Virou-se, curvado, com uma das mãos pressionando o diafragma como o mordomo de uma comédia musical, e vomitou no meio de arbustos de zimbro.

Você tem que se controlar — pensava eu, olhando a sanguessuga que pendia de meu corpo como uma estranha barba. Seu corpo visivelmente inchava cada vez mais. *Você tem que se controlar e tirá-la. Seja forte. É a última. A última.*

Estendi a mão novamente, arranquei-a e ela estourou entre meus dedos. Meu próprio sangue escorreu pela palma de minha mão até o pulso, num fluxo quente. Comecei a chorar.

Ainda chorando, andei até minhas roupas e me vesti. Queria parar de chorar, mas não parecia capaz de fazer pararem as lágrimas. Então começaram os soluços, piorando a situação. Vern veio correndo, ainda nu.

— Elas saíram, Gordie? Saíram de mim? Saíram de mim?

Rodopiou na minha frente, como um dançarino maluco num baile de carnaval.

— Saíram? Hein? Hein? Saíram, Gordie?

Seus olhos me percorriam, arregalados e brancos como os de um cavalo de carrossel.

Respondi que sim com a cabeça e continuei chorando. Parecia que a minha nova profissão seria chorar. Enfiei a camisa e abotoei-a até o pescoço. Vesti as meias e calcei os tênis. Aos pouquinhos, as lágrimas foram diminuindo. Finalmente cessaram, e ficaram alguns soluços e gemidos, que depois pararam também.

Chris veio andando em minha direção, limpando a boca com um punhado de folhas. Seus olhos estavam assustados, silenciosos e arrependidos.

Quando estávamos todos vestidos, ficamos parados nos olhando por um instante, e então começamos a subir a margem da estrada de ferro. Olhei mais uma vez a sanguessuga morta em cima de um dos arbustos pisoteados sobre os quais havíamos pulado, gritado e chorado. Tinha um aspecto menos intumescido... mas ainda sinistro.

Quatorze anos depois, publiquei meu primeiro romance e fiz minha primeira viagem a Nova York.

— Serão três dias de comemorações — disse-me meu editor ao telefone. — As pessoas que só sabem dizer besteiras serão barradas no ato. — Mas claro que foram três dias de pura besteira.

Enquanto estava lá, queria fazer todas as coisas de quem não mora nas cidades grandes — assistir a um show no Radio City Music Hall, subir até o último andar do Empire State Building (dane-se o World Trade Center; o prédio que King Kong subiu em 1933 sempre será o maior do mundo para mim), visitar Times Square à noite. Keith, meu editor, parecia encantado em me ciceronear. O último programa de turista que fizemos foi um passeio de barco até Staten Island e, encostado no parapeito, por acaso olhei para baixo e vi uns vinte preservativos usados boiando suavemente avolumados. Foi um momento de recordações — talvez, na verdade, tenha sido uma viagem no tempo. De qualquer maneira, por um segundo, voltei literalmente ao passado, parando na metade daquela margem e olhando para trás para a sanguessuga: morta, menos inchada... mas ainda sinistra.

Keith deve ter visto algo em meu rosto, pois disse:

— Nada bonito, não é?

Apenas balancei a cabeça, querendo lhe dizer que não se desculpasse, querendo lhe dizer que você não precisa ir a Nova York e passear de barco para ver camisinhas usadas, querendo dizer: *O único motivo pelo qual uma pessoa escreve é para entender o passado e preparar-se para futuras perdas; por isso, todos os verbos dos romances são no passado, meu caro Keith, mesmo os que vendem milhões de cópias. As duas únicas manifestações artísticas úteis são a religião e os romances.*

Fiquei bastante bêbado naquela noite, como você deve ter imaginado.

O que disse a ele foi:

— Estava pensando em outra coisa, só isso. — As coisas mais importantes são as mais difíceis de expressar.

22

Continuamos a caminhar seguindo os trilhos — não sei quanto mais — e eu estava começando a pensar: *Ora, tudo bem, vou conseguir superar, já está tudo terminado, só um bando de sanguessugas, e daí?* Ainda estava pensando sobre aquilo quando, de repente, um branco tomou conta de minha vista e eu caí.

A queda deve ter sido forte, mas cair sobre os dormentes foi como mergulhar num colchão quente e macio de penas. Alguém me virou. O toque de mãos era indistinto e sem importância. Seus rostos, balões flutuantes me olhando de grande altura. Tinham a mesma aparência que o rosto do árbitro deve ter para o lutador que levou um golpe e está caído se recuperando. Suas palavras oscilavam pacificamente, sumindo e voltando.

— ... ele?

— ... tudo...

— ... se você acha que o sol...

— Gordie, você está...

Então, devo ter dito alguma coisa sem sentido, pois pareceram *realmente* preocupados.

— É melhor levar ele, cara — disse Teddy, e então o branco tomou conta de tudo novamente.

Quando passou, eu parecia estar bem. Chris estava agachado a meu lado dizendo:

— Está me ouvindo, Gordie? Você está bem, cara?

— Estou — disse eu, e sentei. Milhares de pontos pretos explodiram diante de meus olhos, e depois sumiram. Esperei para ver se voltavam, e então me levantei.

— Você quase me matou de susto, Gordie — disse ele. — Quer um gole de água?

— Quero.

Ele me deu seu cantil de água, cheio até a metade, e deixei três grandes goles escorrerem por minha garganta.

— Por que você desmaiou, Gordie? — perguntou Vern, ansioso.

— Caí na besteira de olhar para a tua cara — disse eu.

— Eeee-eee-eee — cacarejou Teddy. — Grande, Gordie! Essa foi ótima!

— Você está bem mesmo? — insistiu Vern.

— Estou. Claro. Foi... ruim por uns minutos. Pensar naquelas sanguessugas.

Balançaram a cabeça sensatamente. Descansamos cinco minutos à sombra e continuamos a andar, eu e Vern de um lado dos trilhos e Chris e Teddy do outro. Achávamos que estávamos perto.

23

Não estávamos tão perto como imaginávamos, e se tivéssemos nos dado ao trabalho de olhar o mapa da estrada por dois minutos, teríamos visto por quê. Sabíamos que o corpo de Ray Brower tinha que estar perto da Back Harlow Road, que acaba na margem do rio Royal. Uma outra ponte leva os trilhos da GSWM através do Royal. Então pensamos assim: Quando chegarmos perto do Royal, estaremos perto da Back Harlow Road, onde Billy e Charlie estacionaram no dia em que viram o garoto. E, como o

Royal ficava a apenas 16 quilômetros do rio Castle, imaginamos que seria moleza.

Mas isso se fossem 16 quilômetros em linha reta, pois os trilhos não iam direto do Castle ao Royal. Ao contrário, faziam uma grande volta para evitar uma região montanhosa e fria chamada The Bluffs. De qualquer maneira, teríamos visto aquela volta muito bem se tivéssemos olhado o mapa, e percebido que, em vez de 16, teríamos que andar 25 quilômetros.

Chris começou a desconfiar quando passava do meio-dia e ainda nem avistáramos o Royal. Paramos para ele subir num grande pinheiro e dar uma olhada em volta. Desceu e nos deu um relatório bem simples: no mínimo, às 16 horas alcançaríamos o Royal, e isso se fôssemos rápido.

— Que *merda*! — disse Teddy. — E o que vamos fazer agora?

Olhamos os rostos cansados e suados uns dos outros. Estávamos com fome e sem paciência. A grande aventura transformara-se numa longa e estafante caminhada — sombria e algumas vezes assustadora. A essa altura, teriam sentido nossa falta em casa também, e se Milo Pressman já não tivesse informado a polícia sobre nós, o maquinista do trem o teria feito. Pensamos em pegar carona de volta para Castle Rock, mas às 16 horas faltariam apenas três para escurecer, e *ninguém* dá carona para quatro garotos numa estrada secundária no campo ao escurecer.

Tentei evocar a imagem tranquila da minha corça mordendo a grama verde da manhã, mas até isso parecia desinteressante e ruim, o mesmo que um bicho empalhado como um troféu na estante de um caçador, com um brilho falso nos olhos.

Finalmente Chris disse:

— Ainda é mais perto continuar. Vamos.

Virou-se e começou a andar seguindo os trilhos com os tênis sujos, a cabeça baixa, sua sombra como uma poça a seus pés. Após um ou dois minutos, nós o seguimos em fila indiana.

24

Nos anos que se passaram entre aquela época e hoje, ao escrever estas memórias, pensei muito pouco naqueles dois dias de setembro, pelo menos conscientemente. As associações que as memórias trazem à tona são tão desagradáveis como cadáveres boiando há uma semana no rio. Como consequência, nunca questionei realmente nossa decisão de seguir os trilhos. Colocando de outra forma, pensei algumas vezes sobre *o que* decidimos fazer, mas nunca sobre como fizemos.

Mas agora uma hipótese muito mais simples me vem à cabeça. Tenho certeza de que se a ideia *tivesse* surgido, teria sido contestada — seguir os trilhos pareceria muito mais legal, mais quente, como dizíamos naquela época. Mas se a ideia tivesse surgido e não tivesse sido contestada, nada do que aconteceu teria acontecido. Talvez Chris, Teddy e Vern até estivessem vivos hoje. Não, não morreram na floresta nem na estrada de ferro; ninguém morre neste conto a não ser algumas sanguessugas e Ray Brower, e se você quiser ser mesmo justo, ele estava morto antes do começo. Mas a verdade é que, dos quatro que tiraram cara ou coroa para ver quem ia ao Florida Market, apenas o que foi ainda está vivo. O velho marinheiro de 34 anos, com você, caro leitor, no papel de convidado (nesta hora, você não devia olhar a foto da capa e ver se meus olhos o prendem com o seu encanto?). Se você sente uma certa irreverência de minha parte, você está certo — mas, talvez eu tenha um motivo. Numa cidade em que nós quatro seríamos considerados jovens e imaturos demais para sermos presidente, três de nós estão mortos. E se pequenos eventos realmente crescem com o tempo, sim, talvez se tivéssemos feito o mais simples e pego uma carona em Harlow, ainda estaríamos todos vivos hoje.

Poderíamos ter pego uma carona até a Rota 7 para a Shiloh Church, que ficava no cruzamento da autoestrada com a Back Harlow Road (pelo menos até 1967, quando foi destruída por um incêndio atribuído a uma ponta de cigarro de um mendigo). Com sorte teríamos chegado ao local onde estava o corpo ao entardecer do dia anterior.

Mas a ideia não teria resistido. Não teria sido derrubada com argumentos bem fundamentados numa retórica social de debate, mas com resmungos, caras feias, peidos e dedos em riste. A parte verbal da discussão teria sido composta por contribuições incisivas e brilhantes como "Vai se foder", "Ideia de merda" e aquele velho e infalível recurso: "Tua mãe tem algum filho vivo?"

Estava subentendida — talvez fosse óbvia demais para ser dita — a ideia de que aquilo era uma coisa *importante*. Não era como sair jogando bombinhas, nem tentar olhar pelo buraco da fechadura do banheiro de mulheres no Harrison State Park. Era algo comparável com a primeira transa, ou ir para o Exército, ou comprar a primeira garrafa de bebida — simplesmente entrar na loja, se você entende, escolher uma garrafa de bom scotch, mostrar ao vendedor sua identidade e carteira de motorista e sair com um sorriso no rosto e aquele saco de papel na mão, membro de um clube com certos direitos e privilégios a mais que nossa velha casa na árvore com telhado de zinco.

Existe um grande ritual para todos os eventos fundamentais, os ritos de passagem, o corredor mágico onde a mudança ocorre. Comprar preservativos. Ficar frente a frente com o ministro. Levantar a mão e prestar juramento. Ou, se preferir, descer o caminho dos trilhos para encontrar um amigo da mesma idade na metade do caminho, da mesma maneira que eu descia a Pine Street para encontrar Chris quando vinha à minha casa, ou que Teddy descia até a metade da Gates Street para me encontrar quando eu ia à sua casa. Parecia certo agir assim, pois o rito de passagem *é* um corredor mágico e por isso nós fornecemos um caminho — é por onde você anda quando se casa, o percurso que você faz ao ser enterrado. Nosso corredor era aquele par de trilhos, e caminhamos entre eles, esperando, o que quer que aquilo significasse. Talvez não se pegue carona numa situação dessas. E talvez achássemos que fosse certo ter sido mais difícil do que esperávamos. Os eventos em torno de nossa jornada transformaram-na naquilo que suspeitávamos que fosse desde o início: uma coisa séria.

O que *não* sabíamos quando andamos por Bluffs era que Billy Tessio, Charles Hogan, Jack Mudgett, Norman "Fuzzy" Bracowicz, Vince Desjardins, o irmão mais velho de Chris, Eyeball, e Ace Merrill estavam todos a caminho, para darem eles próprios uma olhada no morto — de uma maneira estranha Ray Brower tornara-se famoso, e nosso segredo transformou-se numa turnê. Estavam amontoados no Ford 52 conversível de Ace e no Studebaker 54 rosa de Vince, desde que começamos a última parte da viagem.

Billy e Charlie haviam conseguido guardar seu enorme segredo por apenas 24 horas. Então Charlie contou para Ace enquanto jogavam bilhar e Billy tinha contado para Jack Mudgett enquanto pescavam na ponte Boom Road. Tanto Ace quanto Jack tinham jurado pela mãe que guardariam segredo, e foi assim que todos os membros da gangue ficaram sabendo ao meio-dia. Acho que você pode imaginar o que aqueles imbecis pensavam de suas mães.

Reuniram-se todos no salão de bilhar e Fuzzy Bracowicz adiantou a teoria (que você já ouviu antes, caro leitor) de que poderiam tornar-se heróis — sem falar em personalidades de destaque do rádio e da TV — "descobrindo" o corpo. Tudo o que teriam que fazer, sustentou Fuzzy, era sair em dois carros com muitas varas de pescar na caçamba. Depois que achassem o corpo, a história ficaria perfeita. Estávamos pensando em tirar uns peixinhos do rio Royal, delegado. Ha, ha, ha. Olhe o que achamos.

Estavam subindo a toda velocidade a estrada de Castle Rock para a área de Back Harlow na mesma hora em que finalmente começamos a nos aproximar.

25

Começaram a se formar nuvens no céu por volta das 14 horas, mas, no começo, nenhum de nós levou a sério. Não chovia desde os primeiros dias de julho, então por que haveria de chover agora? Mas continuaram a crescer ao sul, cada vez mais, nuvens de trovão roxas como edemas, e lentamente começaram a se deslocar em nossa direção. Olhei para elas atentamente, procurando aquela membrana embaixo que significa que já começou a chover a 30 quilômetros de distância, ou 60. Mas ainda não havia chuva, as nuvens só estavam começando a se formar. Vern estava com uma bolha no calcanhar, e paramos para descansar enquanto ele colocava um pouco de musgo tirado da casca de um velho carvalho na parte de trás do tênis esquerdo.

— Vai chover, Gordie? — perguntou Teddy.

— Acho que sim.

— É foda — disse ele, e suspirou. — Que foda difícil.

Eu ri e ele piscou para mim.

Recomeçamos a andar, agora um pouco mais devagar, por respeito ao pé machucado de Vern. E, entre 14 e 15 horas, a qualidade da luz do dia começou a mudar, e tivemos certeza de que a chuva se aproximava. Estava tão quente quanto antes, e ainda mais úmido, mas tínhamos certeza. E os pássaros também. Pareciam surgir do nada e cruzar o céu, tagarelando e gritando alto uns com os outros. E a luz. De uma claridade firme e causticante, transformou-se numa luminosidade filtrada, quase perolada. Nossas sombras, que tinham começado a crescer novamente, também ficaram imprecisas e mal definidas. O sol começara a surgir e a sumir por entre a espessa camada de nuvens, e o céu a sudoeste adquirira um tom de cobre. Observamos os relâmpagos chegarem mais perto, fascinados por seu tamanho e ameaça muda. De vez em quando, parecia que uma lâmpada enorme tinha se apagado dentro das nuvens, transformando sua cor roxa momentaneamente num cinza-claro. Vi um raio com o formato de um garfo dentado sair de dentro da que estava mais perto. Foi tão forte que deixou uma tatuagem azul em minhas retinas. Foi seguido de uma trovoada longa e ameaçadora.

Reclamamos um pouco de sermos pegos pela chuva, mas só porque era inevitável — logicamente estávamos todos esperando ansiosamente por aquilo. Seria gelada e refrescante... e sem sanguessugas.

Um pouco depois das três e meia da tarde, vimos uma água corrente por entre as árvores.

— É ele! — gritou Chris, exultante. — É o Royal!

Começamos a andar mais rápido, com ânimo novo. A tempestade estava chegando perto. O ar começou a se agitar, e a temperatura pareceu cair alguns graus num espaço de segundos. Olhei para baixo e vi que minha sombra desaparecera completamente.

Andávamos em pares novamente, cada um de um lado dos trilhos. Minha boca estava seca, pulsando com uma secura tensa. O sol mergulhou atrás de outra camada de nuvens e dessa vez não voltou. Por um momento, as bordas da camada de nuvens foram bordadas de ouro, como uma ilustração do Antigo Testamento da Bíblia, e, então, a barriga estufada da nuvem cor de vinho bloqueou todos os rastros de sol. O dia ficou nublado — as nuvens consumiam rapidamente o último azul do céu. Sentíamos o cheiro do rio tão nitidamente como se fôssemos cavalos — ou talvez fosse o cheiro da chuva iminente. Havia um oceano acima de nós, contido por uma bolsa fina que se romperia a qualquer momento e deixaria cair uma enchente.

Eu tentava olhar para o mato no chão, mas meus olhos eram atraídos continuamente para aquele céu turbulento e apressado; em suas cores profundas podia-se imaginar qualquer previsão: água, fogo, vento, granizo. A brisa quente tornou-se mais insistente, assoviando por entre os pinheiros. Um repentino raio lampejou, aparentemente bem acima de nós, fazendo-me gritar e colocar as mãos nos olhos. Deus tinha tirado minha fotografia, um garotinho com a camisa amarrada na cintura, inchaços nos ombros nus e fuligem nas bochechas. Ouvi uma árvore cair a menos de 60 metros. O estalo do trovão fez com que eu me encolhesse. Queria estar em casa lendo um bom livro num lugar seguro... como o porão de batatas.

— Meu Deus! — exclamou Vern em voz alta e débil. — Oh, meu Deus, olha lá!

Olhei na direção que Vern apontava e vi um bólido azul e branco subindo pelo lado esquerdo da estrada de ferro GSWM, estalando e assoviando para o mundo como um gato escaldado. Passou veloz por nós ao nos virarmos para olhá-lo, perplexos, pela primeira vez conscientes de que coisas daquele tipo podiam existir. A 7 metros adiante, de repente fez *pop!* e desapareceu, deixando atrás de si um cheiro denso de ozônio.

— O que eu estou fazendo aqui, afinal? — murmurou Teddy.

— É foda! — exclamou Chris, seu rosto ligeiramente virado para cima. — Vai ser uma foda como você nunca *imaginou*! — Mas eu estava com Teddy. Olhando para o céu, sentia uma sensação de tonteira e vertigem. Era como se estivesse olhando para um desfiladeiro de mármore profundo e misterioso. Outro raio caiu, fazendo com que nos encolhêssemos. Dessa vez, o cheiro de ozônio foi mais forte, mais presente. O estouro do trovão em seguida veio sem nenhuma interrupção perceptível.

Meus ouvidos ainda estavam zunindo quando Vern começou a gritar triunfante:

— *ALI, ELE ESTÁ ALI! BEM ALI! ESTOU VENDO ELE!*

Posso ver Vern agora, nesse minuto, se quiser — só preciso me recostar e fechar os olhos. Ele está lá, em pé ao lado esquerdo do trilho como um explorador na proa do navio, uma das mãos protegendo os olhos do clarão cinza do raio que acabou de cair, e a outra, esticada, apontando.

Corremos para seu lado e olhamos. Eu estava pensando comigo mesmo: *A imaginacão de Vern deixou-o perturbado, só isso. As sanguessugas, o calor, essa tempestade agora... os olhos dele estão vendo miragens, só isso.* Mas não era isso, embora, por um segundo, eu quisesse que fosse. Naquele segundo, percebi que nunca queria ter visto um cadáver, nem mesmo uma marmota atropelada.

No lugar onde estávamos, as chuvas adiantadas da primavera haviam destruído parte da margem, deixando um barranco irregular cheio de cascalhos de cerca de 12 metros. As equipes de manutenção da estrada de ferro ou ainda não tinham passado por lá em seus carros amarelos de conserto a diesel ou tinha acontecido há tão pouco tempo que ainda não haviam sido notificadas. No fundo do barranco havia um pântano com arbustos que cheirava mal. E, apontando para fora de um espinheiro de uvas-do-monte, uma mão pálida e branca.

Algum de nós respirou? Eu não.

A brisa agora era um vento — cortante e desagradável, vindo até nós de nenhuma direção em particular, pulando e rodopiando, batendo em nossas peles suadas e poros abertos. Quase nem percebi. Acho que parte da minha mente esperava que Teddy gritasse *Paraquedistas para o lado!,* e pensei que se ele fizesse isso iria enlouquecer. Teria sido melhor ver o corpo inteiro, de uma vez, mas não, só havia aquela mão esticada e imóvel, horrivelmente branca, os dedos inchados como a mão de um garoto afogado. Contou-nos a verdade sobre tudo. Explicou cada cemitério do mundo. A imagem daquela mão me ocorria cada vez que eu lia ou ouvia falar de uma atrocidade. Em algum lugar, preso àquela mão, estava o corpo de Ray Brower.

Raios faiscavam e estouravam. Trovões explodiam após cada raio, como se uma corrida de carruagens tivesse começado sobre nossas cabeças.

— Meer... — disse Chris, e não foi bem um xingamento, não a versão caipira de *merda* dita com uma haste fina de capim no canto da boca quando o carro de boi quebra... ao contrário, foi uma sílaba longa e desafinada, sem sentido: um suspiro que, por acaso, passou pelas cordas vocais.

Vern lambia os lábios compulsivamente, como se tivesse provado uma estranha e nova guloseima, pãezinhos de linguiça tibetanos, escargots interestelares, alguma coisa tão estranha que excitava e enjoava ao mesmo tempo.

Teddy apenas ficou parado olhando. O vento agitava seus cabelos anelados e oleosos, deixando as orelhas de fora e depois cobrindo-as. Seu rosto era um vazio. Posso dizer a você que vi algo ali, e talvez tenha visto, uma percepção tardia... mas não naquela hora.

Formigas pretas andavam de um lado para outro na mão.

Um murmúrio cada vez mais forte começou a crescer na mata dos dois lados dos trilhos, como se a floresta tivesse percebido que estávamos lá e comentasse isso. A chuva começara.

Grandes pingos caíram em minha cabeça e braços. Atingiram a margem, tornando o solo escuro por um momento — depois a cor mudou de novo, quando o chão seco e sedento absorveu a umidade.

Aqueles pingos grandes caíram talvez durante cinco segundos e passaram. Olhei para Chris e ele piscou os olhos ao me olhar de volta.

Então a tempestade chegou de vez, como se um chuveiro tivesse sido ligado no céu. O murmúrio transformou-se num alto falatório. Era como se estivéssemos sendo repreendidos por nossa descoberta, e era assustador. Ninguém fala sobre a falácia patética até que se entra na faculdade... e mesmo naquela época notei que só os completamente imbecis acreditavam que *era* uma falácia.

Chris pulou sobre o lado do barranco, seus cabelos já ensopados e grudados na testa. Segui-o. Vern e Teddy vieram em seguida, mas Chris e eu chegamos primeiro ao corpo de Ray Brower. Seu rosto estava virado para baixo. Chris olhou em meus olhos, seu rosto sério e duro — um rosto de adulto. Balancei a cabeça ligeiramente, como se ele tivesse falado alguma coisa.

Achei que estava lá embaixo e relativamente intacto, e não esmagado no meio dos trilhos, porque tentava sair do caminho quando o trem o pegou, jogando-o de pernas para o ar. Havia caído com a cabeça virada para os trilhos, os braços esticados sobre a cabeça como um mergulhador prestes a pular. Caíra nesse pedaço de terra lamacento que estava virando um pequeno pântano. Seus cabelos eram bem ruivos. A umidade do ar os enrolara um pouco nas pontas. Havia sangue neles, mas não muito, não uma quantidade brutal. As formigas eram mais brutais. Ele vestia uma camiseta lisa verde-escura e calças jeans. Seus pés estavam descalços, e a alguns metros atrás dele, preso nos arbustos altos de uvas-do-monte, vi um par de tênis de cano curto sujo. Por um momento, fiquei intrigado — por que ele estava aqui e os tênis lá? Depois percebi, e foi como um soco na boca do estômago. Minha mulher, meus filhos, meus amigos — todos eles acham que ter uma imaginação como a minha deve ser ótimo; além de ganhar bem, posso fazer um cineminha interior quando vem a monotonia. Quase sempre estão certos. Mas, de vez em quando, a situação vira e morde você com esses grandes dentes, dentes pontudos como os de canibais. Você vê coisas que não veria, coisas que o fazem ficar acordado até clarear o dia. Vi uma dessas coisas nesse momento, com absoluta clareza e exatidão. Tinha sido arrancado dos tênis. O trem o arrancara dos tênis como arrancara a vida de seu corpo.

Aquilo finalmente me fez cair na realidade. O menino estava morto. O menino não estava doente, o menino não estava dormindo. O menino não ia mais levantar de manhã nem levar bronca por ter comido maçãs demais ou por ter pego uma planta venenosa ou usado caneta que apaga na prova de matemática. O menino estava morto, mortinho. O menino não ia mais sair com os amigos para passear na primavera, mochila nas costas, catando coisas que a neve deixava descobertas quando derretia. O menino não ia acordar às duas da manhã de 1º de novembro desse ano, correr para o banheiro e vomitar o doce barato do Dia das Bruxas. O menino não ia puxar a trança de uma menina na sala de aula. O menino não ia dar nem receber um soco no nariz que fizesse sangrar. O menino era *não pode, não, não vai, nunca, não deve, não deveria, não poderia.* Era o lado negativo da pilha. O fusível queimado. A cesta de lixo da mesa da professora, que sempre cheira a lápis apontado e cascas de laranja do lanche. A casa mal-assombrada no campo de janelas quebradas, aviso de NÃO ULTRAPASSE jogado ao longe, nos campos, o sótão cheio de morcegos, o porão cheio de ratos. O menino estava morto, senhores, senhoras, jovens e senhoritas. Eu podia ficar o dia inteiro sem conseguir precisar a distância entre seus pés descalços no chão e os tênis sujos pendurados no arbusto. Eram mais de metros infinitos, zilhões de anos-luz. O menino estava desligado dos tênis sem nenhuma esperança de reconciliação. Estava morto.

Viramos ele de rosto para cima sob a chuva incessante, os raios, os estouros contínuos de trovões.

Havia formigas e insetos por todo o seu corpo e pescoço. Entravam e saíam rapidamente pela gola redonda de sua camiseta. Seus olhos estavam abertos, mas terrivelmente fora de sincronia — um estava revirado e só se via um mínimo arco da íris; o outro estava para cima, olhando a chuva. Tinha uma mancha de sangue ressecado abaixo da boca e no queixo — do nariz, imaginei — e o lado direito de seu rosto estava arranhado e roxo. Mesmo assim, pensei, não tinha uma aparência muito ruim. Uma vez, eu dei de cara numa porta que meu irmão Dennis estava abrindo e fiquei com hematomas piores que os do menino, fora o nariz sangrando, e ainda pude comer de tudo duas vezes no jantar depois disso.

Teddy e Vern ficaram atrás de nós, e se aquele olho virado para cima tivesse alguma capacidade de visão, acho que teríamos olhado para Ray Brower como se estivéssemos segurando a alça de um caixão num filme de terror.

Um besouro saiu de sua boca, passou pela bochecha imberbe, pisou num pedacinho de folha e foi embora.

— Viram isso? — perguntou Teddy, com uma voz alta, estranha e assustada. — Aposto que ele está todo *cheio* de insetos! Aposto que a *cabeça* dele...

— Cala a boca, Teddy — disse Chris, e Teddy calou, parecendo aliviado.

Um raio azul desenhou-se no céu fazendo o único olho do menino iluminar-se. Quase se podia acreditar que ele estava feliz por ter sido encontrado, e encontrado por meninos de sua idade. Seu torso estava inchado e havia um ligeiro odor gasoso ao seu redor, como o cheiro de peidos abafados.

Virei-me, certo de que ia ficar enjoado, mas meu estômago estava seco, duro, parado. De repente enfiei dois dedos na garganta, tentando vomitar, como se pudesse vomitar e me aliviar. Mas meu estômago só mexeu um pouco e parou novamente.

O murmúrio da chuva e os trovões haviam abafado completamente o barulho dos carros que se aproximavam pela Back Harlow Road, que ficava a poucos metros desse terreno pantanoso. Eles também abafavam o barulho da vegetação amassada pelos passos errantes dos rapazes que se aproximavam depois de estacionarem.

E a primeira voz que ouvimos foi a de Ace Merrill, sobressaindo no tumulto da chuva, dizendo:

— Porra, o que vocês sabem sobre isso?

26

Demos um pulo como se tivéssemos levado um susto e Vern deu um grito. Depois admitiu que por um instante pensou que a voz vinha do menino morto.

No final do caminho pantanoso, onde a floresta recomeçava, cobrindo o fim da estrada, Ace Merrill e Eyeball Chambers estavam parados, um pouco escondidos por uma cortina cinza de chuva. Ambos usavam jaquetas de náilon vermelhas da escola, aquelas que os alunos podem comprar, as mesmas que eles dão de graça para os atletas das universidades. Seus cabelos curtos estavam penteados para trás, bem rente à cabeça, e uma mistura de água de chuva e gomalina descia por seus rostos, como lágrimas artificiais.

— Filho da mãe! — disse Eyeball. — É o meu irmão mais novo!

Chris olhava fixamente para Eyeball boquiaberto. Sua camisa molhada, flácida e escura, ainda estava amarrada em volta de sua magra cintura. Sua mochila, manchada de verde mais escuro por causa da chuva, estava dependurada em seus ombros nus.

— Vai embora, Rich — disse ele, com a voz trêmula. — Nós o achamos. Nós temos o direito.

— Foda-se seu direito. Nós vamos avisar às autoridades.

— Não vão, não — disse eu. De repente fiquei furioso com eles, aparecendo assim na última hora. Se tivéssemos pensado um pouco, teríamos imaginado que algo desse tipo aconteceria... no entanto, uma coisa era certa: os meninos mais velhos, maiores, não iam levar a melhor — pegar o que queriam como que por direito divino, como se a fácil solução deles fosse a certa, a única. Tinham vindo de *carro* — acho que foi isso que me deixou com mais raiva. Tinham vindo de *carro.*

— Somos quatro, Eyeball. Tenta.

— Ah, vamos *tentar*, não se preocupe — disse Eyeball, e as árvores balançaram atrás dele e de Ace. Charlie Hogan e Billy, irmão de Vern, saíram do meio delas, xingando e enxugando os olhos. Tive a impressão de que tinha levado um golpe de boxe na barriga. Foi mais forte quando Jack Mudgett, Fuzzy Bracowicz e Vince Desjardins saíram de trás de Charlie e Billy.

— Aqui estamos nós — disse Ace, rindo. — Por isso...

— *VERN!* — gritou Billy Tessio, com aquela voz terrivelmente acusadora. Ele fechou as mãos. — Seu filho da mãe! Você estava embaixo da varanda! Seu bisbilhoteiro!

Vern recuou.

Charlie Hogan acrescentou positivamente lírico:

— Seu bisbilhoteiro de uma figa, chupador de boceta que fode com o dedo, eu devia te arrancar o couro!

— É mesmo? Então tenta! — esbravejou Teddy de repente. Seus olhos estavam loucamente acesos atrás das lentes molhadas. — Vem, vem pegar ele! Vem, valentão!

Billy e Charlie não precisaram de uma segunda chamada. Começaram a andar e Vern recuou novamente — sem dúvida, vendo dois monstros se aproximando. Recuou... mas estava confiante. Estava com seus amigos, e nós já passáramos por muita coisa, e não tínhamos chegado ali em dois *carros*.

Mas Ace deteve Billy e Charlie simplesmente encostando a mão em seus ombros.

— Agora ouçam bem, meninos — disse Ace. Falava pacientemente como se não estivéssemos naquela chuvarada. — Nós somos mais que vocês. Somos maiores. Vamos dar só uma chance para vocês caírem fora. Não quero nem saber para onde. Simplesmente desapareçam.

O irmão de Chris deu uma risadinha e Fuzzy bateu nas costas de Ace apreciando sua sabedoria. O imperador dos delinquentes juvenis.

— Porque *nós vamos* levar ele. — Ace sorriu gentil, e você podia imaginá-lo dando o mesmo sorriso antes de quebrar um taco de bilhar de algum punk mal-educado que tivesse cometido o terrível erro de esbarrar na mesa enquanto Ace preparava uma tacada. — Se vocês forem embora, nós vamos levar ele. Se ficarem, vamos arrebentar vocês e levar ele do mesmo jeito. Além do mais — acrescentou, tentando fazer justiça daquela sacanagem —, Charlie e Billy o encontraram, por isso o direito é deles.

— Eles foram covardes! — retrucou Teddy, gritando. — Vern contou para a gente! São uns fodidos mentirosos covardes! — Fez uma careta horrível imitando Charlie Hogan. — Era melhor não ter roubado aquele carro! Era melhor não ter ido à Back Harlow Road dar uma trepada! Ai, Billee, o que vamos fazer? Ai, Billee, acho que acabei de sujar minha cueca! Ai, Billee...

— Ah, é? — disse Charlie, partindo novamente para cima dele. Seu rosto estava contraído, com ódio e emburrado de vergonha. — Garoto, não sei seu nome, mas se prepara porque, da próxima vez que for tirar meleca, vai tirar lá embaixo, do outro lado.

Olhei atordoado para Ray Brower no chão. Ele olhava calmamente para cima com o único olho, abaixo de nós mas acima de tudo. Os trovões ainda continuavam incessantes, mas a chuva começara a diminuir.

— O que você acha, Gordie? — perguntou Ace. Segurava Charlie levemente pelo braço como um bom treinador seguraria um cachorro bravo. — Você deve ter pelo menos um pouco do bom senso do seu irmão. Diga a esses meninos para irem embora. Vou deixar Charlie bater um pouco no quatro-olhos e depois cada um vai tratar das suas coisas. O que você diz?

Ele fez mal em mencionar Denny. Eu queria argumentar com ele, dizer que Ace sabia muito bem que nós tínhamos todo o direito, já que Vern tinha ouvido Charlie e Billy dispensarem esse direito. Queria contar a ele que Vern e eu quase tínhamos sido atropelados por um trem na ponte sobre o rio Castle. Sobre Milo Pressman e seu inofensivo — pra não dizer estúpido — cachorro, Chopper, o cão maravilha. Sobre as sanguessugas também. Acho que tinha vontade de dizer a ele: “Espera aí, Ace, tem que haver justiça.” Mas ele teve que meter Denny no meio, e o que eu ouvi sair de minha boca, em vez de uma sensata argumentação, foi minha própria pena de morte:

— Vem chupar o meu pau grosso, seu marginalzinho de merda.

A boca de Ace formou um perfeito O de surpresa — a expressão foi tão inesperada que em outras circunstâncias teria se formado o maior tumulto. Todos — de ambos os lados do pântano — me olhavam fixamente, boquiabertos.

Então Teddy gritou exultante:

— Essa foi demais, Gordie! Demais mesmo!

Fiquei mudo, sem conseguir acreditar. Foi como se um substituto maluco tivesse aparecido no palco no momento crítico e declamado falas que não estavam nem na peça. Mandar um cara chupar era o pior xingamento, sem mencionar a mãe dele. De rabo de olho, vi que Chris tirava a mochila das costas e remexia lá dentro freneticamente, mas não entendi — não naquela hora.

— Muito bem — disse Ace, devagar. — Vamos em cima deles. Não machuquem ninguém, a não ser o Lachance. Vou quebrar os dois braços de merda dele.

Fiquei gelado. Não fiz xixi nas calças como acontecera na ponte, mas acho que foi porque não tinha nada para botar para fora. Ele ia fazer aquilo mesmo, entende? Nos anos que se passaram desde aquela época, mudei de opinião sobre muitas coisas, mas não sobre aquilo. Quando Ace disse que ia quebrar meus dois braços, era porque ia fazer isso mesmo.

Começaram a andar em nossa direção pela chuva fresca. Jackie Mudgett sacou um canivete do bolso e puxou a lâmina. Quase um palmo de metal pulou, cinza-chumbo sob a penumbra do final da tarde. Vern e Teddy de repente se colocaram cada um a meu lado em posição de briga. Teddy fez aquilo com disposição, Vern com uma careta desesperada, contorcida.

Os garotos grandes avançavam em fila, pisoteando o solo do pântano, agora uma poça enorme e cheia de lama por causa da chuva. O corpo de Ray Brower estendido a nossos pés parecia um barril cheio d'água. Preparei-me para brigar... e foi quando Chris disparou a pistola que pegara na cômoda do pai.

KA-BLAM!

Meu Deus, que barulho espetacular! Charlie Hogan deu um pulo. Ace Merrill, que me olhava fixamente, virou-se e olhou para Chris. Sua boca formou aquele O novamente. Eyeball ficou completamente surpreso.

— Ei, Chris, isso é do papai — disse ele. — Você vai ver a surra que vai levar...

— Isso não é nada em comparação com o que você vai levar — disse Chris. Seu rosto estava terrivelmente pálido, e toda a sua energia parecia ter sido sugada para os olhos. Estavam quase pulando.

— Gordie estava certo, vocês não passam de um bando de babacas — continuou. — Charlie e Billy não quiseram os direitos de merda, e todos vocês sabiam disso. Não teríamos vindo nos ferrar aqui se eles tivessem dito que viriam. Eles simplesmente foram para um lugar e contaram a história e deixaram Ace Merrill bolar o plano. — Sua voz elevou-se, e ele começou a gritar: — *Mas vocês não vão levar ele, estão me ouvindo?*

— Agora escute aqui — disse Ace. — É melhor abaixar isso antes que você arranque seu próprio pé. Você não consegue atirar nem numa marmota. — Ele começou a avançar novamente, com aquele sorriso gentil no rosto. — Você não passa de um fedelho nanico mijão e vou te fazer *engolir* essa pistola.

— Ace, se você não ficar parado vou atirar em você. Juro por Deus.

— Você vai em *cana* — cantarolou Ace, sem hesitar. Ainda ria. Os outros o olhavam apavorados e fascinados... do mesmo modo que Teddy, Vern e eu olhávamos para Chris. Ace Merrill era o cara mais invocado de toda a região e não achei que Chris pudesse enfrentá-lo. E a que levava isso? Ace não achava que um pirralho de 12 anos fosse realmente atirar nele. Acho que estava errado; achei que Chris fosse atirar em Ace antes de deixá-lo tomar a pistola de seu pai de suas mãos. Naqueles poucos segundos, achei que teríamos um péssimo problema, o pior que já vira. Problema de assassinato, talvez. E tudo por causa de quem tinha direitos sobre um garoto morto.

Chris disse tranquilamente, com muito pesar:

— Onde você quer, Ace? Perna ou braço? Eu não escolho. Você escolhe para mim.

E Ace parou.

27

Seu rosto murchou, e vi um medo repentino nele. Acho que foi o tom que Chris usou, mais que suas palavras propriamente; verdadeiro desapontamento pela situação que ia de mal a pior. Se era um blefe, realmente foi o melhor que já vi. Os grandes estavam completamente convencidos; tinham uma expressão perplexa, como se alguém tivesse colocado fogo numa bombinha de pavio curto.

Ace lentamente recobrou o autocontrole. Os músculos de seu rosto contraíram-se novamente, os lábios apertados, olhou para Chris como você olharia para um homem que acabou de lhe fazer uma séria proposta sobre um negócio — unir-se à sua firma, conceder-lhe uma linha de crédito, ou esculhambar com você. Foi uma expressão de curiosidade e espera, do tipo que faz você pensar que o medo passou — ou está bem guardado. Ace recalculara as chances de não levar um tiro e convencera-se de que a situação não lhe era tão favorável como pensara. Mesmo assim ele ainda oferecia perigo — talvez mais do que antes. Aquela fora a demonstração mais crua de malabarismo político que já vira. Nenhum dos dois estava blefando, ambos estavam envolvidos num negócio.

— Está bem — disse Ace, mansamente, dirigindo-se a Chris. — Mas eu sei como você vai sair dessa, filho da puta.

— Não sabe, não — disse Chris.

— Seu babaca! — gritou Eyeball. — Você vai se dar mal por isso!

— Duvido — disse Chris.

Com um grunhido, Eyeball avançou e Chris disparou uma bala na água a 3 metros dele. A água espirrou. Eyeball pulou para trás, xingando.

— Está bem, e agora? — perguntou Ace.

— Agora vocês entrem no carro e se mandem para Castle Rock. Depois não quero nem saber. Mas não vão levar ele. — Tocou ligeiramente em Ray Brower com a ponta do tênis ensopado. — Entenderam?

— Mas vamos te pegar — disse Ace. Estava começando a rir de novo. — Sabia?

— Pode ser que sim, pode ser que não.

— E vamos te pegar de jeito — continuou Ace, rindo. — E te machucar. Não acredito que não saiba disso. Vamos mandar todos vocês para o hospital cheios de fraturas. Mesmo.

— Ah, por que você não vai para casa comer a sua mãe? Ouvi dizer que ela adora o jeito que você faz.

O sorriso de Ace congelou.

— Vou te matar por causa disso. Ninguém xinga a minha mãe.

— Ouvi dizer que a sua mãe trepa por grana — prosseguiu Chris, e quando Ace começou a ficar pálido, com a pele cadavericamente branca como a de Chris, acrescentou: — Pra falar a verdade, ouvi dizer que ela dá chupadas em troca de fichas para a vitrola automática. Ouvi dizer...

A tempestade voltou violentamente, de uma vez. Só que dessa vez era granizo. Em vez de murmúrios ou falatórios, a mata parecia viva, como tambores na selva dos filmes de segunda categoria — o barulho era de enormes pedras de gelo batendo nos troncos das árvores. Pedras pontiagudas começaram a atingir meus ombros — era como se alguma força malévola e consciente as estivesse jogando. Pior, começaram a atingir o rosto de Ray Brower com um barulho horrível que nos fez lembrar dele de novo, de sua terrível e interminável paciência.

Vern sucumbiu primeiro, com um grito de lamento. Pulou para a margem dos trilhos em passadas largas e desajeitadas. Teddy aguentou mais um minuto e saiu correndo atrás de Vern com as mãos na cabeça. Do lado deles, Vince Desjardins meteu-se novamente embaixo de uns arbustos e Fuzzy Bracowicz juntou-se a ele. Mas os outros ficaram parados, e Ace começou a rir de novo.

— Fica aqui comigo, Gordie — disse Chris, em voz baixa e trêmula. — Fica aqui, cara.

— Estou aqui.

— Vai embora agora — disse Chris a Ace, e conseguiu, por um milagre, manter a voz firme. Seu tom era de quem dava instruções a um garoto idiota.

— Vamos te pegar — disse Ace. — Não vamos esquecer isso, de jeito nenhum. É uma grande ocasião, meu chapa.

— Está bem assim. Você vai embora e faz o ganho outro dia.

— Vamos te preparar uma armadilha, Chambers. Vamos...

— *Vai embora!* — gritou Chris, e levantou a arma.

Ace olhou para Chris mais um momento, balançou a cabeça e se virou.

— Vamos — disse aos outros. Olhou para trás por cima do ombro para Chris mais uma vez. — A gente se esbarra por aí.

Voltaram para o abrigo de árvores entre o pântano e a estrada. Chris e eu ficamos completamente parados apesar dos granizos que nos chicoteavam, deixavam nossa pele vermelha e se amontoavam ao nosso redor como neve. Ficamos parados ouvindo e, acima do louco barulho de calipso dos granizos batendo nos troncos das árvores, ouvimos dois carros ligando o motor.

— Fica aqui — disse Chris, e foi andando pelo caminho pantanoso.

— Chris! — gritei, em pânico.

— Tenho que ir. Fica aqui.

Parecia que já tinha ido há muito tempo. Convenci-me de que Ace ou Eyeball tinham ficado escondidos e o tinham agarrado. Fiquei sozinho com a companhia apenas de Ray Brower, e esperei alguém — qualquer um — voltar. Depois de um tempo, Chris voltou.

— Conseguimos — disse ele. — Foram embora.

— Tem certeza?

— Tenho. Os dois carros. — Levantou os braços com a arma nas mãos e sacudiu-os num gesto de campeão. Depois baixou-os e riu para mim. Acho que foi o sorriso assustado mais triste que já vi. — "Vem chupar o meu pau grosso"... quem te disse que você tem o pau grosso, Lachance?

— O mais grosso dos quatro cantos do mundo — disse eu. Estava tremendo todo.

Olhamos calorosamente um para o outro por um segundo e depois, talvez constrangidos com o que víamos, baixamos a cabeça juntos. Um terrível calafrio de medo me percorreu e pelo barulho que os pés de Chris fizeram percebi que ele também tinha visto. Os olhos de Ray Brower estavam arregalados e brancos, petrificados e sem as pupilas, como os olhos de estátuas gregas. Logo percebemos o que acontecera, mas isso não amenizou o nosso susto. As cavidades de seus olhos estavam cheias de granizo branco. Começavam a derreter e a água escorria por suas faces como se estivesse chorando por sua própria condição grotesca — um prêmio surrado e miserável disputado por dois babacas provincianos. As roupas dele também estavam brancas de granizo. Parecia vestido com a própria mortalha.

— Pô, Gordie, ei — disse Chris, tremendo. — Que coisa repugnante para ele.

— Acho que ele não sabe...

— Talvez aquilo que ouvimos fosse o espírito dele. Talvez ele soubesse que isso ia acontecer. Que merda de confusão. Estou sendo sincero.

Uns galhos estalaram atrás de nós. Virei-me, certo de que eles iam nos atacar, mas Chris fora contemplar o corpo, depois de lançar um olhar rápido e quase casual para trás. Eram Vern e Teddy, os jeans ensopados e pretos colados às pernas, sorrindo como dois cachorros que acabaram de chupar um osso.

— O que vamos fazer, cara? — perguntou Chris, e senti um arrepio me percorrer. Talvez estivesse falando comigo, talvez estivesse... mas continuava olhando para o corpo.

— Vamos levar ele, não vamos? — perguntou Teddy, desorientado. — Vamos ser heróis, não é? — Olhou de Chris para mim e de novo para Chris.

Chris levantou os olhos como que acordando subitamente de um sonho. Seus lábios curvaram-se. Deu passadas largas até Teddy, colocou as duas mãos em seu peito e empurrou-o agressivamente para trás. Teddy perdeu o equilíbrio, rodou os braços procurando estabilidade e caiu sentado no chão encharcado fazendo a água espirrar. Olhou espantado para Chris, com os olhos arregalados piscando, como um rato de laboratório. Vern olhava desconfiado para Chris, com medo de uma loucura. Talvez não estivesse tão errado assim.

— Você fica de bico calado — disse Chris a Teddy. — Vai para o inferno com esse negócio de paraquedistas para o lado. Seu frouxo nojento.

— Foi o *granizo*! — gritou Teddy chorando, irado e envergonhado — Não foram eles, Chris! Tenho medo de *tempestade*! Se não fosse isso, eu teria dado conta de todos eles de uma vez. Mas eu tenho medo de *tempestade!* Bosta! O que é que eu posso fazer? — Começou a chorar novamente sentado na água.

— E você? — perguntou Chris, virando-se para Vern. — Também tem medo de tempestade?

Vern balançou a cabeça inexpressivamente, ainda assustado com a raiva de Chris.

— Pô, cara, achei que todos fôssemos correr.

— Então você deve ser vidente, porque você correu primeiro.

Vern engoliu em seco e não disse nada.

Chris encarou-o, os olhos sombrios e enfurecidos. Então virou-se para mim.

— Vamos fazer uma maca para ele, Gordie.

— Se você acha...

— Claro! Como escoteiros. — Sua voz começou a elevar-se atingindo um tom estranho e esganiçado. — Como merda de escoteiros. Uma maca, com varas e panos. Como no manual. Certo, Gordie?

— Claro. Se você quiser. Mas se aqueles caras...

— *Fodam-se aqueles caras!* — gritou. — *Vocês não passam de um bando de babacas! Vão à merda, idiotas!*

— Chris, eles podem ter chamado os policiais.

— *Ele é nosso e nós vamos levá-lo!*

— Aqueles caras podiam falar qualquer coisa para nos humilhar — disse eu. Minhas palavras soaram fracas, estúpidas, doentes. — Inventar qualquer mentira. Sabe como certas pessoas criam problemas para outras. Contando mentiras, cara. Como o negócio do dinheiro do lan...

— *ESTOU POUCO LIGANDO!* — gritou e veio para cima de mim com os punhos cerrados. Mas um de seus pés tocou nas costelas de Ray Brower com um som surdo, fazendo o corpo rolar. Ele tropeçou e caiu estatelado, e esperei que levantasse e talvez me desse um soco na boca, mas em vez disso, ficou deitado ali com a cabeça virada para os trilhos e os braços esticados sobre a cabeça como um mergulhador prestes a pular, exatamente na mesma posição em que Ray Brower estava quando o encontramos. Olhei confuso para os pés de Chris para me certificar de que ele ainda estava de tênis. Então, começou a chorar e a soluçar, seu corpo tremendo na água enlameada fazendo-a respingar para os lados, dando socos no chão com as mãos fechadas e virando a cabeça de um lado para o outro. Teddy e Vern olharam para ele nervosos, pois ninguém jamais vira Chris Chambers chorar. Depois de alguns instantes, andei até a margem, subi e sentei num dos trilhos. Vern e Teddy me seguiram. Ficamos lá sentados, mudos, parecendo aqueles macacos das virtudes que se compram em lojas de souvenirs barateiras e desarrumadas que sempre parecem à beira da falência.

28

Vinte minutos se passaram até que Chris subiu a margem e veio sentar-se ao nosso lado. As nuvens haviam começado a dispersar-se. Raios de sol desciam por entre elas. Os arbustos pareciam ter ficado três vezes mais escuros nos últimos 45 minutos. Estava todo coberto de lama de um lado. Seus cabelos, também enlameados, estavam arrepiados. O único lugar limpo era ao redor dos olhos.

— Você tem razão, Gordie — disse ele. — Ninguém tem direitos. Eles estão por toda parte, né?

Assenti. Cinco minutos se passaram. Ninguém falava nada. E por acaso tive uma ideia — caso eles realmente chamassem a polícia. Desci a margem e fui até o lugar em que Chris estivera de pé. Ajoelhei-me e comecei a cavucar cuidadosamente a lama e a vegetação com os dedos.

— O que você está fazendo? — perguntou Teddy, juntando-se a mim.

— Está à esquerda, eu acho — disse Chris, e apontou.

Olhei naquela direção e depois de alguns instantes encontrei as duas cápsulas do cartucho. Brilhavam sob a fresca luz do sol. Entreguei-as a Chris. Ele balançou a cabeça e enfiou-as num bolso da calça jeans.

— Agora vamos — disse Chris.

— Ei, espera aí — Teddy gritou, realmente agoniado. — Eu quero *levar* ele.

— Olha aqui, idiota — disse Chris. — Se levarmos ele, podemos todos parar num reformatório. É o que Gordie falou. Aqueles caras podem inventar a história que quiserem. E se disserem que nós o matamos, hein? O que você acha?

— Estou pouco ligando — disse Teddy, mal-humorado. Depois, nos olhou com absurda esperança. — Além do mais, só vamos pegar uns meses. Como castigo. Quer dizer, só temos 12 anos, não vão nos mandar para Shawshank.

Chris disse tranquilo:

— Você não pode entrar para o Exército se for fichado, Teddy.

Eu tinha certeza de que aquilo não passava de uma mentira deslavada — mas, de qualquer modo, aquela não parecia a hora apropriada para dizer aquilo. Teddy ficou olhando para Chris por um longo instante, sua boca tremia. Finalmente conseguiu desembuchar:

— É verdade mesmo?

— Pergunte a Gordie.

Olhou para mim esperançoso.

— Ele tem razão — disse eu, sentindo-me um merda. — Ele tem razão, Teddy. A primeira coisa que eles fazem quando você se alista é checar seus antecedentes criminais.

— Meu Santo Deus!

— Vamos nos mandar para aquela ponte — disse Chris. — Depois vamos sair do caminho dos trilhos e chegar a Castle Rock pelo outro lado. Se nos perguntarem onde estávamos, vamos dizer que fomos acampar em Brickyard Hill e nos perdemos.

— Milo Pressman sabe muito bem — disse eu. — Aquele imbecil do Florida Market também.

— Então vamos dizer que Milo nos assustou e resolvemos ir até Brickyard.

Concordei. Podia dar certo. Se Vern e Teddy se lembrassem de confirmar.

— E se nossos pais se encontrarem? — perguntou Vern.

— Você se preocupa com isso se quiser — disse Chris. — Meu pai ainda vai estar de porre.

— Então vamos — disse Vern, olhando para as árvores entre nós e a Back Harlow Road. Parecia estar esperando guardas com suas matilhas de pastores despontarem no meio das árvores a qualquer momento. — Vamos logo enquanto ainda dá.

Já estávamos de pé, prontos para partir. Os pássaros cantavam como loucos, felizes com a chuva, o sol, o brilho e os vermes e com tudo no mundo, pensei. Viramo-nos todos ao mesmo tempo, como que puxados por cordas, e olhamos de novo para Ray Brower.

Continuava lá deitado, sozinho mais uma vez. Os braços dele tinham rolado quando o viramos, e agora parecia uma águia de asas abertas, como que reverenciando o sol. Na hora pareceu tudo bem, uma cena de morte mais natural do que qualquer outra criada por um agente funerário para uma plateia. Então vi os hematomas, o sangue ressecado no queixo e embaixo do nariz e o corpo começando a inchar. As moscas varejeiras tinham saído com o sol e começavam a cercar o corpo, zumbindo preguiçosas. Lembrei daquele cheiro gasoso, podre mas seco, feito puns abafados num lugar fechado. Era um garoto da nossa idade, estava morto, e rejeitei a ideia de que qualquer coisa ali pudesse ser natural; afastei-a com horror.

— Muito bem — disse Chris, tentando ser duro, mas a voz saiu da garganta como pelos secos de uma escova velha de roupa. — Já está mais do que na hora.

Começávamos a meio que trotar de volta para a direção de onde tínhamos vindo. Não falávamos. Não sei os outros, mas eu estava entretido demais no meu pensamento para falar. Certas coisas me incomodavam no corpo de Ray Brower — incomodaram na época e incomodam agora.

Um grande hematoma, o couro cabeludo esfolado, o nariz sangrando. Nada mais — pelo menos nada visível. Tem gente que sai de briga de bar em pior estado e vai direto beber. Mas o trem *deve* ter pego ele; por que outro motivo então os tênis estariam fora do pé daquele jeito? — E como o maquinista não tinha visto? Não podia ser que o trem o tivesse batido e jogado longe, sem o matar? Achei que, pela combinação das circunstâncias, aquilo podia ter acontecido. O trem teria batido nele de lado com violência quando tentava sair da frente? Batido e jogado seu corpo, como num salto mortal de costas, naquele buraco. Deve ter ficado acordado tremendo no escuro durante horas, não só perdido, mas também desorientado, separado do mundo. Talvez tivesse morrido de medo. Um pássaro com as asas feridas uma vez morreu nas minhas mãos daquele mesmo jeito. Seu corpo tremeu e vibrou ligeiramente, ele abriu e fechou o bico e seus olhos escuros e brilhantes me olharam. Então o tremor parou e o bico ficou meio aberto e os olhos tornaram-se opacos e indiferentes. Podia ter sido assim com Ray Brower. Podia ter morrido simplesmente porque tinha medo demais para continuar vivendo.

Mas tinha outra coisa, que era a que mais me incomodava, eu acho. Ele tinha saído para colher uvas-do-monte. Parecia me lembrar de ter ouvido no noticiário que ele carregava um balde para colocá-las. Quando voltamos, fui à biblioteca, procurei nos jornais só para ter certeza, e estava certo. Saíra para colher uvas-do-monte, e tinha um balde ou um pote

— qualquer coisa assim. Mas não o encontramos. Encontramos ele, e os tênis. Deve ter jogado fora em algum lugar entre Chamberlain e o caminho pantanoso onde morreu. Talvez no início tenha começado a segurá-lo com mais força ainda, como se ele o ligasse à sua casa, à segurança. Mas quando o medo foi aumentando, e com ele a sensação de estar completamente sozinho sem chances de ser salvo por ninguém, a não ser por si mesmo, quando o pânico realmente se instalou, deve tê-lo jogado na floresta de um dos lados dos trilhos, sem nem perceber direito.

Pensei em voltar e procurar — acha isso mórbido? Pensei em ir de carro até o final da Back Harlow Road na minha camioneta Ford quase nova e saltar, numa manhã ensolarada de verão, sozinho, minha mulher e meus filhos longe em algum lugar onde, se você aperta o interruptor, as luzes iluminam a escuridão. Pensei como seria. Tirar minha mochila das costas e deixá-la sobre o para-choque traseiro enquanto tiro cuidadosamente a camisa e amarro-a na cintura. Passar repelente no peito e nos ombros e depois me enfiar na mata até o lugar pantanoso, o lugar onde o encontramos. Será que a grama cresceria amarelada ali, formando o desenho de seu corpo? Claro que não, não haveria sinais, mas mesmo assim você fica refletindo e percebe como é tênue a divisória entre suas roupas de homem racional — o escritor com sua jaqueta de veludo cotelê com couro nos cotovelos — e os alegres mitos da infância. Depois subir a margem, já coberta de mato, e seguir devagar os trilhos enferrujados com os dormentes podres, até Chamberlain.

Fantasia idiota. Uma excursão para procurar uma vasilha de uvas-do-monte de 14 anos, que provavelmente foi jogada longe ou amassada por um trator que preparava um lote de meio acre de terra para uma casa que ocuparia toda a extensão de terreno, ou tão coberta de mato que se tornou invisível. Mas sinto com certeza que ainda está lá, em algum lugar ao longo da velha e tortuosa estrada de ferro da GSWM, e, às vezes, o ímpeto de ir e olhar é quase frenético. Geralmente acontece de manhã cedo, quando minha mulher está no chuveiro e as crianças vendo *Batman* e *Scooby-Doo* no canal 38 de Boston, e sinto-me mais como o Gordon Lachance pré-adolescente que já pisou na terra, andando e falando e algumas vezes se arrastando como um réptil. Aquele garoto era eu, acho. E a ideia que tenho em seguida, que me congela como um jato de água fria, é: *De que garoto você está falando?*

Bebendo uma xícara de chá, vendo o sol entrar pelas janelas da cozinha, ouvindo o barulho da televisão numa ponta da casa e o chuveiro noutra, sentindo os olhos ardendo, sinal de que exagerei um pouco na cerveja na noite anterior, tinha certeza de que podia encontrá-lo. Veria o metal claro cintilando no meio da ferrugem, o sol claro de verão refletindo-o em meus olhos. Desceria da margem, afastaria a grama que crescera enrolada na alça e então... o quê? Ora, simplesmente revivê-lo. Eu o reviraria várias vezes em minhas mãos, admirado com seu contato, maravilhado com a ideia de que a última pessoa a tocá-lo há muito estava em sua cova. Imagine se tivesse um bilhete. *Socorro, estou perdido.* Claro que não teria — meninos não saem para colher uvas-do-monte com lápis e papel —, mas só imagine. Acho que o respeito que sentiria seria como um eclipse. Mesmo assim, acho que é principalmente a ideia de segurar o balde com minhas duas mãos, um símbolo da minha vida e da morte dele, uma prova de que sei que garoto era — qual de nós cinco. Segurá-lo. Lendo todos os anos em sua ferrugem e no esmaecimento de seu brilho. Sentindo-o, tentando entender os sóis que brilharam sobre ele, as chuvas que caíram em cima dele e as neves que o cobriram. E pensar onde eu estava quando cada coisa aconteceu com ele naquele lugar solitário, onde eu estava, o que estava fazendo, quem estava amando, como ia de vida, onde estava. Ia segurá-lo, lê-lo, senti-lo... e olhar meu próprio rosto onde quer que haja sobrado brilho. Dá pra entender?

29

Chegamos de volta a Castle Rock pouco depois das cinco horas da manhã de domingo, na véspera do Dia do Trabalho. Tínhamos andado a noite inteira. Ninguém reclamou, embora todos estivessem com bolhas nos pés e com uma fome voraz. Minha cabeça latejava com uma dor lancinante, minhas pernas estavam doloridas e cansadas. Por duas vezes, tivemos que pular da margem dos trilhos por causa dos trens. Um deles ia na nossa direção, mas veloz demais para que pudéssemos pegá-lo. Estava começando a clarear quando chegamos novamente à ponte sobre o Castle. Chris olhou-a, olhou o rio, olhou para nós.

— Dane-se. Vou atravessar. Se um trem me pegar, não vou precisar me preocupar com o babaca do Ace Merrill.

Atravessamos — nos arrastamos, seria a melhor palavra. Nenhum trem apareceu. Quando chegamos ao depósito de lixo, pulamos a cerca (nem Milo nem Chopper, não a essa hora, e não numa manhã de domingo) e fomos direto até o poço. Vern foi o primeiro, depois cada vez um de nós colocava a cabeça sob o jato gelado, fazendo a água espirrar em nossos corpos, bebendo até não aguentar mais. Então tivemos que vestir nossas camisas de novo, pois a manhã parecia fria. Andamos — mancando — de volta para a cidade e paramos um pouco na calçada em frente ao terreno baldio. Olhamos para nossa casa na árvore para não precisarmos olhar uns para os outros.

— Bem — disse Teddy, por fim —, a gente se vê no colégio na quarta. Acho que vou dormir até lá.

— Eu também — disse Vern. — Estou mortinho.

Chris assoviara desafinado por entre os dentes e não falou nada.

— Ei, pessoal — disse Teddy, sem jeito. — Nada de rancor, está bem?

— Não — disse Chris, e, de repente, seu rosto sério e cansado iluminou-se com um sorriso doce. — Conseguimos, não foi? Pegamos os idiotas.

— É — disse Vern. — Você é o máximo. Agora Billy vai *me* pegar.

— E daí? — disse Chris. — O Richie vai me pegar e o Ace provavelmente vai pegar o Gordie e alguém vai pegar o Teddy. Mas nós conseguimos.

— É mesmo — disse Vern. Mas ainda parecia infeliz.

Chris me olhou.

— Conseguimos, não foi? — perguntou com suavidade. — Valeu a pena, não valeu?

— Claro que sim — respondi.

— Que droga — disse Teddy, com seu jeito seco de quem está perdendo o interesse. — Vocês parecem do programa *Encontro com a Imprensa*. Toquem aqui. Vou para casa ver se estou na lista dos Dez Mais Procurados da mamãe.

Todos nós rimos, e Teddy nos lançou aquele seu olhar surpreso e apertamos sua mão. Então ele e Vern foram na direção deles e eu deveria ter ido na minha, mas hesitei.

— Vou com você — ofereceu-se Chris.

— Claro, está bem.

Andamos mais de um quarteirão em silêncio. Castle Rock estava impressionantemente quieta cedo pela manhã, e tive uma sensação quase sagrada de que o cansaço estava indo embora. Estávamos acordados e o mundo inteiro dormia, e quase esperei virar a esquina e ver minha corça parada no final da Carbine Street, onde os trilhos da GSWM cruzam o terreno de descarga do moinho.

Finalmente Chris falou:

— Eles vão contar.

— Pode apostar que sim. Mas não hoje nem amanhã, se está preocupado com isso. Acho que vão demorar muito a contar. Talvez anos.

Olhou para mim, surpreso.

— Estão com medo, Chris. Principalmente Teddy, com medo de não ser aceito no Exército. Mas Vern também está. Vão perder o sono, e às vezes vão estar com aquilo na ponta da língua para contar a alguém, mas não acho que façam isso. Então... sabe o que vai acontecer? Parece maluquice, mas... acho que quase vão esquecer o que aconteceu.

Ele balançava a cabeça devagar.

— Não pensei assim. Você vê através das pessoas, Gordie.

— Quem me dera, cara.

— É, sim.

Andamos outro quarteirão em silêncio.

— Nunca vou sair desta cidade — disse Chris, e suspirou. — Quando você voltar da faculdade nas férias de verão, vai poder visitar Vern e Teddy, e eu no Sukey's, depois do turno das sete às três. Se você quiser. Só que provavelmente você nunca vai querer. — Deu uma risada esganiçada.

— Pare de imaginar coisas — disse eu, tentando parecer mais frio do que me sentia... estava pensando na floresta, em Chris dizendo: *E talvez eu o tenha entregue à sra. Simons e dito a ela, e talvez o dinheiro estivesse lá e mesmo assim fui suspenso por três dias, porque o dinheiro nun-*

ca apareceu. E talvez, na semana seguinte, a sra. Simons tenha aparecido no colégio com aquela saia novinha... O olhar. A expressão de seus olhos.

— Nada de imaginar coisas, senhor — disse Chris.

Esfreguei o indicador no polegar.

— Este é o menor violino do mundo tocando "Meu Coração se Desmancha em Mijo Roxo por Você".

— Ele era *nosso* — disse Chris, seus olhos sombrios à luz da manhã.

Tínhamos chegado à esquina da minha rua e ali paramos. Eram 6h15. Na cidade vimos o caminhão do *Sunday Telegram* parado em frente à loja do tio de Teddy. Um homem de jeans e camiseta jogou um pacote de jornais. Caiu de cabeça para baixo na calçada com as histórias em quadrinhos aparecendo (sempre Dick Tracy e Belinda na primeira página). Então, o caminhão seguiu, o motorista entregando o mundo exterior às outras cidadezinhas do caminho — Otisfield, Norway-South Paris, Waterford, Stoneham. Queria dizer mais uma coisa a Chris e não sabia como.

— Toca aqui, cara — disse ele, parecendo cansado.

— Chris...

— Toca aqui.

Apertei-lhe a mão.

— Te vejo depois.

Ele riu — o mesmo sorriso largo e doce.

— Não se eu vir você primeiro, otário.

Seguiu, ainda rindo, movendo-se com leveza e graça, como se não estivesse com dores e bolhas como eu, como se não tivesse mordidas inflamadas de mosquitos, carrapatos e borrachudos como eu. Como se não tivesse uma preocupação sequer na vida, como se estivesse indo para um lugar incrível, e não para sua casa de três cômodos (seu barraco, seria mais próximo da verdade) sem encanamento e com janelas quebradas cobertas com plástico e um irmão que provavelmente o esperava na porta. Mesmo se tivesse sabido o que dizer, provavelmente não teria podido dizer. As palavras destroem as funções de amor, eu acho — é horrível para um escritor dizer isso, mas acredito que seja verdade. Se você diz a uma corça que não vai lhe fazer mal, ela vai embora abanando o rabo. A palavra é o mal. O amor não é o que esses poetas idiotas como

McKuen querem que você pense que é. O amor tem dentes; morde; as feridas nunca cicatrizam. Nenhuma palavra, nenhuma combinação de palavras pode fechar essas mordidas de amor. É o inverso, isso é que é engraçado. Se essas feridas secam, as palavras morrem com elas. Acreditem em mim, fiz minha vida das palavras, e sei que é assim.

30

A porta de trás estava trancada, então peguei a chave sobressalente embaixo do capacho e entrei. A cozinha estava vazia, silenciosa, mortalmente limpa. Ouvi o zumbido das luzes fluorescentes em cima da pia quando apertei o interruptor. Havia literalmente anos que não me levantava antes da minha mãe; nem me lembrava mais da última vez que isso acontecera.

Tirei a camisa e coloquei-a na cesta de plástico atrás da máquina de lavar. Peguei um pedaço de pano limpo embaixo da pia e passei no rosto, pescoço, axilas, barriga. Depois tirei as calças e cocei os testículos até começarem a doer. Parecia que não podia ficar bem limpo naquele lugar, embora a marca vermelha deixada pela sanguessuga estivesse rapidamente desaparecendo. Até hoje tenho uma pequena cicatriz em forma de lua crescente nesse lugar. Uma vez, minha mulher perguntou sobre ela e eu disse uma mentira, antes mesmo de perceber que queria fazê-lo.

Quando acabei de usar o pano, joguei-o fora. Estava nojento.

Peguei uma dúzia de ovos e fiz seis mexidos. Quando ainda estavam meio moles, acrescentei um pouco de abacaxi amassado e meio copo de leite. Estava sentando para comer quando mamãe entrou, os cabelos grisalhos presos para trás num coque. Vestia um robe rosa desbotado e fumava um Camel.

— Gordon, por onde você andou?

— Acampando — disse eu, começando a comer. — Começamos no jardim de Vern e depois subimos o morro de Brickyard. A mãe de Vern disse que ia telefonar para você. Ela telefonou?

— Provavelmente falou com seu pai — disse ela, e passou por mim indo até a pia. Parecia um fantasma cor-de-rosa. As lâmpadas fluorescentes não lhe eram favoráveis ao rosto; faziam sua pele ficar quase amarela. Suspirou... quase soluçou. — Sinto mais a falta de Dennis pela manhã — disse ela. — Olho o quarto dele e está sempre vazio, Gordon. Sempre.

— É, é uma droga — disse eu.

— Sempre dormia com a janela aberta e os cobertores... Gordon? Disse alguma coisa?

— Nada importante, mãe.

— ... e os cobertores puxados até o queixo — finalizou. Então ficou olhando pela janela, de costas para mim. Continuei a comer. Meu corpo todo tremia.

31

A história realmente nunca foi comentada.

Bem, não estou dizendo que o corpo de Ray Brower não tenha sido encontrado; foi. Mas nem nossa turma nem a deles levou o mérito. No fim, Ace deve ter achado que uma ligação anônima era a saída mais segura, pois foi assim que a localização do corpo foi notificada. O que estava dizendo é que nossos pais nunca souberam o que fizemos no fim de semana do Dia do Trabalho.

O pai de Chris continuava bebendo, como Chris dissera. Sua mãe fora a Lewiston encontrar a irmã, como sempre fazia quando o sr. Chambers estava de porre. Foi e deixou Eyeball tomando conta dos irmãos menores. Eyeball cumpriu a ordem saindo com Ace e os outros delinquentes juvenis, deixando Sheldon, de 9 anos, Emery, de 5 e Deborah, de 2, se afogarem ou nadarem sozinhos.

A mãe de Teddy ficou preocupada na segunda noite e telefonou para a mãe de Vern. A mãe de Vern, que também não ia se dar ao trabalho de conferir, disse que ainda estávamos na barraca de Vern. Sabia porque tinha visto a luz acesa na noite anterior. A mãe de Teddy disse que realmente esperava que não estivéssemos fumando cigarros, e a mãe de Vern disse que parecia a luz de uma lanterna, e além do mais, tinha certeza de que nenhum dos amigos de Vern e Billy fumava.

Meu pai me fez algumas vagas perguntas, mostrando-se preocupado com minhas respostas evasivas, disse que iríamos sair para pescar juntos qualquer hora, e isso foi tudo. Se os pais tivessem se encontrado na semana seguinte ou na outra, tudo teria se revelado... mas não se encontraram.

Milo Pressman nunca falou nada também. Minha suposição é que pensou que seria nossa palavra contra a dele, e que íamos jurar que mandara Chopper me morder.

Assim a história nunca veio a público — mas não termina aqui.

32

Um dia perto do final do mês, quando eu voltava da escola para casa, um Ford preto 1952 me fechou em cima da calçada em que eu estava andando. Não tinha dúvidas quanto ao carro. Pneus de cinta branca, típicos de gângsteres, rodas com o centro de metal removível, enormes para-choques de cromo e uma caveira com uma rosa incrustada nela presa ao volante. No porta-malas traseiro estavam pintados um diabo e um valete de um olho só. Embaixo, em letras góticas, as palavras CARTA SELVAGEM.

As portas se abriram; Ace Merrill e Fuzzy Bracowicz saíram.

— Marginalzinho barato, não é? — disse Ace, com seu sorriso gentil. — Minha mãe adora o jeito que eu faço, não é?

— A gente vai te torturar, benzinho — disse Fuzzy.

Joguei meus livros no chão e saí correndo. Dei tudo de mim, mas eles me pegaram antes mesmo de eu chegar ao fim do quarteirão. Ace pulou em cima de mim e eu caí de cara no chão. Bati com o queixo no cimento e não vi somente estrelas; vi constelações inteiras, nebulosas completas. Já estava chorando quando me levantaram — não tanto pela dor nos cotovelos e joelhos, esfolados e sangrando, nem mesmo de medo, mas por uma raiva enorme, impotente. Chris tinha razão. Ele devia ser nosso.

Me virei e me debati, e quase escapei. Então Fuzzy enfiou o joelho nos meus testículos. A dor foi absurda, inacreditável, sem igual; como se sua intensidade fosse ampliada de uma tela normal antiga de televisão para um telão. Comecei a gritar. Gritar parecia ser a melhor solução.

Ace me atingiu duas vezes no rosto, dois murros violentos e estonteantes. O primeiro fez meu olho esquerdo fechar; levei quatro dias para ver alguma coisa por ele de novo. O segundo quebrou o meu nariz com o barulho que cereais torrados fazem dentro da cabeça quando você mastiga. Então a sra. Chalmers apareceu na varanda com a bengala na mão, toda torta por causa da artrite e um cigarro pendendo do canto da boca. Começou a gritar para eles:

— Ei, ei, meninos! Parem com isso! Deixem-no em paz! Provocadores! Dois contra um! Polícia! Polííííícia!

— Não deixa eu te ver por aí, babaca — disse Ace, rindo, e me largaram e se afastaram. Sentei e me curvei com as mãos nos testículos machucados, certo de que ia vomitar e morrer. E estava chorando também. Mas, quando Fuzzy começou a me rondar, a visão das pernas justas de sua calça jeans para dentro das botas de motoqueiro trouxe à tona toda a raiva. Segurei-o e mordi sua batata da perna por cima da calça. Mordi com toda a força que tinha. Fuzzy também começou a gritar. E começou a pular numa perna só e, inacreditavelmente, começou a me chamar de lutador covarde. Estava olhando ele pular quando Ace pisou na minha mão esquerda, quebrando os dois primeiros dedos. Ouvi quando quebraram. Não fizeram barulho de cereal torrado. Fizeram barulho de *pretzel*. Então Ace e Fuzzy voltaram para o Ford 52 de Ace, ele saltitando com as mãos nos bolsos e Fuzzy mancando e me xingando por cima do ombro. Fiquei caído curvado na calçada, chorando. Tia Evvie Chalmers saiu de casa e veio andando, batendo a bengala no chão com raiva. Perguntou se eu precisava de um médico. Sentei e consegui parar a maior parte do choro. Eu disse que não.

— Diabos — disse ela berrando. A tia Evvie era surda e falava tudo berrando. — Eu vi onde aquele metido a valentão acertou você. Meu filho, suas bolas vão inchar e ficar parecendo duas canecas.

Levou-me para sua casa, me deu um pano molhado para o nariz — a essa altura já começava a parecer uma abóbora — e me serviu uma grande xícara de café com gosto de remédio que foi até calmante. Ficava berrando dizendo que devia chamar o médico e eu dizia que não. Finalmente desistiu e eu fui para casa. Caminhei lentamente. Minhas bolas ainda não estavam parecendo duas canecas, mas iam chegar lá.

Minha mãe e meu pai me olharam e reclamaram na hora — para falar a verdade, fiquei até surpreso por terem percebido alguma coisa. Quem eram os garotos? Será que eu conseguiria identificá-los? Essa foi do meu pai, que nunca perdia *Cidade Nua* e *Os Intocáveis*. Eu disse que achava que não conseguiria identificá-los. Disse que estava cansado. Na verdade, acho que estava em estado de choque — e mais que calmo com o café da tia Evvie, que devia ter pelo menos sessenta por cento de conhaque de qualidade superior. Disse que achava que deviam ser de outra cidade ou "do norte" — uma expressão que todos sabiam querer dizer Lewiston-Aurburn.

Levaram-me de camioneta ao dr. Clarkson — o dr. Clarkson, que está vivo até hoje, naquela época já podia muito bem estar sentado ao lado de Deus. Colocou meu nariz e meus dedos no lugar e deu a receita de um analgésico para minha mãe. Depois os fez sair da sala de exame sob algum pretexto e se aproximou de mim, arrastando os pés, a cabeça para a frente como Boris Karloff se aproximando de Igor.

— Quem fez isso, Gordon?

— Não sei, dr. Clar...

— Você está mentindo.

— Não, senhor.

Suas bochechas amareladas começaram a tomar cor.

— Por que está protegendo os cretinos que fizeram isso? Acha que vão respeitar você? Vão rir e chamá-lo de idiota. Vão dizer: "Lá vai o idiota que a gente pegou outro dia. Ha-ha-ha! Hu-hu-hu!"

— Não conheço eles. É verdade.

Vi que suas mãos coçavam para me sacudir, mas claro que não podia fazer aquilo. Então me mandou para meus pais, balançando a cabeça branca e resmungando sobre os delinquentes juvenis. Com certeza, contaria tudo ao seu velho amigo Deus, de noite, entre charutos e copos de xerez.

Não me importava que Ace, Fuzzy e aqueles outros babacas não me respeitassem e me achassem idiota ou qualquer coisa. Mas tinha que pensar em Chris. Seu irmão, Eyeball, tinha quebrado seu braço em dois lugares e o deixara com cara de lutador de boxe. Tiveram que reparar a fratura do cotovelo com um pino de aço. A sra. McGinn, que morava mais embaixo na rua, viu Chris andar mancando com os dois ouvidos sangrando e lendo uma revista em quadrinhos. Levou-o para o pronto-socorro e disse ao médico que ele caíra na escada do porão escuro.

— Certo — disse o médico, tão aborrecido com Chris quanto o dr. Clarkson comigo, e foi telefonar para a polícia.

Enquanto fazia isso de sua sala, Chris foi andando pelo hall devagar, segurando a tipoia temporária para que o braço não mexesse e com isso esfarelasse os ossos quebrados, e usou uma moeda de cinco centavos para telefonar para a sra. McGinn — depois me contou que foi a primeira chamada a cobrar que fez e estava morrendo de medo que ela não aceitasse pagar, mas aceitou.

— Chris, você está bem? — perguntou.

— Estou, obrigado — disse Chris.

— Sinto muito não ter podido ficar com você, Chris, mas tinha tortas no...

— Tudo bem, sra. McGinn — disse Chris. — A senhora está vendo o Buick na frente da porta? — O Buick era o carro que a mãe de Chris dirigia. Tinha dez anos, e quando o motor esquentava tinha cheiro de fritura.

— Está lá — disse ela, cautelosa. Melhor não se envolver muito com os Chambers. Pobretões brancos; casebre irlandês.

— A senhora poderia ir lá dizer à mamãe para tirar a lâmpada do bocal do porão?

— Chris, verdade, minhas tortas...

— Diga a ela — disse Chris, implacável — para tirá-la agora. A menos que ela queira que meu irmão vá preso.

Houve uma longa pausa e então a sra. McGinn concordou. Não fez perguntas e Chris não mentiu. Os policiais realmente foram à casa dos Chambers, mas Richie Chambers não foi preso.

Vern e Teddy também apanharam, mas não tanto quanto Chris e eu. Billy estava esperando Vern quando ele chegou em casa. Deu um pulo em cima dele, e bateu tão forte que o deixou inconsciente depois de apenas quatro ou cinco tapas. Vern só ficou desacordado, mas Billy teve medo de que ele morresse e parou. Três deles pegaram Teddy quando voltava do terreno baldio para casa certa tarde. Deram-lhe um soco e quebraram seus óculos. Resistiu, mas eles não iam lutar contra ele quando perceberam que os procurava como um cego.

Encontramo-nos no colégio parecendo os últimos remanescentes de uma força coreana. Ninguém sabia ao certo o que tinha acontecido, mas todos viam que tínhamos tido um sério encontro com os caras mais velhos e que nos comportáramos como homens. Alguns boatos correram. Todos completamente disparatados.

Quando os cascões caíram e os hematomas sumiram, Vern e Teddy se afastaram. Haviam descoberto um novo grupo de meninos da mesma idade deles em quem podiam mandar. Quase todos uns idiotas — babacas mesquinhos do quinto ano —, mas Vern e Teddy levavam eles a toda hora para a casa da árvore, dando ordens, andando empertigados como generais nazistas.

Chris e eu começamos a aparecer cada vez menos por lá, e após um tempo o lugar ficou sendo deles por desistência. Lembro de ter ido lá uma vez na primavera de 1961 e percebido que o lugar estava com cheiro de feno abafado. Nunca mais me lembro de ter ido lá. Teddy e Vern aos poucos foram se tornando apenas mais duas caras conhecidas nos corredores e nas detenções após as três e meia da tarde. Dizíamos "oi" a distância. Era tudo. Isso acontece. Os amigos entram e saem da nossa vida como serventes de restaurante, já reparou? Mas, quando penso naquele sonho, os corpos embaixo d'água puxando insistentemente minhas pernas, parece certo que tenha sido assim. Algumas pessoas afundam, é isso. Não é justo, mas acontece. Algumas pessoas afundam.

33

Vern Tessio morreu num incêndio num conjunto habitacional em Lewiston em 1966 — acho que no Brooklyn e no Bronx chamam esse tipo de apartamento de cortiço. O Corpo de Bombeiros disse que o fogo começou por volta das duas horas da manhã e quando clareou o dia só restavam cinzas do prédio. Tinha havido uma festa e muitos ficaram bêbados; Vern estava lá. Alguém dormiu com um cigarro aceso. O próprio Vern talvez, desligado, sonhando com seus centavos. Identificaram ele e mais quatro pela arcada dentária.

Teddy partiu num horrível desastre de carro. Acho que foi em 1971, talvez no começo de 1972. Quando eu era adolescente, havia um ditado que dizia: "Se você sai sozinho, é um herói. Se leva alguém, é um imbecil." Teddy, que desde que tivera idade para querer alguma coisa só queria se alistar, foi recusado pela Aeronáutica. Qualquer um que visse seus óculos e o seu aparelho de surdez saberia que isso ia acontecer — menos ele. No primeiro ano do ensino médio, foi suspenso três vezes porque chamou o Conselho de Supervisores de um saco de merda mentiroso. O diretor o via quase todo dia verificando o quadro de avisos sobre empregos na sua área. Ele disse a Teddy que talvez devesse pensar em outra carreira, e Teddy ficou furioso.

Repetiu um ano por faltas constantes, atrasos e notas baixas... mas conseguiu se formar. Tinha um Chevrolet Bel Air antigo e costumava aparecer nos lugares em que Ace, Fuzzy e o resto apareciam antes dele: no salão de sinuca, no clube, na Sukey's Tavern, que acabou, e no Mellow Tiger, que ainda existe. Às vezes arrumava trabalho no Departamento de Obras Públicas de Castle Rock, para tapar buracos com asfalto.

O acidente aconteceu em Harlow. O Bel Air de Teddy estava cheio de amigos (dois deles daquela turma em que ele e Vern mandavam em 1960), e fumavam maconha e bebiam. Bateram num poste de luz que foi arrancado e o Chevrolet capotou seis vezes. Uma garota saiu clinicamente viva. Ficou seis meses no CTCN, como dizem as enfermeiras do Hospital Central do Maine — Centro de Tratamento de Couves e Nabos. Então algum fantasma misericordioso desligou o aparelho respiratório. Teddy Duchamp recebeu o título póstumo de Imbecil do Ano.

Chris começou a frequentar os cursos de preparação para a faculdade no segundo ano — ele e eu sabíamos muito bem que, se esperasse mais tempo, seria tarde demais, nunca conseguiria. Todos o censuravam por isso: seus pais, que achavam que estava ficando metido a besta, seus amigos, a maioria dos quais o achava um fresco, o orientador, que não acreditava que ele fosse capaz, e quase todos os professores, que não gostavam de seu jeito de surgir de repente na sala de aula com seu topete, sua jaqueta de couro e botas. Via-se que aquelas botas e a jaqueta cheia de zíperes os ofendia, num ambiente de aulas tão nobres quanto Álgebra, Latim e Ciências; aqueles trajes eram só para aulas elementares. Chris sentava-se entre os meninos e meninas bem vestidos e animados das famílias de classe média de Castle View e Brickyard Hill feito um monstro silencioso que, a qualquer momento, podia devorá-los, com um horrível barulho, com seus mocassins, golinhas pequenas abotoadas até em cima e tudo.

Por várias vezes, quase desistiu naquele ano. Seu pai principalmente o pressionava, acusando-o de achar que era melhor que ele, acusando-o de querer "ir para a faculdade e me levar à falência". Uma vez, quebrou uma garrafa de vinho na parte de trás da cabeça de Chris e ele foi parar outra vez no pronto-socorro, onde levou quatro pontos no couro cabeludo. Seus antigos amigos, a maioria dos quais estava se especializando em fumo, o vaiava na rua. O orientador insistia para que frequentasse pelo menos *algumas* aulas básicas para não ser eliminado na primeira fase. O pior de tudo era o seguinte: ele não estudara nada nos sete primeiros anos na escola pública e agora as consequências eram graves.

Estudávamos juntos quase todas as noites, às vezes durante seis horas seguidas. Eu sempre saía dessas sessões exausto, e, às vezes, também assustado — assustado com sua incrível raiva ao constatar como as consequências tinham sido fatalmente graves. Antes mesmo de começar a entender Álgebra, tinha que reaprender fração, já que ele, Teddy e Vern tinham passado o quinto ano todo jogando porrinha. Antes mesmo de começar a entender *Pater noster qui est in caelis*, teve que aprender o que eram substantivos, preposições e objetos. Dentro de sua gramática, em letras bem legíveis, estava escrito FODA-SE O GERÚNDIO. Suas ideias para redação eram boas e não eram mal organizadas, mas sua gramática era ruim e praticamente destruía a pontuação. Andava sempre com sua gramática e comprou uma outra numa livraria de Portland — foi seu primeiro livro de capa dura e virou uma espécie de Bíblia para ele.

Mas no nosso primeiro ano do ensino médio ele foi aceito. Nenhum de nós se classificou entre os primeiros, eu fiquei em sétimo e

Chris em décimo nono. Nós dois fomos aceitos pela Universidade do Maine, mas fiquei no campus de Orono e Chris no de Portland. Introdução ao Direito, já pensou? Mais Latim.

Nós dois tivemos namoradas no ensino médio, mas nenhuma garota nos afastou. Parece que viramos bichas? Parecia para a maioria dos nossos antigos amigos, inclusive para Vern e Teddy. Mas era apenas uma questão de sobrevivência. Estávamos agarrados um ao outro embaixo d'água. Falo em relação a Chris, acho; meus motivos para agarrar-me a ele eram menos definidos. Sua vontade de sair de Castle Rock e afastar-se da rotina me pareciam minha principal função, e eu não podia deixá-lo afundar nem nadar sozinho. Acho que se tivesse afundado, parte de mim teria afundado com ele.

Quase no final de 1971, Chris entrou numa lanchonete em Portland para comprar um sanduíche. Na sua frente, dois homens começaram a discutir de quem era o lugar na fila. Um deles puxou uma faca. Chris, que sempre fora o melhor entre nós para promover as pazes, entrou no meio deles e levou uma facada na garganta. O homem da faca tinha cumprido pena em quatro penitenciárias diferentes; tinha saído da Prisão Estadual de Shawshank na semana anterior. A morte de Chris foi quase instantânea.

Li nos jornais — Chris estava no segundo ano da faculdade. Eu estava casado há um ano e meio e dava aulas de inglês para o ensino médio. Minha mulher estava grávida e eu tentava escrever um livro. Quando li a notícia — ESTUDANTE ESFAQUEADO EM RESTAURANTE DE PORTLAND — disse à minha mulher que ia tomar um milk-shake. Dirigi até fora da cidade, estacionei e chorei por ele. Acho que chorei quase meia hora. Não poderia ter feito aquilo na frente de minha mulher, por mais que a ame. Teria sido frescura.

34

Eu?

Atualmente sou escritor, como disse. Muitos críticos acham que escrevo bobagens. Quase sempre acho que têm razão... mas até hoje acho estranho escrever as palavras "Escritor" no espaço reservado à *pro-*

fissão nos formulários que se tem que preencher nas compras a crédito e nos consultórios médicos. Minha história parece tanto um conto de fadas que é absurda.

Vendi o livro, que foi transformado em filme, e o filme recebeu boas críticas e foi um sucesso absoluto. Isso tudo aconteceu quando eu tinha 26 anos. O segundo livro também virou filme, como o terceiro. Eu já lhes disse — é absurdo. No entanto, minha mulher não parece se importar por eu ficar em casa e temos três filhos agora. Todos me parecem perfeitos, e estou quase sempre feliz.

Mas como eu disse, escrever não é mais tão fácil nem divertido como costumava ser. O telefone toca a toda hora. Às vezes, tenho dores de cabeça terríveis e preciso deitar num quarto escuro até passarem. Os médicos dizem que não é enxaqueca; dizem que é estresse e me mandam relaxar. Às vezes, me preocupo comigo. Que hábito idiota esse... no entanto, não consigo deixá-lo. E penso se realmente há sentido no que estou fazendo ou no que devo fazer num mundo onde alguém pode ficar rico brincando de "faz de conta".

Mas é engraçado como encontrei Ace novamente. Meus amigos estão mortos, mas Ace está vivo. Vi-o saindo do estacionamento do moinho depois do toque das 15 horas na última vez em que levei meus filhos para verem meu pai.

O Ford 52 era agora uma camioneta Ford 77. Um adesivo desbotado no para-choque dizia REAGAN/BUSH 1980. Seus cabelos estavam curtos e ele tinha engordado. As feições finas e belas que eu lembrava estavam enterradas numa avalanche de peles. Eu tinha deixado as crianças com meu pai enquanto ia comprar jornal. Eu estava em pé na esquina de Maine com Carbine e ele me olhou enquanto eu esperava para atravessar. Não houve sinal de reconhecimento no rosto desse homem de 32 anos que quebrara meu nariz em outra dimensão de tempo.

Vi que entrou com a camioneta Ford no estacionamento sujo ao lado do Mellow Tiger, coçou-se por cima da calça e entrou. Podia imaginar o típico jeito caipira ao abrir a porta, o cheiro meio azedo de bebida no barril, as saudações dos outros frequentadores assíduos quando fechou a porta e instalou seu grande traseiro na mesma banqueta que provavelmente o sustentara pelo menos três horas por dia de sua vida — exceto aos domingos — desde os 21 anos.

Pensei: *Então é isso que Ace é agora.*

Olhei para a esquerda e depois do moinho vi o rio Castle, não tão largo mas um pouco mais limpo, ainda correndo sob a ponte entre Castle Rock e Harlow. A ponte mais acima foi demolida, mas o rio ainda existe. E eu também.

INVERNO NO CLUBE

Para Peter e Susan Straub

O Método Respiratório

1
O Clube

Reconheço que me vesti um pouco mais depressa que o normal naquela noite em que nevava e ventava muito. Era 23 de dezembro de 1970..., e imagino que outros membros do clube tenham feito o mesmo. Todos sabem como é difícil achar um táxi em Nova York em noites de tempestade, por isso chamei um radiotáxi. Telefonei às cinco e meia, pedindo um carro para as vinte horas — minha mulher ergueu as sobrancelhas, mas não disse nada. Às 19h45, eu estava sob a marquise do edifício na Rua 58 Leste, onde Ellen e eu morávamos desde 1946, e, quando o táxi já estava atrasado cinco minutos, comecei a andar de um lado para o outro impacientemente.

O táxi chegou às oito e dez da noite e entrei no carro, feliz demais por estar protegido do vento para demonstrar minha fúria contra o motorista, que certamente merecia. Aquele vento, parte de uma frente fria que havia descido do Canadá na véspera, não era brincadeira. Assoviava e gemia nas janelas do carro, por vezes abafando a salsa que tocava no rádio do motorista e sacudindo o grande Checker sobre suas molas. Muitas lojas estavam abertas, mas nas calçadas só restavam uns poucos fregueses de última hora. As pessoas que estavam do lado de fora não pareciam nada à vontade, ou melhor, suas expressões eram de sofrimento.

O vento e a neve haviam sido intermitentes o dia todo, e agora nevava outra vez, começando com pequenos flocos e depois formando redemoinhos à nossa frente no meio da rua. Ao voltar para casa naquela noite, eu pensaria na associação de neve, táxi e cidade de Nova York com uma apreensão consideravelmente maior... mas obviamente eu ainda não sabia disso.

Na esquina da Segunda Avenida com a Rua 41, um enorme sino de Natal de ouropel pairava como um fantasma.

— Que noite horrível — disse o motorista. — Amanhã haverá duas dúzias extras no necrotério. Picolés de bêbados. Mais alguns picolés de putas velhas.

— Com certeza.

O motorista pensou por um instante.

— Bons ventos os levem — disse ele, finalmente. — Menos ônus para a Previdência Social, certo?

— O seu espírito natalino — disse eu — é formidável.

O motorista refletiu:

— O senhor é um desses liberais com coração de manteiga? — perguntou ele, afinal.

— Recuso-me a responder, porque minha resposta poderia me incriminar — disse eu.

O motorista bufou como quem diz "por que eu sempre apanho espertinhos"... mas ficou quieto.

Ele me deixou na esquina da Segunda Avenida com a Rua 35, e andei metade do quarteirão até o clube, encurvado contra o vento que assoviava, segurando com a mão enluvada o chapéu na cabeça. Em pouquíssimo tempo a força vital pareceu ter sido diminuída até o fundo do meu corpo, restando apenas uma chama bruxuleante azul do tamanho da chama-piloto de um fogão a gás. Aos 73 anos, o homem sente frio mais rápida e profundamente. Este homem deveria estar em casa em frente à lareira... ou pelo menos em frente a um aquecedor elétrico. Aos 73 anos, o sangue quente não é nem mesmo uma lembrança; está mais para um registro teórico.

A ventania estava cessando, mas uma neve seca como areia ainda batia no meu rosto. Fiquei satisfeito ao ver que os degraus do prédio nº 249B haviam sido cobertos de areia — isto era obra de Stevens, é claro.

Stevens conhecia muito bem a alquimia básica da velhice: não a transformação do chumbo em ouro, mas sim de ossos em vidro. Quando penso nessas coisas, acredito que Deus provavelmente pense de modo bem semelhante a Groucho Marx.

Lá estava Stevens, segurando a porta aberta, e, no instante seguinte, eu estava lá dentro. Passei pelo vestíbulo coberto de mogno, pelas portas duplas parcialmente abertas e presas, e entrei na biblioteca, que era ao mesmo tempo sala de leitura e bar. Era uma sala escura em que brilhavam alguns focos de luz — as luzes de leitura. Uma luz mais intensa e distinta brilhava no assoalho de carvalho, e eu podia ouvir os constantes estalos da madeira na imensa lareira. O calor se propagava por toda a sala — certamente não há nada mais acolhedor do que uma lareira acesa. Ouvi o barulho farfalhante de um jornal sendo dobrado com impaciência. Deveria ser Johanssen com seu *Wall Street Journal*. Depois de dez anos, era possível constatar sua presença simplesmente pela maneira como lia sobre suas ações. Divertida... e, de uma perspectiva mais séria, assombrosa.

Stevens ajudou-me a tirar o sobretudo, resmungando sobre a noite horrível que fazia; a WCBS anunciava agora a previsão de muita neve até o amanhecer.

Concordei que era, sem dúvida, uma noite horrível e olhei para trás outra vez para aquela enorme sala de pé-direito alto. Uma noite horrível, uma lareira exuberante... e uma história de fantasmas. Eu disse que aos 73 anos sangue quente era coisa do passado? Talvez. Mas senti alguma coisa cálida em meu peito ao pensar em... algo que não fora causado pelo fogo ou pela nobre recepção de Stevens.

Acho que foi porque era a vez de McCarron contar a história.

Eu havia frequentado o prédio de arenito pardo de número 249B da Rua 35 durante dez anos, em intervalos que eram quase — mas não absolutamente — regulares. Na minha opinião, trata-se de um "clube de cavalheiros", esta surpreendente antiguidade pré-Gloria Steinem. Mas mesmo agora não tenho certeza se é isso mesmo, ou como veio a ser originalmente.

Na noite em que Emlyn McCarron contou sua história — a história do Método Respiratório — talvez houvesse 13 membros ao todo, embora apenas seis de nós tivéssemos saído naquela noite de vento e neve. Lembro de determinados anos em que houvera talvez apenas oito membros assíduos, e outros em que houvera pelo menos vinte, talvez mais.

Imagino que Stevens deva saber como tudo aconteceu — tenho *certeza* de que Stevens esteve lá desde o início, por mais antigo que aquilo possa ser... e acredito que Stevens seja mais velho do que aparenta. Muito, *muito* mais velho. Ele tem um ligeiro sotaque do Brooklyn, mas, apesar disso, é tão irrepreensível e meticuloso quanto um mordomo inglês de terceira geração. Sua circunspecção faz parte de seu frequente encanto exacerbado, e seu ligeiro sorriso é uma porta trancada e aferrolhada. Jamais vi qualquer arquivo do clube — se é que ele os tem. Jamais recebi um carnê de mensalidades — não há mensalidades. Jamais fui chamado pelo secretário do clube — não há secretário, e no nº 249B da Rua 35 Leste não há telefones. Não há votação para a admissão de sócios. E o clube — se aquilo é um clube — nunca teve um nome.

A primeira vez que fui ao clube (é assim que vou me referir a ele) foi como convidado de George Waterhouse. Waterhouse chefiava o escritório de advocacia onde eu havia trabalhado desde 1951. Minha ascensão na firma — uma das três maiores de Nova York — fora constante mas extremamente lenta; eu era um burro de carga... mas não tinha aptidão ou talento verdadeiros. Vi homens que haviam começado na mesma época que eu sendo promovidos a passos largos enquanto eu continuava em ritmo lento — e eu encarava isso sem nenhuma surpresa.

Waterhouse e eu havíamos trocado sorrisos e amabilidades, comparecido ao jantar obrigatório que a firma oferecia todos os anos em outubro, e tido umas poucas reuniões até o outono de 196..., quando ele apareceu certo dia na minha sala no início de novembro.

Isto, por si só, era um tanto fora do comum, e me deixou com maus presságios (demissão) contrabalançados por bons pensamentos (uma promoção inesperada). Era uma visita intrigante. Waterhouse encostou-se na porta, seu emblema do Phi Beta Kappa* reluzindo sua-

---

* Iniciais do lema grego *philosophia biou kybernetes*, "filosofia a diretriz da vida". Sociedade honorária dos estudantes universitários de grande projeção nos EUA. (N. da T.)

vemente em seu colete, e falou sobre generalidades — nada do que ele disse pareceu ser substancial ou importante. Fiquei esperando que ele acabasse com os rodeios e fosse direto ao assunto: "A respeito desse mandado judicial de Casey", ou "Pediram-nos para investigar a nomeação do Salkowitz pelo prefeito..." Mas parecia que não havia processo algum. Ele olhou para o seu relógio, disse que tinha gostado da nossa conversa mas tinha que ir embora.

Eu ainda estava imóvel, perplexo, quando ele se virou e disse espontaneamente:

— Há um lugar onde vou quase toda quinta-feira, uma espécie de clube. Velhos mascates em sua maioria, mas alguns deles são ótimas companhias. Eles têm uma excelente adega, caso você aprecie um bom drinque. Frequentemente alguém conta uma boa história também. Por que não aparece uma noite dessas, David? É meu convidado.

Gaguejei algo em resposta — até agora não sei bem o que foi. Eu estava perplexo com o convite. Pareceu-me um negócio não premeditado, mas havia premeditação em seus olhos azuis frios sob os tufos brancos de suas sobrancelhas. E se não me lembro exatamente o que respondi, foi porque de repente tive a certeza de que seu convite — vago e enigmático — era exatamente o assunto no qual eu esperava que ele tocasse diretamente.

A reação de Ellen naquela noite foi de raiva e surpresa. Eu já trabalhava com Waterhouse, Carden, Lawton, Frasier e *Effingham* havia uns 15 anos, e era óbvio que eu não poderia esperar subir muito além da posição intermediária que ocupava então; na opinião dela, a firma havia arrumado uma substituição econômica para um relógio de ouro.

— Velhos contando histórias de guerra e jogando pôquer — disse ela. — Com uma noite dessas, eles esperam que você se sinta feliz no escritório até te aposentarem, creio eu... ah, servi um Beck's duplo com gelo para você. — Ela me beijou com carinho. Suponho que tenha visto qualquer coisa no meu rosto... Deus sabe que ela sabe ler bem meus pensamentos depois desses anos todos que passamos juntos.

Não aconteceu nada durante algumas semanas. Quando eu pensava no estranho convite de Waterhouse — certamente estranho, partindo de um sujeito a quem eu via menos de 12 vezes por ano, e com quem me encontrava socialmente em apenas três festas por ano talvez, incluindo a festa da firma em outubro — imaginava que tivesse me enganado quanto à expressão de seus olhos, que realmente ele tivesse feito o convite espontaneamente e tivesse se esquecido. Ou se arrependido — ai! E então num fim de tarde ele se aproximou de mim, um homem de quase 70 anos que ainda tinha os ombros largos e uma aparência atlética. Eu estava vestindo o sobretudo e tinha a pasta entre os pés. Ele disse:

— Se você ainda quiser ir ao clube tomar um drinque, venha hoje à noite.

— Eu...

— Ótimo. —, Ele colocou um pedaço de papel na minha mão. — Aqui está o endereço.

Ele estava me esperando no pé da escada naquela noite, e Stevens abriu a porta para nós. O vinho era tão bom quanto Waterhouse havia prometido. Ele não fez qualquer menção de me "apresentar ao grupo" — tomei isso como esnobismo, depois mudei de opinião —, mas dois ou três sujeitos vieram se apresentar a mim. Um deles foi Emlyn McCarron, já então beirando os 70. Estendeu-me sua mão e cumprimentamo-nos brevemente. Sua pele era seca, áspera, parecia couro; quase como pele de tartaruga. Perguntou-me se eu jogava bridge. Eu disse que não.

— Que coisa boa — disse ele. — Essa droga de jogo já calou mais conversas inteligentes pós-jantar do que qualquer outra coisa que posso imaginar. — E com estas palavras retirou-se para a penumbra da biblioteca, onde as estantes de livros pareciam subir até o infinito.

Olhei em volta à procura de Waterhouse, mas ele havia desaparecido. Sentindo-me um pouco desanimado e nada à vontade, dirigi-me para perto da lareira. Esta era enorme, como acredito que já mencionei — parecia particularmente grande em Nova York, onde o morador de um apartamento, como eu, não consegue imaginar uma lareira que dê para fazer algo mais do que tostar um pão ou fazer pipoca. A lareira no nº 249B da Rua 35 Leste era grande o bastante para assar um boi inteiro. Não tinha consolo; em lugar disso, havia um arco de pedras marrons. No alto deste arco, sobressaía uma pedra mais alta. Estava na altura dos meus olhos, e embora a luz estivesse fraca dava para ler sem maiores problemas o que estava gravado na pedra: O IMPORTANTE É A HISTÓRIA, E NÃO O NARRADOR.

— Aqui está, David — disse Waterhouse ao meu lado, e eu me sobressaltei. Ele não havia me abandonado, afinal de contas; apenas se enfiara em algum lugar desconhecido para pegar uns drinques. — O seu é martíni Bombay, não é?

— É. Obrigado, sr. Waterhouse...

— George — disse ele. — Aqui sou apenas George.

— George, então — disse eu, embora parecesse um pouco insensato chamá-lo pelo nome. — O que é que...

— Saúde — disse ele.

Bebemos.

— Stevens é o encarregado do bar. Prepara ótimos drinques. Gosta de dizer que é uma arte menor, porém essencial.

O martíni atenuou minha sensação de desorientação e embaraço (apenas atenuou, pois a sensação permaneceu — eu havia gasto perto de meia hora olhando para o meu armário sem saber o que vestir; finalmente decidi por uma calça social marrom-escuro e uma jaqueta de tweed que quase combinavam, na esperança de não me meter num grupo de homens vestidos a rigor ou de jeans e camisas xadrez... parecia que eu não me enganara muito quanto a isso, afinal). Um lugar e uma situação novos deixam-nos conscientes de qualquer ato social, por mais insignificante que seja; e naquele momento, com um drinque na mão e depois do pequeno brinde de praxe, eu queria estar bem certo de que não tinha deixado escapar quaisquer amenidades.

— Vocês têm um livro de visitas que eu deva assinar? — perguntei. — Alguma coisa assim?

Ele pareceu um pouco surpreso.

— Não temos nada parecido — disse ele. — Pelo menos, não *creio* que tenhamos. — Olhou ao redor da sala escura e silenciosa. Johanssen farfalhou seu *Wall Street Journal*. Vi Stevens passar por uma porta no fundo da sala, parecendo um fantasma com seu paletó branco. George pôs seu copo numa mesinha e jogou um pedaço de madeira fresca no fogo. Fagulhas serpearam para dentro da garganta da chaminé.

— O que quer dizer isso? — perguntei, apontando para a inscrição gravada na pedra. — Tem alguma ideia?

Waterhouse leu com atenção, como se fosse a primeira vez. O IMPORTANTE É A HISTÓRIA, E NÃO O NARRADOR.

— Acho que tenho uma ideia — disse ele. — Você poderá ter também, se voltar aqui outra vez. E, devo dizer que você poderá ter uma ou duas ideias. Mais cedo ou mais tarde. Divirta-se, David.

Ele se afastou. E, embora possa parecer estranho, tendo que me virar sozinho em circunstâncias pouco comuns, foi realmente agradável. Sempre gostei de livros, e havia uma coleção interessante a ser examinada. Andei devagar ao longo das estantes, tentando ler as lombadas naquela luz fraca, retirando um ou outro aqui e ali, e parei para olhar de uma janela estreita a esquina da Segunda Avenida. Fiquei ali olhando pelo vidro emoldurado de gelo o sinal da esquina mudar de vermelho para verde, para amarelo e para vermelho novamente, e de repente senti uma estranha — mas muito agradável — sensação de paz dentro de mim. Ela não me invadiu, mas entrou furtivamente. *É*, ouço vocês dizerem, *faz sentido; ficar observando um sinal abrir e fechar faz qualquer um sentir paz interior.*

Está bem; não fez sentido algum. Admito. Mas havia a sensação, de qualquer maneira. Isso me fez lembrar, pela primeira vez depois de anos, das noites de inverno na fazenda de Wisconsin onde cresci: deitado na cama num quarto frio no andar de cima observando o contraste entre o vento sibilante de janeiro do lado de fora, a neve caindo seca como areia ao longo de quilômetros de cercas já cobertas de neve e o calor que meu corpo produzia sob as duas colchas.

Havia alguns livros de Direito, mas eram estranhíssimos: *Vinte Casos de Mutilação e suas Consequências de Acordo com a Lei Inglesa* é um dos títulos de que me lembro. Processos envolvendo animais domésticos é outro. Abri este último, e realmente era um livro jurídico (da lei americana, dessa vez) que descrevia litígios envolvendo animais domésticos — desde gatos de estimação que haviam herdado grandes somas de dinheiro até uma jaguatirica que arrebentara sua corrente e ferira gravemente um carteiro.

Havia uma coleção de Dickens, outra de Defoe, e outra enorme de Trollope; e havia também uma coleção de romances — 11 ao todo — escritos por um sujeito chamado Edward Gray Seville. A encadernação era em couro verde, e o nome da editora, gravado a ouro na lombada, era Stedham & Son. Eu nunca tinha ouvido falar de Seville ou de seus editores. A data do copyright do primeiro volume — *Estes Eram os Nossos Irmãos* — era 1911. A data do último, *Infratores*, era 1935.

Duas prateleiras abaixo da coleção dos romances de Seville havia um grande volume de fascículos com planos cuidadosamente detalhados para entusiastas de "Construa você mesmo". Ao lado, havia outro fascículo que reproduzia cenas famosas de filmes clássicos. Cada fotografia ocupava uma página inteira e ao lado, na página oposta, havia poemas de versos livres sobre as cenas ou inspirados nelas. Não era uma ideia extraordinária, mas os poetas apresentados eram excepcionais — Robert Frost, Marianne Moore, William Carlos Williams, Wallace Stevens, Louis Zukofsky e Erica Jong, para citar apenas alguns. Lá pela metade do livro, encontrei um poema de Algernon Williams ao lado daquela famosa fotografia de Marilyn Monroe de pé sobre as grades de ventilação do metrô tentando abaixar a saia. O título do poema era "O Soar do Sino" e começava assim:

O formato da saia
— diríamos assim —
é o formato de um sino
As pernas são o badalo —

E por aí vai. Não que fosse um poema horroroso, mas certamente não era um dos melhores de Williams e nem estava perto disso. Senti que podia sustentar esta opinião porque já havia lido muita coisa de Algernon Williams ao longo da vida. Mas não conseguia me lembrar desse poema sobre Marilyn Monroe (explico: o poema deixava isso claro mesmo sem a fotografia — no final Williams escreve: *Minhas pernas badalam meu nome*: *Marilyn, ma belle*). Estive procurando esse poema desde então, mas não consegui encontrá-lo... o que não quer dizer nada, é claro. Poemas não são como romances ou pareceres legais; estão mais para folhas ao vento, e qualquer livro intitulado As obras completas de Fulano de Tal é certamente um embuste. Os poemas acabam perdidos debaixo de sofás — e este é um de seus encantos, e uma das razões por que duram. Mas...

A certa hora, Stevens se aproximou com o segundo copo de martíni (eu estava então acomodado numa cadeira com um livro de Ezra

Pound). Estava tão bom quanto o primeiro. Enquanto eu bebericava, vi dois dos presentes, George Gregson e Harry Stein (Harry estava morto havia seis anos na noite em que Emlyn McCarron contou-nos a história do Método Respiratório), deixarem a sala por uma curiosa porta que não poderia ter mais de um metro de altura. Parecia a porta da toca do coelho em *Alice no País das Maravilhas*, se é que houve tal porta. Deixaram-na aberta, e logo depois de sua estranha saída da biblioteca ouvi o barulho abafado de bolas de bilhar.

Stevens passou por mim e perguntou se eu queria tomar mais um martíni. Recusei com grande lástima. Ele balançou a cabeça.

— Como quiser, senhor.

Não mudou de expressão, mas mesmo assim tive uma vaga sensação de que isso o tinha agradado de algum modo.

Sobressaltei-me com risos algum tempo depois. Alguém havia jogado um pacotinho de pó químico na lareira que deixou o fogo momentaneamente colorido. Lembrei-me da minha infância outra vez... mas não de modo melancólico, sentimental, romântico-nostálgico. Sinto uma grande necessidade de deixar isso bem claro, Deus sabe por quê. Lembrei-me de quando fazia exatamente isso quando era criança, mas era uma lembrança clara, agradável, sem saudades.

Vi que a maioria dos outros homens havia arrumado cadeiras em semicírculo em volta da lareira. Stevens tinha trazido uma travessa cheia de salsichas quentes esplêndidas. Harry Stein voltou pela portinhola, e apresentou-se rápida mas educadamente a mim. Gregson ficou na sala de bilhar — praticando tacadas, supus pelo barulho.

Após um momento de hesitação, juntei-me aos outros. Contaram uma história — nada agradável. Foi Norman Stett quem a contou, e embora não seja meu propósito recontá-la, talvez vocês entendam o que quero dizer sobre sua qualidade se lhes disser que era sobre um homem que morreu afogado numa cabine telefônica.

Quando Stett — que também já morreu — terminou, alguém disse:

— Você devia ter guardado essa para o Natal, Norman.

Houve risos, e eu obviamente não entendi por quê. Pelo menos, não naquela hora.

Depois disso, Waterhouse começou a falar, e em mil anos eu jamais sonharia com Waterhouse falando daquele jeito. Um homem formado em Yale, Phi Beta Kappa, cabelos grisalhos, de terno, chefe de um grande escritório de advocacia que era mais uma empresa — *este* Waterhouse contou uma história sobre uma professora que ficara presa numa privada. A privada ficava atrás da escola de sala única em que ela lecionava, e no dia em que ela ficou presa num dos dois buracos da privada aconteceu também de ser o dia em que a privada seria levada embora para a exposição "Como era a vida na Nova Inglaterra" no Prudential Center em Boston, como uma contribuição do condado de Anniston. A professora não dera um pio enquanto a privada estava sendo colocada e presa na caçamba de um caminhão; ela estava paralisada de vergonha e pavor, disse Waterhouse. E quando a porta da privada foi levada pelo vento da Rodovia 128 em Somerville na hora do rush...

Mas botemos uma pedra sobre isso, e sobre quaisquer outras histórias que se seguiram; não são minhas histórias esta noite. Numa certa hora, Stevens trouxe uma garrafa de conhaque que estava mais do que simplesmente gostoso; seu sabor era extremamente delicado. A garrafa foi passada de mão em mão e Johanssen ergueu um brinde — *o* brinde, pode-se dizer assim: O importante é a história, e não o narrador.

Brindamos a isso.

Pouco tempo depois, os homens começaram a ir embora. Não era tarde; não era meia-noite ainda; mas eu já havia reparado que quando os 50 vão dando lugar aos 60, tarde da noite começa a chegar cada vez mais cedo. Vi Waterhouse vestir o sobretudo que Stevens segurava para ele e julguei que deveria fazer o mesmo. Achei estranho que Waterhouse fosse embora sem dirigir mais do que uma palavra a mim (o que, na verdade, parecia que ele estava fazendo; se eu demorasse mais uns quarenta segundos para colocar o livro de Pound na prateleira, ele já teria ido embora), mas menos estranho que a maior parte dos acontecimentos daquela noite.

Saí logo atrás dele, e Waterhouse olhou em volta como se estivesse surpreso em me ver — e quase como se ele tivesse sido despertado subitamente de um cochilo.

— Vamos dividir um táxi? — perguntou, como se tivéssemos nos encontrado por acaso nessa rua deserta e varrida pelo vento.

— Obrigado — disse eu. Agradeci por muito mais coisas além do seu oferecimento para dividir o táxi, e acredito que pelo meu tom de voz isso tenha ficado óbvio, mas ele balançou a cabeça como se aquilo fosse só o que eu queria dizer. Bem devagar vinha passando um táxi, com a luz que indica estar vazio acesa — sujeitos como George Waterhouse parecem ter sorte para encontrar táxi mesmo em noites nova-iorquinas de frio e nevasca quando você juraria ser impossível achar um em toda a ilha de Manhattan — e ele fez sinal.

Lá dentro, seguro e aquecido, o taxímetro registrando nosso percurso em cliques ritmados, eu disse a ele o quanto tinha apreciado sua história. Não me lembrava de ter rido tanto ou tão espontaneamente desde os meus 18 anos, disse a ele, o que não era bajulação mas apenas a pura verdade.

— É? Muito gentil da sua parte.

Gentil e frio, seu tom de voz. Afundei-me no banco, sentindo o sangue me corar a face. Nem sempre é necessário ouvir um estrondo para saber que a porta foi fechada.

Quando o táxi encostou no meio-fio em frente ao meu prédio, agradeci novamente, e, desta vez, ele se mostrou um pouquinho mais receptivo:

— Foi bom você ter ido lá — disse ele. — Vá outra vez, se quiser. Não espere por um convite; não somos muito cerimoniosos no clube. Às quintas-feiras, é melhor para se ouvir histórias, mas o clube está aberto todas as noites.

Então posso me considerar sócio?

Esta pergunta estava na ponta da minha língua. Tinha intenção de fazê-la; parecia necessário fazê-la. Eu estava apenas matutando, repetindo-a na minha cabeça (no meu jeito maçante de advogado) para ver se a linguagem estava correta — talvez estivesse um pouco empolgado demais —, quando Waterhouse disse ao motorista para seguir. No mesmo instante, o táxi já ia em direção à Park Avenue. Fiquei parado na calçada por alguns segundos, o sobretudo me dando lambadas nas pernas, pensando: *Ele sabia que eu ia fazer aquela pergunta — ele sabia, e intencionalmente mandou o motorista seguir antes que eu pudesse fazê-la.* Então disse a mim mesmo que isso era totalmente absurdo — paranoico, até.

E era. Mas também era verdade. Eu podia zombar de tudo, mas a zombaria não modificou aquela certeza absoluta.

Caminhei devagar para a portaria e entrei.

Ellen estava sessenta por cento dormindo quando me sentei na cama para tirar os sapatos. Ela virou-se e emitiu um som gutural interrogativo. Eu disse a ela que voltasse a dormir.

Ela emitiu aquele som outra vez. Agora mais inteligível.

— Comufoi?

Por um momento hesitei, a camisa desabotoada pela metade. E pensei num lampejo de lucidez absoluta: *Se contar a ela, jamais verei o outro lado daquela porta outra vez.*

— Tudo bem — disse eu. — Velhos contando histórias de guerra.

— Bem que eu disse.

— Mas não foi ruim. Talvez eu volte lá. Pode ser bom para mim com relação ao escritório.

— "O escritório" — disse ela, num leve tom de troça. — Que velho ganancioso que você é, meu amor.

— É preciso que seja um tipo desses para reconhecê-lo — disse eu, mas ela já havia dormido outra vez. Tirei a roupa, tomei banho, enxuguei-me, vesti o pijama... e então, em vez de ir para a cama (era pouco mais de uma hora), vesti o robe e tomei outra garrafa de Beck's. Fiquei sentado à mesa da cozinha bebendo devagar, olhando pela janela os paredões gelados da Madison Avenue, pensando. Minha cabeça zumbia um pouco devido ao álcool — inesperadamente uma grande quantidade para mim. Mas a sensação não era absolutamente desagradável, e não sentia a iminência de uma ressaca.

O que passou pela minha cabeça quando Ellen me perguntou sobre a noitada foi tão ridículo quanto o que pensei sobre George Waterhouse depois que o táxi foi embora — o que poderia haver de errado em contar à minha mulher sobre uma noitada absolutamente inocente no clube entediante do meu chefe... e mesmo se *houvesse* algo de errado em contar para ela, quem saberia disso? Não, era tão ridículo e paranoico quanto as cismas anteriores... e, eu sabia lá no fundo do meu coração, era a mais pura verdade.

* * *

Encontrei George Waterhouse no dia seguinte no vestíbulo entre a contabilidade e a biblioteca. Encontrei-o? Melhor dizendo, passei por ele. Cumprimentou-me com a cabeça e seguiu sem dizer palavra... como já fazia havia anos.

Tive dor de estômago o dia inteiro. Isto foi a única coisa a me convencer de que a minha noitada tinha sido real.

Três semanas se passaram. Quatro... cinco. Não recebi outro convite de Waterhouse. De alguma maneira, eu não tinha sido conveniente; não me encaixara. Ou pelo menos foi o que disse a mim mesmo. Fiquei desanimado e decepcionado. Imaginei que esse sentimento fosse perdendo aos poucos sua pungência, como acontece mais cedo ou mais tarde com qualquer decepção. Mas eu pensava naquela noite em seus momentos mais curiosos — os focos isolados de luz da biblioteca, tão suave e tranquila e de algum modo civilizada; a história absurda e hilariante de Waterhouse sobre a professora presa na privada; o aroma agradável de couro nos corredores estreitos entre as estantes. Acima de tudo, fiquei me lembrando da janela estreita em que fiquei a observar os cristais de gelo mudarem de verde para amarelo e para vermelho. Pensei na sensação de paz que havia sentido.

Durante aquele período de cinco semanas, fui à biblioteca e examinei quatro livros de poesias de Algernon Williams (eu tinha outros três, e já os tinha examinado); um deles tinha a pretensão de ser suas obras completas. Reconheci alguns dos velhos favoritos, mas não encontrei nenhum poema intitulado "O Soar do Sino" em nenhum dos livros.

Nessa mesma ida à Biblioteca Pública de Nova York, procurei no arquivo de fichas por livros de ficção de um sujeito chamado Edward Gray Seville. O máximo que encontrei foi um livro de suspense escrito por uma tal de Ruth Seville.

Vá outra vez, se quiser. Não espere por um convite...

Mesmo assim eu estava esperando por um convite, é claro; minha mãe me ensinara muitos anos atrás a não acreditar piamente quando as pessoas disserem animadas "apareça uma hora dessas" ou "a porta está sempre aberta". Eu não achava que precisasse de um cartão impresso, levado à minha casa por um criado de libré com uma bandeja de prata nas mãos, não quis dizer isso, mas eu queria *alguma coisa*, mesmo que fosse um comentário casual:

— Apareça uma noite dessas, David. Espero que você não tenha ficado entediado lá.

Esse tipo de coisa.

Mas quando nem isso aconteceu, comecei a pensar mais seriamente em voltar assim mesmo — afinal de contas, às vezes as pessoas querem mesmo que você apareça a qualquer hora; julguei que, em determinados lugares, a porta sempre estava aberta; e que as mães nem sempre têm razão.

... Não espere por um convite...

Em todo caso, foi assim que no dia 10 de dezembro daquele mesmo ano me vi vestindo meu casaco tosco de tweed e a calça marrom-escura outra vez e procurando pela minha gravata vermelho-escura. Percebia mais as batidas do meu coração do que de costume naquela noite, lembro-me disso.

— Então finalmente George Waterhouse quebrou o gelo e chamou você de volta? — perguntou Ellen. — De volta para o chiqueiro com os outros porcos chauvinistas?

— Isso mesmo — disse eu, pensando que deveria ser a primeira vez em pelo menos 12 anos que mentia para ela... e então me lembrei que, depois do primeiro encontro, eu havia respondido à sua pergunta sobre como tinha sido com uma mentira. Velhos contando histórias de guerra, eu dissera.

— É, talvez haja *mesmo* uma promoção ligada a isso — disse ela... embora sem muita esperança. Mas também sem muito rancor, verdade seja dita.

— Coisas mais estranhas já aconteceram — disse eu, e dei-lhe um beijo de despedida.

— Oinc, oinc — fez ela, quando eu saía pela porta.

A viagem de táxi naquela noite pareceu bem longa. Fazia frio, o ar estava parado e o céu estrelado. O táxi era um Checker e me senti muito pequeno dentro dele, como uma criança vendo a cidade pela primeira vez. Era entusiasmo o que eu estava sentindo quando o táxi parou em frente ao prédio de arenito pardo — algo tão simples e ao mesmo tempo tão complexo quanto isso. Mas esse entusiasmo parece ser uma das boas coisas da vida que nos escapam quase imperceptivelmente, e a redescoberta quando se fica mais velho é sempre uma surpresa, como encontrar um ou dois cabelos pretos no pente anos depois de ter visto isso pela última vez.

Paguei ao motorista, saltei e me dirigi aos degraus da porta. Enquanto subia, meu entusiasmo transformou-se em mera apreensão (uma sensação a que as pessoas idosas estão muito mais acostumadas). O que é que eu estava fazendo ali?

A porta era de carvalho maciço com almofadas, e aos meus olhos parecia tão sólida quanto a porta de acesso a um castelo. Não havia campainha, aldrava ou câmera de circuito interno de TV colocada discretamente num canto escuro do beiral, e, é claro, Waterhourse não estava na porta para me fazer entrar. Parei ao pé da escada e olhei ao redor. A Rua 35 Leste de repente pareceu mais escura, mais fria, mais ameaçadora. Os prédios de arenito pardo estavam com uma aparência um tanto enigmática, como que escondendo mistérios que por bem não deveriam ser investigados. Suas janelas lembravam olhos.

Em algum lugar, por trás de uma dessas janelas, pode haver um homem ou uma mulher planejando um assassinato, pensei. Senti um arrepio na espinha. *Planejando... ou cometendo um assassinato.*

E então, de repente, a porta se abriu e Stevens apareceu.

Senti um enorme alívio. Não tenho a imaginação excessivamente fértil, acho — pelo menos não em circunstâncias normais —, mas essa última ideia que me ocorreu encerrava uma lúgubre clarividência profética. Se eu não tivesse olhado para os olhos de Stevens, teria começado a balbuciar coisas sem nexo. Os olhos dele não me reconheceram. Seus olhos não me reconheceram em absoluto.

Então tive outra lúgubre clarividência profética; antevi o restante da minha noite em todos os detalhes. Três horas num bar sossegado. Três martínis (talvez quatro) para ofuscar o constrangimento de ter feito a asneira de ir onde não era benquisto. A humilhação que o conselho de minha mãe pretendia evitar — a humilhação que sentimos quando nos excedemos.

Pude me ver indo para casa um pouco alto, mas me sentindo não muito bem. Vi-me sentado dentro do táxi sem experimentar aquela sensação infantil de entusiasmo e expectativa. Ouvi-me dizendo a Ellen:

Fica repetitivo depois de algum tempo... Waterhouse contou a mesma história sobre ter ganho a concorrência para o fornecimento de carne de primeira para o Terceiro Batalhão num jogo de pôquer... e eles jogam cartas a um dólar o ponto, você acredita?... Eu, voltar lá?... Talvez, mas duvido. E isso seria tudo. A não ser, creio, a minha própria humilhação.

Antevi tudo isso olhando para os olhos inexpressivos de Stevens. Então seus olhos adquiriram expressão. Ele sorriu de leve e disse:

— Sr. Adley! Entre. Deixe-me guardar seu casaco.

Subi os degraus e Stevens fechou com firmeza a porta depois que entrei. Como uma porta pode parecer diferente quando se está protegido do lado de dentro! Ele pegou meu casaco e desapareceu. Fiquei parado no vestíbulo por alguns instantes, olhando meu reflexo no espelho, um homem de 63 anos cujo rosto estava rapidamente se tornando emaciado demais para parecer um homem de meia-idade. Mas, mesmo assim, a imagem me agradou.

Passei para a biblioteca sem ser notado.

Johanssen estava lá, lendo seu *Wall Street Journal*. Sob outro foco de luz, Emlyn McCarron estava debruçado sobre um tabuleiro de xadrez de frente para Peter Andrews. McCarron tinha, e ainda tem, um ar cadavérico, o nariz afilado como uma lâmina; Andrews era enorme, ombros caídos e irascível. Uma farta barba avermelhada se espalhava sobre seu colete. Frente a frente sobre um tabuleiro com peças esculpidas em marfim e ébano, que pareciam totens indígenas: a águia e o urso.

Waterhouse estava lá, concentrado sobre o *Times* do dia. Ele olhou por sobre o jornal, cumprimentou-me com a cabeça sem demonstrar surpresa, e desapareceu atrás do jornal outra vez.

Stevens me trouxe um martíni, sem que eu tivesse pedido.

Enfiei-me por entre as estantes e encontrei novamente aquela coleção enigmática e atraente de livros. Comecei a ler as obras de Edward Gray Seville naquela noite. Comecei do início, com *Estes Eram os Nossos Irmãos.* Desde então já li todos eles, e acredito que sejam 11 dentre os melhores romances deste século.

Quase no final da noite uma história foi contada — apenas uma — e Steven serviu conhaque. Quando a história acabou, as pessoas começaram a se levantar para ir embora. Stevens estava no vão da porta dupla que dava para o vestíbulo. Numa voz baixa e agradável, porém firme, ele disse:

— Qual dos senhores irá contar a história no Natal?

As pessoas pararam o que estavam fazendo e olharam ao redor. Ouviu-se um burburinho alegre e uma gargalhada.

Stevens, sorrindo, porém sério, bateu palmas duas vezes como uma professora primária tentando pôr ordem na sala.

— Vamos, cavalheiros: quem vai contar a história?

Peter Andrews, o dos ombros caídos e da barba avermelhada, pigarreou:

— Eu tenho pensado sobre um negócio. Não sei se é assim mesmo; isto é, se...

— Está ótimo — interrompeu Stevens, e houve mais risos. Bateram nas costas de Andrews com camaradagem. Correntes de ar invadiram o vestíbulo quando a porta foi aberta para os homens saírem.

Então Stevens estava lá, como que por encanto, segurando o casaco para mim.

— Boa noite, sr. Adley. É sempre um prazer tê-lo aqui.

— Vocês se reúnem na noite de Natal? — perguntei, enquanto abotoava o casaco. Eu estava um pouco desapontado de perder a história de Andrews, mas já havíamos combinado ir para Schenectady passar o feriado com a irmã de Ellen.

Stevens tentou parecer chocado e surpreso ao mesmo tempo.

— De jeito nenhum — disse ele. — Os homens devem passar a noite de Natal junto a suas famílias. Pelo menos a noite de Natal. O senhor não concorda?

— É claro que sim.

— Sempre nos reunimos na quinta-feira antes do Natal. Para falar a verdade, é a única noite do ano em que quase sempre há uma grande afluência.

Reparei que ele não usou a palavra *membros* — por acaso ou por pura omissão?

— Muitas histórias já foram contadas no salão principal, sr. Adley, histórias de todos os tipos, de cômicas a trágicas, de irônicas a românticas. Mas, na quinta-feira antes do Natal, é sempre uma história sobrenatural. Sempre foi assim, pelo menos desde que me lembro.

Isso pelo menos esclarecia o comentário que eu tinha ouvido da primeira vez que estive lá, quando alguém disse a Norman Stett que ele deveria ter guardado sua história para o Natal. Outras perguntas passaram pela minha cabeça, mas percebi uma advertência nos olhos de Stevens. Não era uma advertência de que ele não responderia a minhas perguntas; era, isto sim, um aviso para que eu sequer fizesse perguntas.

— Mais alguma coisa, sr. Adley?

Estávamos sozinhos no vestíbulo. Todos os outros já haviam ido embora. E de repente o vestíbulo me pareceu mais escuro, o rosto comprido de Stevens mais pálido, seus lábios mais vermelhos. Houve um estalo de madeira na lareira e a luz vermelha do fogo fez brilhar por um instante o chão encerado. Pensei ter ouvido, em alguma das salas ainda desconhecidas, um baque surdo. Não gostei nem um pouco do barulho. Nem um pouco.

— Não — disse eu, com uma voz nada firme. — Acho que não.

— Então, boa noite — disse Stevens, e eu saí. Ouvi a porta pesada se fechar atrás de mim. Ouvi o barulho do trinco. Então saí andando em direção às luzes da Segunda Avenida, sem olhar para trás, de alguma forma com medo de olhar para trás, como se fosse ver um demônio apavorante seguindo meus passos, ou vislumbrar alguma coisa que não fosse para ser vista. Cheguei à esquina, vi um táxi vazio e fiz sinal.

— Mais histórias de guerra? — perguntou Ellen naquela noite. Ela estava na cama com Philip Marlowe, o único amante que ela já teve.

— Uma ou duas histórias de guerra — disse eu, pendurando meu sobretudo. — Fiquei sentado lendo um livro a maior parte do tempo.

— Quando você não estava fazendo "oinc".

— É, tem razão. Quando eu não estava fazendo "oinc".

— Escute isso: "*A primeira vez que vi Terry Lennox ele estava bêbado num Rolls-Royce prateado no pátio do The Dancers.*" — Ellen leu. — "*Seu rosto era jovem, mas seus cabelos eram brancos como nuvens. Pelo olhar, se via que estava completamente bêbado, mas fora isso parecia com qualquer rapaz bonito de smoking que gastara dinheiro demais numa espelunca que existe unicamente para este fim.*" Lindo, não é? É...

— *O Longo Adeus* — disse eu, tirando os sapatos. — Você lê essa passagem para mim a cada três anos. Faz parte do seu ciclo de vida.

Ela fez uma careta para mim.

— "Oinc-oinc".

— Obrigado — eu disse.

Ela voltou sua atenção para o livro. Fui até a cozinha pegar uma garrafa de Beck's. Quando voltei, ela havia deixado *O Longo Adeus* aberto sobre a colcha e olhava atentamente para mim.

— David, você vai entrar para esse clube?

— Talvez... se me convidarem. — Senti-me pouco à vontade. Talvez lhe tivesse contado outra mentira. Se houvesse associados no nº 249B da Rua 35, eu já era um deles.

— Fico feliz com isso — disse ela. — Você precisava de um negócio desses há muito tempo. Não acredito que você tenha consciência disso, mas é verdade. Eu tenho o Comitê de Amparo, a Comissão de Direitos da Mulher e a Sociedade Teatral. Mas você precisava de alguma coisa. Pessoas que fizessem companhia na velhice, eu acho.

Sentei-me ao lado dela na cama e peguei *O Longo Adeus*. Era uma edição novinha em folha. Eu lembrava de ter dado a edição original encadernada de presente de aniversário para ela, em 1953.

— Estamos velhos? — perguntei-lhe.

— Desconfio que sim — disse ela, e sorriu com os olhos brilhando para mim.

Deixei o livro de lado e toquei seu seio.

— Velhos demais para isso?

Ela puxou o lençol e cobriu-se com decoro feminino... e então, dando uma risadinha, chutou-o ao chão.

— Vai me bater, papai? — disse Ellen.

— "Oinc-oinc" — fiz, e começamos a rir.

E chegou a quinta-feira antes do Natal. Era uma noite igual às outras, com exceção de dois detalhes que observei: havia mais pessoas lá, talvez umas 18; e havia uma intensa agitação indefinível no ar. Johanssen deu apenas uma rápida olhada em seu *Wall Street Journal* e juntou-se a McCarron, Hugh Beagleman e a mim. Sentamo-nos perto das janelas, falando disso e daquilo, e finalmente caímos numa conversa apaixonada — e muitas vezes engraçada — sobre automóveis anteriores à guerra.

Havia, lembrei-me agora, um terceiro detalhe diferente: Stevens tinha preparado uma deliciosa gemada de rum. O gosto era suave, mas também picante por causa do rum e dos temperos. Estava na extraordinária poncheira Waterford que parecia uma escultura de gelo, e a zoada animada das conversas aumentava ainda mais à medida que a bebida ia acabando.

Olhei para a portinhola que dava para a sala de bilhar e fiquei pasmo ao ver Waterhouse e Norman Stett batendo figurinhas de beisebol sobre um autêntico chapéu de pele de castor. Davam gargalhadas homéricas.

Grupos se formavam e se desmanchavam. Foi ficando tarde... e então, à hora em que geralmente as pessoas começam a ir embora, vi Peter Andrews sentado à frente da lareira com um pacotinho do tamanho de um envelope de sementes numa das mãos. Jogou-o no fogo sem abri-lo, e no instante seguinte o fogo ficou com as cores do arco-íris — e outras que, eu juraria, não existem no arco-íris — para depois voltar para o amarelo. Arrastaram-se cadeiras pela sala. Por sobre o ombro de Andrews, eu podia ver a pedra com os dizeres gravados: O IMPORTANTE É A HISTÓRIA, E NÃO O NARRADOR.

Stevens passou discretamente por entre as pessoas recolhendo os copos de batida e servindo pequenas doses de conhaque. Ouvi pessoas murmurarem "Feliz Natal" e "Próspero Ano-Novo, Stevens", e, pela primeira vez, vi dinheiro trocar de mãos — uma nota de dez dólares foi oferecida aqui, uma nota que pareceu ser de cinquenta ali, outra que vi claramente se tratar de uma de cem de outra cadeira acolá.

— Obrigado, sr. McCarron... sr. Johanssen... sr. Beagleman... — Um sussurro cortês.

Eu já morava em Nova York tempo suficiente para saber que a época de Natal é um verdadeiro carnaval de gorjetas; um tanto para o açougueiro, o padeiro, o tintureiro — sem falar no porteiro, no contínuo, na faxineira que vem às terças e sextas. Jamais conheci alguém do mesmo nível que eu que não considerasse isso apenas como um mal necessário... mas naquela noite não senti qualquer má vontade. O dinheiro era dado de bom grado, até com avidez... e de repente, sem razão nenhuma (era assim que as lembranças pareciam vir quando se estava no clube), lembrei-me do menino perguntando a Scrooge numa manhã calma e fria de Natal em Londres: "O quê? O ganso que é do meu tamanho?" — E Scrooge, quase louco de felicidade, dando risadas: "Um *bom* menino! Um *excelente* menino!"

Tirei minha carteira do bolso. Atrás da fotografia de Ellen, há sempre uma nota de cinquenta dólares para alguma emergência. Quando Stevens me entregou o conhaque, coloquei a nota em sua mão sem nenhum remorso... embora eu não fosse um homem rico.

— Feliz Natal, Stevens — disse eu.

— Obrigado, e para o senhor também.

Ele acabou de distribuir as taças de conhaque e de receber seus honorários e retirou-se. Olhei ao meu redor certa hora, no meio da história de Peter Andrews, e o vi de pé ao lado da porta dupla, um vulto indistinto, imóvel e quieto.

— Sou um advogado agora, como a maioria de vocês sabe — disse Andrews, depois de ter tomado um gole, limpado a garganta e tomado outro gole. — Tive escritório na Park Avenue nos últimos 22 anos. Mas, antes disso, eu era um assessor jurídico num escritório de advocacia que fazia trabalhos em Washington, D.C. Certa noite de julho, me pediram para ficar até mais tarde a fim de pôr em ordem as intimações de um processo que não tem nada a ver com esta história. Mas então um sujeito entrou na sala — um sujeito que era naquela época um dos senadores mais conhecidos e que mais tarde quase foi presidente. Sua camisa estava toda manchada de sangue e seus olhos arregalados quase caindo das órbitas.

"'Preciso falar com Joe', disse ele. Joe era Joseph Woods, o chefe do escritório, um dos advogados mais influentes do setor privado em Washington, e amigo íntimo desse senador.

"'Ele já foi para casa há algumas horas', eu disse. Eu estava assustadíssimo, vocês imaginem... parecia que ele tinha acabado de sofrer um terrível acidente de carro, ou talvez tivesse se metido numa briga de faca. E olhar para o seu rosto — que eu já tinha visto em fotografias de jornais e no programa *Encontro com a Imprensa* — manchado de sangue, um lado do rosto se contraindo espasmodicamente e um olhar desvairado... tudo isso aumentou o meu terror.

"'Posso telefonar para ele se o senhor...' Eu já estava tateando a mesa à cata do telefone, aflito para passar aquela inesperada responsabilidade a outra pessoa. Atrás dele, pude ver as pegadas de sangue que ele havia deixado no tapete.

"'Preciso falar com Joe agora', repetiu ele, como se não tivesse ouvido eu falar. 'Tem uma coisa na mala do meu carro... uma coisa que eu encontrei na Praça Virginia. Atirei nela e esfaqueei, mas não consigo matá-la. Não é humana, e eu não consigo matá-la.'"

"Ele deu uma risadinha nervosa... e então começou a rir... e depois a gritar. Ele ainda estava gritando quando finalmente consegui falar com o sr. Woods e dizer-lhe que viesse, pelo amor de Deus, o mais depressa possível..."

Não tenho intenção de contar a história de Peter Andrews. Para ser franco, não tenho certeza se teria coragem de contá-la. Basta dizer que era uma história tão aterrorizante que sonhei durante semanas com ela, e um dia Ellen olhou para mim à mesa do café e perguntou por que eu tinha gritado "A cabeça dele! A cabeça ainda está falando debaixo da terra!" no meio da noite.

— Deve ter sido um pesadelo — disse eu —, daqueles que a gente não consegue se lembrar depois.

Mas meus olhos baixaram imediatamente para minha xícara de café, e acho que Ellen percebeu a mentira daquela vez.

Num dia de agosto do ano seguinte, eu estava na biblioteca trabalhando quando murmuraram no meu ouvido. Era George Waterhouse. Perguntou se eu poderia subir até a sua sala. Quando cheguei lá, vi que Robert Carden também estava presente, assim como Henry Effingham. Por um momento, tive a certeza de que seria acusado de algum ato terrível de estupidez ou inépcia.

Então Carden chegou perto de mim e disse:

— George acha que já é tempo de você se tornar um sócio minoritário da nossa firma, David. Nós concordamos com ele.

— Vai ser um pouco como ser o mais velho membro mais novo da Câmara de Comércio — disse Effingham com um sorriso —, mas é uma experiência pela qual você vai ter que passar, David. Mas com um pouco de sorte, faremos de você um sócio de igual hierarquia por volta do Natal.

Não tive pesadelos naquela noite. Ellen e eu fomos jantar fora, bebemos bastante, fomos a um clube de jazz onde não íamos havia quase seis anos, e assistimos àquele maravilhoso negro de olhos azuis, Dexter Gordon, tocar seu sax até quase duas horas da manhã. Acordamos no dia seguinte com o estômago embrulhado e com dor de cabeça, ainda incapazes de acreditar totalmente no que tinha acontecido. Uma das coisas era que meu salário tivera um aumento de 8 mil dólares anuais depois de termos perdido há muito tempo as esperanças de um aumento vertiginoso de renda.

Naquele outono, a firma me mandou para Copenhague por seis semanas, e quando voltei soube que John Hanrahan, um dos frequentadores assíduos do clube, havia morrido de câncer. Fez-se uma coleta de dinheiro para sua esposa, que fora deixada em circunstâncias difíceis. Fui solicitado a somar o montante — que era todo em dinheiro — e a trocar por um cheque administrativo. O total foi de mais de 10 mil dólares. Entreguei o cheque a Stevens e presumo que ele o tenha enviado.

O fato é que Arlene Hanrahan fazia parte da Sociedade Teatral de Ellen, e Ellen veio me contar algum tempo depois que Arlene havia recebido um cheque anônimo de 10 mil e quatrocentos dólares. No canhoto do cheque, havia uma mensagem breve e nada esclarecedora: *Dos amigos de seu saudoso marido John.*

— Não é a coisa mais espantosa que você já ouviu? — perguntou-me Ellen.

— Não — disse eu —, mas está entre as dez mais. Ainda temos morangos, Ellen?

Os anos se passaram. Descobri um monte de quartos no andar de cima do clube — um escritório, um quarto onde às vezes convidados passavam a noite (embora pessoalmente, depois do baque surdo que tinha ouvido — ou imaginei ter ouvido —, eu preferisse ir para um bom hotel), uma pequena mas bem-equipada sala de ginástica e uma sauna com ducha. Havia também uma sala comprida e estreita da extensão do prédio que abrigava duas pistas de boliche.

Durante esses anos, reli os romances de Edward Gray Seville e descobri um poeta absolutamente fantástico — à altura de Ezra Pound e Wallace Stevens, talvez — chamado Norbert Rosen. Segundo a contracapa de um dos três volumes da estante, ele havia nascido em 1924 e fora morto em Anzio. Os três volumes de seus trabalhos tinham sido publicados por Stedham & Son, em Nova York e Boston.

Lembro-me de ter voltado à Biblioteca Pública de Nova York numa radiante tarde de primavera de algum desses anos (não posso precisar qual) e pedido os *Literary Market Place* publicados num período de vinte anos. O *LMP* é uma publicação anual do tamanho de um catálogo de Páginas Amarelas de uma cidade grande, e imagino que a bibliotecária da sala de obras de referência estivesse irritadíssima comigo. Mas insisti, e examinei cada volume cuidadosamente. E apesar de o *LMP* relacionar todos os editores, grandes e pequenos, dos Estados Unidos (além de agentes literários, compiladores e clubes de livros), não encontrei nenhuma referência a Stedham & Son. No ano seguinte — ou talvez dois anos depois —, conversando com o dono de um sebo, perguntei-lhe se conhecia o editor. Disse-me que nunca tinha ouvido falar.

Pensei em perguntar a Stevens — vi aquele sinal de advertência em seu olhar — e esqueci o assunto.

E, durante esses anos todos, houve histórias.

Contos, como diz Stevens. Contos engraçados, contos de amor e de ódio, contos de suspense. E até umas poucas histórias de guerra, embora nenhuma fosse do tipo que Ellen imaginava quando sugeriu que eu entrasse para o clube.

Lembro-me claramente da história de Gerard Tozeman — sobre uma base de operações americana atacada pela artilharia alemã quatro meses antes do fim da Primeira Guerra Mundial; todos foram mortos, menos o próprio Tozeman.

Lathrop Carruthers, o general americano que já na época era por unanimidade considerado completamente louco (tinha sido o responsável por mais de *18 mil* baixas então — como se as vidas e os membros das pessoas não valessem um tostão), estava de pé à frente de um mapa das linhas de frente quando a bomba explodiu. Ele estava expondo outra operação de ataque naquele momento — uma operação que seria bem-sucedida apenas na concepção de outros Carruthers: teria pleno êxito em fazer novas viúvas.

E quando a poeira baixou, Gerard Tozeman, ofuscado e surdo, sangrando pelo nariz, pelos ouvidos e pelos cantos dos olhos, com os testículos já inchados pela força da concussão, estava sobre o corpo de Carruthers procurando uma saída daquele matadouro que fora o quartel-general minutos antes. Ele olhou para o corpo do general... e então começou a gritar e a rir. Ele próprio não podia ouvir, pois ficara surdo com a explosão, mas seus gritos alertaram os médicos de que alguém ainda estava vivo naquela montanha de gravetos.

Carruthers não havia sido mutilado pela explosão... pelo menos, disse Tozeman, não o que os soldados daquela guerra de tempos atrás consideravam ser mutilado — homens cujos braços haviam sido arrancados, homens sem pés, sem olhos; homens cujos pulmões haviam murchado por causa do gás. Não, disse ele, não era nada parecido. A mãe do sujeito o teria reconhecido imediatamente. Mas o mapa...

... o mapa diante do qual Carruthers estivera de pé com seu ponteiro de açougueiro quando a bomba explodiu...

De alguma maneira, o mapa *fora projetado de encontro a seu rosto*. Tozeman viu-se diante de uma máscara mortuária tatuada hedionda. Aqui estava o litoral pedregoso da Bretanha na saliência óssea da testa de Lathrop Carruthers. Aqui estava o Reno correndo como uma cicatriz azul no lado esquerdo de seu rosto. Aqui estava uma das melhores regiões vinícolas do mundo subindo e descendo pelo seu queixo. Aqui estava o Saara desenhado em torno de seu pescoço como o laço do algoz... e impresso num globo ocular saliente estava a palavra VERSAILLES.

Esta foi nossa história no Natal de 197...

Lembro-me de muitas outras, mas não se encaixam aqui. Para falar a verdade, tampouco a de Tozeman... mas foi o primeiro "conto de Natal" que ouvi no clube e não pude me conter. E então, na quinta-feira depois do dia de Ação de Graças desse ano, quando Stevens bateu palmas pedindo atenção e perguntou quem nos daria o prazer de narrar um conto de Natal, Emlyn McCarron resmungou:

— Acho que sei de uma que vale a pena contar. É para contar agora ou nunca; em breve Deus me fará calar para sempre.

Durante os anos em que frequentei o clube, nunca ouvira McCarron contar uma história. Talvez, por esse motivo, eu tenha chamado um táxi tão cedo e também, quando Stevens serviu a gemada com rum aos seis homens que haviam se aventurado a sair naquela noite de frio e vento, tenha me sentido tão animado. Eu não era o único; vi que a maioria estava animada tanto quanto eu.

McCarron, velho e encarquilhado, sentou-se na enorme cadeira junto à lareira com o pacotinho de pó em suas mãos ásperas. Jogou o pacotinho, e vimos as chamas mudarem de uma cor para outra rapidamente até voltarem para o amarelo. Stevens passou servindo conhaque, e entregamos a ele os honorários de Natal. Certa vez, durante esta cerimônia anual, ouvi o tilintar de moedas passando para as mãos de Stevens; em outra ocasião, vislumbrei à luz do fogo uma nota de mil dólares. Em ambas as ocasiões, o tom de voz de Stevens tinha sido exatamente o mesmo: baixo, cortês e sincero. Dez anos mais ou menos haviam se passado desde que vim ao clube pela primeira vez com George Waterhouse, e enquanto o mundo lá fora dera muitas voltas, nada havia mudado lá dentro, e Stevens não parecia ter envelhecido um só mês, nem mesmo um único dia.

Ele retirou-se e desapareceu na penumbra, e por alguns instantes houve um silêncio tão absoluto que pudemos ouvir o baixo assovio da seiva da madeira fervendo na lareira. Emlyn McCarron estava olhando o fogo e todos nós fizemos o mesmo. As chamas pareciam particularmente agitadas naquela noite. Senti-me quase que hipnotizado pelo fogo — como, suponho, os homens das cavernas que nos antecederam teriam ficado enquanto o vento assoviava e varria o lado de fora de suas cavernas geladas.

Por fim, ainda olhando para o fogo, um pouco curvado para poder apoiar os cotovelos nas pernas, as mãos entrelaçadas entre os joelhos, McCarron começou a falar.

2
O Método Respiratório

Estou com quase 80 anos, o que significa que nasci com o século. Durante toda a minha vida, tive uma forte ligação com um prédio que fica quase em frente ao Madison Square Garden; esse prédio, que parece um grande presídio cinza — alguma coisa tirada de *Um conto de Duas Ci-*

dades —, na verdade é um hospital, como vocês sabem. É o Harriet White Memorial Hospital. A Harriet White que deu o nome ao hospital foi a primeira mulher do meu pai, e ela ganhou experiência em enfermagem quando ainda havia ovelhas no Sheep Meadow do Central Park. Há uma estátua dessa mulher sobre um pedestal no pátio em frente ao prédio, e se algum de vocês já a viu, pode ter-se perguntado como uma mulher com uma expressão tão severa e carrancuda pode ter tido uma profissão tão nobre. A inscrição ao pé da estátua em latim é menos animadora ainda: "Não há bem-estar sem dor; a salvação virá através do sofrimento." Marcus Porcius, se me permitem... ou se não me permitem!

Eu nasci dentro daquele prédio de pedra em 20 de março de 1900. Voltei lá como médico residente em 1926. Vinte e seis anos já não é mais idade de estar ingressando na medicina, mas eu havia feito uma residência prática na França, no final da Primeira Guerra Mundial, tentando recolocar entranhas para dentro de barrigas que haviam sido abertas com explosões, e negociando morfina no mercado negro, muitas vezes misturada e às vezes perigosa.

Como aconteceu com a geração de médicos depois da Segunda Guerra Mundial, éramos cirurgiões com uma ampla base prática, e os arquivos das principais escolas de Medicina registram um número extraordinariamente pequeno de reprovações nos anos de 1919 a 1928. Éramos mais velhos, mais experientes, mais seguros. Seríamos também mais inteligentes? Não sei... mas certamente éramos mais cáusticos. Não havia essa besteira que se lê nos romances médicos de vomitar ou desmaiar ao se fazer a primeira autópsia. Não depois da batalha de Belleau Wood, quando ratazanas às vezes pariam ninhadas nas barrigas abertas dos soldados que apodreciam em terras de ninguém. Nossas crises de vômitos e desmaios haviam ficado para trás.

O Harriet White Memorial Hospital também está muito ligado a mim com relação ao que aconteceu comigo nove anos depois da minha residência lá — e esta é a história que quero contar a vocês esta noite. Não é um conto apropriado para o Natal, diriam vocês (embora a cena final tenha se passado na véspera do Natal), mas ainda assim, apesar de ser verdadeiramente chocante, me parece que expressa a força impressionante da nossa maldita espécie. Nesse episódio pude constatar a maravilha que é a nossa força de vontade... e também seu terrível e tenebroso poder.

O nascimento em si, cavalheiros, é para muitos uma coisa terrível; a moda agora é os pais assistirem ao nascimento de seus filhos, e se de um lado essa moda tem ajudado a fazer com que muitos homens sejam tomados por um sentimento de culpa que, na minha opinião, não merecem (um sentimento de culpa de que algumas mulheres fazem uso conscientemente e com uma crueldade quase presciente), de outro lado parece ser de um modo geral uma coisa saudável e benéfica. Não obstante, tenho visto homens saírem da sala de parto lívidos e trôpegos e desmaiarem como meninas, vencidos pelos gritos e pelo sangue. Lembro-me de um pai que resistiu bem... até começar a gritar histericamente quando seu filho perfeito e saudável saiu de dentro de sua mulher. Os olhos do bebê estavam abertos, pareciam olhar ao seu redor... e então fixaram-se em seu pai.

O parto é uma coisa maravilhosa, cavalheiros, mas nunca achei que fosse bonito — nem puxando pela imaginação. Acho violento demais para ser bonito. O útero da mulher é como um motor. No momento da concepção, o motor é acionado. No início, funciona quase em marcha lenta... mas, quando o ciclo criador se aproxima do clímax do parto, o motor acelera mais e mais e mais. O rumor da marcha lenta torna-se um zumbido contínuo, depois um rugido e finalmente um urro assustador. Uma vez acionado o motor, toda futura mãe percebe que sua vida está em xeque: ou ela vai parir o bebê e o motor irá parar novamente, ou o motor irá sacudir-se e dar pancadas cada vez mais fortes e cada vez mais rápidas até explodir, matando-a de hemorragia e dor.

Esta é a história de um parto, cavalheiros, na véspera do nascimento que celebramos há quase 2 mil anos.

Comecei a exercer a medicina em 1929 — um péssimo ano para se começar o que quer que fosse. Meu avô pôde me dar uma pequena quantia em dinheiro, e assim tive mais sorte que a maioria de meus colegas, mas mesmo assim a minha sobrevivência nos quatro anos seguintes foi assegurada em sua maior parte pelos meus próprios expedientes.

Por volta de 1935, as coisas tinham melhorado um pouco. Eu já tinha uma clientela fixa e estava recebendo alguns pacientes externos do

White Memorial. Em abril daquele ano, atendi uma paciente nova, uma jovem a quem chamarei de Sandra Stansfield — este nome é bem parecido com seu verdadeiro nome. Era uma mulher jovem, branca, que disse ter 28 anos. Depois de examiná-la, calculei que tivesse entre três e cinco anos a menos. Ela era loura, magra e alta para a época — cerca de 1,70 metro. Era muito bonita, mas de um jeito tão austero que era quase proibitivo. Suas feições eram bem delineadas e harmônicas, seu olhar era inteligente... e a boca tão desafiadora quanto a boca de pedra de Harriet White na estátua em frente ao Madison Square Garden. O nome que ela escreveu na ficha não foi Sandra Stansfield, mas Jane Smith. Depois de examiná-la, concluí que estava grávida de dois meses mais ou menos. Ela não usava aliança.

Após o exame preliminar — mas antes de chegarem os resultados do teste de gravidez — minha enfermeira, Ella Davidson, disse:

— Aquela garota de ontem? Jane Smith? Se esse nome não é inventado, eu não sei o que é um nome falso.

Concordei. Ainda assim, pode-se dizer que senti admiração pela moça. Não tinha se comportado de modo infantil, corando, enchendo os olhos de lágrimas. Ela fora prática e objetiva. Até mesmo seu pseudônimo parecera ser mais uma questão de interesse pessoal do que propriamente de vergonha. Ela não procurou se comportar como uma heroína. *O senhor quer um nome para botar na ficha,* ela parecia dizer, *porque a lei assim o exige. Aqui está um nome, mas a confiar na ética profissional de um homem a quem não conheço, prefiro confiar em mim mesma. Se não se importa.*

Ella torceu o nariz e resmungou alguns comentários — "garotas moderninhas" e "atrevidas" —, mas era uma boa mulher, e creio que só tenha dito essas coisas por mera formalidade. Sabia tão bem quanto eu que, fosse quem fosse minha nova paciente, não era nem de longe uma prostituta de olhar cruel e saltos altos. Não; "Jane Smith" era apenas uma jovem extremamente séria e decidida — se é que alguma dessas coisas pode ser expressa por um advérbio tão modesto como "apenas". Era uma situação desagradável (dizia-se "entrar numa enrascada", como vocês devem se lembrar; hoje em dia, parece que muitas jovens se utilizam do aborto para se livrarem de uma enrascada), e a intenção dela era levar a gravidez adiante com o máximo de honra e dignidade que a situação permitia.

Uma semana após sua primeira consulta, ela voltou. O dia estava esplêndido — um dos primeiros dias de primavera. A temperatura estava amena, o céu azul-claro e havia um aroma na brisa — um aroma fresco e indefínivel que parece ser um sinal da natureza de que está entrando em seu ciclo de criação outra vez. Era o tipo do dia em que a gente tem vontade de estar bem longe de qualquer responsabilidade, sentado ao lado de uma mulher encantadora — em Coney Island, talvez, ou em Palisades na outra margem do Hudson com uma cesta de piquenique sobre uma toalha xadrez e a mulher em questão de chapelão branco e vestido sem mangas, tão lindo quanto o dia.

O vestido de "Jane Smith" tinha mangas, mas mesmo assim era quase tão lindo quanto o dia; um elegante vestido de linho branco com debrum marrom. Ela estava de escarpins marrons, luvas brancas e um chapeuzinho ligeiramente fora de moda — foi o primeiro indício que tive de que ela estava longe de ser uma mulher rica.

— A senhorita está grávida — disse eu. — Não acredito que tivesse dúvidas.

Se ela tiver que chorar, pensei, será agora.

— Não — disse ela, com uma aparência absolutamente tranquila. Não havia qualquer sinal de lágrimas em seus olhos, assim como não havia qualquer nuvem no horizonte naquele dia. — Minha menstruação sempre foi regular.

Houve um instante de pausa.

— Quando é que vai nascer? — perguntou ela, num suspiro quase inaudível. Foi um suspiro que se dá antes de se curvar para pegar alguma coisa pesada.

— Vai ser um bebê natalino — disse eu. — Dia 10 de dezembro é seu ponto de referência, mas pode ser duas semanas antes ou depois disso.

— Está bem. — Ela hesitou um instante, e então foi em frente: — O senhor vai me assistir? Mesmo eu não sendo casada?

— Vou — disse eu. — Mas com uma condição.

Ela franziu o cenho, e naquele momento seu rosto ficou mais parecido do que nunca com o rosto de Harriet White. Ninguém poderia imaginar que o olhar contrariado de uma mulher de provavelmente apenas 23 anos pudesse expressar tamanho receio. Ela estava pronta para ir embora, e o fato de ter que passar por todo esse constrangimento outra vez com outro médico não iria fazê-la desistir.

— E qual seria essa condição? — perguntou ela, com uma polidez irrepreensível.

Então fui eu que senti ímpetos de desviar meus olhos de seus olhos firmes cor de avelã, mas fiquei impassível.

— Faço questão de saber seu nome verdadeiro. Podemos continuar assim, como quem trata de negócios, se a senhorita preferir, e a sra. Davidson pode continuar a prescrever suas receitas em nome de Jane Smith. Mas, se vamos continuar juntos nos próximos sete meses, eu gostaria de chamá-la pelo nome que usou a vida toda.

Terminei este pequeno discurso ridiculamente severo e observei-a refletir sobre ele. Por alguma razão, eu tinha certeza de que iria se levantar, desculpar-se por ter tomado o meu tempo e ir para não mais voltar. Eu ficaria decepcionado se isso acontecesse. Gostava dela. Mais do que isso, gostava da maneira franca com que ela estava lidando com um problema que faria com que noventa entre cem mulheres mentissem, apavoradas com o que está crescendo lá dentro e tão profundamente envergonhadas de sua situação que qualquer esforço no sentido de lutar contra isso se torna impossível.

Creio que muitos jovens hoje em dia achariam essa situação cômica, vergonhosa e até difícil de acreditar. As pessoas se tornaram tão ávidas em demonstrar sua tolerância, que uma gestante sem aliança recebe o dobro de cuidados. Vocês se lembram de quando a situação era bem diferente — no tempo em que a honradez e a hipocrisia eram associadas para criar uma situação extremamente difícil para uma mulher que tivesse se metido numa "enrascada". Naquela época, uma gestante casada era uma mulher radiante, convicta de sua postura e orgulhosa de estar cumprindo a finalidade que considerava ser vontade de Deus. Uma gestante solteira era uma prostituta aos olhos do mundo e suscetível a considerar-se como tal. Usando uma expressão de Ella Davidson, elas eram "fáceis", e naquele mundo e naquela época a "facilidade" não era esquecida da noite para o dia. Essas mulheres iam-se embora para ter os filhos em sua cidade natal. Algumas tomavam remédios ou se jogavam de prédios.

Outras procuravam açougueiros que praticavam abortos com mãos sujas, ou tentavam fazer o aborto sozinhas; desde que sou médico já vi quatro mulheres morrerem de hemorragia na minha frente em decorrência de úteros perfurados — em um dos casos, a perfuração foi feita com um gargalo pontiagudo de garrafa amarrado ao cabo de um espanador de pó. Hoje em dia, fica difícil acreditar que aconteciam coisas desse tipo, mas é verdade, cavalheiros. Essas coisas aconteciam. Era simplesmente a pior situação em que uma mulher sadia poderia encontrar-se.

— Está bem — disse ela, finalmente. — É justo. Meu nome é Sandra Stansfield. — Ela estendeu-me a mão. Um tanto perplexo, apertei sua mão. Fiquei satisfeito que Ella Davidson não tivesse me visto fazer isso. Não faria qualquer comentário, mas o café viria amargo por uma semana.

Ela sorriu — ante minha expressão tola, imagino — e olhou para mim com sinceridade.

— Espero que sejamos amigos, dr. McCarron. Preciso de um amigo neste momento. Estou apavorada.

— Eu entendo, e tentarei ser seu amigo, se puder, srta. Stansfield. Posso ajudá-la em alguma coisa agora?

Ela abriu a bolsa e tirou um bloquinho e uma caneta. Abriu o bloco, segurou a caneta e olhou para mim. Por um instante, pensei horrorizado que ela ia me pedir o nome e o endereço de um aborteiro. Então ela disse:

— Gostaria de saber o que é melhor para comer. Para o bebê, quero dizer.

Dei uma risada. Ela me olhou um pouco espantada.

— Me desculpe, é que a senhorita parece que está tratando de negócios.

— Acho que sim — disse ela. — Este bebê agora faz parte dos meus negócios, não é, dr. McCarron?

— É. Claro que é. Eu tenho um livreto que dou a todas as minhas pacientes grávidas. Trata de dieta, peso, bebida, fumo e muitas outras coisas. Por favor, não ria quando o estiver lendo. Vou ficar magoado, pois fui eu que o escrevi.

Eu o escrevi mesmo — embora fosse mais um folheto do que um livreto, com o tempo veio a se tornar o meu livro, *Guia Prático de Gra-*

videz e Parto. Eu tinha muito interesse em obstetrícia e ginecologia naquele tempo — e ainda tenho —, embora só fosse uma área para se especializar se você tivesse uma boa clientela na zona residencial. E, mesmo assim, poderia levar de dez a 15 anos para ganhar uma boa experiência. Como comecei a clinicar numa idade já bem madura por causa da guerra, achava que não tinha tempo a perder. Eu me contentava com a perspectiva de que veria um grande número de gestantes felizes e traria ao mundo um grande número de bebês durante minha carreira. E foi isso mesmo; pelas minhas últimas contas, trouxe ao mundo mais de 2 mil bebês — o bastante para encher cinquenta salas de aula.

Eu me mantinha mais atualizado com as publicações sobre gravidez e parto do que com qualquer outra área clínica. E por serem minhas opiniões firmes e entusiásticas, preferi escrever meu próprio folheto a adotar aquela mesmice caduca de que dispunham as jovens mães de então. Não vou falar sobre esse catálogo inteiro de mesmices — ficaríamos a noite toda aqui —, mas vou citar duas delas.

Às mulheres grávidas, era recomendado que ficassem de pé o mínimo possível, e de maneira nenhuma podiam andar uma distância perfeitamente suportável sob o risco de aborto espontâneo. Ora, parto é um negócio extremamente exaustivo, e tal conselho seria o mesmo que dizer a um jogador de futebol nas vésperas de um grande jogo que descanse o máximo possível para não ficar cansado! Outro conselho brilhante, dado por muitos médicos bons, era que as gestantes cujo peso estivesse acima do recomendável começassem a fumar... *a fumar*! Os motivos estavam claramente expressos em um slogan da época: "Fume um cigarro em vez de comer um doce." Quem pensa que quando entramos no século XX estávamos entrando também na era da ciência e do conhecimento médico não faz ideia de como a medicina, às vezes, pode ser totalmente insensata. Talvez porque essas pessoas não têm nada a perder; seus cabelos vão ficar brancos do mesmo jeito.

Dei meu livreto à srta. Stansfield e ela examinou-o com atenção por uns cinco minutos talvez. Perguntei-lhe se permitiria que eu acendesse meu cachimbo e ela concordou absorta, sem tirar os olhos do livreto. Quando ela finalmente levantou os olhos, havia um pequeno sorriso em seus lábios.

— O senhor é um radical, dr. McCarron? — perguntou ela.

— Por que pergunta isso? Porque aconselho às gestantes caminharem em vez de pegarem um metrô cheio de fumaça e que anda aos trancos?

— "Vitaminas para o pré-natal", o que quer que sejam... natação recomendável... e exercícios respiratórios! Que tipo de exercícios respiratórios?

— Isso é para mais tarde; e não, não sou radical. Longe disso. O problema é que estou cinco minutos atrasado para a minha próxima consulta.

— Me desculpe! — Ela levantou-se rapidamente, enfiando o alentado livreto na bolsa.

— Não precisa se desculpar.

Ela vestiu o casaco olhando para mim com aqueles olhos de avelã.

— Não — disse ela. — Não é radical. Suponho que seja uma pessoa bem... tranquila? É essa a palavra adequada?

— Espero que sim — disse eu. — Gosto dessa palavra. Fale com a sra. Davidson para lhe dar o horário de consultas. Quero ver a senhorita no início do mês que vem.

— A sra. Davidson não me aprova.

— Ora, tenho certeza de que isso não é verdade.

Mas nunca fui um mentiroso convincente, e o ambiente entre nós de repente esfriou. Não a acompanhei à porta do consultório.

— Srta. Stansfield?

Ela virou-se com um olhar frio e interrogativo.

— A senhorita pretende criar seu filho?

Ela me estudou por um instante e depois sorriu — um sorriso misterioso que tenho certeza que só as mulheres grávidas conhecem.

— É claro — disse ela, e saiu.

Até o final daquele dia, eu já havia atendido uns gêmeos com intoxicação por plantas venenosas, lancetado um furúnculo, retirado um pedaço de metal do olho de um soldador de chapas e encaminhado um dos meus pacientes mais antigos ao White Memorial para tratar do que, com toda a certeza, era um câncer. Já havia então me esquecido de Sandra Stansfield. Foi Ella Davidson quem me lembrou ao dizer:

— Talvez ela não seja uma vagabundazinha, afinal de contas.

Tirei os olhos da ficha do meu último paciente. Estivera correndo os olhos nela, sentindo aquela revolta inútil que a maioria dos médicos sente quando sabe que está de pés e mãos atados, e imaginando que eu deveria mandar fazer um carimbo para esse tipo de pasta — em vez de CONTAS A RECEBER, PAGAMENTOS EFETUADOS OU PACIENTES REMOVIDOS, seria simplesmente SENTENÇAS DE MORTE. Talvez com uma caveira e dois ossos cruzados, como nas garrafas de veneno.

— Perdão, não ouvi.

— A srta. Jane Smith. Ela fez uma coisa bastante estranha depois da consulta hoje de manhã. — A expressão do rosto e o tom de voz da sra. Davidson deixavam claro que este era o tipo de coisa estranha que ela louvava.

— E o que foi?

— Quando dei a ela o cartão de consultas, me pediu para calcular suas despesas. *Todas* as despesas. Inclusive o parto e as diárias do hospital.

Aquilo *era*, sem dúvida, uma coisa estranha. Estávamos em 1935, lembrem-se, e a srta. Stansfield dava toda a impressão de ser uma mulher sozinha. Será que ela tinha uma boa situação, ou mesmo uma situação razoável? Eu duvidava muito. O vestido, os sapatos e as luvas eram elegantes, mas ela não usava joias — nem mesmo joias de fantasia. E havia também o chapéu, definitivamente fora de moda.

— E você calculou? — perguntei.

A sra. Davidson olhou para mim como se eu tivesse perdido o juízo.

— Se eu calculei? É *claro* que sim! E ela pagou tudo. Em dinheiro vivo.

Esta última informação, que aparentemente mais surpreendera a sra. Davidson (de modo bastante favorável, é claro), não me surpreendeu em absoluto. Uma das coisas que as Jane Smiths da vida não conseguem fazer é preencher cheques.

— Tirou um envelope de banco da bolsa, abriu-o e contou o dinheiro em cima da minha mesa — continuou a sra. Davidson. — Então colocou a receita dentro do envelope, guardou-o na bolsa de novo e disse até logo. Nada mau em comparação àquelas chamadas pessoas "de bem" que temos que perseguir para que paguem as contas!

Senti-me envergonhado por alguma razão. Não gostei de a srta. Stansfield ter feito aquilo, nem do fato de a sra. Davidson ter ficado alegre e satisfeita com as providências, e nem comigo mesmo, por alguma razão que não consegui e nem consigo agora explicar. Alguma coisa me fez sentir pequeno.

— Mas ela não poderia pagar pelas diárias do hospital agora, poderia? — perguntei. Era um argumento ridiculamente insignificante, mas foi só o que consegui dizer naquele momento para expressar meu ressentimento e minha frustração. — Afinal de contas, ninguém sabe quanto tempo ela vai ter que ficar lá. Ou será que você agora lê bola de cristal, Ella?

— Eu disse a ela justamente isso, e ela me perguntou quanto tempo, em média, levava uma internação de um parto sem problemas. Eu disse a ela seis dias. Não é isso mesmo, dr. McCarron?

Tive que admitir que sim.

— Ela disse que, nesse caso, pagaria por seis dias, e se a internação fosse mais longa, ela pagaria a diferença, e se...

— ... se fosse mais curta, nós devolveríamos a diferença — completei aborrecido. Pensei: *Essa mulher que se dane!*, e depois ri. — Ela tem coragem. E que coragem!

A sra. Davidson permitiu-se sorrir... e se agora que estou caduco for tentado a acreditar que sei tudo o que há para se saber sobre um de meus colegas, tento me lembrar daquele sorriso. Até aquele dia, eu teria apostado minha vida que jamais veria a sra. Davidson, uma das mulheres mais "pudicas" que já conheci, sorrir ternamente ao se referir a uma menina que engravidou sem ser casada.

— Coragem? Não sei, doutor. Mas ela sabe o que faz. Com toda a certeza.

Um mês se passou, e a srta. Stansfield compareceu pontualmente à consulta, surgindo daquela enorme e assombrosa massa de gente que era e é Nova York. Ela usava um vestido azul de verão com o qual pretendia exteriorizar uma sensação de originalidade, de exclusividade, apesar do fato de que era óbvio que tinha saído de um cabide com dezenas iguais a ele. Seus escarpins não combinavam com ele, eram os mesmos escarpins marrons que eu tinha visto da primeira vez.

Examinei-a cuidadosamente e achei que tudo estava normal. Disse-lhe isso e ela ficou satisfeita.

— Encontrei as vitaminas do pré-natal, dr. McCarron.

— É mesmo? Isso é ótimo.

Seus olhos brilharam com malícia.

— O farmacêutico me aconselhou a não tomá-las.

— Deus me livre dos boticários — disse eu, e ela riu com a mão sobre a boca... foi um gesto infantil que passou por cima de sua inibição. — Nunca vi um farmacêutico que não fosse um médico frustrado. E republicano. As vitaminas do pré-natal são novidade, por isso são encaradas com desconfiança. A senhorita seguiu o conselho dele?

— Não, segui o seu. Meu médico é o senhor.

— Obrigado.

— Não há de quê. — Ela me olhou nos olhos, sem sorrir. — Dr. McCarron, quando é que a barriga vai começar a aparecer?

— Acho que até agosto não deve aparecer. Em setembro, se a senhorita usar roupas... largas.

— Obrigada. — Ela pegou a bolsa, mas não se levantou imediatamente para sair. Achei que ela queria falar... e não sabia nem como nem por onde começar.

— A senhorita trabalha, suponho.

Ela fez que sim com a cabeça.

— Sim, trabalho.

— Posso saber onde? Se a senhorita não quiser...

Ela riu — um riso ligeiro e sem graça, tão diferente de uma risada quanto o dia da noite.

— Numa loja de departamentos. Onde mais uma mulher solteira trabalharia nesta cidade? Vendo perfumes a senhoras gordas que fazem rinsagem e permanente nos cabelos.

— Até quando vai continuar lá?

— Até que meu estado delicado se torne visível. Então suponho que eu seja convidada a ir embora, para não deixar as senhoras gordas aborrecidas. O choque de ser atendida por uma mulher grávida sem aliança pode fazer com que seus cabelos se estiquem outra vez.

De repente, seus olhos ficaram cheios d'água. Seus lábios começaram a tremer e eu procurei atabalhoadamente um lenço. Mas as lágrimas não correram — apenas e somente uma lágrima. Seus olhos se encheram por um momento e então se fecharam. Ela apertou os lábios... e depois relaxou. Simplesmente, decidiu que não iria perder o controle de suas emoções... e não perdeu. Foi uma coisa extraordinária de ser observada.

— Me desculpe — disse ela. — O senhor tem sido muito gentil comigo. Não vou retribuir sua gentileza com o que seria um lugar-comum.

Ela se levantou para sair e eu me levantei também.

— Não sou um mau ouvinte — disse eu —, e tenho tempo. Meu próximo cliente cancelou a consulta.

— Não — disse ela. — Obrigada, mas não.

— Está bem — concordei. — Mas tem outra coisa.

— O quê?

— Não é meu costume fazer com que meus clientes... *qualquer* cliente... paguem adiantado pelos serviços. Espero que a senhorita... isto é, se a senhorita quisesse... ou tivesse que... — E me calei desajeitadamente.

— Moro em Nova York há quatro anos, dr. McCarron, e sou econômica por natureza. Depois de agosto, ou setembro, terei de viver com as minhas economias até poder voltar a trabalhar. Não é uma grande quantia e, às vezes, principalmente durante a noite, fico apreensiva.

Ela me olhava com firmeza com aqueles maravilhosos olhos de avelã.

— Achei melhor... mais seguro... pagar logo para ter o bebê. Antes de qualquer coisa. Porque, para mim, o bebê está em primeiro lugar, e porque mais tarde a tentação de gastar esse dinheiro pode se tornar muito grande.

— Está bem — disse eu. — Mas, por favor, lembre-se de que considero isso um pagamento adiantado. Se precisar do dinheiro, é só falar.

— E despertar o mau gênio da sra. Davidson outra vez? — O olhar maroto voltou aos seus olhos. — De jeito nenhum. Mas, doutor...

— Você pretende trabalhar o máximo de tempo possível? Tanto quanto for possível?

— Pretendo. Eu tenho que trabalhar. Por quê?

— Acho que vou assustá-la um pouco antes que vá embora — disse eu.

Seus olhos se arregalaram um pouco.

— Não faça isso — disse ela. — Já estou bastante assustada.

— É por isso mesmo. Sente-se um pouco, srta. Stansfield. — Mas ela continuou de pé, e eu acrescentei: — Por favor.

Ela sentou-se. Relutante.

— A senhorita está numa situação delicada e nada invejável — disse a ela, sentado no canto da minha mesa. — Está levando tudo com uma dignidade excepcional.

Ela começou a falar, mas levantei a mão para que esperasse.

— Isso é bom. Eu lhe cumprimento por isso. Mas não gostaria de vê-la machucar seu bebê por causa de segurança financeira. Tive uma cliente que, apesar das minhas incansáveis advertências, continuou a se apertar dentro de uma cinta mês após mês, apertando-a cada vez mais. Era uma mulher vaidosa, ignorante e desagradável, e não acredito que ela realmente quisesse o filho. Não concordo com muitas dessas teorias do subconsciente sobre as quais todo mundo discute hoje em dia em frente a tabuleiros de dominó chinês, mas se concordasse diria que ela, ou alguma parte dela, estava tentando matar o bebê.

— E ela matou? — Sua expressão era de tranquilidade.

— Não, não matou. Mas o bebê nasceu retardado. É bem possível que fosse retardado de qualquer jeito, e não estou dizendo o contrário... sabemos muito pouco sobre as causas desse tipo de coisa. Mas ela *pode* ter causado isso.

— Eu entendo — disse ela, em voz baixa. — O senhor não quer que eu... me aperte para poder trabalhar um mês ou seis semanas a mais. Confesso que cheguei a pensar nisso. Portanto... obrigada pelo susto.

Dessa vez, acompanhei-a até a porta. Gostaria de ter perguntado a ela quanto — se muito ou pouco — havia deixado naquele envelope com as suas economias, e até quando aquela quantia iria dar. Era uma pergunta a que ela não responderia; eu sabia disso muito bem. Por isso, apenas me despedi e fiz um comentário engraçado a respeito das vitaminas. Ela foi embora. Durante o mês seguinte, me pegava pensando nela em momentos ociosos, e...

* * *

Neste ponto, Johanssen interrompeu a história de McCarron. Os dois eram velhos amigos, e suponho que isso lhe desse o direito de fazer a pergunta que com certeza todos tínhamos na cabeça.

— Você a amava, Emlyn? É sobre isso a história, esse negócio sobre os olhos e o sorriso dela e de como você "pensava nela em momentos ociosos"?

Achei que McCarron pudesse ficar chateado com esta interrupção, mas não ficou.

— Você tem o direito de perguntar isso — disse ele, e se calou, olhando para o fogo. Parecia que ele estava prestes a cochilar. Então um pedaço de madeira seca estalou, fazendo com que pedacinhos de brasa subissem pela chaminé, e McCarron olhou à sua volta, primeiro para Johanssen e depois para todos nós.

— Não. Eu não a amava. As coisas que falei sobre ela parecem coisas que um homem teria notado se estivesse se apaixonando... seus olhos, seus vestidos, seu sorriso. — Ele acendeu o cachimbo com um isqueiro peculiar que levava sempre consigo, aspirando a chama até formar uma camada de brasa. Então fechou o isqueiro, colocou-o no bolso do casaco e soltou uma nuvem de fumaça que desceu devagar sobre sua cabeça como uma névoa aromática.

— Eu a admirava, nada mais do que isso. E minha admiração aumentava a cada consulta. Acho que alguns de vocês pensam que esta é uma história de amor interrompida pelas circunstâncias. Nada poderia estar mais longe da verdade. A história dela me foi contada aos poucos durante os meses seguintes e, quando vocês a ouvirem, acho que concordarão que era uma história tão comum quanto ela disse que era. Tinha sido atraída pela cidade como milhares de outras garotas, tinha vindo de uma cidade pequena...

... em Iowa ou Nebraska. Ou talvez fosse Minnesota — não me lembro mais. Ela tinha feito teatro na escola e no teatro comunitário da sua cidadezinha — com comentários favoráveis no semanário local escritos por um crítico teatral formado em Inglês pelo Cow and Sileage Junior College — e veio para Nova York tentar uma carreira de atriz.

Ela era prática até mesmo com relação a isso — tão prática quanto uma ambição teórica nos deixa ser. Veio para Nova York, disse-me, porque não acreditava na tese despojada das revistas de cinema — que qualquer garota que fosse para Hollywood poderia tornar-se uma estrela, que num dia podia estar tomando soda no Schwab's Drugstore e, no dia seguinte, estar contracenando com Gable ou MacMurray. Veio para Nova York, disse ela, porque pensou que pudesse ser mais fácil começar aqui... e, acho eu, porque se interessava mais pelo teatro do que pelo cinema.

Conseguiu um emprego numa das grandes lojas de departamentos e entrou num curso de teatro. Era inteligente e decidida, essa garota — tinha uma enorme força de vontade —, mas era humana como qualquer pessoa. Era solitária também. Solitária no sentido que talvez apenas garotas solteiras recém-chegadas de cidadezinhas do meio-oeste compreendam. Nem sempre a nostalgia é um sentimento indefinido, melancólico e quase belo, embora seja assim que sempre a imaginamos. Pode ser uma lâmina bem-afiada, não apenas uma doença em sentido metafórico mas também de fato. Ela pode mudar o modo de uma pessoa encarar o mundo; as caras com as quais se cruza nas ruas parecem não apenas insignificantes, mas também medonhas... talvez até nefastas. A nostalgia é uma doença real — a dor da planta arrancada.

A srta. Stansfield, por mais admirável que possa ter sido, por mais determinação que possa ter tido, não era imune a isso. E o que vem depois disso é tão banal que nem é preciso contar. Havia um rapaz na sua aula de teatro. Os dois saíram diversas vezes. Ela não o amava, mas precisava de um amigo. Quando ela descobriu que ele não era aquilo que ela pensava e que jamais seria, já haviam ocorrido dois incidentes. Incidentes sexuais. Ela descobriu que estava grávida. Contou a ele, que lhe disse que iria ajudá-la e "agir condignamente". Uma semana depois, ele havia desaparecido de onde morava, sem deixar qualquer endereço. Foi então que ela me procurou.

No seu quarto mês de gravidez, apresentei à srta. Stansfield o Método Respiratório — o que hoje em dia é chamado de Método Lamaze. Naquele tempo, vocês sabem, monsieur Lamaze ainda não era conhecido.

Naquela época — já repeti essa expressão várias vezes, sei disso. Desculpem, mas não posso fazer nada; tudo o que já contei e ainda vou contar aconteceu assim porque foi "naquela época".

Assim... "naquela época", 45 anos atrás, uma visita à sala de parto de qualquer grande hospital americano teria parecido mais uma visita a um hospício. Mulheres chorando desesperadamente, dizendo aos berros que preferiam morrer, que não aguentavam tanta dor, pedindo a Deus que perdoasse seus pecados, desfiando blasfêmias e impropérios que seus pais e maridos nunca imaginariam que elas soubessem. Tudo isso é bem aceitável, apesar do fato de que a maioria das mulheres de todo o mundo dá à luz quase que em silêncio absoluto, com exceção dos grunhidos de esforço que associaríamos a qualquer trabalho físico pesado.

Os médicos eram responsáveis por parte dessa histeria, sinto dizer isso. As histórias que as gestantes ouviam de amigas e parentes que já tinham passado por isso também contribuíam. Podem acreditar: se disserem a vocês que alguma experiência vai doer, ela vai doer. Grande parte da dor está na cabeça, e quando uma mulher encasqueta a ideia de que o ato de dar à luz é terrivelmente doloroso — quando ela recebe esta informação da mãe, das irmãs, das amigas casadas, *e* do seu médico —, ela já está mentalmente preparada para sentir uma enorme dor.

Mesmo depois de apenas seis anos de prática, já tinha me acostumado a ver mulheres tentando lutar contra um problema duplo: não apenas o fato de estarem grávidas e terem que preparar tudo para o recém-nascido, mas também o fato de que — o que muitas consideravam como fato — *tinham entrado no vale da sombra da morte*. Na verdade, muitas tentavam deixar tudo na mais absoluta ordem, pois caso morressem seus maridos poderiam se virar sem elas.

Agora não é hora nem lugar para uma aula de obstetrícia, mas vocês devem saber que durante muito tempo, antes "daquela época", o parto era extremamente perigoso em países ocidentais. Uma revolução no procedimento médico, por volta de 1900, tornou o processo muito mais seguro, entretanto um número ridiculamente pequeno de médicos insistia em contar esse tipo de coisa às futuras mães. Só Deus sabe por quê. Em vista disso, é de se admirar que a maioria das salas de parto parecesse uma enfermaria de hospício? Aqui estão essas pobres mulheres, sua hora finalmente tendo chegado, passando por uma experiência que, por causa do decoro quase vitoriano da época, lhes foi descrita da maneira mais obscura, aqui estão essas mulheres sentindo a máquina de fazer nascer funcionando a todo o vapor. Elas são tomadas por um misto de medo e surpresa que transformam imediatamente numa dor insuportável, e a maioria pensa que logo morrerá como um cachorro.

Enquanto eu lia a respeito de gravidez, descobri o princípio do parto silencioso e o objetivo do Método Respiratório. Gritar desperdiça uma energia que seria mais bem aproveitada para expulsar o bebê, causa uma oxigenação excessiva do sangue que deixa o corpo em estado de emergência — descargas enormes de adrenalina, aumento do ritmo respiratório e cardíaco —, o que é absolutamente desnecessário. O objetivo do Método Respiratório é fazer com que a mãe concentre sua atenção no trabalho de parto e lute contra a dor com os próprios recursos de seu corpo.

Este método era largamente empregado na Índia e na África; nos Estados Unidos, pelos índios Shoshone, Kiowa e Micmac; os esquimós sempre se utilizaram dele; mas, como vocês devem imaginar, a maioria dos médicos ocidentais nunca se interessou muito por isso. Um colega meu — um sujeito inteligente — devolveu meu folheto sobre gravidez no outono de 1931 com um risco vermelho sobre toda a parte do Método Respiratório. Na margem, ele escreveu que, se estivesse interessado em "superstições de negros", iria à banca de jornal comprar um exemplar de *Histórias Fantásticas*!

Bem, não retirei aquela parte do folheto, como ele havia sugerido, mas eu já tinha tido êxitos e fracassos com o método — isso era o melhor que se poderia dizer. Houve mulheres que usaram-no com muito sucesso. Houve outras que davam a impressão de ter entendido perfeitamente a ideia em princípio, mas que perdiam completamente a disciplina assim que as contrações se tornavam fortes e rápidas. Descobri que na maior parte desses casos toda a ideia tinha sido deturpada e destruída por amigas e parentes bem-intencionados que nunca tinham ouvido falar de uma coisa dessas, e, portanto, não poderiam acreditar que realmente funcionasse.

O método baseava-se na ideia de que, embora não haja dois trabalhos de parto iguais em aspectos específicos, todos são bem parecidos em aspectos gerais. Existem quatro estágios: contrações, dilatação, expulsão e expulsão da placenta. As contrações são um endurecimento completo dos músculos abdominais e pélvicos, e a futura mãe começa a senti-las no sexto mês. Muitas mulheres grávidas pela primeira vez imaginam que vão sentir algo desagradável, como cólicas intestinais, mas me disseram que é muito menos pungente — uma sensação física forte, que se pode transformar numa dor como de cãibra. Uma mulher que fizesse uso do Método Respiratório começaria a respirar numa série de aspirações e expirações curtas e compassadas ao sentir o início de uma contração. A expiração seria um sopro, como Dizzy Gillespie soprando seu trompete.

Durante a dilatação, quando as contrações são mais dolorosas num intervalo de 15 minutos aproximadamente, a aspiração e a expiração são longas — é assim que corredores de maratona respiram quando estão chegando ao fim da corrida. Quanto mais forte for a contração, mais longa será a respiração. No meu folheto, dei a esta etapa o nome de "cavalgando sobre as ondas".

À etapa final, dei o nome de "locomotiva", e os seguidores de Lamaze hoje em dia chamam de etapa "xu-xu" de respiração. A fase de expulsão é acompanhada de dores frequentemente descritas como profundas e agudas, associadas a uma necessidade irresistível da mãe de fazer força... para expulsar o bebê. Este é o ponto, cavalheiros, em que aquela máquina maravilhosa e assustadora alcança seu clímax. O colo do útero está totalmente dilatado. O bebê já iniciou sua curta viagem pelo canal vaginal, e se olhássemos diretamente entre as pernas da mãe, poderíamos ver a moleira do bebê pulsando a apenas alguns centímetros. A parturiente que se utiliza do Método Respiratório começa neste momento a fazer aspirações e expirações curtas e fortes pela boca meio fechada, sem encher os pulmões, sem oxigenar demais o sangue, mas quase ofegando de forma controlada. É o barulho que as crianças fazem quando imitam uma locomotiva a vapor.

Tudo isso produz um efeito salutar no corpo — a taxa de oxigênio da mãe se mantém alta sem que seu organismo entre em estado de emergência, e ela própria se mantém informada e atenta, podendo fazer perguntas e receber instruções. Porém, o mais importante eram os efeitos *mentais* do Método Respiratório. A parturiente sentia que estava participando ativamente do nascimento do filho — que, de alguma forma, estava comandando o processo. Ela sentia que estava controlando a experiência... e controlando a dor.

Vocês podem perceber que todo o processo dependia totalmente do estado psicológico da paciente. O Método Respiratório era extremamente vulnerável, extremamente delicado, e se ele fracassou muitas vezes comigo, a minha explicação é esta: aquilo de que um médico convence uma paciente, seus parentes podem convencê-la do contrário, horrorizados ao tomarem conhecimento de uma prática tão selvagem.

Pelo menos sob esse aspecto, a srta. Stansfield era a paciente ideal. Não tinha parentes ou amigos para convencê-la a desacreditar no Método Respiratório (embora, para falar a verdade, eu deva acrescentar que duvido que alguém tivesse conseguido dissuadi-la de *qualquer coisa* depois de ela ter tomado uma decisão sobre o assunto) depois que ela passou a acreditar nele. E ela *passou* a acreditar nele.

— É um pouco como auto-hipnose, não é? — ela perguntou, a primeira vez que falamos no assunto.

Concordei, encantado.

— Exatamente! Mas não vá pensar que é um truque, ou que vai deixá-la deprimida quando o negócio ficar difícil.

— De jeito nenhum. Estou muito grata ao senhor. Vou praticar assiduamente, dr. McCarron. — Ela era o tipo de mulher para a qual o Método Respiratório fora inventado e, quando ela me disse que iria praticá-lo, estava dizendo a pura verdade. Eu nunca tinha visto alguém aceitar uma ideia com tanto entusiasmo... mas, é claro, o Método Respiratório adaptava-se perfeitamente ao seu temperamento. Há milhões de homens e mulheres dóceis neste mundo, e algumas dessas pessoas são extraordinárias. Mas há outras cujas mãos anseiam por segurar as rédeas de suas próprias vidas, e a srta. Stansfield era uma dessas.

Quando digo que ela adotou totalmente o Método Respiratório, estou falando sério... e acho que a história de seu último dia na loja de departamentos onde vendia perfumes e cosméticos é a prova concreta disso.

Ela perdeu finalmente seu lucrativo emprego no final de agosto. A srta. Stansfield era uma jovem magra de boa condição física e este era, claro, seu primeiro filho. Qualquer médico diria que um tipo desses de mulher não se faz "notar" até o quinto ou sexto mês... e então, de repente, um dia fica *tudo* evidente.

Ela veio para a consulta mensal no dia 1º de setembro com um sorriso triste e me disse ter descoberto outra utilidade para o Método Respiratório.

— Qual é? — perguntei.

— É melhor do que contar até dez quando se está morrendo de raiva de alguém — disse ela. Seus olhos de avelã estavam brilhando. — Embora olhem para você como se você fosse louco quando começa a bufar e soprar.

Ela me contou a história sem demora. Fora trabalhar na segunda-feira anterior, como de costume, e eu só posso deduzir que a rápida e curiosa transformação de uma jovem esbelta em uma jovem grávida — e essa transformação pode acontecer do dia para a noite nos trópicos — tenha se dado no final de semana. Ou talvez sua supervisora tenha, por fim, se convencido de que suas suspeitas não eram mais apenas suspeitas.

— Quero que vá à minha sala no intervalo — disse, friamente, a tal da sra. Kelly. O relacionamento entre as duas já havia sido bastante cordial. A sra. Kelly lhe mostrara fotografias de seus dois filhos, ambos no ensino médio, e as duas chegaram inclusive a trocar receitas. A sra. Kelly sempre lhe perguntava se ela já tinha encontrado "um bom rapaz". Aquela gentileza e a cordialidade haviam desaparecido. E, quando ela entrou na sala da sra. Kelly, sabia o que esperava por ela, disse-me.

— Você está numa enrascada — disse, laconicamente, aquela mulher antes gentil.

— Eu sei — concordou a srta. Stansfield. — É assim que algumas pessoas chamam.

O rosto da sra. Kelly ficou da cor de um tijolo.

— Não se faça de engraçadinha comigo, mocinha — disse ela. — Pelo tamanho da sua barriga, você já deu provas da sua esperteza.

Eu podia imaginar a cena enquanto ela me contava a história — a srta. Stansfield, com seus olhos de avelã fixos na sra. Kelly, absolutamente calma, sem querer baixar os olhos, ou chorar, ou mostrar-se envergonhada. Acredito que ela tivesse uma noção muito mais prática da enrascada em que se metera do que a sua supervisora, mãe de dois filhos crescidos e mulher de um sujeito honesto, que tinha uma barbearia e votava no Partido Republicano.

— Quero dizer que você não se envergonha nem um pouco por ter me enganado desse jeito! — exclamou a sra. Kelly, com rancor.

— Eu nunca enganei a senhora. Até hoje, minha gravidez não tinha sido mencionada. — Ela olhou interrogativamente para a sra. Kelly. — Como pode dizer que enganei a senhora?

— Eu levei você à minha casa! — exclamou a sra. Kelly. — Convidei você para jantar... com os meus *filhos*. — Ela olhava para a srta. Stansfield com total repugnância.

Foi então que a srta. Stansfield começou a ficar indignada. Mais indignada do que nunca, me disse ela. Sabia muito bem que tipo de reação poderia esperar quando o segredo fosse descoberto, mas, como todos vocês sabem, a diferença entre a teoria acadêmica e a aplicação prática pode às vezes ser enorme.

Segurando firmemente as mãos entrelaçadas sobre o colo, a srta. Stansfield disse:

— Se a senhora está insinuando que eu fiz ou que faria qualquer tentativa de seduzir seus filhos, isso é a coisa mais suja, mais baixa que já ouvi na vida.

A sra. Kelly jogou a cabeça para trás como se tivesse levado um tapa na cara. A cor avermelhada desapareceu de seu rosto, ficando apenas duas manchinhas róseas nas bochechas. As duas mulheres entreolhavam-se duramente por sobre uma mesa coberta de amostras de perfume numa sala que cheirava ligeiramente a flores. Foram momentos, disse a srta. Stansfield, que pareceram muito mais longos do que na verdade foram.

Então a sra. Kelly abriu com um puxão uma das gavetas e tirou um cheque amarelo-claro. Preso a ele havia um papelzinho cor-de-rosa de rescisão de contrato de trabalho. Com os dentes à mostra, parecendo morder cada palavra, ela disse:

— Com centenas de moças decentes à procura de emprego nesta cidade, não acho que precisamos de uma vagabunda como você aqui, querida.

Ela me disse que foi o termo "querida", dito de forma arrogante, que fez com que sua raiva se transformasse numa súbita calma. No instante seguinte, o queixo da sra. Kelly caiu e seus olhos se esbugalharam quando a srta. Stansfield, com as mãos tão fortemente entrelaçadas quanto os elos de uma corrente de aço, tão apertadas que ficaram com equimoses (já estavam desaparecendo, mas ainda eram perfeitamente visíveis quando estive com ela no dia 1º de setembro), começou a fazer a "locomotiva" por entre os dentes.

Talvez não fosse uma história engraçada, mas eu caí na gargalhada imaginando a cena e a srta. Stansfield também. A sra. Davidson veio dar uma olhada — para ver se não estávamos envoltos numa nuvem de gás hilariante — e depois saiu.

— Era a única coisa que eu podia fazer — disse a srta. Stansfield, ainda rindo e enxugando os olhos com um lenço. — Porque naquele momento me vi varrendo aqueles frascos de perfume, todos, sem exceção, de cima da mesa para o chão, que era de cimento. Eu não *imaginei* apenas, eu *vi*! Vi os frascos se quebrarem no chão e encherem a sala com um fedor tão horrível de perfumes misturados que eles teriam que fazer uma fumigação.

Eu ia fazer aquilo; nada iria me impedir. Então comecei a fazer a 'locomotiva' e tudo ficou bem. Pude pegar o cheque e o papelzinho cor--de-rosa, me levantar e sair. Não consegui agradecer a ela, é claro... eu ainda estava fazendo a 'locomotiva'.

Rimos outra vez, e então ela ficou séria.

— Agora que já passou, sinto até um pouco de pena dela... ou será que fica piegas dizer isso?

— Absolutamente. Acho que é admirável ser capaz de sentir isso.

— Posso lhe mostrar o que comprei com o dinheiro do aviso prévio, dr. McCarron?

— Claro, se quiser.

Ela abriu a bolsa e tirou de dentro uma caixinha chata.

— Comprei numa casa de penhores — disse ela. — Por dois dólares. E foi a única vez nesse pesadelo todo que me senti envergonhada e sórdida. Não é estranho?

Ela abriu a caixa e colocou sobre a minha mesa para que eu pudesse ver. Não fiquei surpreso com o que vi. Era uma aliança de ouro.

— Farei o que for necessário — disse ela. — Vou continuar no lugar que a sra. Kelly teria, sem dúvida, chamado de "pensão familiar". A minha senhoria tem sido gentil e amável... mas a sra. Kelly também era gentil e amável. Acho que ela pode me pedir para sair a qualquer momento, e imagino que se eu disser qualquer coisa sobre meu saldo ou sobre o depósito para cobrir danos que fiz quando me mudei para lá, ela vai rir na minha cara.

— Minha querida jovem, isso é totalmente ilegal. Existem tribunais e advogados para ajudá-la a responder a tais...

— Os tribunais são clubes masculinos — disse ela, com firmeza — incapazes de se darem ao trabalho de ajudar uma mulher na minha situação. Talvez eu conseguisse reaver meu dinheiro, talvez não. De qualquer maneira, a despesa e o aborrecimento dificilmente valeriam os 47 dólares. Não era minha intenção lhe contar isso. Ainda não aconteceu, e talvez não aconteça. Mas, de qualquer modo, pretendo ser prática daqui para a frente.

Ela levantou a cabeça, e seus olhos brilharam para os meus.

— Tenho um lugar em vista no Village... só por garantia. Fica num terceiro andar, mas é limpo, e é cinco dólares a menos por mês do que onde estou agora. — Ela tirou a aliança da caixa. — Eu estava de aliança quando a senhoria me mostrou o quarto.

Ela colocou a aliança no dedo anular da mão esquerda e fez uma careta da qual, acredito, não se deu conta.

— Pronto. Agora sou a sra. Stansfield. Meu marido era motorista de caminhão e morreu na estrada de Pittsburgh para Nova York. Muito triste. Porém não sou mais uma prostituta de salto alto, e meu filho não é mais um bastardo.

Ela olhou para mim, e havia lágrimas em seus olhos outra vez. Enquanto eu a olhava, uma lágrima correu por sua face.

— Ora — disse eu, aflito, e alcancei sua mão do outro lado da mesa. Estava muito, muito fria. — Não fique assim.

Ela virou sua mão — era a esquerda — na minha mão e olhou para a aliança. Sorriu, e aquele sorriso era amargo como fel e vinagre, cavalheiros. Outra lágrima escorreu — e só mais essa.

— Quando eu ouvir os céticos dizerem que a era das mágicas e dos milagres terminou, dr. McCarron, saberei que estão enganados, não é? Quando se pode comprar uma aliança numa casa de penhores por dois dólares e essa aliança elimina tanto a bastardia quanto a licenciosidade, que outro nome o senhor daria a isso que não fosse mágica? Mágica barata.

— Srta. Stansfield... Sandra, se você me permite... se você precisar de ajuda, se houver alguma coisa que eu possa fazer...

Ela tirou sua mão das minhas — se eu tivesse pego sua mão direita em vez da esquerda, talvez ela não tivesse feito isso. Eu não a amava, já lhes disse, mas naquele momento eu poderia tê-la amado; eu estava a um passo de me apaixonar por ela. Talvez se eu tivesse pego sua mão direita em vez da que tinha a aliança, e se ela tivesse deixado que eu a segurasse um pouco mais, até que minha mão a esquentasse, talvez então eu tivesse me apaixonado.

— O senhor é um homem bom e gentil, e tem feito muito por mim e pelo meu bebê... e o seu Método Respiratório é uma mágica bem melhor do que esta aliança horrorosa. Afinal, o Método Respiratório evitou que eu fosse presa por destruição intencional, não é?

Ela se foi logo depois, e fui até a janela para vê-la descer a rua em direção à Quinta Avenida. Meu Deus, como admirei-a naquele momento! Era tão esguia, tão jovem, e a gravidez era evidente — mas não demonstrava qualquer timidez ou falta de segurança! Ela não andava às pressas; seguia como se tivesse todo o direito ao seu lugar na calçada.

Ela sumiu de vista e voltei para a minha mesa. Nesse momento, meus olhos foram atraídos pela fotografia emoldurada que ficava na parede ao lado do meu diploma e senti um calafrio percorrer meu corpo. Minha pele — o corpo inteiro, até mesmo minha testa e o dorso das mãos — arrepiou-se toda. Um medo sufocante, o maior de toda a minha vida, cobriu-me como uma terrível mortalha, e senti falta de ar. Foi uma premonição, cavalheiros. Eu não discuto se esse tipo de coisa pode ou não acontecer; sei que pode, pois aconteceu comigo. Apenas uma vez, naquela tarde quente de setembro. Peço a Deus que não me aconteça mais isso.

A fotografia tinha sido tirada por minha mãe no dia em que terminei a faculdade. Eu estava em frente ao White Memorial, com as mãos para trás, rindo com todos os dentes como um guri que tivesse acabado de ganhar um ingresso para um dia inteiro num parque de diversões. À minha esquerda, pode-se ver a estátua de Harriet White, e embora a fotografia corte-a pelas canelas, o pedestal e aquela inscrição estranhamente cruel — *Não há bem-estar sem dor, a salvação virá através do sofrimento* — estavam bem nítidos. Foi no pé da estátua da primeira mulher do meu pai, bem debaixo daquela inscrição, que Sandra Stansfield morreu menos de quatro meses depois, num acidente estúpido, assim que chegou ao hospital para ter o bebê.

Ela mostrava-se um pouco preocupada naquele outono com a hipótese de eu não estar presente ao seu parto — que eu fosse passar as festas fora ou não estivesse disponível. Estava meio temerosa de dar à luz com outro médico que não desse ouvidos à sua vontade de usar o Método Respiratório e lhe aplicasse um gás anestésico ou uma anestesia raquiana.

Eu disse a ela que não se preocupasse. Não tinha motivos para me ausentar da cidade, não tinha parentes para visitar nos feriados. Minha mãe morrera dois anos antes, e eu não tinha mais ninguém além de uma tia solteirona na Califórnia... e eu não gostava de viajar de trem, disse eu à srta. Stansfield.

— O senhor está sempre sozinho? — perguntou ela.

— Às vezes. Geralmente estou ocupado demais. Tome isto aqui. — Anotei meu telefone de casa num cartão e dei a ela. — Se o serviço de recados atender quando seu trabalho de parto começar, telefone para cá.

— Não, eu não queria...

— Quer usar o Método Respiratório ou quer ficar nas mãos de um médico que pense que você ficou louca e faça você respirar éter assim que começar a fazer a "locomotiva"?

Ela deu um breve sorriso.

— Está bem. Já me convenceu.

Mas enquanto o outono avançava e os açougueiros da Terceira Avenida começaram a anunciar suas "carnes frescas e suculentas" a preços módicos, ficou claro que ela ainda não estava tranquila. Fora convidada a se mudar do lugar onde morava quando a conheci, como havia previsto, e estava agora no Village. Mas isso, pelo menos, tinha sido muito bom para ela. Até arranjara uma espécie de trabalho. Uma mulher cega com uma renda bem razoável a tinha contratado para fazer tarefas domésticas leves e ler para ela as obras de Gene Stratton Porter e Pearl S. Buck. Morava no primeiro andar do prédio para onde a srta. Stansfield se mudara. A srta. Stansfield estava com aquela aparência viçosa que a maioria das mulheres saudáveis adquirem no último trimestre da gravidez. Mas havia uma sombra em seu rosto. Eu falava com ela e ela demorava a responder... e uma vez, quando não respondeu nada, tirei os olhos das anotações que estava fazendo e a vi olhando para a fotografia emoldurada ao lado do meu diploma com um olhar estranho e sonhador. Lembrei-me vivamente daquele calafrio... e a sua resposta, que não tinha nada a ver com a minha pergunta, não me deixou mais calmo.

— Tenho uma sensação, dr. McCarron, às vezes uma sensação bem forte, de que estou condenada.

Que palavra boba e melodramática! E ainda assim, cavalheiros, a resposta que estava na ponta da minha língua era esta: *É verdade, eu também tenho essa sensação.* Mordi a língua, é claro; um médico que disser esse tipo de coisa deve vender imediatamente seus instrumentos e livros e virar carpinteiro ou bombeiro.

Eu lhe disse que ela não era a primeira grávida a sentir essas coisas, e não seria a última. Disse-lhe que essa sensação era sem dúvida tão comum que os médicos chamavam-na de Síndrome do Vale das Sombras. Acho que já falei nisso hoje.

A srta. Stansfield assentiu com seriedade, e me lembro como ela parecia jovem naquele dia e como parecia grande sua barriga.

— Eu sei disso — disse ela. — Eu senti. Mas é bem diferente dessa outra sensação. Essa outra sensação é como... é como um vulto se agigantando. Não sei explicar melhor que isso. É bobagem, mas não consigo tirar da cabeça.

— Deve tentar — disse eu. — Não é bom para o...

Mas ela não estava mais prestando atenção em mim. Estava olhando para a fotografia outra vez.

— Quem é?

— Emlyn McCarron — disse eu, tentando fazer uma brincadeira; pareceu bastante medíocre. — Antes da Guerra Civil, quando ele era bem jovem.

— Não, eu reconheci o senhor, sem dúvida nenhuma — disse ela. — A mulher. Só se nota que é uma mulher pela barra da saia e pelo sapato. Quem é ela?

— O nome dela é Harriet White — disse eu, e pensei: *E será ela a primeira coisa que você verá quando for ter o bebê.* O calafrio voltou... aquele calafrio desagradável, indescritível. *Sua cara de pedra.*

— E o que é que está escrito na base da estátua? — perguntou ela, seu olhar ainda sonhador, quase hipnótico.

— Não sei — menti. — Meu latim não dá para tanto.

Naquela noite, tive o pior pesadelo de toda a minha vida — acordei aterrorizado, e se eu fosse casado, creio que teria matado minha pobre mulher de susto.

No sonho, abri a porta do meu consultório e encontrei Sandra Stansfield lá. Ela estava com os escarpins marrons, o elegante vestido de linho branco com debrum marrom e com o chapéu ligeiramente fora de moda. Mas o chapéu estava entre os seus seios, porque ela estava segurando sua cabeça nos braços. O vestido branco estava cheio de manchas de sangue. O sangue jorrava do seu pescoço e salpicava o teto.

E então seus olhos se abriram — aqueles lindos olhos de avelã — e fitaram os meus.

— Condenada — disse-me aquela cabeça falante. — Condenada. Estou condenada. Não há bem-estar sem dor. É uma mágica vulgar, mas é tudo o que temos.

Foi quando acordei aos gritos.

A data provável do parto, 10 de dezembro, passou em branco. Examinei-a no dia 17 de dezembro e disse-lhe que, embora fosse quase certo que o bebê nasceria em 1935, eu não esperava que ele viesse ao mundo antes do Natal. A srta. Stansfield aceitou minha opinião de bom grado. Parecia haver se livrado da expressão sombria que tomara conta dela durante o outono. A sra. Gibbs, a mulher cega que a contratara para ler em voz alta e fazer tarefas domésticas leves, estava impressionada com ela — impressionada a ponto de comentar com as amigas sobre a corajosa e jovem viúva que, apesar da sua recente viuvez e da situação delicada em que se encontrava, encarava o futuro com muita determinação e ânimo. Várias amigas da senhora cega manifestaram interesse em contratá-la após o nascimento do bebê.

— Eu também vou precisar delas — disse-me. — Para cuidar do bebê. Mas só até eu me recuperar e achar um emprego fixo. Às vezes, penso que o pior disso tudo... de tudo o que aconteceu... é que mudou o modo de eu ver as pessoas. Às vezes penso comigo: "Como é que você consegue dormir, sabendo que enganou aquela velhinha simpática?" E então digo: "Se ela soubesse, mostraria o caminho da rua para você, como qualquer outra pessoa." De qualquer maneira é uma mentira, e às vezes sinto um peso na consciência.

Antes de ir-se embora naquele dia, tirou da bolsa um pequeno embrulho de papel colorido e empurrou-o timidamente sobre a mesa para mim.

— Feliz Natal, dr. McCarron.

— Você não devia se preocupar — disse eu, abrindo uma gaveta e tirando outro embrulho. — Mas já que eu também...

Ela me olhou surpresa por alguns instantes... e começamos a rir. Ela havia me dado um prendedor de gravata prateado com um caduceu. Eu tinha comprado para ela um álbum para guardar as fotografias do bebê. Eu ainda tenho o prendedor de gravata; como vocês podem ver, estou usando-o esta noite. O que aconteceu com o álbum, não posso dizer.

Levei-a até a porta e quando nos aproximamos, ela virou-se para mim, pôs as mãos nos meus ombros, ficou na ponta dos pés e me deu um beijo na boca. Seus lábios estava frios e rijos. Não foi um beijo apaixonado, cavalheiros, mas também não foi um beijo que se espera receber de uma irmã ou uma tia.

— Obrigada mais uma vez, dr. McCarron — disse ela, um pouco ofegante. Estava com as faces coradas e seus olhos de avelã brilhavam intensamente. — Obrigada por tudo.

Eu ri — um pouco sem jeito.

— Você fala como se não fôssemos nos ver mais, Sandra. — Acredito que esta tenha sido a segunda e última vez que a chamei pelo nome.

— Nós nos veremos — disse ela. — Não tenho a menor dúvida.

E ela estava certa — embora nenhum de nós pudesse prever as terríveis circunstâncias do nosso último encontro.

Sandra Stansfield entrou em trabalho de parto na véspera de Natal, logo depois das seis da tarde. Àquela hora, a neve que vinha caindo o dia todo virara granizo. E, quando a srta. Stansfield já estava na fase de dilatação, umas duas horas depois, as ruas estavam cobertas por uma perigosa camada de gelo.

A sra. Gibbs, a mulher cega, tinha um espaçoso e amplo apartamento térreo, e às seis e meia da tarde a srta. Stansfield desceu cuidadosamente as escadas, bateu à sua porta, entrou e pediu para telefonar a fim de chamar um táxi.

— É o bebê, querida? — perguntou a sra. Gibbs, aparentando nervosismo.

— É. O trabalho de parto começou há pouco, mas não posso arriscar com um tempo desses. O táxi vai demorar para chegar.

Ela deu esse telefonema e depois ligou para mim. Àquela hora, 18h40, o intervalo das contrações era de 25 minutos. Ela me disse que tinha começado a tomar as providências cedo por causa do mau tempo.

— Não quero ter meu filho no banco de trás de um táxi — disse ela. Parecia extraordinariamente calma.

O táxi se atrasou e o trabalho de parto da srta. Stansfield estava indo mais rápido do que eu teria previsto — mas, como eu já disse, não há dois trabalhos de parto iguais. O motorista, vendo que sua passageira estava prestes a dar à luz, ajudou-a a descer os degraus escorregadios, recomendando-lhe insistentemente "tome cuidado, dona". A srta. Stansfield apenas balançava a cabeça afirmativamente, preocupada com a respiração profunda quando vinha uma nova contração. O granizo batia nas luminárias dos postes e nos carros; derretia em grandes gotas sobre o letreiro luminoso na capota do táxi. A sra. Gibbs me contou depois que o jovem motorista estava mais nervoso do que ela, "pobre Sandra querida", e provavelmente isso contribuiu para o acidente.

Outro motivo quase certo foi o Método Respiratório.

O motorista seguia seu caminho pelas ruas escorregadias, passando devagar pelos limpa-trilhos e avançando com cuidado nos cruzamentos, aproximando-se lentamente do hospital. Ele não se machucou seriamente no acidente, e conversei com ele no hospital. Disse-me que o barulho da forte respiração que vinha do banco de trás deixara-o nervoso; ficava olhando o tempo todo pelo retrovisor para ver se ela estava "morrendo ou coisa parecida". Disse que teria ficado menos nervoso se ela tivesse dado alguns gritos saudáveis, como costuma fazer uma mulher em trabalho de parto. Perguntou a ela uma ou duas vezes se estava se sentindo bem e ela apenas fez que sim com a cabeça, continuando a "cavalgar as ondas" em largas inspirações e expirações.

A dois ou três quarteirões do hospital, ela deve ter sentido o início do estágio final. Havia se passado uma hora desde que ela entrara no táxi — o trânsito estava congestionado —, mas ainda assim foi um trabalho de parto extraordinariamente rápido para uma uma primeira gravidez. O motorista notou a mudança no modo de ela respirar.

— Ela começou a arfar como um cachorro num dia de verão, doutor — disse-me ele. Ela tinha começado a fazer a "locomotiva".

Quase no mesmo instante, o motorista viu uma brecha no meio do trânsito e se aproveitou. Agora o caminho até o White Memorial estava livre. Faltavam menos de três quarteirões.

— Já dava para ver a estátua daquela mulherzinha — disse ele. Na ânsia de se livrar da grávida ofegante, pisou fundo no acelerador outra vez e o carro lançou-se para a frente, com as rodas deslizando sobre o gelo com pouca ou nenhuma tração.

Fui a pé para o hospital, e a minha chegada só coincidiu com a do táxi porque não calculara o quanto tinham piorado as condições do trânsito. Eu acreditava que fosse encontrá-la lá em cima, internada, com todos os papéis assinados, já preparada, em adiantado trabalho de parto. Estava subindo a escadaria quando vi dois pares de faróis aproximarem-se um do outro refletidos no chão coberto de gelo que ainda não tinha levado uma camada de carvão. Eu me virei a tempo de ver o que aconteceu.

Uma ambulância estava saindo da rampa da ala de emergência na hora em que o táxi da srta. Stansfield chegava ao hospital. O táxi vinha depressa demais para poder parar. O motorista se assustou e pisou forte no freio em vez de bombeá-lo. O táxi deslizou e começou a virar de lado. A luz intermitente da capota da ambulância emitia raios e manchas cor de sangue sobre a cena, e um desses raios iluminou rapidamente o rosto de Sandra Stansfield. O que vi naquela fração de segundo foi o rosto que tinha visto em meu pesadelo, o mesmo rosto ensanguentado de olhos arregalados que vira em sua cabeça decepada.

Gritei por ela, desci os degraus, escorreguei e caí estatelado. Bati com o cotovelo no chão com muita força, mas não larguei minha maleta preta. Vi o resto do que aconteceu de onde estava, com a cabeça levantada e o cotovelo doendo.

A ambulância freou e também se pôs a derrapar. A traseira bateu na base da estátua. As portas traseiras se abriram. Uma maca, graças a Deus vazia, foi expelida, quebrando-se toda rua abaixo com as rodas para cima. Uma jovem que estava na calçada gritou, e tentou correr quando os dois veículos se chocaram. Seus pés resvalaram após duas passadas e ela caiu de barriga. A bolsa voou de sua mão e bateu com força no chão gelado.

O táxi continuava a derrapar, agora de marcha à ré, e pude ver nitidamente o motorista. Ele girava o volante furiosamente, como uma criança num carrinho de parque de diversões. A ambulância ricocheteou numa quina da estátua de Harriet White... e bateu de lado no táxi. Este rodopiou uma vez e chocou-se com toda a força na base da estátua. O letreiro luminoso amarelo, onde piscava a palavra OCUPADO, explodiu como uma bomba. O lado esquerdo do táxi amassou como papel. Um instante depois vi que não fora apenas o lado esquerdo; o táxi tinha batido numa quina do pedestal com tanta força que se quebrou ao meio. Cacos de vidro se espalharam pelo gelo como diamantes. E a minha paciente foi atirada para fora pela janela traseira direita do carro destroçado como uma boneca de pano.

Quando dei por mim, estava de pé novamente. Desci correndo os degraus gelados, escorreguei de novo, segurei no corrimão e continuei. Eu só estava preocupado com a srta. Stansfield estirada à sombra daquela hedionda estátua de Harriet White, a uns 6 metros de onde a ambulância jazia de lado, com as luzes ainda riscando a noite de vermelho. Havia alguma coisa muito estranha com aquele vulto, mas honestamente não acredito que eu soubesse o que era até que meu pé chutou algo tão pesado que quase me derrubou outra vez. A coisa que chutei saiu saltitando — como a bolsa da jovem, deslizou mais do que rolou. Saiu saltitando, e só quando vi cabelo caindo — empapado de sangue, mas ainda assim via-se que era louro, salpicado de cacos de vidro — percebi o que era aquilo. A srta. Stansfield tinha sido decapitada no acidente. Aquilo que eu tinha chutado em direção à sarjeta gelada era a cabeça dela.

Completamente atordoado, aproximei-me do seu corpo e virei-o. Acho que tentei gritar ao fazer isso, assim que olhei. Se tentei, não consegui; não consegui emitir um som sequer. A mulher ainda respirava, cavalheiros. Seu peito subia e descia numa respiração curta. Havia pedaços de gelo sobre seu casaco aberto e seu vestido empapado de sangue. E eu podia ouvir um som alto e sibilante. Aumentava e diminuía como uma chaleira prestes a ferver. Era o ar sendo sugado para dentro de sua traqueia decepada e depois expelido; silvos breves de ar através das cordas vocais expostas que não tinham mais uma boca para dar forma aos sons.

Eu quis correr, mas não tive forças; caí de joelhos ao seu lado sobre o gelo, com uma das mãos sobre a boca. Percebi que escorria sangue da parte de baixo do seu vestido... e que alguma coisa se mexia. De repente, tive a certeza de que ainda havia uma chance de salvar o bebê.

Acho que quando levantei seu vestido até a cintura, comecei a rir. Acredito que estivesse louco. Seu corpo ainda estava quente. Lembro-me bem disso. Lembro-me de como arquejava com sua respiração. Um dos enfermeiros da ambulância se aproximou, cambaleando qual um bêbado, com uma das mãos espalmada de um lado da cabeça. Escorria sangue dos seus dedos.

Eu ainda estava rindo e tateando. Constatei com os dedos que o colo do seu útero estava totalmente dilatado.

O enfermeiro olhou fixamente para o corpo acéfalo de Sandra com os olhos arregalados. Não sei se percebeu que o corpo ainda respirava. Talvez tenha pensado que fosse simplesmente um reflexo nervoso — uma espécie de reflexo final. Se achou que fosse isso, não poderia ter muita experiência. As galinhas podem, por algum tempo, continuar a andar depois de serem degoladas, mas as pessoas só têm um ou dois espasmos... se tanto.

— Pare de olhar para ela e traga um cobertor — disse eu, rispidamente.

Ele saiu andando, mas não em direção à ambulância. Estava indo mais ou menos em direção à Times Square. Simplesmente saiu andando pela noite gelada. Não tenho ideia do que aconteceu com ele. Virei-me novamente para a mulher morta que, de alguma maneira, não estava morta, hesitei por um instante, e então tirei meu sobretudo. Levantei seus quadris para colocá-lo debaixo dela. Ainda ouvia aquela respiração sibilante enquanto seu corpo acéfalo fazia a "locomotiva". Às vezes, ainda consigo escutar, cavalheiros. Nos meus sonhos.

Quero que entendam que tudo isso aconteceu num espaço de tempo muito curto — pareceu mais longo para mim, mas só porque minha percepção estava extremamente aguçada. Do hospital começavam a sair pessoas para ver o que estava acontecendo, e atrás de mim uma mulher deu um grito estridente ao ver a cabeça decepada na sarjeta.

Abri minha maleta preta e dei graças a Deus por não tê-la perdido na queda, e retirei um bisturi pequeno. Abri o bisturi, cortei sua roupa de baixo e tirei-a. Nesse momento, o motorista da ambulância se aproximou — chegou a uns 5 metros e se deteve paralisado. Olhei para ele, ainda pensando no cobertor. Vi que não poderia contar com ele; estava olhando fixo para o corpo arquejante, os olhos tão arregalados que parecia que iam pular das órbitas e ficar pendurados nos nervos óticos como dois ioiôs. Então caiu de joelhos e ergueu as mãos postas. Queria rezar, tenho certeza disso. O enfermeiro pode não ter se dado conta de que estivera presenciando uma impossibilidade, mas este sujeito sim. A seguir, caiu desmaiado.

Eu tinha colocado fórceps na minha maleta naquela noite; não sei por quê. Havia três anos que eu não usava isso, desde que vira um médico, cujo nome não direi, enfiar esse troço infernal no crânio de um recém-nascido. O bebê teve morte instantânea. O corpo da criança foi "extraviado" e na certidão de óbito escreveram *natimorto.*

Mas, por alguma razão, eu tinha trazido o meu naquela noite.

O corpo da srta. Stansfield esticou-se, a barriga se contraiu e ficou dura como pedra. E o bebê surgiu. Vi sua cabeça apenas por um momento, ensanguentada, coberta por uma membrana e pulsando. *Pulsando.* Estava vivo, afinal. Sem dúvida nenhuma.

Sua barriga amoleceu outra vez. A cabeça do bebê voltou para dentro. E uma voz atrás de mim disse:

— O que posso fazer, doutor?

Era uma enfermeira de meia-idade, o tipo de mulher que, em geral, é a espinha dorsal da nossa profissão. Ela estava tão branca quanto leite, e, embora sua expressão fosse de terror e de medo supersticioso, ao ver aquele corpo que respirava misteriosamente, não estava paralisada pelo choque, o que a tornaria uma ajudante difícil e perigosa.

— Pode me arrumar um cobertor, enfermeira? — disse eu, secamente. — Ainda temos uma chance, eu acho.

Atrás dela, vi pelo menos umas 25 pessoas do hospital na escada, sem quererem se aproximar. O que será que elas conseguiam ver? Não sei ao certo. Tudo o que sei é que me evitaram durante alguns dias (e algumas para sempre), e ninguém, inclusive essa enfermeira, jamais tocou no assunto comigo.

Ela então virou-se e seguiu em direção ao hospital.

— Enfermeira! — gritei. — Não há tempo. Pegue um na ambulância. O bebê vai nascer *agora.*

Ela foi para o outro lado, escorregando sobre a neve semiderretida com seu sapato de sola de crepe. Voltei-me para a srta. Stansfield.

Em vez de diminuir, a respiração tinha começado a aumentar de ritmo... e então seu corpo ficou rígido e contraído outra vez. O bebê apareceu novamente. Eu esperava que fosse entrar de novo, mas isso não aconteceu; simplesmente continuou a sair. Não seria necessário usar o fórceps, afinal. O bebê escorregou para as minhas mãos. Vi a neve caindo sobre seu corpo nu e ensanguentado — era um menino, sem dúvida. Vi o vapor subindo de seu corpo enquanto a noite gélida e negra consumia o calor do corpo de sua mãe. Seus punhos cobertos de sangue se agitaram debilmente; soltou um choro fraco.

— *Enfermeira!* — gritei. — *Mexa-se, sua vagabunda!*

Creio que usei uma linguagem imperdoável, mas, de repente, foi como se eu estivesse na França e em poucos instantes fosse começar a ouvir as bombas caírem fazendo aquele barulho cruel; as metralhadoras começariam a espocar; os alemães começariam a surgir da escuridão, correndo, gritando e morrendo na lama e na fumaça. *Mágica vulgar,* pensei, vendo os corpos se contorcerem, darem uma volta e caírem. *Mas você tem razão, Sandra, é tudo o que temos.* Foi quando cheguei mais próximo da loucura, cavalheiros.

— *ENFERMEIRA, PELO AMOR DE DEUS!*

O bebê chorou outra vez — quase não dava para ouvir! — e então não chorou mais. O vapor que seu corpo quente provocava tinha diminuído bastante. Coloquei minha boca em seu rosto, cheirando a sangue e a placenta. Soprei em sua boca e ouvi o sussurro espasmódico da sua respiração voltar. A enfermeira se aproximou com o cobertor nos braços. Estendi minha mão para pegá-lo.

Ela fez que ia me entregar o cobertor, mas logo puxou-o de volta.

— Doutor, e se... e se for um monstro? Alguma espécie de monstro?

— Me dá esse cobertor — disse eu. — Me dá isso já, sargento, antes que eu dê um pontapé na sua bunda.

— Pronto, doutor — disse ela, absolutamente calma (devemos louvar as mulheres, companheiros, que com frequência percebem as coisas sem tentar entender), e me entregou o cobertor. Embrulhei o bebê e entreguei-o a ela.

— Se deixar cair, vai engolir o seu boné.

— Sim, doutor.

— É uma mágica vulgar de merda, sargento, mas é tudo o que Deus nos deu.

— Sim, doutor.

Observei-a seguir quase correndo com o bebê para o hospital, e vi a multidão na escada abrir caminho para ela passar. Fiquei de pé e me afastei um pouco do corpo. A respiração, como a do bebê, parava e voltava... parava... voltava de novo... parava...

Dei uns passos para trás. Alguma coisa bateu no meu pé. Era a cabeça dela. E, obedecendo a alguma ordem externa, ajoelhei-me e virei a cabeça para cima. Os olhos estavam abertos — aqueles olhos penetrantes de avelã que sempre foram cheios de vida e determinação. Ainda estavam cheios de determinação. *Ela estava me vendo*, cavalheiros.

Seus dentes estavam cerrados, os lábios levemente entreabertos. Ouvi o ar entrar e sair rapidamente daqueles lábios e entre os dentes enquanto ela fazia a "locomotiva". Seus olhos se mexeram. Viraram ligeiramente para a esquerda para me verem melhor. Seus lábios se abriram. Disseram três palavras: *Obrigada, dr. McCarron.* E eu *ouvi* essas palavras, cavalheiros, mas não de sua boca. O som vinha de uns 6 metros de distância. Das suas cordas vocais. E porque sua língua, seus lábios e seus dentes, aquilo que dá forma aos sons, estavam ali, as palavras saíram em modulações amorfas de som. Mas foram nove modulações, nove sons distintos, assim como há nove sílabas nesta frase: *Obrigada, dr. McCarron.*

— Não há de que, srta. Stansfield — disse eu. — É um menino.

Seus lábios se abriram outra vez, e, de trás de mim, ouvi um som fraco e fantasmagórico: *meninooo...*

Seus olhos perderam o brilho e a determinação. Pareciam olhar para alguma coisa atrás de mim, talvez naquele céu negro pontilhado de gelo. Então se fecharam. Ela começou a fazer a "locomotiva" outra vez... e de repente parou. O que quer que acontecera havia agora terminado.

A enfermeira tinha presenciado alguma coisa, o motorista da ambulância também, antes de desmaiar, algumas das outras pessoas talvez tivessem percebido alguma coisa. Mas agora estava tudo acabado, completamente acabado. Havia apenas sinais de um horrível acidente lá fora... e um bebê lá dentro.

Olhei para a estátua de Harriet White e lá estava ela, com seu olhar impiedoso em direção do jardim do outro lado da rua, como se nada de extraordinário tivesse acontecido, como se tal determinação não significasse nada num mundo tão frio e insensível quanto este... ou pior ainda, que fosse talvez a única coisa que não significasse *nada*, a única coisa que não fizesse a menor diferença.

Pelo que me lembro, ajoelhei-me na neve molhada diante de sua cabeça decepada e comecei a chorar. Pelo que me lembro, eu ainda estava chorando quando um interno e duas enfermeiras me ajudaram a ficar de pé e me levaram para dentro.

O cachimbo de McCarron tinha se apagado.

Ele reacendeu-o com seu isqueiro; estávamos em silêncio, com a respiração presa. Lá fora, o vento uivava e gemia. Ele fechou o isqueiro e levantou os olhos. Pareceu um pouco surpreso ao ver que ainda estávamos lá.

— Isso é tudo — disse ele. — É o fim! O que estão esperando? Carruagens de fogo? — disse, bufando; depois pareceu refletir por um instante. — Paguei seu enterro do meu próprio bolso. Ela não tinha mais ninguém. — Ele sorriu de leve. — Bem... havia Ella Davidson, minha enfermeira. Insistiu em contribuir com 25 dólares, que ela mal tinha para dar. Mas quando Ella punha alguma coisa na cabeça... — Ele deu de ombros, e depois riu um pouco.

— Tem certeza absoluta de que não foi um reflexo? — perguntei de repente. — Tem certeza *absoluta*...

— Absoluta — respondeu McCarron, imperturbável. — A primeira contração, talvez. Mas o resto do seu trabalho de parto não foi uma questão de segundos, e sim de minutos. E, às vezes, acho que ela poderia ter continuado por mais tempo, se tivesse sido necessário. Graças a Deus não foi.

— E o bebê? — perguntou Johanssen.

McCarron deu uma baforada no cachimbo.

— Foi adotado — disse ele. — E vocês sabem que, mesmo naquela época, os documentos de adoção eram cercados com o máximo de sigilo.

— Está certo, mas e o bebê? — insistiu Johanssen, e McCarron riu contrariado.

— Você não deixa escapar nada, não é? — perguntou a Johanssen.

Johanssen balançou a cabeça.

— Algumas pessoas aprendem às custas de sua dor. E o bebê?

— Bom, se você acompanhou a história com tanto interesse, talvez também entenda que eu também tivesse um certo interesse em saber o destino dessa criança. Eu me mantive informado, e ainda me mantenho. Havia um casal jovem, cujo sobrenome não era Harrison, mas era bem parecido. Moravam no Maine. Não podiam ter filhos. Adotaram a criança e lhe deram o nome de... que tal John? John serve, não é, companheiros?

Ele deu uma baforada no cachimbo, mas este tinha se apagado novamente. Percebi que Stevens se movimentava atrás de mim, e eu sabia que nossos sobretudos estariam à nossa espera em algum lugar. Logo estaríamos dentro deles... e de volta às nossas vidas. Como disse McCarron, basta de histórias por este ano.

— A criança que ajudei a nascer naquela noite hoje é chefe do Departamento de Língua Inglesa de uma das duas faculdades particulares mais respeitadas do país — disse McCarron. — Ainda não completou 45 anos. É jovem. Ainda é cedo para ele, mas chegará o dia em que será o diretor daquela faculdade. Não duvido nem um pouco. É elegante, inteligente e encantador.

"Certa vez, sob um pretexto qualquer, jantei com ele no clube fechado da universidade. Éramos quatro naquela noite. Falei pouco, por isso pude observá-lo. Ele tem a determinação de sua mãe, companheiros... e seus olhos de avelã."

3
O Clube

Stevens nos acompanhou até a porta como sempre, entregando casacões, desejando o melhor dos natais e agradecendo nossa generosidade.

Deixei para sair por último, e Stevens não se mostrou surpreso quando eu disse:

— Eu gostaria de fazer uma pergunta, se não se importa.

Ele sorriu suavemente.

— Acho que deve fazê-la — disse ele. — O Natal é uma ótima ocasião para perguntas.

Em algum lugar do corredor à nossa esquerda — um corredor pelo qual eu jamais passara — um relógio de carrilhão tiquetaqueava alto, o som do tempo passando. Eu sentia o cheiro de couro velho e madeira encerada e, bem mais fraco que esses dois, o cheiro da loção após a barba de Stevens.

— Mas devo adverti-lo — acrescentou Stevens, na hora em que o vento soprou forte lá fora — que é melhor não perguntar demais, se quiser continuar a vir aqui.

— Já houve gente barrada por querer saber demais? — *Barrada* não era exatamente o termo que eu queria, mas foi o melhor que encontrei.

— Não — disse Stevens, com a voz baixa e educada de sempre. — As pessoas simplesmente preferem se afastar.

Encarei-o de volta, sentindo um frio na espinha — foi como se uma enorme mão invisível e gelada tivesse encostado nas minhas costas. Lembrei-me daquele barulho surdo que veio do andar de cima certa noite e tive vontade de saber (como já tivera outras vezes) quantos cômodos havia *realmente* lá.

— Se ainda quer perguntar alguma coisa, sr. Adley, talvez fosse melhor perguntar logo. Já é tarde...

— E você ainda vai enfrentar um longo percurso de trem, não é? — perguntei, mas Stevens permaneceu impassível. — Está bem — disse eu. — Existem livros nesta biblioteca que não consigo encontrar em lugar nenhum... nem na Biblioteca Pública de Nova York, nem nos catálogos dos donos de sebo a quem perguntei, tampouco no *Livros Impressos.* A mesa de bilhar da saleta é da marca Nord. Como eu nunca ouvi falar nessa marca, telefonei para a Comissão Internacional de Marcas e Patentes. Existem duas marcas Nord registradas; uma que fabrica esquis de *cross-country,* e a outra, acessórios de madeira para cozinha. A vitrola automática do salão é da marca Seafront. A CIMP tem registrada a marca See*burg*, mas não tem Sea*front*.

— Qual é sua pergunta, sr. Adley?

Seu tom de voz era suave como sempre, mas havia em seu olhar qualquer coisa assustadora... não, para falar a verdade, não era só em seu olhar; o medo que senti estava ao meu redor. O tique-taque monótono que vinha do corredor à esquerda não era mais do pêndulo de um carrilhão; eram os passos de um algoz acompanhando o condenado ao cadafalso. Os aromas de couro e cera tornaram-se acres e ameaçadores e, quando o vento deu outra rajada, tive a certeza de que a porta da frente se abriria com força, descortinando não a Rua 35, e sim uma paisagem irreal com silhuetas pungentes de árvores retorcidas num horizonte estéril sob o qual dois sóis se punham, deixando um clarão vermelho horrendo.

Ele sabia o que eu queria perguntar; pude ver em seus olhos cinzentos.

De onde vêm todas essas coisas?, eu queria saber. *Ora, sei muito bem de onde você vem, Stevens; esse sotaque não é da Dimensão X, é do Brooklyn. Mas para onde você vai? De onde vêm esse olhar e essa expressão atemporais? E, Stevens...*

... onde estamos NESTE EXATO MOMENTO?

Mas ele estava esperando pela minha pergunta.

Abri a boca. E a pergunta que saiu foi:

— Existem muito mais cômodos lá em cima?

— Existem sim, senhor — disse ele, sem deixar de me encarar. — Muitos mesmo. Dá para uma pessoa se perder. Na verdade, algumas pessoas já se perderam. Às vezes tenho a impressão de que eles se estendem por quilômetros. Cômodos e corredores.

— Com entradas e saídas?

Suas sobrancelhas se ergueram ligeiramente.

— Mas, claro. Com entradas e saídas.

Ele esperou, mas eu já perguntara o bastante, pensei — tinha chegado à beira de alguma coisa que talvez me levasse à loucura.

— Obrigado, Stevens.

— Não há de que, sr. Adley.

Estendeu-me meu casacão e me enfiei nele.

— Haverá mais histórias?

— Aqui há *sempre* mais histórias, sr. Adley.

Essa noite já faz algum tempo, e minha memória não melhorou desde então (quando um homem chega à minha idade é muito mais provável que ocorra justamente o contrário), mas me lembro claramente do arrepio de medo que percorreu meu corpo quando Stevens abriu a porta de carvalho — a certeza crua de que eu veria aquela paisagem estranha desmembrada e infernal à luz cor de sangue dos dois sóis, que após se porem trariam uma escuridão atroz durante uma hora, ou dez horas, ou 10 mil anos. Não consigo explicar, mas garanto que esse mundo *existe* — tenho tanta certeza disso quanto Emlyn McCarron tinha de que a cabeça decepada de Sandra Stansfield ainda respirava. Pensei naquele segundo interminável em que a porta se abriria e Stevens me empurraria para dentro daquele mundo e eu ouviria então aquela porta bater atrás de mim... para sempre.

Em vez disso, vi a Rua 35 e um radiotáxi encostado no meio-fio, soltando fumaça pelo cano de descarga. Senti um alívio extremo, quase desfalecente.

— Sempre há mais histórias — repetiu Stevens. — Boa noite, sr. Adley.

Sempre mais histórias.

De fato houve. E, quem sabe, conto outra qualquer dia desses.

Posfácio

Embora a pergunta mais frequente sempre tenha sido: "De onde você tira suas ideias?" (é a número com um asterisco, digamos assim), em segundo lugar vem sem dúvida esta: "Você só escreve histórias de terror?" Quando digo que não, é difícil dizer se a pessoa fica aliviada ou decepcionada.

Um pouco antes da publicação de *Carrie,* meu primeiro romance, recebi uma carta do meu editor, Bill Thompson, sugerindo que já era tempo de começar a pensar na publicação de outro livro (pode parecer um pouco estranho ao leitor, esse negócio de pensar no livro seguinte antes mesmo de sair o primeiro, mas como a programação para a publicação de um livro leva quase tanto tempo quanto a programação após a produção de um filme, já estávamos então convivendo com *Carrie* há bastante tempo — quase um ano). Mandei imediatamente para Bill os manuscritos de dois romances, um chamado *Blaze* e o outro *Second Coming.* O primeiro tinha sido escrito logo depois de *Carrie,* durante os seis meses em que o primeiro rascunho de *Carrie* ficou amadurecendo numa gaveta; o segundo foi escrito durante a época, mais ou menos um ano, em que *Carrie* ficou no prelo.

Blaze era um melodrama sobre um criminoso enorme, quase retardado, que sequestra um bebê, pretendendo pedir resgate aos pais ricos da criança... mas aí se apaixona por ela. *Second Coming* era um melodrama sobre vampiros que tomam uma cidadezinha no Maine. Ambos eram plágios literários medíocres: *Second Coming* de *Drácula,* e *Blaze* de *Of Mice and Men,* de Steinbeck.

Acho que Bill deve ter ficado espantado ao receber esses dois manuscritos num mesmo grande embrulho (algumas páginas de *Blaze* haviam sido datilografadas no verso de anúncios de leite e *Second Coming* cheirava a cerveja, pois alguém derramara uma garrafa sobre ele numa festa de Ano-Novo três meses antes) — como uma mulher que deseja receber um buquê de flores e descobre que o marido lhe comprou uma estufa. Os dois manuscritos somavam umas 550 laudas em espaço 1.

Ele os leu nas duas semanas seguintes — no fundo, todo editor é um santo — e fui do Maine para Nova York para comemorar a publicação de *Carrie* (abril de 1974, amigos e vizinhos — Lennon estava vivo, Nixon ainda estava pendurado na presidência, e o rapaz aqui ainda não tinha um só fio de barba branca) e para decidir com ele qual dos livros seria o próximo... ou se nenhum dos dois.

Fiquei em Nova York dois dias, e falamos a respeito disso três ou quatro vezes. A decisão final foi tomada numa esquina — Park Avenue com Rua 44, para ser exato. Bill e eu esperávamos o sinal abrir, observando os táxis entrarem naquele túnel fumacento — aquele que parece entrar pelo prédio da Pan Am. E Bill disse:

— Acho que deve ser o *Second Coming.*

Bem, era o que eu gostava mais — entretanto, havia uma relutância tão estranha em sua voz que olhei firme para ele e perguntei qual era o problema.

— É que se você publica um livro sobre vampiros depois de um livro sobre uma menina que faz os objetos se mexerem com a força da mente, você vai ficar rotulado — disse ele.

— Rotulado? — perguntei, francamente perplexo. Não conseguia ver qualquer semelhança entre vampiros e telecinesia. — Rotulado *de quê?*

— De escritor de terror — disse ele, ainda mais relutante.

— Ora — respondi, bastante aliviado. — Que bobagem!

— Quero ver se daqui a alguns anos — disse ele — ainda vai achar que é bobagem.

— Bill — falei, surpreso —, ninguém nos Estados Unidos consegue sobreviver escrevendo apenas histórias de terror. Lovecraft passou fome em Providence. Bloch trocou o terror por romances de suspense e de embustes do "desconhecido". *O Exorcista* não teve par. Você vai ver.

O sinal abriu. Bill deu uns tapinhas no meu ombro.

— Acho que você vai ter muito sucesso — disse ele. — Mas acho que você não sabe porra nenhuma sobre rótulos.

Ele estava mais próximo da verdade do que eu. No final das contas, era possível sobreviver escrevendo histórias de terror nos Estados Unidos. *Second Coming,* posteriormente intitulado *A Hora do Vampiro,* vendeu muito bem. Na época de sua publicação, eu estava morando no Colorado com minha família e estava escrevendo um romance sobre um hotel mal-assombrado. Numa ida a Nova York, passei metade da noite sentado com Bill num bar chamado Jasper's (onde um enorme gato cinza era aparentemente dono da vitrola automática; tínhamos que levantá-lo para ver a seleção de músicas) e contei-lhe o enredo. No final, ele estava com os cotovelos apoiados nos copos de uísque e as mãos na cabeça, como se estivesse com uma bruta enxaqueca.

— Você não gostou — disse eu.

— Gostei muito — disse ele, com uma voz abafada.

— Então, o que há de errado?

— *Primeiro* a garota telecinética, *depois* os vampiros, e *agora* o hotel mal-assombrado e o garoto telepático. Você vai ficar rotulado.

Dessa vez, pensei no assunto com um pouco mais de seriedade — e então pensei em todas as pessoas que *tinham* sido rotuladas de escritores de terror, e que haviam me proporcionado um enorme prazer ao longo dos anos — Lovecraft, Clark Ashton Smith, Frank Belknap Long, Fritz Leiber, Robert Bloch, Richard Matheson e Shirley Jackson (até ela foi rotulada de escritora fantasmagórica). E cheguei à conclusão, lá no Jasper's, vendo o gato dormir sobre a vitrola e meu editor sentado ao meu lado com as mãos na cabeça, que eu podia estar em pior companhia. Eu poderia, por exemplo, ser um escritor "importante" como Joseph Heller e publicar um romance a cada sete anos mais ou menos, ou um escritor "brilhante" como John Gardner e escrever livros obscuros para universitários inteligentes que comem comida macrobiótica e dirigem carros velhos com adesivos desbotados, mas ainda legíveis, no para-choque traseiro onde se lê GENE MCCARTHY PARA PRESIDENTE.

— Está bem, Bill — disse eu —, vou ser um escritor de terror, se é isso o que as pessoas querem. Está tudo muito bem.

Nunca mais tocamos nesse assunto. Bill ainda edita e eu ainda escrevo histórias de terror, e nenhum de nós está fazendo análise. Um bom negócio.

Portanto, fui rotulado e não me importo muito — afinal de contas, sigo o modelo... pelo menos, na *maioria* das vezes. Mas será que eu *só* escrevo terror? Se vocês leram as histórias deste livro, dirão que não... mas podem-se encontrar elementos de terror em todos os contos, e não apenas em *O Método Respiratório* — aquela parte das sanguessugas em *O Corpo* é bem abominável, como a maior parte das fantasias em *Aluno Inteligente.* Mais cedo ou mais tarde, meus pensamentos parecem sempre se voltar nessa direção. Deus sabe por quê.

Cada uma dessas histórias um tanto longas foi escrita imediatamente depois de um romance — é como se eu sempre acabasse um grande trabalho com gás suficiente para produzir um conto. *O Corpo,* o mais antigo desses quatro, foi escrito logo depois de *Salem; Aluno Inteligente* foi escrito em duas semanas assim que terminei *O Iluminado* (e, depois de *Aluno Inteligente,* passei três meses sem escrever; estava exausto); *Rita Hayworth e a Redenção de Shawshank* foi escrito depois de *A Zona Morta;* e *O Método Respiratório*, o mais recente dos quatro, logo após *Firestarter.**

Nenhum deles foi publicado antes deste livro; nenhum foi sequer submetido à avaliação para ser publicado. Por quê? Porque cada um tem de 25 mil a 35 mil palavras — talvez esses não sejam números exatos, mas é por aí. O negócio é que 25 mil, 35 mil palavras é um número capaz de fazer com que até o mais intrépido dos ficcionistas trema nas bases. Não há uma definição exata do que seria um romance ou um conto — pelo menos não em termos de número de palavras — nem deveria haver. Mas, quando um escritor se aproxima da marca das 20

---

* Mais uma coisa relacionada a elas que percebi agora: cada uma foi escrita numa casa diferente — três no Maine e uma em Boulder, Colorado (N. da T.)

mil palavras, ele sabe que está saindo dos limites do conto. Do mesmo modo, quando ultrapassa a marca das 40 mil palavras, está entrando no território do romance. A fronteira entre esses dois gêneros mais ordenados são mal definidas, mas de repente o escritor acorda sobressaltado e percebe que chegou ou está chegando a um lugar verdadeiramente terrível, uma republiqueta literária onde impera a desordem chamada "conto" (ou ainda, um tanto bonitinho demais para o meu gosto, "romancete").

Agora, artisticamente falando, não há nada de errado com o conto. É claro que também não há nada de errado com figuras circenses, só que raramente são vistas fora do circo. A questão é que existem bons contos, mas tradicionalmente só vendem nos "mercados restritos" (este é o termo delicado; o termo rude, porém mais preciso, seria "mercados de guetos"). Pode-se vender um bom conto de mistério para o *Ellery Queen's Mystery Magazine* ou o *Mike Shayne's Mystery Magazine*, um bom conto de ficção científica para o *Amazing* ou o *Analog*, talvez até para o *Omni* ou *The Magazine of Fantasy and Science Fiction*. Ironicamente, também há mercado para bons contos de terror: o já mencionado *Fantasy and Science Fiction* é um deles; *Twilight Zone* é outro, e há várias antologias de ficções horripilantes originais, como a série *Shadows,* publicada pela Doubleday e organizada por Charles L. Grant.

Mas no caso de contos que, pelo tamanho, só podem ser classificados de "corrente principal" (uma palavra quase tão deprimente quanto "gênero"), no tocante à questão de mercado, você está numa enorme fria. Você olha desanimado para o seu manuscrito de 25 mil a 35 mil palavras, abre uma cerveja e, na sua imaginação, ouve uma voz com um sotaque forte e arrastado dizer: "*Buenos días, señor!* Como foi a viagem pelas Linhas Aéreas Revolución? Acho que deve ter gostado muito, não? Bem-vindo ao mundo dos contos, *señor*! Vai gostar muito daqui! Pegue um charuto barato! Pegue algumas fotografias pornográficas! Relaxe, *señor*, acho que sua história vai ficar aqui por *muito* tempo... *Qué pasa?* Ah-ha-ha-ha!"

Deprimente.

Antigamente (lamentou-se ele), *havia* realmente um mercado para esses contos — havia revistas fantásticas como *The Saturday Evening Post, Collier's* e *The American Mercury*. A ficção — tanto histórias longas quanto contos — era o produto destas e de outras. E, se a história fosse longa demais para um único número, era dividida em três partes, ou em cinco, ou em nove. A ideia pervertida de "condensar" ou de "cortar" romances ainda era desconhecida (tanto a *Playboy* quanto a *Cosmopolitan* transformaram essa obscenidade numa ciência nociva: agora pode-se ler um romance inteiro em vinte minutos!). Ao conto, foi dado o espaço devido, e duvido que eu tenha sido o único a esperar horas a fio pelo carteiro porque era o dia de entrega do *Post* e um novo conto de Ray Bradbury tinha sido anunciado, ou talvez porque fosse o número em que o episódio final da mais nova história de Clarence Buddington Kelland seria contado.

(Minha ansiedade fez com que eu me tornasse um trouxa. Quando, finalmente, o carteiro aparecia, andando rápido com sua sacola de couro nos ombros, vestido com sua bermuda de verão e seu boné para se proteger do sol, eu ia ter com ele na esquina, pulando ora num pé, ora no outro, como se estivesse apertado para ir ao banheiro; o coração pulsava quase na boca. Com um sorriso cruel, me entregava uma conta de luz. Nada mais. Uma ducha fria. Finalmente, ele se compadecia e me entregava o *Post:* na capa Eisenhower sorria com os dentes à mostra, pintado por Norman Rockwell: um artigo sobre Sophia Loren escrito por Pete Martin; "Acho-o um sujeito maravilhoso" por Pat Nixon, sobre — adivinhou — seu marido, Richard; e, é claro, histórias. Longas, curtas, e o último capítulo da série Kelland. Obrigado, meu Deus!)

E isso não aconteceu uma ou duas vezes; acontecia *toda semana*! O dia em que o *Post* chegava, eu me sentia o menino mais feliz de toda a costa leste.

Ainda existem revistas que publicam histórias longas de ficção — *Atlantic Monthly* e *The New Yorker* são duas revistas que têm sido bastante solidárias com os problemas de um escritor que pariu um conto de 30 mil palavras. Mas nenhuma dessas revistas tem se mostrado receptiva ao meu material, o que é bem compreensível, não muito literário, e às vezes (embora seja duro de admitir) absolutamente deselegante.

Até certo ponto, eu diria que essas mesmas qualidades — embora possam parecer abomináveis — têm sido responsáveis pelo sucesso dos meus romances. A maioria tem sido ficção comum para gente comum, o equivalente literário de um Big Mac com uma porção grande de batatas fritas do McDonald's. Sou capaz de reconhecer e ser influenciado por uma prosa requintada, mas acho difícil e até mesmo impossível que eu venha a produzir coisa parecida (quando comecei a escrever, a maioria dos meus ídolos era composta de romancistas vigorosos cujo estilo de prosa ia do horroroso ao inexistente: sujeitos como Theodore Dreiser e Frank Norris). Basta retirar o requinte do trabalho de um romancista para se ficar com uma única perna forte para se apoiar, e essa perna é de bom peso. Como resultado, tenho tentado bastante, sempre, dar um bom peso. Dito de outro modo, se você descobrir que não pode correr como um puro-sangue, pode ainda botar seus miolos para funcionar (uma voz da sacada diz: "*Que* miolos, King?" Ha-ha, muito engraçado, meu camaradinha, pode sair agora).

O resultado de tudo isso é que, quando escrevi os contos que vocês acabaram de ler, encontrei-me numa situação embaraçosa. Cheguei a um ponto em que as pessoas diziam que, se eu quisesse, poderia publicar minha lista de supermercado (e há críticos que dizem que é exatamente isso que tenho feito nos últimos oito anos), mas eu não podia publicar esses contos, pois eram longos demais para serem curtos e curtos demais para serem realmente longos. Se é que vocês entendem o que eu quis dizer.

"*Sí, señor*, entendo! Tire seus sapatos! Tome um pouco de rum barato! Daqui a pouco a Banda de Metais Revolución Medicore vai chegar e começar a tocar uns calipsos horrorosos! O *señor* gosta muito, eu penso! E tem tempo, *señor*! Tem tempo, e eu penso que sua história vai..."

... durar muito tempo ainda, é, legal, por que você não vai para algum lugar derrubar uma democracia imperialista de fantoches?

Então finalmente decidi saber se a Viking, minha editora de livros encadernados, e a New American Library, minha editora de brochuras, gostariam de publicar um livro com histórias sobre uma fuga não convencional de uma penitenciária, um velho e um garoto ligados por um relacionamento hediondo baseado em parasitismo mútuo, um quarteto de garotos do interior empenhados numa viagem de descobrimento e um conto de terror sobre uma mulher decidida a parir seu filho de qualquer maneira (ou talvez a história seja, na verdade, sobre aquele estranho clube que não era um clube). Os editores me deram sinal verde. E foi assim que consegui tirar essas quatro histórias longas de dentro da republiqueta do conto.

Espero que tenham gostado muito delas, *muchachos* e *muchachas*.

Ah, só mais uma coisa sobre "rótulos" antes de terminar.

Estava conversando com meu editor — não o Bill Thompson, este é meu *novo* editor, um cara legal chamado Alan Williams, esperto, espirituoso, capaz, mas geralmente viajando a trabalho pelo interior de New Jersey — há cerca de um ano.

— Adorei *Cujo* — diz Alan (a editoração deste romance, uma história verdadeiramente incoerente, tinha acabado de ficar pronta). — Já pensou no seu próximo livro?

Déjà-vu ataca outra vez. Já tive esta conversa antes.

— Bom, já — disse eu. — Já pensei um pouco...

— Diga-me.

— O que você acha de um livro com quatro conto? Quase todos, ou todos, histórias comuns? O que é que você acha?

— Contos — diz Alan. Ele está sendo legal, mas sua voz mostra que perdeu um pouco de sua alegria; sua voz mostra que ele se sente como se tivesse ganhado duas passagens para alguma republiqueta suspeita pelas Linhas Aéreas Revolución. — Histórias longas, você quer dizer.

— É, é isso mesmo — digo. — E o título do livro pode ser *Quatro Estações,* para que as pessoas não pensem que é sobre vampiros ou hotéis mal-assombrados ou coisa parecida.

— E o *próximo* vai ser sobre vampiros? — Alan pergunta, cheio de esperanças.

— Não, acho que não. O que é que você acha?

— Um hotel mal-assombrado, talvez.

— Não, já escrevi essa história. *Quatro Estações,* Alan. Tem uma boa chamada; você não acha?

— Tem uma ótima chamada, Steve — diz Alan, e dá um suspiro. Ele é o próprio reflexo de um cara legal que acabou de se sentar numa poltrona da terceira classe do avião mais novo das Linhas Aéreas Revolución — um Lockheed Tristar — e viu a primeira barata andando sobre a poltrona à sua frente.

— Eu esperava que você gostasse — digo.

— Acho que não — diz Alan. — Dava para botar uma história de terror? Só uma? Uma espécie de... estação *similar?*

Dou um sorriso — ligeiro — pensando em *O Método Respiratório* de Sandra Stansfield e do dr. McCarron.

— Talvez eu possa preparar alguma coisa rápida.

— Ótimo! E quanto àquele novo romance...

— Que tal um carro mal-assombrado? — pergunto.

— Meu ídolo! — exclama Alan. Tenho a sensação de que ele vai para a reunião editorial, ou possivelmente para uma viagem de negócios a East Rahway, feliz da vida. Estou feliz também: adoro meu carro mal-assombrado, e acho que ele vai deixar muita gente nervosa ao atravessar a rua depois de escurecer.

Mas me apaixonei também por cada uma dessas histórias, e acho que alguma parte de mim sempre estará apaixonada. Espero que tenha gostado, leitor; que tenham lhe feito o que uma boa história deve fazer — fazê-lo esquecer de suas preocupações e levá-lo a um lugar aonde nunca foi. É a mágica mais gostosa que conheço.

Bem, tá na hora. Até nos vermos novamente, mantenha a calma, leia bons livros, seja útil, e não leve desaforo para casa.

Tudo de bom,

STEPHEN KING

4 de janeiro de 1982

Bangor, Maine

Aqui expresso meus agradecimentos pela permissão para citar material de copyright assegurado:

Beechwood Music Corporation and Castle Music Pty. Limited: partes do poema de "Tie Me Kangaroo Down, Sport", de Rolf Harris. Copyright© 1960 by Castle Music Pty. Limited. Copyright cedido e assegurado© 1961 by Beechwood Music Corp. para os Estados Unidos e Canadá. Copyright© by Castle Music Pty. Limited para outros territórios. Usado com permissão. Todos os direitos reservados.

Big Seven Music Corporation: partes do poema de "Party Doll", de Buddy Knox e Jimmy Bowen. Copyright© 1956 by Big Seven Music Corp. Partes do poema de "Sorry (I Ran All the Way Home)" de Zwirn/Giosasi. Copyright© 1959 by Big Seven Music Corp. Todos os direitos reservados.

Holt, Rinehart and Winston, Publishers, Jonathan Cape Ltd., and the Estate of Robert Frost: dois versos de "Mending Wall" de *The Poetry of Robert Frost,* editado por Edward Connery Lathem. Copyright 1930, 1939, ©1969 by Holt, Rinehart and Winston. Copyright© 1958 by Robert Frost. Copyright© 1967 by Lesley Frost Ballantine.

2ª EDIÇÃO [2013] 10 reimpressões

ESTA OBRA FOI COMPOSTA EM ADOBE GARAMOND PELA ABREU'S SYSTEM
E IMPRESSA EM OFSETE PELA GEOGRÁFICA SOBRE PAPEL PÓLEN DA
SUZANO S.A. PARA A EDITORA SCHWARCZ EM MARÇO DE 2025